WOLFGANG HOHLBEIN

Wir sind die Nacht

WOLFGANG
HOHLBEIN

Wir sind die Nacht

Roman

Nach dem Drehbuch von Jan Berger
und einer Grundidee von Dennis Gansel

HEYNE

Verlagsgruppe Random House FSC-DEU-0100
Das für dieses Buch verwendete
FSC-zertifizierte Papier *EOS*
liefert Salzer Papier, St. Pölten, Austria.

Nach dem Drehbuch von Jan Berger
basierend auf dem Drehbuch *The Dawn* von Dennis Gansel
zur Rat Pack Filmproduktion *Wir sind die Nacht*
im Verleih der Constantin Film
www.wirsinddienacht.film.de

Deutsche Erstausgabe im Wilhelm Heyne Verlag, München
in der Verlagsgruppe Random House GmbH
Herstellung: Helga Schörnig
Satz: Leingärtner, Nabburg
Druck und Bindung: GGP Media GmbH, Pößneck
Printed in Germany
ISBN: 978-3-453-26678-0

www.heyne.de

PROLOG

Die Gulfstream flog zu tief und zu schnell, so als wollte sie verzweifelt vor dem Gewittersturm fliehen, dessen letzte Ausläufer sie ein Viertelstunde zuvor hinter sich gelassen hatte. Die kleinen, aber äußerst leistungsstarken Triebwerke arbeiteten längst an den Grenzen ihrer Möglichkeiten. Wo die messerscharf gepfeilten Flügel die Wolken zerteilten, die die Gewitterfront – einer kleinen Armee stummer Kundschafter gleich – vorausgeschickt hatte, da schienen sie manchmal wie die Hitzekacheln einer Raumfähre beim Wiedereintritt in die Atmosphäre aufzuglühen. Dann und wann flogen Funken aus einer der beiden gewaltigen Rolls-Royce-Turbinen. Sie erloschen, bevor sie dem vergänglichen Versteck in den Wolken entfliehen konnten, in dem das sterbende Flugzeug Zuflucht gesucht hatte, aber ihre Zahl nahm nicht wirklich ab. Auch wenn der rasende Fahrtwind – mehr als achthundert Stundenkilometer schnell und eisig wie die Hölle – die Schleppe aus Öl und schwarzem Qualm mit sich riss und verteilte, hinterließ der unsichtbare Schleier eine schmierige Ölspur auf der sonst strahlend weißen Flanke der Maschine. Die Gulfstream lag im Sterben. Zwar gab es niemanden, der ihre Wunden hätte sehen können, aber sie waren trotzdem tödlich.

Im Inneren des Cockpits plärrten zahlreiche Instrumente und akustische Warnhinweise nach Aufmerksamkeit, die sie nie wieder bekommen würden: Höhen- und Geschwindigkeitsmesser,

Druckanzeiger und Annäherungsradar und ein Dutzend weiterer Apparaturen, deren genauen Zweck bösen Stimmen zufolge nicht einmal die Konstrukteure des Jets kannten, verlangten alle zugleich, gehört und zufriedengestellt zu werden. Überbrüllt wurde das gesamte elektronische Crescendo von einer hysterischen Männerstimme, die aus dem Funk drang und dem Piloten in immer schwärzeren Farben eine Zukunft ausmalte, in der er nur mit sehr viel Glück lediglich seine Fluglizenz verlor, wenn er nicht sofort das Tempo drosselte und sowohl die vorgeschriebene Mindestflughöhe als auch den richtigen Kurs wieder einschlug.

Nichts davon interessierte den Piloten, auch nicht die – vollkommen ernst gemeinte – Warnung, dass in diesem Augenblick bereits zwei Kampfjets der Bundeswehr von ihrem vierzig Kilometer entfernten Fliegerhorst aufstiegen, die den Befehl hatten, die Gulfstream abzuschießen, wenn weiter jeder Versuch einer Kontaktaufnahme ignoriert und der Kurs auf das Stadtzentrum beibehalten wurde.

Die beiden Männer hinter dem ebenso komplizierten wie kleinen Instrumentenpult reagierten auch darauf nicht. Ein Teil der hektisch blinkenden Lämpchen und Schalter vor dem Piloten erlosch, als Blut aus seiner aufgerissenen Halsschlagader darauf tropfte und einen kleinen Kurzschluss auslöste. Funken sprühten, und ein einzelnes grünliches Flämmchen schlug aus dem Instrumentenpult, erlosch aber, bevor es die automatische Löschanlage aktivieren oder auch nur Alarm auslösen konnte. Der Kurzschluss löste nach einigen wenigen Sekunden jedoch eine weitere Reaktion aus. Ein sanfter Ruck ging durch die Gulfstream, kaum deutlicher als der, mit dem ein gut gefederter Wagen über eine Bodenwelle glitt. Noch mehr Instrumente und Warnlampen erloschen, und auch die hysterische Stimme aus dem Funk verstummte. Ein ganz schwacher Geruch nach schmorendem Gummi drang aus dem Instrumentenpult und wurde von der emsig summenden Klimaanlage weggesaugt, bevor er sich in der Luft verteilen konnte.

Die blonde Frau in dem eleganten Kleid, die auf der anderen Seite der geschlossenen Tür stand, nahm ihn trotzdem wahr, genauso deutlich wie sie die Stimme aus dem Funk gehört hatte und die Schnelligkeit spürte, mit der das Blut des Kopiloten abkühlte; seltsamerweise weitaus schneller als das seines Kollegen.

Kampfflugzeuge? Sie wusste nicht genau, wie schnell diese hier sein konnten und wie viel Zeit dann noch verging, bis sie tatsächlich das Feuer eröffneten, oder ob überhaupt. Aber die Zeit würde auf jeden Fall reichen.

Langsam wandte sie sich von der geschlossenen Tür ab und ging durch die luxuriös eingerichtete Kabine in Richtung Heck. Es war sehr still, obwohl mehr als jeder zweite Platz des Privatfluges besetzt war: der übliche Querschnitt durch Alter und Aussehen, den man an Bord eines Flugzeuges wie diesem erwarten würde. Geschniegelte Geschäftsleute in dezenten Maßanzügen, vor denen teure Edelhandys oder aufgeklappte Laptops standen, genauso geschniegelte Frauen meist schon fortgeschritteneren Alters in nicht annähernd so dezenten Kleidern, ein junges Mädchen, das gerade *nicht* mehr als Kind durchging und neben einem grauhaarigen Geschäftsmann saß, der gut ihr Großvater sein konnte, sehr viel wahrscheinlicher aber ihr Sugardaddy war, und eine schwarzhaarige Schönheit in einer dunkelblauen Stewardessenuniform. Keiner von ihnen rührte sich, obwohl sich die Gulfstream jetzt immer heftiger zu schütteln begann, so als wäre aus der sanften Bodenwelle jetzt eine von Schlaglöchern verheerte Kopfsteinpflasterstraße geworden. Der Gestank nach Tod und warmem Blut lag in der Luft, so durchdringend, dass selbst die Klimaanlage davor kapituliert hatte, und hier und da tropfte es rot auf den dicken Velours des Bodens, wo die Sitze sich zu sehr mit Blut vollgesaugt hatten, um noch mehr davon aufnehmen zu können.

Was für eine Verschwendung.

»Es wird Zeit«, sagte die blonde Frau.

Die Passagierin auf dem hintersten Sitz war nicht tot. Sie saß nur reglos da und las ein Buch, und das tat sie auch noch weitere zwanzig oder dreißig Sekunden. »Noch zwei Seiten«, sagte sie dann. »Ich will wissen, wie es ausgeht.«

»Keine Chance«, antwortete die blonde Frau.

Noch einmal vergingen vielleicht zehn Sekunden, dann erklang ein leises, enttäuschtes Seufzen, und das Buch wurde gesenkt. Es war ein sehr edles, sehr altes Buch – offensichtlich ein Original –, und das Gesicht dahinter war ebenso schön wie das der Blonden, wenn auch vielleicht eine Spur jünger. Darüber hinaus verband sie nichts. Während die blonde Frau einen eleganten Mantel und darunter ein teures Sommerkleid und farblich darauf abgestimmte Schuhe trug, war sie zwar ebenfalls elegant gekleidet, aber ganz und gar nicht passend für diese Umgebung, sondern im Stil der frühen Zwanziger: Hut, Kleid und Handschuhe aus schwarzer Gaze. Als hätte sie ihre Kleidung auf das Buch abgestimmt, das sie nun nicht mehr zu Ende lesen konnte.

Sie wirkte sehr enttäuscht, aber sie kam nicht mehr dazu, erneut zu widersprechen, denn in diesem Moment wurde der Vorhang, der den Passagierraum von der winzigen Küche und der Toilette trennte, beiseitegeschlagen. Eine dritte Frau kam herein, schwer mit Tüten und Einkaufstaschen beladen, auf denen die Namen der alleredelsten Edelboutiquen und Geschäfte prangten. Sie war jünger als die beiden anderen und wiederum völlig anders gekleidet, angefangen von ihrer strubbeligen Unfrisur bis hin zu den verschiedenfarbigen Schuhen. *Durchgeknallt* wäre wohl noch die am ehesten zutreffende Bezeichnung gewesen.

Sie musste die Worte gehört haben, jedenfalls hob sie demonstrativ die Einkaufstaschen und machte ein noch demonstrativer enttäuschtes Gesicht, aber die Antwort bestand lediglich aus einem stummen Kopfschütteln.

»Aber wozu sind wir dann denn extra nach Paris gejettet, um einzukaufen?«, beschwerte sie sich.

Diesmal bekam sie immerhin eine Antwort, wenn auch wahrscheinlich nicht die, auf die sie gehofft hatte. »Du hättest den Piloten nicht umbringen sollen. Das war dumm.«

»Ich hatte Hunger!«

»Ja, und jetzt bekommst du sogar noch die Gelegenheit, deinen Durst zu stillen«, sagte die blonde Frau unwillig und machte eine noch unwilligere Geste in Richtung Kabinentür. Sie wollte losgehen, hielt dann aber mitten in der Bewegung inne und legte lauschend und mit halb geschlossenen Augen den Kopf auf die Seite.

Wortlos drehte sie sich herum, schlug den Vorhang mit einem Ruck endgültig zur Seite und trat an die Toilettentür heran. Sie war verschlossen und sah aus, wie aus massivem edlem Holz gemacht, bestand in Wirklichkeit aber aus einem leichten Verbundmaterial, das für sie nicht mehr als Papier bedeutete.

Die Zeit wurde allmählich knapp, aber sie verwendete trotzdem eine geschlagene Sekunde darauf, das Gesicht gegen das Holzimitat zu pressen und den verlockenden Duft einzuatmen, den sie dahinter wahrnahm, den so unendlich *süßen* Geruch der Furcht. Sie öffnete die Tür, indem sie das Schloss herausbrach, und ließ sich dann in die Hocke sinken, damit sich ihr Gesicht auf gleicher Höhe mit dem der Stewardess befand, die zitternd in einem Winkel der winzigen Toilette hockte und sie aus Augen anstarrte, die schwarz vor Angst waren.

»Schschsch«, machte sie beruhigend. »Du musst keine Angst haben, Kleines. Es ist alles in Ordnung.«

Die Stewardess begann leise zu wimmern und versuchte noch weiter von ihr wegzukriechen. Die blonde Frau streckte die Hand aus, streichelte der Stewardess vorsichtig mit den Fingerspitzen über die Wange und tastete dann über das Gesicht der Frau, die Augen und die Stirn.

»Du musst keine Angst haben«, sagte sie noch einmal. »Es ist alles in Ordnung: Niemand wird dir wehtun, das verspreche ich dir.«

Und damit brach sie ihr mit einer einzigen schnellen Bewegung das Genick. Es ging so schnell, dass die Stewardess ganz bestimmt nichts gespürt hatte.

»Jetzt sag bitte nicht, ihre Augen waren einfach zu schön«, sagte die Frau in den Zwanzigerjahre-Kleidern, als sie zu ihr und der anderen zurückkam. Ein wenig Blut klebte in ihrem Mundwinkel. Sie leckte es mit der Zungenspitze auf und machte dann eine knappe Geste zur Tür.

»Los!«

Dem ersten, eher halbherzig geführten Hieb der schmalen Hand in dem dünnen Gazehandschuh hielt die Kabinentür noch stand. Doch dann schlug sie noch einmal mit aller Gewalt mit dem Handballen zu, und dieser Hieb sprengte die Tür nicht nur auf, sondern riss sie komplett aus dem Flugzeugrumpf heraus. Die Gulfstream bäumte sich auf, legte sich auf die Seite und begann zu kreischen wie ein lebendiges Wesen, das Schmerzen litt. Das Licht flackerte, und ein schrilles Heulen klang auf, das dann im Kreischen des hereinströmenden Orkans unterging. So schnell, dass sie einfach von einem Sekundenbruchteil auf den nächsten zu verschwinden schienen, traten die drei unterschiedlichen Frauen hintereinander durch die Tür und begannen ihren anderthalbtausend Meter langen Sprung in die Tiefe.

I

Das Handy war wirklich spitze.

Prinzipiell war Lena so etwas wie das Gegenteil eines Technikfreaks – was weder daran lag, dass sie eine Frau, noch dass sie blond war. Vielmehr beruhte es auf langer, leidvoller Erfahrung, jedwedem Gerät mit mehr als einem Knopf oder Schalter zu misstrauen, weil die meisten einem ohnehin nur dabei halfen, mit Problemen fertigzuwerden, die man ohne sie erst gar nicht bekommen hätte. Andererseits brachte es schon ihr Beruf mit sich, dass sie mit diesem Hightechspielzeug für Erwachsene in Berührung kam – Handys, Laptops, Blackberrys und iPods und in letzter Zeit auch immer häufiger mit diesen albernen Netbooks. Und da sie nicht nur tüchtig, sondern auch klug war, kannte sie sich zwangsläufig mit genau der Technik aus, die sie im Grunde zutiefst verabscheute.

Aber bei diesem Teil hätte sogar sie schwach werden können.

Lena experimentierte jetzt seit drei Tagen mit dem unscheinbaren Smartphone herum – schwarz, ohne eine einzige Taste, nicht viel größer als eine Scheckkarte und auch kaum dicker –, und sie hatte immer noch nicht alle seine Funktionen herausgefunden. Widerwillig musste sie zugeben, dass es wirklich ein Prachtstück war: edel, chic, unglaublich praktisch und vermutlich auch unglaublich teuer. Der Kerl, dem sie es geklaut hatte, würde es bestimmt bitter vermissen.

Gerade hatte sie eine neue Funktion entdeckt, von der sie

noch nicht sagen konnte, ob sie sie nun faszinierend fand oder so überflüssig wie einen Kropf: Wenn man auf ein bestimmtes Symbol auf dem berührungsempfindlichen Display drückte, konnte man mit dem Ding sogar fernsehen. Die Qualität war erstaunlich gut, und obwohl der frühere Besitzer dieses Bonzenspielzeugs rücksichtslos genug gewesen war, die dazugehörigen Hightechkopfhörer in einer anderen Jackentasche zu tragen, so dass sie das edle Teil damit beleidigen musste, es mit Zwei-Euro-Kopfhörern aus dem Penny-Markt zu koppeln, war selbst der Ton akzeptabel. Das briefmarkengroße Konterfei einer stylish geschminkten Nachrichtensprecherin berichtete von einem Flugzeugabsturz, der sich vergangene Nacht nur ein paar Kilometer außerhalb der Stadt ereignet hatte. Wie es aussah, war ein Privatjet nur einen knappen Flugzeugwurf vor den Toren der Stadt in einen See gestürzt, und die hochgetunte Pay-TV-Tussi gab mit Leichenbittermiene den üblichen Sermon von sich: keine Überlebenden, die Ursache noch ungeklärt, was für ein unglaubliches Glück die ahnungslosen Bewohner der Stadt doch gehabt hätten, dass die Maschine nicht in einer bewohnten Gegend abgestürzt sei und bla und bla und bla.

Lenas Mitleid hielt sich in Grenzen. Sozialneid war ihr normalerweise fremd – wenigstens behauptete sie das –, aber wer reich genug war, um sich einen Trip in einer gecharterten Gulfstream zu leisten, der sollte eigentlich auch die paar zusätzlichen Scheine hinlegen, um die Mühle anständig warten zu lassen. Vielleicht tat es ihr um die Besatzung ein wenig leid. Schließlich machten die Jungs nur ihren Job – wenn auch einen, bei dem sie im Monat vermutlich mehr verdienten, als sie in einem ganzen Jahr zusammenstehlen konnte.

Jemand rempelte sie so unsanft und mit solcher Wucht an, dass sie beinahe das Smartphone fallen lassen hätte. Hastig machte sie einen halben Schritt zur Seite, um nicht das Gleichgewicht zu verlieren. Lena holte Luft zu einer geharnischten

Schimpfkanonade, verschluckte sich nun aber endgültig an dem doppelten Kaugummi, den sie seit zwei Minuten so enthusiastisch weich kaute, dass ihre Kiefer schon wehtaten.

Wahrscheinlich war es auch besser so.

Der blonde Typ, der sie angerempelt hatte, besaß zwar nicht den Anstand, sich zu entschuldigen, drehte aber im Gehen den Kopf und sah zu ihr zurück. Lena konnte gerade noch den Impuls unterdrücken, den Kaugummi herunterzuschlucken, und senkte ihrerseits rasch den Blick, so dass ihr Gesicht unter der Kapuze ihrer schwarzen Fleecejacke verschwand.

Immerhin registrierte sie zweierlei: Der Blondschopf betrachtete sie auf genau die leicht abfällige Art, die sie von einem Yuppie-Arsch in Designerklamotten wie ihm erwartet hätte; der mit einem Straßenköter in abgewetzten Kleidern zusammenstieß, welcher die Unverschämtheit besaß, einfach so auf dem Bürgersteig zu stehen, der doch von Rechts wegen ganz allein anständigen Menschen wie ihm gehörte.

Außerdem war es ein verdammt süßer Yuppie-Arsch.

Lena erinnerte sich rechtzeitig daran, dass sie zum Arbeiten hergekommen war, nicht um auf Männerjagd zu gehen. Sie drehte sich gerade schnell genug weg, um es nicht zu auffällig werden zu lassen. Es war Blödsinn, wegen einer Lappalie Streit anzufangen und sich dadurch womöglich eine gute Gelegenheit entgehen zu lassen. Falls es sie denn überhaupt gab.

Lena war sich längst nicht mehr sicher, dass die Wahl dieses Standortes nicht ein kräftiger Griff ins Klo gewesen war. Sie war sich mächtig schlau vorgekommen, nicht in einem der besseren Viertel der Stadt auf die Jagd zu gehen, sondern in einer ganz durchschnittlichen Gegend. Aber vielleicht war sie ja einen Tick zu schlau gewesen.

Wäre nicht das erste Mal, dachte sie missmutig. Auch wenn es auf den ersten Blick gar nicht so aussah, schien es sie eher in eine typische Arme-Leute-Gegend verschlagen zu haben, die sich nur redliche Mühe gab, ein bisschen besser auszusehen. Die meisten Häuser waren sauber, es gab keine eingeschlagenen Fensterscheiben oder gar Türen, und auch die Anzahl echter Rostlauben unter den am Straßenrand abgestellten Wagen lag nicht besonders weit über dem Durchschnitt … aber das war nur der äußere Schein.

Wenn man genauer hinsah, dann war der betagte Geldautomat, der in diesem Moment das Objekt ihrer Begierde darstellte der einzige im Umkreis von vier oder fünf Blocks, und das mit Abstand größte Geschäft war die Aldi-Filiale, vor der sie Aufstellung genommen hatte, um besagten Geldautomaten in der Spiegelung der Schaufensterscheibe möglichst unauffällig im Auge zu behalten.

Nicht dass es sich bisher gelohnt hätte. Lena lungerte nun schon seit geschlagenen zwanzig Minuten vor dem Supermarkt herum (was genau genommen so ziemlich alles war, nur nicht *unauffällig*), und in all dieser Zeit hatte nicht ein einziger Passant den EC-Automaten benutzt. Die Leute in dieser Gegend misstrauten jedweder Technik entweder noch mehr als sie, oder sie hatten ihre Konten allesamt so weit überzogen, dass sie Angst hatten, das Ding würde ihre Karten fressen.

Lena war sich nicht ganz sicher, wonach ihr Blick eigentlich suchte. Jedenfalls war es nicht der EC-Automat. Verwirrt registrierte sie, dass sie die seitenverkehrten Spiegelbilder der Passanten hinter sich beobachtete, und zwar auf eine Art, als suchte sie nach jemand Bestimmtem …

Sie rief sich in Gedanken zur Ordnung. Der Junge hatte wirklich süß ausgesehen (und einen niedlichen Hintern gehabt), aber ihr lief die Zeit davon. Wenn sie mit leeren Händen nach Hause kam …

Nachdenklich wog sie das Smartphone in der Hand, während sie ihren Beobachtungsposten vor den Auslagen des Billig-Discounters aufgab und den Geldautomaten ansteuerte.

Die gestohlene EC-Karte, die sie aus der Tasche zog, war seit zwei Monaten gesperrt, aber sie erfüllte ihren Zweck: Während sie so tat, als würde sie sie in den Automaten schieben und die Geheimnummer eintippen (sie hütete sich, auch nur eines von beidem *wirklich* zu tun, denn sie wusste, dass ein einziger Tastendruck die versteckte Kamera aktivierte, und sie war nun wirklich nicht scharf auf ihr Pin-up-Foto in den Fahndungscomputern der Polizei), spuckte sie den Kaugummi in die hohle Hand und klatschte den klebrigen Batzen auf die Rückseite des Smartphones. Dann klebte sie es so unter den Rand des Automaten, dass die 4-Megapixel-Kamera das gesamte Tastenfeld aufnehmen konnte. In einer perfekten Pantomime entnahm sie dem Automaten sowohl ihre niemals hineingeschobene Karte als auch das vermeintliche Geld, steckte ihre virtuelle Beute ein und schlenderte auf die andere Straßenseite. Jetzt war die oberste Tugend eines Diebes angesagt: Geduld.

Eine Menge Geduld.

Lena setzte sich rittlings auf ein Mäuerchen, das den Gehsteig von den vertrockneten Resten eines Grünstreifens trennte, der sich unter den Betonpfeilern der Hochbahn dahinzog, und behielt die Treppe zur Haltestelle im Auge, so als wartete sie auf jemanden, der mit der Bahn kam. In Wahrheit beobachtete sie aus den Augenwinkeln ausschließlich den Geldautomaten.

Niemand schien sich für das verdammte Ding zu interessieren, abgesehen von einem vielleicht fünf- oder sechsjährigen Jungen, der eine Zeit lang auf dem Gehsteig davor auf und ab hüpfte und sich schließlich trollte.

Lena sah ihm mit einem zärtlichen Lächeln auf den Lippen nach, dessen sie sich selbst nicht bewusst war. Sie liebte Kinder, auch wenn sie sich fest vorgenommen hatte, niemals selbst Kinder in eine Welt zu setzen, in der es schon den meisten Erwachsenen schwerfiel, über die Runden zu kommen. Ihr Blick folgte dem Knirps, bis er hinter der nächsten Ecke verschwunden war, und kehrte dann zum Geldautomaten zurück.

Die Hochbahn kam, hielt an und fuhr wieder ab, ohne dass sich auch nur eine Seele für den EC-Automaten interessierte. Lena begann sich allmählich zu fragen, was wohl zuerst aufgeben würde – der Akku des geklauten Handys, der Speicherplatz der eingelegten SD-Karte oder ihre Geduld –, als endlich ein Kunde an den Automaten trat, eine ältliche Frau mit strähnigem grauem Haar, ausgelatschten Schuhen und Kleidern, die ihre besten Tage schon etliche Jahre hinter sich hatten.

Lena seufzte lautlos. Das war niemand, den sie bestehlen würde. Vielleicht hatte sie doch das falsche Jagdrevier gewählt.

Sie beschloss, die nächste Bahn noch abzuwarten und dann ihr Handy zu holen und sich zu verkrümeln, wenn sich nichts änderte. Vielleicht sollte sie doch einen Automaten wählen, der neben einer Joop-Filiale lag, nicht neben einem Aldi.

Die Bahn kam, spuckte eine Handvoll Fahrgäste aus, und Lena verlängerte ihre sich selbst gewährte Frist noch einmal so lange, wie sie brauchte, um in Gedanken langsam bis hundert zu zählen, bevor sie endgültig aufgab. Immerhin hatte sie heute etwas gelernt. Auch wenn sie selbst noch nicht so genau wusste, was.

Gemächlich schlenderte sie über die Straße zurück, betrachtete mit perfekt geschauspielertem Desinteresse die bunten Prospekte mit den Angeboten der Woche im Schaufenster und machte dann mitten im Schritt kehrt, als hätte sie das Schnäppchen ihrer Träume im letzten Moment doch noch entdeckt.

Es waren zwei völlig unterschiedliche Gründe, die sie so jäh die Richtung wechseln ließen. Der eine war das total absurde, aber schon fast körperlich spürbare Gefühl, beobachtet zu werden, nicht beiläufig und desinteressiert wie von einem Passanten oder einem gelangweilten Verkäufer, der aus dem Laden auf die Straße heraussah und sich fragte, wie viele endlose Minuten er noch ertragen musste, bis dieser Tag endlich um war, sondern von etwas Lauerndem, Misstrauischem und Tückischem. Der Instinkt der Diebin, der sie warnte, dass hier irgendetwas schrecklich schiefging. Lena hatte gelernt, auf diesen Instinkt zu hören, einen Instinkt, der sie vermutlich schon ein paarmal genarrt, ihr aber schon ebenso oft den Hals gerettet hatte.

Und zweifellos hätte sie auch diesmal auf die mahnende innere Stimme gehört, wäre nicht im gleichen Augenblick eine Haustür direkt neben dem Geldautomaten aufgegangen und der Russe herausgekommen.

Lena hätte nicht sagen können, woher sie wusste, dass es ein Russe war, aber sie wusste nicht nur das, sondern mit vollkommener Sicherheit auch noch eine Menge mehr. Der Kerl war ein Riese, an die zwei Meter groß und vermutlich drei Zentner schwer – ohne ein einziges Gramm Fett. Vermutlich *wohnte* er in einer Muckibude – Maßanzug, Rolex und teure Klunker an acht von zehn Fingern und beiden Handgelenken. Ganz kurz sah sie einen rötlichen Schimmer aus dem Haus fallen, bevor dieser Boris die Tür hinter sich ins Schloss zog, und – möglicherweise – ein Stück weiblicher Haut, die nur von sehr wenig schwarzer Spitze verhüllt war. Während sie den Russen in der spiegelnden Fensterscheibe genau im Auge behielt, stellte sie sich die alberne Frage, ob es in dem getarnten Puff neben dem Aldi-Markt wohl auch ein Sonderangebot der Woche gab, aber dann machte ihr Herz einen regelrechten Satz, und sie konnte ihr Glück kaum fassen, als ihr klar wurde, dass der Kerl keinen der geparkten Wagen am Straßenrand ansteuerte, sondern den EC-Automaten.

Gut, das *war* eine Beute, die sie ohne die geringsten Gewissensbisse ausnehmen konnte. Aufmerksam sah sie zu, wie dieser Igor die Karte in den Schlitz schob, den Automaten um zweihundert Euro in Fünfzigern erleichterte und die Brieftasche dann nachlässig in die Jackentasche stopfte, was fast schon einer Einladung gleichkam. Nicht nur ein Zuhälter, sondern auch noch ein *blöder* Zuhälter. Dem Idioten tat es nicht nur nicht weh, wenn sie ihn ausnahm, es geschah ihm recht.

Zwei Sekunden nachdem Iwan Iwanowitsch seine Brieftasche eingesteckt und den ersten Schritt gemacht hatte, war sie am Automaten, um das Smartphone zu holen. Das Gefühl, dass hier irgendetwas nicht in Ordnung war, klopfte noch einmal bei ihr an, aber sie hatte jetzt einfach nicht mehr die Zeit, darüber nachzudenken.

Vergiss die ganze Chose, flüsterte eine hartnäckige Stimme hinter ihrer Stirn. *Hier stimmt doch was nicht! Hau ab!*

Statt auf sie zu hören, schwenkte sie mit einer raschen Bewegung herum, holte zu Stepan Stepanowitsch auf und schnitt ihm dann mit einem blitzschnellen Haken den Weg ab, während sie gleichzeitig den linken Arm hob, um einem nicht existenten Bekannten auf der anderen Straßenseite zu winken. Prompt prallte der Oleg so unsanft gegen sie, dass sie stolperte. Die Hand, die in seine Jackentasche glitt, um ihn um seine Brieftasche zu erleichtern, hätte er nicht einmal dann bemerkt, wenn sie sich weniger geschickt angestellt hätte.

»He, verdammt!«, polterte sie los, während sie die geklaute Brieftasche unter der Jacke verschwinden ließ. »Pass doch auf!«

Pjotr glotzte sie an, und Lena konnte regelrecht sehen, wie ihre Worte in sein Bewusstsein tröpfelten und den Teil erreichten, der darüber entschied, ob er nur verwirrt sein oder doch so wütend werden sollte, um auf den »Wut«-Knopf zu drücken; der groß und rot war und natürlich auf Kyrillisch beschriftet.

Lena machte sich keine besonderen Sorgen, aber sie spürte trotzdem den bitteren Kupfergeschmack des Adrenalins, das in ihren Kreislauf schoss: Der bullige Kerl war ungefähr dreihundertmal so stark wie sie und konnte sie vermutlich mühelos mit zwei Fingern zu Mus quetschen. Aber Lena wusste auch, wie schnell sie war, und seine Körpersprache war für sie wie ein offenes Buch, das *nicht* kyrillisch geschrieben war.

Er würde mit der linken Hand nach ihr greifen und gleichzeitig einen Schritt nach rechts machen – schlau wie er nun mal war –, sollte sie erwartungsgemäß in diese Richtung ausweichen, und Lena bedauerte es fast, sein dummes Gesicht nicht sehen zu können, wenn sie einfach unter seiner Pranke wegtauchte und mit Warp sieben davonflitzte.

Dann änderte sich Stanislawskis Gesichtsausdruck, und seine Augen wurden groß, während sich sein Blick auf einen Punkt hinter ihr richtete.

Eigentlich hätte sie sich gar nicht mehr herumdrehen müssen, um zu begreifen, dass sie dieses Mal wirklich besser beraten gewesen wäre, auf ihre innere Stimme zu hören.

Wenn es sie denn je gegeben hatte, so war ihre Glückssträhne jetzt zu Ende.

Dass sie die Situation mit einem einzigen Blick im Bruchteil einer Sekunde erfasste, lag vermutlich daran, dass sie alles schon vorher wahrgenommen hatte; nur hatte sie es in ihrer Gier einfach nicht sehen *wollen:* den unauffälligen Zivilwagen, der ganz und gar nicht unauffällig neben ihr in zweiter Reihe parkte und damit einen schwarzen Jaguar blockierte, der vermutlich Iljitsch gehörte und aus dem genau in diesem Moment zwei Burschen ausstiegen, die die gleiche Muckibude besuchen mussten wie er; die beiden anderen Burschen, die bisher genauso gelangweilt wie sie vor dem Schaufenster herumgelungert hatten und mit einem Mal ganz und gar nicht mehr gelangweilt wirkten; und *last but not least* ein dicklicher Mittvierziger mit beginnender Glatze, der zu gut gekleidet war, um zum Fußvolk zu gehören, aber dennoch im Stechschritt auf Boris zuhielt.

Und seinen Begleiter natürlich nicht zu vergessen, den niedlichen Blondschopf von vorhin, bei dem sie sich jetzt sicher war, dass er sie nicht versehentlich angerempelt hatte.

Lena benötigte eine Sekunde, um all das zu begreifen und zu sortieren: dass sie diese dilettantisch aufgestellte Falle nicht nur nicht gesehen hatte, sondern auch noch mit offenen Augen hineingetappt war!

Erst dann kam sie auf die Idee, ihre begonnene Bewegung so abrupt und getreulich fortzusetzen, als hätte das Schicksal für eine Sekunde auf die Pausentaste gedrückt und die Zeit einfach angehalten. Sie tauchte unter Boris' grapschend ausgestreckter Hand hindurch und wäre vielleicht tatsächlich entkommen, wäre der Russe nicht haargenau im selben Moment ebenfalls aus seiner Schockstarre erwacht und mit der Eleganz einer anfahrenden Planierraupe losgestürmt. Lena wurde von den Füßen gerissen und gute anderthalb Meter zurück zu Boden geschleudert. Sie rollte sich über die Schulter ab, und gerade als sie wieder auf die Beine kam, prallte Rasputin gegen die beiden Zivilbullen und rannte sie einfach über den Haufen. Möglicherweise wäre er damit sogar durchgekommen – der Kerl war tatsächlich so stark, wie er aussah –, aber schon im nächsten Augenblick waren auch die beiden anderen Bodybuilding-Typen herangenaht, und auf dem Bürgersteig brach ein Handgemenge aus, das jedem Jackie-Chan-Film zur Ehre gereicht hätte; nur dass es nicht annähernd so lustig war. Und dass an seinem Ausgang kein Zweifel bestand. Einer gegen vier funktionierte vielleicht in einem Kung-Fu-Film, aber selten in der Realität.

Immerhin gab es ihr die Möglichkeit, das zu tun, was sie schon vor zwanzig Minuten hätte tun sollen, nämlich von hier zu verschwinden.

Blitzschnell wirbelte sie abermals herum, machte einen Schritt und blieb erneut stehen, als ihr Blick dem des heranstürmenden Glatzkopfs begegnete.

Nur dass er nicht den Russen im Visier hatte, sondern sie.

Das war entschieden zu viel der Ehre, dachte sie verdutzt.

Okay, die Art, auf die sie ihren Lebensunterhalt und den ihrer Mutter bestritt, würde ihr niemals eine Einladung zur Weihnachtsfeier der Polizei einbringen – aber gleich das halbe SEK aufzufahren, um eine kleine Taschendiebin zu stellen, war dann doch des Guten zu viel. Sie blickte kurz zu Igor zurück, der noch immer sein Bestes tat, um die vier Bullen zu beschäftigen. *In was zum Teufel war sie da hineingeraten?*

»Bleib mal stehen, Junge«, sagte Halbglatze. »Keine Angst, es ist alles in Ordnung. Wir sind von der Polizei.«

Was für eine Überraschung, dachte Lena. Eine oder zwei Straßen entfernt begann eine Polizeisirene zu heulen, wie um die Worte des Dicken noch zusätzlich unter Beweis zu stellen. Auf der anderen Straßenseite bildete sich bereits ein kleiner Menschenauflauf. Eine Frau kreischte. Dabei war es doch Iwan, der die Prügel einsteckte.

»Keine Angst«, fuhr das Dickerchen fort. »Wir haben nur ein paar Fragen an dich, Junge.«

Ja, darauf wette ich, dachte Lena. Der Blick des Jüngeren (er sah immer noch genauso niedlich aus wie vorhin, sogar jetzt, wo sie wusste, was er war) sagte etwas anderes. Lena senkte trotzdem den Kopf, schlurfte mit hängenden Schultern auf ihn und seinen schmerbäuchigen Begleiter zu und überschlug dabei blitzartig ihre Chancen. Sie standen nicht besonders gut. Lena wusste, dass sie schnell war, verdammt schnell sogar, aber auch der Blondschopf sah nicht gerade schlapp aus. Mittlerweile hatte sich zu der ersten Sirene eine zweite gesellt, die aus der anderen Richtung näher kam. Außerdem wimmelte die Straße inzwischen von Neugierigen, und irgendein aufrechter Bürger würde sich ganz bestimmt dazu berufen fühlen, ihr ein Bein zu stellen oder etwas ähnlich Unerfreuliches zu tun. Vor ihr war nur noch Glatzkopf und sein gut aussehender Begleiter, und dazwischen die Automatiktür des Aldi, die genau in diesem Moment mit einem in den Zähnen schmerzenden Quietschen vor einer schwer mit Plastiktüten beladenen Frau auseinanderglitt. Perfekt.

Lena wartete, bis die Frau durch die Tür getreten war, machte ihr höflich mit weiter gesenktem Kopf Platz und spurtete im buchstäblich allerletzten Moment los, als die Tür mit einem beinahe noch erbärmlicheren Quietschen wieder zuglitt.

Hinter ihr gellte ein wütender Schrei auf, dann erbebte die Glastür unter einem gewaltigen Anprall. Ganz wie gehofft, hatte der Glatzkopf zu spät begriffen, dass sich der Ausgang nur von innen öffnete.

Sein jüngerer Kollege sah nicht nur besser aus, sondern war auch eindeutig cleverer. Blitzschnell schwenkte er zur Seite und stürmte durch den Eingang herein. Immerhin reagierte die Automatik träge genug, um ihn eine gute Sekunde lang aufzuhalten, und mehr Zeit brauchte sie nicht.

Der Laden war genau so überfüllt, wie die Straße draußen gerade noch leer gewesen war: ein halbes Dutzend Kassen, an denen sich ausnahmslos lange Schlangen gebildet hatten. Noch perfekter. Ohne langsamer zu werden, spurtete sie auf die nächste Kasse zu, sprang mit einem Satz auf das Fließband, surfte mit ausgebreiteten Armen über das Scannerfeld und hinterließ nicht nur eine Bugwelle aus umherfliegenden Cornflakes-Packungen, Toilettenrollen und Tampons, sondern auch einen Chor empörter Schreie und wütender Rufe. Am Ende des Laufbandes setzte sie mit einem perfekten Salto über ein halbes Dutzend Köpfe und mindestens ebenso viele Kopftücher hinweg und kam am Ende der Schlange wieder auf dem Boden auf. Aus dem Fach unter der Kasse schnappte sie sich eine Handvoll Plastiktüten. Eine davon stopfte sie sich hastig unter die Jacke, die anderen verteilte sie großzügig auf dem Boden hinter sich, während sie bereits im Zickzack weiterstürmte und mit dem freien Arm wahllos Lebensmittelpackungen, Shampooflaschen, Tütensuppen, Kinderspielzeug und Hygieneartikel aus den Regalen fegte, um jedwedem Verfolger das Leben möglichst schwer zu machen. Sie sah über die Schulter zurück und wurde mit einem Anblick belohnt, der sie im gleichen Maße mit Schadenfreude erfüllte, wie er sie erschreckte.

Der für die Schadenfreude zuständige Teil amüsierte sich am Anblick des Schmerbauchs, der wie eine lebende Kanonenkugel in eine der Schlangen an den Kassen hineingeknallt und prompt darin stecken geblieben war.

Sein jüngerer Kollege erwies sich tatsächlich als cleverer, oder doch zumindest lernfähig, denn er ahmte Lenas kleinen Stunt von gerade mit beunruhigendem Geschick nach; vielleicht nicht ganz so elegant und ohne den Salto als krönenden Abschluss, aber dennoch schnell genug, um sie zu dem Schluss kommen zu lassen, dass der Anblick seines netten Gesichts und seiner fast katzenhaften Bewegungen es doch nicht wert waren, geschnappt zu werden.

Sie stürmte weiter, verteilte großzügig noch mehr Pampers-Kartons, Plastikflaschen mit Apfelsaftschorle und Aldi-Tüten hinter sich und wurde mit dem zufriedenstellenden Anblick des Blondschopfs belohnt, der zwar rasend schnell zu ihr aufholte, dann aber urplötzlich den Boden unter den Füßen verlor und auf den Rücken knallte. Es ging doch nichts über Plastiktüten auf poliertem Granitboden. Schmierseife war nichts dagegen.

»Polizei!«, brüllte der Glatzkopf hinter ihr. *»Verdammt, haltet den Jungen auf!«*

In einer Gegend wie dieser war das vielleicht kein besonders cleverer Spruch, einmal ganz davon abgesehen, dass Lena weder ein Junge war, noch sich aufhalten zu lassen gedachte. Mehr schlitternd als laufend, erreichte sie das Ende des Gangs, schwang sich herum, indem sie sich mit der linken Hand an einem Regal festhielt, das zwar bedrohlich schwankte, zu ihrer Enttäuschung aber nicht umfiel. Dieses Mal hörte sie auf ihren

Instinkt, der sie auf einmal vor einer Gefahr auf der anderen Seite warnte.

Statt also blindlings um die Ecke zu stürmen, ließ sie sich fallen, schlitterte mit den Füßen voran über den glatten Boden und fegte so eine Gestalt in einem weißen Kittel aus dem Weg, die sofort zu Boden ging. Lena sprang auf die Beine und entdeckte endlich, worauf ihr ganzer verzweifelter Fluchtplan überhaupt gründete: eine breite Doppeltür aus halb durchsichtigem Plastik, über dem ein roter Schriftzug NUR FÜR ANGESTELLTE verkündete. Lena spurtete darauf zu, sah währenddessen ein rotes Aufblitzen auf einem der Wühltische und schlug einen blitzschnellen Haken, um etwas an sich zu reißen und unter ihre Jacke zu stopfen, von dem sie nur hoffte, dass es das war, wonach es aussah.

Das wütende Gebrüll hinter Lena mobilisierte noch einmal all ihre Kräfte, um schneller zu laufen. Mit gesenktem Kopf stürmte sie durch die Schwingtür vor sich und ahnte die Gefahr eindeutig mehr, als dass sie sie sah. Mit einem gewaltigen Satz sprang sie über einen fast meterhohen Stapel aus Milchkartons hinweg, der so dicht hinter der Tür stand, dass es schon fast an eine Falle grenzte. Sie hoffte, dass ihr Verfolger vielleicht nicht ganz so schnell reagierte wie sie, schlug einen Haken nach links, um einem weiteren Hindernis auszuweichen, das sie regelrecht anzuspringen schien, und stürmte fast blind weiter. Das Lager war nicht nur so vollgestopft und unordentlich, dass es sie an eine Art Hauptquartier der europäischen Messie-Vereinigung erinnerte, sondern auch dunkel. Unter der Decke brannten nur ein paar trübe Energiesparbirnen, und es gab kein Fenster. Außerdem roch es schlecht.

Lena hörte, wie die Plastiktür hinter ihr aufgestoßen wurde, dann ertönte ein lautstarker Fluch und ein länger anhaltendes Poltern und Scheppern. Sie stolperte im Halbdunkel schnell weiter und sah endlich den Notausgang, nach dem sie gesucht hatte. Das vom Gesetz vorgeschriebene Hinweisschild darüber brannte nicht, und Lena schickte ein Stoßgebet zum Himmel, dass der Leiter dieser Filiale nicht genauso paranoid wie geizig war und den Notausgang aus Angst vor diebischen Angestellten abgeschlossen hatte. Wenn, dann war sie erledigt. Lena glaubte nicht, dass die beiden Bullen sonderlich viel Verständnis für die Art aufbrachten, auf die sie ihre freundliche Einladung ausgeschlagen hatte.

Wie um ihren Befürchtungen neue Nahrung zu geben, nahm das Poltern und Rumoren hinter ihr noch einmal zu, und eine aufgebrachte Stimme rief irgendetwas, was sie im Moment nicht zu verstehen vorzog. Mit einem Satz erreichte sie den Ausgang und hätte vor Erleichterung am liebsten laut aufgeschrien. Die breite Klinke gab unter ihrem Griff nach, die Tür schwang auf, sie stürmte hindurch – und fand sich auf einem winzigen, an drei Seiten von zweieinhalb Metern hohen Mauern umgebenen Hof wieder.

Diesmal schrie sie wirklich laut auf – vor Enttäuschung und Frust.

Sie war einer Falle entkommen, nur um in die nächste zu tappen. Es gab keine Tür, keinen zweiten Ausgang, sondern nur den Notausgang hinter ihrem Rücken und eine Reihe vergitterter schmaler Fenster, die in unerreichbaren vier Metern Höhe über ihr lagen. Blondschopf und sein schmerbäuchiger Kollege brauchten sie nur noch einzusammeln.

Hinter ihr wurde das zornige Gebrüll noch lauter. Rasche Schritte näherten sich. Als sie die schwere Metalltür hinter sich ins Schloss warf, gab es einen dumpfen Knall; vielleicht eine oder zwei Sekunden zu früh, wie ihr der für Logik und das Verpissen zuständige Teil ihres Verstandes klarmachte. Hätte sie den richtigen Moment abgepasst und dem Blondschopf die Tür ins Gesicht geknallt, dann wäre er erst einmal mit ganz anderen Dingen beschäftigt gewesen als damit, sie zu verfolgen …

Aber seltsamerweise wollte sie das gar nicht.

Die Behörden – und allen voran die Polizei – waren so etwas wie ihr natürlicher Feind, solange sie denken konnte, aber irgendetwas … war an diesem jungen Polizisten. Sie *wollte* ihm nicht wehtun.

Was natürlich nichts daran änderte, dass sie es, ohne zu zögern, tun *würde,* wenn er sie dazu zwang.

Lena schüttelte den Gedanken ab, sah sich noch einmal gehetzt auf dem winzigen Hof um – er maß kaum zehn Schritte in jede Richtung und war womöglich noch unordentlicher als das Lager, vollgestopft mit leeren Kartons, Verpackungen, Paletten und Plastikmüll – und erwog in dem kurzen Moment, den diese Bewegung brauchte, ein halbes Dutzend Ideen, von denen eine verrückter war als die andere: Sie konnte ihre Beute einfach wegwerfen und darauf hoffen, dass die Bullen sie in all dem Chaos nicht fanden (was lächerlich war), damit sie einfach die ebenso Ahnungslose wie Unschuldige spielen konnte; sie konnte sich irgendwo unter all dem Gerümpel und Müll verstecken und darauf hoffen, dass der Blondschopf *sie* nicht fand (was noch lächerlicher war); oder sie wartete, bis er hinter ihr durch die Tür gerannt kam, stellte ihm ein Bein und versuchte in umgekehrter Richtung durch den Laden zu fliehen – was vielleicht die lächerlichste aller Ideen war.

Aber es gab noch einen Ausweg, der zwar so verrückt war, dass sie den Gedanken nicht einmal in Betracht gezogen hätte, den ein anderer Teil von ihr jedoch einfach *tat:* Während die Tür hinter ihr aufflog und ein nun wirklich *sehr* zorniges Gebrüll laut wurde, spurtete sie los, stieß sich mit aller Kraft ab und sprang mit weit ausgestreckten Armen an der Wand hoch; zweieinhalb Meter glatt verputzter Beton, an dem nicht einmal eine Fliege Halt gefunden hätte.

Anders als ihr Verfolger schrie Lena zwar nicht vor Überraschung und Unglauben auf, als ihre Hände an der Mauerkante sicheren Halt fanden, aber sie war mindestens genauso erstaunt wie er. Sie wusste, wie schnell und geschickt sie war, wenn es wirklich sein musste, aber *dieser* Sprung hätte nicht einmal ihr gelingen dürfen. Es musste wohl die sprichwörtliche Kraft der Verzweiflung gewesen sein, die ihr diesen unmöglichen Satz doch ermöglicht hatte.

Lena gedachte allerdings nicht, dieses großzügige Geschenk des Schicksals auszuschlagen. Sie konnte sich später noch ausgiebig darüber wundern, wie sie dieses Kunststück fertiggebracht hatte.

Hastig zog sie die Knie an den Leib, als der Blondschopf seine Überraschung endlich überwand und auf die naheliegende Idee kam, nach ihren Fesseln zu greifen, mobilisierte noch einmal all ihre Kräfte und streckte die linke Hand aus, um sich endgültig auf die Mauerkante hinaufzuziehen. Blondie fluchte, weil seine grapschenden Finger ins Leere stießen, und Lena zog sich rasch weiter nach oben. Auch mit der anderen Hand suchte sie nach einem sicherem Halt, schrie aber im nächsten Moment vor Schmerz auf, weil sie das Gefühl hatte, direkt in eine gespannte Bärenfalle gegriffen zu haben. Irgendetwas spießte ihre Hand auf, durchschlug sie ohne die geringste Mühe und schickte Strahlen aus reinem Feuer ihren Arm und die Schulter bis in den Schädel hinauf, wo sie in einer weißglühenden Lohe direkt zwischen ihren Schläfen explodierten. Jedenfalls fühlte es sich so an.

Was sie sah, war nicht annähernd so dramatisch, aber schlimm genug: Irgendein Hirni hatte die gesamte Mauerkrone mit scharfzackigen Glasscherben gespickt – wahrscheinlich der paranoide Filialleiter, der Angst hatte, dass man ihm den Müll aus seinem Hof stahl –, und sie hatte selbstverständlich gezielt in eine dieser Scherben hineingegriffen. Ihre Hand war zwar nicht durchbohrt, aber es tat so ekelhaft weh, dass ihr die Tränen in die Augen schossen.

Mindestens genauso wütend auf sich selbst wie auf den Vollidioten, der sich diesen Schwachsinn hatte einfallen lassen, ballte sie die Hand zur Faust. Mit einer gewaltigen Kraftanstrengung blinzelte sie die Tränen weg und starrte eine Sekunde lang beinahe verständnislos auf das sonderbar hellrote Blut, das aus ihrer geschlossenen Hand tropfte.

Irgendetwas stimmte damit nicht, dachte sie verwirrt. Es war zu hell und zu dünnflüssig, und obwohl der Schmerz im ersten Moment eher noch schlimmer wurde, kam er ihr zugleich beinahe … *angenehm* vor.

Nein. Angenehm war das falsche Wort. Das Gefühl war … unheimlich.

Verwirrt starrte sie weiter ihre Hand an, und vielleicht hätte sie es auch noch länger getan, hätte es nicht plötzlich hinter ihr lautstark gescheppert.

Der Blonde war zu ihrem Bedauern nicht dumm genug, ihr Kunststück nachmachen zu wollen und sich dabei vielleicht freundlicherweise den Fuß zu verstauchen, dafür aber erschreckend pragmatisch: Inmitten all des Chaos hatte er tatsächlich eine gelbe Plastikmülltonne entdeckt, die er jetzt mit einem Fußtritt gegen die Wand beförderte, und aus der gleichen Bewegung holte er Schwung; vermutlich um hier den Nijinski zu geben und mit einem einzigen Satz zu ihr heraufzuspringen. Der Bursche war hartnäckig, das musste sie ihm lassen.

Und er würde sie kriegen, wenn sie noch lange hier herumhockte und seine Hartnäckigkeit und die Eleganz seiner Bewegungen bewunderte.

Schnell, aber sorgsam darauf bedacht, sich nicht noch mehr an den Glasscherben zu verletzen, schwang sie sich vollends über die Mauer. Mit einer eleganten Rolle kam sie auf der anderen Seite wieder auf die Beine und hörte eine Mischung aus Schmerzensschrei und Fluch über sich. Offensichtlich war der Blondschopf doch nicht ganz so clever, wie sie geglaubt hatte.

Jetzt waren sie schon zu zweit, um ein Wörtchen mit dem Architekten dieser Todesfalle zu reden.

Sie war in einem weiteren, an allen Seiten von Mauern umschlossenen Hinterhof herausgekommen, der allerdings weitaus größer (und aufgeräumter) war und vor allem einen Ausgang hatte: eine schmale, weit offen stehende Durchfahrt, hinter der die Straße auf der Rückseite des Häuserblocks zu sehen war. Noch ein paar Schritte, und sie hatte es geschafft. Sie war sich sicher, dass sie schnell genug rennen konnte, um dem Blondschopf zu entkommen.

Der übrigens genau in diesem Moment mit einem erschreckend eleganten Satz hinter ihr von der Mauer sprang und kaum weniger schnell wieder auf den Beinen war als sie gerade.

»Verdammt, Junge, bleib doch stehen!«, keuchte er. »Du machst es doch nur schlimmer, und wir kriegen dich sowieso!«

Aber bestimmt nicht heute, dachte Lena, wirbelte auf dem Absatz herum und raste los, und statt weiter Unsinn zu reden, stieß der junge Bulle ein überraschtes Keuchen aus, als er offensichtlich zum ersten Mal begriff, *wie* schnell sie wirklich war.

Lena hatte es nie ausprobiert, weil sie so etwas nun wirklich nicht interessierte, aber sie war sich ziemlich sicher, dass sie die hundert Meter unter acht Sekunden laufen konnte, und in einem Moment wie diesem wahrscheinlich sogar noch deutlich schneller. Sie würde ihren Vorsprung verdoppelt haben, noch bevor sie die Durchfahrt erreichte, und auf der anderen Seite hatte sie ihn vermutlich ganz abgehängt.

Oder war tot, je nachdem.

Der Lkw tauchte nicht nur wie aus dem Nichts am anderen Ende der Einfahrt auf, er füllte sie auch so perfekt aus, als wäre er zu keinem anderen Zweck konstruiert worden. Der Fahrer musste ein wahrer Meister seines Fachs sein, denn er jagte nahezu ungebremst in die Einfahrt hinein, obwohl auf beiden Seiten kaum noch Platz für den sprichwörtlichen Bierdeckel blieb.

»Um Himmels willen, Junge – *pass auf!*«, schrie der Bulle hinter ihr. In seiner Stimme lag echte Panik, ein Gefühl, das dem ziemlich nahekam, was auch Lena in diesem Moment verspürte. Sie war zu schnell. Der Lkw sprang ihr regelrecht entgegen, ein riesiges weiß lackiertes Ungeheuer, das die schmale Durchfahrt ausfüllte wie ein Korken den Flaschenhals, zwanzig Tonnen Stahl, die alles zermalmen mussten, was sich ihnen in den Weg stellte; sie selbst eingeschlossen.

Irgendetwas geschah mit der Zeit. Sie schien plötzlich anzuhalten und zugleich mit zehnfacher Schnelligkeit dahinzurasen, so dass sie alles mit übernatürlicher Klarheit wahrnahm, aber auch vollkommen außerstande war, irgendwie zu reagieren, so als hätte eine stärkere Macht die Kontrolle über ihre Handlungen übernommen, der sie nichts entgegenzusetzen hatte. Der Lkw raste weiter heran. Die Luftdruckbremsen zischten, als der Fahrer die schmale Gestalt in der schwarzen Kapuzenjacke auf sich zujagen sah und ebenso verzweifelt wie vergebens auf die Bremse trat, um den 20-Tonnen-Koloss doch noch zum Stehen zu bringen, ein Laut wie das Fauchen eines wütenden Drachen. Hinter ihr schrie der junge Bulle so gellend auf, als wäre er es, der im nächsten Moment überrollt werden musste, und sie konnte den Ausdruck von blankem Entsetzen im Gesicht des Fahrers hinter der verdreckten Scheibe des Führerhauses erkennen. Etwas in ihr krampfte sich in Erwartung des Aufpralls zusammen. Sie fragte sich, ob es wehtun würde, aber seltsamerweise hatte sie überhaupt keine Angst.

Statt vom verchromten Kühlergrill des Monster-Trucks zerschmettert zu werden, tat Lena etwas ganz und gar Unglaubliches: Kaum fester als ein fallendes Blatt berührte ihr linker Fuß die bullige Stoßstange und katapultierte sie in die Höhe, Finger- und Zehenspitzen fanden Halt im gerippten Chrom des Kühlergrills, den Scheibenwischern und dem getönten Plastik des Sonnenschutzes, dann war sie an der Fahrerkabine hinauf und schlitterte durch den schmalen Spalt zwischen dem Dach und der gemauerten Decke der Toreinfahrt. Es reichte nicht. Es *konnte* nicht reichen. Die Lücke war kaum fünf Zentimeter hoch, wenn nicht weniger. Sie würde einfach zerquetscht werden, zu roter Schmiere auf dem Wagendach und unter der Decke verteilt.

Stattdessen glitt sie lautlos und so schnell wie ein Schatten über das Dach, turnte mit völlig unmöglicher Geschicklichkeit über den Auflieger und die überdimensionale Stoßstange am Heck des Sattelzuges und kam so leichtfüßig und elegant wie eine Ballerina am Ende eines harmlosen Übungshüpfers auf dem Bürgersteig auf. Funken sprühten. Aus dem Zischen und Wispern in ihren Ohren wurde jäh das gepeinigte Kreischen von Metall, und der Lkw kam mit einem so harten Ruck kaum einen halben Meter hinter ihr zum Stehen, als wäre er gegen eine Mauer geprallt. Jemand schrie, und nicht besonders weit entfernt begann schon wieder eine Sirene zu wimmern.

Lena rannte los.

2

Irgendetwas stimmte hier nicht. Irgend. Etwas. Stimmte. Hier. Ganz. Und. Gar. Nicht.

Lena machte auf dem Absatz kehrt und hielt auf einen auffallend lackierten Motorroller zu, bei dem einladend der Schlüssel steckte, als sie den blau-silbernen Streifenwagen sah, der die Straße auf ganzer Breite blockierte und gleich einen doppelten Stau produzierte: einen Mob wütender Autofahrer, die nach Kräften ihre Hupen ausprobierten, auf der einen und eine kaum weniger laute (und rasch anwachsende) Menschenmenge auf der anderen Seite, die ihrer Verärgerung darüber Ausdruck verlieh, nur einzeln und nach einer ausgiebigen Gesichtskontrolle passieren zu dürfen.

Statt ihrem Fluchtinstinkt nachzugeben, zwang sie sich, die fremde Maschine vom Ständer zu schieben und sie hinter einem Gemüsekarren vorbeizusteuern, um sie dann hinter dem Streifenwagen zu starten und in aller Ruhe loszufahren. Ihre Gedanken rasten dafür umso schneller. In welches Wespennest hatte sie da gestochen?

Wie es aussah, hatten Schmerbauch und sein gut aussehender Kollege nicht nur die gesamte Polizei der Stadt aufgeboten, sondern auch noch das SEK, die GSG9, den Großteil der Bundeswehr und vermutlich noch ein paar Bataillone Fremdenlegionäre; und vielleicht auch noch ein paar Taliban, die sich ein bisschen Taschengeld dazuverdienen wollten, um neue Bomben zu basteln. Das ganze verdammte Viertel war abgeriegelt, und in der Ferne rückten noch mehr Sirenen an.

Natürlich war ihr längst klar, dass der Aufwand nicht ihr galt. Hier lief eine ganz andere und viel üblere Kiste ab, die vermutlich etwas mit dem Russen zu tun hatte, dessen Brieftasche in ihrer Jacke wie ein Stück weißglühendes Eisen brannte. Sie war im falschen Moment am falschen Ort gewesen, so einfach war das.

Unglückseligerweise half ihr diese Erkenntnis nicht im Geringsten dabei, aus dieser Falle zu entkommen. Unterm Strich war es auch einerlei, ob sie absichtlich oder ganz aus Versehen unter die Räder kam – wenn die Bullen sie erwischten, ob mit oder ohne die geklaute Russenmafia-Brieftasche, dann war ihre Bewährung futsch, und sie würde ihre nächsten beiden Geburtstage in einer gemütlichen Vierbettzelle mit Gittern vor den Fenstern und zwei übergewichtigen Lesben und einer Crack-Süchtigen auf Dauerentzug als Gesellschaft feiern. Herzlichen Dank auch.

Als wäre dieser Gedanke ein Stichwort gewesen, tauchte am anderen Ende der Straße ein weiterer Streifenwagen auf. Lena reagierte blitzschnell, schwenkte nach rechts und verschwand in einer schmalen Lücke zwischen zwei Häusern, die sie zuvor nicht wahrgenommen hatte.

Das Heulen der Polizeisirene, das sie bisher vermisst hatte, gellte nun umso lauter in ihren Ohren. Mit kreischenden Reifen kam der Streifenwagen kaum ein Dutzend Schritte hinter ihr zum Stehen. Sie zog den Gasgriff auf, und der kleine Roller jagte mit einem so gewaltigen Hüpfer los, dass sie erschrocken wieder Gas wegnahm. Gehetzt blickte sie über die Schulter zurück.

Die Türen des Streifenwagens waren aufgeflogen, und ein verdammt gut aussehender junger Polizeibeamter mit blondem Haar und in leicht ramponierten Designerklamotten stürzte so hastig heraus, dass er beinahe über die eigenen Füße gestolpert wäre. Er fing sich aber sofort wieder und jagte hinter ihr her.

Verdammt, war der Junge gut! Zwar war es der unpassendste aller denkbaren Momente, aber *wenn* sie schon verhaftet werden würde, dann am liebsten von jemandem wie ihm.

Am allerliebsten allerdings gar nicht.

Lena erreichte das Ende der Gasse, und sofort sank ihr Mut wieder. Vor ihr befand sich zwar kein weiterer Streifenwagen (nicht einmal ein kümmerlicher Schützenpanzer, der mit einer Zwillingsflak auf sie zielte), sehr wohl aber ein Hindernis, das sich als genauso unüberwindlich erwies: Sie hatte den Kanal erreicht. Vor ihr lag ein lebensgefährlicher Hindernisparcours aus Steinen, Bauschutt, Müll und kümmerlichem Grün, der zu einem schmutzig grauen Band hinabführte, auf dem sich nur hier und da ein silberner Lichtsplitter brach … kein Fluchtweg weit und breit. Und in spätestens zehn Sekunden würde Blondie hinter ihr aus der Gasse stürmen.

Sie sprang blitzschnell vom Motorroller ab und steppte nach links, um wenigstens für die letzten zehn Sekunden Freiheit, die ihr noch blieben, unsichtbar zu sein, erinnerte sich daran, etwas Großes und Schwarzes in der Hand ihres Verfolgers gesehen zu haben, und schickte ein Stoßgebet gen Himmel, dass es keine Pistole war. Vermutlich hatte sie ihn wütend genug gemacht, damit er das Ding auch benutzte.

Ihre Gedanken rasten. Bis zum Kanal hinunter waren es kaum drei Dutzend Schritte, aber die Idee, kurzerhand hineinzuspringen und ihm davonzuschwimmen, verwarf sie beinahe schneller, als sie ihr kam. Wasser war nicht unbedingt ihr Element, und wütend wie der Blondschopf mittlerweile war, traute sie ihm durchaus zu, dass er sein Yuppie-Outfit endgültig ruinierte, indem er ihr einfach hinterherkraulte, um sie in der Flussmitte einzuholen und wie eine widerspenstigste Katze zu ersäufen.

Zeit für Plan B.

Von allen verrückten Ideen war das vermutlich die allerverrückteste, aber ihre gesamte Logik und Vernunft hatten bisher nur dazu geführt, dass ihre Situation sekündlich schlimmer wurde. Und was hatte sie zu verlieren?

Ohne langsamer zu werden, riss sie ihre rote Wühltischbeute unter der Jacke heraus, klemmte sich die Aldi-Tüte zwischen die Zähne und schlüpfte im Rennen aus der Jacke. Noch fünf Sekunden. Wenn sie Glück hatte. Keine Chance.

Sie versuchte es trotzdem, jagte, so schnell sie konnte, auf einen der kümmerlichen Büsche am Ufer zu und schlüpfte in einer einzigen, fließenden Bewegung aus Jeans, Sneakers und T-Shirt, und als wäre das allein noch nicht unmöglich genug, gelang es ihr sogar noch, in das gestohlene Sommerkleid zu hüpfen, Hose und Jacke in die Plastiktüte zu stopfen und sich auf das Handy und Iwanowitschs Brieftasche zu setzen, bevor der Blondschopf hinter ihr aus der Gasse gestürmt kam. Der allerletzte Teil ihres Plans funktionierte nicht ganz: Die Aldi-Tüte mit ihrer Diebesmontur verfing sich an ihrem kleinen Zeh, statt wunschgemäß im schmutzigen Wasser des Kanals zu versinken, aber damit musste sie leben. Hinter ihr polterten schwere Schritte aus der Gasse heraus und brachen dann abrupt ab. Das Allerletzte, was sie sich jetzt leisten konnte, war eine hastige Bewegung. Auch wenn sie sich nicht die winzigste Chance ausrechnete, mit diesem Rollentausch durchzukommen. Sie versuchte die Tüte unauffällig mit dem Fuß unter Wasser zu drücken, mit dem einzigen Ergebnis allerdings, dass sich die darin eingesperrte Luft aufblies und das verdammte Ding nur noch auffälliger wurde.

Wieder hörte sie Schritte, die näher kamen, zögerten, sich abermals näherten und dann ganz abbrachen. Sich nicht herumzudrehen und zu ihrem hartnäckigen Verfolger hochzusehen, kostete sie nahezu alle Kraft, die sie noch aufbringen konnte. Sie musste schlicht den Verstand verloren haben, auch nur eine einzige Sekunde lang zu glauben, dass sie mit dieser hirnrissigen Idee durchkam!

»Hi!«, sagte eine Stimme hinter ihr. Eine sehr angenehme Stimme, deren bloßer Klang ihr ein Kribbeln über den Rücken jagte, das nun *wirklich* nicht hierher gehörte.

Lena versuchte den Gedanken zu verscheuchen und ballte zusätzlich die Hand zur Faust, um den Schmerz erneut zu entfachen. Es funktionierte. Das dumpfe Pochen in der tiefen Schnittwunde hätte ihr zwar fast die Tränen in die Augen getrieben, vertrieb aber auch alle anderen Gedanken und erinnerte sie daran, was hier auf dem Spiel stand.

Betont langsam drehte sie den Kopf und blinzelte in ein Gesicht hinauf, das ihr noch deutlich näher war, als sie sowieso schon befürchtet hatte.

»Hi«, antwortete sie mit einiger Verspätung und selbst ein bisschen erstaunt, wie beiläufig ihre Stimme klang. Sollte sie noch einmal auf die Welt kommen, dachte sie, dann würde sie ernsthaft eine Karriere als Schauspielerin in Betracht ziehen.

»Hast du hier 'nen Typen vorbeikommen sehen?«, fragte der Blondschopf und hob die Hand, um eine Größe anzuzeigen, die so genau der Lenas entsprach, als hätte er nachgemessen. »So groß etwa, Kapuzenjacke, Jeans und ziemlich neue Sneakers?«

Die jetzt gerade untergehen und damit endgültig ruiniert sind. Er war nicht nur süß, sondern offensichtlich auch noch ein ganz ausgezeichneter Beobachter.

Lena tat so, als müsste sie einen Moment lang nachdenken, und reagierte dann mit einer Mischung aus einem Kopfschütteln und einem bedauernden Achselzucken. »Tut mir leid.«

Blondie legte den Kopf auf die Seite und sah sie so durchdringend an, dass ihr schon wieder ein kalter Schauer über den Rücken lief, wenn auch jetzt aus vollkommen anderen Gründen. Er spielte nur mit ihr, begriff sie. Der Uferstreifen war menschenleer, und er war nur wenige Sekunden nach ihr aus der Gasse gestürmt. Dass er einen Jungen in Jeans und schwarzer Jacke verfolgt hatte und nun einem jungen Mädchen in einem dünnen roten Sommerkleid gegenüberstand, mochte ihn ein bisschen verwirren, aber mehr auch nicht. Schließlich war er nicht blöd. Wer so gut aussah, konnte nicht blöd sein.

Lena war ein ganz kleines bisschen enttäuscht. Okay, er hatte sie, aber sich noch über sie lustig zu machen, das … *gehörte sich einfach nicht*, basta!

Statt jedoch hinter sich zu greifen und in typischer Hollywood-Manier ein Paar verchromter Handschellen aus dem Hosenbund zu ziehen, legte er nur den Kopf auf die andere Seite, sah sie eine weitere Sekunde lang auf dieselbe unangenehm durchdringende Art an, ließ ihren Blick dann endlich los und seufzte; tief und ehrlich enttäuscht. Wenn er schauspielerte, dachte sie, dann eindeutig noch besser als sie.

Unschlüssig sah er sich um, setzte dann dazu an, sich wegzudrehen, und tat es schließlich doch nicht, sondern hob stattdessen die Hand. Was sie in ihrer Panik für eine Pistole gehalten hatte, entpuppte sich bei genauerem Hinsehen als altmodisches Funkgerät, wie sie das letzte Mal in einem zehn Jahre alten Fernsehkrimi eines gesehen hatte.

»Hier Tom. Wie sieht's aus? Habt ihr ihn?«

»Negativ«, drang die verrauschte Antwort aus dem kühlschrankgroßen Museumsstück. Alles andere hätte Lena auch gewundert.

Tom. Der Name passte zu ihm. Wahrscheinlich hieß er in Wahrheit Thomas oder Torsten, aber Tom gefiel ihr eindeutig besser. Tom, der schon wieder den Enttäuschten spielte und sich nachdenklich einmal im Kreis drehte, bevor sich sein Blick wieder auf sie einpendelte und er wahrscheinlich angestrengt darüber nachdachte, an welchem Handgelenk er die Handschelle befestigen sollte. Warum hörte er nicht endlich mit diesem unwürdigen Theater auf?

Lena versuchte unauffällig, die Aldi-Tüte mit ihren verräterischen Kleidern vom Zeh zu schütteln, und begriff gerade noch rechtzeitig, dass ihm die Bewegung unmöglich entgehen konnte. Aber gut, besser eine Aldi-Tüte am Zeh als Handschellen an den Armen.

Tom seufzte noch einmal und noch tiefer, sah sich mit demonstrativ gerunzelter Stirn um und steckte dann das Kreidezeit-Funkgerät ein. Lena schöpfte schon fast Hoffnung (vermischt mit einem ganz leisen Gefühl völlig absurder Enttäuschung), dass er jetzt aufgeben und endlich verschwinden würde, doch stattdessen wandte er sich nun endgültig zu ihr um. Er zog eine Grimasse und hob die linke Hand vor das Gesicht. Der Schnitt darin war nicht annähernd so tief wie der in Lenas Rechter, sah aber übel genug aus.

»Darf ich mich einen Moment zu dir setzen … Ich darf doch *du* sagen, oder?«

Er wartete die Antwort nicht ab, wischte sich mit der unversehrten Hand den Schweiß von der Stirn und setzte sich mit angezogenen Knien auf einen schmierigen Stein neben sie. Adieu, Boss-Hose. Jetzt waren sie wenigstens quitt, was ihre sauteuren Sneakers anging, die sie vor nicht einmal einer Woche geklaut hatte.

Lena selbst nutzte die Gelegenheit, die Aldi-Tüte endgültig abzuschütteln und die Knie an den Leib zu ziehen, und es funktionierte auch ganz wunderbar. Noch besser wäre es allerhöchstens gewesen, hätte er die blau-gelbe Plastiktüte nicht bemerkt, die langsam vom Ufer wegtrieb und Fahrt aufnahm, als sie in die Strömung geriet. Gottlob war sie zu schnell, als dass er sie noch hätte herausfischen können.

Er versuchte es auch erst gar nicht, sondern umschlang die Knie mit beiden Händen, blickte dann verdutzt auf den schmierigen Blutfleck hinab, den seine linke Hand auf dem weißen Stoff hinterlassen hatte, und starrte schließlich ebenso verwirrt auf Lenas nackte Füße.

»Du siehst ganz schön fertig aus«, sagte sie vielleicht eine Spur zu hastig. Sein Atem ging immer noch schnell und ein bisschen rasselnd, und nicht nur seine Stirn war nass vor Schweiß.

»Bin ich auch«, antwortete er mit einem leicht verlegenen Lächeln. »Anscheinend werd ich langsam alt. Der Mistkerl war einfach zu schnell.«

»Was hat er denn gemacht?«, fragte Lena.

»Wer?«

»Der Mistkerl, der einfach zu schnell für dich war«, antwortete sie.

Tom grinste flüchtig und sah sie noch einmal ausgiebig von Kopf bis Fuß an, wobei sein Blick vielleicht einen Sekundenbruchteil zu lange auf dem zugegeben atemberaubenden Ausschnitt ihres geliehenen Kleides hängen blieb.

»Eigentlich war das niemand Besonderes«, sagte er. »Ein kleiner Straßenköter, mehr nicht. Der arme Hund hatte einfach nur das Pech, an den Falschen zu geraten.«

»An dich?«, stichelte Lena.

Tom schüttelte ungerührt den Kopf. »Er hat 'nen russischen Zuhälter beklaut, den wir gerade hochnehmen wollten.«

»Oh«, machte Lena. *Was für eine Überraschung.*

»Oh«, bestätigte Tom. »Ich wette, der Idiot hatte keine Ahnung, wessen Brieftasche er da mitgehen lässt.«

»Wahrscheinlich war es ihm egal«, sagte Lena.

»Du meinst, dass er uns fast den Einsatz versaut hat?« Tom wiegte den Kopf. »Oder dass er sich mit der Russenmafia angelegt hat? So was kann verdammt ins Auge gehen. Die Burschen verstehen nicht für zehn Cent Spaß.«

Lena zog es vor, gar nichts dazu zu sagen. Im Stillen überschlug sie, wie ihre Chancen standen, wenn sie jetzt die nächste

Runde einläutete und einfach aufsprang und sich zu *ihrem* Motorroller durchschlug. Sie tendierten gegen null.

»Im Grunde ist dieser Junge völlig uninteressant für uns«, fuhr er fort. »Ein kleiner Fisch, nicht der Rede wert.«

»Weil du dich nur für die richtig großen Fische interessierst«, sagte Lena.

»Weil sich die Soko nur für die richtig großen Fische interessiert«, antwortete Tom sehr ernst. Etwas in seinem Blick änderte sich. Lena konnte nicht genau sagen, was, aber es war nicht einmal unangenehm. »Für den Russen, zum Beispiel.«

»Aber ihr habt ihn doch«, antwortete Lena. Sie konnte gerade noch den Impuls unterdrücken, sich selbst zu ohrfeigen, und fügte hastig hinzu: »Du hast doch gesagt, er hätte euch *fast* den Einsatz versaut. Also habt ihr ihn erwischt, oder?«

»Den Russen, ja«, antwortete er. »Aber seine Brieftasche wäre beinahe genauso wichtig.«

»Weil ihr eine Spende für die Witwen- und Waisenkasse braucht?«

Tom lachte nicht. »Weil ein paar Dinge darin sind, die für uns von großem Interesse wären. Ziemlich wichtige Dinge. Ich meine: Wenn ich die Brieftasche hätte …« Er sah einen Moment lang in die Richtung, in der die Aldi-Tüte davongeschwommen war. »… oder wüsste, wo sie ist, dann wäre dieser kleine Straßenköter eigentlich nicht mehr so interessant für mich. Vielleicht würde ich ihn sogar laufen lassen.«

Sicher, dachte Lena. *Und an Heiligabend kommt der Weihnachtsmann.*

Tom sah sie ein paar Sekunden lang an … und dann streckte er plötzlich die Hand aus und sagte: »Tom.«

Lena war einfach zu perplex, um irgendetwas anderes zu tun, als die dargebotene Hand zu ergreifen und zu antworten: »Lena.«

Wie intelligent. Warum nannte sie ihm nicht gleich noch ihre genaue Adresse und die Personalausweisnummer?

»Netter Name«, sagte Tom. Er lächelte – es sah ehrlich aus –, ließ ihre Hand aber nicht los, sondern hielt sie nun sogar noch fester und drehte sie dann so herum, dass er den Schnitt in der Handfläche sehen konnte. Die Wunde hatte wieder zu bluten begonnen, und das Rot kam ihr jetzt noch unnatürlicher und heller vor als vorhin.

»Das sieht übel aus«, sagte er.

Lena machte sich mit sanfter Gewalt los und ballte die Hand wieder zur Faust. Es tat weh. »Geht schon«, sagte sie rasch. »Sei lieber vorsichtig. Hier liegt jede Menge gefährlicher Müll rum.«

»Danke für die Warnung«, antwortete Tom. Sein Blick hielt den Lenas unerbittlich fest. »Auch wenn sie zu spät kommt.«

Langsam hob er die linke Hand und spreizte die Finger, so dass sie den tiefen Schnitt in seiner Handfläche sehen konnte.

Lena seufzte. Sie war weder überrascht noch sonderlich erschrocken, sondern empfand viel eher eine absurde Erleichterung.

»Diese verdammten Glasscherben gehören verboten«, fuhr er fort. »Eine völlig sinnlose Blödheit, wenn du mich fragst. Jemanden, der wirklich über die Mauer will, halten sie sowieso nicht auf … wie wir ja beide wissen.«

Lena sagte auch dazu nichts, sondern wartete darauf, dass er von sich aus weitersprach, was er aber nicht tat. Schließlich war doch sie es, die das Schweigen brach. »Und jetzt?«

»Muss ich dich verhaften«, seufzte Tom. Das Bedauern in seiner Stimme klang echt.

»Musst du das?«

»Du hattest deine Chance«, sagte Tom. »Ich muss dich mitnehmen.«

»Wenn du mich kriegst.«

»Wenn ich dich kriege«, bestätigte Tom und sah sich demonstrativ um. Allzu viele Möglichkeiten gab es nicht, wohin sie flüchten konnte.

»Ich hab dich eben schon einmal abgehängt«, sagte Lena. »Zweimal sogar.«

»Da wusste ich auch noch nicht, hinter wem ich her bin«, antwortete Tom. Sein Blick strich jetzt ganz unverhohlen bewundernd über ihre schlanke Gestalt.

»Dafür weiß ich jetzt, vor wem ich flüchte«, antwortete Lena.

»Und?«, sagte Tom. Er lachte leise. »Macht dich das schneller oder langsamer?«

»Das kommt ganz darauf an.«

»Und worauf?«

»Warum du hinter mir herläufst.«

Tom sah sie eine Sekunde lang verdutzt an und lachte dann leise. Diesmal maß er sie mit einem ebenso langen wie seltsamen Blick.

»Das Kleid steht dir«, sagte er unvermittelt.

»Ist geklaut.«

»Ich weiß«, sagte Tom. »Aber das ändert nichts.«

Wieder breitete sich Schweigen zwischen ihnen aus, eine Stille, die im gleichen Maße unangenehm wie auf sonderbare Art vertraut war. Sie war de facto verhaftet worden, aber sie fühlte sich nicht so. Ganz und gar nicht.

»Du bist ein echt sonderbarer Bulle«, sagte Lena schließlich.

»Deswegen bin ich ja bei der Soko«, antwortete Tom mit todernster Miene. »Weil es dort so viele sonderbare Kollegen gibt.«

Lena lachte, aber es klang so wenig echt, dass ihr der Laut sofort im Hals stecken blieb. Ein seltsames Gefühl begann sich in ihr breitzumachen. An diesem Jungen war etwas, was sie umso weniger begriff, je intensiver sie es zu ergründen versuchte.

»Sieht so aus, als hättest du mich erwischt«, sagte sie schließlich. »Keine Chance auf eine zweite Chance?«

»Vierte«, verbesserte sie Tom und schüttelte bedauernd den Kopf.

»Und wenn wir …«, begann Lena, aber Tom unterbrach sie mitten im Satz:

»Stopp! Sag jetzt bitte nicht das, wovon ich glaube, dass du es sagen willst!«

Lena spürte, wie ihr die Zornesröte ins Gesicht schoss. »Keine Angst!«, sagte sie scharf. »Das hatte ich nicht vor! Aber es macht es leichter, weißt du?«

»Was?«, fragte Tom.

Lena sparte es sich, das *das* auszusprechen. Mit einem einzigen federnden Satz war sie auf den Beinen und jagte mit weit ausgreifenden Schritten davon.

Mit einem einzigen weit ausgreifenden Schritt, um genau zu sein.

Lena konnte im ersten Moment nicht sagen, was schlimmer war: die vollkommene Überraschung, sich mit einem Mal bäuchlings auf dem Boden liegend wiederzufinden, oder die Wucht, mit der Tom auf ihr landete und sie gegen den Boden presste. Zugleich griff er nach ihrem Handgelenk und drehte ihr den Arm auf den Rücken.

»Verdammt, geh … runter von … mir!«, keuchte sie, während sie Dreck und ekelhaftes Gras ausspuckte.

Tom ging nicht *runter von ihr,* aber immerhin lockerte er den Polizeigriff etwas. Sie konnte seinen Atem im Nacken und auf der Wange spüren. Er roch gut.

»Hör auf, verdammt noch mal!«, sagte er schwer atmend. »Ich will dir nicht wehtun!«

»Ich dir schon!«, antwortete Lena, zog die Knie an und riss dann mit aller Gewalt den Kopf in den Nacken.

Es tat sehr viel mehr weh, als sie erwartet hatte, aber sie wurde auch mit dem zufriedenstellenden Knacken von Knorpel belohnt und gleich darauf mit einem Laut, der irgendwo zwischen einem überraschten Grunzen und einem schmerzerfüllten Heulen lag. Toms Griff um ihr Handgelenk lockerte sich noch mehr, und Lena riss sich los, rollte sich auf den Rücken und stieß ihm die nackten Füße mit solcher Wucht vor die Brust, dass er in einer grotesk armwedelnden Pantomime rückwärts auf die Beine katapultiert wurde. Irgendwie brachte er das Kunststück fertig, das Gleichgewicht zu halten.

Lena nutzte den restlichen Schwung ihres Tritts, um sich ebenfalls aufzurichten, machte einen hastigen halben Schritt zurück und bückte sich dann blitzschnell, um das Smartphone und die Brieftasche des Russen aufzuheben. Was für sie galt, das galt schließlich auch für ihn: Er hatte seine Chance. Auch die vierte, um genau zu sein.

»Mach keinen … Unsinn, Mädchen«, brachte er benommen hervor. Das Blut lief ihm aus der Nase, und er schwankte leicht. »Du weißt ja nicht, was du da …«

»Sorry, Tom«, sagte Lena, und das war nicht einmal gelogen. Es tat ihr wirklich leid. Und sogar ein bisschen weh.

Wenn auch wahrscheinlich nicht annähernd so sehr wie ihm, als sie das Knie hochriss und ihm zwischen die Beine rammte.

3

Flüchten wäre irgendwie unsinnig gewesen, denn Toms Kollegen hatten tatsächlich das gesamte Viertel so hermetisch abgeriegelt, dass nicht einmal die sprichwörtliche Maus durch das engmaschige Netz schlüpfen konnte. Der Umstand, sich nicht in einer der wirklich besseren Gegenden der Stadt aufzuhalten, erwies sich im Nachhinein jedoch als Segen. Nicht wenige der Häuser hier am Kanal standen teilweise oder auch ganz leer, so dass es ihr nicht schwergefallen war, ein Versteck zu finden, in dem sie abwarten konnte, bis das Schlimmste vorüber war; eine Stunde, bis sich der Polizeikordon auflöste, und noch eine geschlagene zweite, nur um auf Nummer sicher zu gehen und nicht etwa einer Zivilstreife in die Arme zu laufen, die in irgendeiner Ecke darauf wartete, dass sie dumm genug war, sich zu zeigen.

Es begann zu dämmern, als sie es endlich wagte, ihr Versteck in dem von Ratten und Spinnen verseuchten Abbruchhaus zu verlassen, um sich auf den Heimweg zu machen. Nur gut, dass sie mit dem Roller jetzt motorisiert war. Allerdings war es ohne Jacke schon recht kühl. Das Sommerkleid passte nicht zur Jahreszeit und war wohl nicht zufällig auf dem Wühltisch von Aldi gelandet. Prompt folgte ihr auch der eine oder andere verwunderte Blick, aber darüber machte sie sich keine allzu großen Sorgen. Die Menschen in dieser Stadt waren den Anblick sonderbarer Gestalten gewohnt.

Einen Straßenzug von dem heruntergekommenen Mietshaus entfernt, in dem ihre Mutter und sie wohnten, gab es eine Bankfiliale mit einem Geldautomaten, den sie nun ansteuerte.

Lena überzeugte sich mit einem unauffälligen Blick in die Runde davon, dass niemand sie beobachtete, und stellte den Roller fluchtbereit ab, um die letzten Meter zu Fuß zurückzulegen. Erst dann schaltete sie das Handy ein und spulte ungeduldig vor, bis sie Igors goldbehängte Wurstfinger sah, mit denen er die vierstellige Geheimnummer eintippte, kristallklar und in brillanten Farben so deutlich zu erkennen, dass er sie ebenso gut in Leuchtschrift auf der Stirn hätte tragen können. Sie schob die EC-Karte des Russen in den Schlitz, tippte die PIN ein und drehte sich wie zufällig so, dass nicht ihr Gesicht in den Aufnahmebereich der Kamera geriet, sondern nur ein Stück des roten Kleides und ihre leicht mitgenommenen Fingernägel. Viel Spaß beim Suchen.

Der Automat zitterte, klickte, ratterte noch einmal, dann erschienen in dezenten kleinen Buchstaben die Zeilen:

KARTE ZUR AUSZAHLUNG NICHT GEEIGNET.

BITTE WENDEN SIE SICH AN IHREN SACHBEARBEITER.

Sie wusste zwar, dass es unmöglich war, bildete sich aber ein, ein gehässiges Schlürfen zu hören, mit dem der Automat die Karte endgültig verschluckte.

Lena blinzelte. Russenmafia? Und das Konto war so hoffnungslos überzogen, dass der Automat die Karte fraß?

Es fiel ihr schwer, das zu glauben. Aber vielleicht hatte dieser Tom ja auch einfach nur Unsinn erzählt, um sich wichtig zu machen oder sie einzuschüchtern, damit sie ihre Beute rausrückte.

Lena wartete, bis sie sicher sein konnte, dass die Kamera nicht mehr lief. Nachdem sie dem hinterlistigen Automaten noch einen kräftigen Tritt versetzt hatte (was sich mit nackten Füßen als keine besonders gute Idee erwies), untersuchte sie die Brieftasche des Russen genauer. Sie war so gut wie leer. Die vier

Fünfziger, die Iwan abgehoben hatte (jetzt wusste sie auch, warum er so wenig gezogen hatte: Sein Dispo musste bis zum Anschlag ausgeschöpft sein), ein kyrillisch beschriftetes Dokument, von dem sie annahm, dass es ein Führerschein war, und das winzigste Notizbuch, das sie je gesehen hatte. Keine Platinkarte, kein Mitgliedsausweis für irgendeinen Edelpuff, kein Schlüssel für einen geheimen Tresor … Wenn Tom tatsächlich die Wahrheit gesagt hatte, dann musste sie wohl an den einzigen puritanischen Mafiaboss der ganzen Welt geraten sein. Nein, heute war ganz eindeutig nicht ihr Tag.

Lena nahm die vier druckfrischen Fünfziger an sich, blätterte das winzige Notizbuch durch und stellte fest, dass sie es nicht lesen konnte. Die winzige Schrift sah wie irgendein abstruser Geheimcode aus (was hatte sie denn erwartet – die Bankverbindungen der Moskauer Mafiazentrale samt den dazugehörigen Passwörtern?). Sie überlegte einen Moment, ob sie zur Abwechslung einmal auf ihre Vernunft hören und das Ding samt Brieftasche in den nächsten Gully schmeißen sollte. Wenn sie wirklich so wichtig war, wie Tom behauptet hatte, dann war möglicherweise nicht nur die Polizei hinter dem Ding her, und sie konnte sich wirklich etwas Erbaulicheres vorstellen, als auch noch zwei Dutzend blutrünstiger Kosaken auf den Fersen zu haben.

Aber sie wäre schließlich nicht sie gewesen, hätte sie einfach so auf die Stimme ihrer Vernunft gehört. Nachdem sie das Bargeld entnommen hatte, stopfte sie die Brieftasche und das Smartphone, statt die Beute in der Kanalisation zu versenken, in Ermangelung einer anderen Möglichkeit einfach unter den Gummi ihres Slips. Dann fuhr sie das restliche Stück nach Hause so schnell, dass ihr der Wind das Haar zerzauste. Fast zögerlich stellte sie dort die lieb gewonnene Maschine unter der Straßenlaterne ab. Und erst recht musste sie sich überwinden, um das Haus zu betreten. Wie jedes Mal.

Es war nicht allein die Lage und das heruntergekommene Äußere der hundert Jahre alten Bruchbude, in der ihre Mutter und sie seit einem Jahr hausten. Lena hatte nie Wert auf Luxus gelegt – vielleicht, weil sie ihn niemals kennengelernt hatte –, und im Prinzip interessierte es sie herzlich wenig, wie ein Haus *aussah*. Sie wollte ein warmes und einigermaßen sauberes Zimmer, dann und wann eine warme Mahlzeit und immer ausreichendes Futter für ihren MP3-Player, das war alles. Ihre Mutter und sie hatten schon in schlimmeren Schuppen gehaust.

Diese Kaschemme hier aber war ... *anders*. Sie hatte vermutlich seit dem Tag ihrer Einweihung keinen Handwerker mehr gesehen, und hätte sie nicht der Stadt gehört, dann hätte das Bauamt sie vermutlich schon vor dreißig Jahren abreißen lassen. Die Flurbeleuchtung (wenn sie denn einmal komplett brannte) war so trüb, dass es schon so junger Augen wie der Lenas bedurfte, um das Treppensteigen nicht zu einem lebensgefährlichen Abenteuer werden zu lassen.

Die Wände waren mit Graffiti beschmiert, die einen aussichtslosen Kampf gegen den allgegenwärtigen Verfall und Schmutz führten, und überall lag Müll. Bewohner, die es sich nicht leisten konnten, zweimal die Woche in ein Steakhaus zu gehen und an den übrigen Tagen das Pizzataxi kommen zu lassen, hatten ihm in all den Jahren einen eigenen Geruch beschert, eine Mischung aus Kohl, kaltem Zigarettenrauch, Schweiß und Schimmel und hundert anderen und ausnahmslos unangenehmen Dingen. Der Gestank verfolgte sie manchmal bis in ihre Träume hinein, da halfen auch die zahllosen Duftkerzen nichts, die sie in ihrem Zimmer abbrannte. Die Wände waren so dünn, dass Lena sich nicht sonderlich anzustrengen brauchte, um den Gesprächen in den Wohnungen zu folgen, an denen sie vorüberkam.

Es waren allerdings nicht diese Äußerlichkeiten, die es ihr unmöglich machten, dieses Haus als ihr *Heim* zu betrachten.

Damit hätte sie leben können, ebenso wie mit den ständigen Streitereien, der Polizei, die so oft kam, dass die Streifenwagen praktisch schon ihren eigenen Parkplatz vor der Tür hatten, und den diversen Gerichtsvollziehern, die sich die Klinke in die Hand gaben, obwohl sie ganz genau wussten, dass ihre Besuche hier nichts als Zeitverschwendung waren. Vor zwei, drei Monaten hatte es eine ausgewachsene Messerstecherei zwischen zwei verfeindeten Mietparteien im ersten Stock gegeben – die eingetrockneten Blutflecken auf der Treppe waren noch immer zu sehen, weil sich niemand berufen gefühlt hatte, sie wegzuwischen –, und im zweiten Stock wohnte eine völlig durchgeknallte Alte, die manchmal ohne jede Vorwarnung aus der Tür gesprungen kam und jeden, dessen sie ansichtig wurde, beschuldigte, sie im Auftrag der CIA, des chinesischen Geheimdienstes oder im Zweifelsfall auch einer Verschwörung außerirdischer Bösewichte auszuspionieren.

Mit alledem hätte sie leben können ... aber nicht mit dem Gefühl, *einfach nicht hierher zu gehören.* Nicht in dieses Haus, und nicht einmal in diese Welt. Sie war für etwas anderes bestimmt, etwas Besseres. Sie konnte sich, sooft sie wollte, selbst sagen, dass diese Einstellung ebenso arrogant wie verrückt war, aber das Gefühl blieb nicht nur, es wurde sogar mit jedem Mal stärker, wenn sie dieses Loch am unteren Ende der sozialen Leiter betrat.

Es gab auch Lichtblicke; zumindest einen, den sie auch jetzt sah, als sie den letzten Treppenabsatz vor der winzigen Dachgeschosswohnung erreichte. Er saß – wie beinahe immer – auf der untersten Stufe, balancierte ein Schachbrett mit billigen Plastikfiguren auf den Knien und spielte gegen sich selbst: ein dürres Kerlchen, vielleicht acht oder neun Jahre alt und genauso schäbig gekleidet, wie auch sie es gewesen war, als sie das Haus am Vormittag verlassen hatte. Entsprechend überrascht sah er sie in ihrem roten Sommerkleid dann auch im ersten

Moment an, danach aber erschien genau der gespielterwachsene Ausdruck auf seinen Zügen, der es Lena von der ersten Sekunde an unmöglich gemacht hatte, ihn *nicht* ins Herz zu schließen.

»Hatte meine zukünftige Frau einen schönen Tag?«, fragte Mehmet.

O ja, ganz wunderbar. Schließlich kam es immer darauf an, von welchem Standpunkt aus man die Dinge sah. Immerhin hatte niemand auf sie geschossen. Wenigstens niemand, der auch getroffen hätte …

»Na ja«, seufzte sie. »Hätte schlimmer kommen können.«

Erschöpft ließ sie sich neben ihm auf die Treppenstufe sinken und betrachtete einen Moment lang die einfachen Plastikfiguren und ihre Stellung zueinander, dann seufzte sie noch tiefer und raffte sich zu dem freundlichsten Lächeln auf, das sie zustande brachte.

»Und wie geht's meinem zukünftigen Göttergatten?«

Mehmets Grinsen wurde nun vollends unwiderstehlich, und er reckte den Daumen zur Siegergeste nach oben. Die Figuren auf dem Schachbrett begannen bedrohlich zu wanken, aber Lena widerstand dem Impuls, die Hand auszustrecken und sie aufzufangen. Selbst wenn das gesamte Brett umfiel, würde Mehmet die Figuren in der richtigen Konstellation wieder aufstellen. Mehmet konnte so etwas. Er war ein erstaunlicher kleiner Bursche, der so wenig hierher gehörte wie sie.

Und der so wenig wie sie je eine Chance bekommen würde, jemals ein anderes Leben zu führen, dachte sie traurig

»Noch zehn Jahre bis zu unserer Hochzeit, Lena«, sagte Mehmet. »Abzüglich drei Monate.«

»Dann wird es allmählich Zeit, dass du Ringe kaufst«, antwortete sie ernst.

Mehmet zog eine Grimasse. »Bin pleite.«

»Gehen die Geschäfte so schlecht?«, fragte Lena.

»Das auch, aber mein Bruder hat mich abgezogen«, antwortete Mehmet. »Er braucht neue Reifen.«

Mehmets Bruder hatte weder einen Führerschein noch einen Wagen und brauchte deshalb auch ganz bestimmt keine neuen Reifen, sondern vermutlich etwas, um sich das Näschen zu pudern. Lena fand ihn mindestens genauso unsympathisch, wie sie Mehmet mochte.

»Das macht nichts«, sagte sie. »Ich nehme dich auch so. Wer braucht schon Geld?«

»Hast auch keins, ich weiß«, sagte Mehmet mitfühlend. Sein Blick tastete noch einmal über das neue Kleid und blieb dann an ihren nackten Füßen hängen. Er stand schnell auf und stellte das Schachbrett auf den Boden. Lena half ihm – völlig überflüssigerweise – dabei und nutzte die Gelegenheit, drei ihrer vier brandneuen Fünfziger unter das Brett zu schieben, ohne dass er es merkte. Vermutlich würde Mehmets Bruder es doch nur in Koks umsetzen, aber so würde er Mehmet wenigstens ein paar Tage lang nicht verprügeln. Mehmet wusste nicht, dass sie es wusste, und wenn, dann hätte er sich vermutlich zu Tode geschämt, aber Lena wusste sehr wohl, dass er oft genug stahl, um seinen Bruder bezahlen zu können. Und es gab nichts, was sie dagegen tun konnte.

»Ist nicht viel«, sagte Mehmet. Er griff in die Hosentasche und kramte ein paar kleine Münzen hervor, die er ihr hinhielt. »Aber wenn du heute Abend noch Party machen willst …«

Lena wusste nicht, ob sie lachen oder weinen sollte. Das Schlimme war, dass Mehmet das ernst meinte. Eine Sekunde lang sah sie ihn einfach nur an, dann küsste sie ihn zärtlich auf die Wange, nahm die knapp drei Euro von seiner ausgestreckten Hand und rannte die letzten Stufen die Treppe hinauf.

»Hä?«, sagte Mehmet verdutzt, und dann – eine Sekunde nachdem er etwas Bestimmtes unter dem Rand seines Schachbretts entdeckt zu haben schien – rief er: »He!«

Der Ruf ging im Klappen der Wohnungstür unter, die Lena hinter sich ins Schloss warf. Es war der endgültige Schritt ins Fegefeuer hinein. Die Wohnung war winzig und düster, und wie jedes Mal, wenn sie sie betrat, musste sie sich in den ersten Sekunden ganz bewusst auf das Luftholen konzentrieren, bevor ihr normaler Atemreflex wieder einsetzte und ihr Herz mit ein paar schnellen Schlägen den verlorenen Sauerstoff wieder wettzumachen versuchte.

Mit dieser Wohnung war es wie mit dem ganzen Haus: Jedes Mal, wenn sie sie betrat, hatte sie ein winziges bisschen mehr das Gefühl, nicht hierher zu gehören; schlimmer noch: *nicht willkommen zu sein.* Sie fragte sich, wann wohl der Moment da war, an dem sie es gar nicht mehr über sich brachte, nach Hause zu kommen.

Lena schüttelte den Gedanken ab. Heute war es jedenfalls noch nicht so weit. Ganz im Gegenteil, nach allem, was hinter ihr lag, erfüllten sie die schäbigen Wände mit einem Gefühl trügerischer Sicherheit. Vielleicht war das hier schon lange nicht mehr ein Heim, aber doch zumindest ein Ort, an dem ihr keine unmittelbare Gefahr drohte.

Zumindest glaubte sie das für die wenigen Sekunden, die sie brauchte, um die schäbige Diele zu durchqueren und das Wohnzimmer zu betreten.

Wie immer lief der Fernseher – sie hatten das Gerät zum Einzug hier vor gut einem Jahr gekauft, und Lena glaubte nicht, dass ihre Mutter es seither auch nur ein einziges Mal ausgeschaltet hatte. Die Beleuchtung war bis auf einen einzelnen, dafür aber umso grelleren Spot auf ein mattes Glühen heruntergedimmt. Der Lichtstrahl war auf den Couchtisch gerichtet, auf dem ihre Mutter ihr privates *Nagelstudio* betrieb, schwarz und an der Steuer vorbei, aber mit so wenig Können und entsprechend geringem Erfolg, dass es das Finanzamt sowieso nicht interessiert hätte.

Sie betrieb dieses Geschäft jetzt seit knapp fünf Monaten, die momentan letzte verrückte Idee in einer schier endlosen Reihe verrückter Ideen, die alle eines gemein gehabt hatten: Sie pflegten ausnahmslos in einem Desaster zu enden, angefangen von Tupperware- und Amway- bis hin zu Dessouspartys für Übergewichtige. Keines dieser Unternehmen wäre von vornherein zum Scheitern verurteilt gewesen, hätte irgendjemand anderes als ihre Mutter es in Angriff genommen, bei ihr aber war die Frage nicht ob, sondern wie groß die Katastrophe war, in der es endete.

Angeblich sollte es ja Menschen geben, denen alles gelang und die alles in Gold verwandelten, was sie berührten. Lena wusste nicht, ob das stimmte. Sie selbst war bislang nie solchen Menschen begegnet; wenn es sie gab, dann verkehrten sie wohl nicht in den gleichen Kreisen. Aber sie kannte sehr wohl jemanden, auf den das genaue Gegenteil zutraf, und dieser Jemand war unglückseligerweise ihre eigene Mutter.

Dieses Nagelstudio war ein wunderbares Beispiel. Es im Dachgeschoss einer heruntergekommenen Mietskaserne in einer Gegend zu eröffnen, in der Hartz-IV-Familien eindeutig zu den Besserverdienenden gehörten, war schon mutig genug. Es in einer Straße zu tun, in der sie mit nahezu jedem zerstritten war, war schon eher tolldreist. Und es ohne die mindeste Sachkenntnis und lediglich auf der Grundlage eines Buches zu tun, das sie auf irgendeinem obskuren Teleshopping-Sender erstanden hatte, das war …

Nein, sie wollte das Wort nicht einmal in Gedanken aussprechen. Schließlich handelte es sich noch immer um ihre Mutter.

Ihre Mutter war nicht allein. Sie hatte tatsächlich eine Kundin da – die zweite oder dritte in ebenso vielen Monaten, wenn sie richtig gezählt hatte –, an deren Fingernägeln sie nicht nur mit der ganzen Vehemenz ihrer gut einhundertdreißig Kilo herumfeilte, sondern das auch so konzentriert, dass sie nicht aufgesehen hatte, als Lena das Zimmer betreten hatte.

Lena war das nur recht. Ihr war nicht nach Reden zumute – schon gar nicht über ein so weltbewegendes Thema wie *Maniküre* oder gar eine neue revolutionäre Geschäftsidee –, und so nickte sie den gebeugten Schultern und der sich allmählich ausbildenden Tonsur auf dem strähnigen Schädel ihrer Mutter nur wortlos zu und steuerte die Tür zu dem sechs Quadratmeter großen Verschlag an, in dem sie hauste.

Ihre Mutter kicherte leise und sagte, ohne aufzublicken: »Du hast mir ja nie gesagt, dass er so ein Netter ist.«

Lena erstarrte mitten in der Bewegung, schloss kurz die Augen und hoffte allen Ernstes auf ein Wunder; oder wenigstens darauf, dass das alles nur ein Albtraum gewesen war, wenn sie die Augen wieder aufschlug.

Weder das eine noch das andere geschah.

Lena wusste nicht, ob es ein Wort für das genaue Gegenteil eines Wunders gab, aber selbst wenn nicht, dann erlebte sie es, als sie sich herumdrehte und die Augen wieder aufmachte.

Die Kundin ihrer Mutter war keine Kundin, sondern ein Kunde, und wäre sie nicht so aufgewühlt gewesen, dann hätte sie ihn auch erkannt, ohne sein Gesicht sehen zu müssen.

Es war Holden. Sein rückenlanges Haar war zu einem dünnen Pferdeschwanz zusammengebunden, was seinem ohnehin schmalen Gesicht noch mehr Ähnlichkeit mit dem einer Ratte verlieh, und er trug seine übliche *Arbeitskleidung:* Lederhose, Motorradstiefel und -jacke und ein schwarzes Heavy-Metal-T-Shirt. Ein Outfit, von dem er behauptete, dass es ihm dabei half, ein besseres Vertrauensverhältnis zu seinen *Klienten* aufzubauen, von dem Lena allerdings annahm, dass es einfach seinem Charakter entsprach. Seine Kleider waren so schmierig wie der ganze Kerl. Nur dass man sie einfach abstreifen und irgendwo hinlegen und vergessen konnte, was mit Holden leider nicht ganz so einfach war.

Schließlich war der Kerl ihr Bewährungshelfer.

»Und ich habe gar nicht gewusst, dass deine Mutter so nett ist«, sagte Holden, indem er seine Hand losmachte. Er drehte sich zu ihr herum und drohte ihr übertrieben mit dem Zeigefinger. »Eigentlich müsste ich dir böse sein, weißt du? Ich dachte, wir wären uns einig, keine Geheimnisse voreinander zu haben. Und da versteckst du deine reizende Mutter die ganze Zeit über vor mir?«

Lena sagte vorsichtshalber gar nichts dazu, aber ihre Mutter kicherte noch einmal und hob nun doch den Kopf, um sie anzusehen. Ihre Augen hatten einen ganz leichten Glanz, der den meisten anderen wahrscheinlich entgangen wäre, aber Lena kannte sie gut genug, um zu wissen, dass sie schon wieder getrunken hatte.

Du hattest es mir versprochen, dachte sie. Aber sie sparte sich nicht nur die Worte, sondern auch einen entsprechend vorwurfsvollen Blick. Wozu?

»Aber nun haben wir uns ja kennengelernt«, fuhr Holden fort, als sogar er begriff, dass er bis zum Sankt-Nimmerleins-Tag warten konnte, ohne eine Antwort zu bekommen. »Dabei wäre es gar nicht nötig gewesen, uns vorzustellen.« Er lachte unecht und wandte sich wieder ihrer Mutter zu. »Kein Wunder, dass deine Tochter ein so schönes Mädchen geworden ist, bei der Mutter.«

Lenas Mutter machte ein verlegenes Gesicht. »Jetzt übertreibst du, du Charmeur.«

Sie waren also schon beim *Du,* dachte Lena. Interessant. Holden verlor keine Zeit.

»Nicht im Geringsten, meine Liebe.« Holden streckte die Hand aus, an der Lenas Mutter gerade so eifrig herumgewerkelt hatte, griff nach ihren Fingern und begann sie in einer vertrauten Geste zu kneten. »Ob ich wohl ein Glas Wasser haben könnte, meine Liebe?«

Ihre Mutter machte sich mit einer gezierten Bewegung los

und brauchte drei Versuche, um ihre gut zweieinhalb Zentner von der niedrigen Couch hochzustemmen. Ihre Knie stießen dabei gegen den Tisch, und ein anhaltendes Klirren und Scheppern erklang, weil etliche ihrer Fläschchen und Tiegel ins Wanken gerieten. Ein kleines Glasfläschchen mit einer rosafarbenen Flüssigkeit fiel vom Tisch, rollte über den Teppich und kam unmittelbar vor Holdens Füßen zum Liegen. Er rührte keinen Finger, um es aufzuheben.

»Ein kühles Bier tut es auch, wenn kein Wasser mehr da ist«, sagte er.

Lenas Mutter kicherte schon wieder und noch alberner, schob ihre plumpe Gestalt schnaubend um den Tisch herum und ging deutlich dichter an Holden vorbei, als nötig gewesen wäre. Lena fand ihr Benehmen mit jeder Sekunde peinlicher. Wofür hielt sie sich, verdammt noch mal – für einen Teenie bei seinem ersten Rendezvous?

Ihre Mutter verschwand in der winzigen Küche, und Lena versuchte die Gelegenheit zu nutzen, um in ihr Zimmer zu gehen und diesem Wahnsinn zu entfliehen, indem sie einfach die Tür hinter sich abschloss und sich unter ihre Kopfhörer verkroch. Aber dazu musste sie an Holden vorbei, und er streckte blitzartig den Arm aus und hielt sie am Handgelenk fest. Sein Griff war hart. Noch nicht so fest, dass es wehtat, aber deutlich fester, als nötig gewesen wäre.

Lena funkelte ihn an. Sie presste die Kiefer aufeinander, um nichts von alledem auszusprechen, was ihr auf der Zunge lag, und kämpfte gegen den Impuls an, ihre Hand loszureißen und ihm mit der anderen das Gesicht zu zerkratzen. Sie hatte Holden einmal – sehr ruhig – erklärt, was ihm passieren würde, wenn er sie anfasste, und bisher hatte er diese Warnung beherzigt. Aber natürlich war ihr klar, dass es nicht ewig gut gehen konnte. Sie war einundzwanzig, hundertmal hübscher, als ihre Mutter es jemals gewesen war, und sogar sie selbst wusste, dass sie in dem dünnen roten Nichts von Kleid einen atemberaubenden Anblick bieten musste. Vor allem für einen geilen alten Sack wie ihn, der glaubte, sie in der Hand zu haben.

»Nicht so schnell, Liebes«, sagte er lächelnd. »Wir haben da noch eine Kleinigkeit zu regeln, meinst du nicht?«

Lena versuchte nun doch, ihre Hand loszureißen, aber er hielt sie nicht nur weiter mit derselben eisernen Kraft fest, sondern drückte sogar noch ein wenig härter zu, so dass es nun wirklich wehzutun begann.

»Heute ist Mittwoch«, presste sie zwischen zusammengebissenen Zähnen hervor.

»In China vielleicht«, antwortete Holden. »Hier bei uns ist Donnerstag. Aber selbst wenn, Liebes. Wir waren schon für gestern verabredet.«

Lena setzte zu einer Entgegnung an, aber dann machte es deutlich hörbar *Klick* hinter ihrer Stirn, und sie begriff, dass er recht hatte. Sie hatte sich schlicht und einfach im Wochentag vertan.

»Das … tut mir leid«, sagte sie zögernd.

»Und mir erst«, erwiderte Holden. »Ich habe auf dich gewartet, Liebes. Wir waren verabredet, aber du bist nicht gekommen.« Er schüttelte missbilligend den Kopf. »Ist dir eigentlich klar, dass ich meinen ganzen Terminkalender über den Haufen werfen musste, um unsere Verabredung heute nachzuholen?«

Statt auch nur mit einem Wort darauf zu reagieren, streckte Lena die freie Hand aus und hielt ihm ihren letzten Fünfziger hin. Holden nahm ihn mit spitzen Fingern entgegen – noch immer, ohne ihre Hand loszulassen –, betrachtete ihn mit miserabel geschauspielerter Verwirrung und seufzte dann tief.

»Du armer Kleiner«, sagt er. »Bist du ganz allein? Hast du gar keine Eltern oder wenigstens ein paar Geschwister?«

»Es lief heute nicht so«, sagte sie.

»Es lief heute nicht so«, wiederholte Holden. Aus der Küche drang das Scheppern von Gläsern, dann das Geräusch, mit dem der Wasserhahn aufgedreht wurde. Wahrscheinlich musste ihre Mutter erst ein Glas spülen, um ihm sein Bier einzuschenken. Sie selbst trank prinzipiell aus der Flasche.

»Dabei sollte es gestern doch schon besser laufen, oder?« Holden seufzte sehr tief. »Lenalein, Lenalein, wann wirst du endlich begreifen, wie sehr ich mich für dich ins Zeug lege? Beim Amt, bei der Richterin, bei der Jugendpflegschaft. Weißt du eigentlich, was mich das an Zeit kostet?« Sein Blick wurde bohrend, und obwohl das falsche Lächeln nicht aus seinen Augen wich, war darin zugleich etwas eindeutig Drohendes. »Oder fühlst du dich hier draußen von deinem Alltag überfordert? Das heißt: Vielleicht sehnst du dich ja insgeheim nach dem Halt und den klaren Strukturen des Jugendstrafvollzugs?«

»Morgen besorge ich den Rest«, antwortete Lena. »Bestimmt …«

Holdens Hand schnappte um den Fünfziger zusammen und zermalmte ihn zu einen winzigen Ball, den er achtlos in der Jackentasche verschwinden ließ. »Nicht den Rest«, sagte er. »Alles. Das hier betrachte ich großzügig als Säumniszuschlag, Liebes. Ich hatte Unkosten.«

»Aber …«

»Ich bin viel zu nett zu euch Mädchen«, fuhr er fort. Jetzt waren seine Augen so kalt wie Glas. »Es ist eine Schande, wie sehr ihr Mädchen meine väterlichen Gefühle ausnutzt. Ich weiß auch nicht, warum ich mir das eigentlich gefallen lasse. Und wie lange noch.«

Sein Blick ließ ihr Gesicht endlich los, strich über den tiefen Ausschnitt des roten Kleides und blieb dann auf ihrem Bauch hängen. Es hätte der steilen Falte, die plötzlich über seiner Nasenwurzel erschien, nicht bedurft, um Lena klarzumachen, dass er den Umriss der Brieftasche entdeckt hatte, die sich durch den dünnen Stoff abzeichnete. Ihre Gedanken begannen zu rasen. Wenn er die Brieftasche fand, war sie geliefert. Mit dem Führerschein des Russen – und ihren Fingerabdrücken darauf – musste er nicht einmal lügen, um ihre Bewährung zu knicken. Warum war sie auch so dämlich gewesen, das Ding mit hierher zu bringen?

Zu ihrer Erleichterung kam in diesem Moment ihre Mutter aus der Küche zurück, ein Glas Bier in der einen und eine geöffnete Flasche in der anderen Hand. Holdens Gesichtsausdruck änderte sich so schlagartig, als hätte er irgendwo in seinem Inneren einen geheimen Schalter umgelegt. Sein Blick ließ das los, was er unter ihrem Kleid entdeckt hätte (oder sich vorstellte), und zugleich wich jegliche Anspannung aus seiner Gestalt.

»Feierabend!«, seufzte er, fläzte sich mit ausgestreckten Beinen im Sessel zurück und angelte sich das Bierglas aus der Hand ihrer Mutter, als sie ihre wabbelnden Fettmassen an ihm vorbeischob. »Für heute habe ich genug für das Wohl der Allgemeinheit getan.«

Holden blinzelte ihrer Mutter verschwörerisch zu, und sie reagierte mit einem Gesichtsausdruck darauf, der bei Lena beinahe einen Brechreiz ausgelöst hätte. Sie war ihre Mutter, und es sollte ihr – wenn überhaupt – allenfalls peinlich sein, aber sie empfand etwas vollkommen anderes. Ein Gefühl, für das sie sich schämte.

Aber das machte alles nur noch schlimmer.

Mit einem Ruck wandte sie sich um, eilte in ihr Zimmer und warf die Tür hinter sich ins Schloss.

4

Das Zimmer ein Zimmer zu nennen war geschmeichelt: sechs Quadratmeter, die in den ursprünglichen Bauplänen des Gebäudes allenfalls als Speisekammer eingezeichnet gewesen sein konnten und auf der einen Seite noch zusätzlich durch die Dachschräge beschnitten wurden. Platz für einen Kinderschreibtisch, ein schmales Bett und einen ebenso schmalen Schrank. Die Wände waren nackt und voller Stockflecken, und das einzige Licht kam von einer trüben 40-Watt-Birne, die regelmäßig flackerte. Das Zimmer roch genauso schlecht wie das ganze Haus und war feucht.

Aber es war *ihr* Zimmer, der einzige Platz auf der Welt, der ganz allein ihr gehörte. Ihre Mutter kam niemals hier herein. Wenn sie etwas von ihr wollte, dann wummerte sie einfach mit der Faust gegen die papierdünne Wand oder rief so laut, dass man es bis ins Erdgeschoss hören konnte. Dennoch war es der einzige Ort, an dem sie sich sicher fühlte.

Aber vielleicht war es sogar mit diesem kümmerlichen Rest von Sicherheit jetzt vorbei, dachte sie, während sie an den Schrank trat, mit einer fast zornigen Bewegung das Kleid über den Kopf streifte und es, ohne hinzusehen, zielsicher in den Papierkorb pfefferte. Abzüglich des knappen Jahres, das sie jetzt wieder draußen war, war Holden offiziell noch für dreiundzwanzig weitere Monate für sie zuständig, bis die Bewährung um war. Mehr als genug Zeit für ihn, sie gefügig zu machen und seine kleinen Intrigen zu spinnen. Und irgendwann …

Der Gedanke erfüllte sie mit einem solchen Ekel, dass sie es nicht über sich brachte, ihn zu Ende zu denken.

Stattdessen klaubte sie eine frisch Garnitur ihrer normalen »Arbeitskleidung« aus dem Schrank – Jeans, bequeme Turnschuhe und schwarzer Kapuzenpullover –, zerrte Brieftasche und Handy unter dem Gummi ihres Slips hervor und warf beides zu dem Chaos auf ihrem Schreibtisch. Die Brieftasche schlitterte weiter und gesellte sich ganz von selbst zu dem zerknüllten roten Sommerkleid im Papierkorb, als hätte das Schicksal endgültig die Nase voll von ihrer Dummheit und gäbe ihr auf diese Weise einen Wink nicht nur mit dem Zaun- sondern gleich mit dem Laternenpfahl, während das Smartphone so liegen blieb, dass die winzige Kamera auf der Rückseite genau auf sie gerichtet war.

Lena kam eine Idee, die so verrückt war, dass sie beinahe laut aufgelacht hätte. Sie wandte sich rasch ab, um ihre Kleider anzuziehen.

Aber sie war nun einmal da und tatsächlich so abwegig, dass sie vielleicht gerade deshalb funktionieren konnte.

Lena schlüpfte in ihre Schuhe, ließ sich auf die Bettkante sinken, um die altmodischen Schnürsenkel zu binden, und dachte voller Wehmut an die Klettverschlüsse ihrer Sneakers, die jetzt wahrscheinlich schon auf halbem Wege zur Ostsee waren. Dann sah sie noch einmal das Smartphone an. Das Ding war wirklich winzig, und in all dem Chaos auf ihrem Schreibtisch und den Regalböden dahinter würde es ihr nicht schwerfallen, es so zu platzieren, dass es den Großteil des Zimmers aufnahm oder doch zumindest das Bett …

Die bloße Vorstellung jagte ihr schon wieder einen eisigen Schauer über den Rücken. Vielleicht sollte sie ihre Gefühle ausnahmsweise einmal beiseiteschieben und eine simple Kosten-Nutzen-Analyse vornehmen: eine halbe Stunde mit Holden plus eine weitere halbe Stunde, in der sie sich ausgiebig die Seele aus dem Leib kotzen und anschließend ausgiebig abschrubben konnte, gegen ein hübsches kleines Video, das ihn mit einer seiner Schutzbefohlenen im Bett zeigte … rein logisch betrachtet war das ein hervorragendes Geschäft, wenn er sie dafür die nächsten zwei Jahre in Ruhe ließ. Und wer weiß … vielleicht war ja dann sogar er derjenige, der einmal die Woche bei ihr antanzte und eine nette dreistellige Summe ablieferte …

Ein dumpfes Poltern drang durch die dünne Wand, gefolgt vom Wiehern ihrer Mutter und Holdens Lachen. Das Geräusch allein reichte aus, um die Vorstellung von einer verlockenden Idee zu blankem Horror werden zu lassen. Eher würde sie den Kerl umbringen, bevor sie seine schmierigen Hände auf ihrem Körper duldete.

Trotzig stand sie auf, vergrub das Handy tief im Chaos auf ihrem Schreibtisch und bückte sich dann, um Iwan Iwanowitschs Brieftasche wieder aus dem Papierkorb zu klauben und ebenfalls irgendwo in dem Durcheinander zu verstecken.

Wieder drang Holdens Lachen durch die Wand, begleitet von einem Schwall anderer Geräusche, über die sie gar nicht nachdenken *wollte*. War der Kerl tatsächlich verrückt genug, sich an ihre Mutter heranzumachen?

Sie schaltete ihren Fernseher ein und drehte die Lautstärke hoch, bis sie Holdens Gelächter und das alberne Kichern ihrer Mutter übertönte. Ohne einen Blick auf das Programm zu werfen, trat sie noch einmal an den Schrank heran, kramte einen Autoverbandskasten hervor, den sie irgendwann einmal hatte mitgehen lassen, ohne genau zu wissen, warum, und machte es sich dann mit untergeschlagenen Beinen auf dem Bett bequem, um ihre ramponierte Hand zu verarzten. Sie tat zwar kaum noch weh, sah aber übel aus: Blut und Schmutz waren zu einer dicken Kruste verklumpt, die es ihr fast unmöglich machte, die Hand zur Faust zu schließen. Sie sollte die Wunde säubern, bevor sie sich zu allem Überfluss auch noch eine Blutvergiftung einhandelte. Aber dazu hätte sie das Zimmer verlassen und an Holden vorbeigehen müssen, und ehe sie das tat, würde sie lieber abwarten, bis ihr die Hand abfaulte.

So gut sie es mit nur einer Hand konnte, wickelte sie eine Mullbinde um ihre Rechte, zog den Knoten mit der linken Hand und den Zähnen zu und ballte die Finger anschließend prüfend zur Faust. Das *tat* weh, aber es ging.

Der Anblick erinnerte sie an einen ähnlichen Schnitt in der Hand eines gewissen gut aussehenden Polizisten, und ein sonderbares Gefühl überkam sie: Erleichterung, als ihr im Nachhinein erst richtig klar wurde, *wie* knapp es diesmal gewesen war, aber auch ein vollkommen absurdes Bedauern, wenn sie an sein sympathisches Gesicht und vor allem seine dunklen Augen dachte. Es war wirklich total verrückt, aber da war ein Teil in ihr, der tatsächlich *bedauerte,* nicht von ihm festgenommen worden zu sein, und sei es nur, weil sie dann noch ein wenig länger mit ihm zusammen gewesen wäre.

Das war so albern, dass sie den Kopf über diese Narretei schüttelte und sogar leise lachte, aber schon im nächsten Moment kehrte das Gefühl mit doppelter Wucht zurück, gefolgt von einer Bitterkeit, die ihr fast die Tränen in die Augen trieb.

Wie weit war es mit ihr gekommen, dass sie schon ernsthaft in Betracht zog, sich verhaften zu lassen, nur um ein paar zusätzliche Minuten mit einem Mann verbringen zu können, der ihr *nicht* unsympathisch war?

Sie spürte, wohin diese Gedanken zu führen drohten, zog den Knoten mit einem Ruck noch fester und wurde mit dem erwarteten grellen Schmerz belohnt, der bis in ihren Ellbogen hinaufschoss, zugleich aber auch die verrückten Gedanken vertrieb.

Schon um sich abzulenken und nicht erneut in Selbstmitleid zu versinken, schnappte sie sich die Fernbedienung und zappte eine Weile durch die Kanäle, bis sie auf einen Nachrichtensender stieß. Sie hatte nicht wirklich damit gerechnet, dass sie etwas über den Zwischenfall vom Nachmittag brachten – obwohl es sie irgendwie auch interessierte, ob vielleicht schon die halbe Rote Armee hinter ihr her war –, aber ein strohdummer russischer Zuhälter und ein kleiner Taschendieb, der die Polizei an der Nase herumgeführt hatte, waren offensichtlich nicht einmal als Lückenbüßer in den Lokalnachrichten gut.

Dafür gab es einen weiteren Bericht über die Gulfstream, die tatsächlich nur ein paar Kilometer vor der Stadt abgestürzt war. Die Kamera zeigte eine dramatische Aufnahme von zwei kleinen Ölflecken auf dem Wasser, eine spektakuläre Nahaufnahme eines verbogenen Metallteiles von der Größe einer Zigarettenschachtel und einen abschließenden Schwenk über die Silhouette der Stadt, die einem bösen Erwachen wohl nur um Haaresbreite entgangen war. Wie ungemein spannend. Lena fragte sich, für wie viele der *ahnungslosen Bürger* es vielleicht wirklich besser gewesen wäre, nicht mehr aufzuwachen.

Sie wollte schon weiterzappen, als der Reporter einen vermeintlichen Augenzeugen vor die Kamera zitierte. Lena war dem Bericht nicht aufmerksam genug gefolgt, um jedes Wort verstanden zu haben, aber an seinem Tonfall war irgendetwas, was sie nun doch noch einmal hinsehen ließ.

»… genau so, wie ich es sage«, beteuerte der angebliche Augenzeuge gerade, ein pickelgesichtiges Bürschchen von allerhöchstens achtzehn Jahren, das vor lauter Aufregung, im Fernsehen zu sein, unentwegt von einem Bein auf das andere trat. »Ich hab's mit eigenen Augen gesehen, und ja, ich weiß, wie es sich anhört, aber ich schwöre, dass es so war.«

»Sie glauben also, es hat Überlebende gegeben«, insistierte der Reporter, »obwohl Suchmannschaften der Polizei die

Umgebung den ganzen Tag über abgesucht haben, und das erfolglos?«

»Ich glaube es nicht, ich *weiß* es«, antwortete Pickelgesicht trotzig. »Und natürlich haben sie die Mädels nicht gefunden, weil die längst weg waren.«

»Mädels?«, hakte die Stimme des Reporters aus dem Off nach. »Frauen also?«

»Und ob! Mann, die eine war 'ne echte Torte! So was hab ich noch nicht gesehen! Sie und die beiden anderen sind nur ein Stück vom Ufer entfernt im Wasser gelandet! Erst haben wir gedacht, die sind tot, aber dann sind sie wie die Weltmeister zum Ufer geschwommen und einfach rausspaziert, als wär gar nichts gewesen.«

»Sie meinen, sie sind einfach vom Himmel gefallen?«, fragte der Reporter zweifelnd.

»Nee, natürlich nicht!«, antwortete der Junge. Er klang ein bisschen beleidigt. »Sie müssen aus dem Flugzeug gesprungen sein.«

»Mit Fallschirmen?«

»Ich habe jedenfalls keine gesehen«, sagte er achselzuckend. »Aber das heißt nichts. Wir haben überhaupt erst gemerkt, was los ist, als wir das Platschen gehört haben, und im nächsten Moment gab's auch schon 'nen Riesenknall, als der Flieger in den See gestürzt ist.«

»Die Polizei hat keine Fallschirme gefunden«, sagte der Reporter.

»Dann haben die eben nicht richtig gesucht«, antwortete Pickelgesicht trotzig. »Oder die Ladys haben sie mitgenommen – verdammt, woher soll ich denn wissen, was für eine schräge Kiste hier abgeht?« Etwas in seinem Blick änderte sich. Vielleicht begann ihm allmählich zu dämmern, dass er gerade kräftig in die Pfanne gehauen wurde. »Vielleicht haben die drei ja 'nen ganz coolen Versicherungsbetrug durchgezogen oder sonst was. Jedenfalls haben wir sie gesehen! Und Toni ist auch gleich hingelaufen, um mit ihnen zu reden.«

»Toni?«

»Mein Kumpel. Wir haben hier gezeltet. Wollten uns ’nen lustigen Abend machen. Um ehrlich zu sein, ich war so platt, dass ich mich gar nicht rühren konnte, aber Toni ist sofort los. Er hat mit einer von denen gesprochen. Dem Superweib. Ich hab sie nur von Weitem gesehen, aber he, das war …«

»Ihr Freund Toni hat also mit der Frau gesprochen«, unterbrach ihn der Reporter. »Und wo ist er jetzt? Sein Bericht würde unsere Zuschauer bestimmt interessieren.«

»Keine Ahnung«, antwortete Pickelgesicht. »Ist mit ihr weggegangen. Ich hab nach ihm gesucht, aber er ist weg.« Plötzlich grinste er breit. »Ich kann’s ihm nicht mal wirklich übel nehmen, so scharf, wie die Kleine ausgesehen hat.«

»Was für ein Idiot«, sagte eine Stimme hinter ihr, und Lena fuhr so erschrocken zusammen, dass sie um ein Haar die Fernbedienung hätte fallen lassen.

»Der Blödmann erzählt wahrscheinlich jedem ganz stolz, dass er im Fernsehen war, und merkt nicht einmal, dass er sich zum Affen macht«, fuhr Holden fort.

»Raus!«, fuhr Lena ihn an. Sie schrie fast. »Verschwinden Sie aus meinem Zimmer! *Sofort!*« Für einen Moment drohte sie in Panik zu geraten. Was *tat* er hier drinnen? Holden hatte kein Recht, in diesem Zimmer zu sein! Niemand hatte das, und er am allerwenigsten! Wenn er auch nur noch einen einzigen Schritt näher kam – auch nur noch einen einzigen *Zentimeter!* –, dann würde sie sich einfach auf ihn stürzen und ihm die verdammten Augen auskratzen, ganz egal, was danach passierte!

Etwas von ihren wahren Gefühlen musste sich wohl deutlich auf ihrem Gesicht abzeichnen, denn Holden wirkte mit einem Mal unsicher. Er wich einen halben Schritt vor ihr zurück und hob in wahrscheinlich nicht *nur* geschauspielerter Furcht die Hände.

»He, Prinzesschen, nur keinen Stress! Ich wollte dir nicht zu nahe treten, sondern mich einfach nur verabschieden.«

»Das haben Sie ja jetzt getan!«, fauchte Lena. Die Panik war noch immer da. Ihr Herz klopfte.

»Und dich natürlich an unsere Verabredung morgen erinnern«, setzte Holden hinzu. Er hatte sich wieder gefangen. »Ich schlage vor, du kommst um fünf in mein Büro … oder besser um halb fünf. Morgen ist der monatliche Bericht fürs Jugendgericht fällig, und vorher würde ich mich gern noch mit dir unterhalten. Aber keine Sorge – ich bin mir ganz sicher, dass er gut ausfallen wird. Wie immer.«

Lena starrte ihn an. Im Fernsehen plapperte der Junge noch mehr Unsinn, aber sie hörte gar nicht mehr hin. Sie musste plötzlich all ihre Willenskraft aufbieten, um die Tränen zurückzuhalten, Tränen der Wut, nicht der Angst. Natürlich sah Holden das nasse Schimmern ihrer Augen, und natürlich deutete er es falsch, aber das sollte ihr nur recht sein.

»Dann sehen wir uns also morgen.« Holden nickte zum Abschied und legte rückwärts gehend die Hand auf die Türklinke. »Gute Nacht, Prinzessin.«

Die Tür fiel ins Schloss. Hinter ihr plapperte der Fernseher weiter, aber das nahm sie nicht mehr wahr.

Woher zum Teufel sollte sie bis *morgen* Abend dreihundert Euro nehmen?

Gedankenverloren starrte sie aus dem Fenster und stellte wenig überrascht fest, dass der Roller verschwunden war – und es schien ihr, als hätte sich damit ihr Glück jetzt komplett aus dem Staub gemacht.

5

Sie hätte das Kleid da lassen sollen, wo es war (und sich selbst auch, nebenbei bemerkt), denn die Temperaturen waren seit dem Nachmittag um gefühlte fünfzig Grad Celsius gefallen. Sie zitterte mittlerweile am ganzen Leib, und ihre nackten Füße verwandelten sich langsam in etwas, was gut zwei taube Eisklumpen hätte sein können, hätten sie nicht zugleich so wehgetan, als stünde sie auf spitzen Nägeln. Auf *glühenden* spitzen Nägeln. Barfuß hierher zu kommen war eine Schnapsidee gewesen, das hatte sie spätestens in dem Moment begriffen, in dem der erste Trottel ihr mit den Absätzen auf die Zehen getreten war, und es in diesem dünnen roten Fummel zu tun, der ihr schon längst nicht mehr *hip* vorkam, sondern nur noch schäbig, erst recht.

Die allergrößte Schnapsidee war natürlich die gewesen, überhaupt hierher zu kommen.

Der Club, einer dieser typischen Yuppie-Tempel, existierte seit mindestens zehn Jahren. Er war in einem umgebauten Schwimmbad aus dem 18. Jahrhundert aufgemacht worden und zog die Reichen und Wichtigen – und vor allem die, die sich dafür hielten – an wie ein Kuhfladen die Schmeißfliegen. Die Typen wirkten auf Lena auch ungefähr so anziehend wie die Hinterlassenschaft eines gehörnten Wiederkäuers. Normalerweise mied sie Plätze wie diesen wie die Pest, und das nicht nur, weil sie sich nicht den Hauch einer Chance ausrechnete, eingelassen zu werden.

Sie verabscheute einfach alles, was solche Orte symbolisierten. All der Glanz und die falsche Pracht, die laute Musik und die überteuerten Getränke (die aus dem einzigen Grund so teuer waren, *weil* sie eben so teuer waren), all die aufgedonnerten Tussis in ihren Designerkleidern und ihre Begleiter in ihren Armani-Anzügen und den 1000-Euro-Schuhen … Es widerte sie an.

Lena war sich selbst gegenüber ehrlich genug, um zuzugeben, dass in diesem Gefühl auch eine gehörige Portion Neid mitschwang, aber das war es nicht allein.

Sie war einfach zornig auf all diese … *Leute,* die nicht begriffen, was für ein unglaubliches Glück sie hatten, ein Leben wie dieses zu führen und es mit nichts anderem zu verschwenden, als von einer Party zur nächsten zu eilen und sich selbst wichtig vorzukommen. Manchmal wünschte sie sich, dass diese Typen nur einen einzigen Tag lang ein Leben wie das ihre und das ihrer Mutter führen mussten. Wenn es doch in so vielen Hollywoodfilmen und Büchern funktionierte, warum konnte sie dann nicht auch in Wirklichkeit wenigstens für einen Tag mit ihnen tauschen?

Heute Abend reichte es ihr allerdings voll und ganz, wenn einer von ihnen seine fette *Brieftasche* mit ihr tauschte. Vorzugsweise eine gut mit Bargeld gefüllte Brieftasche.

Das war noch etwas, was sie an dieser neuen Generation der Reichen und Schönen hasste: ihre Unsitte, kaum noch mit gutem altmodischem Bargeld zu bezahlen, sondern fast nur noch mit Plastik. Kannten sie denn gar kein Mitleid mit einer ehrlichen Taschendiebin wie ihr?

Wenigstens ihren Galgenhumor hatte sie sich noch erhalten.

Als die Schlange vor dem Eingang ein Stück weiter vorrückte, passte Lena kurz nicht auf und trat prompt in eine Pfütze, die irgendwie die physikalischen Grundgesetze außer Kraft gesetzt haben musste, denn das Wasser war eindeutig kälter als der absolute Nullpunkt. Sie fuhr wie elektrisiert zusammen und machte einen Schritt zur Seite, wobei sie dem Blick einer dunkelhaarigen Partygängerin begegnete, in dem sich Mitgefühl, Schadenfreude, Überraschung und dann pure Verachtung abwechselten, und zwar in genau der Reihenfolge, in der ihr Blick von Lenas nackten Füßen aus an ihrer Gestalt nach oben wanderte. *Was sucht die denn hier?* Sie sprach die Frage nicht aus, aber Lena hörte sie trotzdem.

Sie hätte sie sogar beantworten können. *Deine Geldbörse, Süße. Oder besser noch die deines Begleiters.*

Sie wich dem Blick gerade schnell genug aus, damit es nicht allzu schuldbewusst wirkte, trat vorsichtshalber einen weiteren halben Schritt zur Seite und sah sich gleichzeitig mit genau jener stoischen Ungeduld um, die sich jeder zwangsläufig zu eigen machte, der es gewohnt war, langsam in der Schlange vor einem Szenelokal vorzurücken und darauf zu hoffen, dass die Türsteher ihn passieren ließen.

Lena hoffte das nicht. Sie hatte keine Chance, die Gesichtskontrolle am Eingang zu passieren. Nicht in einem gestohlenen Sommerkleid vom Wühltisch, mit nackten Füßen und mit ihrer strubbeligen Unfrisur, durch deren mattes Blond schon wieder das satte Schwarz ihrer eigentlichen Haarfarbe durchzuschlagen begann.

Sie hätte auch gar nicht hineingewollt. Ganz davon abgesehen, dass ihr Läden wie dieser einfach zuwider waren, war es dort drinnen laut und eng und wimmelte wahrscheinlich nicht nur von Gästen, sondern auch von Rausschmeißern und Aufpassern und vermutlich auch versteckten Überwachungskameras.

Hier draußen war sie eindeutig besser aufgehoben. Sie sah auf Anhieb mindestens ein Dutzend teurer Handtaschen und noch teurerer Jacketts, unter denen die gut gefüllten Brieftaschen ihrer Besitzer geradezu herausleuchteten. Und so langsam, wie die Schlange vor dem grell erleuchteten Eingang des Clubs weiterrückte, blieben ihr mindestens noch zwanzig Minuten, um eine lohnende Beute auszuspähen und sich eine passende Strategie zurechtzulegen.

Wenn sie bis dahin nicht erfroren war, hieß das. Sie bewegte prüfend die rechte Hand. Die Verletzung und der Verband hatten sich mit der Kälte zusammengetan und machten ihr mehr zu schaffen, als sie zugeben wollte, aber ihre potenziellen Sponsoren standen schließlich schon genauso lange in der Kälte wie sie und waren vermutlich auch nicht mehr die Aufmerksamsten. Und wenn alles schiefging (womit an einem Tag wie heute durchaus zu rechnen war), dann musste sie sich eben auf ihre Schnelligkeit verlassen und hoffen, dass sie wieder einmal davonkam.

Nichts von alledem gefiel ihr, und sie hatte dasselbe Gefühl wie am Nachmittag, nur ungleich stärker: Sie hätte nicht hierher kommen sollen, die Sache schrie geradezu danach, schiefzugehen.

Aber sie hatte keine Wahl. Holden war nicht nur ein Widerling, sondern auch jemand, der seine Drohungen wahr zu machen pflegte.

Wie immer, wenn man darauf wartete, dass die Zeit verging, schien sie immer langsamer dahinzuschleichen. Die Schlange vor dem Eingang wurde nur quälend langsam kürzer, und zwischendurch kam sie derart lange ins Stocken, dass Lena schon mit dem Gedanken spielte, aufzugeben und irgendwo in der Stadt nach etwas anderem zu suchen, das sie zu Geld machen konnte. Aus dem dumpfen Rauschen, das sie die ganze Zeit über gehört hatte, dem Basswummern der Musik, das durch die Wände des ehemaligen Schwimmbades drang, hörte sie allmählich Teile einer Melodie, je näher sie dem Eingang kam. Schrille Gitarrentöne erklangen, wenn die Tür aufging, um ein paar Club-Besucher heraus- und exakt die gleiche Anzahl Wartender hineinzulassen. Jetzt konnte sie den Namen CHARLOTTES CLUB in grellen Neonbuchstaben über dem Eingang erkennen. Darunter, in einer kleineren und auf sonderbare Weise irisierenden Leuchtschrift, prangte das, was offensichtlich das Motto dieses Etablissements darstellte: WIR SIND DIE NACHT.

Etwas daran … irritierte sie. Es war ein sonderbares Gefühl, fast als enthielte dieser Satz eine Botschaft, die nicht nur weit über die bloße Bedeutung der Worte hinausging, sondern auch ganz allein für sie bestimmt war.

Was für ein verrückter Gedanke …

Lena lächelte knapp über sich selbst, maß den Bereich vor dem Eingang mit aufmerksameren Blicken und sah genau das, worauf sie gehofft hatte: Der eigentliche Eingang war in schon fast unangenehm grelles Licht getaucht, was dazu führte, dass der Bereich davor praktisch in vollkommener Dunkelheit dalag. Besser ging es kaum.

Als sie weiter vorrückte, entdeckte sie etwas, was ihr weit weniger gefiel. Unübersehbar zu beiden Seiten des Eingangs angebracht, beobachteten gleich zwei Videokameras die wartende Menge. Die winzigen roten Kontrollleuchten schienen ihr verschwörerisch zuzublinzeln, während sich die Kameras langsam und beständig hin- und herdrehten, um auch wirklich jeden Zentimeter vor dem Eingang zu erfassen. Ein paar sehr unangenehme Worte schossen ihr durch den Kopf: Nachtsicht, Infrarot, Restlichtverstärker …

Aber sie schüttelte auch diesen Gedanken ab. Das war albern. Das da war ein Nachtclub, kein Hochsicherheitstrakt. Wahrscheinlich saß an den Monitoren, die von den Kameras gefüttert wurden, nur jemand, der die Gesichter und vor allem das Outfit der Wartenden darauf abklopfte, ob sie zur Farbe der Wanddekoration passten.

Lena bewegte weiter prüfend die Finger ihrer bandagierten

Rechten, um sie geschmeidig zu machen, rückte unauffällig ein bisschen näher an das Pärchen vor sich und versuchte sowohl sie als auch die beiden Überwachungskameras neben der Tür und die breitschultrigen Türsteher in ihren schwarzen Maßanzügen im Auge zu behalten.

Vor allem die Kameras machten ihr Sorgen. Wenn es sich um die billigen Dinger handelte, die sie von Bahnsteigen und aus Kaufhäusern kannte, dann waren sie praktisch blind für alles, was nicht im grellen Neonlicht des Eingangs lag, aber irgendetwas sagte ihr, dass dem nicht so war.

Und noch viel verstörender war das Gefühl, von diesen verdammten Dingern angestarrt zu werden.

Nein. Lena verbesserte sich in Gedanken. Nicht von ihnen. Von etwas, was dahinter lauerte. *Etwas*, nicht *jemandem*.

Das alles war nichts als haarsträubender Blödsinn, versuchte sie sich selbst zu beruhigen. Sie war nervös, das war alles. Ein Grund mehr, sich gleich wieder in die Arbeit zu stürzen. Wenn sie früher als Kind vom Fahrrad gefallen war, war sie schließlich auch sofort wieder in den Sattel gestiegen und weitergefahren.

Dann war es zu spät für irgendwelche Bedenken. Die Tür öffnete sich, um einen Schwall betrunken lärmender Gäste herauszulassen (zumindest einer von ihnen ging nicht ganz freiwillig, wie ihr keineswegs entging), die Schlange rückte vor, und das Pärchen vor ihr trat in einen schmalen Bereich, in dem es tatsächlich so dunkel war, dass Lenas Augen vom grellen Neonlicht geblendet wurden und sie nur noch Schatten sah.

Sie stolperte nach vorn, prallte gegen den Armani-Träger neben der Dunkelhaarigen, die sie gerade so verächtlich angestarrt hatte, und nutzte die ärgerliche Bewegung, mit der er zu ihr herumfuhr, um eine hastige Entschuldigung zu stammeln und gleichzeitig die Brieftasche aus seiner Jacke zu ziehen. Als sich seine dunkelhaarige Begleiterin ebenfalls zu ihr herum drehte, um sie nun nicht mehr verächtlich, sondern eindeutig *feindselig* zu mustern, hatte sie die Brieftasche bereits in ihrer Umhängetasche verschwinden lassen und ein entsprechend zerknirschtes Gesicht aufgesetzt.

»Das … das tut mir leid«, stammelte sie. »Ich weiß auch nicht, wieso mir das passiert ist.«

Der junge Bursche schwieg, aber seine Begleiterin sagte schnippisch: »Weil du nicht hier sein solltest?«

»Wie?«, sagte Lena.

»In dem dünnen Kleid und ohne Schuhe«, antwortete die Schwarzhaarige mit einer entsprechenden Kopfbewegung. »Zugegeben, es hat was, aber wir haben nicht mehr August, und bis du an der Tür angekommen bist, sind dir sämtliche Zehen abgefroren. Ganz davon abgesehen«, fügte sie in versöhnlichem Tonfall hinzu, »dass dich die Gorillas an der Tür sowieso nicht durchlassen.«

Ihr Begleiter musterte Lena noch einmal mit einem herablassenden Blick und wandte sich dann ab. Die Schlange rückte einen Schritt vor. Noch zwei, drei weitere Schritte, dachte sie, und er hatte die Tür erreicht und würde vielleicht nach seiner Brieftasche greifen, um Eintritt zu bezahlen, eine Clubkarte zu zücken oder weiß der Teufel was zu tun. Höchste Zeit, von hier zu verschwinden.

Sie sah an sich herab, hob demonstrativ die Schultern, seufzte noch demonstrativer, als sie ihre Füße sah, die mittlerweile nicht nur tatsächlich zu Eis erstarrt zu sein schienen, sondern auch vor Dreck starrten, und gab der Dunkelhaarigen im Stillen recht. *So* würden die Türsteher sie ganz bestimmt nicht einlassen.

Weil sie auch keinen Wert darauf legte, drehte sie sich mit einem weiteren Seufzen und einem oscarverdächtigen Schulterzucken um. Dabei prallte sie unsanft gegen eine breite Brust, die in einem weißen Hemd und einem perfekt sitzenden schwarzen Anzug steckte. Der dazugehörige breitschultrige Kerl trug ein kleines Headset im Ohr, das gerade dezent genug war, um auch wirklich von niemandem übersehen werden zu können, und dazu eine schwarze Ray-Ban, obwohl die Sonne schon vor mindestens vier Stunden untergegangen war.

»Wohin so eilig, Kleines?«, fragte er.

Lenas Herz machte einen Satz bis in den Kehlkopf hinauf und hinderte sie so daran, weiterzuatmen. Mit leichter Verspätung, dafür aber mit umso größerem Schrecken erkannte sie den Burschen. Vor kaum einer Minute hatte er noch bei den anderen Gorillas vorn an der Tür gestanden.

»Ich … muss gehen«, antwortete sie. »Hat doch sowieso keinen Zweck.« Ihre Gedanken überschlugen sich. Hatte der Kerl gesehen, was sie getan hatte?

»Wie kommst du denn darauf, Liebes?«, feixte der Gorilla. Eine seiner gewaltigen Pranken schloss sich um Lenas Oberarm. Gleichzeitig gab er mit dem Kopf ein Zeichen hinter sich, worauf Lenas Herz einen neuerlichen Satz machte: Eine der beiden Videokameras hatte aufgehört, sich zu drehen und starrte sie jetzt wie ein boshaftes rotes Dämonenauge an. Sie war aufgeflogen. Aber was hatte sie denn erwartet? So sehr, wie sie Fortuna heute provoziert hatte, hätte sie sich nicht gewundert, wenn die höchstpersönlich vom Olymp heruntergestiegen wäre, um ihr einen Tritt zu verpassen.

»Also?« Zu ihrer Überraschung ließ der Gorilla ihren Arm wieder los und machte eine einladende Geste zur Tür.

»Keine Chance?«, bettelte Lena. Blitzschnell überschlug sie ihre Chancen, einfach alles auf eine Karte zu setzen und loszustürzen. Null. Sie war hoffnungslos in der Menge eingekeilt, und wahrscheinlich wartete der Gorilla nur darauf, dass sie ihm einen Vorwand lieferte, um sie zu packen und sich wie einen nassen Sack über die Schulter zu werfen. Gleich würde er in ihre Umhängetasche greifen und die Brieftasche herausholen, um sie ihrem rechtmäßigen Besitzer zurückzugeben, und dann war es nur noch die Frage, *wer* die Polizei rief, der Armani-Träger oder der Rausschmeißer.

»Du kannst gern noch ein bisschen hier stehen und frieren«, antwortete er lächelnd, »oder du kommst mit rein und stürzt dich ins heiße Nachtleben. Deine Entscheidung.«

Tatsächlich dauerte es einen Moment, bis Lena wirklich begriff, was sie da gerade gehört hatte. »Du meinst, ich … muss nicht mitkommen?« Zweifellos machte er sich über sie lustig.

»Schätzchen, du machst dir hier im Moment nicht gerade Freunde«, mischte sich die Dunkelhaarige ein. Sie klang ein bisschen neidisch. »Also halt den Betrieb nicht länger auf, sondern geh rein oder verschwinde.«

Der Türsteher pflichtete ihr mit einem Lächeln bei, das durchaus echt wirkte, machte aber auch gleichzeitig eine Geste zur Tür hin, die etwas sehr Befehlendes hatte. Nein, natürlich würde er sie nicht gehen lassen; aber anscheinend hatte er den Auftrag bekommen, die Angelegenheit möglichst diskret zu regeln. Dem Management von CHARLOTTES CLUB war gewiss nicht an einem Skandal gelegen. Ihr auch nicht.

Mit einem lautlosen Seufzen bekundete sie ihre Zustimmung und folgte dem Burschen an der Schlange vorbei zur Tür. Er schien sich verdammt sicher zu sein, dass sie nicht weglief, jedenfalls sah er nicht ein einziges Mal zurück. Irgendetwas Seltsames ging hier vor. Lena hatte immer noch das Gefühl, angestarrt zu werden; und das nicht nur von der Kamera, die ihren Bewegungen mit einem lautlosen Schwenk folgte, und den neidischen Blicken der anderen Wartenden, an denen sie jetzt vorbeimarschierte. Da war … noch etwas. Etwas sehr Unangenehmes, das ihr aber verrückterweise zugleich das Gefühl gab, es zu kennen.

Ihr breitschultriger Führer riss die Tür auf und scheuchte dabei den Club-Besucher zurück, der ihnen mit leicht schwankenden Schritten entgegenkam und Lena aus glasigen Augen anstarrte. Die Musik wurde lauter, aber nicht unbedingt angenehmer – irgendeine Mischung aus Jazz und Blues, die nicht nur Lenas Geschmack nicht widersprach, sondern irgendwie auch nicht zu einem angesagten Club wie diesem passte.

»Die Toiletten sind da hinten!« Der Türsteher deutete über das Gewirr auf der Tanzfläche und schaffte es, die Musik zu übertönen, ohne die Stimme dabei merklich zu heben. »Gibt auch warmes Wasser … falls du dir die Füße waschen willst.«

Weil schmutzige Füße so schlecht zu verchromten Handschellen passen?, dachte Lena. Sie sah kurz auf ihre bloßen Zehen hinab – sie starrten tatsächlich so vor Schmutz, dass es sogar in der schlechten Beleuchtung hier drinnen zu sehen war. Auf der Tanzfläche herrschte ein unbeschreibliches Gedränge, und auch wenn es ihr ein Rätsel war, wie das ohne Sehnenzerrungen, verstauchte Knöchel oder noch schwerere Verletzungen funktionierte, tanzte mindestens die Hälfte der weiblichen Gäste in High Heels und die andere in Stiefeln. Die Tanzfläche mit nackten Füßen zu überqueren kam ungefähr dem Versuch gleich, unter einer überdimensionalen Nähmaschine hindurchzurennen.

Der Türsteher legte den Kopf schräg, schien einen Moment lang in sich hineinzulauschen und nickte dann, wie um eine lautlos gestellte Frage zu beantworten. Kommentarlos streckte er die Hand nach Lena aus, umschloss ihren gesamten Bizeps mit seiner gewaltigen Pranke und zog sie hinter sich her. Mit seinen breiten Schultern pflügte er wie ein Eisbrecher durch die Menge, so dass sie tatsächlich ohne größere Blessuren auf der anderen Seite ankam.

Der Gorilla ließ endlich ihren Arm los, schüttelte aber heftig den Kopf, als sie die Toilette ansteuern wollte, und deutete auf eine schmalere Tür daneben, auf der ein dezentes Schild STAFF ONLY verkündete. Wortlos trat er heran, tippte eine vierstellige Ziffernkombination in eine Tastatur neben der Tür und stieß sie dann mit gespreizten Fingern einen Spaltbreit auf.

»Von innen geht sie normal auf«, sagte er. »Lass dir ruhig Zeit. Und viel Spaß danach.«

Und damit verschwand er in dem Gewusel auf der Tanzfläche und ließ eine völlig perplexe Lena zurück.

Was zum Teufel ging hier vor?

Sie wartete eine geschlagene Minute lang darauf, dass der Türsteher oder einer seiner Kollegen zurückkam, um ihr mit einem breiten Grinsen zu verkünden, dass der spaßige Teil nun vorbei sei und jetzt der offizielle Part beginne – der mit den Handschellen, den Jungs mit den schwarzen Uniformen und dem Streifenwagen. Als sie schließlich begriff, dass das in absehbarer Zeit nicht geschehen würde, schlüpfte sie durch die Tür, bevor diese zufallen und sie aussperren konnte.

Der Raum dahinter war klein, aber vom Feinsten: eine Toilette in einer separaten Kabine, ein Bidet und eine winzige Duschtasse, in der es tatsächlich heißes Wasser gab, alles in golden marmoriertem schwarzem Granit gehalten, hippe Designer-Armaturen und geschickt angebrachte indirekte Beleuchtung. Die Leute hier wussten zu leben, das musste sie zugeben.

Sie benutzte das heiße Wasser ausgiebig, bis ihre Füße nicht nur sauber waren, sondern sich auch wieder wie etwas Lebendiges anfühlten. Dann entdeckte sie etwas, was ihrem Misstrauen neue Nahrung gab: Auf dem schwarzen Marmor des Waschbeckens stand ein Paar feuerroter Pumps, die sie nicht einmal anprobieren musste, um zu wissen, dass sie genau ihre Größe hatten. Erschrocken drehte sie sich einmal um die eigene Achse und suchte die Decke, die Wände und jeden noch so kleinen Winkel ab, in dem man eine Kamera hätte verstecken können. Sie fand nichts, was aber wenig bedeutete. Schließlich wusste sie, wie winzig die Dinger heutzutage waren. Außerdem war da auch noch der Spiegel. Und sie *spürte* einfach, dass sie beobachtet wurde. Nein. Nicht beobachtet. *Belauert.*

Also doch, dachte sie grimmig. Jemand spielte hier ein ganz

mieses Spiel mit ihr. Aber gut, dieses Spiel beherrschte sie auch. Mal sehen, wer am Schluss als der Dumme dastand.

Sie schlüpfte in die Schuhe, schnitt dem Spiegel und der Kamera, die mit Sicherheit dahinter verborgen war, eine Grimasse und drückte dann vorsichtig die Klinke herunter. Eigentlich war sie darauf gefasst, sich doch eingesperrt zu finden, aber die Tür ging problemlos auf. Davor stand auch kein weiterer Ray-Ban-Träger, um sie in Empfang zu nehmen und den fürsorglichen Armen der Behörden zu übergeben.

Die Musik hatte gewechselt (erst im Nachhinein fiel ihr auf, dass die winzige Toilette vollkommen schalldicht gewesen war), entsprach aber noch immer nicht ihrem Geschmack – irgendein angesagtes Stück aus den Charts, vermutete sie –, und das Gedränge auf der Tanzfläche war noch einmal schlimmer geworden. Das Gefühl, beobachtet zu werden, war immer noch da, jetzt aber nichts Besonderes. Immerhin war sie an einem Ort, an den man üblicherweise ging, um angestarrt zu werden.

Sie blieb trotzdem noch einen Moment stehen und hielt nach demjenigen Ausschau, von dem sie so durchdringend angestarrt wurde. Im Augenblick kam dafür aber so ungefähr jeder Zweite hier drinnen infrage.

Auf der anderen Seite des zu einer Mischung aus Disco und High-End-Nachtclub umgebauten Schwimmbades erhob sich eine futuristische Bar, hinter der ein halbes Dutzend sowohl männlicher als auch weiblicher Barkeeper in noblen Kleidern damit beschäftigt waren, Drinks zu mixen, Bier oder Cocktails auszuschenken oder auch einfach nur ein kleines Schwätzchen mit einem Gast zu halten; eben das, was Barkeeper so taten … Jedenfalls nahm Lena das an, stammte ihr Wissen über derartige Etablissements doch lediglich aus einschlägigen Filmen oder Büchern. Sie selbst war noch nie in einem so noblen Schuppen gewesen. Ganz davon abgesehen, dass man sie normalerweise niemals hier eingelassen hätte, war es einfach … nicht ihre Welt.

Was bislang vielleicht ein Fehler gewesen war, dachte sie, während ihr Blick über die dicht gedrängt tanzende Menge mit all den teuren Kleidern und Schmuckstücken und Anzügen und Accessoires tastete. Nicht wenige der aufgedonnerten Tussis trugen Schuhe, die mehr gekostet haben mussten, als sie in einem ganzen Monat verdiente. Und was den Schmuck und die teuren Uhren anging: Wenn auch nur ein Drittel davon echt war …

Reiche Jagdgründe.

Das Licht flackerte, und der Chartbreaker verstummte mitten in einem Akkord, um vom hämmernden Bass eines viel härteren Stückes abgelöst zu werden, was einen Moment lang für Verwirrung auf der Tanzfläche sorgte. Etliche Pärchen trennten sich voneinander, um einzeln weiterzutanzen, und andere verließen die Tanzfläche ganz, wodurch auch ein paar ihrer potenziellen Opfer aus ihrer Reichweite verschwanden.

Ihr Blick blieb an einer jungen Frau hängen, die auf einer der riesigen Boxen stand und sich wie eine Go-go-Tänzerin bewegte: ungefähr in ihrem Alter, schätzte Lena, kurz geschnittenes dunkles Haar und gerade noch ausreichend gekleidet, um nicht wegen Erregung öffentlichen Ärgernisses verhaftet zu werden. Sie wiegte sich in einem Rhythmus, den es in dem kreischenden Heavy-Metal-Stück, das die Box unter ihren nackten Füßen erzittern ließ, zwar nicht gab, dennoch aber auf eigentümliche Weise dazu passte.

Das Ergebnis war … verwirrend. Die Dunkelhaarige bewegte sich, wie Lena es noch nie zuvor gesehen hatte, schnell und rhythmisch und hart und zugleich auf eine sinnliche Art, die eine verstörende Reaktion in ihr auslöste. Sie hatte sich nie für Frauen interessiert – nicht *so* –, aber da war etwas im schmalen Gesicht des dunkelhaarigen Mädchens und vor allem an ihrer Art, sich zu bewegen, was sie sofort in den Bann schlug. Ihr Herz begann zu klopfen.

Anscheinend war sie nicht die Einzige, die der Anblick des vermeintlichen Go-go-Girls faszinierte. Jemand rempelte sie unsanft an, ein dunkelhaariger Bursche in zerschrammten Lederklamotten, die garantiert von Gucci oder Versace stammten, und dem dazu passenden Gehabe. Die Kleine auf der Box faszinierte ihn anscheinend so sehr, dass er Lena vor ihm nicht wahrnahm (oder sie ihm egal war) und sie einfach aus dem Weg schob.

Lena revanchierte sich, indem sie ihm das Weitergehen erleichterte, weil er sich nicht mehr mit dem Gewicht seiner Brieftasche abschleppen musste, wich rückwärts vor ihm zurück und sah sich nach einer weiteren Beute um; und zugleich der letzten für diesen Abend. Drei war eine gute Zahl, fand sie. Und sie hatte ihr Glück für einen Tag nun wirklich genug herausgefordert.

Sie entdeckte einen Burschen, der mit offener Jacke ganz allein am Rand der Tanzfläche stand, und schlenderte unauffällig auf ihn zu. Seine rechte Jackentasche war ausgebeult und schrie geradezu danach, geplündert zu werden. Den kleinen Gefallen würde sie ihm noch tun und dann von hier verschwinden.

Wenn man es genau nahm, überlegte sie, dann tat sie ihm vermutlich sogar wirklich einen Gefallen. Die paar Kröten, die er bei sich hatte, würden einem Typen in einer 2000-Euro-Jacke kaum wehtun, aber im Gegenzug hatte er für Wochen etwas, worüber er erzählen und womit er angeben konnte. Wenn man es also *ganz genau* nahm, dann war sie weniger als Diebin denn als Entertainerin unterwegs, zumindest heute und an diesem ganz besonderen Ort. Streng genommen bot sie eine Dienstleistung an, und das Einzige, was man ihr vorwerfen konnte, war, dass sie sich nicht immer vergewisserte, ob ihre Kunden diesen Dienst auch tatsächlich wollten.

Lena lächelte über ihre eigenen Gedanken und bewegte sich weiter auf den Angeber mit der Lederjacke zu. Einen, zwei, drei

Schritte weit, dann wurde das Gefühl, angestarrt zu werden, wieder so intensiv, dass ihr ein eisiger Schauer über den Rücken lief. Sie konnte spüren, wie sich die feinen Härchen auf ihren Unterarmen und Handrücken aufrichteten und ihr Herz noch einmal schneller schlug. Selbst das Luftholen fiel ihr mit einem Mal schwer.

Sie blieb stehen und bereitete sich innerlich darauf vor, möglichst rasch von hier zu verschwinden.

Diesmal schienen ihre Instinkte sie aber getäuscht zu haben.

Rings um sie herum herrschte nämlich auf einmal eine Anspannung, die eine Sekunde zuvor noch nicht da gewesen war. Und Lena war nicht der Grund dafür. Vielmehr schritt hinter ihr eine … blonde Göttin über die Tanzfläche. Anders konnte Lena die junge Frau nicht beschreiben, vor der sich die Reihen der Tanzenden nun wie ganz selbstverständlich teilten. Sie war ein wenig größer als Lena und ein paar Jahre älter – nicht sehr viele –, hatte schulterlanges lockig blondes Haar und irgendetwas an sich, was es nicht nur ihr unmöglich machte, den Blick von ihr zu wenden. Etliche der Tanzenden starrten sie an, und nicht wenige grüßten sie oder schenkten ihr ein schüchternes Lächeln. Offenbar war sie hier keine Unbekannte.

Und ebenso offenbar war die blonde Schönheit mindestens genauso reich wie leichtsinnig, denn das, was Lena auf den ersten Blick für ein blitzendes Schmuckstück am Träger ihres Kleides gehalten hatte, entpuppte sich bei genauerem Hinsehen als schmaler Metallclip, unter dem ein ansehnliches Päckchen ordentlich zusammengefalteter Zweihunderter steckte.

Also gut, wenn sie unbedingt darauf bestand …

Lena vergaß den Angeber mit der Lederjacke, änderte ihre Richtung, um so an der Blonden vorbeizugehen, dass sich ihre Blicke nicht begegneten, und machte dann eine Bewegung, die so schnell und unauffällig war, dass sie selbst stolz darauf gewesen wäre, hätte sie Zeit für einen solchen Gedanken gehabt. Sie hatte sich mit ihrer Beute bereits herumgedreht und war weitergegangen, bevor Lockenköpfchen ihre Berührung auch nur spüren konnte.

Mit gemäßigtem Tempo, um nicht aufzufallen, steuerte sie den Ausgang an und lauschte dabei gebannt hinter sich, darauf gefasst, jederzeit einen empörten Ausruf oder irgendein anderes Anzeichen von Aufregung zu vernehmen.

Nichts dergleichen geschah, aber als sie noch zehn Schritte vom Ausgang entfernt war, vertrat ihr eine Gestalt in einem leicht mitgenommen wirkenden Armani-Anzug den Weg.

»Da bist du ja, Süße«, sagte der Mann mit hochrotem Gesicht. »Hast du gedacht, wir sehen uns nicht wieder?« Drohend baute er sich auf Zehenspitzen vor ihr auf, um aus noch größerer Höhe auf sie herabzusehen. »Du bist geschickt, Süße, das muss man dir lassen. Aber auch ziemlich blöd. Du hättest abhauen sollen, solange du noch konntest. Ziemlich dämlich, wenn du mich fragst.«

Lena blinzelte. »Kennen wir uns?«

»Nicht wirklich«, antwortete er. »Aber du wirst mich noch kennenlernen, das versprech ich dir. Besser, als dir lieb ist.«

Lena wollte zur Seite ausweichen, aber diesmal war sie nicht schnell genug. Der Kerl packte sie am Oberarm mit mindestens ebensolcher Kraft wie der Türsteher vorhin.

»Hiergeblieben, Schätzchen!«, zischte er. »Wir warten hier schön auf die Polizei! Aber vorher zeigst du mir, was du in deiner Tasche da hast!«

Lena versuchte sich loszureißen, was er aber nur als willkommenen Anlass nahm, den Griff noch einmal zu verstärken. Es tat so weh, dass ihr die Tränen in die Augen schossen. Spätestens morgen früh würde sie seinen Handabdruck als hübsches grünblaues Tattoo am Oberarm tragen. Mit der anderen Hand versuchte er nach ihrer Tasche zu grapschen und hätte es wohl auch geschafft, wäre nicht plötzlich hinter ihm eine noch viel größere Gestalt in einem schwarzen Maßanzug aufgetaucht.

Der Türsteher mit der Ray-Ban und dem Knopf im Ohr hatte es nicht einmal nötig, ihn zu berühren. Seine bloße Präsenz reichte vollkommen aus, um den Rotgesichtigen die begonnene Bewegung abbrechen zu lassen. Er ließ Lena los und trat hastig einen Schritt zurück.

»Gibt es irgendwelche Probleme?«

»Probleme?« Der Armani-Träger funkelte abwechselnd den Türsteher und Lena an und spießte schließlich mit dem ausgestreckten Zeigefinger wie mit einer Stichwaffe nach ihr. »Das kann man wohl sagen, dass es ein Problem gibt! Ich dachte, ihr sucht euch eure Gäste besser aus!«

»Ich fürchte, ich verstehe nicht ganz«, sagte der Türsteher kühl.

Lena wich nun ihrerseits unauffällig einen halben Schritt zurück und massierte ihren schmerzenden Oberarm. Ihre Gedanken rasten, während sie immer verzweifelter nach einem Fluchtweg Ausschau hielt. Vergeblich.

»Die Kleine da hat mich beklaut!«, polterte Armani. »Vorhin, als wir auf den Einlass gewartet haben. Sie hat mich angerempelt. Ich hab mir nichts dabei gedacht, aber dann habe ich gemerkt, dass meine Brieftasche weg ist! Und so was lasst ihr hier rein? Ich weiß nicht, ob das noch der richtige Club für mich und meine Freunde ist!«

»Ihre Brieftasche?« Der Blick der unsichtbaren Augen hinter der Ray-Ban tastete über Lenas Gesicht und ihre nackten Schultern und blieb schließlich an ihrer Umhängetasche haften, deren Riemen mittlerweile wie ein Messer in ihre Schulter zu schneiden schien. Gleich würde er hineingreifen, dachte sie, und dann würde er nicht nur eine, sondern gleich zwei Brieftaschen vorfinden, die nicht dort hineingehörten, nebst dem einen oder anderen Geldschein, der vor Kurzem erst seine Besitzerin gewechselt hatte.

Na ja, wenigstens um Holden und seine Schutzgebühr musste sie sich für die nächsten zwei, drei Jahre jetzt keine Gedanken mehr machen.

Statt jedoch in ihre Tasche zu greifen, drehte sich der Türsteher nun ganz zu dem empörten Gast um, langte unter dessen Jacke und zog eine schmale schwarze Brieftasche hervor. Nicht nur der Armani-Träger machte große Augen.

»Ist das Ihre Brieftasche?«, fragte der Türsteher. Der Gast wollte die Hand danach ausstrecken, aber er zog die elegante Ledermappe rasch zurück, klappte sie auf und nahm einen in Plastik eingeschweißten Führerschein heraus, um das Foto gründlich mit dem Gesicht seines Gegenübers zu vergleichen. »Ja, das scheint tatsächlich Ihre Brieftasche zu sein«, sagte er schließlich und gab sie ihm zurück. »Wenn Sie bitte den Inhalt kontrollieren und sich davon überzeugen würden, dass nichts fehlt? Nur damit es später nicht zu Missverständnissen kommt.«

Der Armani-Träger tat rein gar nichts dergleichen, sondern starrte nur abwechselnd ihn, die Brieftasche in seiner Hand und Lena an.

»Aber …«, stammelte er. »Aber wie …?«

Genau dasselbe fragte sich Lena auch. Wie um alles in der Welt hatte er das geschafft? Sie hatte die Tasche keine Sekunde aus den Augen gelassen, und niemandem – *niemandem!* – gelang es, sie zu bestehlen, ohne dass sie es merkte!

»Einer meiner Männer hat sie draußen vor dem Eingang gefunden«, sagte der Türsteher. »Sie muss Ihnen wohl aus der Tasche gerutscht sein, ohne dass Sie es gemerkt haben. Sie sollten besser auf Ihr Eigentum achtgeben.«

»Ja, das … scheint mir auch so«, murmelte der andere hilflos und ließ die Brieftasche dann blitzschnell in der Jackentasche verschwinden.

»Und es …« Er rang einen Moment mit sich selbst, musste sich dann sichtlich überwinden, um Lena in die Augen zu sehen, und fügte unbehaglich hinzu: »Es tut mir leid. Da habe ich wohl ein bisschen überreagiert. Bitte entschuldige.«

Davon abgesehen, dass Lena nicht daran dachte, diesem aufgeblasenen Idioten die Absolution zu erteilen, war sie viel zu perplex, um überhaupt zu reagieren. Sie starrte ihn nur an, und nach einem kurzen Zögern fuhr er schließlich auf dem Absatz herum und floh aus dem Club.

Der Türsteher sah ihm noch einen Moment lang kopfschüttelnd nach und wandte sich dann mit einem tiefen Seufzer an Lena. »Leute gibt's …«

»Ja, das … finde ich auch«, murmelte Lena hilflos. Sie begriff immer weniger, was hier geschah. Aus ihrem unguten Gefühl war inzwischen etwas wirklich Körperliches geworden. Sie hatte immer mehr Mühe, auch nur zu atmen, und wo ihr Magen sein sollte, war nur noch ein Eisklumpen mit scharfen Kanten.

»Vielen Dank auch. Der Bursche hätte wirklich unangenehm werden können. Na ja, ich glaube, ich muss jetzt auch allmählich …«

»Aber nicht doch, Liebes«, unterbrach sie der Türsteher lächelnd, aber zugleich in einem Ton, der keinen Widerspruch duldete. Er rührte keinen Muskel, um ihr den Weg zu vertreten, aber das war auch nicht nötig. »Du willst doch nicht schon gehen? Die Nacht ist noch jung. Und außerdem will die Chefin dich sehen.«

»Die … Chefin?«

»Ich soll dich zu ihr bringen. Sie möchte was mit dir trinken … glaube ich. Du solltest dich geehrt fühlen, Kleines. Die Hälfte der Typen hier drinnen würde sich die rechte Hand abhacken lassen, um mit ihr an der Bar sitzen zu dürfen.«

»Widerstand zwecklos?«, sagte Lena.

»Vollkommen«, bestätigte er. »Komm, ich bringe dich zu ihr.«

6

Wenn sie gedacht hatte, dass es nicht mehr schlimmer kommen konnte, dann war das nicht der erste Irrtum dieses Tages.

Die *Chefin* erwartete sie an der Bar, wenn auch nicht an der, die sie vorhin von der Tanzfläche aus gesehen hatte. Vielmehr dirigierte ihr Führer sie eine schmale, mit einer roten Samtkordel abgesperrte Treppe zum Rand des ehemaligen Schwimmbeckens hinauf, wo es eine zweite, kleinere Bar in einem abgesperrten VIP-Bereich gab. Die Besitzerin des Clubs saß mit dem Rücken zu ihr, und der stachelige Eisklumpen in Lenas Magen sprang mit einem einzigen Satz bis in ihren Hals hinauf und schnürte ihr endgültig den Atem ab, als sie sah, dass es niemand anderes als das blonde Lockenköpfchen war, das sie gerade um den größten Teil seiner Barschaft erleichtert hatte.

»Setz dich, Liebes«, sagte sie, ohne sich zu ihr umzudrehen. »Du musst doch vor Durst sterben. Ich jedenfalls könnte die ganze Bar leer trinken.«

Lena blieb mit jagendem Puls stehen, und die Blonde drehte sich nun doch auf ihrem Hocker um und lächelte sie an.

»Nun mach schon. Keine Angst, ich beiße nicht … Jedenfalls nicht sofort und nicht jeden.«

Lena hörte die Worte kaum. In die Augen der jungen Frau zu blicken war, wie die Sonne mit bloßen Händen zu berühren. In diesem Blick war etwas … Unbeschreibliches. Gefrorene Zeit, die seit Äonen darauf wartete, zu erwachen und jeden zu verbrennen, der leichtsinnig genug war, ihr zu nahe zu kommen. Nach einer Sekunde, die ihr zu einer schieren Ewigkeit wurde, gelang es ihr, sich vom Blick dieser verzehrenden Augen zu lösen, aber nur, weil ihr Gegenüber es zuließ.

»Du bist …«, stammelte sie. »Ich meine, Sie sind …«

»Du ist schon in Ordnung«, unterbrach sie die Blonde. »Wir duzen uns hier alle.« Sie lachte. *»Sie* sage ich nur zu Leuten, die ich nicht leiden kann.«

Jetzt wäre es wohl an Lena gewesen, zu lachen oder wenigstens mit einem Lächeln zu reagieren, aber sie konnte inzwischen nicht einmal mehr richtig denken. Oder sich auch nur daran erinnern, wie sie auf den Barhocker hinaufgekommen war.

»Dann sind Sie …«, begann sie, rettete sich in ein verwirrtes Lächeln und setzte neu an: »Dann bist *du* Charlotte?«

»Louise«, antwortete die Blonde. »Charlotte sitzt da drüben.«

Sie machte eine Kopfbewegung auf eine dunkelhaarige Frau – unmöglich, ihr Alter zu schätzen, aber auch sie war jung –, die in einem uralten Plüschsessel am anderen Ende des VIP-Bereichs saß und in einem sichtlich alten Buch mit goldgeprägtem Ledereinband blätterte.

»Aber es heißt doch Charlottes Club.«

»Klingt besser als Louises Club, meinst du nicht auch?«, sagte Louise. »Und es hat noch ein paar andere Gründe. Frag meinen Steuerberater, wenn es dich wirklich interessiert. Und du bist …?«

»Lena«, antwortete Lena.

»Lena«, wiederholte Louise. »Ein hübscher Name.« Sie winkte den Barkeeper heran. »Einen Caipi, Süßer. Und du?«

Lena nickte. Louise gab die Bestellung mit zwei erhobenen Fingern weiter und machte dann ein gespielt überrascht-betroffenes Gesicht. »War ich jetzt zu vorschnell? Du lädst mich doch ein, oder? Von meinem Geld?«

Lena starrte sie an. Sie war nicht einmal erschrocken. Alles war so … unwirklich.

Louise weidete sich einige Augenblicke lang ganz unverhohlen an ihrem fassungslosen Gesicht und machte dann eine kaum angedeutete Handbewegung. Der Türsteher trat kommentarlos neben sie, nahm ihr die Tasche von der Schulter und zog die Brieftasche heraus, die sie erbeutet hatte. Wortlos gab er ihr die Tasche zurück und verschwand dann in Richtung Treppe.

»Es ist unglaublich, wie schlampig die Leute geworden sind«, sagte Louise lächelnd. »Andauernd verlieren sie etwas. Wenn mein Personal nicht so gut aufpassen würde, dann würde die Hälfte von ihnen ohne ihre Brieftasche nach Hause gehen.«

»Ich … kann das erklären«, stammelte Lena.

Louise reagierte nur mit einem spöttischen Lächeln darauf, aber neben ihr sagte jemand mit aufgekratzter Stimme: »Ja, darauf wette ich. Aber spar dir die Mühe, Schätzchen, sonst müsste dir Louise am Ende noch erklären, woher sie das Geld für diesen Edelschuppen hier hat, und das könnte ziemlich peinlich für uns alle werden.«

Der schwarze Wuschelkopf, der gerade noch unten auf der Box getanzt hatte, schwang sich mit einer sportlichen Bewegung auf den freien Hocker neben ihr, schlug die Beine übereinander und streckte ihr die Hand entgegen. »Nora.«

»Lena«, antwortete Lena automatisch, streckte ihrerseits die Hand aus und legte dann erstaunt die Stirn in Falten, als sie spürte, wie stark der Händedruck des so zerbrechlich aussehenden Mädchens war.

»Nimm sie nicht ernst«, sagte Louise. »Nora ist ein Kind, und ich fürchte, das wird sie auch für die nächsten fünfhundert Jahre bleiben.«

Nora lachte zwar, aber sie tat es auf eine wirklich … seltsame Art, die Lenas Verwirrung nur noch weiter steigerte.

Dann fiel ihr etwas ein, und sie griff jetzt umso hastiger in ihre Tasche, um die Geldscheine herauszunehmen, die vor ein paar Minuten noch unter Louises Clip gewesen waren.

»Schon gut.« Louises schüttelte den Kopf und machte eine abwehrende Geste. »Behalt es als Anzahlung.«

»Als Anzahlung?«, wiederholte Lena, genauso verwirrt wie misstrauisch. »Worauf?«

»Dafür, dass ich in deine wunderschönen Augen sehen darf«, antwortete Louise. Sie lächelte plötzlich auf eine völlig andere Art als bisher, und wieder erschien etwas in ihren Augen, was es Lena unmöglich gemacht hätte, sich ihrem Blick zu entziehen, hätte Louise es nicht erlaubt.

Der Barkeeper kam und brachte die bestellten Drinks. Louise wartete, bis Lena – vorsichtig – an ihrem Glas genippt hatte, und fuhr dann fort: »Wo sind deine Freunde?«

»Welche Freunde?«

»In deinem Alter geht doch niemand ohne seine Clique aus«, sagte Louise. Sie setzte ihr Glas an, und obwohl ihr Blick sich ganz auf seinen Inhalt zu konzentrieren schien, hatte Lena irgendwie noch immer das Gefühl, angestarrt zu werden.

»Ich schon«, sagte sie. »Hab mich für 'ne Solokarriere entschieden. Das macht das Leben leichter.«

Louise lächelte zur Antwort nur, und dieses Lächeln war beinahe mehr, als Lena ertragen konnte. Das Eis in ihrem Magen war längst geschmolzen, und nun breitete sich an seiner Stelle ein zwar vertrautes, aber in diesem Moment höchst unwillkommenes warmes Kribbeln aus, das sie erschrocken verscheuchte.

»Diese Einstellung gefällt mir«, fuhr Louise nach einer Weile fort. »Wenn du nicht wie alle anderen sein möchtest, dann gibt es nur zwei Möglichkeiten: Du gehst an ihrer Welt zugrunde, oder du schaffst dir deine eigene.«

»So wie du?«, fragte Lena und sah demonstrativ in die Runde.

»So wie ich«, bestätigte Louise.

»Dazu braucht man aber Kohle.«

»Mut reicht vollkommen«, sagte Louise.

Das war nun wirklich totaler Quatsch. Mut hatte sie genug für drei, und sie war auch alles andere als dumm, aber wohin hatte es sie gebracht? In den Jugendstrafvollzug und danach in die Obhut eines korrupten Bewährungshelfers, der mindestens ebenso scharf auf ihren Hintern wie auf ihr Geld war.

O ja, und zumindest im Moment in den angesagtesten Club der Stadt und den Fokus einer geheimnisvollen Frau, die ganz bestimmt nicht an ihrem *Geld* interessiert war.

»Und du hast beides?«, erwiderte sie mit einiger Verspätung.

»Genug für zwei.« Louise sah sie schon wieder auf diese betörende Art an, und dieses Mal kostete es Lena all ihre Willenskraft, die verstörenden Gefühle zu vertreiben, die allein dieser bloße Blick in ihr auslöste. Sie nippte noch einmal an ihrem Drink. Dann glitt sie vom Barhocker herunter und nahm das Bündel Zweihunderter aus der Tasche, um es vor Louise auf die Theke zu legen.

»Ich weiß das zu schätzen«, sagte Lena, »aber ich glaube, ich versuch's erst mal allein weiter.«

Louise musterte sie durchdringend und nickte schließlich. »Ich bin beeindruckt. Anscheinend habe ich mich nicht in dir getäuscht.«

»Inwiefern?«

Louise überging die Frage. Sie löste den Geldclip vom Träger ihres Kleids und schob die Banknoten ebenso achtlos darunter, wie sie den gesamten Clip anschließend auf die Theke fallen ließ. »Ich wünsche dir auf jeden Fall viel Glück, Kleines. Und wenn du es dir doch noch anders überlegst oder mal Hilfe brauchst, dann weißt du ja, wo du mich findest.«

Lena hatte das Gefühl, dass sie jetzt eigentlich etwas ganz Bestimmtes darauf sagen sollte – und wusste tief im Innersten sogar ganz genau, was –, aber sie gestattete sich nicht, die Worte auszusprechen. Stattdessen lächelte sie nur noch einmal zum Abschied und drehte sich dann hastig weg.

Nach einem einzigen Schritt blieb sie wie angewurzelt wieder stehen und starrte den hochgewachsenen Blondschopf an, der am anderen Ende des großen Raums aufgetaucht war und zielstrebig in ihre Richtung eilte.

»Kennst du den Typen?«, fragte Nora.

Sie kannte sogar seinen Namen. Aber was um alles in der Welt tat *Tom* hier?

»Auf jeden Fall sieht er niedlich aus«, kicherte Nora. »Du hast einen guten Geschmack, Kleines.«

»Ein Bulle?«, erkundigte sich Louise.

Lena hörte, wie sie hinter ihr raschelnd vom Barhocker glitt und neben sie trat. Sie sah nicht hin, konnte aber – es war völlig verrückt – ihren Geruch spüren. Nicht das sündhaft teure Parfüm, das sie aufgelegt hatte, sondern etwas darunter, etwas Archaisches, etwas viel Älteres – und selbst dieser schwache Hauch war schon beinahe mehr, als sie ertragen konnte. »Du kennst ihn?«

»Nein.« Als Louise den Kopf schüttelte, raschelte ihr Haar wie fein gesponnene Seide. »Aber ich kann Bullen riechen.«

So, wie sie das sagte, klang es vollkommen ernst.

Als sie dann weitersprach, klang ihre Stimme anders, fast wie ein Befehl. »Halt ihn auf, Nora! Und du verschwindest, Lena! Wir lenken ihn ab.«

»Gibt's einen Hinterausgang?«

»Ja«, antwortete Louise, wiegte aber den Kopf. »Ist zu weit. Außerdem steht da womöglich auch einer. Verschwinde auf die Toilette. Ich mach von hier aus auf. Schnell!«

Lena stürmte los, besann sich nach zwei Schritten darauf, dass sie in ihrem roten Kleid – das Tom noch dazu kannte! – schon auffällig genug war, und zwang sich deshalb, möglichst langsam die Treppe hinabzugehen und die schmale Tür neben der offiziellen Toilette anzusteuern. Als sie dicht davor war, hörte sie ein feines Summen, und die Tür sprang, wie von Geisterhand bewegt, einen Fingerbreit auf. Rasch schlüpfte Lena hindurch, drückte die Tür hinter sich ins Schloss und lehnte sich mit dem Rücken dagegen. Ihre Gedanken überschlugen sich, und ihr Herz raste mit einem Mal, als wollte es zerspringen. Tom? Hier? Das konnte unmöglich ein Zufall sein!

Ein Teil von ihr (derjenige, dem diese Vorstellung durchaus geschmeichelt hätte) versuchte ihr einzureden, dass der gut aussehende Soko-Beamte noch ein Hühnchen mit ihr zu rupfen hatte, aber das war natürlich Unsinn. Polizisten von seinem Kaliber hatten ganz bestimmt etwas Wichtigeres zu tun, als nach einer kleinen Taschendiebin zu suchen: also doch Zufall.

Aber ein sehr, sehr sonderbarer …

Sie versuchte den Gedanken abzuschütteln (es gelang ihr nicht), stieß sich von der geschlossenen Tür ab und ging zum Waschbecken, um sich auf dem goldgeäderten Granit abzustützen und ihr müdes Spiegelbild zu betrachten.

Sie erschrak beinahe vor sich selbst. Ihr Gesicht wirkte eingefallen und grau, und es kam ihr vor, als wäre sie zehn Jahre älter geworden, seit sie das letzte Mal in einen Spiegel gesehen hatte. An ihrem Hals pochte eine Ader.

»Du selbst kannst es nicht sehen«, sagte eine Stimme hinter ihr.

Lena fuhr wie elektrisiert zusammen und starrte in den Spiegel. Sie war allein. Aber sie hatte die Stimme gehört! Und es war nicht *irgendeine* Stimme gewesen, sondern Louises, und sie spürte ihre Nähe mit körperlicher Intensität, sie hörte das Rascheln ihres Kleides und roch ihren Duft.

Zwei, drei endlose schwere Herzschläge lang stand sie einfach nur da, starrte den Spiegel an, in dem der *leere Raum* hinter ihr zu sehen war, und fragte sich in dieser Zeit allen Ernstes, ob sie den Verstand verloren hatte, dann raffte sie all ihren Mut zusammen, drehte sich mit einem Ruck herum – und erstarrte.

Louise stand so dicht hinter ihr, dass sich ihre Gesichter beinahe berührten. Es war völlig unmöglich, dass sie hereingekommen war, ohne dass sie etwas gehört oder gesehen hatte, und sie war auch im Spiegel nicht zu sehen gewesen – aber jetzt stand sie vor ihr: groß, wunderschön und lähmend allein durch ihre bloße Gegenwart.

»Deine Augen sind blind dafür, obwohl dich jeder deiner Blicke verrät«, fuhr Louise fort.

»Wovon … redest du?«, stammelte Lena. Sie konnte nicht mehr denken. Alles war … *falsch.*

»Von dem, was in dir steckt«, antwortete Louise lächelnd. »Etwas Seltenes und sehr Besonderes, Außergewöhnliches.«

Ihre Fingerspitzen fuhren so zart wie der Flügelschlag eines Schmetterlings über Lenas Lippen, verharrten für einen winzigen Moment auf ihrem Mundwinkel und setzten dann ihren Weg am Kinn und dem Hals hinunter fort, bis sie schließlich auf ihrer pochenden Halsschlagader liegen blieben. Lena hob die Hand, um Louises Arm wegzuschieben, aber auch das war ein Fehler, denn die Berührung war wie ein elektrischer Schlag, der durch jeden einzelnen Nerv in ihrem Körper schoss und sie aufstöhnen ließ; allerdings nicht vor Schmerz, sondern dem genau gegenteiligen Empfinden.

»Was … soll das?«, fragte sie mühsam. »Was willst du von mir? Wer bist du?«

»Ich glaube, du weißt genau, was ich von dir will, Liebes«, antwortete Louise. »Und wer ich bin?« Sie lächelte geheimnisvoll. »Ich glaube, das habe ich schon vor langer Zeit vergessen. Aber ich kann dir sagen, was ich nicht bin. Ein Mensch.«

»Ja, sicher«, murmelte Lena. Sie brachte irgendwie doch die Willensstärke auf, Louises Hand wegzuschieben, und drehte sich mit einem Ruck zum Spiegel um.

Kein Mensch, ha, ha.

Sie war nicht nur kein Mensch, sie war gar nicht da. Der leere Raum im Spiegel bewies ihr, dass sie nach wie vor allein war – und das war sie auch die ganze Zeit über gewesen! Offenbar war sie doch weiter mit den Nerven runter, als ihr bisher klar gewesen war. Entweder das, oder Engelsköpfchen hatte ihr etwas in den Drink gekippt, um sie kirre zu machen. Wer sagte denn, dass Holden der Einzige war, der vor nichts zurückschreckte, um sie gefügig zu machen?

»Kein Mensch, wie?«, sagte sie spöttisch.

»Richtig«, antwortete Louises Stimme hinter ihr. »Genauso wenig wie du.«

Etwas raschelte. Lena spürte abermals eine Bewegung hinter sich und roch Louises betörendes natürliches Parfüm, aber da war plötzlich noch etwas, etwas Raubtierhaftes und Wildes, das alle Alarmglocken in ihr zum Läuten brachte und sie veranlasste, sich wider besseres Wissen sehr schnell wieder umzudrehen.

Sie war schnell, aber nicht annähernd schnell genug. Etwas packte sie mit einer Kraft, wie sie kein Mensch haben konnte, riss sie herum und zwang ihren Kopf zur Seite. Lena bereitete sich innerlich darauf vor, Louise kräftig in die Lippen zu beißen, wenn sie tatsächlich auf die Idee kommen sollte, sie zu küssen; und gleichzeitig stellte sie sich selbst die absurde Frage, ob sie als Frau eigentlich eine Frau wegen versuchter Vergewaltigung anzeigen konnte, wenn das hier vorüber war.

Louise versuchte sie nicht zu küssen, und sie kam somit auch nicht in die Verlegenheit, einem anzüglich grinsenden Polizeibeamten ihr Anliegen vortragen zu müssen. Louises Ziel war nicht ihr Mund, sondern ihre Halsschlagader, und sie presste auch nicht die Lippen auf ihre Haut, um ihren süßen Geschmack zu trinken, sondern grub zwei nadelspitze Zähne tief in ihr Fleisch.

Der Schmerz war grässlich, zwei weißglühende Dolche, die sich tief durch ihr Fleisch bis zum Rückgrat zu bohren schienen, um es zur Gänze in Brand zu setzen – aber das alles schien nichts gegen das zu sein, was Louise geschah.

Es war, als hätte sie in ein Stromkabel gebissen. Eine Mischung aus einem Schrei und einem schlangengleichen Zischen kam über ihre Lippen, die plötzlich voller frischem hellrotem Blut waren – Lenas Blut! –, und sie taumelte nicht etwa, sondern flog regelrecht zurück, prallte an die gegenüberliegende Wand, ohne dass die Füße den Boden auf dem Weg dorthin berührt hätten, und zertrümmerte das massive Bidet, als sie zu Boden fiel.

Lena schlug entsetzt die Hand gegen den Hals, fühlte warmes Blut, das aus zwei winzigen punktförmigen Stichen direkt über ihrer Halsschlagader lief, und hätte geschrien, hätte ihr das Entsetzen nicht so sehr die Kehle zugeschnürt. Zitternd stand sie einen Moment lang da, starrte die reglose Gestalt an, die inmitten eines Chaos aus scharfkantig zerbrochenen Porzellanscherben dalag und sich nicht rührte, und drehte sich schließlich wieder zum Spiegel um.

Alles war da: ihr eigenes, kreidebleiches Gesicht, die beiden winzigen Stiche an ihrem Hals, aus denen zwei dünne rote Rinnsale liefen, und das zertrümmerte Bidet. Nur Louise fehlte. Wo sie hätte liegen müssen, befand sich nichts als ein trockener Fleck von ungefähr menschlichen Umrissen, den das auslaufende Wasser aus irgendeinem Grund nicht erreichte.

Und das war eindeutig zu viel.

Lena fuhr auf dem Absatz herum und stürzte davon, so schnell sie nur konnte.

7

Lena hätte beim besten Willen nicht sagen können, wie sie den Weg zurück gefunden hatte, wie lange sie gebraucht und wen sie unterwegs getroffen hatte. Die Nacht und der Rückweg hatten sich gegen sie verbündet und waren zu einem Albtraum geworden, der einfach keinen Sinn ergeben und auch kein Ende nehmen wollte. Irgendwann nahm die Zahl der Autos auf den Straßen wieder zu, und sie erinnerte sich (im Nachhinein) an ein paar übermüdete Gesichter, die sie verdutzt durch Windschutzscheiben oder aus den Häuschen der Bushaltestellen heraus angegafft hatten, und nicht sehr viel später zeigte sich im Osten der erste Schimmer von Grau am Himmel.

Es war nach Mitternacht gewesen, als sie CHARLOTTES CLUB betreten hatte, und nun stand die Dämmerung vor der Tür. Sie war tatsächlich die ganze Nacht unterwegs gewesen, und sosehr sie sich auch anstrengte, sie konnte sich im Einzelnen an kaum eine dieser zahllosen Minuten erinnern. Irgendwie war es ihr gelungen, aus dem Club hinauszukommen. Sie erinnerte sich vage, auf dem Parkplatz gestürzt zu sein und sich Hände und Knie aufgeschürft zu haben, aber das war auch schon alles.

Vielleicht war es auch gut so. Was immer hinter ihr lag, war bestimmt kein Spaziergang gewesen. Ihr Kleid war hoffnungslos verdreckt und an mehreren Stellen zerrissen, und an ihren Händen und Ellbogen klebte Blut, von dem sie sich nicht sicher war, ob es sich wirklich um ihr eigenes handelte. Da waren ein paar verrückte Bilder in ihrem Kopf, die Erinnerungen sein konnten, ebenso gut aber auch nur Einbildung. Pseudo-Erinnerungen an eine Gegend, in die sich ein Mädchen wie sie in einem solchen Kleid lieber nicht verirren sollte – schon gar nicht nachts –, an schwere rennende Schritte und Gestalten in Bomberjacken und an ein blitzendes Messer und Schreie und Blut; und Augen, die sie voller Entsetzen und Unglauben anstarrten. Vielleicht war das alles auch nur ein freundlicher Gruß ihrer Fantasie, die ihr klarmachen wollte, was ihr hätte passieren können und dass sie möglicherweise von Glück sagen konnte, noch am Leben zu sein.

Aber das war egal. Alles, was jetzt zählte, war, nach Hause zu kommen, bevor es hell wurde.

Der Weg war nicht mehr besonders weit. Auch wenn sie scheinbar ziellos durch die Stadt geirrt war, hatte etwas in ihr dennoch den Rückweg gefunden; wie vom Instinkt einer Katze gelenkt, der sie selbst in unbekanntem Terrain sicher nach Hause finden ließ. Sie musste sich beeilen. Schon in wenigen Minuten würde die Sonne aufgehen, und tief in ihr war das sichere Wissen, dass sie dann nicht mehr hier draußen sein sollte.

Obwohl ihr mittlerweile jeder Schritt schwerfiel, ihr Hals und ihre Nackenmuskeln schmerzten und sie aus irgendeinem Grund immer schlechter sehen konnte, beschleunigte sie ihre Gangart, um das letzte Stück zurückzulegen – noch die Straße hinunter und dann nach links, und sie hatte die jämmerliche Bruchbude erreicht, in der ihre Mutter und sie hausten. Sie beschleunigte noch einmal, stolperte prompt über ihre eigenen Füße und fand gerade noch an einem geparkten Wagen Halt, bevor sie stürzen konnte. Ärgerlich auf sich selbst stemmte sie sich wieder hoch und ging weiter, blieb gleich darauf aber schon wieder stehen, weil ihr war, als ob sie nicht nur zufällig gestolpert wäre. Etwas hatte ihre Aufmerksamkeit erregt, aber es dauerte noch einmal eine Sekunde, bis sie wirklich begriff, was.

Schräg gegenüber auf der anderen Straßenseite befand sich der Geldautomat, der gestern Abend die Karte des Russen geschluckt hatte. Und nur ein kleines Stück dahinter parkte ein schwarzer Wagen am Straßenrand, der nicht nur nicht in eine Gegend wie diese gehörte, sondern ihr auch auf beunruhigende Weise bekannt vorkam: ein schwarzer Jaguar, hinter dessen beschlagenen Scheiben sich zwei dunkle Umrisse abzeichneten. Die rote Spitze einer Zigarette glomm in regelmäßigen Abständen auf, und erst jetzt, als sie genauer hinsah, bemerkte sie die grauen Schwaden, die aus dem Auspuff quollen. Offensichtlich ließen die Insassen den Motor laufen, damit die Heizung funktionierte.

Lena war alarmiert, und für einen kurzen Moment war alles vergessen, selbst der pochende Schmerz in Hals und Nacken. Es gab keinen Zweifel – es war derselbe schwarze Jaguar, der gestern Nachmittag vor dem anderen Bankautomaten gestanden hatte.

Aber das war unmöglich! Russenmafia hin oder her, sie *konnten* nicht wissen, dass sie hier gewesen war, um Boris' Konto noch ein bisschen zu strapazieren!

Ein plötzlicher Windstoß ließ sie frösteln. Sie strich sich eine Strähne ihres blond gefärbten Haares aus dem Gesicht, und als ihr Blick dabei in den Himmel fiel, sah sie einen nun deutlich erkennbaren hellen Streifen im Osten. Die Dämmerung hatte mit Macht eingesetzt, und sie musste verdammt noch mal machen, dass sie von der Straße kam, bevor es tatsächlich hell wurde und etwas geschah, von dem sie zwar keinen Schimmer hatte, was es war, dafür aber umso mehr, dass es schrecklich sein würde. Ihr blieben bestenfalls noch ein paar Minuten.

Dennoch machte sie kehrt, ging den Weg zurück, den sie

gerade gekommen war, und spurtete los, kaum dass sie um die Ecke gebogen war.

Sie schaffte es knapp. Das erste schmuddelige Grau berührte gerade den Straßenbelag hinter ihr, als sie gänzlich außer Atem die Haustür erreichte. Sie warf sich hindurch und stolperte noch ein halbes Dutzend Treppenstufen hinauf, bevor ihr auffiel, dass sie das Licht nicht eingeschaltet hatte.

Seltsamerweise war es nicht nötig. Hier drinnen herrschte zwar noch immer finsterste Nacht, aber trotzdem reichte ihr der dunkelgraue Schimmer, der durch die schmutzigen Fenster hereinfiel, vollkommen aus, um sich zu orientieren. Sie verzichtete darauf, das Licht einzuschalten, wich den Pfützen staubgrauer Helligkeit unter den Fenstern instinktiv aus und bewegte sich dennoch mit traumwandlerischer Sicherheit weiter nach oben. Wieso ihr das gelang, darüber wollte sie gar nicht erst nachdenken. Die Antwort hätte ihr Angst gemacht.

Trotz der frühen Stunde drangen durch die Hälfte der Wohnungstüren schon Musik und Stimmen. Lena hatte nie begriffen, warum Leute, die keiner geregelten Arbeit nachgingen (was *niemand* in diesem Haus tat), mit den Hühnern aus dem Bett krochen. Sie selbst hätte gut auf den Tag verzichten und erst mit der Abenddämmerung aufstehen können.

Aber vielleicht dachte sie diesen Gedanken nur, um sich von einer anderen und mindestens genauso beunruhigenden Frage abzulenken, nämlich der, wieso sie eigentlich nicht nur das Stimmengemurmel hören, sondern die Worte auch ganz deutlich *verstehen* konnte, die hinter den geschlossenen Türen gesprochen wurden.

Was? Geschah? Mit? Ihr?

Sie rannte das letzte Stück hinauf, stürzte regelrecht durch die Wohnungstür und blieb eine geschlagene Minute lang mit geschlossenen Augen und angehaltenem Atem dahinter stehen, um zu lauschen.

Nichts rührte sich.

Natürlich rührte sich nichts. Was hatte sie denn erwartet?

Lena lächelte über ihre albernen Gedanken. Und trotzdem. Niemand war hinter ihr her, das mochte stimmen, aber zugleich wusste sie, dass dort draußen dennoch etwas war, etwas Feindseliges und sehr Gefährliches.

Diesen Gedanken einfach wegzulächeln gelang ihr nicht mehr.

Die Tür hinter ihr war zwar nicht nennenswert stabiler als ein bedruckter Pappkarton, aber sie wandte sich trotzdem um und drehte den Schlüssel herum. Überraschenderweise fühlte sie sich danach tatsächlich ein wenig sicherer.

Ihr Hals schmerzte wieder, und nun machten sich auch die verkrampften Muskeln im Nacken und in den Schultern erneut bemerkbar. Lena hatte irgendwie Angst davor, in den Spiegel zu sehen, aber sie wusste zugleich auch, dass sie keinen ruhigen Augenblick finden würde, bevor sie es nicht getan hatte. Außerdem fühlte sie sich nicht nur schmutzig. Sie *war* es.

Um ins Bad zu kommen, musste sie das winzige Wohnzimmer durchqueren. Das Fenster ging nach Westen hinaus, so dass die heraufziehende Dämmerung das schwarze Rechteck in der Dachschräge noch nicht erreicht hatte. Der Fernseher lief mit abgeschaltetem Ton und erfüllte das Zimmer mit einem unwirklichen blauen Flackerlicht, in dem sie nicht nur das Chaos auf dem überladenen Tisch und das halbe Dutzend leerer Bierflaschen auf dem Boden sehen konnte, mit dem sich ihre Mutter in den Schlaf getrunken hatte, sondern auch sie selbst. Sie war wie üblich in ihren Kleidern auf der Couch eingeschlafen, wo sie auf der Seite liegend mit offenem Mund schnarchte. Das Zimmer stank nach kaltem Zigarettenrauch, schalem Bier und altem Schweiß. Weder an diesem Anblick noch an dem Gestank war irgendetwas Außergewöhnliches, aber Lena konnte sich nicht erinnern, es jemals als so abstoßend empfunden zu haben.

Sie ging weiter, schob die Tür des winzigen Bades hinter sich zu – ein Schloss gab es nicht, aber betrunken, wie ihre Mutter war, würde sie ohnehin nicht hereinkommen – und hob ganz automatisch die Hand zum Lichtschalter, wagte es dann aber nicht, die Bewegung zu Ende zu führen.

Was sie in dem halb blinden Spiegel über dem Waschbecken sah, das war auch so schon schlimm genug.

Ihr Haar sah aus, als hätte jemand ihren Kopf als Wischmopp benutzt – und zwar nachdem sie mit nassen Fingern in eine Steckdose gegriffen hatte. Ihr Haar starrte vor Schmutz und pappte in klebrigen Strähnen am Kopf. Ihr Gesicht und die nackten Schultern und Oberarme waren verdreckt, und Ellbogen und Hände waren aufgeschürft und kein bisschen sauberer – eine kleine Erinnerung daran, dass ein Hechtsprung eher in ein Schwimmbad gehörte als auf einen matschigen Parkplatz. Mittlerweile tat ihr jede noch so winzige Bewegung weh; sogar wenn sie sich gar nicht bewegte.

Lena trat dichter an den Spiegel heran und hielt dem unschönen Anblick noch einige weitere Sekunden stand, bevor sie das kalte Wasser aufdrehte (warmes gab es nur, wenn man den aus der Eisenzeit stammenden Boiler eine halbe Stunde lang mit Kohle, Holz oder auch einem Stapel unbezahlter Rechnungen anheizte) und sich mit zusammengebissenen Zähnen zwang, die Hände und Arme zu waschen.

Die dunkelrote Brühe, die in den Ausguss lief, weckte sofort wieder eine leise Übelkeit in ihr, aber der Anblick ihrer sauberen Hände und Arme war auch nicht viel angenehmer. Handballen und Ellbogen waren zerschrammt und blutig verschorft, und den Schnitt in ihrer rechten Hand wagte sie erst gar nicht anzusehen.

Vielleicht war der Anblick ihrer Knöchel das Allerschlimmste. Über Zeige- und Mittelfinger (beider Hände) war die Haut aufgeplatzt, und auch unter den Fingernägeln waren braunrote

Ränder zu sehen, von denen sie nur hoffte, dass es lediglich Schmutz war.

Aber sich selbst zu belügen war noch nie ihr Ding gewesen, und sie hatte sich in ihrer Zeit in staatlicher Obhut weiß Gott oft genug ihrer Haut wehren müssen, um zu wissen, was dieser Anblick bedeutete.

Doch wieso konnte sie sich an rein gar nichts erinnern?

Vielleicht, weil gar nichts passiert ist, redete sie sich ein. Für ihre zerschlagenen Knöchel mochte es hundert andere Erklärungen geben.

Auch wenn ihr im Moment keine einzige davon einfiel.

Tapfer schöpfte sie sich das eisige Wasser nun auch ins Gesicht, tastete mit fest zusammengekniffenen Augen nach einem Handtuch und rubbelte sich Gesicht und Haare trocken, bevor sie es wagte, den Kopf zu heben und in den Spiegel zu sehen.

Vielleicht war es gut, dass sie das Licht nicht eingeschaltet hatte und der Spiegel schon vor einem halben Jahrhundert begonnen hatte, blind zu werden. Was sie darin sah, war trotzdem mehr, als sie sehen wollte.

Ihr Haar war jetzt halbwegs sauber, stand aber noch immer wirr in alle Richtungen ab, als wäre es elektrisch aufgeladen, und ihr Gesicht wirkte noch blasser als zuvor. Ihre Wangen waren eingefallen, als hätte sie in einer einzigen Nacht mindestens zehn Kilo abgenommen, und unter ihren Augen lagen dunkle Ringe. Und da war etwas Fremdes und Erschreckendes in ihrem Blick, das ihr Angst machte.

Das Schlimmste aber war ihr Hals.

Lena legte den Kopf auf die Seite und trat noch ein wenig dichter an den beschlagenen Spiegel heran, obwohl es sie große Überwindung kostete. War da ein Flackern, als bewegte sich da etwas hinter ihr, was sich der Spiegel aber zu zeigen weigerte?

Sie drehte nicht den Kopf, um sich davon zu überzeugen, auch wirklich allein zu sein, sondern zwang sich, ihr eigenes

Konterfei im Spiegel noch genauer anzusehen. Der Hals und die Nackenmuskeln schmerzten nach wie vor, und nun begriff sie auch, warum. Nachdem sie das Blut und all den Schmutz abgewaschen hatte, waren die beiden winzigen Einstiche zwar kaum noch sichtbar, zwei kleine rote Punkte, die schon beinahe lächerlich harmlos wirkten, aber die Haut darum sah dafür umso schlimmer aus. Sie war gerötet, fast wie verbrannt, und die Adern zeichneten sich schwarz und hundertfach verästelt darunter ab; das Netz einer widerwärtigen Spinne, die sich unter ihrer Haut eingenistet hatte und sie nun von innen heraus auffraß.

Bewegte sich da etwas direkt unter ihrer Haut?

Was um alles in der Welt hatte diese Schlampe ihr angetan?

Lena prallte entsetzt vom Spiegel zurück, schaltete nun doch das Licht ein und riss sich mit einem einzigen Ruck das Kleid vom Leib, um ihren Körper zur Gänze zu mustern, so weit der winzige Spiegel es zuließ.

Abgesehen davon, dass sie auch unter dem Kleid alles andere als sauber war und am ganzen Leib zitterte, fiel ihr nichts Außergewöhnliches auf. Vielleicht, dass ihr Tattoo sonderbar blass wirkte; eine verspielte Sonne, deren Strahlen von ihrem Bauchnabel ausgingen. Aber das konnte auch an dem schlechten Licht hier drinnen liegen oder der Panik geschuldet sein, an deren Rand sie entlangschlitterte.

Mit zitternden Fingern drehte sie den Wasserhahn wieder zu, beförderte die zerrissenen Überreste ihres Kleides mit einem Fußtritt in die Ecke, in der schon die Schmutzwäsche eines halben Monats lag, und zwang sich noch einmal, ihren Hals in Augenschein zu nehmen, diesmal so emotionslos wie möglich.

Natürlich war daran rein gar nichts Geheimnisvolles oder gar Übernatürliches, aber sie sah wirklich schlimm aus. Der Hals war geschwollen und so empfindlich, dass es schon beinahe wehtat, ihn auch nur anzusehen. Inzwischen bereitete ihr das Schlucken Mühe, und ihre Lippen waren so spröde, als hätte sie seit Tagen nichts mehr getrunken.

Außerdem hatte sie Fieber, noch nicht sehr schlimm, aber von der Art, die einen spüren ließ, dass es erst der Anfang war. Was immer diese total durchgeknallte Louise ihr angetan hatte, es hattc offensichtlich weniger mit Drogen zu tun als vielmehr damit, dass sie sich nicht gründlich genug die Zähne geputzt hatte.

Lena meinte sich zu erinnern, irgendwo einmal gelesen zu haben, dass der Biss eines Menschen ganz besonders gefährlich sei. Wahrscheinlich hatte diese dämliche Kuh ihr eine ausgewachsene Blutvergiftung angehängt!

Sie musste zum Arzt, falls sie nicht Gefahr laufen wollte, dass Tom und seine Konkurrenten von der Russenmafia demnächst ihr kleinstes Problem darstellten.

Aber zuerst einmal brauchte sie Ruhe. Vielleicht half ja schon eine Stunde Schlaf.

Oder zwei.

8

Eine Stunde hatte nicht gereicht, genauso wenig wie zwei, drei oder vier. Sie erwachte erst am späten Nachmittag, immer noch fiebernd und vor Schüttelfrost mit den Zähnen klappernd und den Kopf voller wirrer Bilder. Das Licht, das durch die nur halb zugezogenen Vorhänge hereinfiel, stach wie mit glühenden Messerklingen in ihre Augen, und der Hals war jetzt so geschwollen, dass sich jeder einzelne Atemzug anfühlte, als würde sie einen Streifen grobes Schmirgelpapier hinunterschlucken. Ihr Bettzeug fühlte sich kalt und klamm an und roch so durchdringend nach ihrem Schweiß, dass ihr allein davon fast schon wieder übel wurde. Ihr Herz schlug ganz langsam, dafür aber so hart, dass sie es bis in die Finger- und Zehenspitzen fühlen konnte.

Krank, dachte sie benommen. Sie war krank. Sie musste zu einem Arzt. Aber sie konnte nicht aufstehen. Ihre Kraft reichte noch nicht einmal, um sich aus der durchgeschwitzten Decke zu befreien, in die sie sich gewickelt hatte. Der Kopf drohte ihr vor Schmerz zu platzen, und in das schwere Schlagen ihres Herzens mischte sich jetzt auch noch ein anderes rhythmisches Hämmern, wie um sie vollends in den Wahnsinn zu treiben.

Sie versuchte noch einmal, die Augen zu öffnen, und diesmal war der Schmerz so schlimm, dass ein leises Wimmern über ihre zusammengepressten Lippen kam.

Etwas änderte sich. Lena konnte im ersten Moment nicht

sagen, was, aber da war ein Schatten, der hier nicht sein sollte, und murmelnde Stimmen. Schritte.

»… dir doch gesagt, dass sie krank ist. Und sie mag es nicht, wenn man in ihr Zimmer geht. Nicht mal ich tu das.«

Das war die Stimme ihrer Mutter, und obwohl sich Lenas Gedanken noch immer träge durch einen Brei aus Fieber und völlig sinnlosen Bildern und in Stücke gerissenen und falsch wieder zusammengesetzten Erinnerungen quälten, war irgendetwas an diesen Worten, was sie empörte, auch wenn sie nicht wusste, was.

Polternde Schritte wie von schweren Stiefeln näherten sich, und obwohl sie die Augen fest geschlossen hielt, um dem quälenden Licht zu entgehen, spürte sie, wie sich jemand über sie beugte.

»Scheint tatsächlich zu stimmen«, sagte eine andere Stimme. Sie sollte wissen, wem sie gehörte, aber es gelang ihr einfach nicht, sie zu erkennen. Aber ihre bloße Anwesenheit hier drinnen war falsch. So falsch, wie es nur ging. »Vielleicht liegt es ja auch nur an dem Gestank hier drinnen. Mein Gott, was für ein Saustall! Wie kann man so leben?«

»Ist Lenas Zimmer«, antwortete ihre Mutter. »Sie hat mir verboten, es zu betreten. Eigentlich hat sie es jedem verboten. Ich glaub auch nicht, dass sie besonders glücklich ist, wenn du …«

»… mich um sie kümmere? Scheiße, deine Tochter könnte hier drinnen abkratzen, und du würdest es nicht einmal merken!«

»Aber sie hat gesagt, dass niemand …«, sagte ihre Mutter, und die fremde Stimme, die sie nach wie vor keinem Gesicht zuordnen konnte, die aber immer unangenehmere Assoziationen in ihr weckte, unterbrach sie erneut:

»Geh in die Küche, und mach einen Kaffee oder Tee, oder was immer sie trinkt. Ich kümmere mich schon um sie. Zuallererst lasse ich mal frische Luft in dieses Dreckloch.«

Wieder polterten Schritte, dann wurden die Vorhänge mit einem Ruck zur Seite gezogen und das Fenster geöffnet. Selbst durch die geschlossenen Lider hindurch war das Gleißen des Sonnenlichts so unerträglich, dass Lena vor Schmerz aufstöhnte und die Decke noch weiter hochzog.

»Du bist also wach«, sagte Holden. »Immerhin.«

Er sollte nicht hier sein. Von allen Menschen auf der Welt hatte er das wenigste Recht, dieses Zimmer zu betreten, aber sie war zu schwach, um gegen seine Anwesenheit zu protestieren. Sie versuchte die Augen zu öffnen, um zu ihm hochzusehen, aber es ging nicht. Das Licht war endgültig zu ihrem Feind geworden und ergoss sich wie flüssige Säure über ihr Gesicht.

»Der Vorhang«, nuschelte sie. »Bitte zumachen.«

»Hast du was gegen frische Luft?«, fragte Holden.

»Das Licht«, antwortete sie. Das Sprechen bereitete ihr Mühe, aber die Schmerzen halfen ihr auch irgendwie, sich im Bewusstsein festzuklammern und nicht wieder in dem Strudel aus Fieberfantasien zu versinken, aus dem sie sich gerade erst emporgekämpft hatte. »Es tut … weh.«

Holden sagte nichts dazu, aber nach einigen Sekunden hörte sie, wie er wieder zum Fenster zurückging und die Vorhänge zuzog. Der grausame Schmerz auf ihrem Gesicht erlosch, wenn auch nicht völlig.

»Was ist los mit dir, Lenalein?«, sagte Holden. Sie konnte hören, wie er sich gegen ihren wackeligen Schreibtisch lehnte. Das schwere Leder seiner Jacke knarrte, als er wohl seine Lieblingsposition einnahm. »Wir waren vor zwei Stunden verabredet, hast du das etwa vergessen?«

»Krank«, brachte Lena irgendwie heraus. Ihr war entsetzlich warm, obwohl sie unter der dünnen Decke so nackt war, wie sie aus dem Bad gekommen war, und zugleich musste sie all ihre Willenskraft aufbieten, um nicht vor Kälte mit den Zähnen zu klappern. »Ich bin … krank. Hab mir was … eingefangen.«

»Oder eingeworfen«, sagte Holden.

Lena öffnete nun doch vorsichtig die Augen und sah Holden genau in der Haltung am Schreibtisch lehnend über ihr stehen, wie sie es erwartet hatte: mit vor der Brust verschränkten Armen und leicht schräg gehaltenem Kopf. Sein gieriger Blick tastete über die dünne Decke, unter der sich ihr nackter Körper so deutlich abzeichnete, als hätte sie sich nur in nasses Seidenpapier gehüllt.

Obwohl ihr jede Bewegung unendliche Mühe und große Schmerzen bereitete, winkelte sie die Beine an, schob sich mit dem Rücken ein kleines Stück weit an der Wand in die Höhe und zog zugleich die Decke so weit hoch, dass sie die beiden winzigen Bisswunden an ihrem Hals verbarg; und auch das schwarze Spinnennetz, das diese umgab.

Sie musste nicht in den Spiegel sehen, um zu wissen, dass es noch da war. Sie konnte die Spinne fühlen, die auf haarigen Beinen durch ihren Körper stakste und sie Stück für Stück auffraß.

»Ich weiß nicht, was …«, murmelte sie. »Ich muss mich … erkältet haben.«

»Jedenfalls siehst du ganz schön scheiße aus«, sagte Holden. Er faltete die Arme auseinander und wühlte in dem Chaos auf ihrem Schreibtisch herum, gab es aber gleich darauf wieder auf und machte ein übertrieben fragendes Gesicht. »Ich nehme an, dass ich das, was du mir versprochen hast, hier nicht finde?«

»Ich hab's … versucht«, antwortete Lena. »Wirklich.«

»Soll ich dir das glauben?« Holdens Rattengesicht verzog sich zu einer Grimasse, die sie nicht deuten konnte. »Du stellst meine Geduld wirklich auf eine harte Probe, Lenalein, weißt du das eigentlich? Erst versetzt du mich, und dann lässt du auch unsere zweite Verabredung platzen, ohne abzusagen.«

Er grub noch einmal auf ihrem Schreibtisch und fand das Handy so schnell, dass sich für Lena die Frage erübrigte, ob er vorher schon einmal hier drinnen gewesen war und alles durchsucht hatte. »Dabei hast du doch so ein schickes Telefon. Du hättest anrufen können.«

»Tut mir … leid.« Sie zitterte am ganzen Leib. »Ich hab's versucht, aber es … hat nicht … geklappt.«

»Ja, scheint eine anstrengende Nacht gewesen zu sein«, sagte Holden, nachdem er das Telefon wortlos eingesteckt hatte. Er zog einen roten Fetzen unter der Jacke hervor, den sie erst auf den zweiten Blick als die traurigen Überreste ihres Kleides erkannte. »Wenn du auch nur halb so viel mitgemacht hast wie dein Kleid, dann musst du wirklich eine harte Nacht hinter dir haben. Aber du bist ja ein tapferes Mädchen, nicht wahr?«

Vor allem war sie ein *müdes* Mädchen, eines, das Fieber und Schmerzen hatte und mit dem etwas geschah, was es nicht verstand. Und das ihm Dinge antun konnte, die er sich vermutlich nicht einmal vorzustellen vermochte.

Seltsam – *dieser* Gedanke entstand vollkommen klar hinter ihrer Stirn, und mit absoluter Gewissheit.

»Willst du mir erzählen, was passiert ist?«, fragte Holden.

Nein, wollte sie nicht. »Ich bin hingefallen«, antwortete sie.

»Hingefallen«, wiederholte Holden und nickte nachdenklich. »Wie oft?«

»Ein paarmal«, sagte sie. »Es war rutschig.«

»Und du bist nicht vor jemandem davongelaufen?«, fragte Holden. »Versteh mich nicht falsch. Ich bin nicht nur neugierig. Wenn du in Schwierigkeiten bist, dann sollte ich das wissen. Immerhin bin ich dein Bewährungshelfer und damit für dich verantwortlich. Du weißt doch, dass du mir vertrauen kannst.«

Ja, mindestens so sehr wie ihren neuen russischen Freunden. Oder Louise, die sie mit der Rinderpest, der Tollwut, Aids oder vielleicht auch allem dreien infiziert hatte.

»Ich frage aus einem ganz bestimmten Grund«, sagte Holden. Er begann das zerrissene Kleid in den Händen zu wringen.

»Da treiben sich ein paar komische Typen hier in der Gegend herum. Russen, glaub ich. Oder Rumänen oder Bulgaren oder irgend so ein Kroppzeug. Könnte mir ja egal sein, aber die laufen überall rum und stellen Fragen nach einem jungen Mädchen in einem roten Kleid. Einem Kleid wie dem hier.«

Lena schwieg. Sie hatte Magenkrämpfe, und die Spinne fraß sich weiter und tiefer in ihren Leib. Ihre Zähne schmerzten, und selbst das gedämpfte Licht, das durch die Vorhänge drang, tat ihren Augen weh. Warum ging er nicht einfach und ließ sie in Ruhe?

»Wenn du irgendetwas mit diesen Kerlen zu tun hast, dann musst du es mir sagen«, fuhr er fort. »Solche Typen können echt gefährlich werden, weißt du?«

Nicht halb so gefährlich wie Lena momentan. Und wenn er noch länger so weitermachte, dann würde er das zu spüren bekommen.

Holden deutete ihr Schweigen natürlich falsch, atmete tief durch und schüttelte dann mit übertrieben gespieltem Bedauern den Kopf. »Und ich dachte, wir vertrauen einander«, sagte er enttäuscht. »Das trifft mich wirklich hart. Hatten wir uns nicht geeinigt, dass wir keine Geheimnisse voreinander haben wollen?«

Er zog das Kleid vor dem Gesicht auseinander und betrachtete es schweigend. »Ist zwar völlig im Arsch«, sagte er dann, »aber ich muss gestehen, du siehst einfach umwerfend darin aus. Ich kann beinahe verstehen, dass deine Freunde aus dem Ural sauer auf dich sind. Was ist passiert? Hast du versucht, sie auszutricksen und auf eigene Rechnung zu arbeiten?«

Lena starrte ihn an und begriff erst in diesem Moment, wovon er sprach. Sie hätte gelacht, hätte sie nicht das Gefühl gehabt, innerlich in Flammen zu stehen.

»Du siehst wirklich mies aus, Liebes«, sagte Holden. »Soll ich dir einen Arzt rufen, oder ist es was, was von selbst weggeht?«

»Was, was von … selbst weggeht«, antwortete Lena mühsam. In ihrer Kehle war purer Stacheldraht, und zu allem Übel begann ihr linker oberer Schneidezahn zu bluten. Sie schluckte das Blut hinunter und genoss den warmen Geschmack nach Eisen, der ihr die Kehle hinabrann.

»Ist vielleicht auch besser so.« Holden ballte das Kleid wieder zusammen, presste es sich gegen das Gesicht und sog tief die Luft ein. »Du siehst wirklich nicht gut aus«, sagte er dann. »Schlaf dich erst mal gründlich aus. Ich komme morgen wieder, und dann reden wir über alles, okay?«

Lena nickte schüchtern.

»Also gut, dann verschwinde ich jetzt«, sagte Holden. »Mach dir keine Sorgen. Um deine russischen Freunde kümmere ich mich schon. Schließlich gehöre ich zu den Guten.«

Er lachte meckernd, steckte das Kleid in die Jackentasche und ging. Lena schaffte es, sich so lange zu beherrschen, bis er die Tür hinter sich geschlossen hatte. Dann kippte sie zur Seite, spuckte Blut und schwarzen Schleim auf ihr besudeltes Bettlaken und krümmte sich vor Schmerzen. Krämpfe peitschten durch jede einzelne ihrer Muskelfasern, und was sie nicht in Brand setzten, das fraß die schwarze Spinne, die sich beharrlich weiter in ihren Körper wühlte, ihn in Stücke riss und anders wieder zusammensetzte.

Es kam ihr vor wie ein Jahr, das sie im Fegefeuer verbrachte, und sie hätte sich gern eingeredet, dass es in Wirklichkeit nur Sekunden gewesen waren – aber es mussten wohl doch Stunden verstrichen sein, als sie endlich wieder einen halbwegs klaren Gedanken fassen konnte. Schmerz, Übelkeit und Krämpfe (und eine Menge andere Dinge, für die sie bisher nicht einmal ein *Wort* gehabt hatte) waren noch immer da und nicht weniger schlimm als zuvor, aber irgendwie gelang es ihr nun besser, damit fertigzuwerden.

Es war still. Das einlullende Murmeln des Fernsehers drang

durch die dünne Wand in ihrem Rücken, aber keine Stimmen mehr, weder die ihrer Mutter noch die Holdens. Gut.

Ihr Mund war voller halb geronnenem Blut. Sie schluckte es hinunter, was ebenso unbeschreiblich widerwärtig wie berauschend war, wälzte sich stöhnend auf den Rücken und zwang ihre verklebten Augenlider auseinander. Der Tag war inzwischen ein gutes Stück fortgeschritten und die Sonne weitergewandert. Grelles, feindliches rotes Licht drang durch den fingerbreiten Spalt zwischen den fadenscheinigen Stoffbahnen des Vorhangs und zerteilte das Zimmer diagonal. Es wirkte wie eine tödliche Laserbarriere aus einem verrückten Science-Fiction-Film. Obwohl sie nicht direkt hineinsah, stach das Licht wie mit glühenden Nadeln in ihre Augen, aber noch viel schlimmer als der bohrende Schmerz war das, was sie *spürte:* Furcht. Dieses Licht – *der Tag!* – war zu ihrem Feind geworden. Aus tränenden Augen betrachtete sie die Sonnenstäubchen, die in diesem verheerenden Licht tanzten, stemmte sich in die Höhe und wickelte sich mit zitternden Fingern aus ihrer Decke. Ihr Körper glühte noch immer in einem verzehrenden inneren Feuer, und da war etwas, das – fast – erwacht war und mit leiser, noch unverständlicher Stimme zu ihr zu reden begann.

Es vergingen Minuten, bis sie die Kraft aufbrachte, die Beine von der schmalen Liege zu schwingen und sich zum Fenster zu schleppen. Vielleicht wurde es ja besser, wenn sie das feindselige Licht aussperrte. Sie streckte die Hand nach dem Vorhang aus, und es war, als hätte sie in pures Feuer gegriffen.

Mit einem spitzen Schmerzensschrei taumelte sie zurück, fiel mehr auf die Bettkante hinab, als dass sie sich niederließ, und starrte aus aufgerissenen Augen auf ihre Hand hinab. Sie schmerzte entsetzlich, und Handrücken und Finger waren rot wie nach einem heftigen Sonnenbrand, und als sie mit den Fingerspitzen danach tastete, wurde der Schmerz so schlimm, dass ihr die Tränen in die Augen schossen.

So schnell der Schmerz gekommen war, so rasch ließ er auch wieder nach. Sie konnte regelrecht dabei zusehen, wie die Hautrötung verblasste; als wäre es nichts als ein übler Traum gewesen … und vielleicht stimmte das ja sogar. Sie hatte immer noch Fieber, ihr Herz raste, und auch mit ihrem Sehvermögen stimmte etwas nicht: Alles, was nicht im Schatten lag, schien in ununterbrochener vager Bewegung zu sein, so als versuchten die Dinge sich ihren Blicken zu entziehen. Was für ein verrückter Gedanke!

Dennoch war das Licht noch da, und sie musste sich dieser Bedrohung stellen. Was, wenn sie einschlief und die Sonne weiterwanderte und sie verbrannte, ohne dass sie es rechtzeitig merkte?

Mit dem letzten bisschen Kraft, das sie noch in sich fand, stand sie auf, nahm ein Lineal vom Schreibtisch und schloss damit mühselig den Spalt in den Vorhängen.

Sie schlief wieder ein, dieses Mal aber nicht für lange.

Es war im Zimmer dunkler geworden, aber die Sonne war noch nicht untergegangen. Ihr verzehrendes Feuer loderte auf der anderen Seite der Vorhänge, und an einer Stelle hatte es sogar eine Lücke in Lenas letzter Bastion gefunden: ein münzgroßes Loch, von dem ihre Mutter behauptete, Motten hätten es hineingefressen, das in Wahrheit aber eines von zahllosen Brandlöchern war, die sie überall in der Wohnung mit ihren Zigaretten hinterließ. Lena betrachtete den gebündelten Strahl ein paar Sekunden lang nachdenklich, schüttelte dann über sich selbst verärgert den Kopf und ging zum Fenster, um die Hand in den Lichtstrahl zu halten; oder wenigstens den Zeigefinger. Schließlich war es nur Licht.

Das sich wie ein Hauch aus der Hölle in ihr Fleisch brannte.

Der Schmerz war hundertmal schlimmer, als sie erwartet hatte. Trotzdem hielt sie ihn mit zusammengebissenen Zähnen aus, während sie fassungslos auf ihre Fingerspitze hinabstarrte.

Das Fleisch glühte in einem tiefen Orange. Winzige Hautfetzen lösten sich ab und schwebten qualmend in die Höhe, wie um der verzehrenden Sonnenglut entgegenzueilen; Motten gleich, die vom Licht angezogen wurden und ihm nicht widerstehen konnten, obwohl sie wussten, dass es ihren Tod bedeutete, ihm zu nahe zu kommen.

Schließlich hielt sie den Schmerz nicht mehr aus, torkelte mit tränenden Augen zum Bett zurück und sank auf die besudelte Matratze. Ihr Finger schwelte, und auch die unheimliche Glut war noch da. Wie ein leuchtender E.T.-Zeigefinger direkt aus der Hölle, dachte sie hysterisch. Es dauerte eine Weile, bis das unheimliche Glühen nachließ – während der Schmerz noch blieb –, aber ihr verzweifelter Versuch, sich einzureden, dass das alles nicht wirklich geschah und sie nur einer besonders heimtückischen Halluzination erlag, mit dem ihr vom Fieber gebeuteltes Gehirn sie plagte, funktionierte nicht. Der Schmerz war real, und ihre Fingerkuppe war verkohlt, als hätte sie sie auf eine heiße Herdplatte gedrückt.

Genau wie vorhin, als sie nach dem Vorhang gegriffen hatte, ließ der Schmerz auch jetzt schließlich nach. Es blieb ein unangenehmes Gefühl zurück.

Was um alles in der Welt hatte Louise ihr angetan?

Diese Irre hatte sie gebissen, gut, und das war sowohl sehr schmerzhaft gewesen als auch nicht gerade ungefährlich, aber ganz bestimmt keine Erklärung für … *das hier.* Behutsam tastete sie mit der unversehrten Hand über ihren Hals. Er war noch immer geschwollen, und auch die beiden winzigen verkrusteten Wunden, die mehr an Stiche als an Bisswunden erinnerten, waren noch da. Ob es auch das schwarze Adernnetz unter ihrer Haut noch gab, verriet ihr ihr Tastsinn nicht, aber sie nahm es an. So miserabel, wie sie sich momentan fühlte, ging es ihr zusehends schlechter, nicht besser. Sie hatte auch immer noch Fieber.

Und entsetzlichen Durst, was aber auch kein Wunder war. Schließlich hatte sie beinahe den ganzen Tag mit hohem Fieber hier gelegen. Ihr Körper brauchte dringend Flüssigkeit, das war jetzt das Allerwichtigste. Über eine gewisse durchgeknallte Club-Besitzerin, die sich anscheinend für Draculine hielt, konnte sie sich später noch den Kopf zerbrechen.

Wenn sie das Zimmer verließ, dann musste sie allerdings durch den Wohnraum, in dem es keine Gardinen gab, und das Licht dort draußen würde sie töten. Sie würde warten müssen, bis es vollends dunkel geworden war.

Aber der Durst war auf einmal kaum zu ertragen. Sie hielt noch ein paar endlose quälende Minuten lang aus, bis sie zu dem Schluss kam, dass es vermutlich einerlei war, ob nun die Sonne sie verzehrte oder ob sie innerlich verbrannte.

Unsicher stemmte sie sich in die Höhe, wickelte sich in die zerschlissene Decke und presste noch einmal das Ohr gegen die Tür, um zu lauschen. Der Fernseher lief, aber von ihrer Mutter war nichts zu hören. Vielleicht hatte sie Glück, und es handelte sich um eine der seltenen Gelegenheiten, bei denen ihre Mutter das Haus verließ (vorzugsweise, um Bier oder Zigaretten zu kaufen). Vielleicht war sie auch eingeschlafen, aber dieses Risiko musste Lena eingehen.

Sie schlug die Decke wie eine Kapuze über das Gesicht, riss die Tür auf und stürmte mit gesenktem Kopf los, das Gesicht vom Fenster weggedreht. Ihre Mutter lag auf der Couch und schlief. Lena konnte ihr unrhythmisches Schnarchen hören, als sie an ihr vorbeistürzte und die winzige Küche ansteuerte. Die Decke schützte sie vor dem Schlimmsten, aber die Helligkeit hier draußen war so grausam, dass sie am liebsten aufgeschrien hätte. Ihre nackten Füße und der untere Teil der Waden schienen in Flammen aufzugehen. Die Decke war viel zu dünn. Sie konnte spüren, wie das Sonnenlicht dem Feuerstrahl eines Flammenwerfers gleich, gegen den sie sich mit dünner Aluminiumfolie zu schützen versuchte, dagegen anrannte.

Dann war sie hindurch, torkelte in die Küche und ließ sich schwer atmend in den Schatten neben der Tür sinken. Es gab auch hier keine Gardinen, aber die Sonne schien nicht unmittelbar ins Fenster. Die Helligkeit war zwar unangenehm, schien aber keine Gefahr darzustellen. Wenigstens versuchte das Tageslicht nicht, ihr das Fleisch von den Knochen zu brennen.

Sie trat an den Kühlschrank, riss die Tür auf und erblickte genau das, was sie sich hätte denken können: Bier, Unmengen von Süßigkeiten, Cola und Joghurts und noch mehr Bier, und in einer zerknitterten Zellophantüte ein kümmerliches Stück Fleisch, das aussah, als wäre das Tier, zu dem es einmal gehört hatte, schon vor etlichen Monaten gestorben, und noch mehr Bier. Lena verabscheute Bier. Sie war so durstig wie noch nie zuvor in ihrem Leben, aber sie ahnte auch, dass ihr übel werden würde, wenn sie sich an irgendetwas von diesem … *Zeug* vergriff.

Sie schlug die Kühlschranktür zu und wickelte sich wieder fest in ihre Decke, um ins Bad zu stürmen. In dem schäbigen Raum stützte sie sich einen Moment lang schwer auf den Waschbeckenrand und drehte dann mit zitternden Fingern den Hahn auf, um sich mit beiden Händen Wasser ins Gesicht zu schöpfen. Danach trank sie, ausgiebig und mit großen, gierigen Schlucken.

Es wurde nicht besser. Sie konnte spüren, wie das Wasser ihren Magen füllte, aber dieses Gefühl war … *falsch*. Wie etwas, was nicht dorthin gehörte. Und das auch ihren Durst ganz bestimmt nicht löschen würde. Sie hatte mindestens einen Liter Wasser getrunken, aber ihre Kehle fühlte sich immer noch so ausgedörrt an, als käme sie geradewegs aus der Wüste. Sie brauchte etwas anderes. Etwas, von dem sie allerdings nicht wusste, was es war.

Aber ihr Körper wusste es.

Sie konnte nicht sagen, wie sie zurück in die Küche gekommen war, aber sie fand sich vor dem Kühlschrank kniend wieder, nur mit ihrem Slip bekleidet und ihre Haut an zahllosen Stellen glühend. Bier- und Coladosen flogen achtlos hinter sie, gefolgt von gammeligem Obst und einem Joghurtbecher, der an der Wand hinter ihr aufplatzte. Dann riss sie die Plastiktüte auf, zerrte das Stück rohe Leber heraus und schlug gierig die Zähne in das blutige Fleisch. Es war so zäh, dass es ihr nicht gelang, ein Stück davon abzureißen, aber das kalte Blut rann wie der köstlichste aller Weine in ihren Mund und ihre Kehle hinab, und es schmeckte bitter und alt und muffig und zugleich unvorstellbar *lebendig*. Eine Woge aus reiner Kraft explodierte in ihrem gesamten Körper, kaum dass der erste Tropfen den Magen erreicht hatte. Lena spürte, wie sie in einen Rausch zu geraten drohte, einen Zustand nie erlebter Euphorie, hinter dem etwas noch viel Fremdartigeres und Machtvolleres zu erwachen begann.

»Lena?«

Die Stimme ihrer Mutter klang schleppend und noch undeutlicher als sonst. Lena war laut genug gewesen, um ihre Mutter aufzuwecken, aber nachdem diese den Rest des Nachmittags damit zugebracht hatte, sich ins Koma zu saufen, galt das wahrscheinlich nur für ihren Körper. Lena sah zu ihr hoch, und ihre Mutter stieß einen komisch klingenden, quiekenden kleinen Schrei aus, schlug die Hand vor den Mund und prallte dann wie von einem Faustschlag getroffen zurück.

Lena sah ihr verständnislos nach und blickte dann auf ihre Hände hinab, die sich wie die Krallen eines bizarren Riesenraubvogels in das Stück Leber gegraben hatten. Mit Wasser vermischtes kaltes Blut lief ihr über die Hände und tropfte auf den Boden. Ein Teil von ihr verlangte danach, das rohe Fleisch hinunterzuschlingen und dieses kalte Blut zu trinken und –

Angewidert warf sie das rohe Fleisch in den Kühlschrank, sprang auf und stürmte ins Bad zurück. Ihre Mutter rief ihr irgendetwas hinterher, was im Geräusch der zuschlagenden Tür unterging, während sie sich bereits über die schmutzige Toilette beugte und würgend ihren Mageninhalt von sich gab; zusammen mit noch etwas, was sich mit einem reißenden Schmerz aus ihrem Oberkiefer löste, um in der Schweinerei im Becken zu verschwinden.

Als sie aufstehen wollte, schüttelte sie ein noch heftigerer Krampf, und sie übergab sich ein weiteres Mal, bis sie nur noch bittere Galle herauswürgte.

Hinter ihr wummerte es an der Tür, die dann aufgerissen wurde, noch bevor sie hätte antworten können. »Ist alles in Ordnung mit dir?«, fragte ihre Mutter mit schwerer Zunge.

»Siehst du doch«, antwortete Lena, ruppig und ohne sie anzusehen. Alles um sie herum drehte sich, und das kurze Hochgefühl, mit dem sie der grässliche Trank erfüllt hatte, verebbte bereits und ließ nichts als eine schreckliche Leere zurück. »Hau ab!«

»Ganz wie du willst«, lallte ihre Mutter. »Aber bilde dir bloß nicht ein, dass ich hier sauber mache. Kotz gefälligst dein eigenes Zimmer voll.«

Das tue ich, Mutter, dachte sie. *Vielen Dank. Und mach dir bloß keine Sorgen um mich.* Sie schwieg, bis die Tür wieder zugezogen wurde, dann fuhr sie sich angeekelt mit dem Handrücken über den Mund, stemmte sich hoch und schleppte sich zum Waschbecken.

Als sie in den Spiegel sah, konnte sie die erschrockene Reaktion ihrer Mutter verstehen. Ihr blasses Gesicht wirkte in dem blinden Spiegel irgendwie substanzlos, und ihre Augen schienen nun vollkommen schwarz geworden zu sein, nur noch Pupillen, ohne das geringste Weiß. Ihre Lippen waren von dem verdünnten Blut, das sie getrunken hatte, ganz rot. Zwei hellrote Bahnen waren an ihren Mundwinkeln herabgelaufen und verliehen ihrem Spiegelbild etwas von einer diabolischen Bauchrednerpuppe.

Angewidert wusch sie sich das Blut vom Mund. Mit einem schmerzhaften Zischen fuhr sie zusammen und zog dann behutsam die Oberlippe hoch.

Ihr rechter oberer Schneidezahn fehlte, und als sie vorsichtig mit der Zungenspitze nach dem anderen tastete, spürte sie, dass er ebenfalls locker war.

Das also war die Erklärung, dachte sie. Louise war ein Vampir, und nachdem sie sie gebissen hatte, verwandelte sie sich ebenfalls in einen solchen … Warum war sie nicht schon längst darauf gekommen?

Viel wahrscheinlicher allerdings erschien es ihr, dass sie allmählich den Verstand verlor.

Sie schnitt eine Grimasse, drehte das Wasser auf und wusch sich gründlich das Gesicht. Anschließend spülte sie sich mehrmals den Mund aus, hütete sich aber, auch nur den winzigsten Tropfen zu trinken. Dann sah sie wieder in den Spiegel. Ihr Gesicht war jetzt sauber, aber es wirkte beinahe noch blasser, so als stünde sie im Begriff, aus der Welt des Realen hinauszugleiten.

Es gab noch eine dritte Erklärung, dachte sie matt. Sie halluzinierte. Ihre Stirn glühte immer noch vor Fieber, und sie war schon wieder genau sodurstig wie zuvor. Vielleicht brauchte sie noch einen Schluck frisches Blut, ha, ha.

Tatsache war, dass sie immer noch hohes Fieber hatte. Sie musste zum Arzt, bevor es wirklich *schlimm* wurde. Aber irgendetwas in ihr sträubte sich gegen diesen Vorsatz.

Vielleicht half es ja, wenn sie sich ein bisschen Abkühlung verschaffte.

Sie goss sich mehrere Hände voll kaltes Wasser über Gesicht, Schultern, Brust und Rücken. Es half tatsächlich, aber nicht annähernd so, wie sie es sich gewünscht hätte. Kurz entschlossen trat sie in die Badewanne und löste den Duschschlauch aus der Halterung. In Erwartung des kommenden Schocks biss sie die Zähne zusammen, dann drehte sie das kalte Wasser auf.

Er kam nicht. Das Wasser war zwar eisig kalt, aber es tat nicht weh. Die Kälte ließ sie schaudern, aber sie konnte spüren, wie die verzehrende Glut hinter ihrer Stirn verlosch.

Etliche Minuten lang stand sie einfach so da, drehte sich unter dem eisigen Strahl und war froh, nicht mehr innerlich in Flammen zu stehen. Aber irgendwann begann ihr Arm zu erlahmen, und die Glut erlosch auch nicht mehr so schnell wie am Anfang.

»Was treibst du da eigentlich?«, drang die Stimme ihrer Mutter durch die Tür. »Lass nicht so lange das Wasser laufen! Weißt du, was das kostet?«

Lena hängte den Schlauch tatsächlich zurück, aber nur um sich zu bücken, den Stopfen in den Abfluss zu rammen und sich dann der Länge nach in der Wanne auszustrecken. Ihre Mutter rief noch etwas, worauf sie aber nicht achtete, dann hörte sie, wie die Kühlschranktür aufgerissen wurde. Offenbar holte sich ihre Mutter ein neues Bier, um die unterbrochene Sauftour fortzusetzen.

Lena schloss die Augen und genoss das Gefühl, mit dem das eisige Wasser langsam an ihr heraufkroch, um sie schließlich ganz zu bedecken. In ihrem Inneren tobte noch immer die verzehrende Glut, aber nun hatte sie einen Verbündeten in ihrem Ringen gegen die schwarze Spinne. Der Kampf war grausam, und er schien kein Ende zu nehmen, aber irgendwann wurde es leichter. Und dann – sehr viel später – änderte sich etwas.

Vielleicht war es einfach die Tatsache, dass sie zu frieren begann. Das Wasser war nicht kälter als in den ein, zwei Stunden zuvor, in denen sie reglos dagelegen und darauf gewartet hatte, dass die Sonne unterging, aber jetzt war die Kälte nicht mehr wohltuend, sondern wurde in zunehmendem Maße unangenehm.

Lena lauschte in sich hinein und fand die Erklärung dafür: Ihr Fieber war weg. Es hatte funktioniert.

Rasch stieg sie aus dem Wasser und sah sich nach einem Handtuch um, fand aber natürlich keines. Der einzige Stoff, den es hier drinnen gab, war die dünne Decke, die sie den ganzen Tag über vollgeschwitzt hatte. *Damit* würde sie sich ganz bestimmt nicht abtrocknen. Also musste sie es darauf ankommen lassen, ihre Mutter ein weiteres Mal zu schockieren, und nackt in ihr Zimmer gehen.

Als sie am Waschbecken vorbeikam, blieb sie abrupt stehen und riss die Augen auf.

Das Gesicht, das ihr aus dem halb blinden Spiegel entgegenstarrte, gehörte ihr nicht, so wenig wie der Körper, den sie teilweise darunter sehen konnte.

Verwirrt trat sie näher an den Spiegel heran und fuhr mit der Handfläche über das beschlagene Glas, konnte aber trotzdem kaum mehr als einen verblassenden Schemen erkennen.

Ohne einen Gedanken an ihre Mutter zu verschwenden, stürzte sie aus dem Bad, rannte ins Schlafzimmer ihrer Mutter und schaltete das Licht ein. Der Raum war ein Saustall, in dem es zum Gotterbarmen stank, aber in all dem Unrat gab es einen altmodischen Kleiderschrank mit verspiegelten Türen, in denen sie sich komplett betrachten konnte.

Seltsamerweise war das Spiegelbild genauso unscharf wie das im Bad, aber diese Erkenntnis verblasste angesichts dessen, was sie sah: Natürlich war es kein fremdes Gesicht, in das sie blickte, so wenig wie der dazugehörige Körper der einer Fremden war. Beides gehörte ihr … und zugleich auch wieder nicht.

Es begann mit ihrem Gesicht. Es sah nicht mehr eingefallen und krank wie noch vor einer Stunde aus. Trotz der Blässe wirkte es so kraftvoll und vor Leben strotzend, dass sie beinahe vor sich selbst erschrak. Die Lippen waren voller geworden – sinnlicher –, und die Augen strahlten eine Kraft aus, die die Luft zum Vibrieren zu bringen schien. Das Sonnentattoo um ihren Bauchnabel war verschwunden, als hätte es sich im kalten Wasser einfach aufgelöst, und Ähnliches galt für ihr Haar. Aus dem schlecht gefärbten Blond war wieder ihr natürliches Schwarz geworden, allerdings in einem sehr viel dunkleren, glänzenderen Ton, als sie ihn jemals gehabt hatte. Ihre Brüste waren eindeutig größer geworden, die Hüften ein wenig breiter, und es gab noch hundert andere, nicht ganz so auffällige Veränderungen, die in ihrer Gesamtheit aber alle auf eines hinausliefen: Sie war eindeutig *fraulicher* geworden.

Diese Veränderung gefiel ihr.

Trotzdem begann ihr Herz vor Angst zu klopfen, als sie nun dichter an den Spiegel herantrat und die Oberlippe zurückzog, um ihre Zähne zu begutachten.

Sie waren wieder vollständig. Der Schneidezahn, den sie in der Toilette verloren hatte, war wieder da, und auch sein Gegenstück auf der anderen Seite war wieder fest. Aber auch sie hatten sich verändert. Sie kamen ihr eine Winzigkeit zu lang vor, und vielleicht etwas zu spitz …

Ihre Mutter erwachte schmatzend auf der Couch, als Lena fünf Minuten später aus ihrem Zimmer gestürmt kam, wieder in Jeans, Kapuzenpullover und Turnschuhe gekleidet.

»Wo willst du denn hin?«, nuschelte ihre Mutter schlaftrunken.

»In die Nacht«, antwortete Lena.

9

Ihre Sinne waren eindeutig schärfer geworden.

Am Anfang hatte sie noch geglaubt, sie würde sich das nach den endlosen Stunden einbilden, die sie wie eine Gefangene im eigenen Körper zugebracht hatte, aber das stimmte nicht. Es war dunkel, und so weit weg vom schlagenden Herzen der Stadt hätte es vollkommen still sein müssen. Aber sie hörte das dumpfe Raunen, das über die Dächer im Westen heranwehte, und sie konnte beinahe besser sehen als am Tag. Die letzten Passanten, denen sie begegnet war, waren ihr auf der anderen Straßenseite entgegengekommen und hatten nur mit gedämpften Stimmen miteinander gesprochen. Trotzdem hatte sie jedes Wort verstanden und sogar das Aftershave des Mannes und den Zigarettenrauch im Atem seiner Begleiterin gerochen.

Das Ganze war äußerst unheimlich und hätte ihr eigentlich Angst machen sollen, aber das Gegenteil war der Fall: Es fühlte sich *richtig* an, so als wäre etwas eingetreten, worauf sie zeit ihres Lebens gewartet hatte. Alles wirkte schärfer, klarer, *lebendiger*. Selbst der Mond kam ihr größer vor als sonst. Sie konnte jeden einzelnen Krater mit fast übernatürlicher Schärfe erkennen. Und ganz tief in ihr war etwas wie eine lautlose Stimme; als versuchte die bleiche Scheibe dort oben ihr etwas in einer Sprache zuzuflüstern, die sie nicht verstand. Noch nicht.

Lena lächelte flüchtig in sich hinein, überquerte die Straße, ohne sich umzusehen, bog am Ende der Straße ab und hielt dann abrupt inne, als der schlammige Parkplatz des Clubs vor ihr lag. Er war leer. Ein einsamer Wagen stand am anderen Ende, und der Club selbst lag dunkel da wie eine schwarze Klippe, die sich trotzig gegen die Nacht stemmte. In dem ganzen weitläufigen Komplex brannte nicht ein einziges Licht.

Sie ging weiter, wurde aber langsamer, je näher sie dem ehemaligen Schwimmbad kam, und hielt schließlich ganz an. Der riesige Neonschriftzug über dem Eingang war dunkel, und auch der kleinere Sinnspruch darunter war ausgeschaltet, aber sie konnte die Schrift trotzdem deutlich lesen. WIR SIND DIE NACHT. Etwas in ihr spürte, wie richtig diese Aussage war und dass sie – wenn auch nicht nur – für sie bestimmt war.

Lena verscheuchte auch diesen Gedanken, stieg die kurze Treppe zur Tür hinauf und drückte auf die Klingel. Nichts geschah. Das Gebäude blieb vollkommen still. Aber jemand – etwas – war hier. Dieser Ort hatte sie gerufen, und sie hatte nicht die Kraft, diesem Ruf zu widerstehen. Sie wollte es auch gar nicht.

Ihre Hand zitterte ganz sacht, als sie die Klinke herunterdrückte. Die Tür war nicht verschlossen, sondern schwang überraschend leicht und lautlos nach außen, und ganz anders als erwartet, war der Raum dahinter fast taghell erleuchtet. Erst als sie hindurchtrat und die Tür hinter sich zuzog, begriff sie, dass es nur der matte bläuliche Schimmer der Notbeleuchtung war, eine Handvoll winziger LEDs, die kaum mehr Licht spendeten als die Sterne am Himmel. Noch gestern wäre sie hier so gut wie blind gewesen. Jetzt reichte schon dieser blasse Schimmer, um sie jedes winzige Detail erkennen zu lassen.

Sie hatte tatsächlich das eine oder andere mit Vampirella zu besprechen, dachte sie zornig, während sie die Tür vollends hinter sich einrasten ließ. Ein ganz leises Summen erscholl, gefolgt von einem kaum lauteren Klicken, und als sie die Klinke wieder herunterdrücken wollte, ging es nicht. Sie war darüber nicht einmal sonderlich überrascht. Aber verärgert.

Aufmerksam sah sie sich um, schloss schließlich die Augen und lauschte. Irgendetwas war da, aber es war selbst für ihr geschärftes Gehör zu leise, um es zu identifizieren.

Dann wurde die Musik lauter, weil eine offensichtlich schalldämmende Tür geöffnet wurde, und leichte, aber sehr schnelle Schritte kamen näher. Lena spannte alle ihre Sinne an, und sie tat es ganz ohne ihr eigenes Zutun.

»Lena! Du kommst spät!«

Sie kannte die Stimme, und auch der dazugehörige schwarze Wuschelkopf war ihr nicht fremd, aber Noras Name blitzte erst in ihr auf, als diese ihr so stürmisch um den Hals fiel, als wären sie uralte Freundinnen.

»Ich hatte schon Angst, du kommst gar nicht mehr! War es sehr schlimm?« Lena entwand sich der Umarmung und suchte nach einer passenden Antwort, aber Nora ließ ihr kaum Zeit, Luft zu holen. Sie sprudelte aufgeregt weiter: »Ich war so aufgeregt, dass du kommst! Ich konnte den ganzen Tag nicht schlafen!«

»Aha«, sagte Lena. Ihr Zorn war verraucht und hatte einer großen Verwirrung Platz gemacht. »Wo ist Louise?«

»Hier, Liebes«, antwortete eine Stimme aus der Dunkelheit hinter Nora. »Nora-Schatz, mach es nicht so spannend, und bring Lena her. Sie hat sicherlich ein paar Fragen an uns.«

»Ja, so könnte man es nennen«, grollte Lena und funkelte Nora an. »Was habt ihr mit mir gemacht?«

Nora wollte nach ihrer Hand greifen, aber Lena riss sich los. Das Mädchen ließ sich davon jedoch nicht irritieren, sondern lachte bloß glockenhell und griff dann so schnell nach Lenas Handgelenk, dass die Bewegung nicht zu sehen war.

»Ich kann mir vorstellen, wie du dich fühlst, Liebes«, sagte sie. »Aber Louise wird dir gleich alles erklären … Komm!«

Lena wollte sich wieder losreißen, aber Nora gelang es irgendwie, sie mit unwiderstehlicher Kraft vor sich herzuschieben, ohne *wirkliche* Gewalt anzuwenden.

Sie betraten den eigentlichen Clubraum, der in vollkommener Dunkelheit dalag. Selbst die Notbeleuchtung war ausgeschaltet, so dass das ehemalige Schwimmbad wie ein schwarzer Abgrund vor ihnen gähnte. Nur der VIP-Bereich am anderen Ende war in einen bleichen Lichtschimmer getaucht.

Und über diese Entfernung hinweg und noch dazu durch eine geschlossene Tür hindurch sollte Louise gehört haben, was sie zu Nora gesagt hatte? Unmöglich, selbst wenn ihr Gehör noch weitaus empfindlicher war als das ihre! Wahrscheinlich gab es dort draußen ein halbes Dutzend versteckter Mikrofone oder eine Kamera. Sie spielten ein Spiel mit ihr; ein Spiel, dessen Regeln sie nicht begriff. Und das sie immer zorniger machte.

Nora machte eine auffordernde Geste zur schmalen Treppe, vor der jetzt keine Samtkordel mehr hing, ließ sie endlich los und lächelte schon wieder strahlend. Was Lena nur noch wütender machte. Ohne weiter auf ihre Begleiterin zu achten, stürmte sie die schmale Treppe hinauf. Louise saß an einem der niedrigen Tischchen im Retrostil. Sie hielt ein Champagnerglas mit einer dunkelrot schimmernden Flüssigkeit in der Hand und war in einen gleichfarbigen Hauch von Nichts gekleidet, der ihren goldfarbenen Locken genug Raum ließ, sich in einer lebendigen Woge über die nackten Schultern zu ergießen. Nur ein einzelner blasser Spot war auf den Tisch gerichtet, was ihre Umgebung in noch tiefere Schatten tauchte. Ihre dunkelhaarige Begleiterin war hinter der Bar, wo sie genau wie gestern Abend ein Buch las. Sie blickte nur flüchtig auf, als Lena näher kam. Das Licht, das Charlotte umspielte, war noch blasser und wäre für Lenas Augen noch vor wenigen Stunden wahrscheinlich unsichtbar gewesen. Charlotte reichte es anscheinend sogar, um ein Buch zu lesen. Die ganze Szenerie wirkte so arrangiert, dass Lena am liebsten laut aufgelacht hätte.

»Was hast du mit mir gemacht?«, fuhr sie Louise an. »Was verdammt noch mal hast du mit mir gemacht?!«

Statt zu antworten, stellte Louise ihr Glas mit einer gezierten Bewegung auf den Tisch, stand auf und sah Lena mit einem Lächeln entgegen, das noch strahlender war als Noras gerade. »Lena! Ich bin ja so froh, dass du …«

»Ich will wissen, was du mit mir gemacht hast!«, schrie Lena sie an. »Was zum Teufel habt ihr mir angetan?«

»Angetan?« Louise blinzelte. »Niemand hat dir etwas angetan, Liebes«, sagte sie. »Ich habe nur …«

»Du verdammtes Miststück!«, schrie Lena und wollte sich mit geballten Fäusten auf sie stürzen. Ohne Vorwarnung verließen sie ihre Kräfte, und sie wäre zusammengebrochen, wenn Nora sie nicht blitzschnell aufgefangen hätte. Alles um sie herum drehte sich.

Der Schwächeanfall verging so schnell, wie er gekommen war, nur das Kniezittern blieb. Sie war dankbar, dass Nora sie zum Tisch führte und auf einen der weißen Plastikstühle bugsierte. Leider waren die Dinger so unbequem, wie sie aussahen.

»Du darfst dich noch nicht so anstrengen, Lena«, sagte Louise ernst. »Ich weiß, das muss jetzt alles sehr verwirrend für dich sein, und wahrscheinlich hast du große Angst, aber glaub mir, das ist absolut nicht notwendig.«

Sie ging um den Tisch herum zur Bar. Nora blieb neben Lena stehen, die tatsächlich alle Mühe hatte, sich auf dem Stuhl zu halten, und sich fragte, ob Nora das tat, um ihr notfalls zu helfen oder um auf sie aufzupassen.

Louise angelte ein Champagnerglas hinter der Bar hervor, goss etwas aus einem verchromten Kühlbehälter ein und kam mit schnellen Schritten zurück.

»Hier«, sagte sie. »Trink das. Danach geht es dir besser.«

Lena starrte das Glas an. Sie wusste, was es enthielt, weigerte sich aber, dieses Wissen ganz in ihr Bewusstsein dringen zu lassen.

»Trink«, sagte Nora.

»Lass sie«, sagte Louise. Sie stellte das Glas vor Lena ab und griff nach ihrem eigenen, um einen kleinen Schluck zu nehmen. Die winzigen Tröpfchen, die sie sorgsam mit der Zungenspitze aufleckte, waren auf ihren blutfarben geschminkten Lippen kaum zu sehen.

»Du bist jetzt verwirrt und wütend«, fuhr sie fort, »und verlangst eine Erklärung. Dazu hast du alles Recht. Aber ich glaube, du kennst die Wahrheit längst. Du hast noch keine Worte dafür, aber du fühlst es.«

Lena wollte irgendetwas darauf erwidern, aber sie konnte es nicht. Ihr Blick hing wie hypnotisiert an dem Champagnerglas, und ihre Kehle fühlte sich schon wieder wie ausgedörrt an. Sie hatte das Gefühl, dass ihr Fieber zurückkam.

»Du hast es immer schon gewusst. Du wusstest nur nicht, was du weißt.«

Lena wollte nicht über diese Worte nachdenken. Sie deutete auf das Glas, ohne es anzusehen. »Ist das … Blut?«, fragte sie mit zitternder Stimme. Kalter Schweiß perlte auf ihrer Stirn.

»Nicht von einem Menschen. Wenn es das ist, wovor du Angst hast«, antwortete Louise.

Lena spürte, dass sie log. »Ich will jetzt sofort wissen, was du mit mir gemacht hast«, sagte sie. »Warum hast du mich hierher gelockt?«

Louise lachte leise, nippte wieder an ihrem Glas und beugte sich dann vor, um das andere ein Stück weiter in Lenas Richtung zu schieben. »Vielleicht war es ja genau anders herum«, sagte sie. »Kann es nicht sein, dass *du* nach *uns* gesucht hast? Nach einem Platz wie diesem?«

»Unsinn!«, fauchte Lena. »Bis gestern Abend wusste ich noch nicht einmal, dass es den Laden hier gibt!«

»Aber du hast es gespürt«, sagte Louise. »So ist das nämlich: Wir spüren einander.«

»Ihr *spürt* einander? Was soll das heißen?« Es gelang ihr kaum, den Blick von dem Glas loszureißen. Die Gier wurde immer schlimmer. In der Flüssigkeit schwammen winzige Eiskristalle, die sich nach und nach auflösten und das Glas beschlagen ließen. Und der Geruch war so unbeschreiblich süß.

»Wir«, verbesserte sie Louise. »Du bist eine von uns, Lena. Das warst du schon immer, und ganz tief in dir drin hast du das auch immer schon gewusst. Lausch in dich hinein, und du wirst sehen, dass ich recht habe.«

»Was seid ihr?«, fragte Lena. Sogar sie selbst hörte, wie sehr ihre Stimme zitterte. Was sie für Fieber gehalten hatte, kam zurück, und es war nicht nur stärker als zuvor, sondern auch etwas ganz anderes und viel Schlimmeres. »Vampire?«

Louise machte ein sonderbares Gesicht, und Charlotte sah hinter der Bar nun doch von ihrem Buch auf, schlug es mit einem resignierenden Seufzen zu und wandte sich dann in leicht vorwurfsvollem Ton an Louise. »Ich habe es dir gesagt: Du hättest Abraham niemals erlauben dürfen, dieses unselige Buch zu schreiben.«

»Welches Buch?«, fragte Lena.

»Vampire.« Louise wiederholte das Wort auf eine Art, die Lena einen eisigen Schauer über den Rücken laufen ließ. Sie atmete hörbar ein. »Ja, ich glaube, manche nennen uns so. Auch wenn dieses Wort so falsch ist, wie es nur geht.«

»Weil ihr kein Blut trinkt?«, fragte Lena böse. »Oder andere nicht zu euresgleichen macht?«

»Unseresgleichen, Lena«, antwortete Louise. »Das ist ein Unterschied. Und wir trinken kein Menschenblut.«

»Jedenfalls nicht oft«, fügte Charlotte hinzu.

Louise schenkte ihr einen bösen Blick. Für den winzigen Teil einer Sekunde blitzte etwas in ihren Augen auf, das Lena Angst machte. Aber es erlosch sofort wieder, und das verständnisvolle Lächeln kehrte auf Louises Gesicht zurück, während sie sich wieder an Lena wandte. »Ich habe dir nichts getan, Lena. Unser … *Zustand* … lässt sich nicht wie eine ansteckende Krankheit übertragen, auch wenn es in all diesen albernen Büchern steht.« Sie lachte. »Wäre es so, dann gäbe es längst nur noch uns und keine Menschen mehr, das ist eine simple mathematische Gleichung.«

»Und was … ist es dann?«, fragte Lena. Das Glas vor ihr schrie danach, getrunken zu werden. Sie hatte nie zuvor einen so grausamen Durst verspürt.

»Eine Gabe, ein verborgenes Talent, ein Geschenk des Schicksals, ein Fluch …« Louise deutete ein Schulterzucken an. »Wir haben es nie herausgefunden, Liebes – und wie auch? Fragen sich die Menschen, warum sie Menschen sind? Vielleicht sind wir nichts als eine Laune der Natur. Vielleicht sind wir Missgeburten. Vielleicht auch die Krone der Schöpfung … Wer will das wissen? Und wen interessiert es?«

»Mich«, antwortete Lena.

»Deine neue Eroberung macht es dir nicht leicht«, sagte Charlotte spöttisch.

Diesmal ignorierte Louise sie. »Wir werden nicht so *gemacht,* Lena«, sagte sie. »Wir werden so *geboren*. Du, Charlotte, Nora, ich … Es ist vom Tag unserer Geburt an in uns. Es muss nur geweckt werden. Das ist das Einzige, was ich getan habe. Mach mich nicht für etwas verantwortlich, was die Natur dir zugedacht hat.«

Ganz instinktiv presste Lena die Hand gegen die Stelle über ihrer Halsschlagader, an der vor wenigen Stunden noch die beiden winzigen Einstiche zu sehen gewesen waren. »Du hättest mich fragen können«, sagte sie.

»Glaub mir, Liebes«, sagte Louise ernst, »es hat mir sehr viel mehr wehgetan als dir.«

»Das hört man gern«, fauchte Lena. Aber sie musste auch daran denken, wie Louise von einer unsichtbaren Kraft gepackt und quer durch den Raum geschleudert worden war, und sie erinnerte sich an den Ausdruck unvorstellbarer Qual auf Louises Gesicht. Ihre patzige Antwort tat ihr leid. Beinahe hätte sie sich bei ihr entschuldigt.

»Manche von uns«, fuhr Louise ungerührt fort, »behaupten, eine äußerst seltene Blutgruppe sei für unsere Existenz verantwortlich, andere sprechen von einem Gendefekt, einer Anomalie, einer Laune der Evolution. Aber ich bin eine altmodische Frau. Ich ziehe die Metaphysik der Wissenschaft vor. Ich glaube, wir sind … *auserwählt.*«

Sie schob Lena das Glas zu. Die gefrorene rote Flüssigkeit war fast geschmolzen, und der Geruch trieb Lena nahezu in den Wahnsinn. Sie wusste weniger denn je, was Louise wirklich war, aber eines wusste sie ganz sicher: Sie war eine ganz hervorragende Versucherin.

»Ich … werde das nicht trinken«, brachte sie mühsam hervor.

»Aber es ist dein neues Leben«, sagte Louise. Sie sah Lena auffordernd an und hielt ihr das Glas hin. »Auf die Unsterblichkeit.«

Lena konnte das frische Blut riechen, und alles in ihr schrie danach, Louise das Glas aus der Hand zu reißen und den Inhalt mit einem einzigen Zug hinunterzustürzen. Sie *brauchte* dieses Blut. *Jetzt.*

Zitternd stand sie auf, nahm das Glas aus Louises Hand – und schleuderte es in die Dunkelheit hinter ihr, wo es klirrend zerbarst.

»Das ist doch totaler Schwachsinn!«, brüllte sie. *»Ihr seid ja völlig irre!«*

Louise senkte enttäuscht den Kopf.

»Meine Rede«, sagte Charlotte amüsiert. »Deine neue Eroberung ist widerspenstig. Aber du magst ja die mit Ecken und Kanten, nicht wahr?«

»Wie man an dir sieht«, giftete Louise sie an, hatte sich aber auch jetzt sofort wieder in der Gewalt und lächelte gleichermaßen sanftmütig wie verständnisvoll. »Wir sollten uns nicht streiten«, sagte sie. »Nicht vor Lena. Die Ärmste macht im Moment schon genug mit.« Sie stand auf. »Lena, du musst …«

»Ich muss gar nichts!«, unterbrach sie Lena. Sie wollte schreien, aber alles, was über ihre Lippen kam, war ein krächzendes Flüstern wie das einer uralten, sterbenden Frau. »Ich muss hier raus. Ich … ich bin krank, das ist alles. Ich muss in ein Krankenhaus. Zum Arzt.«

»Zum Arzt«, wiederholte Nora nachdenklich. »Und was genau willst du dem erzählen?«

Dass ihr der kalte Schweiß ausbrach? Dass ihre Hände zitterten, ihr Herz raste und sie abwechselnd von Übelkeit und Krämpfen geschüttelt wurde? Abgesehen von einer Zigarette dann und wann hatte sie mit Drogen nie etwas am Hut gehabt, aber sie hatte oft genug gesehen, was sie anrichteten, um zu wissen, was mit ihr los war. *Ich bin auf kaltem Entzug, Herr Doktor, Blutentzug, ha, ha.*

»Wir können dir helfen«, sagte Charlotte. »Du musst es nur zulassen.«

Damit ich so werde wie ihr? »Drauf geschissen«, schnaubte sie. »Ich verschwinde jetzt von hier. Ihr seid ja … völlig durchgeknallt.«

Sie drehte sich um, aber Charlotte, die gerade noch auf der anderen Seite des Tischs gewesen war, tauchte wie aus dem Nichts neben ihr auf und hielt sie fest.

»In dem Zustand schaffst du es nicht einmal über die Straße«, sagte sie. Lena fühlte sich nicht in der Verfassung, ihr zu widersprechen. »Ich fahre dich nach Hause.«

»Das kann Nora tun«, sagte Louise. »Ich habe noch etwas mit dir zu besprechen.«

Charlotte sah sie stirnrunzelnd an, aber es war nicht zu erkennen, ob sie erschrocken oder verärgert war. Lena fühlte sich auch viel zu elend, um darüber nachzudenken. Sie registrierte kaum noch, dass Nora Charlottes Platz einnahm und sie stützte.

»Es tut mir wirklich leid, dass du es so erfahren musst, Lena«, fuhr Louise fort. »Aber wahrscheinlich geht es nicht anders. Der erste Tag ist immer schlimm.«

Charlotte machte ein Gesicht, als wollte sie etwas dazu sagen, hob dann aber nur die Schultern und setzte sich, um weiter in ihrem Buch zu lesen, als wäre nichts geschehen.

»Nora bringt dich nach Hause«, sagte Louise. »Und hab keine Angst. Wir passen auf dich auf.«

»Ja, danke«, murmelte Lena. »Darauf kann ich verzichten.«

Louise sagte nichts mehr dazu. Sie wirkte ein bisschen verletzt. Charlotte blätterte eine Seite in ihrem Buch weiter.

»Komm«, sagte Nora. Sie führte Lena zurück zum Ausgang, wo sie ihre Hand losließ. Dann schüttelte sie kurz den Kopf. »Warte hier. Ich bin gleich zurück.«

Wohin sollte sie schon gehen?, dachte Lena matt.

Erschöpft lehnte sie sich gegen die Wand, schloss die Augen und verfolgte mit einer Art absurdem wissenschaftlichem Interesse den stummen Zweikampf zwischen Übelkeit, Krämpfen und noch etwas anderem, nie Gekanntem in sich. Nora hatte völlig recht: Sie konnte nicht zu einem Arzt, weil der sie nur fragen würde, unter welcher Art von Entzug sie litt. Und bei einer ehrlichen Antwort würde er sie womöglich in die nächste Klapsmühle einweisen.

Vielleicht wäre das sogar das Beste, flüsterte eine dünne hysterische Stimme irgendwo in ihren Gedanken. Hier stimmte etwas ganz und gar nicht, aber vielleicht war es weniger ihr

Körper, um den sie sich Sorgen machen sollte. Vampire? Lächerlich!

Es vergingen ein paar Minuten, bis Nora zurückkam – jetzt von Kopf bis Fuß in glänzendes schwarzes Leder gehüllt, dessen Farbe perfekt mit der ihres Haares korrespondierte. Sie schwenkte einen Autoschlüssel. Der Ausdruck auf ihrem Gesicht war so aufgekratzt fröhlich, dass Lena beinahe wieder schlecht wurde.

»Bist du so weit?«, fragte Nora.

Lena stieß sich schwächlich von der Wand ab, an der sie lehnte, und griff dankbar nach Noras ausgestreckter linker Hand.

Die Nacht kam ihr jetzt dunkler vor, als sie nebeneinander die kurze Treppe zum Parkplatz hinuntergingen, und deutlich kälter. Vorhin, als sie gekommen war, da war ihr die Dunkelheit wie ein Verbündeter vorgekommen, etwas, was ihr Sicherheit und ein Versteck bot. Jetzt schien sie zu ihrem Feind geworden zu sein. Unsichtbare, flüsternde Dinge verbargen sich darin, gefährliche Dinge, vor denen es kein Entkommen gab.

»Steig ein.«

Nora ließ Lenas Hand los und öffnete die Tür eines schwarzen Porsche, den Lena erst jetzt bemerkte, bugsierte sie vorsichtig auf den Beifahrersitz und warf die Tür mit einem Knall hinter ihr zu, der in Lenas überempfindlich gewordenem Gehör wie ein Kanonenschuss dröhnte. Beinahe noch schlimmer empfand sie das Aufbrüllen des Motors, als Nora neben ihr Platz nahm, den Zündschlüssel drehte und unnötig viel Gas gab. Der Porsche wendete mit durchdrehenden Hinterreifen nahezu auf der Stelle und schoss dann quer über den Parkplatz. Erst als der Wagen mit einem Satz, der Lenas Zähne schmerzhaft aufeinanderschlagen ließ, auf die Straße hinausschoss, nahm sie den Fuß vom Gas und jagte den Porsche mit lediglich dem Doppelten der erlaubten Höchstgeschwindigkeit über die leere Straße.

»Hast du keine Angst um deinen Führerschein?«, murmelte Lena matt.

»Wieso?« Nora schüttelte lachend den Kopf. »Den kann man mir nicht wegnehmen, keine Sorge.«

»Weil du keinen hast?«, sagte Lena.

»Auch.«

»Dann nimm wenigstens Rücksicht auf mich.« Lena war übel, was eigentlich nicht an Noras halsbrecherischem Fahrstil lag, aber der machte es auch nicht unbedingt besser.

Nora maß sie mit einem langen Blick, löste dann die rechte Hand vom Lenkrad und zog mit den Zähnen den schwarzen Lederhandschuh herunter. Lena sah Nora fragend an, als die ihr die Hand hinhielt, aber auf deren aufforderndes Nicken ergriff sie sie schließlich. Im ersten Moment geschah überhaupt nichts, aber dann … floss etwas von der Kraft dieses zerbrechlich aussehenden Mädchens in ihre Hand und von dort aus in ihren Körper. Die Übelkeit ließ nach, und kurz darauf verschwanden auch die Krämpfe. Das Fieber, das kein Fieber war, sondern etwas gänzlich anderes, verflüchtigte sich zwar nicht, war jetzt aber nicht mehr so quälend.

»Was … hast du gemacht?«, fragte Lena verblüfft.

»Nur ein kleiner Trick«, antwortete Nora lächelnd. »Ich bringe ihn dir bei, wenn du willst … aber freu dich nicht zu früh. Sie hält nicht lange.«

»Was?«

»Die Kraft, die ich dir gegeben habe«, sagte Nora. »Meine Kraft.«

»Und ihr … könnt das alle?«

»*Wir*«, verbesserte sie Nora und lachte wieder. »Und ja, wir können das alle, und noch sehr viel mehr. Aber wie gesagt: Überschätz dich jetzt nicht. Es hält nicht lange vor. Bis du zu Hause bist vielleicht. Und auch das nur, wenn wir uns ein bisschen beeilen.«

»Und dann?«, fragte Lena.

»Das liegt ganz bei dir«, sagte Nora. »Ich mach dir nichts vor, Süße. Du … musst das nicht tun. Leg dich ins Bett, und beiß für ein paar Tage die Zähne zusammen, und dann kannst du dir einreden, dass das alles nur ein böser Traum war, und in dein altes und ach so schönes Leben zurückkehren, als wärc nichts gewesen.«

Lena sah sie misstrauisch an. »Was meinst du damit?«

»Habe ich dir eigentlich schon zum Geburtstag gratuliert? Deinem einundzwanzigsten?«

»Ihr habt mich ausspioniert«, sagte Lena vorwurfsvoll.

»Glaub mir, Kleines, gestern Abend wussten wir noch nicht einmal, dass es dich gibt«, antwortete Nora.

»Sicher!« Lena schnaubte zornig. »Deshalb weißt du auch, dass ich vor vier Tagen einundzwanzig geworden bin und ein absolut beschissenes Leben führe, nicht wahr?«

»Einundzwanzig ist genau das Alter, in dem unsere Kräfte erwachen«, erwiderte Nora gelassen. »Frag mich nicht, warum, ich weiß es nicht. Nur dass es bei uns Frauen eben so ist.«

»Und den Männern?«

»Ein bisschen später«, sagte Nora. Aus irgendeinem Grund hatte Lena das Gefühl, dass ihr die Frage unangenehm war. Dann aber lachte Nora und fuhr fort: »Wie im richtigen Leben, was? Wir Mädels sind ja immer ein bisschen schneller. Niemand weiß, warum das so ist. Ich glaube, nicht einmal Louise, auch wenn sie gern so tut, als wüsste sie alles.« Sie hob die Schultern, lenkte den Wagen auf kreischenden Reifen um eine Kurve und gab noch mehr Gas, als die Auffahrt der Stadtautobahn vor ihnen auftauchte. Lena vermied es tunlichst, auf den Tacho zu sehen.

»Ich habe da meine eigene Theorie. Willst du sie hören?«

»Nein«, log Lena.

»Ich glaube, dass es uns schon immer gegeben hat«, fuhr

Nora unbeeindruckt fort. »Louise meint, wir wären etwas Besonderes … Auserwählte. Vielleicht stimmt das sogar, vielleicht nimmt sie sich aber auch nur zu wichtig. Spielt eigentlich keine Rolle. Ich denke, dass es sehr viel mehr von uns gibt, als sie glaubt. Vielleicht steckt es sogar irgendwo in jedem Menschen, nur nicht bei allen gleich stark. Es gibt jedenfalls einen Moment, in dem diese Kraft geweckt werden kann, wenn man weiß, wie. In einer kurzen Zeitspanne um deinen einundzwanzigsten Geburtstag herum. Möglicherweise hat es ja einen Grund, dass in den meisten Kulturen die Kinder mit einundzwanzig zu richtigen Menschen erklärt werden. Oder es ist einfach nur Zufall.«

»Genauso zufällig, wie du weißt, was für ein beschissenes Leben ich führe«, sagte Lena. »Verarsch mich nicht.«

»Du klaust doch nicht, weil es dir so gut geht«, sagte Nora. »Oder aus Abenteuerlust.« Sie hob die Hand, weil Lena widersprechen wollte, und fuhr mit leicht erhobener Stimme fort: »Das ist auch etwas, was uns verbindet, weißt du? Wir alle waren mit unseren früheren Leben unzufrieden. Oder willst du mir erzählen, dass du glücklich bist?«

Lena schwieg, aber das schien Nora als Antwort zu genügen.

»Wie gesagt, es ist nur meine eigene Theorie, und Louise würde wahrscheinlich herzhaft darüber lachen. Nicht alle hat es so schlimm erwischt wie dich, aber ich denke, wir spüren einfach tief in uns, dass da noch mehr ist. Dass wir für etwas Größeres bestimmt sind. Und deshalb sind wir mit unserem Leben unzufrieden und neigen dazu, daran zu scheitern. Oder machen irgendeinen anderen Blödsinn.«

Sie jagte den Porsche die Auffahrt hinauf und zog direkt auf die Überholspur hinüber. Hinter ihnen kreischten Reifen, und ein mehrstimmiges wütendes Hupen erscholl. Ohne einen Blick in den Rückspiegel zu werfen, beschleunigte Nora so brutal, dass sie beide in die Schalensitze gepresst wurden.

»Also doch Auserwählte«, sagte Lena.

»Fragt sich nur, wofür«, erwiderte Nora finster. Sie schnitt Lena mit einer raschen Geste das Wort ab, als sie etwas sagen wollte, und das gewohnte fröhliche Jungmädchenlächeln erschien wieder auf ihrem Gesicht. »Jetzt haben wir aber genug über die Schrecken der Vergangenheit geredet, finde ich. Reden wir lieber über die Zukunft. Vorzugsweise über deine.«

»Habe ich denn eine?«, fragte Lena. Sie sah nervös aus dem Fenster und bedauerte augenblicklich, es getan zu haben. Sie hatte gewusst, dass ein Porsche schnell war, aber nicht, dass man damit die Schallmauer durchbrechen konnte.

»Weil ich so schnell fahre, meinst du?« Nora kicherte albern. »Also, erstens macht es einen Höllenspaß, zweitens fahre ich nicht mal besonders schnell, und drittens kann uns gar nichts passieren, keine Sorge.«

»Weil wir unsterblich sind?«, sagte Lena spöttisch.

»Was macht deine Hand?«, gab Nora lächelnd zurück, ohne die Frage direkt zu beantworten.

Natürlich war Lena klar, worauf sie hinauswollte. Als sie sich das letzte Mal gesehen hatten, da hatte sie einen Verband an der rechten Hand getragen, der jetzt genauso verschwunden war wie die tiefe Schnittwunde, zu der er gehört hatte, die Stiche in ihrem Hals und sogar das Tattoo, das sie sich vor drei Jahren wortwörtlich vom Mund abgespart hatte.

Aber es gab vielleicht einen Unterschied zwischen einem Schnitt in der Handfläche und dem, was einem passierte, wenn man mit zweihundertfünfzig Stundenkilometern durch die Windschutzscheibe flog und von der Leitplanke in Stücke gehäckselt wurde …

»Wie alt genau bist du?«, fragte sie, nachdem ihr klar geworden war, dass Nora die Frage nach der Unsterblichkeit nicht beantworten würde.

»So was fragt man doch eine Dame nicht«, antwortete Nora.

»Bist du denn eine?«

»Nö«, feixte Nora. »Sagen wir, ich könnte durchaus deine Mutter sein … wenn ich früh angefangen hätte.«

Das überraschte Lena nicht im Mindesten. Nora sah eindeutig jünger aus als sie selbst, aber da war etwas in ihrem Blick, was ihre scheinbare Jugend Lügen strafte.

»Und Charlotte?«, fragte sie. »Sie sieht älter aus als einundzwanzig.«

Nora lachte. »Das mit der Unsterblichkeit wird stark übertrieben«, sagte sie. »Wir altern, aber sehr viel langsamer als die anderen. Irgendwann werde ich auch alt, tatterig und senil werden, fürchte ich … aber es hat schon was, zu wissen, dass bis dahin noch etliche Hundert Jahre vergehen und nicht nur ein paar Jahrzehnte.«

Oder auch nur ein paar Minuten, dachte Lena, wenn Nora so weiterfuhr. »Warum erzählst du mir das alles?«, fragte sie.

»Weil du gefragt hast?«

»Du weißt, was ich meine! Hast du gar keine Angst, dass ich es jemandem erzählen könnte?«

»O ja! Ich zittere schon vor Angst«, sagte Nora. »Ich sehe die Schlagzeilen schon vor mir: Vampire sind unter uns! Geheimnisvolle Club-Besitzerin saugt ahnungslosen Männern das Blut aus!«

Sie bremste hart ab, riss den Wagen nach rechts und schlitterte auf kreischenden Reifen die Ausfahrt hinab. Lena ertappte sich bei der leisen Hoffnung, dass Nora wie eine Irrsinnige weiterraste. Wenn sie den Porsche in diesem Tempo über die schlechten Straßen in ihrem Viertel prügelte, dann würden die Stoßdämpfer wahrscheinlich bis in die Stratosphäre katapultiert werden.

Natürlich war etwas an dem, was Nora sagte: Niemand würde ihr glauben. Sogar ihr selbst gelang das ja noch nicht so recht, obwohl sie es erlebte.

Nora erfüllte ihren verstohlenen Wunsch nicht. Zwar hinterließ sie zwei qualmende schwarze Gummispuren auf dem Asphalt der Ausfahrt, bremste den Wagen dann aber auf achtzig Stundenkilometer herunter und wurde schließlich noch langsamer, als sie sich der Straße näherten, in der sie wohnte. Lena verlor ganz bewusst kein Wort darüber, aber ihr entging auch nicht, dass Nora sich mit keiner Silbe nach dem Weg erkundigt hatte.

So viel zu ihrer Behauptung, nichts über sie zu wissen.

»Du kannst da vorn halten«, sagte sie nach einer Weile und unterstrich ihre Worte mit einer auffordernden Geste. Sie waren noch zwei Straßen von dem entfernt, was ihre Mutter als ihr Zuhause bezeichnete, und sie spürte, dass Nora auch in einem anderen Punkt die Wahrheit gesagt hatte: Die geliehene Kraft begann bereits wieder nachzulassen. Sie fühlte sich schlecht.

Nora sah sie zweifelnd an, lenkte den Wagen dann aber gehorsam an den Straßenrand und brachte ihn fast sanft zum Stehen.

»Bist du dir sicher?«

»Wenn meine Mutter mich aus dieser Karre steigen sieht, dann fantasiert sie sich das wildeste Zeug zusammen, und ich habe wochenlang keine ruhige Minute mehr«, antwortete sie. »Und ein bisschen frische Luft kann ich sowieso gebrauchen.«

»Du denkst daran, was ich dir gesagt habe?«, sagte Nora. Sie wirkte nicht überzeugt.

»Die paar Meter schaffe ich schon«, antwortete Lena mit einem Optimismus, den sie ganz und gar nicht empfand.

Nora blickte nun noch zweifelnder, erwiderte aber nichts mehr darauf.

Lena streckte die Hand nach dem Türgriff aus, zögerte kurz und wandte sich noch einmal an Nora. »Was wollte Tom von euch?«

»Tom?«

»Der Polizist, gestern Abend. Du hast ihn abgelenkt, damit ich verschwinden kann.«

»Ach, den meinst du«, sagte Nora mit schlecht geschauspielerter Überraschung. »Den Süßen. Ihr nennt euch also schon beim Vornamen. Ich kann dich irgendwie verstehen. Er ist wirklich niedlich … für einen Mann.«

»Warum war er im Club?«, beharrte Lena.

»Nicht deinetwegen«, sagte Nora, »auch wenn dich das enttäuschen sollte. Ich weiß nicht, was er wollte. Ich habe ihn ein paar Minuten hingehalten, und danach hat er mit Louise gesprochen. Ich habe keine Ahnung, worüber.«

»Weil sie es dir nicht gesagt hat?«

»Weil es mich nicht interessiert.« Nora seufzte. »Das Geschäft ist Louises Ding, nicht meins.«

»Die Polizei schnüffelt in eurem Club herum, und dich interessiert nicht, warum?«, fragte Lena. Ihr Magen tat weh, und sie spürte, dass auch die Übelkeit zurückkommen würde.

»Louise leitet einen Nachtclub, Schätzchen«, sagte Nora. »Da bleibt es nicht aus, dass man es auch mit Leuten zu tun bekommt, die nicht so grundehrlich sind wie du und ich … Was aber nicht bedeutet, dass wir etwas mit ihren Geschäften zu tun haben.«

»Weil ihr drei so grundanständig seid«, sagte Lena.

»Weil Louise niemals etwas tun würde, was die Neugier der Polizei erregt«, antwortete Nora ernst. »Wir legen keinen sonderlichen Wert darauf, zu viele dumme Fragen beantworten zu müssen, wie du dir ja vielleicht denken kannst. Wie ist es? Soll ich dich nicht doch bis vors Haus fahren? Dauert eine Minute … und ich mache auch keinen unnötigen Lärm, das verspreche ich.«

Lena öffnete kommentarlos die Tür und stieg aus. Nora wartete, bis sie sich ein paar Schritte weit entfernt hatte, und fuhr dann los; selbstverständlich, um am Ende der Straße mit einem Powerslide zu wenden und auch noch das restliche Profil auf dem Kopfsteinpflaster zurückzulassen. Sehr unauffällig. Wirklich.

Lena sah ihr nach, bis die Rücklichter des Porsche hinter der nächsten Abzweigung verschwunden waren, drehte sich dann um und nahm das letzte Stück des Weges in Angriff.

Schon nach den ersten Schritten kamen ihr die ersten Zweifel, ob es wirklich klug gewesen war, Noras Angebot auszuschlagen, sie ganz nach Hause zu fahren. Sie aus einem schwarzen Carrera aussteigen zu sehen würde zwar nicht nur die Fantasie ihrer Mutter zu ungeahnten Höchstleistungen anspornen, sondern auch die Holdens – aber sie war sich inzwischen überhaupt nicht mehr sicher, ob sie es wirklich bis nach Hause schaffte. Ihr war übel, und ihr Magen schmerzte jetzt so sehr, dass sie nur noch unter Aufbietung großer Willenskraft nach vorn gebeugt gehen konnte. Sie war eindeutig auf Entzug, und sie fragte sich, ob sie tatsächlich die Kraft aufbringen würde, diese Hölle zwei oder drei Tage lang durchzustehen … und ob Nora überhaupt die Wahrheit gesagt hatte. Vielleicht gab es ja gar kein Zurück mehr.

Der für diese Gegend gänzlich unpassende Wagen fiel ihr im gleichen Moment auf, in dem sie die Schritte hinter sich hörte. Vielleicht machte sie ja auch das eine auf das andere aufmerksam, aber es wäre ohnehin zu spät gewesen. Sie fuhr herum, sah eine riesige Gestalt über sich aufragen und machte eine instinktive Bewegung mit beiden Amen, um ihr Gesicht zu schützen.

Unglückseligerweise zielte die Faust des Riesen auf ihren Magen. Aber vielleicht war das auch ihr Glück, denn so war sie für die nächsten ein, zwei Stunden wenigstens die Krämpfe und die quälende Übelkeit los.

10

Über ihr schaukelte eine nackte Glühbirne und beleuchtete eine enge, schmutzige Kammer mit Backsteinwänden und Betonboden. Das war das Allererste, was sie registrierte. Dann den Gestank.

Wenn sie noch Zweifel daran gehabt hätte, sich weder in ihrem Zimmer noch im Krankenhaus zu befinden, dann hätte sie spätestens dieser erste Eindruck beseitigt. Sie konnte sich nicht einmal ein Dritte-Welt-Krankenhaus im tiefsten Afrika vorstellen, in dem es so aussah, und der Gestank wäre selbst für ihr Dachzimmer zu viel gewesen.

Unsicher setzte sie sich auf, lauschte in sich hinein und stellte mit leiser Überraschung fest, dass sowohl die Krämpfe als auch Übelkeit und Fieber nahezu verschwunden waren. Aber die Erleichterung darüber hielt nur einen kurzen Moment an. Wenn auch gottlob nicht aus eigener Erfahrung, so kannte sie sich doch hinlänglich genug mit Drogen aus, um zu wissen, dass die harten Phasen des Entzugs in Schüben kamen. Sie hatte einen guten Moment erwischt, das war alles. Aber sie war sich nicht sicher, ob sie sich darüber freuen sollte. Umso schlimmer würde vermutlich der nächste Schub sein.

Aber das war alles keine Antwort auf die Frage, wo sie war, und vor allem, wie sie hierher gekommen war.

Sie dachte darüber nach, doch wo ihre Erinnerungen sein sollten, war nur ein schwarzes Loch, an dessen Grund Dinge lauerten, die sie zu Tode erschreckt hätten, wäre sie so leichtsinnig gewesen, zu genau hineinzusehen.

Etwas klapperte, und sie glaubte Stimmen zu hören, aber sie waren zu leise, um die Worte zu verstehen. Vielleicht ein Lachen. Sie schlug die Augen wieder auf, sah an sich hinab und entdeckte die Quelle des widerlichen Gestanks: Sie saß auf einer zerschlissenen Matratze, die nicht nur so roch, als hätte sie mindestens zehn Jahre lang alle nur vorstellbaren Körperflüssigkeiten aufgesaugt, sondern auch so aussah. Gleich daneben ragten zwei rostige eiserne Ringe aus der Wand, und in der Mitte des Raums gab es einen Abfluss im Boden. Nein, sie wollte lieber nicht darüber nachdenken, wofür diese Matratze und dieser ganze Raum normalerweise benutzt wurden.

Sie stand auf, stellte erst jetzt fest, dass sie ihren schwarzen Kapuzenpullover nicht mehr trug, und trat an die Tür, um an der Klinke zu rütteln. Zu ihrer Überraschung schwang die Tür so schwungvoll nach innen, dass sie einen Schritt rückwärts machen musste, um nicht schmerzhaft getroffen zu werden.

Gleich darauf prallte sie noch weiter zurück, weil sie sah, warum die Tür sich so plötzlich geöffnet hatte. Sie stand jetzt mit dem Rücken an der Wand des winzigen Raums, der ihr vielleicht auch nur wegen der riesigen Gestalt, die unter der Tür aufgetaucht war, so winzig vorkam.

Der Russe war so groß, dass er mit den Schultern fast gegen den Türsturz stieß, obwohl er in stark gebückter Haltung eintrat. Es war derselbe Kerl, der sie niedergeschlagen hatte. Sie musste sein Gesicht nicht sehen, um das zu wissen – diese King-Kong-Statur würde sie nie vergessen –, und sie musste auch nicht seinen Ausweis sehen, um zu wissen, dass es ein Russe war: Wäre sie des Kyrillischen mächtig gewesen, hätte sie sogar seinen Namen gekannt, denn in genau dieser Schrift stand er in dem Führerschein, den sie zusammen mit seiner Brieftasche in ihrem Schrank versteckt hatte.

»Und ich dachte schon, du wirst gar nicht mehr wach«, sagte er, während er die Tür hinter sich zuzog. »Dabei habe ich doch gar nicht so fest zugeschlagen.«

Er sprach ein gepflegtes Deutsch ohne die Spur eines Akzents, und hätte er nicht vor einer Stunde versucht, ihr den Magen durch das Rückgrat zu prügeln, dann hätte sie ihn durchaus sympathisch gefunden. Der Kerl war ein Riese und hatte das kantige Gesicht und die harten Züge aller hoch gewachsenen Männer, aber ihm fehlte der brutale Zug, der den allermeisten eigen war. Und wäre sein Blick nicht in einer ganz und gar eindeutigen Art über ihren Körper gewandert, dann hätte sie seine Augen durchaus als freundlich bezeichnet.

»Haben Sie … hast du mich niedergeschlagen?«, fragte sie überflüssigerweise.

»Hast du mich beklaut?«, gab er zurück.

»Nein«, antwortete Lena.

»Dann hab ich dich auch nicht niedergeschlagen«, sagte er.

Lena schwieg.

»Du wirst meine Fragen schon beantworten, Mädchen«, fuhr der Russe fort. »Glaubst du mir das?«

»Ist das nicht egal?«, fragte Lena. Sie verfluchte sich für das Zittern in ihrer Stimme.

»Wir können das hier auf zwei Arten hinter uns bringen, Mädchen«, sagte der Russe mit einem charmanten Lächeln. »Du sagst mir, was ich wissen will, und danach haben wir ein bisschen Spaß miteinander, oder ich habe zuerst ein bisschen Spaß mit dir, und du sagst mir dann, was ich wissen will. Und? Was ist dir lieber?«

»Ich weiß ja nicht einmal, was du wissen willst«, antwortete Lena. Ihre Gedanken überschlugen sich. Sie musste hier raus, ganz egal, wie. Wenn Louise sie wirklich zu einer Vampirin gemacht hatte, wo bitte schön waren dann ihre Vampirkräfte? Wieso konnte sie ihn nicht einfach in Stücke reißen oder sich unsichtbar machen oder sich wenigstens in eine Fledermaus verwandeln und einfach wegfliegen?

Sie wusste zwar, wie närrisch das war, aber sie lauschte trotzdem konzentriert in sich hinein. Doch alles, was sie fand, war ein schier unendlicher Ozean aus Angst.

»Eigentlich nicht viel«, sagte der Russe. »Sag mir, wo meine Brieftasche ist, und es wird nicht so schlimm für dich. Du hast diesmal wirklich den Falschen beklaut. Pech.«

»Ich stehle nicht«, sagte Lena automatisch. »Und dich hab ich noch nie zuvor gesehen.«

Ein paar endlose Sekunden lang sah der Russe sie nur an. Sein charmantes Lächeln und seine gepflegte Aussprache waren die eines perfekten Gentlemans, aber hinter dieser Maske war er nichts als ein Ungeheuer. Sie konnte es riechen.

»Ich weiß nicht einmal, ob ich wirklich enttäuscht bin, Mädchen«, sagte er. »Aber so machst du es mir nur leichter, weißt du?« Er knöpfte sein Hemd auf und gewährte Lena dabei einen Blick auf den muskulösesten Oberkörper, den sie jemals in natura gesehen hatte. »Also haben wir erst mal ein bisschen Spaß miteinander, nicht? Oder wenigstens ich mit dir.«

Lena starrte ihn an. Das war kein Spiel mehr, sondern tödlicher Ernst. Es würde nicht damit erledigt sein, dass dieser Kerl sie verprügelte oder auch nur *ein bisschen Spaß* mit ihr hatte. Er würde sie umbringen, ganz egal, ob sie seine Fragen beantwortete oder nicht. Ganz einfach, weil es ihm Spaß machte.

Lena stürzte ohne Vorwarnung vor, deutete einen Hieb gegen seine Kehle an und riss gleichzeitig das Knie in die Höhe, um es ihm zwischen die Beine zu rammen, aber der Russe schlug ihr so hart den Handrücken ins Gesicht, dass sie gegen die Wand geschleudert wurde und benommen zu Boden ging. Ein paar Atemzüge lang musste sie dagegen ankämpfen, das Bewusstsein zu verlieren. Der ganze Raum drehte sich. Ihr Mund war voller Blut.

Der Russe packte sie am Haar, riss sie in die Höhe und schmetterte sie so heftig gegen die Wand, dass grelle Schmerzexplosionen durch ihr Blickfeld rasten und das Gesicht des Russen in gelbe und rote Flammen auflösten.

»Schlechte Idee«, sagte er. »Ganz, ganz schlechte Idee. Jetzt machst du es mir wirklich leicht, Mädchen.«

Obwohl sie wusste, wie sinnlos es war, versuchte Lena noch einmal, ihm das Knie zwischen die Beine zu rammen. Der Russe blockte den Angriff mühelos ab und versetzte ihr einen weiteren Schlag ins Gesicht, der ihr nun endgültig das Bewusstsein raubte – wenn auch nur kurz, denn sein dritter Schlag prügelte sie aus der Ohnmacht zurück. Der Kerl wusste genau, was er tat, und er tat es nicht zum ersten Mal.

»Mach dich nicht lächerlich, Mädchen«, sagte er, immer noch im samtweichen Tonfall des perfekten Gentlemans. »Was glaubst du wohl, wie viele dämliche Nutten das vor dir schon versucht haben?«

Offenbar nicht genug. »Und wie ist es damit?«, sagte Lena. Sie tat so, als wollte sie zum dritten Mal das Knie hochreißen, und nutzte den Moment, in dem er ihr Bein wegschlug, um ihm mit den Fingernägeln quer durch das Gesicht zu fahren. Dieses Mal schlug er so fest zu, dass sie erneut das Bewusstsein verlor. Als sie wieder wach wurde, fühlten sich ein paar Zähne im Unterkiefer locker an. Das Blut lief ihr in Strömen übers Kinn und die Kehle hinab. Sie konnte sich nicht erinnern, jemals zuvor so große Schmerzen gehabt zu haben oder so entsetzliche Angst.

Aber mit dem einen wie dem anderen war es sonderbar: Die Schmerzen waren seltsam bedeutungslos, wie etwas, was eben da war und sich nicht vermeiden ließ, im Grunde aber irrelevant war, und aus der Angst … bezog sie auf eine absurde Art Kraft. Wenn auch eine Art von Kraft, mit der sie – noch? – nichts anfangen konnte.

»Du willst es also auf die harte Tour«, sagte der Russe.

Er schloss seine gewaltige Pranke um ihren Hals, hob sie hoch und presste sie gegen die Wand. Sein Griff war hart genug, um ihr den Kehlkopf zu zerquetschen. Sie wollte schreien, bekam aber keine Luft.

»Meinetwegen«, sagte er lächelnd. »Soll mir recht sein. Ich mag es sowieso etwas härter.«

Wie zum Spaß schlug er sie noch einmal und lockerte den Griff gerade lange genug, um sie einen röchelnden Atemzug nehmen zu lassen. Dann drückte er wieder fester zu und schob sie an der Wand höher, so dass sie mit den Füßen nur noch hilflos in der Luft strampeln konnte. Zugleich demonstrierte er, was für eine gewaltige Kraft tatsächlich in seinen Pranken lag, indem er ihr mit einer einzigen Bewegung die Jeans herunterriss. Das Geräusch, mit dem die Nähte aufplatzten, klang so, als würde ein Messer durch nasses Fleisch schneiden.

Vielleicht war es dieser Gedanke, der ihr die Kraft gab, sich noch einmal loszureißen. Er ließ ihre Kehle los, und sie sackte an der Wand zu Boden, wo sie zitternd liegen blieb und mit rasselnden Atemzügen Luft in die Lunge sog.

»Du bist eine ganz schöne Wildkatze, wie?«, sagte der Russe.

Lena nahm eine schattenhafte Bewegung aus den Augenwinkeln wahr, dann explodierte ein dumpfer Schmerz in ihrem Leib. Er hatte sie gerade hart genug in die Seite getreten, um ihr nicht die Rippen zu brechen. Vielleicht hatte er ja Angst, sich an den Knochensplittern zu verletzen, wenn er über sie herfiel, dachte sie halb hysterisch, halb schon am Rand einer Ohnmacht, aus der sie vielleicht nie wieder aufwachen würde.

Warum sagte sie ihm nicht einfach, was er wissen wollte? Dann würde er sie wenigstens so lange am Leben lassen, wie er brauchte, um seine Brieftasche zu holen und nachzusehen, ob noch alles da war, was er so dringend brauchte – vermutlich dieses winzige Notizbuch –, aber sie bezweifelte, dass sie allzu große Freude an dieser Zeit haben würde. Außerdem würde er dann ihre Mutter töten.

Sie hätte erwartet, dass dieser Gedanke sie kaltließ, aber das Gegenteil war der Fall: Sie geriet endgültig in Panik und sprang auf. Anscheinend fand er ihren Widerstand spaßig genug, um sie auf die Beine kommen und an sich vorbeistürzen zu lassen.

Als sie die Klinke herunterdrücken wollte, packte er sie, schleuderte sie zu Boden und trat ihr mit einer hundertfach geübten Bewegung die Füße auseinander. Dann kniete er sich zwischen ihre Beine und hielt sie mit der einen Hand nieder, während er mit der anderen nach seiner Gürtelschnalle tastete, um sie zu öffnen. »Wehr dich ruhig, Mädchen«, kicherte er. »Das macht mich richtig heiß.«

Dass er es immer noch mit der gepflegten Aussprache eines Gentlemans sagte, machte es nur noch schlimmer. Pure Verzweiflung ergriff von ihr Besitz. Sie konnte nicht mehr denken. Ihre Welt bestand nur noch aus *Angst.* Wenn er sie umbringen wollte, gut. Aber warum quälte er sie so?

Weil es ihm Freude macht, antwortete sie sich selbst. Weil es genau das war, was er unter *Spaß* verstand.

Blindlings schlug sie um sich, traf sein Gesicht und seine nackten Schultern und hörte ein herzhaftes Lachen, das ihre Angst endgültig zu roter Panik werden ließ. Das Gesicht, das nun plötzlich über ihr hing, schien sich in eine schreckliche Dämonenfratze zu verwandeln, aus der sie ein Paar wunderschöner und abgrundtief böser Augen anstarrte. Sie schlug danach, um sie ihm auszukratzen, fügte ihm aber nur eine weitere Schramme auf der anderen Wange zu. Der Russe lachte jetzt noch lauter, schlug ihr fast spielerisch mit dem Handrücken ins Gesicht und griff dann nach unten, um seine Hose abzustreifen. Gleichzeitig beugte er sich noch weiter über sie, so dass sich ihre Gesichter fast berührten. Sie konnte seinen Atem spüren, der nach Zigarettenrauch roch, nach teurem Alkohol und nach Blut.

Schlagartig stellte sie jeden Widerstand ein und entspannte sich, und er hörte mit dem auf, was immer er zwischen seinen Beinen tat. Eine Mischung aus Überraschung und Misstrauen erschien in seinen wasserklaren Augen.

»Hör auf«, bat sie. »Du musst mich nicht zwingen. Ich tue alles, was du willst, aber tu mir nicht weh. Bitte.«

Das Misstrauen in seinem Blick nahm noch einmal zu, und die brutale Kraft, mit der er sie mit den gespreizten Fingern seiner Linken gegen den harten Beton presste, ließ nicht um eine Winzigkeit nach. »Was hast du vor, Mädchen?«, sagte er. Sein Gesicht war jetzt ganz dicht, und der warme, lebendige Geruch nach Blut war beinahe mehr, als Lena ertragen konnte. »Ist das ein Trick?«

»Nein«, versicherte sie ihm. »Ich will nur nicht, dass du mir wehtust, das ist alles.«

»Willst du nicht?«, sagte er feixend. »Du gefällst mir, Süße. Vielleicht findet sich ja doch noch eine Verwendung für dich, wenn das alles hier vorbei ist.«

»Dann … bringst du mich nicht um?«, fragte sie. Sein Griff lockerte sich ganz leicht, aber vielleicht reichte das ja.

»Kommt drauf an, wie du dich anstellst, Süße«, antwortete er. »Vielleicht findet sich ja ein Job für dich. So eine hübsche Wildkatze kann ich immer brauchen. Manche Kunden stehen darauf.«

Natürlich log er. Er würde sie umbringen, sobald er hatte, was er von ihr wollte. Trotzdem zwang sie ein nervöses Lächeln auf ihr Gesicht.

»Ich übrigens auch«, fuhr er mit dem charmanten Lächeln eines jungen Sean Connery fort. »Komm, zeig mal, wie du schmeckst, Mädchen.«

Er machte Anstalten, sie zu küssen, und Lena ließ es nicht nur zu, sondern öffnete sogar den Mund, wie um seiner fordernden Zunge Einlass zu gewähren. Dann grub sie die Zähne mit solcher Kraft in seine Unterlippe, dass er vor Schmerz und Zorn aufbrüllte und den Kopf zurückriss.

Alles geschah in einer Zeitspanne, die so kurz war, dass es keinen Ausdruck dafür gab, aber trotzdem nahm sie alles mit einer Klarheit wahr, die sie sich bisher nicht hatte vorstellen können. Der Geschmack war ein Schock, unbeschreiblich widerwärtig und berauschend zugleich, wie die Essenz von allem Bösen und Niederträchtigen, das sich zeit seines Lebens in ihm angesammelt hatte, aber gleichzeitig auch pure Energie, die wie ein Blitzschlag durch sie hindurchfuhr und mit nie gekannter Kraft beseelte. Die Zeit blieb nicht stehen, dehnte sich aber schier ins Unendliche, so dass sie sehen konnte, wie Schmerz und Schrecken in seinen Augen von Zorn und dann rasender Wut abgelöst wurden, während er den Kopf zurückwarf und gleichzeitig die Faust ballte, um sie ihr ins Gesicht zu schlagen. Ihm lief Blut über das Kinn, und ein Stück der Unterlippe fehlte.

Lena spuckte es aus, schlug seine Faust, die sich absurd langsam auf sie zubewegte, zur Seite und stieß ihm die flache andere Hand vor die Brust; nur mit einem Bruchteil ihrer Kraft, aber dennoch hart genug, um ihn quer durch den Raum zu schleudern. Er prallte mit solcher Wucht gegen die Tür, dass das dicke Holz ächzte, fand mit heftig rudernden Armen sein Gleichgewicht wieder und fiel gleich darauf der Länge nach hin, weil er sich in seiner heruntergelassenen Hose verhedderte.

Lena stand auf, schloss kurz die Augen und genoss das Gefühl berauschender Kraft, das wie das Herz einer explodierenden Sonne in ihr brannte. Zorn, unbeschreiblicher *Zorn* erfüllte sie. Diese … *Kreatur* hatte es gewagt, sie zu bedrohen – ihr *wehzutun!* –, und dafür würde sie sie vernichten!

Sie wartete, bis der Russe sich mühsam hochzustemmen begann und die Hose von seinen Knöcheln schüttelte; dann riss sie ihn mit nur einer Hand endgültig auf die Beine, wirbelte auf dem Absatz herum und schleuderte ihn mit solcher Wucht durch den Raum, dass sein Kopf mit einem trockenen Knacken gegen den rohen Backstein auf der anderen Seite schlug. Sein Blick trübte sich, und zwei dünne Blutrinnsale liefen ihm aus den Ohren. Die nackte Glühbirne an der Decke begann wie wild zu schaukeln und verwandelte den Raum in einen lautlosen Hexenkessel aus zuckendem gelbem Licht und tanzenden Schatten. Der Blick des Russen trübte sich weiter, und nun begann auch aus seiner Nase das Blut zu laufen. Lena schmeckte seinen Schmerz wie ein betörendes kostbares Parfüm, an dem sie sich berauschen konnte.

Das war aber nicht genug. Sie brauchte sein Blut. Sein *Leben.*

Sie fuhr sich mit der Zungenspitze über die Lippen und nahm die letzten kostbaren Tropfen seines Blutes auf, worauf das Feuer in ihr noch einmal heißer und heller brannte. Sie hatte die Kraft einer Göttin, der nichts widerstehen konnte, aber nichts von deren Gnade.

»Du wolltest mit mir spielen?«, sagte sie. »Komm! Dann spielen wir!«

Der Russe überraschte sie. Seine Augen waren zwar immer noch trüb, und sie konnte seine Angst genauso deutlich spüren wie seinen Schmerz, aber nun hatte sich noch Zorn dazugesellt, eine rasende Wut, die Furcht und körperliche Pein einfach beiseitefegte und ihn mit einer Kraft erfüllte, die der ihren nicht viel nachstand. Völlig unbeeindruckt von seinem gebrochenen Schädel stieß er sich von der Wand ab, ballte die Fäuste und drosch wie ein Berserker auf sie ein.

Lena duckte sich unter den ersten beiden Hieben weg, wehrte seinen dritten Schlag mit einer mühelosen Bewegung ab und tänzelte herum, bis sie die Wand im Rücken hatte. Das Feuer in ihr brannte, und da … war etwas, etwas wie ein lautloses, warnendes Flüstern, das ihr etwas ungemein Wichtiges mitzuteilen versuchte. Aber sie achtete nicht darauf und versetzte dem Russen einen fast freundschaftlichen Klaps auf den Oberarm, der nicht nur seinen Bizeps kurzfristig lähmte, sondern ihn auch noch wütender machte, genau das, was sie erhofft hatte. Halb tot oder nicht, der Kerl war ein geübter Straßenkämpfer, und seine Faust schoss blitzschnell vor und zielte auf ihr Gesicht.

Lena duckte sich im letzten Moment, hörte mit tiefer Befriedigung, wie seine Hand an der harten Mauer hinter ihr brach, und steppte gleichzeitig zur Seite. Der Russe packte sie mit der anderen Hand, wirbelte sie herum und riss sie zugleich so unerbittlich an sich, dass sie wieder den Boden unter den Füßen verlor.

Sie schnappte nach Luft, dann schlang der Russe auch noch den anderen Arm um sie, riss sie herum und drückte gleichzeitig mit aller Gewalt zu. Ihre Rippen knackten wie trockene Zweige, und ein ganzes Dutzend glühender Speerspitzen schien sich aus allen Richtungen in ihre Lunge zu bohren. Luft bekam sie nicht.

Lena war eher überrascht als zornig. Sie hatte begriffen, wie gleichgültig dem Kerl sein eigenes Leben in diesem Moment war. Er wollte sie töten, das war alles, was ihn interessierte. Er würde ihr das Kreuz brechen, und wenn ihm das nicht gelang, dann halt das Genick.

Der Kerl war unvorstellbar stark. Stark genug, um sie wie einen trockenen Ast in der Mitte durchzubrechen …

Pech für ihn, dass sie nicht das war, wofür er sie hielt. Sie war zehnmal stärker als er und unverwundbar dazu.

Oder auch nicht. Lena schenkte dem russischen Bären noch eine geschlagene Sekunde Lebenszeit, in der er sich im Gefühl seines vermeintlichen Sieges sonnen konnte, dann griff sie hinter sich, packte ihn an den Handgelenken und sprengte seinen Griff.

Es gelang ihr nicht. Der entsetzliche Druck auf ihr Rückgrat nahm dagegen nur noch zu, und die Sehnen an seinen Oberarmen und am Hals traten plötzlich wie straff gespannte Drähte durch seine Haut, als er alle seine Kräfte mobilisierte, um sie mit in den Tod zu reißen.

Lena kämpfte die Panik nieder, die von ihr Besitz ergreifen wollte. Ihre Kräfte ließen nach. So schnell der Orkan aus unbezwingbarer Kraft in ihr ausgebrochen war, fast genauso schnell verzehrte sich das lodernde Sonnenfeuer selbst, nachdem die Kraft des Blutstropfens aufgebraucht war. Der Druck auf ihr Rückgrat war längst unerträglich geworden, sie konnte immer noch nicht atmen, und von den Rändern ihres Blickfeldes her begann eine saugende Dunkelheit auf sie zuzukriechen.

Verzweifelt riss sie die Arme in die Höhe und hämmerte ihm die Fäuste ins Gesicht, einmal, zweimal, dreimal, aber es nutzte nichts. Ihre Schläge waren nunmehr die eines Mädchens, die der Russe nicht einmal mehr spürte. Sein Gesicht war im flackernden Licht der immer noch wild pendelnden Glühbirne endgültig zu einer Dämonenfratze geworden, nichts als Blut und Zorn und schwarze Schatten wie tiefe Narben, und das einzig Menschliche darin waren noch diese hellen, so entsetzlich freundlich aussehenden Augen.

Fast ohne ihr Zutun griff ihre Hand nach oben, packte die pendelnde Birne und löschte eines dieser schönen Augen für alle Zeiten aus, indem sie die Glühlampe hineinstieß. Glas zerbrach. Fleisch zerriss, und eine Mischung aus Blut und einer hellen, wasserklaren Flüssigkeit lief aus der verheerten Augenhöhle, während die zerborstene Lampe gleichzeitig Strom in die Wunde pumpte. Sein Schrei hatte nichts Menschliches mehr.

Lena schrie fast genauso laut, als der Stromschlag ohne die geringste spürbare Verzögerung auch durch ihren Körper schoss und sein Möglichstes tat, um sie mit dem kreischenden Russen zu verschweißen. Mit der schieren Kraft der Verzweiflung schaffte sie es endlich, seinen Griff zu sprengen und ihn von sich wegzustoßen. Knisterndes elektrisches Feuer sprang in dünnen blauen Linien zwischen ihnen hin und her und zerschnitt die Dunkelheit, in der der fensterlose Raum versunken war; bevor auch dieser letzte Lichtschimmer erlosch und sie in völliger Schwärze zu Boden sank. Ein dumpfes Poltern irgendwo rechts von ihr kündete davon, dass auch der Russe gestürzt war, dann wurde das Rauschen ihres eigenen Blutes in den Ohren so laut, dass es jedes andere Geräusch verschlang.

Grelle Blitze huschten in immer schnellerer Folge über ihre Netzhäute, aber es war kein Licht, in dem sie etwas sehen konnte. Da waren Geräusche – vielleicht Stimmen –, die sie nicht genau identifizieren konnte, an denen aber auch etwas ungemein Alarmierendes war. Höchstwahrscheinlich waren die Schreie des Russen gehört worden. Jemand würde kommen und nach ihm sehen. Jemand, der Lena töten würde.

Irgendwie gelang es ihr, sich auf alle viere zu stemmen und in die Richtung loszukriechen, in der sie die Tür vermutete. Die zerbrochene Lampenfassung über ihr explodierte in einem letzten, zischenden Funkenschauer. Sie kroch im Dunkeln weiter, griff in etwas Warmes und Klebriges und spürte dann das rissige Holz der Tür, die unter dem Anprall des Russen tatsächlich geborsten war. Ein dünner Streifen aus gelbem Licht fiel durch den Riss herein, der das Holz nahezu zur Gänze spaltete, und jetzt hörte sie Schritte und aufgeregte Stimmen, die rasend schnell näher kamen.

Als sie die Hand nach der Klinke ausstreckte, um sich daran in die Höhe zu ziehen, griff sie ins Leere. Sie wurde von einer Hand gepackt und so derb nach draußen gezerrt, dass sie schmerzhaft auf die Knie fiel. Das grelle Licht blendete sie im allerersten Moment so sehr, dass sie nur Schatten sah. Eine Stimme schrie etwas auf Russisch und weitere rennende Schritte näherten sich.

Lena stemmte sich unsicher hoch und blinzelte die Tränen weg, die ihr den Blick verschleierten, aber vielleicht hätte sie das lieber nicht tun sollen. Was sie sah, war nicht sehr erfreulich.

Die beiden eingetroffenen Russen berieten sich über ihr, bis der eine davon in gebrochenem Deutsch rief: »He, was soll das – *bleib hier!*«

Die Worte galten Lena, die in einem Akt purer Verzweiflung aufgesprungen war. Sie kam allerdings nicht einen einzigen Schritt weit. So schnell und übermenschlich stark sie noch vor Augenblicken gewesen war, so schwach und langsam kam sie sich nun vor; als würde ihr Körper den Vorschuss zurückverlangen, den er ihr gerade so großzügig gewährt hatte.

Der Russe riss sie zurück, stieß sie gegen die Mauer und presste ihre Schultern dagegen. Der zweite Russe hielt etwas in der Hand, was Lena zwar nur aus dem Fernsehen kannte, dafür aber aus entschieden zu vielen Krimis, um nicht zu wissen, dass es eine ausgewachsene Pumpgun war. Er war nahezu genauso groß wie ihr Iwan, sah aber nicht annähernd so freundlich aus. Dafür ließ sein Gesichtsausdruck keinen Zweifel daran, dass er seine gemeine Waffe, ohne zu zögern, benutzen würde.

»Rühr dich nicht!«, sagte der andere Russe, ließ sie los und sah in die Kammer.

Iwan lag reglos auf dem Rücken. Unter seinem Kopf und den Schultern hatte sich eine dunkle Lache gebildet, und sein Gesicht war eine einzige Maske aus Blut und erstarrtem Schmerz. Wo sein linkes Auge gewesen war, ragte ein Gewirr aus scharfkantigen Glasscherben und Draht aus der leeren Höhle, als hätte ihn jemand mit sehr wenig Geschick in einen Cyborg aus einer Science-Fiction-Geschichte verwandeln wollen.

Eine geschlagene Sekunde lang starrte der Russe das grauenhafte Bild einfach nur an, dann prallte er mit einem in seiner Muttersprache gekrächzten Fluch zurück, und auch die Augen des anderen weiteten sich in schierem Entsetzen. Aber zugleich ergriff er auch die Pumpgun mit beiden Händen und riss sie hoch. Sein Kamerad glitt hastig aus der Schusslinie, und der Russe legte den Sicherungshebel der überschweren Flinte im gleichen Moment um, in dem er ihre Mündung auf Lenas Gesicht schwenkte. Sein Zeigefinger krümmte sich um den Abzug. Er hatte nicht vor, Fragen zu stellen, begriff sie entsetzt, sondern einfach nur, ihr Gehirn über die Backsteinmauer hinter ihr zu verspritzen.

Nur den Bruchteil einer Sekunde bevor er es tun konnte, erschien eine schlanke Frauengestalt mit schulterlangem braunem Haar buchstäblich aus dem Nichts neben ihm, schlug die Waffe mit dem Handrücken nach oben, so dass sie ihre Ladung mit einem ungeheuerlichen Dröhnen in die Decke entlud, statt in Lenas Gesicht, und führte die Bewegung übergangslos zu Ende, indem sie den Oberkörper zur Seite beugte, das Bein hochriss und ihm den Absatz mit einem perfekten Karate-Tritt gegen die Brust schmetterte.

Hätte Charlotte einen Karate-Anzug getragen und nackte Füße gehabt, hätte ihm der Tritt den Atem genommen, ihn quer durch den Raum geschleudert und ihm vielleicht die eine oder andere Rippe gebrochen, doch zu seinem Pech trug sie ein rotes Partykleid aus glänzendem Satin, das an der Seite bis fast zum Hüftknochen hinauf geschlitzt war, und dazu passende High Heels, deren acht Zentimeter langer Absatz sich wie ein Stilett in seine Brust bohrte.

Der Russe erstarrte. Seine Augen wurden groß und zeigten weder Schrecken noch Schmerz, sondern einfach nur einen Ausdruck grenzenlosen Erstaunens, während Charlotte den Absatz wieder aus seiner Brust zog und mit einem fast ballerinahaften Tänzeln zwei Schritte zur Seite trat. Die Pumpgun entglitt seinen plötzlich kraftlosen Fingern und fiel scheinbar lautlos zu Boden, und erst in diesem Moment registrierte Lena überhaupt, dass auch neben ihr ein wildes Handgemenge ausgebrochen war.

Falls das überhaupt noch ging, war es beinahe noch schneller zu Ende als der Kampf zwischen Charlotte und dem wild gewordenen Schützen. Lena war sich sicher, dass Louise weder an ihr noch an Charlotte und dem Russen vorbeigekommen war, und trotzdem stand sie plötzlich neben dem zweiten Kerl, wirbelte ihn mit nur einer Hand herum, als wäre er nicht mindestens dreimal so schwer wie sie, griff mit der anderen nach seinem Nacken und brach ihm mit einer beiläufigen Bewegung das Genick. Der Bursche fiel genauso lautlos zu Boden wie die Waffe seines Genossen.

Louise drehte sich zu ihr herum und streckte ihr die Hand entgegen. Ihre Lippen bewegten sich, aber alles, was Lena hörte, war ein schrilles an- und abschwellendes Klingeln, das die ganze Welt auszufüllen schien.

Louises Lippen bewegten sich erneut und genauso lautlos, dann schien sie zu begreifen, zog Lena kurzerhand am Arm in die Höhe und berührte dann flüchtig ihre Stirn. Das quälende Klingeln und Kreischen erlosch, und Lena empfand so etwas wie einen Strom unsichtbarer Kraft, der von Louise auf sie übersprang, genau wie zuvor bei Nora.

»Danke«, murmelte sie benommen.

»Bedank dich bei Nora, Kleines«, sagte Charlotte hinter ihr. »Sie hatte ein *ungutes Gefühl* – wie sie es ausgedrückt hat – und hat Louise und mir so lange damit in den Ohren gelegen, bis wir nachgesehen haben.«

»Wo ist sie überhaupt?«, fragte Louise.

Charlotte hob nur die Schultern, betrachtete stirnrunzelnd ihren rechten Schuh und wischte den blutigen Stöckelabsatz dann angewidert an den Kleidern des Toten ab, als wäre sie in einen Hundehaufen getreten. Irgendwo hinter ihr rief jemand: »Ich bin hier!«

Nora erschien lachend – sie war nicht mehr in schwarzes Leder gekleidet, sondern einen verführerischen Hauch aus weißer Seide, der weit mehr von ihrer mädchenhaften Figur enthüllte, als er verbarg – hinter Charlotte und schleifte einen weiteren Russen hinter sich her. Er musste ungefähr dreimal so viel wie sie wiegen und bestand etwa zu gleichen Teilen aus Fett, Muskeln und Gestalt gewordener Wut, was Nora aber nicht daran hinderte, ihn so derb vor sich auf die Knie zu stoßen, dass sein wütendes Gebrüll zu einem schmerzerfüllten Keuchen wurde.

»Sieh doch, was ich gefunden habe, Louise!«, sagte Nora fröhlich. »Brauchst du es noch, oder kann ich es behalten?«

»Pass auf den Burschen auf«, sagte Louise. Sie sah in den Nebenraum und sagte schließlich: »Du lernst schnell, Lena. Alle Achtung. Aber es hätte völlig gereicht, ihm das Genick zu brechen. Du hättest ihn nicht gleich schlachten müssen.«

»Ich wollte nur …«

»Schon gut«, unterbrach sie Louise. »Das war ein Scherz, entschuldige. Wahrscheinlich ist dir im Moment nicht nach Scherzen zumute, habe ich recht?«

Lena sagte vorsichtshalber gar nichts, und Louise schien das auch nicht erwartet zu haben, denn sie wandte sich an den Russen, dem Charlotte mittlerweile einen cremefarbenen Schuh in den Nacken gesetzt hatte, um ihn niederzuhalten, und das strahlende Lächeln erlosch.

»Heute scheint dein Glückstag zu sein, mein Freund«, sagte sie. »Normalerweise kann ich Nora keinen Wunsch abschlagen. Aber heute mache ich mal eine Ausnahme, sogar auf die Gefahr hin, dass sie mir eine Woche lang böse ist.«

»He!«, protestierte Nora. »Ich habe es gefunden, also gehört es mir auch!«

»Siehst du?«, sagte Louise. »Ich werde eine Menge Ärger kriegen, und das nur deinetwegen.«

»Leck mich, du blöde Schlampe!«, sagte der Russe trotzig.

Louise seufzte, machte ein bedauerndes Gesicht und gab

Nora einen kaum sichtbaren Wink. Nora bückte sich blitzschnell und brach ihm den linken Ellbogen. Der Russe kreischte vor Schmerz, fiel auf die Seite und presste wimmernd den Arm an den Leib.

»Hör mir ganz genau zu, mein Freund«, sagte Louise, als wäre gar nichts geschehen. »Ich lasse dich nur aus einem einzigen Grund am Leben. Und ich werde mich nicht wiederholen, also hörst du lieber genau zu. Verstehst du das?«

Der Russe wimmerte immer noch vor Schmerz, zwang sich aber auch ein abgehacktes Nicken ab, das Louise zu genügen schien.

»Du wirst zu Stepan gehen«, sagte sie. »Richte ihm Folgendes von mir aus: Ich weiß nicht, was zwischen ihm und dem Mädchen hier ist, und es interessiert mich auch nicht. Was immer es war, es ist Vergangenheit, und er sollte es besser vergessen. Das Mädchen gehört jetzt zu uns, und wenn er sich mit ihr anlegt, dann legt er sich mit uns an. Hast du das verstanden?«

Wieder vergingen etliche Sekunden, bis sie etwas zur Antwort bekam, das mit viel gutem Willen als Nicken durchgehen konnte. Aus anderen Teilen des Hauses waren Schreie zu hören, hastige Schritte und Türenschlagen.

»Gut«, sagte Louise. »Dann steh jetzt auf und verschwinde. Ich nehme an, du kannst noch gehen. Oder soll Nora dir dabei helfen?«

Anscheinend reichte diese Drohung, um noch einmal ungeahnte Kräfte in ihm zu wecken. Er stemmte sich wimmernd in die Höhe und taumelte an Nora vorbei.

»Bring deine Mädchen hier raus«, rief Louise ihm nach. »Ach ja, und wenn du an einem Telefon vorbeikommst, dann ruf die 112 an. Ich habe das Gefühl, dass hier gleich ein Feuer ausbrechen könnte.«

11

Der Zusammenbruch war total, so endgültig und tief, dass Lena sich weder an irgendetwas von dem erinnerte, was danach geschehen war, noch wie sie hierher gekommen war. Sie lag auf einem unbeschreiblich weichen Bett und genoss das Schmeicheln wirklich *teurer* Bettwäsche auf der Haut. Gedämpftes Licht drang durch ihre geschlossenen Lider. Hell und gelb, aber ohne Gefahr. Ein schwacher, angenehmer Duft lag in der Luft, und sie hörte leise klassische Musik.

Und sie war nicht allein.

Wer immer bei ihr war, verursachte nicht das mindeste Geräusch. Ihr Gehör, das nicht mehr so übermenschlich scharf war wie gestern, aber immer noch empfindlicher als jemals zuvor, hätte selbst die Atemzüge eines Eindringlings in ihre Träume gehört. Sie vernahm jedoch nichts.

Dennoch spürte sie, dass sie nicht allein war. Das war seltsam, verwirrend, wie ein Stück aus einem Traum, der überhaupt keinen Sinn ergab und zugleich doch, und vielleicht war das sogar schon die Erklärung. Sie war bewusstlos gewesen, dem Tod näher als dem Leben, und nun wachte sie auf. Aber sie war eben noch nicht richtig wach, sondern arbeitete sich durch einen Sumpf aus realen und eingebildeten Erinnerungen und purem Blödsinn nach oben.

Vampire. Was für ein Quatsch!

Behutsam hob sie die Augenlider und blickte auf einen blonden Engelskopf, der auch Teil ihrer eingebildeten Erinnerungen war. Sie kannte sogar den dazugehörigen Namen. Louise.

Da waren noch mehr Namen, die ihr im Moment aber kaum etwas sagten: Charlotte. Nora. Stepan.

Sie konnte Louises Gesicht nicht sehen, denn die hatte sich tief über sie gebeugt, und ihre Lippen waren ihrer Haut so nahe, dass sie den warmen Atem spüren konnte, der über ihre Halsbeuge strich. Sie fühlte, wie eine weiche Hand ihre Brüste liebkoste und weiterwanderte, ihren flachen Bauch hinab dorthin, wo das Sonnentattoo gewesen war, und tiefer …

»Ich weiß, dass du wach bist«, sagte Louise. »Niemand kann sich vor uns verstellen, Liebes.«

»Wenn du so viel über mich weißt, dann solltest du auch wissen, dass ich das nicht mag«, antwortete Lena. *Warum sprach sie eigentlich mit einem Traum?* Ihrer Stimme fehlte auch eindeutig der nötige Nachdruck, und Louises Antwort bestand dann auch nur aus einem leisen Lachen.

Aber immerhin hob sie jetzt den Kopf und sah sie an. Ihre Finger schwebten sacht zitternd über ihrem Bauch, und der Blick ihrer wunderschönen, betörenden Augen zertrümmerte ihren Willen wie ein Hammerschlag.

»Was magst du nicht, Liebes?«, fragte Louise.

Sie richtete sich auf, blieb aber auf der Bettkante sitzen und legte die flache Hand auf Lenas Bauch. Wärme ergoss sich in ihren Leib und löste einen Tsunami fremder Gefühle und verbotener Lust aus, die sie nie gekannt hatte und auch nicht kennen wollte.

»Aber ist das auch wirklich die Wahrheit, Liebes?«, fuhr Louise fort, als hätte sie ihre Gedanken gelesen. »Du urteilst über etwas, was du gar nicht kennst.« Ihre Stimme war so unwiderstehlich wie ihre grundlosen Augen; das Wort einer Göttin, das weder Zweifel aufkommen ließ noch gar Widerstand. Wenn Louise sie wollte, dann war das gut so, und sie wollte es auch, und –

Lena setzte sich mit einem Ruck auf und zog das dünne Bettlaken bis zum Kinn hoch.

»Nein«, sagte Louise. »So will ich es nicht.«

»Was willst du nicht?«, fragte Lena.

»Oh, ich denke, du weißt genau, was ich meine«, antwortete Louise.

Sie stand auf, und Lena sah erst jetzt, dass sie wenig mehr trug als sie selbst: einen dünnen Morgenmantel aus fleischfarbener Seide und dazu passende Unterwäsche. Widerwillig musste sie gestehen, dass ihr der Anblick gefiel. Sehr sogar.

»Siehst du, und aus genau diesem Grund will ich dich nicht zu etwas zwingen, Liebes«, sagte Louise.

»Liest du etwa … meine Gedanken?«, fragte Lena.

»Vielleicht könnte ich das sogar«, antwortete Louise, »aber das ist gar nicht nötig.« Sie berührte mit dem Zeigefinger ihre schmale Nase. »Ich kann es riechen.«

»Was?«

»Dass ich dir nicht gleichgültig bin.«

Das war natürlich Unsinn (und so ganz nebenbei die Wahrheit), und Lena spürte, wie ihr die Schamesröte ins Gesicht schoss. Sie stand nicht auf Frauen. Ganz im Gegenteil, sie war immer stolz darauf gewesen, diese männerverachtenden Lesben ihrerseits zutiefst zu verachten; frustrierte dämliche Weiber, die am Leben gescheitert waren und das andere Geschlecht dafür verantwortlich machten.

»Nein«, sagte Louise. »Die meine ich nicht.« Jetzt war Lena sich sicher, dass sie ihre Gedanken las.

Louise machte keinerlei Anstalten, das zu kommentieren. Sie stand auf und schlang den Morgenmantel um ihre perfekte Figur, wobei sie sich viel Zeit nahm, den Gürtel zu verknoten. Lena registrierte, dass sie es auf die Art tat, auf die man einen Karate-Gürtel schloss, mit zeremoniell anmutenden Bewegungen, als hätte sie diese mindestens hundert Jahre lang geübt.

»So will ich es nicht«, sagte Louise. »Wir haben Zeit, Liebes. Alle Zeit der Welt … oder doch fast.«

Louise setzte sich an einen kleinen runden Tisch, der aussah, als wäre er wie die restliche Einrichtung ein Original aus dem 17. oder 18. Jahrhundert. Sie sah sie eine kleine Ewigkeit lang durchdringend an und blätterte dann in etwas, was Lena erst beim zweiten Hinsehen als ihre Brieftasche erkannte.

»Was tust du da?«, fragte sie.

Statt zu antworten, kramte Louise ihren Personalausweis aus der Brieftasche und tat so, als müsste sie angestrengt den winzigen Text entziffern. »Lena Bach«, las sie vor. »Ein hübscher Name, Bach. Nichts Außergewöhnliches, aber auch nicht zu durchschnittlich. Eigentlich perfekt. Schade.«

Und damit nahm sie den Ausweis und riss ihn in briefmarkengroße Fetzen.

»He!«, protestierte Lena und griff hastig nach der dünnen Decke, die ihr von den Schultern rutschen wollte. Louise lächelte amüsiert, und Lena spürte, wie sie wieder rote Ohren bekam. Sie kam sich ziemlich albern vor. Was bitte schön gab es an ihr, das Louise noch nicht gesehen hatte?

»Was soll das?«, sagte sie zornig. »Wieso machst du meinen Ausweis kaputt?«

»Reg dich nicht auf, Lena, ich besorge dir einen neuen. Ich habe nur dein altes Leben weggeworfen. Du brauchst einen neuen Namen, und dein Geburtsdatum sollten wir auch ändern. Willst du ein Jahr jünger sein oder ein paar Monate? Was hältst du von Elena statt Lena? Dann könntest du dich weiter Lena nennen, aber in deinen Papieren steht etwas anderes.«

»Einen neuen … Ausweis?« Lena verstand kein Wort mehr.

»Und eine neue Geburtsurkunde, eine neue Sozialversicherungsnummer, einen anderen Schulabschluss samt den nötigen Zeugnissen, die Mitgliedschaft in der Krankenkasse … Und ich nehme an, du hast nichts dagegen, wenn ich bei der Gelegenheit gleich deine Strafakte lösche, oder?«

Lena starrte sie an.

»Schau nicht so«, sagte Louise belustigt. »Das ist alles kein Problem für mich. Es hat gewisse Vorteile, wenn man nicht arm ist und Verbindungen zur Unterwelt hat, glaub mir.«

Lena glaubte ihr, aber das war nicht der Grund, weshalb sie sie so fassungslos anstarrte. »Du willst, dass ich meine Identität ändere?«, sagte sie mit einer Stimme, die so beherrscht war, dass es sie selbst erschreckte.

»Eine neue Identität!« Louise seufzte. »Das klingt so sachlich«, sagte sie. »Wie etwas aus einem Bericht der Staatsanwaltschaft, finde ich. Sagen wir: Du wirst ein anderer Mensch werden. Du kannst dir sogar aussuchen, welcher.« Sie lachte. »Viele von denen da draußen würden alles für eine zweite Chance geben, Liebes. Noch einmal von vorn anfangen, und das mit Möglichkeiten, die du dir jetzt noch nicht vorstellen kannst!«

»Ja, das klingt fantastisch«, sagte Lena böse. »Es wäre allerdings nett gewesen, wenn du mich vorher gefragt hättest.«

»Diese Entscheidung habe nicht ich getroffen«, antwortete Louise ruhig. »Dein Schicksal stand schon im Moment deiner Geburt fest. Ich habe dir lediglich die Tür gezeigt, an der die allermeisten anderen vorbeigehen, ohne sie zu sehen. Ob du hindurchgehst, ist immer noch deine Entscheidung.«

Sie wartete einen Moment auf eine Antwort, stand schließlich auf und ging zu einem kleinen Schränkchen auf der anderen Seite des Zimmers, vor dem sie sich in die Hocke niederließ. Glas klirrte leise. Lena konnte nicht genau erkennen, was sie tat, aber sie konnte auch nicht anders, als sie fasziniert anzustarren. Alles an Louise schlug sie in den Bann. Sie wollte das nicht, aber es war ihr unmöglich, sich dagegen zu wehren.

Louise stand auf und kam mit zwei Champagnergläsern zurück. Sie waren mit einer dunkelroten Flüssigkeit gefüllt, die wie schwerer Wein ausgesehen hätte, hätte nicht zermahlenes Eis darin geglitzert. Und wäre der Geruch nicht gewesen.

»Ich … will das nicht«, sagte Lena mit einer Stimme, deren bloßer Klang das genaue Gegenteil behauptete. Louise reagierte auch gar nicht darauf, sondern nahm neben ihr auf der Bettkante Platz, schlug die Beine übereinander und nippte an ihrem Glas. Das andere balancierte sie mit einem Finger und fast magisch anmutendem Geschick auf dem Knie.

Lena hätte nicht einmal den Geruch wahrnehmen müssen, um zu wissen, wie sehr sie diesen roten Lebenssaft brauchte. Bisher war sie einfach noch zu benommen und durcheinander gewesen, um es zu begreifen, aber es war noch lange nicht vorbei. Der Entzug hatte seinen Höhepunkt nicht annähernd erreicht.

»Ich will das nicht«, sagte sie noch einmal.

»Willst du doch«, erwiderte Louise lächelnd und nahm einen weiteren Schluck. Lena glaubte zu sehen, wie ihre Lippen einen Teil des kostbaren Rots absorbierten, bevor das Blut ihre Kehle hinunterrann. Der Anblick von Louises Zungenspitze, die nach den letzten kostbaren Tropfen in ihrem Mundwinkel tastete, jagte ihr einen kribbelnden Schauer über den Rücken. Louise lächelte nur, aber ihr Blick machte klar, dass sie sich ihrer Wirkung wohl bewusst war. Mit einer anmutigen Bewegung leerte sie ihr Glas, stellte es auf den Boden und beugte sich dann vor. Ihr Gesicht war Lena jetzt ganz nahe, und ihre Lippen hatten tatsächlich die satte dunkelrote Farbe von Blut. Ein paar winzige rote Tröpfchen schimmerten darauf.

»Ich … will … das … nicht«, brachte Lena irgendwie heraus. Sie begann am ganzen Leib zu zittern.

Louise reagierte auch darauf nicht, sondern hob die freie Hand und zog ihr Gesicht an sich heran, und ihre Lippen berührten sich so sacht wie der Flügelschlag eines Schmetterlings.

Es war wie eine Explosion, die durch Lenas Körper raste und jeden einzelnen Nerv in Brand setzte. Louises Lippen – das

Blut, das sie darauf schmeckte!, versuchte sie sich einzureden – schmeckten süß, so berauschend, dass sie sie nie wieder loslassen wollte und nun ihrerseits die Arme hob, um Louise näher an sich heranzuziehen, damit sie die Wärme und Weichheit ihres Körpers spürte. Doch jetzt war es Louise, die sich von ihr löste und sie mit sanfter Gewalt von sich schob.

»Nein«, flüsterte sie. »So will ich es nicht. Ich möchte nichts, was du mir nicht freiwillig gibst.«

»Aber …«

Louise verschloss ihr mit dem Zeigefinger die Lippen. »Wir haben Zeit, Liebes«, sagte sie. »So viel Zeit, wie du nur willst.«

Sie nahm die Hand herunter, rutschte noch ein kleines Stück von Lena weg und hielt ihr mit der anderen das Glas hin. Zögerlich griff Lena danach, setzte es an und stürzte den Inhalt gierig hinunter. Warmes Blut lief an ihren Mundwinkeln hinab und tropfte ihr auf die Brust. Louise küsste es weg, entzog sich Lenas Händen aber mit einer raschen Bewegung, als sie nach ihr greifen wollte, und schüttelte lachend den Kopf.

»Lass dir Zeit, Liebes«, sagte sie. »Wir haben keine Eile.« Sie nahm ihr das leere Glas ab. »Nun? Wie fühlt es sich an?«

Lena schwieg. Sie konnte nicht in Worte fassen, wie sie sich fühlte. Lebendig. So unvorstellbar … *lebendig* wie niemals zuvor.

»Ich weiß«, sagte Louise lächelnd. »Man kann es nicht in Worte fassen. Nicht einmal mir gelingt es nach all den Jahren.«

»Du hättest mich … fragen können«, sagte Lena hilflos.

»War dein altes Leben denn so kostbar?«, fragte Louise.

»Nein«, antwortete Lena. »Aber es war *mein* Leben.«

Louise sah ein bisschen verletzt aus, antwortete aber nicht sofort, sondern streckte die Hand aus, um das dünne Laken wieder hochzuziehen, das Lena von den Schultern gerutscht war. Nicht dass es viel nutzte. Ihr Körper zeichnete sich so deutlich unter der dünnen Seide ab, dass sie genauso gut auch gar nichts hätte tragen können, und er verriet sehr deutlich, wie sie auf Louises Nähe reagierte.

»*Dein* Leben«, sagte Louise schließlich, als das Schweigen zwischen ihnen unbehaglich zu werden drohte. Sie seufzte. »Ja, das ist wahr. Aber es war in dem Moment vorbei, in dem du Iwan die Brieftasche gestohlen hast. Und das war nicht meine Entscheidung.«

»Und ich dachte, ihr wisst nichts über mich.«

»Ich habe mich erkundigt. Und dein junger Freund war sehr gesprächig. Er ist niedlich.«

»Mein *Freund?«*

»Dieser junge Polizist Tom.«

Lena richtete sich alarmiert auf. »Du hast …?«

»Er«, fiel ihr Louise ins Wort, »ist zu mir gekommen, um eine Menge neugieriger Fragen zu stellen, Liebes. Nicht nach dir. Oder doch, wie man's nimmt.« Sie schien nach Worten zu suchen. »Du hast dir das falsche Opfer ausgesucht. Iwan hatte etwas in seiner Brieftasche, an dem ihm wirklich viel gelegen ist. Er will es wiederhaben, und sein Boss auch. Und mit den Jungs ist nicht zu spaßen.«

Das hatte Lena gemerkt. »Hast du sie deshalb umgebracht?«

Louise zog die linke Augenbraue hoch. »Ich kann mich ja täuschen – aber mir kam es so vor, als hättest *du* ihn getötet.«

»Das meine ich nicht.« Lena versuchte die Bilder zu verscheuchen, weil sie so wenig zu dem Hochgefühl passten, das sie immer noch erfüllte, aber es gelang ihr nicht: Sie sah den Russen, den Charlotte mit ihrem Absatz aufgespießt hatte, und den fast gelangweilten Ausdruck auf Louises Gesicht, als sie dem anderen das Genick brach.

»Wäre es dir lieber gewesen, wenn sie dich umbringen?«, fragte Louise.

»Ich dachte, ich bin jetzt unsterblich …«, sagte Lena. Sie wollte lachen, aber es gelang ihr nicht.

»Niemand ist unsterblich«, antwortete Louise ernst. »Man kann uns töten, aber es ist ziemlich schwer.«

Dem Russen wäre es beinahe gelungen. Lena erinnerte sich an den grausamen Schmerz, als er versucht hatte, ihr das Kreuz zu brechen; und die absolute Gewissheit, dass sie sterben würde. Aber da war sie doch noch nicht das gewesen, was sie jetzt war … oder?

»Mach dir keine Sorgen«, sagte Louise. »Sie werden dir nichts mehr tun. Stepan ist ein Idiot, aber er ist nicht dumm. Ich denke, er hat meine Nachricht verstanden.«

»Stepan?«

Louise zuckte mit den Achseln und stand auf. »Wie gesagt: Er ist ein Idiot. Diese Kerle nennen sich Russenmafia und sind auch noch stolz darauf. In Wahrheit sind sie nichts als ein Haufen mieser Zuhälter und Schläger. Sie werden dich in Ruhe lassen, keine Angst.«

Die hatte Lena auch nicht. Vielleicht würde sie nie wieder Angst haben, war sie doch in ein neues Leben eingetreten, in dem ein solches Gefühl keinerlei Bedeutung mehr hatte. Aber sie spürte, dass Louise ihr etwas verschwieg – auch wenn ihr der Gedanke schon wie ein Verrat an ihr vorkam.

»Und du willst mir erzählen, das wäre alles nur Zufall gewesen?«

»Ich glaube nicht, dass es so etwas wie *nur Zufall* gibt«, sagte Louise. »Davon abgesehen bekommen wir öfter Besuch von der Polizei. Das bringt das Nachtclub-Gewerbe nun einmal mit sich. Aber es hat nichts mit dir zu tun, Lena.«

Und auch das war nicht die Wahrheit. Lena hätte die neu erwachte Schärfe ihrer Sinne nicht gebraucht, um das zu erkennen. Sie verschwieg ihr etwas.

»Schluss jetzt«, seufzte Louise. »Wir haben noch mehr als genug Zeit, um alle Probleme der Welt zu diskutieren und uns darauf zu einigen, wie wir aus diesem Planeten einen besseren

Platz für die Menschen machen können … und was da sonst noch kreucht und fleucht. Die Mädchen und ich haben noch ein paar Dinge zu besprechen, und solange es hell ist, können wir sowieso nicht hier raus. Warum nimmst du nicht ein Bad und denkst in aller Ruhe über alles nach, und später unterhalten wir uns zu viert?«

»Und worüber?«

Louise deutete mit einer Kopfbewegung auf das geleerte Glas, das neben dem Bett auf dem Boden stand. »Zum Beispiel darüber. Nora hat dir gesagt, wie es läuft, oder?«

»Habe ich denn noch die Wahl?«, fragte Lena.

»Man hat im Leben immer die Wahl, Liebes«, antwortete Louise. »Es dauert eine Weile, bis sich dein Körper vollständig transformiert hat. Ein paar Tage, eine Woche …« Sie hob die Schultern. »Es ist bei jedem anders. Aber viel Zeit bleibt dir nicht, um dich zu entscheiden.«

»Dann könnte ich noch … zurück?«, fragte Lena ungläubig.

Louise nickte. »Ich will dir nichts vormachen. Es wird nicht leicht. Was du gestern gespürt hast, ist nichts gegen das, was dir bevorsteht, wenn du den Prozess abbrichst. Du würdest durch die Hölle gehen, aber wahrscheinlich könntest du es schaffen.«

»Wahrscheinlich?«, sagte Lena. »Könntest?«

»Du könntest auch sterben«, antwortete Louise wie beiläufig. »Aber das könntest du auch, wenn dich ein betrunkener Autofahrer auf der Straße erwischt. Die Wahrscheinlichkeit ist ungefähr genauso hoch.« Sie verzog die Lippen. »In einer Stadt wie dieser wahrscheinlich sogar höher.«

»Aber das Risiko besteht?«, fragte Lena unbehaglich.

»Das Leben an sich birgt das Risiko, selbiges zu verlieren«, antwortete Louise mit unheilschwangerer Stimme. Aber das amüsierte Funkeln in ihren Augen verriet sie.

»Eine uralte Vampir-Weisheit, von einer Generation an die nächste weitergegeben?«, sagte Lena.

»Ja. Könnte aber auch sein, dass sie aus einem chinesischen Glückskeks stammt. Spielt das denn eine Rolle?«

Wahrscheinlich nicht. Lena stand auf, wobei sie sorgsam darauf achtete, dass ihr das dünne Laken nicht herunterrutschte. Louise wandte sich mit einer einladenden Geste um und steuerte eine zweiflügelige Tür auf der anderen Seite des Raums an.

Dahinter lag das größte Badezimmer, das Lena jemals gesehen hatte. Schwarzer Marmor und blitzende Armaturen, überall waren Chrom und Gold. Es gab kein Fenster, dafür aber ein pyramidenförmiges Glasdach im Jugendstil, durch das helles Tageslicht hereinströmte, das Lena nach dem Halbdunkel auf der anderen Seite nicht nur blinzeln ließ, sondern auch erschrocken innehalten.

Louise lachte. »Nur keine Angst«, sagte sie. »Es ist nur Licht. Es tut dir nichts.«

»Aber ich dachte …«

»Dass wir in Flammen aufgehen, wenn wir ins Tageslicht treten? Ein dummer alter Aberglaube. Es ist nur die Sonne, vor der wir uns in Acht nehmen müssen. Wir sind Geschöpfe der Sonne. Sie ist es, die uns erschaffen hat, und etwas in uns will zu ihr zurück.«

Das klang so grotesk, dass Lena am liebsten laut aufgelacht hätte. Aber dann musste sie an gestern denken, an den Schmerz, mit dem das Sonnenlicht ihr Fleisch verbrannt hatte, an die winzigen goldenen Funken, in die sich ihre Haut aufgelöst hatte, an den verspielten, aber trotzdem so zielsicheren Tanz, mit dem diese sich dem Loch in der Gardine genähert hatten; so als wäre da auf der anderen Seite des Glases etwas, was sie mit unwiderstehlicher Macht rief.

»Ist das … auch aus einem chinesischen Glückskeks?«, fragte sie unsicher.

»Wie unromantisch«, tadelte Louise sie. »Aber bitte, wenn

du auf einer wissenschaftlichen Erklärung bestehst: Für uns sind nur die UV-Strahlen gefährlich, nicht das Licht an sich.«

Lena rührte sich nicht von der Stelle und sah sie nur zweifelnd an. Louise trat an ihr vorbei, blieb direkt unter dem großen Glasdach stehen und drehte sich mit ausgebreiteten Armen einmal um sich selbst. »Siehst du?«

»Dann können wir uns davor schützen?«, fragte Lena.

»Mit Sonnenschutzcreme, Lichtschutzfaktor fünfzigtausend.« Louise nickte, lachte dann hell und trat an die swimmingpoolgroße Badewanne, um Wasser einzulassen. Die Armaturen sahen aus, als stammten sie vom Hofe Kaiser Wilhelms, aber sie spuckten auf einmal dampfend heißes Wasser, ohne dass sie etwas berühren musste. »Voilà«, sagte sie strahlend. »Wenn das keine Zauberei ist …« Lena blickte weiter zweifelnd, und Louise machte wieder ein strafendes Gesicht. »Also gut, vielleicht sind es auch Bewegungssensoren und ein perfekt programmierter Computer. Habe ich dir schon gesagt, dass du unromantisch bist?«

»Ja.«

»Gut«, sagte Louise. »Und um deine Frage zu beantworten: Nein, wir können tagsüber nicht ins Freie. Das da«, sie deutete zum Glasdach hoch, »ist harmlos, weil die Sonne weitergewandert ist und gleich untergeht. Aber es wäre viel zu riskant, ins Freie zu gehen. Eine einzige falsche Bewegung, ein geplatzter Reifen, ein Verkehrsstau …«

»Dann seid ihr in der Nacht gefangen?«

»Wir«, verbesserte sie Louise automatisch. »Und als gefangen würde ich es nicht bezeichnen.«

»Wie denn sonst?«

»Warum gibst du uns nicht die Chance, es dir zu zeigen?«, sagte Louise. »Entspann dich ein bisschen. Ich lege dir was zum Anziehen raus. Wir warten unten in der Lobby auf dich.«

12

Es war dunkel, als sie ins Schlafzimmer der Suite zurückkehrte. Niemand hatte sich die Mühe gemacht, das Licht einzuschalten, aber das wäre ihr wahrscheinlich nicht aufgefallen, hätte nicht auf dem runden Tischchen neben dem Bett eine einzelne schwarze Kerze gebrannt, deren Schein ihr in der Dunkelheit fast schon unangenehm grell vorkam.

Die Vorhänge waren aufgezogen, und die großen Fenster dahinter standen weit offen, um frische Luft hereinzulassen. Für einen Moment stand sie einfach nur da und genoss das Prickeln der kühlen Nacht auf der Haut. Eigentlich sollte es *kalt* sein. Nachdem sie über eine Stunde in dem heißen Wasser gelegen und darauf gewartet hatte, dass das feindselige Licht hinter dem Glasdach über ihr verblasste, reagierte ihr Körper mit einer heftigen Gänsehaut auf den kühlen Hauch, der hereinströmte, und zu einem Teil empfand sie es als durchaus unangenehm. Aber nur zu einem kleinen Teil, und vielleicht war dieses Unwohlsein im Grunde nicht mehr als eine Erinnerung; sie fror, weil ein Teil von ihr immer noch der Meinung war, es müsse einfach so sein. Kälte und Hitze vermochten ihr nichts mehr anzuhaben.

Ihr Blick tastete noch einmal über den antiken Tisch und die Kerze. Sie beleuchtete eine dezente schwarze Schachtel, die auf dem Bett lag; so sorgsam arrangiert, als wäre hier die Hand einer begnadeten Innenarchitektin am Werk gewesen. Sie ging nicht hin, sondern sah sich erst einmal aufmerksam in dem großen Zimmer um. Sie war mit einem Gefühl von allgemeinem Luxus aufgewacht, und die gute Stunde, die sie im Bad gewesen war, hatte diesen Eindruck nur noch bestätigt, aber dieses Zimmer war …

Nein, ihr fehlten die Worte, um diesen Raum zu beschreiben. Das Schlafzimmer allein musste größer sein als die ganze Dachwohnung, in der sie mit ihrer Mutter lebte, und durch die Tür auf der anderen Seite konnte sie sehen, dass es mindestens noch ein weiteres Zimmer gab. Die Einrichtung war klassisch – 18. oder 19. Jahrhundert, schätzte sie, und garantiert echt –, und der Teppichboden war so weich, dass sie beinahe Angst hatte, beim ersten unvorsichtigen Schritt darin zu versinken.

Es ist nur Geld, versuchte sie sich einzureden. Ein Zimmer mit teuren Möbeln. Und? Geld hatte ihr noch nie etwas bedeutet. Und sei es nur, weil sie es noch nie in nennenswerter Menge besessen hatte.

Wieder tastete ihr Blick über das schmale Paket auf dem Bett, aber sie ging auch jetzt nicht hin, sondern trat an das offene Fenster heran, das gar kein Fenster war, sondern eine breite Balkontür, die auf eine großzügig geschnittene Dachterrasse hinausführte. Überrascht zögerte sie, ging dann noch einmal zum Bett zurück, um sich in eines der dünnen Laken zu wickeln, und trat schließlich hinaus.

Nicht dass es nötig gewesen wäre. Die Gefahr, dass irgendjemand sie hier sah, bestand kaum, denn sie befand sich hoch über den Dächern der Stadt. Und sie wusste jetzt sogar, wo sie war. Auch wenn sie bestimmt eine Minute dastand und auf das pulsierende Herz der Stadt hinuntersah, bis sie sich gestattete, es zu glauben.

Nur Geld? Also gut, zumindest *darüber* musste sie noch einmal nachdenken.

Sie kannte dieses Hotel. Jeder in dieser Stadt (und vermutlich dem ganzen Land) hatte den Namen schon einmal gehört. Jetzt war sie hier und hatte das Gefühl, dass ihr die Stadt nicht nur *scheinbar* zu Füßen lag. Die Sonne war gerade erst untergegangen, und unter ihr krochen lange Schlangen winziger blitzender Lichter entlang, sie hörte das Motorengeräusch all der Automobile und Busse und Straßenbahnen und das gleichmäßige Murmeln der nach Millionen zählenden Menschenmenge, die sie umgab, keine einzelnen Laute mehr, sondern das Geräusch eines einzigen gigantischen Lebewesens, dessen Körper sich auf viele Kilometer in jede Richtung erstreckte.

Seltsamerweise kamen ihr diese Gedanken nicht albern vor. Es war richtig, dass sie hier oben stand und all die anderen dort unten waren. Wenn diese winzigen, hektisch hin und her wuselnden … *Ameisen* … überhaupt etwas für sie waren, dann allenfalls Beute.

Plötzlich war ihr doch kalt. Mit einem Ruck wandte sie sich um, trat ins Zimmer zurück und schloss nicht nur die Tür hinter sich, sondern zog auch die Vorhänge zu, als könnte sie auf diese Weise auch die erschreckenden Gedanken aussperren, die doch in Wahrheit aus ihr selbst kamen.

Sie versuchte Louise die Schuld an dem zu geben, was mit ihr geschah – schließlich hatten sie und ihre beiden verrückten Freundinnen (ihre *Mädchen,* wie sie sie nannte) sie ja erst in diesen ganzen Wahnsinn hineingezogen –, aber es wollte ihr nicht so recht gelingen. Hatten sie das wirklich getan? Oder hatten sie nur etwas in ihr geweckt, was die ganze Zeit über schon da gewesen war?

Sie spürte im letzten Moment die Falle, in die zu tappen sie im Begriff stand, trat ans Bett heran und fegte den Deckel des schwarzen Kartons mit so übertriebener Kraft herunter, dass die Kerzenflamme erlosch. Trotzdem konnte sie genauso gut sehen wie zuvor und starrte das kostbare dunkle Kleid an, das in der Schachtel zum Vorschein gekommen war.

Auf den ersten Blick wirkte es schlicht, aber das war nur ein Trick, der die Hand des meisterhaften Schneiders verriet, und auf den zweiten … war es das Wundervollste, was sie jemals gesehen hatte, ein Traum in fast magisch changierendem Schwarz, den sie nicht erst anziehen musste, um zu wissen, dass er ihr so perfekt passte, als wäre er ihr auf den Leib geschneidert worden. Unglaublich teuer und vermutlich ein Einzelstück, aber weder das eine noch das andere war es, was Lena so tief berührte, dass sie beinahe aufgestöhnt hätte. Es war der Umstand, dass dieses Kleid für *sie* gedacht war. Sie hatte es weder gestohlen noch (mit gestohlenem Geld) bezahlt oder es sich irgendwie selbst besorgt. Jemand hatte es ihr geschenkt. Jemand hatte sich die Mühe gemacht, über sie nachzudenken, sich Gedanken darüber gemacht, was ihr gefallen könnte und zu ihr passte, und ihr schließlich dieses Geschenk gemacht, und es spielte letzten Endes keine Rolle, ob es sich um ein teures Einzelstück aus einer angesagten Design-Schmiede handelte oder ein Kleid vom Wühltisch im Penny-Markt. Es war ein Geschenk, für sie ganz persönlich, und noch nie hatte ihr jemand etwas geschenkt.

Bewundernd strich sie mit den Fingerspitzen über das Kleid, nahm es schließlich so behutsam aus der Schachtel, als hätte sie Angst, der kostbare Stoff könnte unter ihren Fingern einfach zerrinnen, und entdeckte darunter schwarze, nicht minder kostbare Unterwäsche.

Rasch schlüpfte sie hinein, streifte auch das Kleid über und eilte dann ins Bad, um sich im Spiegel zu betrachten.

Er blieb leer. Weder sie noch das Kleid waren in dem beschlagenen Glas zu sehen.

Warum war sie eigentlich enttäuscht? Jedermann wusste schließlich, dass Vampire im Spiegel nicht sichtbar waren. Nur diesen Traum von einem Kleid im Spiegel zu sehen wäre schließlich auch nicht besonders beruhigend gewesen.

Lena kicherte über ihren albernen Gedanken, ging ins Schlafzimmer zurück und durchquerte mit schnellen Schritten auch den angrenzenden Raum, der genauso kostbar eingerichtet war; antike Möbel, zwei gewaltige Sitzgarnituren und eine Bar, ein offener Kamin und an der Wand darüber der größte Plasmafernseher, den sie jemals gesehen hatte … Louise und ihre beiden Mädchen wussten zu leben, so viel stand fest.

Bei ihrem neuen Outfit waren keine Schuhe dabei gewesen, und sie fand auch keine in der kleinen Garderobe, die zu der Suite gehörte. Also verließ sie das Zimmer barfuß, fand sich auf einem schmalen Gang mit lediglich vier Türen wieder, steuerte mit schnellen Schritten den Lift an seinem Ende an und hatte aus irgendeinem Grund plötzlich das Gefühl, besser die Treppe zu nehmen. Trotzdem hob sie die Hand, drückte den Rufknopf und trat dann in die an drei Seiten verspiegelte Kabine, nachdem die Tür beiseitegeglitten war.

Als der Aufzug in der dritten Etage anhielt, wusste sie, dass sie lieber auf ihre innere Stimme hätte hören sollen. Die Tür schnurrte auf, und ein älteres Paar trat zu ihr herein, elegant gekleidet und in ein so intensives Gespräch vertieft, dass die beiden im ersten Moment kaum Notiz von ihr nahmen.

Im zweiten Stock drängelte sich Lena so unsanft zwischen ihnen hindurch, dass die Frau ein empörtes Schnauben ausstieß und ihr vermutlich gern etwas nachgerufen hätte, was sich ganz gewiss nicht mit ihrer zweifellos guten Kinderstube vereinbaren ließ. Lena quetschte sich im letzten Moment durch die zugleitende Tür und jagte im Sturmschritt davon. Allerdings sah sie noch einmal über die Schulter zurück, bevor sich die Tür schloss. Ihr Blick begegnete dem des Mannes, allerdings nur in einer Richtung, denn er starrte in den Spiegel an der Rückseite der Kabine, und alles, was sie in seinen weit aufgerissenen Augen las, war absolutes Entsetzen.

Lena steuerte die breite Treppe am anderen Ende des Korridors an. Wie es aussah, war nicht nur der Tag ab sofort für sie tabu, sondern auch Aufzüge. Sie fragte sich, wie lang diese Liste noch werden würde.

Sie ging die breite Treppe ins Erdgeschoss langsamer hinunter, als notwendig gewesen wäre, denn sie genoss jeden Schritt und jeden Atemzug, den sie in dieser neuen und faszinierenden Welt tat. Alles hier war edel, teuer und auf eine unaufdringliche Art luxuriös.

Du bist eine elende Materialistin, Lena, dachte sie und fügte lächelnd hinzu: *Na und?*

Louise, Charlotte und Nora warteten in der Lobby auf sie, genau wie Louise es gesagt hatte, aber sie brauchte einen Moment, um sie zu entdecken. Der Raum war ungefähr so groß wie ein Flugzeughangar und wirkte durch die einzelnen Sessel und kleinen Sitzgruppen, die scheinbar chaotisch verteilt waren, deutlich leerer, als er war. Die drei saßen an einem Tisch direkt am Fenster, und es hätte Lenas kleinen Abenteuers im Aufzug nicht bedurft, um sie sich fragen zu lassen, ob Louise dieses Risiko eigentlich ganz bewusst einging, weil sie so gern mit dem Feuer spielte. Hinter dem deckenhohen Fenster herrschte bereits finsterste Nacht, wodurch es zu einem riesigen schwarzen Spiegel wurde. In der Reflexion war die kleine Sitzgruppe davor leer, obwohl Louise und die beiden anderen in den verspielten Sesseln saßen und Champagner tranken.

Louise schien ihre Annäherung zu spüren. Obwohl keine von ihnen in ihre Richtung sah (und sie selbst sich ja auch nicht in der Scheibe spiegelte), stand sie mitten im Wort auf und drehte sich mit einem strahlenden Lächeln zu ihr um.

»Lena!«, rief sie. »Du siehst umwerfend aus, Liebes!«

Lena hätte das Kompliment an alle drei zurückgeben können … auch wenn sie zugleich einen ziemlich sonderbaren Anblick boten. Alle drei trugen Kleider, die ihrem in nichts nachstanden, davon abgesehen aber so unterschiedlich waren, wie es nur ging. Louise trug ein elegantes Kleid in Rot – das schien ihre Lieblingsfarbe zu sein – und hochhackige Schuhe, die vermutlich unbequem waren, aber sicher ganz hervorragende Mordwerkzeuge abgaben, und dazu die winzigste Handtasche, die sie jemals gesehen hatte.

Nora trug irgendetwas sehr Buntes und Schrilles, das so aussah, als stammte es aus dem London der Achtziger, und Charlotte hatte sich gleich fast um ein Jahrhundert in der Zeit verschätzt, sah in ihrem weit ausgeschnittenen Kleid und dem ausladenden Ava-Gardner-Hut aber einfach umwerfend aus.

»Du hast uns ziemlich lange warten lassen, Liebes«, fuhr Louise fort, »aber es hat sich gelohnt.«

»Das Kleid ist … hübsch«, sagte Lena unbeholfen. »Danke.«

»Charlotte hat es ausgesucht«, sagte Louise.

»Ja«, bestätigte Charlotte. »Die Größe scheint zu stimmen, und es steht dir … obwohl ich mir immer noch nicht ganz sicher bin.«

»Womit?«, fragte Lena.

»Ob ich nicht lieber ein Hochzeitskleid hätte auswählen sollen«, antwortete Charlotte. Sie lächelte unerschütterlich weiter, aber es war kein überzeugendes Lächeln, und die Worte waren auch nicht an sie adressiert, sondern an Louise. Ganz kurz blitzte Ärger in deren Augen auf, aber das Funkeln erlosch genauso schnell wieder, wie es gekommen war.

»Setz dich zu uns, Liebes«, sagte Louise. »Trink etwas mit uns.«

Lena rührte sich nicht. Sie fühlte sich immer unbehaglicher, und die ganze Situation kam ihr unwirklich vor. Sie stand hier zusammen mit drei wunderschönen Frauen, die kein Spiegelbild warfen, trug ein Kleid aus einem Universum, das bisher so weit weg gewesen war, dass sie bis gestern eigentlich nicht von seiner Existenz gewusst hatte, und wahrscheinlich starrte jedes männliche Wesen in der gesamten Lobby sie gerade an, bemüht, nicht allzu sichtbar zu sabbern. Und Louise fragte sie, ob sie etwas mit ihr trinken wollte?

»Wie du willst.« Louise wirkte ein bisschen enttäuscht.

»Sei nicht zu streng mit ihr, Louise«, sagte Nora. »Sie ist gerade erst zu uns gestoßen. Ich habe damals einen ganzen Monat gebraucht, bevor ich auch nur ein einziges vernünftiges Wort herausbringen konnte.«

»Dafür redest du seither ununterbrochen«, fügte Charlotte hinzu.

Nora streckte ihr die Zunge heraus und sprang dann auf, um mit einem einzigen Schritt bei Lena zu sein und sie so heftig in die Arme zu schließen, dass ihr die Luft wegblieb.

»Willkommen in der Familie, Kleines.«

Louise schob Nora mit sanfter Gewalt beiseite und maß sie mit einem gespielt tadelnden Blick. »Nun lass sie doch erst einmal zu sich kommen, Nora!«

»Also, ich finde, sie sieht ganz lebendig aus«, antwortete Nora fröhlich, trat aber gehorsam einen Schritt zurück und taxierte Lena. »Und süß«, fügte sie hinzu.

Louise verdrehte die Augen, murmelte etwas, was sich wie *Kinder!* anhörte, und wandte sich dann mit einem entschuldigenden Blick an Lena. »Ich hätte es anders ausgedrückt, aber sie hat recht. Du siehst umwerfend aus. Gehen wir?«

»Wohin?«, fragte Lena misstrauisch. »In den Club?«

»Der macht erst Punkt Mitternacht auf«, antwortete Nora an Louises Stelle. »Noch eine Menge Zeit, um die Stadt aufzumischen.«

»Ja, und auch das hätte ich vielleicht anders ausgedrückt«, seufzte Louise, wirkte aber eher amüsiert als verärgert.

»Ich … habe keine Schuhe«, sagte Lena unbehaglich.

»Mein armes Aschenputtel«, antwortete Louise. »Dann müssen wir sehen, dass wir so schnell wie möglich etwas daran ändern.« Sie zwinkerte ihr zu. »Gehen wir zuallererst in ein

Schuhgeschäft? Ich meine: Es dürfen doch richtige Schuhe sein, oder bestehst du auf diesen schrecklichen Turnschuhen, die ihr Kinder heute so sehr zu lieben scheint?«

»Jetzt mach dich nicht über sie lustig«, tadelte Nora sie. »Die Dinger sind praktisch …« Sie feixte breit. »Wenn auch wirklich hässlich.«

»Habe ich schon erwähnt, dass du zu viel redest, Nora?«, sagte Charlotte.

»Mehrmals. Aber du …«

»Schluss jetzt, ihr zwei!«, sagte Louise. »Das ist ja nicht auszuhalten! Kommt!« Sie blinzelte Lena jetzt eindeutig verschwörerisch zu, hob aber zugleich auch die Hand und gab jemandem auf der anderen Seite des Raums einen Wink. Nun stand auch Charlotte auf. Ihr Kleid raschelte, und Lena beschäftigte sich einen Augenblick lang mit der Frage, wieso das Ding Charlotte eigentlich nicht von den Schultern rutschte, ohne dass sie es vorher festgetackert hatte.

Sie gingen zum Ausgang. Auf dem Weg dorthin kamen ihnen Lenas Freunde aus dem Lift entgegen, und sie erinnerten sich offenbar sehr gut an sie. Die Frau strafte sie mit einer eisigen Verachtung, die niemand im Umkreis von anderthalb Lichtjahren übersehen konnte. Ihr Begleiter maß sie nur mit einem scheuen Blick und sah dann entsetzt weg. Lena war anscheinend nicht die Einzige, der auffiel, wie viel Mühe es ihn kostete, nicht einfach loszurennen.

»Freunde von dir?«, fragte Charlotte.

»Ich habe keine Ahnung, wer das ist«, sagte Lena.

Louise schenkte ihr einen schrägen Blick, und Nora sagte: »Noch so klein, und schon hat sie Geheimnisse vor uns. Sollten wir jetzt nicht böse auf sie sein, Mami?«

Zumindest *Mami* – Louise – wirkte wirklich verärgert und bedachte Nora mit einem entsprechenden Blick, fing sich aber sofort wieder und schüttelte nur schweigend den Kopf.

Als sie durch die große Drehtür schritten, fiel es Lena abermals auf: Das Glas war von hervorragender Qualität und staubfrei sauber, aber die Dunkelheit auf der anderen Seite verwandelte auch die Drehtür in einen großen, sich bewegenden Spiegel, auf dem das Foyer mit all seinen Möbeln und Menschen so deutlich wie auf einem blassen Foto zu erkennen war. Nur sie selbst, Louise, Charlotte und Nora waren nicht da. Wieso fiel das eigentlich niemandem außer ihr auf?

»Du musst dich nur darauf konzentrieren, dass sie es nicht merken«, sagte Louise.

Lena sah sie verständnislos an. »Was?«

»Unsere Spiegelbilder.« Louise deutete auf die drei Meter große Scheibe vor sich.

»Wir haben keine«, antwortete Lena lahm.

»Eben.« Louise trat vor ihr ins Freie und dann einen Schritt zur Seite, um Platz für Charlotte und Nora zu machen, die den Abschluss bildeten. »Und jetzt fragst du dich, warum das niemandem auffällt.«

Vor allem fragte sie sich, woher Louise das wissen konnte.

Nora lachte. »Das geht jedem so, wenn er die Sache mit dem Spiegel erst mal richtig kapiert, Kleines«, sagte sie. »Der Rest der Menschheit ist schließlich weder blöd noch blind. Eigentlich müssten sie es sehen, nicht wahr?«

»Tun sie auch«, fügte Charlotte hinzu. »Aber sie denken sich nichts dabei.«

»Weil wir das nicht zulassen«, schloss Louise.

Einmal ganz davon abgesehen, dass Lena immer mehr das Gefühl hatte, von den dreien kräftig auf den Arm genommen zu werden, verstand sie nicht das Geringste.

»Du musst dich nur darauf konzentrieren, dass sie es nicht bemerken, und schon funktioniert's«, behauptete Nora fröhlich. »Ist im Grunde ganz simpel.«

Lena ächzte. »Simpel?«

»Es klingt komplizierter, als es ist«, sagte Louise. »Irgendwann ist es wie mit dem Autofahren: Du tust es einfach, ohne bewusst darüber nachzudenken, ob du die Kupplung trittst oder schaltest oder den Blinker setzt, verstehst du?«

Lena nickte. »Nein.«

»Alles andere wäre auch gelogen gewesen«, sagte Louise amüsiert. »Lass dir Zeit. Da ist noch eine Menge, was du lernen musst, aber nicht heute.«

»Heute ist Spaß angesagt«, fügte Nora hinzu.

Lena sah sich unbehaglich um. *Spaß?* Das Geräusch eines großen Motors näherte sich, und ein sichtlich alter, aber tadellos gepflegter Jaguar hielt vor ihnen am Bordstein. Einer der Pagen des Nobelhotels eilte an Louise vorbei und riss die Tür im Fond der Luxuslimousine auf, während sein deutlich jüngerer Kollege aus der Fahrertür stieg, sich so stocksteif aufrichtete, als hätte er den sprichwörtlichen Besenstiel verschluckt, und darauf wartete, dass Nora hinter dem Steuer Platz nahm und ihm ein kleines *Bakschisch* gab.

Es fiel deutlich größer aus, als Lena selbst bei aller Großzügigkeit angemessen erschien, und sie war sich auch sicher, dass seine Augen nicht nur wegen dieses fürstlichen Trinkgelds aufleuchteten, als Nora an ihm vorbeiging und sich hinter das lächerlich kleine Lenkrad quetschte. Wie es aussah, hatte Nora wohl eine Eroberung gemacht.

Während Charlotte auf dem Beifahrersitz Platz nahm, gestikulierte Louise Lena ungeduldig zu, sich zu ihr auf die Rückbank zu gesellen. Der Wagen setzte sich in Bewegung, kaum dass einer der Pagen die Tür hinter ihr geschlossen hatte. »Wohin fahren wir?«, fragte sie.

»Nicht besonders weit«, antwortete Louise. »Eigentlich könnten wir zu Fuß gehen.«

»Und warum tun wir es dann nicht?«

»Weil es einfach Spaß macht, dieses alte Schätzchen zu fahren«, sagte Nora. »He, ich muss mich noch bei dir bedanken, Lena. Normalerweise lässt Louise mich nie an ihr Prachtstück.«

Und warum dann heute?, dachte Lena und gab sich sofort selbst die Antwort: Weil sie hier hinten sitzen wollte. Bei ihr. Instinktiv rutschte sie auf dem schweren Ledersitz so weit von ihr fort, wie sie konnte, und Louise tat mit oscarverdächtigem Talent so, als wäre es ihr nicht aufgefallen. Aber egal, wie gut sie ihr Gesicht und ihre Körpersprache auch unter Kontrolle hatte, Lena konnte ihre Enttäuschung spüren.

Lena war verwirrt. Vorhin im Hotelzimmer hatte Louise ganz eindeutig versucht, sie zu verführen. Dann hatte sie sie praktisch von sich gestoßen, und jetzt das? Wenn sie ein Spiel mit ihr spielte, dann eines, dessen Regeln sie nicht verstand.

»Und außerdem gehen wir shoppen, Liebes«, fügte Charlotte hinzu. »Noras Porsche hat einen schrecklich kleinen Kofferraum, der nicht einmal für das Nötigste reicht.«

»Und du willst doch nicht all die vielen Tüten und Taschen tragen, oder?«, sagte Nora.

»Shoppen?«, sagte Lena misstrauisch. Die wenigen Geschäfte, die um diese Uhrzeit überhaupt noch geöffnet waren, schlossen vermutlich genau in diesem Moment. »Wohin?«

»Lass dich überraschen«, sagte Louise. »Es wird dir gefallen.«

Der Jaguar rollte so gut wie lautlos auf die Hauptstraße hinaus. Zu Lenas Überraschung wartete Nora nicht nur geduldig eine Lücke im fließenden Verkehr ab, sondern fuhr so ruhig und vorschriftsmäßig, dass es schon fast wieder auffällig war.

Genau wie Louise es gesagt hatte, war der Weg nicht besonders weit. Sie fuhren vielleicht zehn Minuten über die belebten Straßen, und Lena beobachtete mit einer Mischung aus Staunen und wachsendem Misstrauen die vorübergleitenden Autos und die Spaziergänger, die an den hell erleuchteten Auslagen der Geschäfte entlangflanierten, und ein sonderbares Gefühl ergriff von ihr Besitz. Sie war schon oft hier gewesen und wusste, dass die Schaufenster hier im gleichen Maße prachtvoller wurden wie die Preisschilder dezenter, bis diese schließlich ganz verschwanden. Sie war oft genug hier gewesen – diese Gegend gehörte zu ihren bevorzugten Jagdgebieten, in denen schon mehr als eine Brieftasche ihren Weg in ihre Jacke gefunden hatte –, aber nun war alles anders. Wie im Hotelzimmer überkam sie ein Gefühl des Unwirklichen, so als wäre sie in einem Traum gefangen, in dem alle ihre geheimen Wünsche in Erfüllung gingen, mit dem kleinen Wermutstropfen allerdings, dass alles nur ein Traum war.

Was, wenn sie gleich die Augen aufschlug und sich auf einer stinkenden Matratze in einer fensterlosen Kammer wiederfand, während der Russe über ihr kniete und ihr genüsslich das Messer in den Leib rammte?

Zornig schüttelte sie den Gedanken ab. Ihre Lage war auch so schon schlimm genug, ohne dass sie noch ihr Scherflein dazu beitrug, sich selbst verrückt zu machen.

Der Wagen bog von der Hauptstraße ab, wurde absurderweise schneller, je schmaler die Straße vor ihnen zu werden schien, und schoss dann in eine Gasse hinein, die Lena eindeutig schmaler vorkam als er selbst.

»Du weißt, was ich mit dir mache, wenn der Wagen einen Kratzer abbekommt?«, sagte Louise in freundlichem Ton.

Noras Augen blitzten spöttisch auf. »Es hat gewisse Vorteile, zwanzig Jahre Fahrpraxis zu haben und die Reflexe einer Zwanzigjährigen, alte Frau«, sagte sie. »Und außerdem geht der Motor kaputt, wenn man ihn nicht ab und zu einmal richtig fordert.«

Das galt offensichtlich auch für die Bremsen. Nora trat am Ende der Gasse im allerletzten Moment auf die Bremse und brachte den Jaguar mit kreischenden Reifen zum Stehen. Louise verdrehte die Augen, enthielt sich aber jedes Kommentars, bis sie ausgestiegen waren. »Zurück fährt Charlotte«, sagte sie dann.

»Das trifft sich«, antwortete Nora fröhlich und warf Charlotte den Wagenschlüssel über das Dach hinweg zu. Charlotte fing ihn auf, ohne hinzusehen. »Die Karre ist mir sowieso zu protzig. Ich steh eher auf was Schnittigeres.«

Louise murmelte etwas, was Nora vorsichtshalber nicht verstand, und warf den Wagenschlag unnötig laut hinter sich zu. Ein Stück hinter ihnen wurde eine Tür geöffnet. Ein grauhaariger Mann in der dunkelblauen Uniform einer Security-Firma trat aus dem matt erleuchteten Rechteck in die Dunkelheit heraus und begrüßte Louise mit einem stummen Kopfnicken. Ein fragender Ausdruck erschien auf seinem Gesicht, als er Lena erblickte. »Eine mehr?«

»Deshalb ist ja hier auch mehr drin.« Louise warf ihm ein Bündel zusammengerollter Banknoten zu, das er in Windeseile in seiner Jackentasche verschwinden ließ.

»Das geht schon in Ordnung, aber denkt bitte daran, nicht wieder …«

»Wir benehmen uns, Liebling«, fiel ihm Nora kichernd ins Wort. »Nur keine Sorge.«

Das Gesicht des Wachmanns sah ganz so aus, als würde er sich durchaus Sorgen machen, aber er hielt ihnen die Tür auf. Dahinter lag ein schmaler, in monotonem Weiß gestrichener Gang, von dem mehrere schmucklose Metalltüren abzweigten. Rechter Hand befand sich eine altmodische Stempeluhr, unter der sich eine unerwartet große Anzahl Stechkarten in ihren Fächern aufreihten – zweihundertdreiunddreißig, dachte Lena und fragte sich, woher sie das eigentlich so genau wusste –, und von der Decke darüber starrte sie das kalte Video-Auge einer Kamera an.

Allzu große Sorgen schien sich Louise jedoch nicht um diese Kamera zu machen. Sie und die anderen gingen einfach fröhlich plappernd weiter, und der Wachmann schloss die Tür hinter sich sorgsam wieder ab und folgte ihnen. Lena registrierte, dass er jetzt mit völlig leerem Blick in ihre Richtung sah, als wären sie gar nicht da.

Sie gingen eine kurze Treppe hinauf und kamen durch einen zweiten, nicht minder monotonen Gang. Auf halbem Weg passierten sie eine offene Tür, hinter der sich ein kleiner Wachraum mit flimmernden Schwarz-Weiß-Monitoren befand. Auf einem davon war die Gasse zu sehen, in die Nora den Jaguar gerammt hatte, die anderen zeigten rasch wechselnde Bilder, denen sie nicht zu folgen vermochte. Die Luft roch nach kaltem Zigarettenrauch und Kaffee aus der Thermoskanne, und es gab zwei weitere Wachmänner, die aber keinerlei Notiz von ihnen nahmen.

Die Situation kam ihr immer rätselhafter vor. Hatte Nora nicht etwas von *Shopping* gesagt? Wo denn, bitte schön? Im Keller der Bahnhofsmission?

Auf dem letzten Stück gingen Louise und die anderen wieder langsamer, so dass der Wachmann sie überholen konnte. Er nestelte einen Schlüssel von einem gewaltigen Schlüsselbund und öffnete die Tür vor ihnen.

Dahinter lag eine vollkommen andere Welt. Vor ihnen erstreckte sich eine fußballfeldgroße Halle, die von zahlreichen Tischen, Verkaufsständen und Alkoven in ein blitzendes Archipel aus Messing und Silber und funkelnden Spiegeln und geschliffenem Kristall verwandelt wurde. Die Namensschilder und Displays über den verlassenen Theken lasen sich wie das *Who Is Who* der oberen Konsumgesellschaft: Versace, Dior, Boss, Rolex … Wahrscheinlich hätte Lena die Aufzählung noch bis zum nächsten Morgen fortsetzen können, hätte Louise sie nicht mit sanfter Gewalt zur Seite geschoben, damit der Wachmann die Tür schließen und hinter sich verriegeln konnte. Noch immer ganz so, als wären sie und die anderen gar nicht da, drückte er die Klinke herunter, um sich davon zu überzeugen, dass die Tür auch tatsächlich abgeschlossen war, löste dann eine antiquiert anmutende Uhr von seinem Gürtel und schlurfte davon, um seine Runde zu beginnen.

»Wo … sind wir hier?«, fragte Lena verblüfft. Nach der Bahnhofsmission sah es jedenfalls nicht aus.

»Ich habe dir doch versprochen, dass wir dir neue Schuhe besorgen«, antwortete Louise fröhlich. »Ist zwar das falsche Stockwerk – glaube ich –, aber Schuhe finden wir bestimmt irgendwo. Frag Nora, die kennt sich hier am besten aus.«

»Ganz bestimmt sogar«, sagte Nora, ergriff Lenas Hand und zog sie so schwungvoll mit sich, dass sie stolpernd hinter ihr herzockelte. Louise lief lachend hinter ihnen her, während Charlotte irgendwo verschwunden war. Dann knisterte es, und leise Tangomusik drang aus versteckten Lautsprechern.

Nora ließ endlich ihre Hand los, und Louise fing sie mit ausgebreiteten Armen auf und wirbelte sie herum. Und plötzlich schwebten sie zum Klang des Tangos über den Marmorboden. Musik erfüllte nicht nur die Luft, sondern *alles,* und Louise und sie tanzten einen Tanz, den Lena nie gelernt hatte und doch perfekt beherrschte. Wenn es ein Traum war, dann einer, aus dem sie nie wieder aufwachen wollte. Sie mochte Tangomusik nicht, aber sie nahm sie einfach gefangen und trug sie in ein Universum davon, das nur noch aus Klängen und sanfter Bewegung bestand und dem berauschenden Gefühl von Louises Nähe, ihrem Geruch und ihren Augen, die immer größer und dunkler zu werden schienen und in denen sie sich hoffnungslos verlor. Wie hatte sie nur bis zu diesem Tag leben können, ohne sie? Sie wollte ihr nahe sein, so nahe, wie es nur ging, und noch näher, sie nie wieder loslassen und Dinge mit ihr tun, von denen sie jetzt nicht hätte sagen können, welche, die aber einfach wunderbar werden würden. Und dann ließ Louise ihre linke Hand los und übergab sie an Nora, die sie ihrerseits herumschleuderte und erst dann sehr behutsam losließ, nachdem sie sich davon überzeugt hatte, dass sie sicher stand, weil Lena ziemlich schwindelig geworden war.

»Sie gehört dir, Nora-Schatz. Mach sie hübsch.«

»Moment mal!«, protestierte Lena. »Ich gehöre …«

»Niemandem, ich weiß!« Nora zog sie lachend hinter sich her und steuerte einen chromblitzenden Chanel-Store an. »Und wenn doch, dann allerhöchstens Louise. Und jetzt halt die Klappe und komm mit. Ich habe einen Auftrag, und Mami kann verdammt ungemütlich werden, wenn man nicht folgt.«

Auch dabei lachte sie, aber Lena war ganz und gar nicht davon überzeugt, dass es wirklich nur ein Scherz gewesen war.

Mit einem gekonnten Schwung drehte Nora sich vollends in den Verkaufsstand, ließ ihre Hand los und sprang mit einem einzigen Satz auf die Theke hinauf. Vom obersten Regal klaubte sie ein halbes Dutzend Handtaschen und warf sie ihr zu. Lena war immer noch viel zu perplex, um nach einer davon zu greifen, und die teuren Accessoires regneten rings um sie herum zu Boden.

»Nur keine falsche Bescheidenheit, Liebes«, rief Nora aufgekratzt. »Such dir eine aus. Am besten eine, die zu deinem Kleid passt. Aber wenn du auf Knallrot oder Pink stehst, macht das auch nichts. Ist ganz allein deine Entscheidung.«

Lena starrte sie mit offenem Mund an, bückte sich schließlich nach einer der edlen Taschen und hob sie auf. Völlig wahllos, wie sie zugeben musste, aber auch mit untrüglicher Zielsicherheit. Aus dem gesamten Angebot war es diejenige, die am allerwenigsten zu ihrem Kleid passte.

»Also gut, ich nehm's zurück«, sagte Nora und sprang wieder von der Theke.

»Was?«

»Dass es nichts ausmacht. Das Ding ist scheußlich. Nimm die hier.«

Lena musste zugeben, dass Noras Auswahl weitaus besser war. Sie hängte sich die Tasche über die Schulter, ohne sie allerdings eines weiteren Blickes zu würdigen. Noch vor zwei Tagen hätte sie für so eine Tasche getötet. Jetzt war sie ihr egal.

»Und jetzt auf in die Schmuckabteilung!« Nora zog sie kurzerhand quer durch den großen Verkaufsraum hinter sich her zu einem glitzernden Stand aus Messing und Chrom und zentimeterdicken Panzerglasscheiben, die mit beeindruckenden elektronischen Schlössern gesichert waren. Vielleicht trotzdem nicht gut genug, denn Louise hatte bereits ein halbes Dutzend Vitrinen geöffnet und grub mit beiden Händen in all den ausgestellten Kostbarkeiten. Möglicherweise hatte sie Louise und ihre beiden Freundinnen doch falsch eingeschätzt, dachte sie benommen. Wenn auch unter gänzlich anderen Umständen, so schien Louise unter *Shopping* letzten Endes doch dasselbe zu verstehen wie sie.

»Hier, die müsste dir stehen. Passt hervorragend zu deinem Haar und deinen Augen!« Louise glitt so dicht an ihr vorbei, dass ihr Haar an Lenas Wange entlangstrich und einen prickelnden Schauer in ihrem ganzen Leib auslöste, und legte ihr ein teures Brillantcollier um den Hals. »Und jetzt Eure Hand, Mademoiselle.«

Lena streckte gehorsam den rechten Am aus, aber Louise drückte ihn herunter, griff nach ihrer anderen Hand und ließ den Verschluss einer eleganten Damen-Rolex einrasten. »Damit du immer ganz genau weißt, wann die Nacht vorüber ist, Liebes.«

»Und Tusch!«, kicherte Nora. »Sie dürfen die Braut jetzt küssen!«

Louise sah sie stirnrunzelnd an, worauf Nora nur noch alberner kicherte, sich selbst umarmte und einen spitzen Kussmund machte.

»Nora«, seufzte Louise. »Bitte.«

»Aber wo ich doch recht habe«, schmollte Nora.

Louise setzte zu einer womöglich noch ärgerlicheren Entgegnung an, ließ es dann aber bleiben und wandte sich wieder an Lena. »Komm, gehen wir endlich Schuhe kaufen.«

Genau wie sie es vorhin gesagt hatte, gab es hier unten keine Schuhe. Wortlos folgte Lena ihr in die erste Etage hinauf. Nora kam mit einem halben Dutzend Schritten Abstand nach und hielt diese Distanz auch weiter ein, als sie das erste Schuhgeschäft betraten, wo sie wieder Louise die Auswahl überließ.

»Ist schon ein komisches Gefühl, wenn einem plötzlich die ganze Welt gehört, wie?«, fragte Nora sie.

Louise kam mit dem dritten oder vierten Paar italienischen Designerschuhen zurück, stellte sie kopfschüttelnd weg, ohne Lena sie anprobieren zu lassen, und verschwand wieder hinter der Theke.

»Tut sie das denn?«, fragte Lena zurück.

»Wie man's nimmt«, antwortete Nora. »Jedenfalls der Teil davon, der uns gefällt.«

Lena warf einen vorsichtigen Blick auf das dezente Preisschild an einem der Schuhkartons und schnappte nach Luft.

»Was ich immer sage«, sagte Nora. Eigentlich summte sie es im Takt der leisen Musik, in der sie sich auch immer noch langsam hin- und herwiegte. »Geld allein macht ja möglicherweise wirklich nicht glücklich, aber ich könnte auch nicht behaupten, dass es einen per se unglücklich macht.«

»Sagt man aber«, sagte Lena.

»Das ist ein Märchen«, behauptete Nora. »Bösartige Propaganda, von denen in die Welt gesetzt, die keines haben.«

»Ihr versucht mich zu kaufen«, sagte Lena.

»Wer weiß?« Louise stellte mit einem gekonnten Griff gleich vier Paar Schuhe vor ihr auf. »Die müssten besser zu deinem Kleid passen. Ich übernehme aber keine Garantie, ob sie auch bequem sind.«

»Mich kann man nicht kaufen«, sagte Lena.

»Hat es denn schon mal einer versucht?«, erkundigte sich Louise. »Ernsthaft, meine ich?«

Nein. Wer wohl? Lena presste die Lippen zu einem schmalen Strich zusammen.

»Niemand versucht dich zu kaufen, Kleines«, sagte Nora. »Louise könnte das, aber sie würde es niemals tun, glaub mir. Sie könnte dich auch zwingen, und du würdest es nicht einmal merken.«

»Nora!«, sagte Louise streng.

»Aber wie gesagt: keine Angst«, fuhr Nora unbeeindruckt fort. »So etwas würde sie nie tun. Das geht gegen ihren Stolz.«

»Ist das wahr?«, fragte Lena.

Louise sagte nichts dazu und sah sie nur an, aber Lena las die Antwort in ihren Augen. Es gab nicht viel, was diese unheimliche Frau nicht zu tun imstande war oder auch tun würde … aber sie würde sie nicht anlügen.

»Was soll dann das alles hier?«, fragte sie.

»Nimm es als kleines Willkommensgeschenk«, antwortete Louise. »Außerdem möchte ich, dass du schön bist.«

»Wozu?«

»Um mich an deinem Anblick zu erfreuen?«, sagte Louise. »Siehst du dir nicht gern hübsche Dinge an?«

Lena war sich nicht ganz sicher, ob sie es wirklich schmeichelhaft fand, als ein *hübsches Ding* bezeichnet zu werden, und ganz unabhängig davon begann sich das Gespräch immer mehr in eine Richtung zu entwickeln, die ihr nicht behagte.

»Das wird dir nichts nutzen«, sagte sie stur.

»Da hatte ich vorhin aber einen anderen Eindruck.« Louise hob sofort die Hand und machte eine abwehrende Geste. »Aber jetzt ist nicht der richtige Moment, um darüber zu reden. Wir sollten nicht zu lange hierbleiben, sonst bekommt der arme Franz am Ende unseretwegen noch Ärger, und das wollen wir ja schließlich nicht.« Sie wandte sich an Nora. »Wo ist Charlotte?«

»In der Buchabteilung, nehme ich an. Wo sie immer ist … Soll ich sie holen?«

Louise schüttelte den Kopf. »Geh zur Hauptkasse, und regle das Finanzielle«, sagte sie. »Lena und ich holen Charlotte.« Sie hob eines der vier Paar Schuhe in die Höhe. »Und die hier nehmen wir auch noch.«

Nora warf einen flüchtigen Blicke auf das Preisschild und verschwand.

Lena war nun vollends verwirrt. »Das … Finanzielle?«

»Hast du gedacht, wir stehlen das alles hier?«, erwiderte Louise. Sie wirkte ehrlich verblüfft.

Lena nahm ihr die Schuhe ab, schlüpfte hinein und stellte fest, dass sie nicht nur fantastisch aussahen, sondern auch perfekt passten. Tief in sich auf einer Ebene, die keinerlei Beweises bedurfte, wusste sie, dass das in Zukunft immer so sein würde: Was immer sie anzöge, passte ihr so perfekt, als wäre es nur für sie gemacht.

»Um ehrlich zu sein, ja«, antwortete sie.

»Aber das wäre ziemlich dumm, meinst du nicht auch?«, sagte Louise. Sie kam um die Theke herum und bedeutete ihr mit einer Kopfbewegung, ihr zur Rolltreppe zu folgen. »Davon einmal ganz abgesehen, dass das alles hier irgendjemandem gehört und nicht einfach so vom Himmel gefallen ist, würden der gute Franz und seine Kollegen ziemlich schnell Ärger bekommen, wenn immer in ihrer Schicht irgendwelche Luxusgüter verschwinden.«

Das aus dem Mund einer Frau zu hören, die davon lebte, anderen das Blut auszusaugen, kam Lena einigermaßen seltsam vor. »Das heißt, ihr … *bezahlt* für das alles?«, fragte sie zweifelnd.

»Und ein gutes Stück mehr, als das Zeug eigentlich kostet«,

bestätigte Louise, die ihr Erstaunen anscheinend amüsierte. »Solange die Kasse stimmt, stellt niemand dumme Fragen. Und es ist immer noch angenehmer, als am hellen Tag hierher zu kommen. Außerdem macht es mehr Spaß.«

Lena versuchte flüchtig nachzurechnen, wie viel Geld Louise innerhalb der letzten halben Stunde ausgegeben haben musste, nur um sich *an ihrem Anblick zu erfreuen,* gab den Versuch aber wieder auf.

»Und es wäre auch ziemlich dumm, überall in der Stadt eine Spur von mysteriösen Diebstählen zu hinterlassen«, fuhr Louise fort. »Wir legen keinen Wert darauf, unnötige Aufmerksamkeit zu erregen. Es ist sehr viel dezenter, Dinge zu kaufen, statt sie zu stehlen.« In ihren Augen blitzte es spöttisch auf. »Ich dachte eigentlich, du wüsstest das.«

»Und das da?« Lena deutete auf eine der zahlreichen Kameras unter der Decke. »Bekommen Franz und seine Kollegen deshalb keinen Ärger?«

Louise lachte. »Selbst wenn sie uns sehen könnten, wären wir für sie wahrscheinlich nur drei durchgeknallte Luxustussis, die Spaß daran haben, Bonnie und Clyde zu spielen, und nachts auf Raubzug gehen, weil sie den Thrill brauchen. Solange du in dieser Stadt bezahlst, kannst du hier so ziemlich alles tun, was du willst.«

»Selbst wenn?«, fragte Lena.

»Sie können uns nicht sehen«, sagte Louise. »Es ist dasselbe wie mit den Spiegeln. Niemand kann uns filmen. Weder auf Zelluloid noch digital oder sonst wie. Und nein, frag mich gar nicht erst, ich weiß nicht, wieso das so ist. Aber es ist sehr praktisch. Es macht einem das Leben leichter.«

»Das Leben als Vampir?«

»Auch das. Du hattest doch schon das Vergnügen, mit Nora zu fahren. Hast du dich gar nicht gefragt, warum sie keine Angst um ihren Führerschein …«

Lena packte Louise am Handgelenk und hielt es mit so überraschender Kraft fest, dass Louises Mundwinkel zuckten. »Wer seid ihr?«, fuhr sie sie an. »*Was* seid ihr?«

Für die Dauer eines schweren Atemzuges trafen sich ihre Blicke, und etwas … war in Louises Augen, etwas Neues und Lauerndes, Taxierendes.

Ganz langsam und sanft, aber dennoch mit einer Kraft, der sie nicht das Mindeste entgegenzusetzen hatte, hob sie den Arm, drehte ihr Handgelenk aus Lenas Griff und lächelte dann plötzlich.

»*Wir*, Lena«, sagte sie sanft. »Nicht *ihr.* Und es ist anders, als du glaubst.«

»Dann erklär es mir endlich«, sagte Lena.

»Nicht hier. Und nicht jetzt. Dich erwartet eine Welt voller Wunder, und die ist nicht annähernd so schlimm, wie du wahrscheinlich glaubst. Willst du die Kurzfassung in fünf Sätzen, die du mir sowieso nicht glauben würdest, oder gibst du mir die Chance, es dir zu zeigen?«

Ohne eine Antwort abzuwarten, trat Louise von der Rolltreppe herunter und wandte sich nach rechts. Lena musste sich beeilen, um nicht zurückzufallen; was ihr in den ungewohnten Schuhen schwer genug fiel. Natürlich war nichts davon Zufall, das war Lena vollkommen klar. So wenig, wie Louise daran glaubte, dass es so etwas wie *nur Zufall* gab, so wenig war irgendetwas von dem, was sie tat, willkürlich. Louise manipulierte sie, und dieser Gedanke sollte sie eigentlich sehr wütend machen.

Aber er tat es nicht.

Sie durchquerten die komplette Etage. Vor ihnen lag nun eine großzügig gestaltete Medienabteilung, in der von Büchern über DVDs, Computerspielen und Musik-CDs bis hin zu modernen E-Book-Readern alles angeboten wurde. Von Charlotte war keine Spur zu sehen, aber Louise steuerte zielstrebig eine mit einem bunten Pappmaschee-Tor voller pausbäckiger Putten, geflügelter Einhörner und putziger Elfen abgetrennten Bereich an. Die Kinder- und Bilderbuchabteilung, wie Lena vermutete. Sie selbst hätte Charlotte eher in der Ecke für Klassiker erwartet (falls es hier so etwas gab), zwischen Regalen voller ledergebundener Schinken mit Lesebändchen und Goldschnitt, aber Louise schien zu wissen, was sie tat.

»Warte hier«, sagte sie. »Ich bin gleich zurück.«

Lena blieb gehorsam stehen … allerdings nur so lange, bis Louise durch das bunte Tor verschwunden war. Dann folgte sie ihr vorsichtig, neugierig, welch bizarrer oder auch erschreckender Anblick auf der anderen Seite wohl auf sie warten mochte.

Alles, was sie sah, war eine bunte Spielwelt, in der Bücher zwar vorherrschten, die aber auch von jeder Menge Papp- und Plüschfiguren bevölkert wurde, bunten Mobiles und Puppen, einer Spielecke mit weichen Bällen und auf Zigarrenkistengröße aufgeblasenen Legosteinen. Im allerersten Moment glaubte sie, Louises scharfe Sinne hätten sie vielleicht doch getäuscht, denn von Charlotte war nichts zu sehen, aber dann hörte sie gedämpfte Stimmen. Sie schlich auf Zehenspitzen in ihre Richtung. Wenn doch alles so *ganz anders* war, wie Louise behauptet hatte, wieso hatte sie dann Geheimnisse vor ihr?

Die Stimmen wurden lauter. Louise redete in einer Sprache, die Lena nicht verstand, aber es war kein Streit, wie sie im allerersten Moment angenommen hatte. Louises Stimme klang zwar eindringlich, fast schon beschwörend, aber zugleich auch auf sonderbare Weise sanft. Sie war verwirrt. Um ein Haar hätte sie kehrtgemacht, um vor dem großen Tor zum Märchenland auf Louise zu warten. Vielleicht gab es ja einen guten Grund dafür, dass sie sie darum gebeten hatte.

Aber dann ging sie doch weiter.

Die Buchabteilung hatte einen zweiten, ganz mit rosa Plüsch eingefassten Ausgang, der in eine Baby- und Kleinkinder-Boutique führte, in der Pink und Himmelblau die einzigen Farben zu sein schienen. Die dezente Tangomusik, die noch immer aus den Lautsprechern drang, wirkte hier ein bisschen unpassend, vor allem als sie durch das Barbie-Tor trat und Louise sah, die weiterhin in jener fremden Sprache auf Charlotte einredete. Ihre Bewegungen wirkten genauso seltsam: energisch und sanft in einem, folgten sie vermutlich ganz unbewusst den rhythmischen Klängen der Musik, was sie fast zu so etwas wie einem Tanz machte. Es sah … unwirklich aus.

Dann fiel Lenas Blick auf Charlottes Gesicht, und *dieser* Anblick war noch viel erstaunlicher, fast schon erschreckend. Charlotte stand vor einem Regal mit Babykleidung. Sie wirkte verkrampft, und was auf ihrem Profil abzulesen war, ließ sich zwar unmöglich deuten, war aber nichts Gutes. Mit den Händen knetete sie ein Paar winzige rosafarbene Babyschuhe.

Lena bewegte sich neugierig weiter, stieß dabei an eines der Regale und warf ein Buch um. Auf die große Entfernung und noch dazu unter den aufpeitschenden Tangoklängen hätte das Geräusch untergehen müssen, aber Louise wandte mit einem Ruck den Kopf. Für den Bruchteil einer Sekunde *schnappte* ihr Körper in die sprungbereite Haltung einer Raubkatze, die sich unversehens einem gefährlichen Feind gegenübersah: geduckt und die Arme halb ausgebreitet, mit leicht gespreizten Beinen und plattfüßigem festem Stand, eine Mischung aus instinktiver Abwehrhaltung und Karate-Grundstellung, und die Hände wie Raubvogelklauen geöffnet und zum Zupacken und Zerreißen bereit. Bestimmt war es nur Einbildung, aber für einen kurzen Augenblick glaubte Lena tatsächlich, mörderisch scharfe Krallen daran zu erkennen.

Dann entspannte sich Louise wieder. Die tödliche Drohung, die von ihrer Haltung ausging, war verschwunden, die Krallen fort (es hatte sie auch nie gegeben, das war lächerlich!), und aus dem rasenden Zorn auf ihrem Gesicht wurde ganz normaler

Ärger. Mit einer herrischen Geste bedeutete sie ihr zu verschwinden und wandte sich dann wieder an Charlotte.

»Was ist los?«, erklang Noras Stimme hinter Lena, aufgekratzt und fröhlich wie immer. Sie fuhr viel erschrockener zusammen, als sie sich selbst erklären konnte, drehte sich auf dem Absatz herum und sah das dunkelhaarige Mädchen auf sich zukommen. Nora war schwer beladen mit zahlreichen Einkaufstüten und -taschen, in denen eindeutig mehr war als die Verpackung einer Versace-Tasche und einer Rolex, und strahlte über das ganze Gesicht.

Als sie den Ausdruck auf Lenas Gesicht sah, stockte sie und legte misstrauisch den Kopf auf die Seite. Dann setzte sie ihre Beute ab und ging mit schnellen Schritten an ihr vorbei.

»Oh«, sagte sie.

»Was – oh?«, fragte Lena.

»Nichts«, antwortete Nora. Sie war keine besonders gute Lügnerin. Sie stand einfach nur da und sah Louise und Charlotte an, dann drehte sie sich mit einem Ruck zu Lena um. Nun hatte sie sich wieder in der Gewalt, und das gewohnte fröhliche Jungmädchenlächeln erschien auf ihrem Gesicht. »Nichts«, sagte sie. »Familienkram.«

»Ja, genau so sieht es aus«, antwortete Lena.

»Und genau so ist es auch«, beharrte Nora. »Manchmal gibt es eben Dinge, die nur die Familie etwas angehen. Jeder hat doch seine kleinen schmutzigen Geheimnisse, oder?«

»Ich dachte, ich gehöre jetzt zur Familie.«

»Aber, aber«, sagte Nora spöttisch. »Noch bist du in der Bewährungsphase … Aber keine Angst, ich bin mir ziemlich sicher, dass du die bestehen wirst.« Sie nahm ihre Taschen wieder auf. »Natürlich nur, wenn du mir hilfst, all diesen Kram zum Wagen zu tragen … Unglaublich, wie viel Verpackung man braucht, um so wenig Zeug an den Mann zu bringen.«

»Wohl eher an die Frau«, sagte Louise plötzlich. »Plappert

unser kleines Dummerchen wieder aus dem Nähkästchen?« Sie war zurückgekommen, ohne dass Lena es bemerkt hatte, und was immer gerade zwischen Charlotte und ihr gewesen sein mochte, nichts davon war ihr noch anzumerken. Ihre dunklen Augen funkelten spöttisch, während sie Nora und Lena abwechselnd musterte. »Hast du alles bezahlt, Liebes?«

»Auf Heller und Pfennig«, bestätigte Nora. Sie machte ein angestrengt nachdenkliches Gesicht und fügte leise hinzu: »Oder sagt man Cent und … was eigentlich?«

Lena blickte verwirrt von ihr zu Louise, dann zu Charlotte und wieder zurück. Irgendetwas ging hier vor, von dem sie nichts wissen sollte. Seltsamerweise verletzte sie das. Sie fühlte sich ausgeschlossen, und dieses Gefühl ärgerte sie – obwohl sie sich andererseits ganz und gar nicht sicher war, ob sie überhaupt dazugehören *wollte.*

»Lasst uns verschwinden«, sagte Charlotte. »Ich habe Hunger.« Sie wandte sich an Lena. »Hast du ein Lieblingsrestaurant, Lena?«

»McDonald's am Hermannsplatz?«, erwiderte Lena, ebenso automatisch wie verwirrt. Hunger? Als sie das letzte Mal in den Kühlschrank ihrer Mutter gesehen und die ganzen Lebensmittel darin erblickt hatte, war ihr schon bei dem bloßen Gedanken schlecht geworden, etwas davon zu essen; und sie hatte das sehr sichere Gefühl, dass diese Reaktion nicht nur an der unappetitlichen Zusammenstellung gelegen hatte.

»Du bist ja ein richtiger Gourmet!«, sagte Charlotte spöttisch.

»Essen wir denn?«, fragte Lena.

»Nur zu unserem Vergnügen«, antwortete Louise an Charlottes Stelle.

»Aber ich dachte …«, begann Lena, und Nora drehte sich in einer Pirouette halb herum und fiel ihr ins Wort: »… dass wir auf alle weltlichen Freuden verzichten müssen, nur weil wir sie nicht mehr unbedingt brauchen?« Sie schüttelte so heftig den Kopf, dass sie beinahe eine ihre Tüten fallen lassen hätte.

»Hab ich dir schon einmal gesagt, dass du kaufsüchtig bist, Liebes?«, sagte Louise.

»Mehrmals«, antwortete Nora und fuhr dann unbeeindruckt an Lena gewandt fort: »Wir fressen, saufen, koksen und vögeln, so viel wir wollen, und werden weder fett noch schwanger oder süchtig! Das nenne ich mal einen guten Tausch, du nicht?«

Lena blickte abermals verwirrt von einer zur anderen. Sie verstand immer weniger, was mit ihr geschah, und sie wusste immer weniger, ob sie es auch wollte.

»He!« Nora setzte ihre Einkaufstüten erneut ab, kam mit zwei schnellen Schritten auf sie zu und stemmte mit einem breiten Grinsen die Fäuste in die Hüften. »Jetzt tu wenigstens mal so, als ob du dich freust! Milliarden Weiber auf der Welt würden dafür töten!«

Das mochte sein, dachte Lena. Die Frage war, ob *sie* dafür töten würde.

Nora wartete einen Moment vergebens auf irgendeine Reaktion und bewegte sich dabei sacht weiter im Rhythmus der Musik, die immer noch von der Decke zu ihnen herabwehte. Schließlich nahm sie die Hände von den Hüften, um ihr mit Daumen und Zeigefinger die Mundwinkel nach oben zu ziehen.

»Habt ihr das gesehen?«, fragte sie dann.

Louise nickte. »Es kann lächeln.«

13

Aus dem teuersten Hotel der Stadt war es über das vermutlich teuerste Kaufhaus des Landes praktisch nahtlos in eines der edelsten Restaurants der Stadt gegangen.

Lena fühlte sich hier nicht wohl.

Anders als in der Hotelsuite, die sie mehr wie in einem Fiebertraum erlebt hatte, und dem Kaufhaus, das sie mit seiner Pracht und verschwenderischen Fülle einfach erschlagen hatte, war dies schlichtweg eine Umgebung, die sie nicht mochte, und Ausdruck einer Lebensart, die sie zutiefst verabscheute. Alles hier war edel, teuer, dezent und leise und auf eine Art dekadent, die beinahe körperliche Übelkeit in ihr auslöste. Wenn Louise und die anderen geplant hatten, ihr einen Querschnitt durch das Leben zu zeigen, das sie in der *Familie* erwartete, so war dies eine Facette, auf die sie gern verzichten konnte.

Lena sah jetzt seit geschlagenen zehn Minuten mit einer Mischung aus Staunen und leisem Widerwillen den jungen Kellnern zu, die Schüsseln, Platten, Teller und Terrinen in einer schier endlosen Folge zu einem Festmahl auf dem runden Tisch vor ihnen arrangierten, das nach ihrem Dafürhalten auch für zwanzig Gäste gereicht hätte, nicht nur für vier – die noch dazu gar nichts essen mussten.

Und zumindest was sie anging, auch nicht wollten. Jedenfalls nicht … *das*. Lena hatte kein Problem damit, zuzugeben, dass sie einen Großteil der aufgefahrenen Köstlichkeiten nicht kannte, aber sie war sich auch ziemlich sicher, dass sie nicht schmecken konnten. Nichts, was so sündhaft teuer war, konnte wirklich schmecken.

»Richtig begeistert siehst du nicht aus«, sagte Nora. »Steht dir der Sinn eher nach einem fettigen Burger? Die Kellner können dir sicherlich einen besorgen, wenn du das möchtest.«

Lena war kurzfristig in Versuchung, dieses Angebot einfach anzunehmen; und sei es nur aus Trotz. Aber dann begegnete ihr Blick dem eines der beiden Kellner – des jüngeren, allerhöchstens fünfundzwanzig und wirklich süß –, und sie schüttelte hastig den Kopf. »Schon gut«, sagte sie. »Ich bin eigentlich nur nicht hungrig.«

»Und ich bin auch eigentlich gar nicht läufig«, witzelte Nora, »aber trotzdem kommen mir gerade ein paar ganz und gar unkeusche Gedanken.«

»Die Bedienung steht nicht auf der Karte, Nora-Schatz«, sagte Louise lächelnd.

Der junge Kellner bekam rote Ohren und hatte es plötzlich sehr eilig, seinem älteren Kollegen zu folgen.

Nora sah ihm mit gespielter Enttäuschung nach. »Da geht der Nachtisch«, seufzte sie.

»Ihr Mädchen seid unmöglich«, sagte Louise. »Bitte reiß dich zusammen, Nora. Es gibt nicht mehr allzu viele Restaurants in der Stadt, in denen wir uns noch blicken lassen können. Und ich habe keine große Lust, demnächst Stammgast in Lenas Lieblingsrestaurant zu werden.«

»Was spricht gegen McDonald's?«, sagte Nora. »Die haben dort bestimmt auch ganz appetitliches Personal.«

Louise wiegte den Kopf. »Habe ich dir schon gesagt, dass du manchmal unmöglich bist, Nora?«

»Nur manchmal?«, fragte Nora erschrocken. »Oh, das tut mir leid, wirklich. Ich gebe mir Mühe! Versprochen!«

»Ja, in Zukunft benimmst du dich immer unmöglich, da bin

ich mir ganz sicher«, sagte Charlotte. »Lass gut sein, Nora.« Sie nippte an ihrem Champagner und wandte sich dann an Lena. »Es ist alles da, was das Herz begehrt: Kaviar, Hummer, Austern, Langusten … Hast du so was überhaupt schon einmal gegessen?«

»Nein«, antwortete Lena, nickte dann aber. »Meine Mutter hat irgendwann mal eine Dose Schildkrötensuppe besorgt, weil sie der Meinung war, wir hätten uns auch mal was Gutes verdient.«

»Ist das Zeug nicht seit mindestens zehn Jahren verboten?«, sagte Nora.

»Und habt ihr mir nicht erzählt, dass man in dieser Stadt alles bekommt, wenn man nur lange genug danach sucht?«

»Und genug dafür bezahlt«, pflichtete ihr Charlotte bei. »Und? Hat es geschmeckt?«

»Ehrlich?«, fragte Lena.

»Wir sind immer ehrlich zueinander, Liebes«, sagte Louise.

Lena sah ein paarmal von ihr zu Charlotte und wieder zurück, bevor sie antwortete. »Wenn ich ganz ehrlich sein soll, dann hat sie geschmeckt, als … als hätte jemand hineingepinkelt.«

Charlotte machte ein übertrieben schockiertes Gesicht, und Louise lachte leise. »Ja, ich erinnere mich flüchtig«, sagte sie. »Ich habe das Zeug schon nicht gemocht, als es noch legal war. Aber es ist nicht alles so schlimm, glaub mir.« Sie machte eine auffordernde Kopfbewegung. »Probier wenigstens. Wenn es dir wirklich nicht schmeckt, dann besorge ich dir höchstpersönlich deinen Hamburger.«

Das war albern, und sie würde es auch bestimmt nicht tun, das war Lena klar, aber sie tat Louise trotzdem den Gefallen. Sie nahm einen Löffel und probierte vorsichtig an einer Schüssel mit Kaviar; was ihr neben den schlabberigen Austern und all dem gepanzerten Meeresgetier mit viel zu vielen Beinen noch am harmlosesten erschien. Sie war davon überzeugt, dass es nicht schmecken würde.

»Und?«, sagte Louise.

Lena schluckte, legte den Löffel mit einer umständlichen Bewegung aus der Hand und griff nach einem größeren, um weiterzuessen.

»Na also!«, sagte Charlotte zufrieden. Nora klatschte spöttischen Beifall, und Louise sagte zwar nichts, sah aber ausgesprochen zufrieden aus. Lena kam sich ziemlich albern vor. Und nicht zum ersten Mal wie manipuliert.

Nora kicherte schon wieder, stürzte den Rest ihres Champagners mit einem einzigen Zug hinunter und knackte dann einen Hummer, ohne dazu eines der komplizierten Werkzeuge zu Hilfe zu nehmen, die die diensteifrigen Kellner bereitgelegt hatten. »Macht zwar nicht satt, schmeckt aber trotzdem geil!«, sagte sie. »Und außerdem … He, wenn das keine Überraschung ist! Die Welt ist doch wirklich klein!«

Lena drehte sich halb auf ihrem Stuhl herum, um Noras Blick zu folgen, und hätte sich beinahe an ihrem letzten Löffel Kaviar verschluckt, als sie das ältere Paar erkannte, das gerade hereingekommen war und nach einem Kellner Ausschau hielt, der ihnen einen Platz zuwies. Es war das Paar aus dem Aufzug.

Die Frau sah sie einen halben Atemzug lang fragend an und verlor dann sofort wieder das Interesse an ihr, als hätte ihr Anblick etwas in ihr berührt, was ihr wieder entglitten war, noch bevor es zu einer Erinnerung werden konnte.

Ihr Begleiter reagierte völlig anders. Er erstarrte einfach, glotzte sie an und ließ die Kinnlade herunterklappen. Er hatte sie erkannt, und er erinnerte sich sehr genau.

»Hi!« Nora prostete dem Paar mit ihrem Champagnerglas zu und winkte gleichzeitig mit der anderen Hand. Die Frau sah peinlich berührt weg, und auch ihr Begleiter hatte es mit einem Mal sehr eilig, sich dem Kellner zuzuwenden.

»Wo … kommen die denn her?«, murmelte Lena.

»Zufall«, sagte Louise. »Mach dir nichts draus.«

»Ich dachte, du glaubst nicht an Zufälle?« Lena ließ die beiden nicht aus den Augen, während der Kellner sie zu einem freien Tisch führte.

»Tu ich auch nicht«, antwortete Louise. »Das hier ist eines der angesagtesten Restaurants der Stadt. Wer was auf sich hält, der kommt hierher. Starr sie nicht an. Oder willst du, dass sie sich an dich erinnern?«

Lena zwang ihren Blick, die beiden loszulassen, aber es half nicht viel. Ihre plötzlich um so vieles schärfer gewordenen Sinne verrieten ihr, dass die beiden an einem Tisch ganz in der Nähe Platz nahmen. Und auch, dass sie sie weiter anstarrten.

»Funktioniert der *Ich will nicht, dass du mich siehst*-Trick hier nicht?«, fragte sie ohne große Hoffnung.

Louise schüttelte den Kopf. »Unsichtbar machen können wir uns nicht. Aber keine Angst. Sie werden nichts sagen.«

»Und wenn sie doch zu neugierig werden, dann lauern wir ihnen auf dem Rückweg auf und saugen sie aus.«

Lena starrte Nora an. Es war ein Scherz. Natürlich war es nur ein Scherz, was sonst? Allmählich sollte sie Noras gewöhnungsbedürftigen Sinn für Humor doch kennen. Dennoch lief ihr ein eisiger Schauer über den Rücken. »Aber ihr … tut das doch nicht wirklich, oder?«

»Ununterbrochen«, antwortete Charlotte. »Irgendwas müssen wir ja schließlich essen.«

»Und die Zeitungen sind ja seit Jahren voll mit Schauergeschichten über geheimnisvolle Leichenfunde, nicht wahr? Toten, denen alles Blut fehlt, als wären sie ausgesaugt worden«, fügte Louise hinzu.

»Leichen kann man verschwinden lassen«, sagte Lena.

Die Bemerkung tat ihr schon leid, ehe sie die Worte ganz

ausgesprochen hatte. Louises Lächeln erlosch, und ihre Stimme wurde spröde. »Wir sind keine Mörder, Lena«, sagte sie steif.

»So habe ich das auch gar nicht gemeint«, sagte sie hastig.

»Doch, Liebes«, sagte Nora. »Ganz genau so war es gemeint. Mach dir nichts draus. Ich habe damals dieselbe Frage gestellt.« Nachdenklich legte sie den Kopf auf die Seite. »Wenn ich mir's genau überlege, dann habe ich bis heute keine richtige Antwort darauf bekommen.«

Louise warf mit einer Hummerschere nach ihr, und alle drei brachen in albernes Gekicher aus. Nach einem Augenblick fiel auch Lena in dieses Lachen ein.

Sie kicherten und alberten noch eine ganze Weile herum, bis der Kellner schließlich mit einem vornehmen Hüsteln an ihren Tisch trat und sich erkundigte, ob alles zu ihrer Zufriedenheit und in Ordnung sei und noch irgendetwas fehle. Nichts fehlte, und rein gar nichts war in Ordnung, aber seine Botschaft war klar. Allzu viel Fröhlichkeit war in einem Etablissement wie diesem ganz offensichtlich nicht erwünscht.

Lena beschloss endgültig, Lokale wie diese nicht zu mögen.

Nora ließ sich die Gelegenheit nicht entgehen, dem jungen Kellner einen lüsternen Blick zuzuwerfen und sich demonstrativ mit der Zunge über die Lippen zu fahren, woraufhin er noch rötere Ohren bekam und hastig verschwand.

»Reiß dich zusammen, Nora-Schatz«, sagte Louise. »Sonst verpetze ich dich bei dem niedlichen Pagen aus dem Hotel.«

Nora zog eine Schnute, und Lena fragte: »Was ist mit dem?«

»Unser Nesthäkchen hat ein Auge auf ihn geworfen«, antwortete Charlotte. »Sie würde ihn nur zu gern vernaschen. Aber das lässt Louise nicht zu.«

Nora kicherte, aber irgendetwas daran kam Lena falsch vor, und sie verzichtete darauf, weitere Fragen zu stellen. Vielleicht war Charlottes vermeintlich etwas ungeschickte Wortwahl ja kein Zufall gewesen.

Erneut machte sich ein unbehagliches Schweigen zwischen ihnen breit, bis Louise es mit einem Räuspern unterbrach.

»Wenn wir schon dabei sind – gibt es sonst noch etwas, was du wissen möchtest?«

Ungefähr eine Million Fragen. Nur fiel Lena im Moment keine ein. »Wie viele … gibt es von euch?«, fragte sie schließlich. »Uns?«

Louise schien angestrengt nachzudenken. »Ungefähr vierzig in Europa«, sagte sie dann. »Auf der ganzen Welt … hundert Frauen. Vielleicht hundertfünfzig. Nicht sehr viele.«

Lena fand, dass das ziemlich viele waren. Eigentlich zu viele, als dass in all den Jahren, wenn nicht Jahrhunderten, noch nie jemand etwas von ihrer Existenz erfahren haben sollte. Dann fiel ihr etwas anderes auf.

»Hundertfünfzig *Frauen?* Und wie viele Männer?«

»Keinen einzigen«, sagte Nora. »Leider.«

»Nicht einen Mann?«, vergewisserte sich Lena. »Soll das heißen, dass nur Frauen unsere … Fähigkeiten haben?«

»Vielleicht haben nur Frauen die seelische Reife, um verantwortlich damit umzugehen«, feixte Nora.

Louise wirkte belustigt, dass ausgerechnet Nora so einen Spruch losließ, wandte sich dann aber ernst an Lena. »Es hat immer mehr Frauen als Männer gegeben. Vielleicht weil wir Frauen uns nicht so oft gegenseitig umbringen wie die sogenannte Krone der Schöpfung. Sie haben in der Vergangenheit eine Menge Schaden angerichtet. Der schlechte Ruf, in dem unsere Art steht, geht zum allergrößten Teil auf ihr Konto. Und irgendwann haben wir dann beschlossen, dass es genug ist.«

»Und habt sie alle ausgelöscht?«

»Wenn wir das getan hätten, dann wären wir ja Männer«, sagte Charlotte spöttisch.

Louise blieb ernst. »Das haben sie schon ganz allein erledigt«, sagte sie. »Du hast gar nicht einmal so falsch gelegen.

Unser … besonderes Blut … kommt zwar nicht nur in uns Frauen vor, sondern genauso oft bei Männern.« Sie blinzelte ihr verschwörerisch zu. »Aber nur Frauen sind dazu fähig, seine Kraft zu wecken.«

»Warum?«

»Weil wir die Mütter sind?«, schlug Charlotte vor.

»Niemand weiß das«, sagte Louise. »Es ist eben so. Wir Frauen können Leben erschaffen, Männer nicht. Sie können es nur auslöschen. Irgendwann haben wir das erkannt und beschlossen, dass es genug ist.«

»Und da habt ihr …«

»Gar nichts getan«, fiel ihr Louise scharf ins Wort. »Es war nicht nötig, irgendetwas zu tun. Wir haben vor über zweihundert Jahren aufgehört, männliche Vampire zu erschaffen, und das war auch schon alles, was wir tun mussten. Den Rest haben sie ganz allein erledigt. Es hat nicht einmal lange gedauert.«

»Du meinst, sie haben sich wirklich gegenseitig umgebracht?«

»Die meisten«, bestätigte Louise. »Hier und da gibt es noch einen, aber sie gehören schon lange auf die Liste der gefährdeten Arten. Und irgendwann sind vermutlich auch diese letzten Dinosaurier verschwunden, und das Thema hat sich erledigt.«

So, wie Louise es erzählte, sollten diese Worte Lena wohl beruhigen, aber das taten sie nicht. Irgendetwas daran kam ihr auf subtile Art falsch vor, aber sie konnte nicht sagen, was.

»Dann steht ihr alle untereinander in Verbindung? Die ganzen hundertfünfzig Frauen weltweit?«

»Was hast du denn gedacht?«, erwiderte Louise. »Einmal im Jahr treffen wir uns auf dem Blocksberg und fliegen in der Walpurgisnacht auf unseren Besenstielen um seinen Gipfel.«

»Aha«, sagte Lena.

»Nein, wir stehen nicht in Kontakt«, fuhr Louise fort, nun wieder völlig ernst. »Ganz im Gegenteil, im Allgemeinen gehen wir uns eher aus dem Weg. Aber es gibt eben Dinge, die muss man nicht extra besprechen. Man weiß, dass sie richtig sind.«

»Also habt ihr euch nicht zusammengesetzt und abgestimmt oder so was?«

Nora kicherte. »Wie naiv bist du eigentlich, Kleines? Hundertfünfzig Weiber, die sich auf eine gemeinsame Entscheidung einigen sollen? Der Zickenkrieg würde bis heute dauern!«

Louise setzte zu einer sichtlich verärgerten Antwort an, wurde aber von einem leisen Harfenklang unterbrochen, der aus ihrer Handtasche drang. Sie nahm ihr Handy heraus und betrachtete stirnrunzelnd das Display.

»Ärger?«, fragte Charlotte.

Louise antwortete nicht. Sie stand auf, nahm das Handy ans Ohr und ging mit schnellen Schritten zur Tür hinaus. Lena sah ihr nach, und dabei begegnete ihr Blick dem ihrer Aufzugbekanntschaft. Er starrte sie an. Es kostete sie einige Mühe, ihren Blick von den stechenden Augen des Grauhaarigen loszureißen. Sie las schlicht und einfach Furcht darin, aber auch noch etwas anderes, was sie alarmierte.

»Ärger?«, fragte sie nun auch, an Nora gewandt.

»Ach was!«, feixte das dunkelhaarige Mädchen. »Louise hat noch einen kleinen Nebenjob, hat sie dir das nicht erzählt? Von irgendetwas müssen wir ja schließlich leben. Ruf! Mich! An!«

Bei jedem der letzten drei Wörter schlug sie so laut mit der flachen Hand auf den Tisch, dass es wie Peitschenhiebe klang.

»Wie witzig«, sagte Lena.

»Du hast gefragt«, antwortete Nora. Sie griff nun ebenfalls nach ihrer Handtasche und kramte darin herum, bis sie ein silbernes Zigarettenetui und ein dazu passendes Feuerzeug gefunden hatte. Umständlich zündete sie sich eine Zigarette an und nahm einen tiefen Zug.

»He!«, sagte jemand hinter ihnen.

Nora nahm einen weiteren Zug, verdrehte genießerisch die

Augen und blies eine graue Rauchwolke über den Tisch. »Ist zwar nicht so, als wäre ich abhängig von dem Zeug«, sagte sie, »aber es tut einfach gut.«

»So was nennt man psychologische Abhängigkeit, Küken«, sagte Charlotte sanft. »Und die funktioniert genauso gut wie körperliche, wenn nicht besser.«

»Und?«, sagte Nora. »Wen stört's?«

»Mich!« Die Stimme kam vom Nachbartisch.

Lena drehte sich betont langsam um und sah den Grauhaarigen so kühl an, wie sie nur konnte, was sich aber als völlig zwecklos erwies. Er sah nicht sie an, sondern hatte ein vermeintlich dankbareres Opfer erspäht.

»Und ich glaube, alle anderen hier auch«, fuhr er, an Nora gewandt, fort. »Das hier ist ein öffentliches Restaurant, und in einem solchen herrscht bekanntlich Rauchverbot.«

»Echt?«, sagte Nora.

»Gesetzliches Rauchverbot«, fügte der Mann hinzu. Seine Frau legte ihm besänftigend die Hand auf den Arm, aber er schob sie einfach weg. Natürlich würde er sich die Gelegenheit nicht entgehen lassen, vor seinem treuen Weibchen den tapferen Ritter herauszukehren, aufrechter Streiter für Recht und Ordnung, Beschützer der Armen und größter Vollidiot im Umkreis von hundert Kilometern in einem. Und mit ein klein wenig Pech gleich ein ziemlich toter Idiot. Lena hielt den Atem an, und auch Charlotte sah plötzlich angespannter aus als zuvor.

»Echt?«, sagte Nora noch einmal.

»Bitte, machen Sie die Zigarette aus, junge Dame«, sagte er. Seine Frau, der die Situation sichtlich peinlich war, wusste plötzlich nicht mehr, wohin mit ihrem Blick.

»Nora«, sagte Charlotte warnend.

»Keine Sorge.« Nora ließ den Blick nicht von dem des Grauhaarigen los. »Der gute Mann hat ja total recht. Noch einen Zug, und ich mache sie aus, einverstanden?«

Sie inhalierte noch einmal so tief, dass der Rauch beim Ausatmen beinahe farblos war, hielt die Zigarette dann zwischen Daumen und Zeigefinger in die Höhe und sah sich übertrieben suchend um.

»Oh, kein Aschenbecher. Aber macht auch nichts«, sagte sie, blies auf die Zigarettenspitze, bis sie hell glühte, und drückte die Zigarette dann in ihrem linken Auge aus. Lena ächzte vor Entsetzen, während die Glut zischend erlosch und eine Mischung aus Blut und einer wasserklaren Flüssigkeit an Noras Wange herabzulaufen begann. Die ältere Frau am Nachbartisch keuchte und schlug dann die Hand vor den Mund, um einen Schrei zu unterdrücken, während ihr Begleiter fassungslos dasaß. Irgendwo zerbrach klirrend ein Teller. Der Gestank, den die kochende Wunde verströmte, war übelkeiterregend.

Nora schlug die Hand vors Auge, presste die Lippen zu einem kaum noch sichtbaren Strich zusammen und sog hörbar die Luft ein.

»Ach, verdammt, wie ungeschickt«, zischte sie. »Ich bin aber auch manchmal ein richtiger kleiner Tollpatsch!«

Behutsam nahm sie die Hand herunter, blinzelte ein paarmal und sah ihren Tischnachbarn dann aus beiden Augen an. Auf ihrer Wange war ein wenig Blut und zu schwarzer Schmiere verlaufene Zigarettenasche zu sehen, aber das war auch alles. Ihre Augen waren vollkommen unversehrt. Ihr Tischnachbar schnappte wie ein Fisch auf dem Trockenen nach Luft, und seine Begleiterin sah ganz so aus, als würde sie nur deshalb nicht ohnmächtig vom Stuhl kippen, weil sie vor Schrecken zur Salzsäule erstarrt war.

Charlotte seufzte. »Ich glaube, wir sollten jetzt lieber gehen«, sagte sie.

14

Der Club konnte gerade erst aufgemacht haben. Der große Parkplatz, über den Charlotte den Wagen in einem halsbrecherischem Tempo gejagt hatte, wie Lena es nicht einmal Nora zugetraut hätte, war noch nicht einmal zur Hälfte besetzt. Trotzdem herrschte auf der Tanzfläche schon wieder Gedränge, und die aufpeitschende Techno-Musik kam ihr noch lauter und enervierender vor, als sie sie in Erinnerung hatte.

Nora hätte vermutlich noch ein paar deutlich unangenehmere Dinge getan, hätte Charlotte sie nicht aus dem Lokal gezerrt und auf die Rückbank des Jaguars geschubst, wo Louise schon auf sie wartete. Danach waren sie in Windeseile unter Missachtung sämtlicher Verkehrsregeln hierher gerast.

»Was gibt es für einen Grund, schon wieder Trübsal zu blasen?«

Zum Beispiel dich, dachte Lena, als sie Noras Stimme auch über die peitschende Techno-Musik hinweg deutlich erkannte. Mehr noch: Sie spürte nicht nur, dass jemand nahe an sie herangetreten war, sondern auch, *wer* es war. Konnte es sein, dachte sie beunruhigt, dass sie sie an ihrem Geruch erkannt hatte?

Ebenso deutlich, wie sie spürte, dass jemand hinter ihr stand, spürte sie auch, dass Nora sie nicht in Ruhe lassen würde. Sie drehte sich widerwillig zu ihr um und war im ersten Moment verwirrt, weil sie zu ihr hochsehen musste. Dabei war

Nora allerhöchstens so groß wie sie. Erst dann wurde ihr klar, dass Nora nicht hinter ihr stand, sondern mit angezogenen Knien auf der Bar saß, eine brennende Zigarette in der linken und ein halb gefülltes Whiskyglas in der rechten Hand. Sie selbst hielt gerade ihr viertes oder fünftes Glas in der Hand.

»Nun?«, sagte Nora.

Lena hob die Schultern. »Tu ich nicht.«

»Und warum versuchst du dann, dich zu betrinken?«

»Tu ich auch nicht«, behauptete Lena, erntete einen spöttischen Blick und verbesserte sich: »Also gut, ich versuche es.«

»Aber es funktioniert nicht.«

»Nein.«

»Weil du es nicht zulässt.«

»Blödsinn«, sagte Lena. »Das hier ist mein fünfter. Dabei mag ich das Zeug nicht einmal.«

»Warum versuchst du dann seit einer Stunde, dich abzuschießen?«, fragte Nora und nahm einen gewaltigen Schluck aus ihrem Glas. Bei ihr schien der Alkohol durchaus zu wirken. Ihre Stimme klang ein bisschen schleppend, und Lena fiel jetzt auch auf, dass ihre Augen trüb waren.

»Wie machst du das?«, fragte sie.

»Was?«

Lena deutete auf ihr leeres Glas, dann auf das in Noras Hand und schließlich auf die brennende Zigarette. Der Rauch roch süßlich. »Dass das Zeug bei dir wirkt.«

»Das tut es bei jedem«, antwortete Nora. »Du musst es nur zulassen, das ist alles. Ich verrate dir, wie es geht … wenn du mir erzählst, warum du dich mit aller Gewalt abschießen willst.«

Lena schwieg.

»Du weißt es selbst nicht«, vermutete Nora.

Lena schwieg auch dazu, aber Nora war der Wahrheit ziemlich nahegekommen.

»Du weißt auch nicht, ob du hier sein willst«, fuhr Nora fort, trank ihr Glas leer und blies Lena eine Qualmwolke ins Gesicht, die durchdringend nach Marihuana roch. »Oder ob es dir gefällt. Du weißt nicht einmal, ob ich dir gefalle, oder Charlotte oder Louise. Du weißt nicht einmal mehr, ob du wirklich noch weißt, was du selbst bist.«

Lena deutete auf die qualmende Zigarette. »Wenn man von dem Zeug da so schlaue Sachen sagen kann, dann will ich auch was davon.«

Nora blies ihr eine weitere Qualmwolke ins Gesicht und lachte. »Würde bei dir nicht wirken. Ich zeig dir, wie's geht, aber erst beantwortest du mir eine Frage: Willst du wirklich hier sein?«

»Ja!«, antwortete Lena und nickte heftig, schüttelte dann aber genauso heftig den Kopf und sagte: »Nein!«, um schließlich mit den Achseln zu zucken. »Ich weiß es nicht.«

Nora wedelte mit der Zigarette und gab den Barkeepern hinter sich einen Wink, ihr Glas neu zu füllen. »Ich glaube, du brauchst das Zeug gar nicht, um high zu werden.«

»Warum fragst du das?«, wollte Lena wissen. Wenn Nora die Betrunkene spielte, dann tat sie es perfekt. Aber sie hörte sich nur so an, als würde sie unsinnig drauflosplappern. Was sie sagte, hatte einen Grund. Er war wichtig. Lena war sich nur nicht darüber im Klaren, für wen.

Statt sofort zu antworten, rutschte Nora mit einer Bewegung von der Bar herunter, die ihren vermeintlich angeschlagenen Zustand Lügen strafte. Lena hielt ihr das leere Glas hin und machte ein hoffnungsvolles Gesicht, aber Nora schüttelte nur den Kopf.

»Du brauchst keinen Schnaps, Kleines«, sagte sie, »sondern einen viel edleren Tropfen. Die Frage ist nur, ob du es auch wirklich willst.«

Das war jetzt das zweite Mal, dass sie das sagte, und allerspätestens jetzt begriff Lena auch, dass es kein Zufall war und auch nicht nur Mitleid mit dem verwirrten erschrockenen Kind, das sie in Noras Augen möglicherweise noch immer war.

Und was, wenn sie recht hatte?

»Louise sucht dich übrigens«, fuhr Nora unvermittelt in völlig verändertem Ton fort. »Keine Ahnung, was sie von dir will, aber es scheint wichtig zu sein.«

»Deswegen hast du es mir auch sofort mitgeteilt, wie?«, fragte sie.

»Nur keine Panik, Schätzchen«, kicherte Nora. »Zeit ist relativ, ich dachte, das hättest du mittlerweile begriffen. Wir haben jede Menge davon … vielleicht mehr, als dir lieb ist.«

Lena stellte das leere Glas endgültig auf die Theke zurück und sah sich suchend um.

»Nicht hier.« Nora stellte sich schwankend auf die Zehenspitzen, um genauso groß zu sein wie Lena, und deutete in die Dunkelheit hinter dem abgesperrten Bereich, die nicht einmal ihre scharfen Augen durchdringen konnten. »Madame bekommen eine Privataudienz.« Sie kicherte wieder albern. »Du darfst ins Allerheiligste! Ich hoffe, du fühlst dich entsprechend gebauchpinselt. Mir wurde diese Ehre erst nach zwei Monaten zuteil.«

»Ich dachte, das hier wäre der VIP-Bereich.«

»Isser auch«, nuschelte Nora und hakte sich freundschaftlich bei ihr unter. Für einen Außenstehenden mussten sie wie zwei alte Freundinnen aussehen, die einfach ausgelassen herumalberten, aber in Wahrheit zog das zierliche Mädchen Lena mit einer Kraft mit sich, die vermutlich auch ausgereicht hätte, den Eiffelturm von seinem Fundament zu zerren.

»Das hier ist der VFIP-Bereich«, kicherte Nora, während sie eine unauffällige Metalltür ansteuerten.

»VFIP?«

»Very Fucking Important Persons«, sagte Nora. »War meine Idee.«

Ja, das glaubte Lena sofort.

Nora fummelte ungeschickt an einer kaum postkartengroßen Schalttafel neben der Tür herum und schien gewisse Schwierigkeiten zu haben, die Bewegungen ihrer Finger zu koordinieren, schaffte es dann aber irgendwie doch. Lena war sich mittlerweile sicher, dass Nora die Betrunkene nicht nur spielte, sondern hackezu war. Aber wie war das möglich?

Die Tür sprang mit einem leisen Klicken auf und entpuppte sich als ungefähr dreimal so dick, als es von außen den Anschein gehabt hatte. Offenbar war sie hundertprozentig schallgedämpft, denn dem Klicken des elektronischen Schlosses folgte eine Flut von Geräuschen: hämmernde Musik und Stimmengewirr, das Klirren von Gläsern und Gelächter und dazu blinkendes Licht und der durchdringende Geruch nach Alkohol und Zigaretten und anderen, noch gefährlicheren Dingen.

»Deine Willkommensparty, Kleines«, kicherte Nora. Sie bedeutete ihr aufgeregt, als Erste durch die Tür zu treten. »Nun mach schon. Wäre doch blöd, wenn ausgerechnet du nicht dabei bist, oder?«

Eine Willkommensparty? Louise hatte nichts dergleichen angedeutet, aber vielleicht sollte es ja eine Überraschung sein. Lena wandte sich noch einmal ganz zu Nora um, las nichts als einen Ausdruck hämischer Vorfreude auf ihrem Gesicht und trat schließlich durch die Tür, um sich in einem – nein, sie wusste nicht, worin sie sich wiederfand.

Irgendetwas zwischen einem Albtraum und etwas, wofür ihr die Worte fehlten.

Der Raum war groß, wirkte aber beengt, weil er hoffnungslos vollgestopft war, nicht nur mit Menschen, sondern auch mit Mobiliar, das aus allen möglichen Epochen zusammengewürfelt zu sein schien und nur ein verbindendes Element hatte: Es war ausnahmslos schäbig. Die Luft war zum Schneiden dick und brannte schon beim ersten Atemzug in Lenas Lunge. Alles bewegte sich, überall waren tanzende Leiber und zuckende Lichter. Abgesehen von drei muskulösen Strippern, die ihre eingeölten Körper zum hämmernden Takt der Musik weiter entblätterten, erblickte Lena ausnahmslos meist junge Frauen, von denen auch nicht mehr alle vollständig bekleidet waren; und zumindest auf den ersten Blick war kaum noch eine nüchtern. Wer von ihnen sich nicht um die halb nackten Tänzer scharte, jedes weitere fallende Stück Stoff mit frenetischem Applaus und anfeuernden Rufen kommentierte oder ihnen Scheine in die knappen Slips steckte, der rekelte sich auf Sofas und ausladenden Plüschsesseln in dunklen Ecken herum, rauchte, trank, nahm irgendwelche anderen Drogen oder küsste und streichelte Gleichgesinnte.

Lena machte einen Schritt in den Raum hinein, blieb dann wieder stehen und sah sich ebenso verloren wie fassungslos um. Und das sollte eine *Willkommensparty* sein? Wo um alles in der Welt war sie da hineingeraten?

Auf den zweiten Blick entdeckte sie Charlotte, die sich umgezogen hatte und jetzt kein Zwanzigerjahre-Outfit mehr trug, sondern ein knapp sitzendes, aufreizendes Kleid, das eindeutig mehr zeigte, als es verbarg. Ihr Haar war zu einem Pferdeschwanz zusammengebunden, was ihrem Gesicht einen ungewohnt strengen Zug verlieh und sie deutlich älter aussehen ließ. Lena wollte sie ansprechen, hielt aber sofort inne, als sie den entrückten Ausdruck von Charlottes Gesicht sah … und die gläserne Crack-Pfeife, die ihren kraftlosen Fingern entglitten war und in ihrem Schoß lag.

»Was zum Teufel soll …?«, begann sie aufgebracht, indem sie wieder zu Nora herumfuhr, brach dann aber mitten im Satz ab. Nora hatte sich ein paar Schritte entfernt und wiegte sich mit halb geschlossenen Augen im Takt der Musik, und unmittelbar hinter ihr stand Tom. Er konnte gar nicht hier sein. Er hatte weder das Recht noch die Möglichkeit, hier zu sein, aber er war es, ganz zweifellos, obwohl sie ihn nur von hinten sah: dasselbe bedruckte T-Shirt, dieselbe Statur, derselbe Haarschnitt und exakt dieselbe Haarfarbe. Hatte sich Louise ein ganz besonderes Willkommensgeschenk für sie ausgedacht?

Als hätte er ihren Blick gespürt, drehte Tom sich herum – und war dann nicht mehr Tom, sondern ein etwa zwanzigjähriges Mädchen, das selbst von vorn noch immer Ähnlichkeit mit dem jungen Soko-Beamten hatte, nur dass ihr T-Shirt auf dieser Seite kunstvoll zerschnitten war und so den Blick auf ihre straffen Brüste lenkte.

Einen kurzen Moment lang sah die junge Lesbe Lena nur fragend an, doch dann schien sie in ihrem Blick irgendetwas zu entdecken, was eigentlich nicht da sein sollte, und ein schüchternes Lächeln erschien in ihren Augen.

»Na, Überraschung gelungen?«, feixte Nora. »Dacht ich's mir doch, dass sie dir gefällt.« Sie machte eine übertrieben wedelnde Geste und nahm der nächstbesten Frau das Glas aus der Hand, um es mit einem einzigen Schluck zu leeren. »Bedien dich, Kleines. Sie gehört dir.«

Lena starrte Toms Doppelgängerin an, und etwas … regte sich in ihr. Etwas Düsteres und Uraltes, das seit dem Tag ihrer Geburt und vielleicht schon viel länger in ihr war. Ihr Blick tastete über das markante Gesicht, das eine geradezu frappierende Ähnlichkeit mit dem Toms hatte, die sinnlichen Lippen, strich für einen Moment mit einer Bewunderung, für die sie sich selbst ein wenig schämte, über ihre wirklich perfekt geformten Brüste und blieb dann an ihrer Halsschlagader hängen. Sie war deutlich sichtbar; ein Quell unbeschreiblicher Lust und dringend benötigter Nahrung, dessen Lockruf sie sich nicht entziehen konnte.

»So, und das reicht jetzt!«, sagte eine scharfe Stimme hinter ihr.

Die junge Frau fuhr erschrocken zusammen und hatte es dann plötzlich sehr eilig, in der Menge zu verschwinden.

»Was soll denn dieser Unsinn, verdammt?« Louise trat mit einem energischen Schritt neben sie. Sie hielt eine brennende Zigarette in der rechten und ein Champagnerglas in der linken Hand, sah aber nicht aus, als wäre sie in Feierlaune, sondern wirkte ziemlich wütend.

»He!«, protestierte Nora. »Bist du verrückt? Weißt du, wie lange ich gesucht habe, um genau so etwas zu finden?«

»Ich weiß, dass meine Geduld bald zu Ende ist, Nora«, antwortete Louise eisig. »Treib es nicht zu weit!«

»Wenn ich mich richtig erinnere, dann habe ich es schon ziemlich lange nicht mehr getrieben. Jedenfalls nicht mit …«

»Treib es nicht zu weit«, sagte Louise noch einmal, und jetzt war die Drohung in ihrer Stimme ebenso wenig zu überhören wie das Funkeln in ihrem Blick zu übersehen.

Nora hielt ihrem Blick zwar erst trotzig stand, zog dann aber eine beleidigte Schnute und arbeitete sich geschickt in die erste Reihe zu den Strippern vor. Louise sah ihr stirnrunzelnd zu, wie sie einem der drei zuerst einen zusammengefalteten Hunderter in den knappen Slip schob, den kleinen Finger dahinter verhakte und den Mann schließlich unter dem Gejohle der anderen hinter sich herzog, um mit ihm auf der Toilette zu verschwinden.

»Entschuldige«, sagte Louise zu Lena. »Nora kann manchmal eine richtige Nervensäge sein.«

Sie seufzte tief, nahm einen Zug an ihrer Zigarette und verscheuchte den ärgerlichen Ausdruck von ihrem Gesicht. »Was tust du hier?«, fragte sie dann.

»Hier?«, wiederholte Lena verständnislos. »Auf meiner eigenen Willkommensparty?«

»Auf deiner …?« Louise blinzelte. »Hat etwa Nora dir das erzählt?«

»Ja.«

»Du solltest gar nicht hier sein«, sagte Louise, nun vollends verärgert. Lena hätte nicht sagen können, wem der Großteil dieses Ärgers galt.

»Damit ich das hier nicht sehe?«, fragte sie schärfer als beabsichtigt.

»Stimmt«, erwiderte Louise unbeeindruckt. »Jedenfalls noch nicht. Und vielleicht überhaupt nie, und auf jeden Fall nicht so.«

»Dann sollte ich vielleicht lieber wieder gehen.«

»Wenn du schon mal hier bist …« Louise deutete mit einer Kopfbewegung zur Bar, auf der sich jetzt nur noch zwei männliche Stripper rekelten.

»Komm mit.«

Die Bar war so ungefähr der letzte Ort auf der Welt, zu dem sich Lena in diesem Moment hingezogen fühlte – zumal sich mittlerweile auch Toms Doppelgängerin dort eingefunden hatte. Aber natürlich ließ ihr Louise gar nicht die Wahl und zog sie mit sanfter Gewalt mit sich.

Wenigstens bugsierte sie Lena ans andere Ende der Bar, wo sie sie mit einer rüden Bewegung auf einen der Hocker schubste, ehe sie mit schnellen Schritten hinter die Bar ging. Irgendwie entledigte sie sich auf dem Weg dorthin sowohl der Zigarette und des Champagnerglases als auch des ärgerlichen Ausdrucks auf ihren Zügen. Jetzt sah sie wieder einfach nur freundlich aus. Vielleicht ein ganz kleines bisschen besorgt.

»Du siehst irgendwie angespannt aus«, sagte sie. »Das hier gefällt dir nicht, habe ich recht?«

»Das ist … nicht so ganz meine Welt«, antwortete Lena möglichst diplomatisch.

»Und eigentlich möchtest du auch gar nicht, dass sie es wird.« Louise kramte einen Moment lang unter der Bar herum, ohne hinzusehen, und stellte dann zwei kleine, mit einer dunkelroten Flüssigkeit gefüllte Gläser auf die von unten beleuchtete Milchglasscheibe. Sie waren so kalt, dass ihre Finger daran kleben blieben. Glitzernder Dunst stieg von ihnen auf, wie Nebel, in den jemand Diamantsplitter gestreut hatte.

»Trink«, sagte sie, und als Lena fast ohne eigenes Zutun danach greifen wollte, streckte sie blitzschnell den Arm aus und hielt sie am Handgelenk fest. »Wenn du es wirklich willst.«

»Dasselbe hat Nora auch zu mir gesagt.« Lena versuchte sich loszureißen, aber der übermenschlichen Kraft, die Louises schmalen Händen innewohnte, hatte sie nichts entgegenzusetzen. Schließlich gab Louise ihre Hand frei.

»Ja, und deshalb hat sie dich wahrscheinlich auch hierher gebracht«, sagte sie. »Sie ist ein Kindskopf, und das wird sie wahrscheinlich auch immer bleiben. Aber im Prinzip hat sie recht.«

»Eins verstehe ich nicht.« Lena musste sich beherrschen, um die Worte überhaupt hervorzubringen; und noch ungleich mehr, um nicht nach dem Glas zu greifen und den Inhalt gierig hinunterzustürzen. Vielleicht gelang es ihr nur, weil sie wusste, dass Louise es sowieso nicht zulassen würde.

»Und das wäre?«

Sie wollte es nicht, aber ihr Blick suchte die Lesbe mit Toms Gesicht in der Menge und blieb dann wie gebannt an ihrer Halsschlagader hängen. Die Gier war wieder da, schlimmer als zuvor. Ihre Hände begannen zu zittern.

»Ich wollte das alles nicht«, sagte Lena gereizt. »Nur falls du es vergessen haben solltest, ich habe dich nicht gebeten, mich zu beißen und zu einem … einem …«

»Vampir«, half Louise.

»… einem *Ding* wie euch zu machen!«, schloss Lena aufgebracht. »Erst tut ihr alles, um mich in eine von euch zu verwandeln, und dann versucht ihr es mir wieder auszureden? Was ist das? Irgendeine Art von grausamem Spiel, das ihr mit mir spielt? Macht ihr das ab und zu so? Sucht ihr euch irgendein naives dummes Ding und amüsiert euch ein bisschen damit, bevor ihr es wieder in die Wüste schickt oder einfach leer trinkt?«

»Naiv, ja«, sagte Louise. »Dumm, nein.« Sie hob ihr Glas und nippte an der eisgekühlten roten Flüssigkeit. »Es ist genau so, wie Nora und ich es dir gesagt haben. Du kannst noch zurück. Es ist schwer, und es wird mit jeder Stunde schwerer, aber noch geht es. Ich möchte nicht, dass du irgendetwas tust, was du nicht wirklich willst. Überleg es dir genau. Wenn du es in einem Jahr bereust – oder in hundert – ist es zu spät.«

Lena starrte das Glas an. Ihr Körper schrie nach dem, was es enthielt; dem Leben, das sie am Leben erhalten würde.

Dem Einzigen, was sie am Leben erhalten konnte.

Nervös fuhr sie sich mit der Zungenspitze über die Lippen. »Zwei Fragen«, sagte sie.

»Die erste?«

»Du bist … hinter mir her, oder? Ich meine nicht als Vampir, sondern … du, als Frau.«

Louise nickte.

»Warum?«

»Du bist ein hübsches Mädchen«, sagte Louise. »Und jetzt behaupte bitte nicht, dass du das nicht selbst weißt.«

»Doch«, antwortete Lena. Aber genau das war es zugleich auch. Sie *war* ein hübsches Mädchen, aber mehr auch nicht. Allein hier drinnen konnte sie auf den ersten Blick ein halbes Dutzend Frauen sehen, gegen die sie sich wie Quasimodos hässliche Schwester ausnahm.

»Aber du hast natürlich recht«, fuhr Louise fort, als hätte sie ihre Gedanken gelesen. »Es gibt schönere Frauen als dich. Aber es gibt auch schönere Frauen als Charlotte oder Nora. Oder auch mich. Du bist etwas Besonderes.«

»Wieso?«

»Wieso bist du so scharf auf deinen kleinen Polizisten, obwohl du ihn kaum kennst?« Louise hob die Schultern. »Vielleicht habe ich mich in dich verliebt?«

»Vielleicht?«

»Ich glaube, ich hab es«, sagte Louise.

»Ich stehe nicht auf Frauen.«

Louise lachte spöttisch. »Weil in dir immer noch das brave Weibchen steckt, dessen Instinkte ihm sagen, dass es die Art weitertragen und seinem Männchen möglichst viele Welpen werfen muss. Aber diese Zeiten sind vorbei, Kleines. Das mit dem Kinderkriegen hat sich erledigt.« Sie leerte ihr Glas und stellte es auf die Bar zurück. Ihre Finger berührten dabei Lenas Hand und blieben dann ganz und gar nicht zufällig darauf liegen. »Falls das überhaupt ein Nachteil ist.«

Lena wollte ihre Hand zurückziehen, konnte es aber nicht. Schon Louises bloße Berührung lähmte sie.

»Und bevor du fragst: Was Nora dir gesagt hat, ist wahr. Ich könnte dich dazu bringen, jetzt mit mir ins Nebenzimmer zu gehen und ein paar Dinge anzustellen, von denen du wahrscheinlich noch nie gehört hast, und du würdest Stein und Bein schwören, dass es ganz allein deine Idee war ... aber das will ich nicht.«

»Wieso?«

»Wenn man es so lange Zeit gewohnt ist, sich einfach alles nehmen zu können, was man haben will, dann sind Geschenke umso kostbarer«, antwortete Louise. »Außerdem bin ich nun mal eine unverbesserliche Romantikerin. Gibt es etwas Besseres, als um das Herz einer schönen Frau zu werben und es am Ende auch zu erobern?«

Gegen ihren Willen musste Lena lachen. »Und wenn du es nicht eroberst?«

»Oh, das werde ich«, sagte Louise. »Das waren aber jetzt eindeutig mehr als zwei Fragen.«

»Dabei war es genau genommen nur die erste.«

»Und Frage Nummer zwei?«

Lena deutete auf das zweite, unberührte Glas zwischen ihnen. »Was ist das?«, fragte sie. »Menschenblut?«

»Ja«, sagte Louise. »Das Blut von Tieren hält uns zwar am Leben, aber mehr auch nicht. Unsere natürliche Beute ist der Mensch.«

»Und woher kommt ... das?«, fragte Lena. Nicht nur ihre Worte stockten; auch ihre Hand, die dem Glas schon nahe genug war, um die Kälte zu spüren, die es verströmte. Hunger, unbeschreiblicher *Hunger* wütete in ihr und schien sie innerlich in Stücke zu reißen.

»Schreiber-Pharmaceutics«, antwortete Louise. »Direkt aus der Plasmabank. Erste Wahl ... hoffe ich wenigstens.«

Lena starrte sie an. »Eine ... Blutkonserve?«, murmelte sie.

»Menschliches Blut ist unsere bevorzugte Nahrung«, sagte Louise. »Aber nirgendwo steht geschrieben, dass wir dafür töten müssen.«

»Und das ist ... wirklich wahr?«, fragte Lena verstört. »Ihr ... du bekommest das Blut aus ... einer Blutbank?«

Louise nickte.

»Einfach so?«

»Nicht einfach so. Ich habe gute Beziehungen zu Schreiber. Um genau zu sein, gehört mir ein Teil der Firma. Kein besonders großer, aber genug, um unseren Bedarf zu decken, ohne dass jemand dumme Fragen stellt. Und keine Sorge – für eine mehr reicht es auch noch.«

»Warum glaube ich dir nicht?« Lenas Stimme zitterte jetzt so stark, dass sie selbst Mühe hatte, die eigenen Worte zu verstehen. Der Hunger war fast unerträglich geworden. Er tat *weh.*

»Weil du es nicht willst«, antwortete Louise amüsiert. »Immerhin sind wir Vampire. Mordende Bestien, die durch die Nacht schleichen und den Menschen das Blut aussaugen. *Buhu-hu!*« Sie hob die Hände und formte sie zu halb geöffneten Klauen, grinste dann aber nur umso breiter. »Vielleicht war es früher wirklich einmal so, aber diese Zeiten sind längst vorbei, glaub mir. Wäre es anders, dann gäbe es uns schon lange nicht mehr.«

Das mochte stimmen oder auch nicht, aber es war auch nicht der Grund für Lenas Zögern; jedenfalls nicht jetzt und nicht hier. Vampire und ewiges Leben, Unverwundbarkeit und magische Kräfte … das alles war so bizarr und … *verrückt,* dass es sie nicht wirklich berührte. Trotz allem hatte es etwas von einem Traum, aus dem sie irgendwann aufwachen würde, um herzhaft darüber zu lachen.

Aber das hier …

»Es gefällt dir hier nicht«, sagte Louise.

Jetzt war Lena sich sicher, dass Louise ihre Gedanken gelesen hatte, aber auch das hatte nichts mit Magie zu tun. Vermutlich standen sie in Leuchtbuchstaben auf ihrer Stirn geschrieben.

»Wie gesagt, ich stehe nicht auf Frauen, und selbst wenn …«

»… wäre dir das hier ein Tick zu viel«, seufzte Louise. Erstaunlicherweise lächelte sie. »Mir auch.«

»Ha, ha.«

»Nur weil ich Frauen lieber mag als Männer, heißt das noch lange nicht, dass mir alles gefallen muss«, sagte Louise ernst.

»Ja, das sieht man.« Für wie dumm hielt Louise sie eigentlich?

»Das hier ist im Moment der angesagteste Lesbentreff der Stadt. Von irgendwas muss man ja leben, oder? Die hübschen Sachen, die du da anhast, und das gute Essen vorhin bezahlen zum größten Teil diese Frauen hier. Und was spricht dagegen, Geld zu verdienen und sogar noch ein bisschen Spaß dabei zu haben?«

Gar nichts, dachte Lena. Aber sie spürte auch, dass Louise log.

»Und jetzt trink«, sagte Louise.

Lena trank.

15

Genau wie beim ersten Mal hatte Nora eine Straße entfernt angehalten, um sie aussteigen zu lassen. Sie war stocknüchtern gewesen, als Lena zu ihr in den Wagen gestiegen war, und hatte während der ganzen Fahrt kein Wort mit ihr gesprochen, sondern sie nur dann und wann spöttisch aus den Augenwinkeln gemustert. Lena war es nur recht.

Das Hochgefühl, mit dem sie der grässliche Trank erfüllt hatte, war längst verschwunden und hatte dem schlimmsten Kater ihres Lebens Platz gemacht. Keinem körperlichen Kater – den würde sie nie wieder durchmachen müssen, wie ihr Louise versichert hatte –, sondern einem rein seelischen, der dafür aber umso schlimmer ausfiel. Sie hatte eine fast panische Angst, ohne sagen zu können, wovor eigentlich, und ein intensives Gefühl der Trauer, ohne zu wissen, worum sie trauerte.

Um ihr altes Leben? Kaum.

Als sie aussteigen wollte, hielt Nora sie mit einer ruppigen Bewegung zurück, lächelte aber zum ersten Mal auch wieder, seit sie losgefahren waren. »Du gehörst immer noch zur Fitnessfraktion und bestehst darauf, den ganzen Weg zu joggen?«, fragte sie.

»Die ganzen dreihundert Meter, ja«, antwortete Lena mit grimmiger Miene, lächelte dann aber ebenfalls. »Meine Mutter trifft der Schlag, wenn sie mich aus einem Carrera steigen sieht.«

»Könnte sein«, sagte Nora. »Wahrscheinlich kommt sie auf die wildesten Ideen … dass du auf den Strich gehst oder so. Aber früher oder später kriegt sie sowieso mit, dass irgendwas mit dir nicht stimmt.«

Was für eine weltbewegende Erkenntnis, dachte Lena. Wieso war *sie* eigentlich nicht auf diese Idee gekommen?

Ohne etwas zu sagen, öffnete sie die Tür, aber Nora hielt sie zurück. »Und du glaubst, deiner Mutter fällt nichts auf, wenn du mit den teuren Klunkern und einer 1000-Euro-Handtasche an ihr vorbeimarschierst?«

An Kleid und Schuhen konnte sie nichts ändern – barfuß und in Unterwäsche das Haus zu betreten wäre vermutlich auch nicht wirklich unauffällig gewesen –, aber mit der Tasche und dem Rest hatte Nora recht. Wortlos warf sie ihr die Handtasche in den Schoß und hob den Arm, um die Rolex abzustreifen, überlegte es sich dann aber anders.

Nora grinste breit. »Ist nicht so leicht, auf all das schöne Spielzeug zu verzichten, wie? Man gewöhnt sich schnell dran.«

Lena strafte sie mit Missachtung, stieg aus und warf die Tür des Porsches mit einem Knall hinter sich zu, der wahrscheinlich die halbe Straße weckte.

»Ich hole dich nach dem Dunkelwerden ab«, rief Nora ihr nach. »Sagen wir, eine halbe Stunde nach Sonnenuntergang, genau hier. Und morgen kümmern wir uns um einen Wagen für dich. Ich bin nämlich kein Taxi.«

Irgendwie gelang es Lena, Nora nicht den hochgereckten Mittelfinger zu zeigen, auch wenn es sie große Mühe kostete.

Diesmal stand kein schwarzer Jaguar am Straßenrand, in den man sie hineinzuzerrte, und irgendwie bedauerte Lena das. Die Erinnerungen an jene schrecklichen Augenblicke in Iwans privater Folterkammer setzten ihr zwar immer noch zu, aber zugleich brannte sie auch irgendwie darauf, ihre neuen Kräfte auszuprobieren. Sie hatte einen Menschen getötet, und dieser

Gedanke machte ihr immer noch mehr zu schaffen, als sie zugeben wollte … aber da war auch ein ganz, ganz kleiner Teil in ihr, der diesen Gedanken genoss.

Fing es so an?, dachte sie schaudernd. Begann sie sich in etwas zu verwandeln, dem ein Menschenleben nichts wert war?

Lena rief sich zur Ordnung und beeilte sich nun doch, weil ihr plötzlich kalt war. Außerdem wurde die Zeit allmählich knapp. Bis Sonnenaufgang blieb ihr noch eine gute halbe Stunde, und vielleicht war sie gut beraten, in Zukunft nicht mehr alles in letzter Sekunde zu tun.

Der Gestank, der das Haus erfüllte, kam ihr hundertmal schlimmer vor als sonst und nahm ihr fast den Atem. Das Haus war auch noch lauter geworden. Die Geräusche – selbst die der Schlafenden – drangen jetzt so ungehindert an Lenas Ohr, als gäbe es die dünnen Wände und Türen gar nicht mehr. Am schlimmsten war aber tatsächlich der Geruch: menschliche Ausdünstungen aller nur vorstellbarer Art, kalter Rauch und schales Bier und Schnaps und vor allem Essensgerüche, ein unglaubliches Durcheinander, das zugleich auch sämtliche Kulturen vorzustellen schien, die in diesem Haus lebten. Die Gerüche waren ausnahmslos grässlich. Schon beim bloßen Gedanken, irgendetwas von dem essen zu müssen, was sie da roch, wurde ihr speiübel. Noch vor ein paar Stunden hatte sie mit großem Appetit Dinge gegessen, die noch viel abenteuerlicher waren, aber jetzt sammelte sich bereits allein bei der Vorstellung saurer Speichel unter ihrer Zunge. Das musste wohl auch einer von den *kleinen Tricks* sein, von denen Nora gesprochen hatte.

Einen weiteren Trick lernte sie ganz von selbst, während sie die knarrenden Treppenstufen hinaufeilte. Ihre Sinne waren plötzlich zehnmal so scharf wie vorher, während ihr Bewusstsein noch nicht darauf eingerichtet war, mit dieser Informationsflut fertigzuwerden, und bevor es darunter zusammenbrach, blockte es sie einfach ab. Von einer Sekunde auf die andere war es vorbei, und Lena hatte das Gefühl, als bewegte sie sich unter Wasser oder durch Watte. Es war ein unangenehmes Gefühl, zugleich aber auch ungemein erleichternd.

Sie hielt auf dem letzten Absatz noch einmal an und sah auf die Stufe hinab, auf der Mehmet normalerweise saß und auf sie wartete. Natürlich war er so früh noch nicht da, und ein sonderbar bitteres Gefühl machte sich in ihr breit, als ihr klar wurde, dass sie ihn vielleicht auch niemals wiedersehen würde. Wie so vieles war auch Mehmet plötzlich in jener Hälfte des Tages gefangen, die sie nie wieder betreten konnte.

Statt ihren Weg fortzusetzen, machte sie kehrt und ließ sich neben der untersten Absatzstufe in die Hocke sinken. Sie tastete über die Wand, fand das lose Panel und öffnete Mehmets geheime Schatzkammer. Das Einmachglas war leer. Die drei Fünfziger hatten ihren Weg wahrscheinlich nie hineingefunden, sondern waren direkt ins Näschen seines Bruders gewandert. Lena fragte sich einen Moment lang, warum sie das so empörte. Sie hatte es doch eigentlich gewusst.

Als sie das Glas bewegte, klimperten einige kleine Münzen darin, nicht mehr als zwei, drei Euro, aber Hinweis genug, dass Mehmets Bruder nichts von diesem Versteck wusste.

Sehr vorsichtig, um den Verschluss nicht zu beschädigen, nahm sie die Brillantkette ab, legte sie in das Einmachglas und beförderte auch die Rolex hinterher. Mehmet würde kaum wissen, was die Sachen wert waren, und irgendein halbseidener Hehler würde ihn fürchterlich über den Tisch ziehen, aber das war ihr gleich. Immer noch besser, als wenn Holden es bekam. Vielleicht fand sie ja später noch eine Gelegenheit, mit ihrem jugendlichen Verehrer und späteren Ehemann zu reden.

Sorgfältig verschloss sie Mehmets Tresor wieder, setzte ihren Weg fort und beglückwünschte sich schließlich, so umsichtig gewesen zu sein, noch bevor sie die Wohnungstür ganz hinter sich geschlossen hatte. Es war noch nicht einmal sechs, aber ihre Mutter war trotzdem bereits wach und saß in ihrem zerschlissenen Morgenmantel auf der Couch, mit übermüdetem Gesicht und noch zerrupfterer Frisur als sonst. Irgendetwas war passiert. Lena hätte ihre plötzlich so scharf gewordenen Sinne nicht gebraucht, um das zu spüren.

»Lena-Schatz!« Ihre Mutter klang ehrlich erleichtert, war aber auch unüberhörbar betrunken. »Gott sei Dank, dir geht es gut. Ich dachte schon, dir wäre was zugestoßen! Du warst zwei Tage weg! Was fällt dir ein, deiner armen alten Mutter so einen Schrecken einzujagen?«

Sie wollte sich hochstemmen, war aber entweder zu schwer oder zu betrunken, um es im ersten Anlauf zu schaffen, und plumpste auf die Couch zurück.

»Was ist passiert?«, fragte Lena und trat in das kleine Wohnzimmer hinein, wo sich ihre Frage von selbst beantwortete. Neben ihrer Mutter saß eine zweite Gestalt am Tisch und hielt ein Glas Bier in der Hand, das passende Getränk für diese Tageszeit.

Holden? Jetzt?

»Was soll das?«, sagte Lena scharf. »Ich weiß, dass ich unsere Verabredung vergessen habe, aber …«

»Du hast Besuch, Lena.« Holden trank von seinem schaumlosen Bier. Er saß bestimmt schon länger hier.

»Was ist hier los?«, fragte sie noch einmal. Sie beschloss, Holden genau zehn Sekunden Zeit zu geben, bevor sie es aus ihm herausprügelte.

»Schickes Kleid«, sagte ihre Mutter mit schwerer Zunge. »So eins könntest du für mich auch mal klauen … aber wahrscheinlich gibt's das nicht in meiner Größe.«

»Wohl kaum, meine Liebe«, sagte Holden. »Die werden erst ab Größe achtunddreißig gemacht.«

Ihre Mutter kicherte, und Holden prostete ihr mit seinem

Bierglas zu. Dann machte er eine Kopfbewegung in die Richtung von Lenas Zimmer.

»Lass deine Gäste nicht warten, Lenalein. Ich glaube, die sind schon ein bisschen ungeduldig, und sie sehen nicht aus, als würden sie gern warten.«

Lena beschloss, ihn später zu verprügeln, drehte sich um und stürmte in ihr Zimmer. Oder was davon übrig war.

Zu sagen, dass es aussah, als wäre ein Wirbelsturm hindurchgetobt, wäre hoffnungslos untertrieben gewesen. Es war verwüstet, und zwar so gründlich, wie es überhaupt nur ging. Sämtliche Möbel waren zertrümmert und zusammen mit dem, was Schrank und Regale enthalten hatten, zu einer gleichmäßigen Schicht auf dem Boden verteilt, in der Glas und Plastiksplitter knirschten. Das Fenster war zerbrochen, so dass kühle Nachtluft hereindrang, und die Vorhänge wehten in Fetzen von der halb heruntergerissenen Stange. Ihre Besucher – zwei an der Zahl – hockten inmitten des Chaos und schienen jeden einzelnen Krümel zu sichten, wobei sie kaum mehr taten, als den Müll von einer Seite auf die andere zu schichten. Beide wandten Lena den Rücken zu, aber sie erkannte trotzdem, dass es sich um die übliche Zusammenstellung handelte: einen älteren erfahrenen Kollegen und einen jüngeren Partner.

»Was tun Sie hier?«, fragte sie. »Wer sind Sie, und was ist …«

Der Rest blieb ihr im Hals stecken, als die beiden Männer sich gleichzeitig umdrehten. Der ältere Mann kam ihr vage bekannt vor. Um die vierzig, beginnende Halbglatze und nicht einmal unsympathisch. Ein Dickerchen.

Der andere war Tom.

»Fräulein Bach, nehme ich an?«, sagte Dickerchen und stand auf. »Lena Bach?«

Ohne ihre Antwort abzuwarten, griff er unter sein elegantes Sommerjackett und zog einen in Plastik eingeschweißten

Dienstausweis hervor. »Ich bin Hauptkommissar Lummer, das ist mein Kollege, Kommissar Serner. Fräulein Bach?«

Immerhin brachte sie es fertig, mit einem Nicken zu reagieren, konnte den Blick aber nicht von Toms Gesicht losreißen. Er saß noch immer in der Hocke da und sah zu ihr hoch. Zwar rührte er sich nicht, und auch auf seinen Zügen lag allenfalls ein Ausdruck beruflichen Interesses, aber sie hatte trotzdem das Gefühl, dass er ihr etwas mitteilen wollte. »Fräulein Bach?«, sagte Lummer zum dritten Mal. Es klang etwas ungeduldig.

Lena riss sich von Toms Gesicht los und wandte sich Lummer zu. Was hatte sie schon zu verlieren? Wenn diese beiden Dummköpfe sie tatsächlich verhaften wollten, dann würde sie sich eben in eine Fledermaus verwandeln und wegfliegen, ha, ha, ha.

»Entschuldigung«, murmelte sie. »Ich war nur so … Was ist denn hier passiert?«

»So, wie es aussieht, ist eingebrochen worden«, antwortete Lummer. »Falls man es so nennen kann.«

Sie sah aus den Augenwinkeln, wie sich Tom aufrichtete und die dünnen Plastikhandschuhe abstreifte, die er ebenso wie sein Kollege trug. Unter dem rechten kam ein schmaler Verband zum Vorschein.

»Wenn man es so nennen kann?«, wiederholte sie. »Was soll das heißen?«

»Das soll heißen, dass die Kerle einfach hier reingestürmt sind und alles auf den Kopf gestellt haben«, sagte Holden von der Tür her. »Sie haben deine arme Mutter fast zu Tode erschreckt, ist dir das eigentlich klar?«

»Bitte, Herr Holden«, sagte Lummer. »Wir würden gern allein mit Fräulein Bach sprechen. Sie haben später noch ausreichend Gelegenheit, mit ihr zu reden.«

Holden schnaufte trotzig, zog die Tür dann aber gehorsam hinter sich zu.

Lummer verdrehte mit gespieltem Entsetzen die Augen. »Idiot«, murmelte er.

Tom wirkte noch immer wie unbeteiligt, und Lena fragte sich allmählich, ob er sie etwa nicht erkannte. Was ihr unwahrscheinlich erschien. Immerhin hatte sie ihn sofort erkannt.

Auf der anderen Seite: Ihre erste Begegnung war drei Tage her. Sie hatte jetzt eine andere Frisur und eine andere Haarfarbe, trug völlig andere Kleidung und entsprach überhaupt einem grundsätzlich anderen Typ. Er sah dagegen so aus, als hätte er seitdem nur ein paar Stunden geschlafen.

»Sie wohnen also hier, Fräulein Bach«, fuhr Lummer fort. »Oder haben hier gewohnt.«

»Ja«, antwortete Lena benommen. Ihr Blick wollte immer wieder zum Fenster irren. Sie spürte bereits das erste Grau der Dämmerung, das sich in die Dunkelheit über der Stadt mischte. Ihr blieb nicht mehr allzu viel Zeit. Aber Zeit war unglückseligerweise genau das, was Polizisten bei Vernehmungen am meisten zu haben schienen. »Was ist hier passiert?«

»Ich hatte gehofft, dass Sie uns das sagen können.« Lummer seufzte. »Ihre Mutter und Ihr Bewährungshelfer glauben, dass es sich um einen gewöhnlichen Raubüberfall handelt.«

Und da rückt gleich eine ausgewachsene Soko an?, dachte sie. *Ja, ganz bestimmt.* »Ein Raubüberfall? Hier? Hier gibt es nichts, wofür sich ein Überfall lohnt.« Sie sah sich demonstrativ um. »Gab es auch schon vorher nicht.«

Lummer war diplomatisch genug, nicht zu sagen, dass er das wohl genauso sah, aber in Toms Augen funkelte es amüsiert. Er schwieg weiterhin.

»Ihre Mutter hat uns erzählt, dass Sie zwei Tage nicht nach Hause gekommen sind«, sagte Lummer.

»War vielleicht mein Glück. Außerdem bin ich volljährig.«

»Aber Sie müssen sich jeden Tag bei Ihrem Bewährungshelfer melden, ist das richtig?«

»Ja«, sagte Lena. »Ich war bei Freunden. Wir haben ein bisschen gefeiert. Ich bin versackt und erst vor einer Stunde oder so wieder wach geworden.«

»Dafür sehen Sie hervorragend aus«, sagte Lummer.

»Sie nicht.« Lena sah nun doch zum Fenster. Die Dämmerung rückte immer schneller näher.

»Danke für das Kompliment«, sagte Lummer verdrießlich, »aber …«

»Lass mich doch mal mit Fräulein Bach reden«, fiel ihm Tom ins Wort. »Mit Lena … Ich darf doch Lena sagen?« Lena nickte, und Tom fuhr mit einem breiten Grinsen an seinen Kollegen gewandt fort: »Sie hat nämlich recht. Du siehst ganz schön beschissen aus. Ich an ihrer Stelle hätte auch Angst vor dir. Frag lieber diesen seltsamen Bewährungshelfer aus. Vielleicht fällt ihm ja doch noch was ein.«

Lummer maß zuerst ihn, dann Lena und dann noch einmal Tom mit einem stummen Blick, stöhnte schließlich resigniert und drehte sich gehorsam zur Tür um. »Aber beeil dich«, murmelte er. »Irgendwann in diesem Jahr würde ich gern noch einmal ein paar Stunden schlafen.«

Tom wartete, bis Lummer die Tür hinter sich geschlossen hatte, sprach aber auch dann nur mit leiser Stimme.

»Du hast deinen Stil geändert«, sagte er. »Und eine neue Frisur. Steht dir. Sind das Extensions?«

Also hatte er sie doch erkannt. Natürlich hatte er das – was hatte sie erwartet? »Wieso hast du mich nicht verraten?«, fragte sie.

»Verraten?« Tom spielte den Verwirrten. »Noch ist es in diesem Land nicht strafbar, ausgeraubt zu werden.«

»Du weißt, was ich meine.« Lena sah sich vergeblich nach etwas um, worauf sie sich setzen konnte, lehnte sich schließlich gegen die Wand neben der Tür und verschränkte die Arme vor der Brust. Dann wechselte sie ihre Position noch einmal, um sich direkt gegen die Tür zu lehnen und sie auf diese Weise zu blockieren. Sie war mit einem Mal sehr müde.

»Wozu?«, seufzte Tom. »Meine Kollegen würden sich nur die nächsten drei Monate über mich lustig machen, Lummer und ich hätten mindestens genauso lange mit sinnlosem Schreibkram zu tun, und du würdest deine Bewährung verlieren und für achtzehn Monate einfahren ... und alles nur, weil du einem Arschloch, das mit Mädchen handelt, ein paar Kröten gestohlen hast?« Er schüttelte den Kopf. »Nenn mich altmodisch, aber ich finde das nicht gerecht.«

Die Worte ließen ein flüchtiges, aber sehr warmes Gefühl der Dankbarkeit in ihr aufsteigen. Jedenfalls redete sie sich ein, dass es nur Dankbarkeit war.

»Und was tust du dann hier?«

»Zuallererst einmal mache ich mir Sorgen um dich.«

»Wie nett«, sagte Lena spöttisch. »Aber ich kann schon ganz gut auf mich selbst aufpassen. Bin schon ein großes Mädchen, weißt du?«

Tom nickte und sah sie eindeutig besorgt an, aber auch so, als wäre sie nicht nur ein *großes Mädchen,* sondern auch eines, das ihm ausnehmend gut gefiel.

»Bist du dir da sicher?«, fragte er schließlich. »Lummer und ich sind nicht zufällig hier.«

»Ich dachte mir fast, dass die Soko nicht wegen eines normalen Wohnungseinbruchs anrückt«, erwiderte Lena bissig. »Nicht in einer Gegend wie dieser.«

Tom ignorierte den letzten Satz. »Dein Bewährungshelfer hat die Kollegen von der Schutzpolizei gerufen.«

»Und die euch.«

»Indirekt. Deine Mutter hat erzählt, dass die beiden Kerle russisch gesprochen hätten. Klingelt da was bei dir?«

»Nein«, sagte Lena. *Klingeln?* Hinter ihrer Stirn heulten ein ganzes Dutzend misstönender Alarmsirenen.

Tom überlegte. Lena spürte den inneren Kampf, den er ausfocht. Schließlich deutete er mit einer Kopfbewegung auf ihren rechten Arm. »Was macht deine Hand?«

»Der geht es gut.« Lena streckte ihm die unversehrte Rechte entgegen. »War nur ein Kratzer. Ist schon verheilt, siehst du?«

Tom guckte nur ungläubig.

»Ich habe gutes Heilfleisch, sagt meine Mutter immer«, fügte sie hinzu.

Tom wirkte plötzlich misstrauisch, und Lena mahnte sich zu größerer Vorsicht. Tom war weder dumm noch blind. Er hatte gesehen, wie tief der Schnitt war, und jetzt war dieser nicht nur geheilt, sondern spurlos *verschwunden*.

»So hab ich dich übrigens gefunden«, sagte er.

Lena blickte fragend.

»Dein Blut war auf der Mauer und deine Akte im Polizeicomputer. Die Leute glauben aus dem Fernseher, dass eine DNA-Analyse Wochen dauert, aber ich hatte dein File nach ein paar Stunden auf dem Monitor.«

»Und … dein Kollege?«

»Der steht genauso wenig auf Schreibkram wie ich. Keine Sorge, ich hab nichts verraten. Wir sind hinter den richtig bösen Jungs her, nicht hinter kleinen Mädchen … oder auch großen.«

Na ja, sehr viel deutlicher konnte er in einem Moment wie diesem wohl kaum werden, und Lena fühlte sich auch geschmeichelt. Aber da war noch mehr, und dieses *mehr* erschreckte sie bis ins Mark.

»Und als du die Adresse gehört hast …?«

»Da hab ich zwei und zwei zusammengezählt und bin auf dich gekommen«, sagte Tom lächelnd. »Wir Bullen können so was. Wir sind nämlich clever.«

Er war sogar noch viel mehr. Zuvor war es ihr nicht richtig aufgefallen, aber er war so unvorstellbar … *lebendig*.

»Du hast nicht zufällig eine Vorstellung davon, was die Kerle hier gesucht haben?«, fragte Tom.

Lena sah sich um. »Nein. Sieht aber so aus, als hätten sie's gefunden.«

»Hoffentlich.« Tom kam näher. Zum ersten Mal fiel ihr auf, wie gut er roch. Etwas regte sich in ihr. »Lass uns Klartext reden, Lena«, sagte er. »Diese Kerle sind gefährlich. Wenn sie gefunden haben, was sie wollten, dann ist es okay. Wenn nicht, dann kommen sie wieder, und ich bin nicht immer da, um dich zu beschützen.«

Lena sah sich erneut um. *Beschützen?*

»Sie sind hinter Iwan Grasanows Brieftasche her«, sagte Tom.

»Iwan Grasanow?« Fast hätte Lena gelacht, weil ihr Russe tatsächlich Iwan hieß.

»Deine Zufallsbekanntschaft vom Geldautomaten. Er hatte etwas bei sich, was für ihn und seine Freunde von großem Wert ist. Für uns auch, aber das habe ich dir ja schon mal gesagt. Wenn du sie weggeworfen hast, ist das Pech für uns, aber gut für dich. Wenn du sie allerdings irgendwo versteckt hast, dann sag mir lieber, wo.« Er kam ihrem Widerspruch zuvor, indem er die Hand hob und abermals ein Stück näher kam. Lenas Herz begann zu klopfen. »Die Jungs verstehen keinen Spaß. Sei froh, dass du nicht hier warst. Sonst könnte ich dich jetzt vielleicht in deiner ganzen Schönheit betrachten, aber mit einem Zettel am großen Zeh.«

Warum hörte er nicht endlich auf? Er war ihr nahe, viel zu nahe. Sie konnte seine Wärme spüren, seinen verlockenden Duft, seine *Lebendigkeit.*

»Ich weiß überhaupt nicht, wovon du sprichst«, sagte sie. Sie spürte nicht nur seine Lebendigkeit. Sie konnte das Blut spüren, das in seinen Adern pulsierte. Sie konnte es *riechen.*

»Du willst unbedingt, dass ich den Polizisten rauskehre, wie?« Tom klang enttäuscht. »Schade. Aber wie du willst: Grasanows EC-Karte ist von einem Automaten gleich hier um die Ecke eingezogen worden. Und noch am gleichen Abend sind zwei freundliche Herren mit russischem Akzent in der Bank aufgetaucht und haben den Filialleiter überredet, ihnen das Video der Überwachungskamera zu geben.«

»Einfach so?«, fragte Lena. Warum ging er nicht? Sie starrte seine Halsschlagader an. Ihre Hände begannen zu zittern, und der Hunger, der in ihren Eingeweiden wühlte, wurde mit jeder Sekunde unerträglicher.

»Einfach so.« Tom lachte rau. »Ich glaube, er wird morgen schon wieder aus dem Krankenhaus entlassen. Seine freundlichen Besucher haben das Video jedenfalls bekommen. Ich bin echt erstaunt, dass sie nicht schon früher hier aufgetaucht sind.«

Dabei waren sie das doch. Lena fragte sich, ob Tom ihr bisher absichtlich verschwiegen hatte, dass Iwan tot war, oder es vielleicht wirklich nicht wusste, aber es fiel ihr schwer, diesen Gedankengang zu verfolgen. Sein Blut war so nahe, so verlockend. Sie wollte es. Sie *brauchte* es.

»Ich weiß nicht, wovon du sprichst«, sagte sie stur. »Ich habe die beschissene Brieftasche nicht mehr.«

Toms Blick wurde bohrend, und er kam noch einmal näher. Nur ein paar Zentimeter, aber dennoch zu nahe. Sie wollte ihn, *jetzt.* Alles in ihr schrie danach, ihn zu packen und an sich zu reißen, ihm die Zähne in den Hals zu schlagen und sein süßes Blut zu trinken.

»Aber wenn du doch noch …«

»Verdammt! Schau dich doch in diesem Rattenloch um! Sieht es hier so aus, als gäbe es irgendetwas von Wert?«

»Grasanow ist tot, Lena«, fuhr Tom ungerührt fort. »Jemand hat ihn umgebracht und drei seiner Freunde gleich mit. War eine ziemliche Schweinerei!«

»Dann ist es ja gut.«

»Gar nichts ist gut«, erwiderte Tom. Sein Blut schrie nach ihr. Sie war so *hungrig*. »Das Ganze sieht nach einem ausgewachsenen Krieg im Rotlichtmilieu aus. Und ganz davon abgesehen, dass ich mir etwas Schöneres vorstellen kann als zwei verfeindete Mafia-Clans, die auf den Straßen ein Blutbad anrichten, möchte ich nicht, dass dir etwas zustößt.« Er wartete vergeblich auf eine Antwort. »Also? Weißt du, wo die Brieftasche ist? Ich verspreche dir, dass ich dich aus der Sache raushalte.«

»Woraus raushalten?«, fauchte sie. »Ich weiß gar nicht, wovon du redest. Und jetzt verschwinde endlich! Ich bin müde, und ich muss hier aufräumen!«

Und das schnell. Draußen begann es hell zu werden, und sie konnte spüren, wie das tödliche Licht der Sonne näher kam.

»Und du bist dir ganz sicher, dass …«

»Ja, verdammt!« Jetzt schrie sie wirklich. *»Und jetzt geh endlich! Hau ab!«* Die Tür hinter ihr wurde so plötzlich aufgerissen, dass sie beinahe das Gleichgewicht verlor.

»Alles in Ordnung?«, fragte Lummer.

»Sicher«, antwortete Tom. Lena entfernte sich von ihm und seinem Kollegen so weit, wie es in dem winzigen Zimmer möglich war. »Lena ist nur ein bisschen von der Rolle … Das wäre ich auch, wenn ich nach Hause käme und es würde *so* aussehen.«

Lummer sah sich um. »Als ich dich in deiner Junggesellenbude besucht habe, da *hat* es da so ausgesehen.«

Tom rollte die Augen. »Ha, ha, sehr komisch.« Er zog eine doppelseitig bedruckte Visitenkarte aus der Tasche. »Wenn dir noch was einfällt, dann ruf mich an, okay? Und wenn nicht, schaue ich in ein, zwei Tagen noch einmal vorbei.«

Was für eine wunderbare Idee. So bekam sie immerhin eine zweite Chance, ihm das Blut auszusaugen, falls sie sich heute noch beherrschen konnte. Aus ihrem Hunger war längst eine pure Qual geworden, die sie kaum noch ertrug.

Tom hielt ihr die Karte hin, aber sie wagte es nicht, danach zu greifen. Die Gefahr, ihn dabei versehentlich zu berühren, war einfach zu groß. Sie wusste nicht, was dann geschehen würde.

»Ist alles in Ordnung?«, fragte er.

Lena nickte. Sie wollte weiter vor ihm zurückweichen, aber hinter ihr war nur noch das offene Fenster und dahinter die aufgehende Sonne.

»Wirklich?«

»Ja.« Geh! *Geh doch endlich!*

Tom sah irgendwie hilflos aus, wie er so mit der Visitenkarte in der Hand dastand. Schließlich rettete er sich in ein fahriges Schulterzucken. »Dann … lege ich sie einfach draußen auf den Tisch.«

Lena reagierte jetzt gar nicht mehr, sondern starrte nur an ihm vorbei ins Leere, bis er sich endlich umdrehte und die Tür hinter sich zuzog.

Lena prallte vom Fenster zurück wie vor einer glühenden Herdplatte, presste sich mit dem Rücken an die gegenüberliegende Wand und starrte das graue Rechteck an. Ihr Herz raste, und aus dem Hunger in ihren Eingeweiden war längst ein grausamer Schmerz geworden. Sie konnte Toms Stimme und die seines Kollegen durch die dünnen Wände hindurch hören; und sie wusste, dass niemand dort draußen eine Chance gegen sie hätte, wenn sie jetzt hinausstürmte und sich nahm, was ihr zustand.

Danach würde das Licht sie umbringen. Aber vielleicht war das egal, wenn sie vorher wenigstens diesen grausamen Hunger stillen konnte. Was hatte Louise gesagt? Du kannst noch zurück, es wird schwer, aber noch kannst du zurück? Lächerlich! Diesem grausamen Hunger auch nur noch eine Sekunde standhalten zu wollen war absurd.

Draußen fiel die Wohnungstür ins Schloss, und einen Moment später kam Holden herein.

»Waren das Freunde von dir?«, sagte er. »Lenalein, du überraschst mich immer wieder. Erst verwandelst du dich von Aschenputtel in die Schneekönigin, und dann stellt sich raus, dass du Freunde ganz oben bei der Polizei hast. Allmählich sollte ich mich wirklich fragen, ob ich böse auf dich werden soll. Weißt du denn nicht, dass du keine Geheimnisse vor mir haben sollst? Immerhin bin ich dein Bewährungshelfer.«

Allmählich sollte er sich eher fragen, ob er in einer Minute noch am Leben war, dachte Lena. Auch in seinen Adern floss Blut. Es roch nicht annähernd so gut wie das von Tom, aber es war Blut, und Blut bedeutete *Leben*.

»Nur mit der Ordnung hast du's nicht so, wie?«, fuhr er mit einem schmierigen Grinsen fort. »Wenn ich mich hier so umsehe, dann …«

Weiter kam er nicht. Lena war mit einem einzigen Satz bei ihm, riss ihn an den Aufschlägen seiner Biker-Jacke herum und war kurz davor, ihm die Zähne in die Halsschlagader zu schlagen. Stattdessen stieß sie ihn mit solcher Gewalt gegen die Tür, dass sie aus den Angeln gerissen wurde. Dann sprang sie mit einem Satz über ihn hinweg und floh aus der Wohnung.

Der Keller war winzig und verdreckt, und es stank hier nach Urin, nach Marihuana und Schweiß. Und Ratten.

Sie versuchte, eine davon zu fangen, um wenigstens den schlimmsten Hunger zu stillen, aber die Biester waren nicht nur schnell, sondern auch schlau. Der Keller hatte ein Fenster, das nach Osten führte. Kurz nachdem sie hier heruntergekommen war, war ein verzehrendes gelbes Licht darin aufgetaucht, das nun tödliche Laserstrahlen in den Raum feuerte und ihn auf diese Weise in zwei ungleiche Hälften schnitt, in dessen kleinerer – selbstverständlich der ohne Ausgang – sie nun gefangen war.

Die Ratte saß auf der anderen Seite und starrte sie an. Lena war sich hundertprozentig sicher, dass sie sich das spöttische Funkeln in ihren Augen nicht nur einbildete. Sie wusste nicht, ob Ratten wirklich überdurchschnittlich intelligent waren, aber zumindest dieses spezielle Exemplar war richtig boshaft. Das kleine Mistvieh dachte nicht daran, zu verschwinden, sondern hockte einfach nur da, reckte manchmal die Schnauze mit den zitternden Schnurrhaaren in Lenas Richtung und starrte sie gehässig an; beinahe als wüsste es, wie sicher es hinter den schräg einfallenden Lichtstrahlen war.

Noch vor drei Tagen hätte sie jeden schallend ausgelacht, der ihr erzählt hätte, dass es so etwas wie Vampire gab. Jetzt war sie selbst einer. Vielleicht wussten die Ratten ja davon oder sogar alle Tiere, und die Menschen waren die Einzigen auf der Welt, die keine Ahnung davon hatten, dass sie keineswegs die Krone der Schöpfung waren, sondern nichts anderes als Beute. Nahrung für die wirklichen Herren dieser Welt.

Wahrscheinlich war es der Hunger, der ihre Gedanken verwirrte. Unendlich behutsam streckte sie die Hand aus, tauchte die Fingerspitzen in das gleißende Licht und wimmerte sofort vor Schmerz auf. Ihre Haut warf Blasen und wurde schwarz. Winzige weiße Funken stoben auf und strebten dem Licht entgegen, und in all den Gestank mischte sich nun auch noch der Geruch von verbranntem Fleisch.

Lena kroch wimmernd ein kleines Stück von der flimmernden Wand aus tödlichem Licht weg und starrte durch einen Schleier aus Tränen auf ihre Hand hinab. Rauch stieg von ihren verbrannten Fingern auf. Dabei hatte das Licht ihre Haut nicht einmal für eine Sekunde berührt.

Die Ratte tänzelte ein paar winzige Schritte zur Seite. Irgendetwas klapperte, und Lena glaubte ein Scharren zu hören. Schritte. Sie begann hysterisch zu werden, und ihre Gedanken verwirrten sich immer rascher. Sie hatte keine Wahl.

Ihre Hand schoss vor und packte die Ratte. Lena brach ihr

mit der Gewalt einer zuschnappenden Bärenfalle ein halbes Dutzend Rippen. Die Ratte piepste schrill vor Todesangst und Qual, und dann konnte auch Lena einen keuchenden Schrei nicht mehr unterdrücken.

Es war, als hätte sie in Säure gegriffen. Flammen schlugen aus ihren Fingern, der Hand und dem Unterarm, und ihre Haut glühte in einem bösartigen hellen Orange auf. Millionen winziger weißer Funken explodierten aus ihrem Arm und strebten dem Fenster entgegen, und plötzlich war alles voll schwarzem Qualm.

Keuchend warf sie sich zurück, presste den lodernden Arm gegen ihren Leib und wälzte sich über den Boden, um die Flammen zu ersticken. Es stank nach verbranntem Stoff und schmorendem Fleisch, und die Ratte zappelte immer noch in ihren verkohlten Fingern. Überall waren Schatten, rauchig gestaltlose Dinge, die aus Richtungen auf sie einstürmten, die es gar nicht gab, und mit glühenden Krallen an ihrer Seele rissen. Der Hunger würde sie töten. Jetzt.

Das Scharren und Klappern kam näher, aber es war bedeutungslos. Sie war so unvorstellbar *hungrig!*

Wimmernd stemmte sie sich auf die Knie, kroch rücklings von dem verzehrenden Licht weg, die zappelnde Ratte noch immer an sich gepresst. Ihr Kleid schwelte an mehreren Stellen, und jetzt stank es auch nach verbranntem Haar. Mit der freien Hand schlug sie die Funken aus, die sich darin eingenistet hatten, presste sich mit dem Rücken gegen die Wand und biss der Ratte mit einer einzigen Bewegung den Kopf ab.

Das Blut schmeckte unbeschreiblich ekelhaft, muffig und … faul, nach all den toten und verwesenden Dingen, die die Ratte in ihrem Leben gefressen hatte. Übelkeit explodierte wie ein Faustschlag in Lenas Bauch, und die Dunkelheit wurde noch intensiver, so als begänne die Welt rings um sie herum zu erlöschen. Aber unter all diesem Widerlichen, unter all diesem Wissen des schrecklich *Falschen,* dem grausigen Gefühl von

Fell und Fleisch und Knochensplittern zwischen ihren mahlenden Zähnen bedeutete dieses Blut auch *Leben.* Das Reißen und Wühlen in ihren Eingeweiden verlor mit jedem der widerlich warmen, klebrigen Tropfen, die ihre Kehle hinabrannen, an Intensität. Sie bekam das, was sie brauchte,auf eine unbeschreiblich grässliche Art, aber sie bekam es. Sie war immer noch hungrig, ihr war übel, und ein heftiges Gefühl der Scham peinigte sie, aber sie riss und schlang weiter, saugte jeden noch so winzigen Tropfen Blut aus dem verendeten Tier, und die Schmerzen und das mörderische Reißen und Wühlen in ihren Eingeweiden hörten ganz allmählich auf.

Und irgendwann, nach Minuten, die zu hundert Ewigkeiten in der Hölle geworden waren, lösten sich auch die blutigen Schleier vor ihren Augen auf, und sie sah in ein stoppelbärtiges Gesicht hoch, auf dem ein Ausdruck absoluten Entsetzens geschrieben stand. Etwas sagte ihr, dass sie dieses Gesicht kennen sollte – und vielleicht gut beraten war, es zu fürchten –, aber der Gedanke entschlüpfte ihr, noch ehe sie ihn richtig ergreifen konnte. Es war so, wie Louise gesagt hatte: Das Blut dieses Tieres hielt sie am Leben, aber mehr auch nicht. Der Hunger war gestillt, aber nicht diese schreckliche Gier.

»Oh, verdammt, Lenalein, jetzt hast du mir aber einen Schrecken eingejagt.«

Holdens Knie knackten wie kleine zerbrechende Äste, als er vor ihr in die Hocke ging. War da so etwas wie ein Funken von Mitleid in seinen Augen?

»Wir beide müssen uns wirklich einmal in Ruhe unterhalten, Lenalein«, fuhr Holden fort. Er streckte die Hand aus, wie um ihr den Kadaver der Ratte abzunehmen, den sie noch immer in den Händen festkrallte, führte die Bewegung dann aber nicht zu Ende, sondern verzog nur angeekelt das Gesicht.

»Du solltest dich mal selbst sehen, Lenalein. Was für ein Scheißzeug hast du da nur genommen?«

Die Ratte entglitt ihren plötzlich kraftlos werdenden Fingern, rollte über den Boden und blieb unmittelbar vor Holdens Füßen liegen.

»Willst nicht darüber sprechen, wie?«, sagte Holden, nachdem er die tote Ratte mit fast wissenschaftlichem Interesse betrachtet hatte. »Kann ich verstehen, ehrlich. So wie du drauf bist … Haben dir deine neuen russischen Freunde das Zeug gegeben? Das scheint ja ganz schön reinzuziehen.«

Da war etwas in Holden, etwas, das sie lockte. Es war widerlich und verabscheuungswürdig, aber es war da, und es rief sie.

»Was hältst du davon, wenn wir jetzt zu mir gehen und du dich wäschst und erst mal wieder zu dir kommst?«, fuhr er fort. »So kannst du deiner Mutter jedenfalls nicht unter die Augen treten. Die arme Frau trifft ja der Schlag! Und wenn du dich ein bisschen erholt hast, dann unterhalten wir uns über deine Russenfreunde. Und über das Zeug, das die so in Umlauf bringen.«

Sie spürte seine Wärme, das Leben, das unter seiner schmierigen Fassade pulsierte und das sie rief. Das sie *brauchte.*

»Dir ist schon klar, dass ich das eigentlich melden müsste?«, fragte Holden. »Aber dann wäre deine Bewährung futsch, und du müsstest für anderthalb Jahre in den Knast. Vielleicht länger, wer weiß?«

Lena konnte seine Halsschlagader jetzt sehen, wie einen dicken grünblauen Wurm, der sich dicht unter seiner Haut wand.

»Davon hätte im Grunde keiner was, denke ich. Deine Zukunft wäre endgültig versaut, ich hätte jede Menge Schreibkram, und der Steuerzahler müsste anderthalb Jahre lang für nichts bezahlen. Wäre doch völliger Quatsch, oder?« Er legte den Kopf schräg. »Hat dir schon mal jemand gesagt, dass du ein wirklich hübsches Mädchen bist?«

Als er nun die Hand nach ihr ausstreckte, packte Lena ihn

und schleuderte ihn auf die andere Seite des Raums, wo er in einem Hagel aus zerbrechendem Holz und umherfliegendem Müll zu Boden ging.

»Verdammtes Miststück!«, brüllte er. »Dafür mach ich dich fertig, du …«

Eine Gestalt erschien über ihm, kaum mehr als ein Schatten, klein und rauchig, riss ihn mit einer mühelosen Bewegung in die Höhe und warf ihn dann mit solcher Gewalt gegen die Wand, dass er bewusstlos zusammensackte. Alles drehte sich um Lena herum, und der Hunger erwachte bereits wieder. Das wenige Blut der Ratte war aufgebraucht. Sie benötigte mehr, und da war mehr, ein Quell unerschöpflicher Kraft, direkt hinter der Barriere aus tödlichem Licht.

»Bleib ganz ruhig sitzen.« Der Schatten trat mit wenigen schnellen Schritten durch die tödliche Barriere. Etwas zischte und roch verbrannt, orangerote Funken stoben in einem vergänglichen Wirbel auf, und ein Teil von Noras Gesicht und Haar war wie zu schwarzer Schlacke verkohlt.

»Was …?«, murmelte Lena schwach.

»Nicht jetzt.« Nora rollte den Ärmel hoch und streckte ihr das Handgelenk entgegen. »Hier. Trink!«

Lena zögerte kurz, aber dann zerbrach ihr Widerstand wie dünnes Glas unter einem Hammerschlag, und sie packte Noras Arm mit beiden Händen, schlug die Zähne in ihr Handgelenk und trank mit gierigen Schlucken.

Es war so berauschend, wie das Blut der Ratte widerwärtig gewesen war, ein unbeschreiblicher Kick, hundertmal energiegeladener als die Blutkonserven, die Louise ihr gegeben hatte. Eine unbeschreibliche Kraft durchströmte sie, ließ sie sich wie unter einem elektrischen Schlag winden und vor Qual und Lust zugleich stöhnen.

Nora gönnte ihr noch einen zweiten, beinahe noch berauschenderen Schluck, dann krallte sie die freie Hand in ihr Haar, riss ihren Kopf zurück und stieß sie von sich. Lena kreischte, bäumte sich auf und wollte wieder nach ihrem Arm greifen, aber Nora versetzte ihr eine Ohrfeige, die ihr fast das Bewusstsein raubte.

»Versuch es erst gar nicht, Kleines«, drang ihre Stimme wie durch Watte an Lenas Ohr, schwarze Watte, in der widerwärtige Spinnen krochen. »Ich kann dich auch bewusstlos schlagen, wenn es sein muss, aber eigentlich möchte ich das nicht. Ich habe keine Lust, dich zu schleppen.«

Irgendwie gelang es Lena, die schwarzen Schleier zurückzudrängen, die sie in eine verlockende andere Welt hinabziehen wollten. Als Noras Gesicht vor ihren Augen wieder zusammenfloss, war es unversehrt. Selbst die zu Asche zerfallenen Haarspitzen waren wieder da.

»Danke«, murmelte Lena benommen. »Das war …«

»Etwas, was ich lieber nicht hätte tun sollen«, unterbrach Nora sie. »Aber ich konnte ja schlecht zusehen, wie du deinen Bewährungshelfer vernaschst, oder? An dem Kerl hättest du dir ohnehin nur den Magen verdorben.«

Lena spähte zu Holden hinüber, konnte aber nichts als einen formlosen Schatten erkennen. »Was ist mit ihm?«

»Er lebt noch, keine Angst.« Nora lächelte kalt. »Auch ich habe keine Lust, mir den Magen zu verderben.«

»Danke«, murmelte Lena noch einmal. Es war völlig bizarr – aber sie war erleichtert, dass er nicht tot war. Mühsam setzte sie sich auf und begriff plötzlich, in welch erbärmlichem Zustand sie sich befand. Ihr Gesicht war mit dem Blut der toten Ratte besudelt, das allmählich einzutrocknen begann, und ihr Kleid war angekokelt und an zahlreichen Stellen zerrissen. Die Brandwunden auf ihrem Arm waren zwar verschwunden, schmerzten aber immer noch.

»Wo kommst du eigentlich her?«

»Ich hab mir Sorgen um dich gemacht, Kleines«, antwortete Nora. »Mein Porsche passt vielleicht nicht in die Gegend, aber der Wagen deines süßen Bullenfreundes auch nicht. Na ja, wir müssen hier jedenfalls weg. Kannst du laufen?«

Laufen? Sie hatte das Gefühl, fliegen und die Welt in Stücke reißen zu können! Die wenigen Schlucke von Noras Blut hatten sie mit einer ungeahnten Kraft erfüllt.

Aber da war immer noch der Vorhang aus tödlichem Licht, der den Keller entzweischnitt.

»Also gut.« Nora stand auf, streifte den dünnen schwarzen Mantel ab, der ihren Körper nahezu vollständig einhüllte, und hängte ihn ihr um. Erst als sie sie hochschlug, bemerkte Lena auch die Kapuze, die zu dem Mantel gehörte.

»Der Porsche steht oben vor dem Ausgang«, sagte sie. »Keine Sorge – die Scheiben sind gegen UV-Licht gehärtet. Wenn wir es bis dort schaffen, dann ist alles okay … falls deine liebreizenden Nachbarn uns nicht inzwischen die Räder abmontiert oder den Motor ausgebaut haben, heißt das. Aber es wird verdammt hart. Glaubst du, dass du es schaffst?«

Lena starrte den so täuschend filigranen Vorhang aus Licht an, in dem die Sonnenstäubchen tanzten. »Habe ich denn eine Wahl?«

»Nicht wirklich«, antwortete Nora.

16

Nora hatte sie gewarnt, dass es hart werden würde, aber das stimmte nicht.

Es war die Hölle gewesen.

Sie erinnerte sich nicht mehr wirklich, wie sie es in Noras Porsche geschafft hatten. Der Mantel hatte sie geschützt, wenn auch nicht annähernd so gut, wie sie es gehofft hatte, aber Nora hatte diesen Schutz nicht. Sie hatte *gebrannt,* als sie sich neben ihr hinter das Steuer geworfen hatte. Kreischende Schmerzen und der Geruch nach verbrannter Haut und schmorendem Haar hatten sie fast bis an ihr Ziel begleitet.

Es war Lena ein Rätsel, wie sie es bis in die Tiefgarage des Hotels geschafft hatten und wie sie hier heraufgekommen waren, ohne das ganze Hotel aufzuscheuchen. Sie hatten es geschafft, das allein zählte, aber Lena wusste auch, dass sie dem Tod noch nie so nahe gewesen war.

»Hier. Trink.«

Louise hielt ihr das dritte oder vierte eisgekühlte Glas mit Blut aus der Plasmabank hin, und Lena griff mit zitternden Fingern danach und stürzte den Inhalt hinunter.

Der Kick, auf den sie wartete, kam nicht. Louise hatte es ihr erklärt: Ihr geschundener Körper brauchte jedes bisschen Energie, um mit den furchtbaren Wunden fertigzuwerden, die die Sonne ihm geschlagen hatte. Vielleicht würde sie diesen speziellen Kick auch nie wieder spüren, jetzt, wo sie einmal das

Blut eines Vampirs gekostet hatte, aber immerhin fühlte sie die Wärme, die es in ihr weckte.

»Danke«, sagte sie, indem sie Louise das Glas zurückgab. »Wie geht es Nora?«

Louise stellte das Glas auf den Tisch und sah zur Tür des Schlafzimmers der großen Luxussuite, hinter der Nora und Charlotte verschwunden waren. »Sie wird es schaffen. Keine Angst. Charlotte kümmert sich um sie. So leicht sind wir nicht umzubringen.«

Das klang nicht so, als ob sie sich darüber freuen würde, dachte Lena. »Immerhin hat sie mir das Leben gerettet«, sagte sie.

»Das Leben gerettet?«, schnaubte Louise. Lena konnte sich nicht erinnern, sie jemals so verärgert gesehen zu haben. »Ja, so könnte man es nennen! Es hätte aber auch andere Möglichkeiten gegeben. Es wäre nicht nötig gewesen, hier die Lara Croft für Arme zu geben!«

»Andere Möglichkeiten?«

»Glaubst du, es wäre das erste Mal, dass eine von uns irgendwo bei Tageslicht strandet?« Louise schüttelte heftig den Kopf. »Es gibt immer einen Ausweg. Ein Versteck, in dem man in Ruhe abwarten kann, irgendeinen Winkel, um sich zu verkriechen, ein Loch … was weiß ich! Wir sind gut in so was, verdammt gut! Wären wir es nicht, dann gäbe es uns schon lange nicht mehr!«

Sie deutete mit einer zornigen Kopfbewegung zu den geschlossenen Vorhängen hin. »Weißt du, was da draußen los ist? Die halbe Stadt spricht von nichts anderem als einem schwarzen Porsche, in dem zwei lichterloh brennende Frauen quer durch die Stadt gerast sind!«

»Aber das … das wird doch niemand glauben, oder?«, sagte Lena nervös.

»Natürlich nicht!«, schnaubte Louise. »Aber es gibt trotzdem

Gerede, und die Boulevardpresse brauche ich morgen gar nicht erst zu kaufen, um die Schlagzeilen zu kennen! Weißt du, warum wir all die Zeit über so unbehelligt leben konnten? Nicht weil wir so reich sind oder um so vieles cleverer als alle anderen, sondern weil wir *unauffällig* geblieben sind! Natürlich wird niemand diese Geschichte glauben, wahrscheinlich nicht einmal mehr die, die euch gesehen haben, aber wir können uns so ein Aufsehen einfach nicht leisten! Diese verdammten Zeitungen müssen nur lange genug Unsinn schreiben, und irgendein verrückter Verschwörungstheoretiker wird herumschnüffeln, bis er irgendwas findet!«

»Und?« Charlotte zog die Verbindungstür hinter sich zu. »Dann verabredest du dich mit ihm in einer dunklen Gasse und zeigst ihm, dass seine Verschwörungstheorie gar keine Theorie ist, und schon hat sich das Thema erledigt. Sei nicht so laut, Louise. Man hört dich bis in die Lobby. Nora braucht ein bisschen Ruhe.«

»Sie ist doch nicht …«, begann Lena, aber Charlotte unterbrach sie mit einem Kopfschütteln.

»Gib ihr eine Stunde, und sie ist wieder so frisch und unausstehlich wie immer«, sagte sie. »Schlaf ist immer noch die beste Medizin … Na ja, und das hier natürlich.« Sie hob den linken Arm, so dass Lena die beiden winzigen roten Einstiche an ihrem Handgelenk erkennen konnte. Sie verschwanden, noch während sie hinsah.

»Das hättest du nicht tun sollen«, sagte Louise. »Ein kleiner Dämpfer tut ihr vielleicht ganz gut. Ich finde, so ganz allmählich könnte sie einmal erwachsen werden.«

»Gib ihr noch hundert Jahre … oder ein paar mehr.« Charlotte schlenderte zum Bücherregal, nahm scheinbar wahllos einen Band heraus und zündete sich eine Zigarette an, während sie zum Kamin ging, wo sie sich in einem der gemütlichen Sessel niederließ. »Ich könnte jetzt sagen, dass ich dich gewarnt habe, aber das wäre kleinlich, und deshalb sage ich es nicht.«

Lena sah verwirrt von Charlotte zu Louise. Die Blicke der beiden sprachen Bände, nur leider in einer Sprache, die sie nicht verstand.

»Was genau soll das heißen?«, fragte sie.

»Nichts«, antwortete Louise. »Familienangelegenheit.«

Die sie nichts anging. Lena verstand, was aber noch lange nicht bedeutete, dass sie es auch gut finden musste.

Charlotte wechselte das Thema, ohne von ihrem Buch aufzusehen. »Nora hat erzählt, dass du Besuch von deinem Lieblingspolizisten gehabt hast. Von diesem Tom.«

»Ja. Er und sein Kollege waren da.«

»Was wollte er von dir?«

Lena sah sie noch einen Moment lang trotzig an, aber dann erzählte sie vom Morgen und davon, wie Nora sie schließlich im Keller gefunden hatte. Sie rechnete damit, von Louise unterbrochen zu werden, aber die ließ sie zu Ende reden und sah danach eher nachdenklich aus.

»Also hast du Iwans Brieftasche doch mitgenommen«, sagte Louise schließlich.

Leugnen hatte wohl wenig Sinn, also zog Lena es vor, überhaupt nicht zu reagieren, was Louise aber vollauf zu genügen schien.

»Es wäre hilfreich gewesen, wenn du uns das erzählt hättest«, sagte sie.

»Wegen der paar Kröten, die ich ihm geklaut habe?«

»Hast du sie noch?«

»Die Brieftasche?« Lena dachte noch einmal an das Trümmerfeld, in das Iwans Freunde ihr Zimmer verwandelt hatten. »Nein. Wenn sie noch da war, dann hat Tom … haben die Polizisten sie gefunden.«

»Wenn sie sie hätten, dann wärst du jetzt nicht hier, sondern würdest dich ganz allein mit deinem schnuckeligen Freund von der Soko unterhalten«, sagte Charlotte.

Darauf war Lena auch schon gekommen. Sie hob nur die Schultern.

»Aber du hattest sie?«, beharrte Louise. »Das war wirklich nicht sehr klug. Mit diesen Leuten ist nicht zu spaßen. Deine Mutter hat großes Glück, noch am Leben zu sein. Wäre es denkbar, dass sie sie hat?«

»Meine Mutter?« Lena schüttelte den Kopf. »Die geht nicht in mein Zimmer, weil ich es ihr verboten habe …« Sie überlegte kurz, obwohl es im Grunde nicht nötig war. »Holden.«

»Dein freundlicher Bewährungshelfer?«

»Die Ratte klaut, was nicht niet- und nagelfest ist«, sagte Lena. »Vorhin im Keller hat er ein paar komische Fragen gestellt. Ich … war nicht ganz bei der Sache, deswegen hab ich mir nichts dabei gedacht, aber ich glaube, er interessiert sich für die Russen.«

»Wenn er wirklich verrückt genug ist, Stepan erpressen zu wollen, dann sollten wir ihn das vielleicht einfach tun lassen, und die Sache ist damit erledigt«, schlug Charlotte vor.

Louise seufzte. »Ja, vielleicht.« Sie stand auf, trat an den Schreibtisch und nahm ein verchromtes Handy aus der Schublade. »Ich rufe Stepan an. Vielleicht ist es ja noch nicht zu spät, um das Schlimmste zu verhindern.«

Sie ging hinaus, und Lena sah ihr einigermaßen verstört nach. »Das Schlimmste verhindern?«

»Mit Stepan und seinen Freunden ist wirklich nicht gut Kirschen essen«, sagte Charlotte. »Er wird deinen Freund umlegen. Vielleicht kann Louise ihn davon abhalten, vollkommen Amok zu laufen.«

»Wie könnte er denn noch mehr Amok laufen, als Holden umzubringen?«, sagte Lena.

»Er könnte *dich* umbringen, Kleines«, antwortete Charlotte,

»oder deine Mutter, oder deinen kleinen Polizistenfreund.« Sie machte eine beruhigende Geste. »Aber keine Sorge. Ist nicht das erste Mal, dass wir mit ihm zu tun haben. Louise bringt ihn schon zur Vernunft. Er wird es nicht wagen, dir oder jemandem aus deiner Familie etwas zu tun, wenn er weiß, dass du zu uns gehörst. Stepan ist ein Idiot, aber er hält sich an die Regeln.«

»Tue ich das denn?«, fragte sie. »Zur Familie gehören?«

Statt gleich zu antworten, klappte Charlotte ihr Buch zu, sah auf die Armbanduhr und sagte dann: »Seit einer knappen Stunde, Lena.«

»Was soll das heißen? Ihr habt gesagt, ich hätte noch ein paar Tage, um mich zu entscheiden.«

»Das war, bevor du Noras Blut getrunken hast«, sagte Charlotte liebenswürdig.

Lena starrte sie an.

»Hat Nora dir das nicht gesagt?«

»*Was* gesagt?«

»Unser Blut ist ein ganz besonderer Saft. Der Goldene Schuss, wenn du so willst. Sei froh, dass du noch lebst. Aber ein Zurück gibt es jetzt nicht mehr.«

Das hatte es auch vorher wahrscheinlich nicht gegeben, gestand sich Lena ein. Sie hatte die grausamen Schmerzen und die Halluzinationen nicht vergessen. Und dabei hatte der Entzug wahrscheinlich noch nicht einmal richtig angefangen.

Aber Nora hätte es ihr trotzdem sagen müssen.

»Sie hatte kein Recht dazu«, murmelte sie.

»Wahrscheinlich nicht«, sagte Charlotte. »Aber das hat Nora noch nie gestört.«

»Du magst sie nicht, stimmt's?«

»Nora?« Charlotte sah sie überrascht an. »Natürlich mag ich sie, wo denkst du hin? Sie ist wie eine Schwester für mich. Aber sie ist eben noch jung.«

»Keine hundert Jahre, wie?«

Charlotte ignorierte das. »Sag mal – hast du es wirklich nicht gemerkt?«

»Was?«

»Dass Nora eifersüchtig ist?«

»Nora? Eifersüchtig?« Das war lächerlich. »Aber dafür gibt es überhaupt keinen Grund! Ich will nichts von Louise – ich weiß, dass sie sich einbildet, Chancen bei mir zu haben, aber das ist Quatsch.«

Charlotte lächelte nur.

»Und es ergibt überhaupt keinen Sinn!«, begehrte Lena auf. »Wenn sie Angst hat, dass ich ihr Louise streitig mache, dann hätte sie doch erst recht keinen Grund, mich zu einer von euch zu machen! Ganz im Gegenteil, sie sollte doch echt froh sein, wenn …«

»Du begreifst es wirklich nicht, oder?«, unterbrach Charlotte sie. »Oder willst du es nur nicht? Nora hat keine Angst, dass du ihr Louise abspenstig machen könntest, Liebes. Sie hat Angst, dass Louise dich *ihr* abspenstig macht!«

»Oh«, murmelte Lena. Nora? Und sie? Das war grotesk. Und selbst wenn – dann hatte Nora eine wirklich sonderbare Art, es ihr zu zeigen. »Was für ein Quatsch«, sagte sie noch einmal.

»Ja, ganz ohne Zweifel«, sagte Charlotte amüsiert und zog an ihrer Zigarette.

In diesem Moment ging die Tür auf, und Louise kam zurück. Sie hatte das Handy wieder zusammengeklappt.

»Ich habe mit Stepan gesprochen«, sagte sie. »Er wird sich mit deinem Freund unterhalten, diesem Bewährungshelfer. Wenn er vernünftig ist, dann lässt er ihn vielleicht sogar am Leben.«

»Wie beruhigend«, sagte Lena. »Und … meine Mutter?«

»Deine Mutter?« Louise verstand ganz offensichtlich nicht, wovon sie sprach. Dann jedoch schüttelte sie beruhigend den Kopf. »Der passiert nichts.«

»Aber dir ist doch hoffentlich klar, dass du sie niemals wiedersehen wirst, oder?«, sagte Charlotte.

Natürlich war ihr das klar. Was ihr nicht klar gewesen war und sie mit einem sachten Erstaunen erfüllte, war die vage Trauer, die sie plötzlich empfand. Spätestens seit sie Noras Blut getrunken hatte, hatte sie die Tür zu ihrem alten Leben endgültig hinter sich zugeschlagen, und es war eine Tür ohne Klinke auf dieser Seite. Aber wozu auch? Es gab auf der anderen nichts, dem sie nachgetrauert hätte, nur ein Leben, das diesen Namen nicht wirklich verdiente; eine sich unerbittlich drehende Abwärtsspirale, die irgendwann unweigerlich in einer Katastrophe geendet hätte. Und ihre Mutter? Eine lieblose Frau, die in ihrer eigenen Welt lebte und immer weiter darin versank und in gar nicht mehr so ferner Zukunft entweder an ihrem Übergewicht oder am Suff zugrunde gehen musste? Wie oft hatte Lena sich einzureden versucht, dass sie ihr nichts bedeutete und sie ohne sie weit besser dran wäre? Das alles mochte stimmen, und dennoch hatte sie für einen Moment ein so intensives Gefühl des Verlustes, dass sie gegen die Tränen ankämpfen musste.

»Mach dir nichts draus, Kleines.« Louise stand plötzlich neben ihr. Ihre Hand legte sich warm auf Lenas Schulter. »Loslassen tut immer weh. Sogar wenn man glaubt, dass man das, was man hat, eigentlich gar nicht will.«

Lena wollte Louises Hand abstreifen, aber sie konnte es nicht. Da war etwas in ihrer Berührung, was sie paralysierte. Es war nicht Louises Willen, der den ihren so mühelos hätte zerbrechen können wie eine starke Faust einen Zweig, sondern schlicht und einfach ihre Nähe, das ehrlich empfundene Mitleid, das sie in ihren Augen las. Louise hatte von sich selbst behauptet, kein Mensch zu sein … und zugleich war sie vielleicht das menschlichste Wesen, das ihr jemals begegnet war.

Statt die Hand wegzuschieben, legte sie den Kopf auf die Seite und schmiegte das Gesicht daran. Louise begann ihren

Hals und ihre Wange zu streicheln, und auch an dieser Berührung war nichts von alledem, was sie erwartet hätte. Louise hatte keinen Zweifel an ihrem Verlangen nach ihr gelassen, aber in *dieser* Berührung war nichts als Trost.

»Ich schaue noch einmal nach Nora.«

Charlotte klappte ihr Buch zu, schnippte die Zigarette zielsicher in den Kamin und stand auf.

Louise zog ihre Hand zurück und sah etwas verlegen aus. »Ja, und wir … sollten sehen, dass wir auch noch ein paar Stunden Schlaf finden.« Sie räusperte sich. »Wir haben alle einen anstrengenden Tag hinter uns und brauchen ein bisschen Ruhe.«

Lena war nicht müde, ganz im Gegenteil, sie hatte so viel getrunken, dass sie das Gefühl hatte, vor Energie zu beben. »Aber ich …«

»Überschätz deine Kräfte nicht, Lena«, fiel ihr Louise ins Wort. »Sie sind im Vergleich zu dem, was du bisher gekannt hast, gewaltig, aber sie sind nicht unerschöpflich, und du hast heute eine Menge mitgemacht. Du musst erst noch lernen, damit hauszuhalten.«

»Aber ich bin nicht müde!«, protestierte Lena.

»Bist du doch«, antwortete Louise und sah ihr tief in die Augen. Lena brach zwar nicht unbedingt wie vom Blitz getroffen zusammen, aber sehr weit davon entfernt war sie nicht. Sie schaffte es gerade noch bis zur Couch, bevor ihr die Augen zufielen.

17

Lena erwachte schlecht gelaunt – und mit hämmernden Kopfschmerzen und einem grässlichen Geschmack auf der Zunge – mit dem letzten Licht des Tages. Es drang zwar nur gedämpft durch die geschlossenen Vorhänge, stach aber dennoch wie mit Messern in ihre Augen. Kurz: Sie hatte einen Kater. Und das sollte doch erstens eigentlich unmöglich sein und kam ihr zweitens reichlich unfair vor; schließlich hatte sie überhaupt nichts getrunken.

Geräusche und ein leises, aber emsiges Hantieren aus dem Bad drangen an ihr Ohr. Als sie die Augen aufschlug, sah sie, dass die Tür offen stand. Durch das Oberlicht fiel Helligkeit in einem Maß herein, dass das dumpfe Hämmern hinter ihren Schläfen noch schlimmer wurde. Die Dämmerung war schon fast hereingebrochen und die Sonne entsprechend weitergewandert, eine Gefahr sollte also nicht mehr bestehen.

Trotzdem bewegte sie sich auf dem Weg zum Bad mit großer Vorsicht. Der Anblick, der sich ihr dort bot, war sonderbar. Charlotte saß, nur mit einem dünnen Nachthemd bekleidet, an dem großen Schminktisch aus Marmor und trug Rouge und Wimperntusche auf, wobei sie sich im Spiegel zu betrachten schien, obwohl darin weder sie noch ihre Schminkutensilien zu sehen waren, sondern nur der Stuhl, auf dem sie saß. Louise war damit beschäftigt, lange Streifen Toilettenpapier abzurollen und die Toilette hinunterzuspülen.

Weder das eine noch das andere schien den geringsten Sinn zu ergeben.

»Es gibt nichts Schwatzhafteres als Zimmermädchen und Putzfrauen«, sagte Louise, ohne sich zu ihr herumzudrehen. »Sie würden anfangen, dummes Zeug zu reden, wenn sie feststellen, dass wir kein Toilettenpapier verbrauchen.«

»Oder uns nicht vor dem Spiegel schminken«, fügte Charlotte hinzu, ebenfalls ohne sich umzudrehen.

»Verbrauchen wir denn keins?«, fragte Lena verwirrt.

Louise sah nun doch spöttisch über die Schulter. »Wann warst du das letzte Mal auf der Toilette, Liebes?«

Lena sah sie verdutzt an. »Vor … zwei Tagen?«, murmelte sie dann. »Drei?«

»Siehst du?«, sagte Louise.

»Wir müssen nicht müssen«, sagte Charlotte. Obwohl sie sich im Spiegel nicht sah, zog sie den Lidstrich über ihrem Auge mit einer unvorstellbaren Präzision. »Ungemein praktisch auf langen Autofahrten oder Rockkonzerten. Kein endloses Anstehen vor den Toiletten, keine Suche nach Kleingeld, kein Rumgezicke auf dem Mädchenklo …«

»Unsere Körper verwerten alles restlos«, sagte sie, »sogar wenn wir feste Nahrung zu uns nehmen … solange wir es nicht übertreiben.«

»Ja, einer der Gründe, weshalb ich nicht so gern ins Restaurant gehe«, fügte Charlotte hinzu. »Manche Dinge aus meinem früheren Leben vermisse ich gar nicht so sehr.«

»Und ein anderer Grund ist das allgemeine Rauchverbot, nehme ich an?«

Charlotte ignorierte die Bemerkung. »Was macht dein Kopf, Kleines?«, erkundigte sie sich liebenswürdig.

»Er tut weh«, antwortete Lena wahrheitsgemäß. »Aber wahrscheinlich kann ich so was wie Aspirin jetzt auch vergessen, oder?«

Charlotte und Louise nickten simultan. Irgendwie, fand Lena, sahen die beiden ziemlich schadenfroh aus.

»Woher wisst ihr überhaupt, dass mir der Kopf dröhnt?«, fragte sie.

»Noras Blut hat es in sich, wie?«, feixte Charlotte. Sie hob den Arm und drehte das Handgelenk in Lenas Richtung. »Aber was glaubst du, wie *sie* sich erst fühlt? Du hattest nur einen Schluck, aber sie hat weit mehr gebraucht. Ich möchte im Augenblick nicht mit ihr tauschen.«

»Das heißt, das passiert immer, wenn ihr …« Lena verbesserte sich, obwohl sie ein unbehagliches Gefühl dabei hatte. »… wenn *wir* das Blut eines anderen Vampirs trinken?«

»Nein«, antwortete Louise. »Manchmal sterben wir auch daran.«

»Oh.« Lena sah sie betroffen an. »Das wusste ich nicht.«

Louise betätigte abermals die Spülung. »Da gibt es eben das eine oder andere, was du noch lernen musst.« Sie versetzte dem hydraulischen Toilettendeckel einen sachten Stups, so dass er sich lautlos senkte, und warf die leere Rolle in den Abfallkorb. »Komm mit. Schauen wir mal, was wir gegen deinen Brummschädel tun können.«

Lena folgte ihr zurück in den Wohnraum. Louise öffnete den kleinen Tiefkühlschrank an der Bar und nahm zwei beschlagene Gläser mit einer dunkelroten Flüssigkeit heraus.

»Trink.«

»Und das hilft?«, fragte Lena zweifelnd.

»Manches ändert sich nie«, antwortete Louise amüsiert. »Oder hast du noch nie gehört, dass man nach einer durchzechten Nacht mit demselben anfangen soll, womit man aufgehört hat?«

Lena verschluckte sich beinahe an den letzten Tropfen und starrte das Glas in ihrer Hand an.

»Das ist doch nicht …?«

»Von Nora?« Louise schüttelte den Kopf. »Keine Sorge, Schreiber-Pharmaceutics, A Rhesus negativ.« Sie verzog die Lippen. »Schmeckt allerdings eher nach Rhesusaffe, wenn du mich fragst. Ich muss wohl mal mit meinem Lieferanten reden. Bei dem Vermögen, das er mir für das Zeug abnimmt, sollte man eigentlich ein Mindestmaß an Qualität erwarten.«

»Ich wusste nicht, dass wir so oft trinken müssen«, sagte Lena unbehaglich.

»Wie oft hast du denn früher gegessen?«, erkundigte sich Charlotte, die in diesem Moment aus dem Bad kam. Statt des dünnen Unterhemds trug sie nun ein einfaches schwarzes Kleid. An jeder anderen hätte es unscheinbar gewirkt, aber sie verwandelte es in eine Figur aus einem Greta-Garbo-Film. »Einmal die Woche?«

»Nein«, antwortete Lena, »aber …«

»Und warum sollte das jetzt anders sein?«

»Und wenn gerade keine Blutkonserve zur Hand ist?« Warum hatte Lena das Gefühl, dass sie diese Frage besser nicht gestellt hätte?

»Oh, wir halten schon eine Weile durch«, sagte Louise. »Und zur Not findet sich immer die eine oder andere Ratte.«

»Egal, ob sie vier oder zwei Beine hat«, fügte Charlotte hinzu.

Louise schenkte ihr einen strafenden Blick. Charlotte ignorierte das und ging zum Bücherregal, wo sie sich wortlos ein Buch nahm und aufschlug. Lena spürte, dass es zwischen den beiden schon wieder knisterte.

»Wo ist Nora überhaupt?«, fragte Lena, um das Thema zu wechseln.

»In der Sauna«, antwortete Louise. »Hilft gegen Kopfschmerzen, sagt sie … auch wenn ich eher glaube, dass dort die Chance größer ist, diesen schnuckeligen Pagen zu treffen, der ein Auge auf sie geworfen hat.«

Lena erinnerte sich an den jungen Burschen. »Und du bist gar nicht eifersüchtig?«

»Eifersüchtig?« Louise klang nicht so, als könnte sie mit diesem Wort etwas anfangen. Sie wandte sich an Charlotte. »Sind wir eifersüchtig, wenn unser Küken ein bisschen Spaß hat?«

»Total«, antwortete Charlotte. Sie blätterte mit einem Rascheln um, und Lena fragte sich, was eigentlich älter war – sie oder der schwere goldgeprägte Band, in dem sie las.

»Eifersucht ist was für Männer, Lena«, sagte Louise. »Sterbliche Männer. Aber das wirst du auch noch lernen. Es gibt Dinge, die machen einfach zu viel Spaß, als dass man eifersüchtig darauf sein kann.«

In ihrem Blick erschien etwas, von dem sich Lena einzureden versuchte, dass es ihr nicht gefiel. Genauso vergeblich versuchte sie, die Augen vor Louises Schönheit zu verschließen. Und vor der Tatsache, wie sehr sie ihr gefiel.

»Ich komme mir vor, als wäre ich wieder in der Schule«, seufzte sie. »Muss ich denn alles neu lernen?«

»Und noch sehr viel mehr neu entdecken, was du dir nie erträumt hättest. Und das eine oder andere wirst du wohl auch vergessen müssen, fürchte ich.« Louise legte den Kopf schräg. »Was, glaubst du, wird dir am meisten fehlen?«

Lena musste tatsächlich überlegen, so absurd es ihr selbst vorkam. »Das Meer«, sagte sie dann beinahe willkürlich. »Urlaub am Strand. Die Sonne.«

Louise nickte, als hätte sie genau diese Antwort erwartet. »Wenn das alles ist. Hast du Lust, schwimmen zu gehen, Charlotte?«

»Wozu habe ich mich dann gerade eine geschlagene Stunde lang geschminkt?«, beschwerte sich Charlotte.

»Damit du es in einer Stunde noch einmal tun kannst«, antwortete Louise. »Also los! Auf in die Karibik!«

Charlotte verdrehte die Augen, klappte das Buch zu und trug es zum Regal zurück.

»Karibik?«, sagte Lena.

»Oder irgendeine andere tropische Insel.« Louise kam um die Bar herum, betrachtete sie prüfend und steuerte dann die Schlafzimmertür an. »Ich hole dir einen von Noras Bikinis. Sie hat bestimmt nichts dagegen.«

»Und vielleicht ein Kleid«, fügte Charlotte hinzu. Lena trug einen Bademantel vom Hotel. Den verbrannten Fetzen, in dem sie am Morgen hier angekommen war, hatte irgendjemand entsorgt. »Oder gib ihr lieber eins von mir. Ein Papagei in unserer Vorzeigefamilie reicht vollkommen aus.«

»Karibik?«, sagte Lena noch einmal.

»Lass dich überraschen«, sagte Charlotte. »Bis Sonnenaufgang sind wir wieder zurück.«

»Aus der Karibik?« Die beiden nahmen sie auf den Arm!

»Wir lassen Nora ans Steuer«, sagte Charlotte todernst. »Du weißt doch, wie schnell sie fährt.«

Ja, das war komisch.

Und es war auch das Letzte, was sie für die nächsten Minuten von ihr hörte. Charlotte wich ihrem Blick aus, bis Louise zurückkam, jetzt in sportlichem Outfit und mit hochgestecktem Haar, eine modische Sporttasche über der Schulter.

»Also los«, sagte sie aufgeräumt. *»Ready for take-off.* Bitte schnallen Sie sich an, stellen Sie Ihre Sitzlehnen senkrecht, und klappen die Tische vor sich zurück. Wir sammeln Nora unterwegs ein. Der Wellness-Bereich ist im Keller, gleich neben der Tiefgarage.«

Um dorthin zu gelangen, mussten sie die Lobby durchqueren, in der jede Menge Betrieb herrschte. Mit dem Aufzug wären sie direkt in den großen Wellness-Bereich des Hotels gelangt, aber da sie die Treppe genommen hatten, mussten sie tatsächlich durch die Tiefgarage. Während sie mit raschen Schritten auf eine mit einem Schwimmbad-Piktogramm gekennzeichnete Tür zugingen, fiel Lena auf, dass Louise an einem ganz bestimmten Wagen Interesse gefunden zu haben schien. Man musste kein Autofreak sein, um dieses Prachtstück zu bewundern: einen flachen weißen Ferrari mit getönten Scheiben, der wie ein sprungbereites Raubtier neben der Ausfahrt stand.

Louise öffnete die Tür und gestikulierte gleichzeitig zu einer der Überwachungskameras hoch. Im ersten Moment verstand Lena nicht, was das sollte, dann aber verstand sie: Die Kamera war genau auf die Tür gerichtet, und wenn irgendjemand in diesem Moment auf den dazugehörigen Monitor sah, würde er sich wundern, warum sie auf- und zuging, ohne dass jemand in der Nähe war. Sie sollte sich also beeilen.

Auch die Erholungsoase protzte mit demselben Luxus wie das übrige Hotel. Vom übergroßen Pool mit Wellengang bis hin zu einer schlichten finnischen Sauna war alles geboten, was das Herz des Gesundheitsfanatikers begehrte. Die eine Seite der riesigen Poolhalle bestand komplett aus Glas, und Lena schrak instinktiv vor dem riesigen Panoramafenster zurück, obwohl die Sonne schon lange dahinter untergegangen war. Charlotte verzog amüsiert das Gesicht, sparte sich aber jeden Kommentar, und auch Louise deutete nur mit einer knappen Kopfbewegung auf die andere Seite des Pools. In der Luft hing ein durchdringender Chlorgeruch, und obwohl sich nur wenige Gäste im Wasser aufhielten, hallte der große Raum wie vom Getöse eines Fußballstadions wider. Ein halbes Dutzend Kinder kreischte jedes Mal in gespielter Panik auf, wenn eine der künstlichen Wellen heranrollte. Das Wasser spritzte fast bis zur Decke hoch und ergoss sich platschend über den Beckenrand.

Eines der herumplanschenden Kinder starrte Lena auf einmal aus großen Augen an. Es war ein etwa siebenjähriges Mädchen mit einem süßen Gesicht und schulterlangen Goldlöckchen, das ängstlich zwischen Lena und der deckenhohen

Panoramascheibe hinter ihr hin- und herblickte. Lena konnte sehen, wie dem Mädchen alles Blut aus dem Gesicht wich. Gleich würde es auf Lena deuten und panisch losschreien. Lena fing den Blick der Kleinen ein und lächelte ihr so freundlich zu, wie sie konnte. Das Mädchen gab ein ersticktes Japsen von sich, als es Lenas spitze Eckzähne sah und das Versprechen auf Tod oder Schlimmeres in ihren Augen las. Im nächsten Moment schlug eine Welle über ihm zusammen und drückte es so heftig unter Wasser, dass gleich zwei der versammelten Mütter nach ihm tauchten.

»Gut reagiert«, sagte Louise.

»Wenn auch pädagogisch höchst zweifelhaft«, fügte Charlotte hinzu. Beide klangen im gleichen Maß amüsiert.

Hinter ihnen tauchten die beiden tapferen Lebensretterinnen wieder aus den Wellen auf und zerrten das wild um sich schlagende, japsende und kreischende Mädchen an die Oberfläche. In einem Punkt hatte Charlotte recht, dachte Lena: Bei der Supernanny würde sie mit dieser Nummer vermutlich nicht punkten. Aber es funktionierte, denn niemand interessierte sich mehr für Louise, Charlotte oder sie. Oder gar ihre nicht existierenden Spiegelbilder.

»Das Küken lernt schnell, findest du nicht?«, sagte Charlotte.

»Ganz zweifellos«, bestätigte Louise.

Lena sagte nichts dazu. Sie hatten den Pool umkreist und betraten den Saunabereich auf der anderen Seite, einen schmalen, nur schwach erleuchteten Gang, der mit edlen Hölzern getäfelt war und mit einem ganzen Wirbelsturm der unterschiedlichsten Wohlgerüche über ihre Sinne hereinfiel. Ein halbes Dutzend Türen zweigten von dem schmalen Gang ab, allesamt in mehr oder weniger skandinavischem Stil gehalten und mit kleinen Zifferntastaturen anstelle von Türklinken.

»Wartet hier«, sagte Louise. »Ich hole sie.«

Sie öffnete eine der Türen und verschwand dahinter. Lena

blieb gehorsam zurück und kam sich plötzlich irgendwie hilflos vor. Wieso hatte ihr dieses Mädchen nicht leidgetan? Sie hatte ihm einen Schrecken versetzt, an dem es vielleicht für den Rest seines Lebens knabbern würde, aber da war kein schlechtes Gewissen.

Um auf andere Gedanken zu kommen, wandte sie sich der Tür auf der anderen Seite zu, und Charlotte sagte: »Das ist keine gute Idee. Es sei denn, zwei Tage Unsterblichkeit wären dir schon zu lang.«

Lena blickte fragend, worauf Charlotte die Tür öffnete, indem sie ihre Zimmernummer in die Tastatur daneben eintippte. In dem spärlich eingerichteten Raum ging automatisch sanftes Licht an. Es gab einige einfache Bänke, einen in die Wand eingelassenen überdimensionalen Flatscreen und ein schmales Regal mit Handtüchern, Gummilatschen und einem halben Dutzend sonderbarer Brillen, die anstelle von Gläsern undurchsichtige Plastikkappen hatten.

»Hier solltest du auf keinen Fall reingehen.« Charlotte deutete nacheinander auf Wände und Decke, wo zahlreiche meterlange Leuchtstoffröhren befestigt waren.

»Ist das ein … Solarium?«, fragte Lena.

»Die Luxusausführung«, antwortete Charlotte. »Der ganze Raum ist eine Sonnenbank, nur dass du keinen Deckel herunterklappen musst.« Sie deutete noch einmal auf die Leuchtstoffröhren und schloss die Hand zu Faust. »Wenn du die Dinger einschaltest, hast du noch zwei Sekunden, oder vielleicht auch drei, und dann …« Sie öffnete die Finger explosionsartig. »*Wusch!* Keine sehr angenehme Vorstellung.«

Dem konnte Lena kaum widersprechen. Sie war erleichtert, als hinter ihnen eine Tür zufiel und sie Louises Stimme hörte, die ungeduldig zum Aufbruch drängte.

Nora war noch nicht fertig angezogen, aber Louise scheuchte sie lachend vor sich her und war offensichtlich der Meinung, dass sie den Rest auch ganz gut im Gehen erledigen konnte. So schrill, wie Nora sich normalerweise zu kleiden pflegte, fiel es ja auch nicht sonderlich auf, wenn das eine oder andere Teil fehlte oder sie es verkehrt herum anzog. Als sie die Schwimmhalle betraten, herrschte am anderen Ende des Beckens immer noch helle Aufregung. Lena war froh, dass sie diesen Ort unbemerkt hinter sich lassen konnten.

»Wegen heute Morgen«, begann Nora, als sie sich der Verbindungstür zum Parkdeck näherten. »Also, du solltest wissen …«

»Ich habe mich noch gar nicht bei dir bedankt«, fiel ihr Lena ins Wort. »Ich weiß. Tut mir leid. Es war alles ein bisschen viel.«

»Du?« Nora blieb stehen. Sie sah verwirrt aus.

»Ich glaube schon, dass ich es war, der du heute Morgen das Leben gerettet hast«, sagte Lena lächelnd.

Nora blieb ernst. »Es tut mir leid, dass ich dich geschlagen habe«, sagte sie. »Aber es ging nicht anders.«

Lena musste tatsächlich einen Moment lang nachdenken, bevor sie begriff, wovon Nora sprach. Sie hatte die lächerliche Ohrfeige längst vergessen.

»Aber das war doch …«

»Wir haben nicht viele Regeln, Schatz, aber die erste und oberste lautet, dass wir einander niemals Gewalt antun.«

»Aber es war doch nur eine Ohrfeige«, sagte Lena.

»Und ich bedauere sie aufrichtig«, fuhr Nora unbeeindruckt fort. »Aber ich hatte keine Wahl. Das Schwere ist das Aufhören.«

Lena erinnerte sich jetzt. Noras Blut war wie ein Starkstromschlag gewesen, der sie im Sekundenbruchteil in Brand gesetzt hatte. Sie schauderte, als sie an die rasende Gier zurückdachte, den unbedingten Willen weiterzutrinken. Nora hatte recht: Sie hätte nicht aufhören können.

»Ist schon in Ordnung«, sagte sie. »Unter einer Bedingung.«

Nora sah sie misstrauisch an.

»Du bringst es mir bei«, sagte Lena. »Das Aufhören, meine ich.«

»Dazu musst du erst einmal das Anfangen lernen«, sagte Nora mit solchem Ernst, dass Lena sich nicht nachzufragen traute, was genau Nora damit meinte. Sie rettete sich in ein unsicheres Lächeln.

Charlotte und Louise waren vorausgegangen und schon im Parkhaus verschwunden, da erklangen auf einmal Schritte von hinten. Nora drehte sich beunruhigt um, aber es war nur der Page, der offensichtlich ein Auge auf sie geworfen hatte. Er wirkte nervös, beinahe schon ein bisschen ängstlich, aber Lena hatte auch selten ein so strahlendes Lächeln gesehen wie jetzt in seinen Augen. Nora hatte ganz eindeutig eine Eroberung gemacht.

»Bitte verzeihen Sie«, begann er unbeholfen. »Aber ich glaube, dass Sie da etwas verloren haben.« Er streckte die Hand aus und hielt Nora eine einzelne rote Rose hin.

In der ersten Sekunde wirkte Nora einfach nur verblüfft, aber dann wurden ihr Blick und ihre Züge weich, und ein sehr sonderbares Lächeln breitete sich auf ihrem Gesicht aus. Eine Sekunde später wurde ihr Blick wieder umso härter. Mit versteinerter Miene nahm sie die Rose entgegen, brach den Stiel in mehrere Teile und zerquetschte dann die Blüte in der Faust.

»Das gehört mir nicht«, sagte sie kalt. »Und wenn du mich noch mal so anmachst, Kleiner, dann rede ich mit deinem Chef und sorge dafür, dass du gefeuert wirst.«

Der junge Page starrte sie entsetzt an und öffnete den Mund, wie um etwas zu sagen, fuhr dann aber auf den Absatz herum, um davonzustürmen.

»Das war wirklich nicht nett«, sagte Lena.

»Nein, war es nicht.« Nora ließ die zerquetschte Blüte fallen und schlug die Handflächen aneinander, um sie zu säubern. Sie hatte sich an einem Dorn verletzt, und ein einzelner Blutstropfen quoll aus ihrem Daumen. Sie leckte ihn ab. »Aber jetzt hört er vielleicht endlich damit auf, mir wie einer rolligen Katze nachzustellen.«

Lena war ein bisschen verwirrt. »Aber ich dachte, du … findest ihn nett.«

»Sieht man mir das so deutlich an?«

Lena nickte.

»Du hast recht«, sagte Nora. »Er ist nett. Vielleicht ein bisschen jung für eine Frau meines fortgeschrittenen Alters, aber irgendwie süß.«

»Und das sagst ausgerechnet du?«

»Wegen meinem Rumgevögle, hm?« Nora zog eine Grimasse. »Ich verstehe. Du denkst, jemand wie ich könnte sich unmöglich verknallen!«

Aber hatte Charlotte nicht behauptet, Nora wäre in sie, Lena, verliebt? »Es passt irgendwie nicht zu dir.«

»Aber es kribbelt so schön im Bauch … und woanders auch! Ich riech seinen Duft bis hier, Lena! Er macht mich wahnsinnig!«

»Und warum behandelst du ihn dann so mies?«

»Ich will ihm nicht wehtun«, antwortete Nora.

»Das hast du aber gerade getan.«

Nora schüttelte heftig den Kopf. »Ich meine, richtig wehtun … vielleicht gerade, *weil* er so süß ist.« Sie zuckte die Achseln, drehte sich auf dem Absatz herum und drückte die Türklinke herunter. »Ich will nicht, dass ihm was passiert, verstehst du? Menschen gehen so leicht kaputt.«

Sie betraten das Parkhaus, und Lena sah sich nach den beiden anderen um. Sie konnte sie nicht entdecken, doch als sie sich mit einem fragenden Blick an Nora wenden wollte, sah sie gerade noch das Heck des alten Jaguars in der Auffahrt verschwinden.

»Wir fahren hinterher«, erklärte Nora fröhlich. »Mein Porsche ist im Moment leider ein bisschen angeschlagen, wie du ja weißt. Macht es dir was aus, mich mitzunehmen?«

Lena blinzelte verwirrt. Sie starrte den Autoschlüssel an und dann wieder Nora und verstand nun gar nichts mehr.

»Ich habe dir doch versprochen, dass ich mich um einen Wagen für dich kümmere«, sagte Nora. »Und was ich verspreche, das halte ich auch … na ja, meistens.« Sie wedelte auffordernd mit dem Schlüssel und deutete mit dem Kopf auf den weißen Ferrari, für den sich Louise zuvor so interessiert hatte.

»Ist ein weiter Weg bis in die Tropen«, feixte Nora. »Da braucht man einen schnellen Wagen.«

Lena starrte den weißen Ferrari an.

»Was ist?«, sagte Nora. Ihre Stimme troff vor Schadenfreude. »Nimmst du mich mit, oder muss ich mir ein Taxi rufen?«

»Das … das Ding … kann ich nicht fahren«, stammelte Lena.

»Und ob. Ist ein Automatik, und die Adresse ist schon im Navi eingegeben. Der fährt fast von selbst.«

»Ich habe nicht einmal einen Führerschein!«

»Aber du kannst doch fahren?«

»Schon, aber keinen Ferrari mit dreihundert PS!«

»Vierhundertfünfzig«, verbesserte sie Nora und schüttelte heftig den Kopf. »Du begreifst es immer noch nicht, was? Deine Reflexe sind jetzt zehnmal so schnell wie vor einer Woche. Ich wette mit dir, dass du es nach zwei Kilometern draufhast.«

»Und wenn ich einen Unfall baue?«

Nora grinste. »Dann klauen wir uns einen neuen.«

18

Nora hätte ihre Wette verloren. Sie benötigte weit mehr als zwei Kilometer, bis sie ein Gefühl für den schnittigen Sportwagen hatte, aber dann war es so, wie Nora behauptet hatte: Ihre Reflexe kompensierten das, was ihr an Fahrerfahrung fehlte. Der Wagen schien fast zu einem Teil ihres Körpers zu werden, den sie so selbstverständlich beherrschte wie das Luftholen oder das Gehen. Es war, als ahnte sie die Reaktionen der anderen Verkehrsteilnehmer auf fast magische Weise voraus.

Sie benötigten nur wenige Minuten, um Louises Jaguar einzuholen, und Lena war regelrecht enttäuscht, die Fahrt jetzt nur noch mit – wenn auch verkehrswidrig – knappen neunzig Stundenkilometern fortsetzen zu können.

»Es … ähm … gibt eine Stadtautobahn, wenn du dein neues Spielzeug mal richtig ausprobieren willst«, sagte Nora. Sie klang ein bisschen nervös.

»Liegt aber nicht auf dem Weg«, antwortete Lena nach einem kurzen Blick auf den Bildschirm des Navis. »Wohin fahren wir überhaupt?«

Sie gab ein bisschen mehr Gas, so dass der Ferrari beinahe das Heck des vorausjagenden Jaguar berührte, und spielte hektisch mit der Lichthupe. Durch die abgedunkelte Heckscheibe des Jaguars konnte sie schemenhaft erkennen, wie die Gestalt auf dem Beifahrersitz den Arm hob, um ihr den Mittelfinger zu zeigen.

»Direkt ins nächste Krankenhaus?«, sagte Nora nervös.

»Ich dachte, du fährst gern schnell?«

»Ja, wenn ich selber fahre. Und soviel ich weiß, ist es auch verboten, so tief zu fliegen. Jedenfalls im Stadtgebiet.«

Lena lachte leise, nahm den Fuß vom Gas und vergrößerte den Sicherheitsabstand zum Jaguar so weit, dass dessen Nummernschild wieder zu sehen war. Nora atmete hörbar durch.

Zehn Minuten später bog Louise von der Straße ab und steuerte einen großen, dunkel daliegenden Gebäudekomplex an. Auf kreischenden Reifen rasten die beiden Wagen die Abfahrt in eine Parketage hinunter, die mindestens zwanzigmal so groß wie die des Hotels, abgesehen von einem altersschwachen Golf Cabriolet aber leer war.

»Was genau tun wir hier?«, fragte Lena. »Nach dem Flughafen sieht das nicht aus.«

»Lass dich doch einfach überraschen.« Nora stieg aus und eilte um den Wagen herum zu Louise und Charlotte. Gut, wenn die drei unbedingt die Geheimnisvollen spielen wollten, dann sollten sie das eben tun. Auch wenn sie es ziemlich albern fand.

Louise klappte gerade ihr Handy zusammen, als Lena neben ihr ankam. »Es ist alles vorbereitet«, sagte sie zufrieden.

»Was ist vorbereitet?«, wollte Lena wissen.

Louise tat so, als hätte sie die Frage nicht gehört. »Wir haben fünf Minuten, Mädels«, sagte sie. »Also, Beeilung!«

»Fünf Minuten?«, ächzte Nora. »Aber ich habe noch meine Straßenklamotten an!«

»Seit wann brauchst du länger als fünf *Sekunden,* um dich auszuziehen, Liebchen?«, fragte Charlotte lächelnd.

Louise schüttelte genervt den Kopf und trat an die Wand unmittelbar neben dem Golf. Lena sah erst jetzt, dass dahinter eine offene Liftkabine wartete, die aber nicht sehr vertrauenerweckend wirkte.

»Nur keine Angst«, sagte Louise zwinkernd. »Ist eine Spezialanfertigung für kleine Vampirinnen.«

Die Kabine war erstaunlich groß, und ihre Wände waren nicht verspiegelt, sondern bestanden aus gebürstetem Aluminium. Charlotte zündete sich eine Zigarette an, während die Kabine nach oben fuhr. Die Klimaanlage unter der Decke begann protestierend zu summen.

Ein paar Etagen höher kam der Lift zum Stillstand und öffnete sich. Die Szenerie, die sich vor Lena auftat, kam ihr auf gespenstische Art vertraut vor: ein schmaler, nahezu leerer Gang mit weiß gestrichenen Wänden und schummeriger Beleuchtung, nur dass die Gestalt, die ihnen entgegenkam, deutlich jünger war als der Wachmann im Kaufhaus und keine Uniform trug, sondern Jeans, Turnschuhe und ein sportliches Hemd.

»Marcus!« Louise ging dem Mann mit weit ausgebreiteten Armen entgegen. Er erwiderte die Geste und begrüßte sie dann mit einem formvollendeten Handkuss.

»Madame Louise, es ist mir wie immer eine Ehre, Sie und Ihre Freundinnen begrüßen zu dürfen. Es ist alles zu Ihrer Zufriedenheit vorbereitet.«

Lena fragte sich, wie viele Hundert Jahre alt der Kerl wohl war, so gequirlt, wie er daherredete, aber Louise schien keinerlei Anstoß daran zu nehmen. Sie lächelte geschmeichelt.

»Ich habe nichts anderes erwartet, Marcus«, sagte sie. »Zwei Stunden, wie immer?«

»So lange Sie wünschen, meine Liebe«, antwortete Marcus. Er nötigte Louise einen weiteren Handkuss ab, verbeugte sich tief genug, um fast die Gesetze der Physik ad absurdum zu führen, und wandte sich dann mit unverhohlener Neugier zu Lena um. »Ein neues Familienmitglied, meine Liebe?«

»Zieht der gleich ein Taschentuch mit Rüschen raus und macht einen Hofknicks?«, flüsterte Lena.

Sie war sich sicher, dass die drei anderen sie verstanden hatten, aber keiner reagierte.

»Das hoffe ich doch«, sagte Louise zu Marcus. »Im Augenblick möchten wir Lena einfach nur Ihr wundervolles Etablissement zeigen, Marcus.«

»Lena.« Marcus sah sie schwärmerisch an. »Ein wundervoller Name. Und er passt zu seiner Trägerin, wenn Sie mir die Bemerkung gestatten.«

Lena war sich nicht sicher, ob sie es *gestattete,* aber sowohl Louise als auch Charlotte lächelten, als beanspruchten sie zumindest einen Teil des Kompliments für sich. Nora zog die linke Augenbraue hoch.

»Gehen Sie bitte zu den Umkleidekabinen«, sagte Marcus lächelnd. »Die Apparate brauchen noch ein paar Minuten, dürften aber in Kürze zu Ihrer Zufriedenheit laufen.« Er trat beiseite und machte eine einladende Geste.

Sie durchschritten zwei weitere Türen, gingen eine kleine Treppe hinauf und betraten schließlich einen dunkelblau gefliesten Bereich, der unangenehme Assoziationen in Lena wachrief.

»Da hinten sind die Umkleidekabinen«, sagte Louise mit einem knappen Kopfnicken. »Falls du schamhaft bist.«

»Ist aber nicht nötig«, fügte Charlotte hinzu. »Die Videoüberwachung ist aus, und Marcus guckt nicht hin.«

»Jedenfalls nicht bei allen«, sagte Nora.

Lena wollte nicht über die Bedeutung dieser Bemerkung nachdenken, sondern fing das winzige schwarze Stoffbündel auf, das Louise aus ihrer Umhängetasche gefischt hatte und ihr nun zuwarf. Albern oder nicht – sie drehte sich tatsächlich schamhaft um und bemühte sich auch, möglichst schnell aus ihren Kleidern zu schlüpfen und den winzigen Bikini anzuziehen.

Trotzdem war sie als Letzte fertig. Die drei anderen starrten sie mit gutmütigem Spott an, als sie sich wieder zu ihnen herumdrehte. Louise und Nora trugen den gleichen knapp sitzenden schwarzen Bikini wie sie, Charlotte dagegen einen hoffnungslos altmodischen Badeanzug, der ihr aber ausgezeichnet stand.

»Jetzt sagt bloß nicht, dass wir ins Schwimmbad gehen«, sagte Lena missmutig. »Das hätten wir im Hotel einfacher haben können.«

»Komm«, sagte Louise, »gib mir die Hand. Und mach die Augen zu. Oder lass sie offen. Egal.«

Lena gab ihr weder die Hand, noch schloss sie die Augen, aber Louise hatte recht: Es war wirklich egal. Als sie den Raum verließen, umgab sie vollkommene Dunkelheit. Ihre Schritte erzeugten Echos, die ihr verrieten, dass sie sich in einem sehr großen Raum befanden. Es war warm, die Luft roch … seltsam, und unter ihren nackten Zehen knirschte Sand.

»Nur noch einen kleinen Moment Geduld«, sagte Louise. »Du wirst sehen, es lohnt sich.«

Die Dunkelheit hielt noch einen Moment an, dann erschien ein dünner orangeroter Streifen irgendwo in unbestimmbarer Entfernung vor ihnen; ein virtueller Sonnenaufgang an einem ebenso virtuellen Horizont, der mit der für die Tropen typischen Schnelligkeit vonstattenging. Ein sachter, angenehm warmer Wind kam auf und begann sanft mit Lenas Haar zu spielen. Die Luft roch mit einem Mal nach warmem Sand und Salzwasser, und im gleichen Maß, in dem der rot glühende Sonnenball über den Horizont stieg, gesellte sich ein leises Wellenrauschen und dann sogar das ferne Kreischen von Möwen hinzu; vielleicht auch das Schnattern anderer, exotischerer Tiere. Wärme streichelte ihr Gesicht, und Lena fuhr ganz leicht und erschrocken zusammen, doch bevor sie den Mund aufmachen konnte, hob Louise beruhigend die Hand.

»Keine Sorge«, sagte sie. Orangerotes Licht spiegelte sich in ihren Pupillen und ließ sie wie unter einem unheimlichen inneren Feuer aufleuchten. »Die UV-Lampen sind ausgeschaltet. Marcus weiß, was er tut.«

Daran zweifelte Lena keinen Moment; wäre es anders, dann wären sie jetzt schon tot oder würden sich als lichterloh brennende Fackeln am Boden wälzen. Dennoch schlug ihr Herz schneller, und die Angst wollte nach ihr greifen, als hätte etwas in ihr diesen lodernden Feuerball instinktiv als ihren schlimmsten Feind erkannt. Eines von ganz wenigen Dingen, die sie tatsächlich *töten* konnten.

Zeit verging, vielleicht Minuten, vielleicht Stunden, vielleicht auch nur ein Augenblick, in der sich der tropische Sonnenaufgang weiter wie im Zeitraffer vollzog, und irgendwann standen sie im weißen Sand eines tropischen Traumstrandes, über dem sich ein azurblauer Himmel spannte. Anmutige Federwolken, aus denen es niemals regnen würde, glitten majestätisch über ihnen dahin, und irgendwo hinter ihnen hob das schrille Kreischen eines Papageien an. Künstliche Palmen raschelten in einem angenehm kühlen Wind, und die Sonne kam erst in einer Position zur Ruhe, die dem frühen Vormittag entsprach; schon weit genug vom Morgen entfernt, um die Leben spendende Kraft der Sonne zu spüren, aber auch noch fast genauso weit von der unerträglichen Hitze des Mittags entfernt.

»Na?«, sagte Nora fröhlich. »Haben wir dir zu viel versprochen?«

Lena sagte auch dazu nichts, aber ihr Schweigen allein war schon Antwort genug. Nora lachte hell auf, rannte durch die aufspritzende Brandung und verschwand dann mit einem eleganten Hechtsprung im Wasser. Charlotte schüttelte mit einem lautlosen Seufzen den Kopf, ließ sich in den Sand sinken und zog die Knie an den Körper, um sie mit den Armen zu umschlingen. Augenscheinlich hatte sie wirklich nicht vor, ihr gerade erst frisch aufgelegtes Make-up gleich wieder zu verderben, und war einfach nur mitgekommen, um ihnen Gesellschaft zu leisten. Lena fragte sich, ob sie es Louise und Nora zu Gefallen getan hatte oder ihretwegen. Von den drei Frauen war

Charlotte noch immer diejenige, aus der sie am wenigsten schlau wurde.

Nora tauchte prustend mindestens zwanzig Meter vom Ufer entfernt auf, winkte ihnen fröhlich zu und verschwand dann pfeilgerade wieder im Wasser; wie eine Tänzerin aus einem Wasserballett der Dreißigerjahre.

»Also, worauf warten wir?«, sagte Louise. »Du wolltest schwimmen gehen, also gehen wir schwimmen. Oder bist du plötzlich wasserscheu geworden?«

Louise watete in die künstliche Brandung hinein, bis sie ihr zu den Hüften reichte, und Lena folgte ihr deutlich langsamer. Nicht weil sie wasserscheu gewesen wäre, sondern um sich aufmerksam umzusehen. Das Wissen, sich nur inmitten einer riesigen Illusion zu befinden, änderte nichts an ihrer überwältigenden Wirkung. Nichts hier – vermutlich bis hin zum Sand – war echt. Der Himmel war ebenso künstlich wie der Horizont, nur eine geschickte Kombination aus bemaltem Kunststoff und Projektionen, erzeugte aber ein Gefühl von Weite, das ihr schier den Atem nahm. Linkerhand erhob sich eine gut zehn Meter hohe Klippe, auf der anderen Seite stürzte ein fast ebenso hoher kristallklarer Wasserfall in die Tiefe, wo er in einer gewaltigen Gischtwolke explodierte.

»Das ist … unglaublich«, murmelte sie beeindruckt.

»Und du hast gedacht, du würdest es niemals sehen«, sagte Louise. »Ich kann dir versichern, dass es beeindruckender als die Wirklichkeit ist. Ich war da.«

Aber es *war* nicht die Wirklichkeit, dachte sie, und eine sonderbare Trauer ergriff Besitz von ihr. Sie glaubte Louise, aber ob es nun eine Illusion war, die die Wirklichkeit übertraf oder nicht, es blieb eine Illusion, und es kam ihr *nicht richtig* vor. Sie fragte sich, ob das vielleicht für ihr ganzes, möglicherweise unendliches restliches Leben gelten würde: dass es nichts als eine Illusion war, eine Kopie, die das Original möglicherweise in jedem Detail übertraf, aber dennoch letzten Endes eine Kopie blieb.

Als spürte sie die finsteren Wolken, die sich hinter Lenas Stirn zusammenballten, lachte Louise plötzlich und bespritzte sie mit Wasser. Lena wollte es ihr mit gleicher Münze zurückzahlen, aber Louisc wich dem Schwall mit einer blitzschnellen Bewegung aus und warf sich dann rücklings mit weit ausgebreiteten Amen ins Wasser. »Krieg mich doch!«

Auch wenn Lena klar war, dass sie keine Chance hatte, tauchte sie mit einem Hechtsprung hinter ihr her und schoss unter Wasser dahin wie ein Delfin. Plötzlich packte sie jemand am Arm und zerrte sie unsanft nach oben. Sie wurde ein gutes Stück weit aus dem Wasser geschleudert und fiel mit einem gewaltigen Platschen zurück.

»He!«, protestierte sie. »Das ist unfair!«

Louise tauchte hinter ihr auf, legte ihr die Hände auf die Schultern und drückte sie wieder unter Wasser.

Lena hustete, spuckte Wasser und rang verzweifelt nach Luft, und Louise umschlang mit dem linken Arm ihre Hüfte und schlug ihr die andere Hand so hart zwischen die Schulterblätter, dass sie Sterne sah.

»Schon … gut«, japste Lena. »Ich weiß jetzt, wie … sich die Kleine vorhin … im Hotel gefühlt hat.«

Louise paddelte ein kleines Stück von ihr weg. »Wenn ich dich nicht gebremst hätte, dann wüsstest du jetzt, wie sich ein wütender Widder nach einem Zweikampf mit einem Konkurrenten fühlt«, erklärte sie.

Lenas Blick folgte ihrer deutenden Geste.

»Oh«, murmelte sie. Lena hatte das Becken mit ihren wenigen Schwimmzügen nahezu durchquert. Noch wenige Meter, und sie wäre ungebremst gegen die zwar hübsch blau angestrichene, aber dennoch massive Betonwand geknallt.

»Und wir wollen dieses wunderbar klare Wasser doch nicht

mit deinem kostbaren Blut verunreinigen, oder?«, schloss Louise.

»Hm«, machte Lena verlegen. »Danke.«

»Kein Problem«, sagte Louise. »Aber du musst allmählich lernen, mit deinen Kräften umzugehen. Du schwimmst jetzt schneller als die meisten Fische. Nicht dass du daran gestorben wärst oder so was, aber du hättest dir ziemlich übel wehtun können. Wir sind zwar nahezu unsterblich, aber Schmerzen spüren wir wie alle anderen auch.«

»Danke«, sagte Lena noch einmal. Absurderweise empfand sie einen heftigen Ärger auf Louise, wenn auch nur für einen ganz kurzen Moment. Dann machte sie sich klar, dass Louise sie schließlich oft genug gewarnt hatte. Es war wohl doch nicht ganz so einfach, von einem Tag auf den anderen nicht nur ein komplett neues Leben zu beginnen, sondern buchstäblich in einen anderen Körper zu schlüpfen.

Hinter ihnen erscholl ein gewaltiges Platschen, unmittelbar gefolgt von Noras albernem Kichern und Kreischen. Als Lena sich herumdrehte, sah sie sie gerade noch hinter einem Vorhang aus Schaum und hoch aufspritzender Gischt verschwinden. Charlotte saß noch immer am Ufer und blickte kopfschüttelnd in dieselbe Richtung.

»Marcus?«, fragte Lena erstaunt.

»Nora ist ein hübsches Mädchen«, antwortete Louise. »Und warum soll der gute Marcus nicht auch seinen Spaß haben. Immerhin verliert er seinen Job, wenn das hier rauskommt.«

»Dann stell ihn doch im Club an. Nora würde sich bestimmt freuen.«

»Du kennst Nora und ihren Appetit nicht. Marcus ist ein kräftiger Bursche, aber das würde er keine zwei Wochen überleben. Soll ich es dir beibringen?«

Lena hatte Mühe, dem plötzlichen Gedankensprung zu folgen. »Was?«

»Das Schwimmen.«

»Ich schwimme wie ein Fisch.«

Louise nickte. »Du schwimmst wie ein Delfin«, sagte sie. »Aber Charlotte, Nora und ich schwimmen wie Haie. Du willst doch nicht immer die Letzte sein, oder?«

Trotz allem war sich Lena tief im Innern immer noch nicht ganz sicher, ob sie überhaupt zu ihnen gehören *wollte*. Sie sah noch einmal zu Nora und dem gut aussehenden Wachmann hinüber, die übermütig im Wasser herumtollten.

»Lass die beiden Kinder ruhig ein bisschen spielen«, sagte Louise. »Komm, ich zeige dir die Geheimnisse der Tiefsee.«

Genau genommen war der Ozean an der tiefsten Stelle gerade einmal drei Meter tief, aber die Schöpfer dieser fantastischen Anlage hatten auch hier hervorragende Arbeit geleistet. Der Meeresgrund war bis ins letzte Detail nachgebildet, einschließlich der passenden Fauna und Flora für unterschiedliche Wassertiefen: Seeigel, Muscheln und Korallen bis hin zu künstlichen Krabben und anderen Bodenbewohnern.

Nach der Besichtigungstour tobten Louise und Lena ausgelassen über und unter Wasser dahin, spielten Fangen und lieferten sich spielerische Ringkämpfe, ohne jemals an die Grenze zu gehen, an der sie wirklich herausgefunden hätten, wer die stärkere von beiden war.

Bald musste Lena zugeben, dass Louise keineswegs übertrieben hatte: Sie war schon immer eine gute Schwimmerin gewesen, aber jetzt bewegte sie sich zehnmal schneller und mit einer Selbstverständlichkeit, als wäre dies ihr ureigenstes Element. Louise jedoch beherrschte es, als wäre sie dafür *geschaffen:* Ihre blitzschnellen zuschlagenden Bewegungen hatten tatsächlich etwas von einem Hai.

Und dann schlug sie wirklich zu.

Sie tobten schon eine ganze Weile unter dem Wasserfall herum, und Louise hatte sie mindestens ein halbes Dutzend mal untergetaucht, ohne dass es ihr umgekehrt gelungen wäre, aber sie war schließlich lernfähig. Als Louise das nächste Mal wie ein Hai auf sie zuschoss, drehte sie sich im allerletzten Moment zur Seite, tauchte blitzschnell unter und griff ihrerseits nach Louises Fesseln, um sie mit einer einzigen kraftvollen Bewegung unter die Wasseroberfläche zu reißen. Louise war so überrascht, dass sie den Mund zu einem Schrei aufriss und der größte Teil ihrer kostbaren Atemluft in einem Schwall aus silberfarbenen Luftblasen aus ihrem Mund entwich. Sie schlug blindlings um sich, aber Lenas Mitleid hielt sich in Grenzen. Ein ganz kleines bisschen Todesangst tat Louise vielleicht ganz gut.

Rasch zerrte sie sie bis auf den Grund hinab, stampfte sie kräftig mit den Füßen in den nachgeahmten Sand und registrierte mit grimmiger Befriedigung, wie nun das allerletzte bisschen Luft zwischen Louises Lippen hervorexplodierte. Dann ließ sie sie los, schließlich wollte sie sie nicht umbringen.

Louise stieß sich vom Boden ab und tat dann etwas ebenso Unerwartetes wie scheinbar Verrücktes: Statt sich so schnell wie möglich nach oben zu bewegen, um wieder Luft zum Atmen zu bekommen, schraubte sie sich mit einer schier unmöglichen Bewegung wieder nach unten, war plötzlich hinter Lena und schlang ihr den Arm um den Hals. Gleichzeitig blockierte sie ihre strampelnden Beine, warf sich herum und presste sie mit solcher Kraft gegen den Boden, dass schon der reine Gedanke an Gegenwehr lächerlich war.

Natürlich versuchte Lena es trotzdem, bäumte sich auf und warf sich verzweifelt hin und her. Sie war zornig auf sich selbst, Louise derart unterschätzt beziehungsweise sich selbst so überschätzt zu haben. Vielleicht lag es einfach an Louises engelsgleichem Gesicht, dass sie sie so falsch eingeschätzt hatte.

Noch weniger schien ihr derber Sinn für Humor zu diesem Engelsgesicht zu passen. Lenas Atemluft war allmählich aufgebraucht, und Louises Griff tat wirklich *weh,* aber sie schien wild entschlossen zu sein, ihr grausames Spiel auf die Spitze zu treiben. Was zum Teufel hatte sie vor? Wollte Louise sie umbringen?

Lena kämpfte weiter und verdoppelte ihre Anstrengungen, weil sie es allmählich mit der Angst zu tun bekam. Ihre Lunge schrie nach Luft, und ihr Herz schlug immer heftiger. Ein gallebitterer Geschmack stieg ihr im Rachen empor, und die zunehmende Atemnot löste Panik in ihr aus. Immer verzweifelter schlug und trat sie um sich, um Louises tödlichen Griff zu sprengen, aber es nutzte nichts. Ein eiserner Ring lag um ihre Brust herum und zog sich mit jeder Sekunde weiter zusammen, weißglühend und mit spitzen Dornen, die sich mit jedem Atemzug, den sie nicht bekam, tiefer in ihr Fleisch wühlten. Ihr Körper schrie immer verzweifelter nach Luft, fegte ihren Willen beiseite und zwang sie, den Mund zu öffnen und gierig nach Luft zu schnappen, die es nicht gab.

Salziges Wasser strömte ihre Kehle hinab und dann in die Lungenflügel, und das Gefühl war im allerersten Moment nicht einmal unangenehm, sondern nur seltsam; von einer Fremdartigkeit, die sie nicht beschreiben konnte.

Aber nur im allerersten Moment. Dann folgte ein so reißender, reiner Schmerz, dass sie nahezu das Bewusstsein verlor.

Vielleicht geschah das auch tatsächlich, aber wenn, dann nur für einige wenige Sekunden. Als sie die Augen wieder öffnete, war sie immer noch unter Wasser. Louises Gesicht schwebte nur eine Handbreit über ihr, von ihrem blonden Haar wie von einem goldenen Heiligenschein umgeben, und das Allerabsurdeste war, dass sie lächelte.

Lena zweifelte an ihrem Verstand, aber dann war die Erklärung umso einfacher: Sie war tot. Die Unsterblichkeit, die Louise ihr versprochen hatte, hatte gerade einmal drei Tage gedauert. Und das war eben das, was einen auf der anderen Seite erwartete.

Aber was tat Louise dann hier?

Als hätte sie ihre Gedanken gelesen, lächelte Louise noch amüsierter und bewegte die Lippen, als wollte sie etwas sagen. Schließlich packte sie Lena und zog sie hinter sich her, der Wasseroberfläche entgegen. Wieso lebte sie noch? Ihre Lunge war mit Wasser gefüllt. Sie sollte tot sein, aber sie atmete ganz normal weiter und fühlte sich *wohl* dabei!

Wenigstens so lange, bis sie den zitternden Spiegel über sich durchbrach und sich jäh unter dem tosenden Wasserfall wiederfand. Das Gefühl, ersticken zu müssen, kehrte schlagartig zurück. Erneut schlug und trat sie wie von Sinnen um sich und würgte dabei qualvoll bitter schmeckendes Salzwasser hervor. Louise war plötzlich hinter ihr, nahm sie huckepack und schwamm mit kräftigen Zügen los. Schon nach wenigen Augenblicken zog sie Lena auf den warmen Strand hinauf.

Keuchend wälzte Lena sich auf die Seite und würgte noch mehr Wasser und bitteren Schleim hervor. Sie spürte, wie sich Louise über sie beugte und irgendetwas sagte, aber sie verstand die Worte nicht. Alles drehte sich, und sie schlitterte wieder bedenklich nahe am Rande der Bewusstlosigkeit entlang. Statt Wasser füllte nun wieder Luft ihre Lunge, aber es war wie pures Feuer, das jede noch so winzige Verästelung ihrer Bronchien versengte.

Louise drehte sie auf den Rücken und sagte wieder etwas. »… atmen!«, verstand Lena.

Was glaubte sie denn, was sie versuchte?

Nur ganz allmählich wurde das Dröhnen in ihren Ohren leiser, und die Luft versuchte jetzt auch nicht mehr so vehement, sie von innen heraus zu verbrennen.

»Na siehst du, geht doch schon wieder«, sagte Louise fröhlich. »War es jetzt so schlimm?«

»Ja!«, antwortete Lena zornig. Sie wollte sich hochstemmen, aber ihr fehlte einfach die Kraft dazu. Mühsam drehte sie den

Kopf und warf einen Hilfe suchenden Blick zu Charlotte hinauf. Sie saß nur wenige Schritte entfernt mit angezogenen Knien im Sand und blätterte in ihrem Buch. Wahrscheinlich hätte sie nicht einmal in ihre Richtung gesehen, wenn sie auf einem Bein herumgehüpft wäre und dabei eine Opernarie geschmettert hätte.

»Das war jetzt gerade deine erste Lektion«, sagte Louise. »Du hast sie bestanden, auch wenn du es dir unnötig schwer gemacht hast.«

»Ja, danke«, grollte Lena. »Ich wollte schon immer mal wissen, wie es sich anfühlt zu ertrinken.«

»Wir können nicht sterben, Liebes«, sagte Louise sanft. »Wenn du das nächste Mal ins Wasser fällst, dann atme einfach tief ein. Es geht ganz schnell. Und es tut nicht einmal weh, wenn man sich nicht dagegen wehrt.«

»Du meinst, wir können *Wasser* atmen?« Warum fragte sie eigentlich? Sie hatte es gerade *getan!*

»Abgesehen von rostigen Nägeln können wir so ziemlich alles atmen«, antwortete Louise. »Und vielleicht sogar die, wer weiß.«

»Das hättest du mir sagen können«, beschwerte sich Lena. »Verdammt, ich hatte Todesangst!«

»Aber ich war doch die ganze Zeit bei dir, um dich im Notfall rauszuholen«, antwortete Louise. »Und wenn alles schiefgegangen wäre, dann wäre uns immer noch die gute alte Mund-zu-Mund-Beatmung geblieben.«

Ihr Gesicht kam noch näher. Sie legte ihre Lippen auf Lenas und presste ihr einen warmen, nach Leben schmeckenden Atemzug in die Lunge. Dann wurden ihre Lippen weicher und schmeckten plötzlich süß, aber auch fordernd, und ihre Zunge versuchte einen Weg zwischen Lenas überrascht zusammengebissenen Zähne zu finden. Louises Hand lag auf ihrem Bauch und löste ein Gefühl in ihr aus, für das sie sich immer noch ein wenig schämte, das ihren Widerstand aber auch einfach zerbrechen ließ, denn es war mit rein gar nichts zu vergleichen, was sie jemals erlebt hatte. Statt sich weiter zu wehren, begrüßte sie Louises Zungenspitze nun scheu mit der eigenen. Ihre Hände tasteten nach Louises Gesicht, hielten es einen kurzen Augenblick lang fest und glitten dann an ihrem Hals und ihren Schultern hinab und tiefer, und –

Rot. Alle ihre Sinne signalisierten ihr mit einem einzigen grellen Blitz *Gefahr*. Die Luft schmeckte mit einem Mal nach Blut und Beute. Nur einen Sekundenbruchteil nach Louise war auch sie auf den Beinen und stand in einer geduckten, angespannten Haltung da. Etwas flackerte in ihren Augenwinkeln, etwas Graues, Gefährliches, aber als sie hinsah, war es nur Charlotte, die in derselben alarmierten Haltung dastand. Das Buch hielt sie noch immer in der Hand, aber wenigstens hatte sie die Ohrstöpsel ihres iPods herausgenommen.

Blutgeruch hing in der Luft, und Lena musste nicht fragen, um zu wissen, was geschehen war. Gleichzeitig mit den beiden anderen setzte sie sich in Bewegung, umrundete den künstlichen Felsen und blieb dann überrascht stehen, als ihr Blick auf die kleine Bucht fiel, die sich dahinter verbarg. Sie war eindeutig der blauen Lagune aus dem gleichnamigen Film nachempfunden, auch wenn das Setting vielleicht nicht ganz stimmte. Auf den Wellen tanzte eine umgekippte Luftmatratze, unter der der reglose Körper eines muskulösen Mannes eingeklemmt war, der nur Boxershorts trug. Ein Stück neben ihm trieb Nora mit ausgebreiteten Armen und dem Gesicht nach unten im Wasser. Sie trug nur noch das Unterteil ihres Bikinis, das Oberteil schwamm ein Stück neben ihr, war in den blutigen Schlieren, die sich im Wasser ausdehnten, aber kaum auszumachen.

»Ach verdammt!«, stieß Louise hervor. Mit zwei schnellen Schritten war sie neben der reglosen Nora in der Brandung und zog sie auf den Strand hinauf. Lena schlug erschrocken die Hand vor den Mund, als sie das kreisrunde Einschussloch direkt unter Noras linker Brust sah. Ein dünnes hellrotes Rinnsal sickerte daraus hervor und verteilte sich in rosafarbenen Bahnen auf ihrem nassen Leib.

Charlotte war plötzlich verschwunden, und auch Lena erwachte endlich aus ihrer Starre, rannte ins Wasser und trat die Luftmatratze mit solcher Gewalt beiseite, dass sie in die Höhe katapultiert wurde und zerplatzte. Blitzschnell bückte sie sich, hob den Körper des Nachtwächters aus dem Wasser (erstaunlich, wie leicht er war!) und trug ihn ans Ufer.

Marcus war tot. Seine Augen standen weit offen und zeigten blankes Entsetzen und eine unvorstellbare körperliche Qual. Seine Kehle war so tief aufgerissen, dass an einigen Stellen der weiße Knochen des Rückgrates durchschimmerte. So schrecklich die Wunde war, so wenig blutete sie aber, so als wäre sein Körper nahezu allen Blutes beraubt worden.

»Großer Gott«, hauchte Lena. »War das … Nora?«

Louise sah sie einen halben Atemzug lang fast empört an, schüttelte dann knapp den Kopf und beugte sich wieder über Nora. Lena konnte nicht erkennen, was Louise tat, aber plötzlich bäumte sich Nora auf, beide Hände gegen die Schusswunde in ihrem Leib gepresst. Irgendwo auf der anderen Seite der künstlichen Klippe erscholl ein gedämpfter Schrei, dann etwas, was wie ein Schuss geklungen hätte, wäre es nicht viel zu leise gewesen, aber Lena achtete nicht weiter darauf. Fassungslos starrte sie auf Nora hinab.

Nora schlug nun beide Arme um sich und krümmte sich wie unter Magenkrämpfen. Aber ihr hechelnder Atem beruhigte sich auch zusehends, und nur wenige Augenblicke später richtete sie sich auf und nahm die Arme herunter. Von der tödlichen Schusswunde unter ihrer linken Brust war nur noch ein blasser runder Fleck geblieben, der ebenfalls noch beim Zusehen verschwand. Dafür schimmerte auf ihrer Handfläche ein winziges zerdrücktes Stückchen Metall.

»Alles in Ordnung?«, erkundigte sich Louise besorgt.

Nora nickte. »Ja. Tut mir leid. Das hätte nicht passieren dürfen.«

»Da kann ich dir nicht widersprechen. Das hätte wirklich nicht passieren dürfen.«

Nora bemühte sich um ein entsprechend niedergeschlagenes Gesicht. »Tut mir ehrlich leid, aber ich war abgelenkt.« Sie betrachtete stirnrunzelnd die deformierte Kugel auf ihrer Handfläche und warf sie dann mit einer ärgerlichen Bewegung ins Wasser. Erst dann drehte sie den Kopf und sah auf Marcus' verheertes Gesicht hinab. »Was für eine Verschwendung«, seufzte sie. »Er war so ein süßer Junge.«

Lena musste sich überwinden, um den toten Wachmann noch einmal anzusehen. Louise hatte sich seiner erbarmt und ihm die Augen geschlossen, aber das nahm dem Anblick nichts von seinem Schrecken. Und da war noch etwas: Auf eine düstere Art … erregte sie das Bild. Hunger erwachte in ihren Eingeweiden, eine nagende Gier, die niemals ganz gestillt werden konnte. »Was … ist passiert?«, fragte sie.

»Ich glaube, das kann ich beantworten«, antwortete Charlotte hinter ihr. »Zumindest hab ich hier etwas, was uns vielleicht bei der Erklärung hilft.«

Sie trieb einen breitschultrigen Kerl in Jeans und Lederjacke vor sich her, der sie um einen Kopf überragte und kräftig genug aussah, um sie ohne Mühe in Stücke brechen zu können. Trotzdem stolperte er mit halb erhobenen Armen eingeschüchtert vor ihr her. In seinem Gesicht stand nichts als pures Entsetzen geschrieben.

Vielleicht lag es ja an der großkalibrigen Pistole mit Schalldämpfer, die Charlotte ihm in den Nacken drückte. Das Buch, in dem sie zuvor gelesen hatte, trug sie jetzt in der linken Hand.

Vorhin hatte sie diese Waffe noch nicht gehabt, und Lena war sich auch ziemlich sicher, dass unter ihrem Badeanzug kein Platz gewesen war, um sie zu verstecken. Vermutlich gehörte sie ihm.

»Schaut, was ich gefunden habe, Mädels«, sagte Charlotte fröhlich. »Es weiß bestimmt, was hier passiert ist. Bis jetzt spricht es nicht mit mir, aber es wird sicher noch reden.«

»War er das?«, fragte Louise.

Nora hob den Kopf und sah in das kantige Gesicht des Burschen hoch. »Ich … weiß nicht. Es ging nämlich alles ziemlich schnell.«

»Du musst wirklich mächtig abgelenkt gewesen sein, wenn du ein so hübsches Gesicht vergisst«, sagte Louise. Sie stand auf, baute sich vor dem Muskelpaket auf und legte den Kopf in den Nacken, um ihn aus hart glitzernden Augen anzufunkeln. »Hast du auf Nora geschossen?«, fragte sie.

Der Bursche schien sie nicht gehört zu haben. Er starrte auf Nora hinab, und in den Ausdruck mühsam unterdrückter Furcht mischte sich erst Unglauben und dann noch größeres Entsetzen.

»Strigoi!«, keuchte er. »Du … du bist … *Strigoi*. Ihr alle … *Strigoi!«*

»Ja«, sagte Nora. »Das ist der Kerl. Ich hab ihn nicht genau gesehen, aber dieses reizende Stimmchen erkenne ich wieder.«

»Strigoi«, wimmerte der Bursche, schlug das Kreuzzeichen vor Stirn und Brust und versuchte vor Louise zurückzuweichen, aber Charlotte trat ihm so hart in die Kniekehlen, dass er mit einem Stöhnen auf die Knie sank. Sein Blick saugte sich an Noras Brust fest, dort, wo eine halbe Minute zuvor noch die tödliche Schusswunde gewesen war.

»Aber das … unmöglich!«, stammelte er mit einem schweren russischen Akzent. »Ich dich getroffen!«

»Ja, allmählich glaube ich auch, dass er es gewesen sein könnte«, sagte Louise in nachdenklichem Tonfall. »Charlotte, warum zeigst du unserem Gast nicht, was wir davon halten, wenn jemand auf eine von uns schießt?«

»Ich darf?«, sagte Charlotte erfreut. »Du bist dir sicher, dass du es nicht mehr brauchst?«

»Mach damit, was du willst«, sagte Louise.

Der Russe erbleichte noch mehr, schlug abermals das Kreuzzeichen und spannte sich, als Charlotte die Waffe direkt auf seine Stirn richtete. Aber sie drückte nicht ab. Stattdessen ließ sie die Waffe sinken und lächelte wieder.

»Weißt du, was der Unterschied zwischen Leuten wie euch und Leuten wie uns ist, mein Freund?«, sagte sie. »Wir geben jedem eine Chance, statt aus dem Hinterhalt auf ihn zu schießen. Und ich halte sowieso nichts von Schusswaffen.«

Damit trat sie zwei Schritte zurück und warf dem völlig überraschten Russen die Pistole vor die Füße. Er rührte keinen Finger, um danach zu greifen.

»Ich war schon immer der Meinung, dass das Wort die mächtigste aller Waffen ist«, fuhr Charlotte im Plauderton fort. »Was hältst du davon, wenn wir es ausprobieren?«

Sie wedelte lächelnd mit ihrem Buch und wiederholte ihre einladende Geste zur Pistole hin.

Der Russe starrte sie noch eine letzte, schier endlose Sekunde an. Dann beugte er sich blitzschnell vor, raffte die Waffe auf und versuchte, gleichzeitig auf Charlotte zu zielen und sich zur Seite fallen zu lassen.

Was dann geschah, war für seine Augen vermutlich unsichtbar, allerhöchstens ein verschwommenes Huschen. Selbst Lena hatte Mühe, der Bewegung zu folgen, und im Grunde begriff sie es erst, als es schon längst vorüber war.

Charlotte trat einen halben Schritt zur Seite in dieselbe Richtung, in die der Russe sich fallen ließ – und das ganz eindeutig einen Sekundenbruchteil, *bevor* er es tat –, klappte ihr Buch auf und riss eine Seite heraus. Sie ließ das Buch fallen, faltete das Blatt in der Mitte zusammen und fuhr mit den Fingernägeln der anderen Hand über den Falz, um ihn zur Schärfe eines chirurgischen Instruments zusammenzudrücken. Scharf wie ein Skalpell fuhr die Kante durch die Kehle des Russen und schlitzte seinen Hals so tief auf, dass er nahezu enthauptet wurde. Ein dünner Sprühnebel aus Blut besudelte Charlottes Gesicht, Haar und Schultern. Die Waffe entglitt den plötzlich kraftlosen Fingern des Russen und fiel in den Sand, während er selbst nach hinten kippte. Er starb, noch bevor er den Boden berührte. Das Ganze hatte weniger als eine halbe Sekunde gedauert.

»Aber sie … sie hat ihn … umgebracht«, stammelte Lena entsetzt.

»Du bist eine wirklich scharfsinnige Beobachterin, Lena«, sagte Charlotte. Sie betrachtete einen Moment lang stirnrunzelnd das mit Blut besudelte Buch neben ihr, hob es auf und watete dann bis zu den Hüften ins Wasser, um schließlich unterzutauchen und ihr Gesicht und das Haar von der Schweinerei zu säubern. Ihr Make-up war jetzt wohl endgültig ruiniert. Das Buch trieb auf den Wellen davon.

»Aber sie … hat ihn einfach umgebracht«, murmelte Lena noch einmal. »Sie … sie kann doch nicht …«

»Dieser Kerl hat Marcus auf dem Gewissen«, fiel ihr Louise ins Wort. »Er hat auf Nora geschossen, und glaub mir, wenn er die Gelegenheit dazu gehabt hätte, dann hätte er auch dir und mir eine Kugel in den Kopf gejagt, ohne mit der Wimper zu zucken.« Sie versetzte dem Toten einen Tritt. »Diesen Kerlen ist ein Menschenleben nichts wert.«

So wenig wie euch?, dachte Lena.

Charlotte kam zurück, bückte sich nach der Pistole und warf sie in hohem Bogen ins Wasser.

»Verschwinden wir von hier«, sagte Nora. »Mir ist die Lust am Schwimmen vergangen.«

Charlotte fuhr sich mit der Hand durch ihre zerlaufene Schminke und blickte dann anklagend auf ihre Fingerspitzen hinab. »Frag mich erst mal«, nörgelte sie.

»Also los, weg hier.« Louise packte Lena an der Schulter und zerrte sie einfach hinter sich her. »Wir können unterwegs über alles reden.«

Im Umkleideraum entledigten sie sich rasch ihrer Badesachen und schlüpften in die herumliegenden Kleider, ohne sich großartig abzutrocknen. Die Gefahr, dass sie sich erkälteten, bestand wohl kaum.

Lena kam erst wieder halbwegs zu sich, als sie den langen Korridor hinter sich gebracht hatten und die Aufzugkabine betraten. Sie stand noch immer unter Schock. Nicht so sehr, weil Charlotte den Russen getötet hatte, als vielmehr wegen der *Art,* auf die sie es getan hatte. Sie hatte weder gekämpft noch getötet wie ein Mensch, nicht einmal wie ein Tier, sondern so unvorstellbar kalt, schnell und präzise wie eine Maschine. Vielleicht wie etwas weit Schlimmeres.

»Wer war der Kerl?«, fragte sie, als die Kabine – quälend langsam, wie es ihr vorkam – nach unten glitt.

Louise schien angestrengt nachzudenken. »Ich bin mir da nicht sicher«, sagte sie. »Aber ich glaube, er gehört zu Stepans Männern.«

»Tut er«, sagte Nora. »Ich hab die schon mal zusammen gesehen.« Sie knabberte an ihren Fingernägeln, die vom Wasser weich geworden waren, und betrachtete Lena dabei beiläufig.

Es sollte wohl nur so beiläufig *aussehen.* In Wahrheit war ihr Blick ebenso aufmerksam wie forschend. Lena kam sich wie seziert vor und fühlte sich, als wäre sie noch genauso nackt wie gerade in der Umkleidekabine.

»Aber ich dachte, dieser Stepan …«

»… lässt uns in Ruhe, nachdem alles zwischen uns geklärt ist?« Louise schnaubte. Ihre Augen funkelten angriffslustig. »Jedenfalls hat er mir das versprochen. Ich schätze, es ist an der Zeit, dass wir ihm einmal einen kleinen Höflichkeitsbesuch abstatten.«

Lena lief ein Schauer über den Rücken. »Dieses Wort«, sagte sie. »Strigol … War das russisch?«

»Strigoi«, verbesserte sie Louise und schüttelte den Kopf. »Es ist rumänisch, aber viele Russen benutzen es trotzdem. Es bedeutet Vampir.«

»Das heißt, die Russen wissen, was wir sind?«, fragte Lena erschrocken.

»Wie kommst du bloß darauf?«, spöttelte Nora, ohne dass sie damit aufhörte, sie mit Blicken auszuziehen. »Der Kerl hat mir eine Kugel aus einem Meter Entfernung ins Herz gejagt, und eine Minute später stehe ich putzmunter und ohne einen Kratzer vor ihm. Wie sollte er da wohl auf die Idee kommen, dass mit uns irgendwas nicht stimmt?«

Lena wollte antworten, doch in diesem Moment hielt die Liftkabine an, die Tür glitt mit einem scharrenden Geräusch auseinander, und es war genau wie gerade oben im Schwimmbad: Sie spürte die Gefahr so intensiv und körperlich wie eine Hitzewelle, die ihr ins Gesicht schlug, nur dass dieses Mal kein Blutgeruch in der Luft lag. Aber dafür etwas anderes, Schlimmeres.

Wie zuvor reagierten die anderen auch jetzt sehr viel schneller als sie: Louise versetzte ihr einen Stoß, der sie gegen die Rückwand der Kabine taumeln ließ, war mit einem einzigen Satz zusammen mit Charlotte draußen, und noch bevor Lena zu Atem kommen konnte, schob Nora sie vor sich her aus dem Lift und nahm geduckt hinter ihr Aufstellung, um ihren Rücken zu decken. Und natürlich dauerte das alles weniger als eine halbe Sekunde.

Das Parkdeck hatte sich radikal verändert. Grelles Neonlicht brannte, und Marcus' rostiger Golf sowie Louises Jaguar und Lenas Ferrari waren von einem halben Dutzend Wagen umstellt, deren Scheinwerfer voll aufgeblendet waren. Lena wollte die Hand heben, um die Augen vor dem grellen Licht zu schützen, aber das erwies sich als unnötig: Ihre Pupillen verdunkelten sich ganz von selbst, so dass sie schon nach einem Sekundenbruchteil wieder ganz normal sehen konnte.

Nicht dass ihr gefiel, was sie sah.

Nicht nur ein halbes Dutzend Wagen hatte sie umzingelt, sondern auch ein gutes Dutzend Männer, die sich große Mühe zu geben schienen, so auszusehen, als wären sie aus einem Handbuch für Schlägertypen entsprungen. Einige waren bewaffnet, aber nur ein Einziger hatte seine Pistole auch gehoben und auf Louise gerichtet. Vermutlich verließen sie sich auf ihre Muskeln und ihre schiere Überzahl.

Lena hoffte, dass es kein tödliches Erwachen für ein paar von ihnen geben würde. Oder alle.

Dann trat eine untersetzte Gestalt aus der Reihe hervor, und Lena begriff nicht nur, dass Louise sie belogen hatte, sondern auch, wie entsetzlich falsch sie die Situation bisher eingeschätzt hatte.

Sie musste nicht fragen, um zu wissen, dass sie Stepan gegenüberstand. Er war deutlich älter als der Rest seiner Schlägerbande, ein dunkelhaariger Mann um die vierzig, der durchdringende schwarze Augen hatte und auf eine brutale Art durchaus attraktiv aussah. Unter seinem Maßanzug verbargen sich nichts als perfekt durchtrainierte Muskeln. Seine Fingernägel waren schwarz lackiert, und außerdem war er ein Vampir. Sie wusste es einfach.

Louise warf ihr einen beschwörenden Blick zu und wandte sich dann wieder an den Russen. »Hallo, Stepan«, sagte sie. »Wenn das keine Überraschung ist! Du hättest anrufen sollen, dann wären wir zusammen schwimmen gegangen.«

Stepan streifte sie mit einem flüchtigen Blick, musterte Lena dafür aber umso aufmerksamer. Seine Augen waren so durchdringend wie die Louises, aber auf eine viel unangenehmere Art. »Hübsch«, sagte er. »Aber du hattest ja schon immer einen guten Geschmack. Eine neue Eroberung für deinen Harem?«

»Was willst du, Stepan?«, fragte Louise kalt. »Ich dachte, wir wären uns einig.«

»Sobald ich zurückhabe, was mir abhandengekommen ist«, antwortete Stepan.

»Einer deiner Männer?«

Stepan verzog nur flüchtig die Lippen. »Pjotr. Wo ist er? Hast du ihn umgebracht?«

»Er hätte Marcus nicht töten sollen«, sagte Louise ruhig. »Das war wirklich nicht nett. Nora hat ihn gemocht.«

»Wie unangenehm«, seufzte Stepan. »Dann ist es jetzt wohl für eine Weile aus mit euren kleinen Badeausflügen? Das tut mir leid. Ich weiß, wie viel euch diese Momente bedeutet haben … Aber wenn die Polizei erst einmal anfängt herumzuschnüffeln und möglicherweise eine Verbindung zwischen dem armen Kerl und einer gewissen Club-Besitzerin herstellt … nicht auszudenken. Ja, das kann wirklich unangenehm werden. Dabei ist mir gar nicht daran gelegen, dir Schwierigkeiten zu machen.«

»Was willst du dann?«

Stepan hob nur die Schultern, und ein zweiter *Strigoi* trat hinter ihm aus dem Schatten eines Betonpfeilers. Er war deutlich jünger als Stepan – vielleicht dreißig, wenn überhaupt – und trug keinen Maßanzug, sondern Jeans, Turnschuhe und eine Designer-Lederjacke. Außerdem kannte Lena ihn. Es war erst ein paar Tage her, da hatte sie ihm in CHARLOTTES CLUB die Brieftasche geklaut.

»Ich glaube, ihr kennt euch noch nicht«, sagte Stepan. »Das ist Anton, mein Sohn.«

Sein *Sohn?*

Nicht nur Lena war überrascht.

»Hallo, Kleines«, sagte Anton feixend. »Schön, dich wiederzusehen.«

Stepan sah mit milder Überraschung von ihr zu ihm und wieder zurück. »Ihr kennt euch?«

»Flüchtig«, sagte der jüngere Vampir. »Aber was nicht ist, kann ja noch werden.«

Lena biss sich auf die Unterlippe, um nichts zu sagen. Zwei Vampire? Wie viele davon gab es denn noch? Louise hatte doch behauptet, es gäbe nur noch *weibliche* Vampire!

»Was willst du, Stepan?«, fragte Louise noch einmal.

»Wie gesagt, ich hätte gern mein Eigentum zurück.« Stepan deutete auf Lena. »Ich nehme an, das ist die Kleine, die Iwan die Brieftasche abgenommen hat?« Lena wollte antworten, aber Stepan schnitt ihr mit einer unwilligen Geste das Wort ab. »Keine Angst, ich nehme es dir nicht übel. Wenn dieser Idiot sich von einer kleinen Taschendiebin beklauen lässt, dann hat er es nicht besser verdient. Ich nehm's dir nicht mal übel, dass du ihn umgebracht hast … hat er sich genauso selbst zuzuschreiben. Und wenn du es nicht getan hättest, dann hätte wahrscheinlich ich ihn umgelegt, weil er so dämlich war, dass Codebuch mit sich rumzutragen. Du erinnerst dich?«

Lena sah ihn nur fragend an.

»Ein kleines Büchlein mit einer Menge verschlüsselter Informationen, die besser nicht in falsche Hände fallen«, sagte Anton. »Jetzt erzähl mir nicht, du hättest die Brieftasche nicht durchsucht.«

»Ich habe sie nicht mehr«, sagte Lena.

»Ja, ich glaube ich dir das sogar«, sagte Stepan. »Aber noch haben wir sie nicht zurück. Ich hoffe, du kommst nicht auf irgendwelche dummen Ideen, Mädchen. Louise und ich werden wahrscheinlich nie wieder Freunde, aber wir respektieren einander. Sie mischt sich nicht in meine Geschäfte, und ich mich nicht in ihre. Bisher funktioniert das ganz gut.«

»Und das wird es auch weiter«, sagte Louise. Täuschte sich Lena, oder klang sie ein bisschen nervös? »Wir haben kein Interesse daran, dir Schwierigkeiten zu bereiten. Sucht diesen bescheuerten Bewährungshelfer … oder soll ich das für dich erledigen?«

»Ich denke, das schaffen wir schon«, sagte Stepan.

»Wahrscheinlich müssen wir sowieso nur abwarten, bis sich dieser Idiot bei uns meldet und uns das Buch verkaufen will«, sagte Anton.

»Dann sind wir uns ja einig«, sagte Stepan. Sein Blick ließ Lena nicht los.

»Du wirst sie in Ruhe lassen, Stepan«, sagte Louise gefährlich leise. »Wenn du Probleme hast, diesen Kerl zu finden, erledigen wir das für dich. Aber lass die Finger von Lena! Sie gehört zu uns.«

»Du meinst, sie gehört dir«, feixte Anton. Sein Vater schenkte ihm einen ärgerlichen Blick, den der jüngere Vampir aber nicht zur Kenntnis nahm.

»Halt deinen Köter an der Leine, Stepan«, sagte Nora. »Oder du brauchst einen neuen.«

Louise brachte sie mit einer ungehaltenen Geste zum Verstummen, bevor sie an Stepan gewandt fortfuhr: »Ich denke, wir sind uns einig, Stepan. Wir haben keinen Streit mit dir. Und ich möchte, dass das so bleibt.«

»Deine neue Freundin hat gute Beziehungen zur Polizei, wie man hört«, sagte Anton.

Diesmal machte sich Louise nicht die Mühe zu antworten. Sie sah einfach nur weiter Stepan an, und auch wenn sowohl sie als auch der Russe kein einziges Wort sagten, fand doch irgendeine Art von Kommunikation zwischen ihnen statt, so als verständigten sie sich auf einer Ebene, die den normalen menschlichen Sinnen nicht zugänglich war.

»In Ordnung.« Stepan gab seinen Männern einen Wink, woraufhin sie ihre Waffen einsteckten und in die Wagen stiegen. Einzig er selbst und Anton blieben noch einen Moment stehen, und das so gespenstisch lautlose Gespräch schien anzuhalten. Etwas wie eine Drohung lag in der Luft, das Nahen zweier unaufhaltsamer finsterer Gewalten, die irgendwann aufeinanderprallen würden, weil eine Welt allein nicht ausreichte, um ihnen beiden Platz zu bieten.

Aber nicht jetzt.

»Dann bis später einmal, meine Liebe«, sagte Stepan schließlich. »Wenn sich alles aufgeklärt hat, komme ich dich vielleicht in deinem Club besuchen, und wir trinken einen Wodka zusammen.«

»Ihr seid herzlich willkommen«, sagte Louise eisig. »Ich freue mich.«

Stepan setzte das vorpubertäre Geplänkel zur allgemeinen Erleichterung nicht fort, sondern wandte sich zu seinem Wagen um, einer schweren gepanzerten Limousine mit abgedunkelten Scheiben. Auch Anton drehte sich herum, blieb dann aber noch einmal stehen und sah nachdenklich auf den weißen Ferrari hinab.

»Schicke Kiste«, sagte er. »Deine?«

Lena vermutete, dass es in Louises Sinn war, wenn sie nicht antwortete. Anton lachte leise, schüttelte den Kopf und zog dann einen Schlüsselbund aus der Tasche.

Das Kreischen, mit dem er einen tiefen Kratzer in die linke Seite des Ferraris zog, hörte sich in Lenas Ohren an wie der Schrei eines Tieres auf der Folterbank.

19

Die Gardinen der großen Hotelsuite waren zurückgezogen, und die Balkontüren standen weit offen. Kühle Luft und die fernen Geräusche der Stadt wehten in das abgedunkelte Zimmer. Die Dämmerung war schon hereingebrochen, und graues Licht kroch wie Nebel durch die Straßen und an den Fassaden der Gebäude hinab. In wenigen Minuten würde das grelle Licht der Sonne folgen, die bereits jetzt als unheildrohende Linie über dem Horizont erschien, und der Balkon würde sich in eine Todeszone verwandeln.

Charlotte stand trotzdem dort draußen und sah nach Osten. Das tat sie schon eine ganze Weile, und sie hatte sich in all den endlosen Minuten nicht ein einziges Mal bewegt. Der Anblick war faszinierend und beunruhigend zugleich. Lena hatte zweimal versucht, sie anzusprechen, aber weder eine Antwort noch irgendeine andere Reaktion erhalten. Schließlich hatte sie es aufgegeben und sich in den großen Sessel sinken lassen, in dem normalerweise Charlotte saß und ihre uralten Bücher las.

Lena war müde. Nach der Katastrophe im *Tropical Island* waren sie in den Club gefahren, aber die Musik und das emsige Treiben und die aufgesetzte Fröhlichkeit und all die bunten Lichter hatten in dieser Nacht ihre Wirkung auf sie verfehlt. Sie hatte fast die gesamte restliche Nacht an der Bar verbracht und ein Whisky-Cola nach dem anderen in sich hineingekippt, ohne dass der Alkohol auch nur die Spur einer Wirkung gezeigt hätte. So etwas wie einen Kater hatte sie trotzdem, auch wenn er sich auf ihre Seele beschränkte.

Louise hatte sie belogen. Sie hatte behauptet, alles sei in Ordnung, aber das war es nicht. Sie hatte behauptet, sie habe noch Zeit, aber die hatte sie nicht mehr. Sie hatte gesagt, es gebe keine männlichen Vampire mehr, aber es gab sie.

Und sie hatte gesagt, dass nur Frauen die Macht besäßen, die geheime Kraft zu wecken, die einen Menschen zu etwas … *anderem* machte, aber auch das stimmte wohl nicht. Stepans Sohn war der lebende Beweis dafür.

Lena fragte sich, in welchen anderen Punkten Louise sie noch belogen hatte. Vielleicht stimmte ja rein gar nichts.

Die Tür fiel ins Schloss, und Nora kam herein. Sie sah genauso müde aus, wie Lena sich fühlte, und wirkte verärgert. Irgendwann im Lauf der Nacht hatte sie eine heftige Auseinandersetzung zwischen Louise und ihr mitbekommen, aber sie war zu erschlagen gewesen, um nach dem Grund zu fragen. Beim Anblick Lenas lächelte Nora – wenn auch matt –, sah dann aber überrascht auf den Balkon hinaus.

»Wie lange steht sie schon da?«

»Charlotte?« Lena hob die Schultern. »Seit ich reingekommen bin. Vielleicht zehn Minuten.«

Nora trat zu Charlotte auf den Balkon hinaus. Lena sah, wie sie etwas zu ihr sagte, aber auch keine Antwort bekam. Sie gesellte sich zu den beiden.

Wenn Nora besorgt war, dann verbarg sie es meisterhaft. Sie sah Charlotte zwar aufmerksam an, doch als Lena eine entsprechende Frage stellen wollte, schnitt sie ihr das Wort ab.

»Sind noch ein paar Minuten«, sagte sie. »Komm, genießen wir den Sonnenaufgang.«

Lena war nicht danach, irgendetwas zu *genießen,* aber ihr fehlte im Moment auch die Kraft, Nora zu widersprechen. Außerdem hatte sie recht: Es wurde zwar bereits hell, aber bis die tödlichen Strahlen der Sonne den Balkon erreichten, würden noch Minuten vergehen. Augenblicke wie diese waren kostbar geworden. Dass man Dinge meist erst dann wirklich zu schätzen lernte, wenn man sie verlor, mochte eine Binsenwahrheit sein, aber auch in dem Begriff Binsenwahrheit verbarg sich das Wort *Wahrheit*.

Sie musste an die vergangene Nacht denken, die Zeit, bevor sie zum Albtraum geworden war. Der nachgeahmte Sonnenaufgang war perfekt gewesen, und dennoch nur ein schwacher Abklatsch, denn ihm hatte genau dieses winzige Etwas gefehlt: *Wahrheit*.

Eine nie gekannte Melancholie überkam sie, ein Gefühl, über das sie bisher allenfalls gelacht hätte.

Wärme berührte ihr Gesicht, und als sie die Augen öffnete, stellte sie erschrocken fest, dass die lautlos vorrückende Todeslinie des Sonnenlichts die Brüstung schon fast erreicht hatte. Sie glaubte ein Zischen zu hören, wo der Beton unter den sengenden Strahlen verbrannte. Natürlich war es nur ein Streich, zu dem ihre Fantasie ihre überreizten Nerven angestachelt hatte, aber es machte sie trotzdem nervös.

Zeit, hineinzugehen und die Gardinen zuzuziehen.

Weder Nora noch Charlotte rührten jedoch einen Finger. Nora hatte das Gesicht mit geschlossenen Augen dem Sonnenaufgang zugewandt, während Charlotte den größer werdenden Kreisausschnitt aus flüssigem Tod aus weit geöffneten Augen ansah. Ein sonderbarer … entrückter Ausdruck lag auf ihrem Gesicht.

»Was ist das hier?«, fragte Lena. »So eine Art kindische Mutprobe?« Ihr Gesicht war jetzt nicht mehr warm, es war *heiß*.

»Yep!«, kicherte Nora. »Wer zuerst kneift, ist eine feige Pussy!«

»Und wer bis zum Schluss bleibt, die heißeste Braut des Tages?«

Nora kicherte noch alberner und machte keine Anstalten, auch nur einen Millimeter zurückzuweichen. Ihr Gesicht schien zu flimmern, als betrachtete sie es durch einen Vorhang aus glühend heißer Luft.

»Das ist dämlich«, sagte Lena. »Und gefährlich.«

Aber auch sie rührte sich nicht, obwohl das Brennen auf ihrem Gesicht immer unerträglicher wurde. Plötzlich roch es nach verbranntem Fleisch und schmorendem Haar. Nora presste die Kiefer so fest aufeinander, dass ihre Zähne knirschten. Ihre Lippen trockneten so schnell aus, dass man dabei zusehen konnte, wie sie rissig wurden, aufplatzten und sich zu schälen begannen, und ihr Gesicht und ihre Hände sahen aus wie nach dem schwersten Sonnenbrand, den man sich nur vorstellen konnte. Sie wankte. Aber sie wich nicht, und so dämlich (und selbstmörderisch) es ihr auch selbst vorkam, Lena auch nicht.

Dann schlug eine zischende hellblaue Flamme aus Noras Haar. Sie schrie auf, schlug das Feuer mit beiden Händen aus und fuhr zugleich auf dem Absatz herum, um hinter den Gardinen zu verschwinden. Lena folgte ihr einen Sekundenbruchteil später mit angehaltenem Atem, weil die Luft, die sie umgab, sonst ihre Lunge verbrannt hätte.

So rasch der Schmerz gekommen war, so schnell verschwand er auch wieder. Schon nach zwei, drei Sekunden hörte ihre Gesichtshaut auf zu brennen, und die grellen Blitze vor ihren Augen verblassten.

Nora sah ein bisschen mitgenommener aus. Der Kragen ihres bunten Strickpullovers schwelte noch, aber sie schlug die Funken mit der bloßen Hand aus und lachte schon wieder.

»Scheint so, als wäre heute ich die Pussy«, kicherte sie, »und du …« Sie verstummte mitten im Wort, und ihre Augen wurden groß und rund. »Aber was … *Ist die denn wahnsinnig geworden?!*«

Charlotte war ihnen nicht ins Zimmer gefolgt, sondern stand noch immer draußen auf dem Balkon. Ihre Gestalt flimmerte, als wäre sie von einer Säule kochend heißer Luft umgeben. Winzige blaue Flämmchen schlugen aus ihrem Haar, und obwohl sie ihnen den Rücken zudrehte, konnte Lena das unheimliche orangerote Glühen erkennen, in dem Charlottes Gesicht erstrahlte, als wollte es mit der Sonnenscheibe am Himmel konkurrieren. Ihre Kleider schwelten. Lena nahm jedes winzige Detail mit fast übernatürlicher Schärfe wahr, aber sie war auch schon halb auf dem Balkon und bei Charlotte, bevor sie den Gedanken zu Ende gedacht hatte.

Es war, als rennte sie in eine Wand aus weißglühenden Glasscherben. Ihre Haut verkohlte. Ihr Körper wurde in Stücke geschnitten und verbrannt, und jede einzelne Zelle in ihr schrie vor Qual. Nur noch vom ungestümen Schwung ihrer Bewegung vorwärtsgetragen, nicht mehr von ihrem Willen, der längst zu Asche verbrannt und in alle Winde verstreut worden war, jagte sie auf Charlotte zu, packte sie bei den Schultern und riss sie mit sich zurück ins Zimmer.

Sie torkelten bis in die Mitte des Raums und brachen dort zusammen. Feuer schlug aus Charlottes Kleidern und fügte Lena weitere Verbrennungen und Schmerzen zu. Lena musste entsetzt feststellen, dass sie möglicherweise Wasser und vielleicht sogar die rostigen Nägel atmen konnte, von denen Louise gesprochen hatte, aber keine *Flammen*. Sie bekam keine Luft mehr, und alles wurde dunkel.

Dann griff irgendetwas in sie hinein und schaltete den Schmerz und die Angst einfach ab. Ihr Blick klärte sich, und sie sah in Louises Gesicht hinauf, die sie sehr ernst, aber auch ärgerlich anblickte.

Erst als Louise die Hand zurückzog und sich über Charlotte beugte, begriff Lena, dass es Louises Kraft gewesen war, die sie gerettet und ins Bewusstsein zurückgeholt hatte, keineswegs ihre eigene. Da gab es wohl tatsächlich noch das eine oder andere, was Louise ihr bisher verschwiegen hatte.

Mühsam stemmte sie sich hoch, blinzelte die letzten bunten Flecke vor ihren Augen weg und wandte all ihre Konzentration auf, um zu Louise und den beiden anderen hinzusehen. Charlottes Kleid schwelte noch immer, und ihr Gesicht war zu schwarzer Schlacke verbrannt, die Augen ausgelöscht und die Lippen weggesengt, so dass die spitzen Zähne dahinter sichtbar wurden. Rauch stieg aus ihrem Mund, und ihr Gesicht glühte an zahllosen Stellen. Lena konnte den Entsetzensschrei nicht unterdrücken.

»Keine Angst«, sagte Louise rasch. »Das sieht viel schlimmer aus, als es ist. So leicht sind wir nicht umzubringen.«

Sie legte die flache Hand auf Charlottes Gesicht, und Lena konnte regelrecht sehen, wie etwas aus Louise in Charlotte hineinfloss und den erlöschenden Lebensfunken neu entfachte. Charlotte bäumte sich auf, ließ einen furchtbaren gurgelnden Schrei hören und sank wieder zurück. Ihre zu harter Schlacke verbrannten Augenlider zerfielen dabei in kleine Stücke, wie die verkohlten Seiten eines Buches, die jemand umzublättern versuchte. Die Augenhöhlen dahinter waren leer, schwarz verbrannte Krater, aus denen es rauchte. Noch während Lena hinsah, begann es jedoch an ihrem Grund zu brodeln, und Schlacke und frisches weißes Fleisch flossen zusammen und bildeten zwei neue, unversehrte Augäpfel. Es war das Grauenerregendste, was Lena jemals gesehen hatte.

»Sie wird wieder«, sagte Nora. »Keine Angst. In ein paar Minuten ist sie wieder wie neu.«

Die Worte galten Lena, aber es war Louise, die antwortete. »Ja, aber das ist ganz bestimmt nicht dein Verdienst!«, fuhr sie Nora an. »Verdammt noch mal, was war das? Wieder eine von deinen bescheuerten Mutproben?«

»Nein!«, protestierte Nora. »Natürlich nicht!« Sie wandte

sich mit einem fast flehenden Blick an Lena. Aber sie musste begreifen, dass sie von dieser Seite keine Rückendeckung zu erwarten hatte. »Ja«, sagte sie. »Und? Das ist doch nur ein harmloses Spiel! Ich hätte schon auf deine kleine Freundin aufgepasst!«

»Ungefähr so wie auf Charlotte?«, fragte Louise kalt.

»Charlotte ist alt genug, um …«

»Du weißt ganz genau, wie Charlotte in diesem Zustand ist. Was hattest du vor? Wolltest du zusehen, wie sie sich umbringt?«

»Jetzt übertreibst du«, sagte Nora.

Louise sog scharf die Luft zwischen den Zähnen ein und sagte mühsam beherrscht: »Wahrscheinlich hast du sogar recht. Aber das ändert nichts daran, dass das eine Riesendummheit war!« Sie machte eine harsche Kopfbewegung zu Charlotte hinab. »Kümmere dich um sie. Ich komme gleich nach, und dann führen wir zur Abwechslung mal ein Gespräch unter Erwachsenen!«

Nora funkelte sie noch kurz trotzig an, aber dann lud sie sich Charlotte gehorsam auf die Arme und trug sie so mühelos hinaus, als wöge sie nicht mehr als eine Stoffpuppe.

»Was hast du damit gemeint?«, fragte Lena.

»Dass ich mit Nora ein Gespräch unter Erwachsenen führen möchte?« Louise zog eine Grimasse. »Ja, das stimmt. Das ist reines Wunschdenken, fürchte ich.«

»Das meine ich nicht«, antwortete Lena. »Was bedeutet das mit dem Zustand, in dem sich Charlotte manchmal befindet?«

»Ach, das.« Louise machte eine wegwerfende Geste. »Sie hat manchmal … Probleme.«

»Was für Probleme?«

»Probleme eben«, sagte Louise unwirsch. »Sehr private Probleme, wenn du es genau wissen willst.« Sie stand auf. »Wir respektieren die Privatsphären der anderen. Wenn man so lange und so intim zusammenlebt, wie wir es tun, dann geht das nicht anders.«

»Das heißt, du willst es mir nicht sagen?«

»So ist es«, antwortete Louise geradeheraus. »Vielleicht erzählt es dir Charlotte irgendwann, aber wenn sie es nicht von sich aus tut, werde ich es dir ganz gewiss nicht verraten. Und Nora auch nicht.« Sie zwang sich ein unechtes Lächeln auf die Lippen und streckte die Hand aus, um Lena beim Aufstehen behilflich zu sein. »Komm. Nehmen wir noch einen Absacker, dann schläft es sich besser.«

Lena spielte kurz mit dem Gedanken, die dargebotene Hand auszuschlagen, sagte sich dann aber, dass das albern wäre, und ließ sich von Louise auf die Beine ziehen; und dann zur Bar. Louise ließ ihre Hand auch dann noch nicht los, sondern ging um die Bar herum, öffnete den Kühlschrank und nahm zwei tiefgekühlte Gläser heraus.

»Danke, dass du mich hergebracht hast«, sagte Lena. »Aber bis auf den Hocker hinauf schaffe ich es selbst.«

Louise sah sie mit gespielter Verständnislosigkeit an, stellte dann mit der linken Hand die beiden Gläser auf den Tresen und ließ endlich Lenas Rechte los. Allerdings nicht, ohne flüchtig mit dem Daumen über ihre Handfläche zu streichen. Es kribbelte. Angenehm.

Louise lächelte und leerte ihr Glas, und Lena tat es ihr hastig gleich. Der gewaltige Kick, auf den sie wartete, blieb aus, aber es tat ungemein wohl. Wärme und ein Gefühl schier unbezwingbarer Kraft begannen sich in rhythmischen Wellen in ihr auszubreiten.

»Du hast da was«, sagte Louise. »Es ist nur ein Tropfen. Warte, ich mache ihn weg.«

Lena wollte die Hand heben, aber Louise hielt ihren Arm fest. Ihr Gesicht kam näher. Lena wollte den Kopf wegdrehen, aber sie konnte es nicht. Louises Blick lähmte sie, und sie musste dazu nicht einmal ihre überlegenen mentalen Kräfte einsetzen. Louises Lippen berührten ihren Mund, und langsam, unendlich zärtlich, nahm ihre Zungenspitze den einzelnen roten Tropfen auf, der in Lenas Mundwinkel hing. Die Bewegung jagte einen kribbelnden Schauer nach dem anderem durch ihren Körper. Ihr Atem beschleunigte sich, und Louises Lippen schmeckten plötzlich so unendlich *süß* …

Sie wusste selbst nicht, woher sie die Kraft nahm, Louise von sich zu stoßen.

»Lass das!«, keuchte sie und fuhr sich mit dem Handrücken über den Mund, als hätten ihre Lippen etwas Unreines berührt. »Ich mag das nicht!«

Louise strahlte sie an, als wüsste sie ganz genau, wie unecht diese Behauptung war. »Woher willst du das wissen?«, fragte sie. »Du hast es doch noch gar nicht ausprobiert.«

»Und das werde ich auch ganz bestimmt nicht.«

»He, beschwer dich nicht«, sagte Louise. »Ich habe dir gesagt, dass ich es versuchen werde.«

»Und ich habe dir gesagt, dass es keinen Zweck hat«, antwortete Lena.

»Ja, das hast du. Aber ich bin eine sehr geduldige Frau. Lass mir ein bisschen Zeit.«

»Zehn Jahre?«, sagte Lena böse.

Louise nickte. »Oder auch zwanzig?« Sie streckte die Hand nach Lenas Gesicht aus, hielt aber mitten in der Bewegung inne, als Lena erschrocken zusammenfuhr. Dann schlug sie sich mit der linken Hand so fest auf die ausgestreckte Rechte, dass ihre Finger rote Striemen darauf hinterließen. »Böse Louise«, sagte sie glucksend, schüttelte den Kopf und schlug noch einmal zu. »Böse, böse, böse Louise.«

20

Aus den großen Lautsprecherboxen drang sanfte Big-Band-Musik, und statt psychedelischer Lichtreflexe simulierte die Laseranlage jetzt den optischen Schneesturm einer altmodischen Discokugel, die aber zu den Gästen passte, die auf dem Boden des ehemaligen Schwimmbeckens tanzten, an der Bar standen oder an kleinen Tischchen mit antiquierten Lämpchen saßen und Champagner aus schlanken Tulpengläsern tranken. Beamer warfen ruckelnde Schwarz-Weiß-Bilder aus uralten Hollywoodfilmen an zwei der vier Wände, und Zigarettenspitzen aus Messing oder poliertem Bernstein machten die Runde. Die Luft roch nach schwerem Parfüm, nach Moschus und ganz leicht nach etwas, was an Weihrauch erinnerte, es aber ganz gewiss nicht war.

»Beeindruckend, nicht?« Nora setzte sich neben sie auf die geflieste Treppe, die den VIP-Bereich vom Rest des Clubs trennte, und zündete sich eine Zigarette an. Der Rauch roch süßlich.

»War Charlottes Idee.«

»Was?«

»Der Roaring-Twenties-Abend.« Nora machte eine deutende Geste mit ihrer Zigarette. »Louise war am Anfang skeptisch, und ich dachte sowieso, dass die Sache in die Hose geht, aber da haben wir beide falsch gelegen. Ist eingeschlagen wie eine Bombe.«

Sie zog wieder an ihrer Zigarette und betrachtete dann nachdenklich die glühende Spitze. »Interessantes Zeug haben die damals geraucht.«

Nora hielt ihr die Zigarette hin, aber Lena schüttelte sofort den Kopf. »Ich nehme keine Drogen.«

»Überhaupt nie nicht?«, fragte Nora und klimperte mit den Augen.

»Überhaupt gar nie nicht«, bestätigte Lena. Nora kicherte albern, und Lena fragte sich, ob sie schon wieder betrunken war. Vermutlich. Nora hatte ihr demonstriert, dass es sie buchstäblich nur einen Wimpernschlag kostete, wieder nüchtern zu werden, aber irgendwie machte es das eher schlimmer, fand sie.

»Weil du Angst um deine Gesundheit hast«, kicherte Nora.

»Weil ich eben keine Drogen nehme.«

»Eine noble Einstellung.« Nora zog so heftig an der Zigarette, dass das Ende fast weiß aufglühte. »Aber das gibt sich.«

Das Schlimme war, dachte Lena, dass sie damit wahrscheinlich recht hatte. Sie hatte es in ihrem Leben zweimal ausprobiert – einmal einen Joint, das andere Mal irgendein Zeug, von dem sie nicht einmal gewusst hatte, was es war –, aber kein besonderes Vergnügen daran empfunden. Außerdem hatte sie oft genug gesehen, wie es enden konnte.

Aber was, wenn sie dieses Ende nicht zu fürchten brauchte? Wenn es nur noch den angenehmen Teil gab, und sie niemals die Rechnung dafür bekam? Sie versuchte sich einzureden, dass ihre Vernunft und ihre Willensstärke ausreichten, um der Versuchung zu widerstehen, aber sie wusste, was für ein Unsinn das war. Vielleicht eine Woche, einen Monat oder auch ein Jahr – welche Rolle spielte das, wenn die Anzahl der Jahre, die noch auf sie warteten, buchstäblich endlos war?

»Wirklich nicht?« Nora blies ihr eine Wolke des süßlich riechenden Rauchs ins Gesicht. »Das Zeug ist wirklich gut. Haut gewaltig rein.«

Lena stand wortlos auf und ging die Treppe hinab. Ein hochgewachsener Bursche mit Sonnenbrille und Knopf im Ohr öffnete die rote Samtkordel, lächelte ihr scheu zu und hakte das Trennseil hinter ihr wieder ein. Erst im Nachhinein erinnerte sie sich wieder an sein Gesicht. Es war derselbe, der sie am ersten Abend eingelassen hatte.

Ein Gesicht zu vergessen, das man nur ein einziges Mal und flüchtig gesehen hatte, war wohl das Normalste der Welt … und dennoch fragte sie sich, ob das ihre Zukunft sein würde. Wurden Menschen einfach bedeutungslos, wenn sich die Jahre zu Jahrzehnten und die Jahrzehnte zu Jahrhunderten reihten – und wer weiß vielleicht gar zu Jahrtausenden?

Sie verscheuchte diesen Gedanken hastig und hielt nach Louise Ausschau, weil sie etwas mit ihr zu besprechen hatte.

Louise konnte sie nicht entdecken, aber nachdem ihr Blick eine Weile über die in hundert Jahre alte Klamotten gehüllten Gäste getastet hatte, sah sie Charlotte, die auf einer Chaiselongue saß und mit verklärtem Blick den stummen Schwarz-Weiß-Bildern auf der Wand folgte. Lena wollte schon weitergehen, aber irgendetwas an dem Bild irritierte sie. Charlotte saß in entspannter Haltung da, das rechte Bein auf der Couch angewinkelt und eine elegante Zigarettenspitze aus Perlmutt zwischen Daumen und Mittelfinger der linken Hand geklemmt. Die Zigarette darin hatte sich in ein weiß-graues Aschestäbchen verwandelt, und auf ihrem Gesicht lag ein … entrückter Ausdruck. Ein anderes Wort fiel Lena dafür nicht ein. Oder doch: *glücklich*. Charlotte sah glücklich aus.

Lena näherte sich ihr respektvoll, als hätte sie Angst, diesen heilig anmutenden Augenblick zu stören, blieb zwei Schritte neben ihr stehen und überlegte, wie sie sie ansprechen sollte.

Charlottes Aufmerksamkeit galt der zur Leinwand umfunktionierten gefliesten Wand. Der uralte Film, der ihr völlig unbekannt war, zeigte eine Szene aus einem Spielcasino. Abgesehen davon, dass Filme heutzutage bunter waren und sich die Spieler nicht wie Marionetten bewegten, hätte die Szene auch aus der Gegenwart stammen können: eine große Roulettescheibe, Croupiers mit langen Stäben, mit denen sie die Jetons der Spieler herumschoben, Scharen von elegant gekleideten Männern und Frauen, die dem Lauf der Kugel, rauchend und trinkend, gebannt folgten. Die Kamera konzentrierte sich auf eine unheimliche Gestalt, einen schlanken Mann mit blassem Gesicht, scharf geschnittenen Zügen und Fingern, die irgendwie an Spinnenbeine erinnerten – wahrscheinlich der Hauptdarsteller –, aber Lena interessierte weit mehr die dunkelhaarige Schönheit neben ihm. Was sie da sah, konnte sie kaum fassen.

»*Dr. Mabuse, der Spieler*«, sagte Charlotte. »Ein schrecklicher Schinken, selbst für die damalige Zeit.«

Lena hörte kaum hin. Ihr Blick hing wie gebannt an Charlottes seitenverkehrtem Schwarz-Weiß-Spiegelbild an der Wand. Es sah keinen Tag jünger aus als die Frau, die neben ihr auf der Chaiselongue nun doch an ihrer Zigarette zog. Die Asche fiel herunter.

»Ich war eine schrecklich unbegabte Schauspielerin und zu Recht kein bisschen erfolgreich.« Charlotte lachte, sehr leise und sehr traurig. »Den Tonfilm hätte ich nie überlebt.«

Lena starrte immer noch die ruckelnden Bilder an. Sie war … schockiert. Es war eine Sache, etwas zu wissen, und eine ganz andere, es zu sehen. Dieser Film musste beinahe hundert Jahre alt sein, und seine Hauptdarstellerin saß neben ihr und war um keinen einzigen Tag gealtert!

»Bei der Premiere sind Louise und ich uns das erste Mal begegnet«, fuhr Charlotte fort. »Mein Mann und meine kleine Tochter waren schon nach Hause gefahren.«

»Und du sahst einfach wunderschön aus«, sagte Louises Stimme hinter ihnen.

»Hättest du mich sonst gebissen?«, fragte Charlotte. Sie starrte immer noch die Bilder an, die der Beamer auf die Wand warf.

»Oder Nora? Oder Lena?«

»Willst du mir meinen guten Geschmack vorwerfen?«, erwiderte Louise schnippisch. »He, verdirb uns nicht den schönen Abend.« Sie machte eine flatternde Handbewegung in die Runde. »Das alles hier ist deine Idee gewesen, und es kommt hervorragend bei den Leuten an! Freu dich einmal ein bisschen, du kleiner Miesepeter!«

»Wo wir doch alle so schrecklich vergnügt sind, nicht wahr?«, sagte Charlotte bitter.

»Ach, Liebes …«, begann Louise, aber Charlotte sprang aufgebracht hoch.

»Dann amüsiert euch noch gut«, fauchte sie. »Mir ist die Lust am Feiern gründlich vergangen. Aber lasst euch bloß nicht stören!«

Sie warf ihre Zigarette samt der Perlmuttspitze auf den Boden, zertrat beides mit dem Absatz und stapfte davon. Louise sah ihr betroffen nach, und auch etliche der anderen Gäste folgten ihr mit fragenden Blicken. Lena fiel erst jetzt auf, dass sie sogar dasselbe Kleid wie im Film trug.

Sie wollte Charlotte nacheilen, aber Louise hielt sie zurück. »Lass sie«, sagte sie.

»Ich dachte, ihr seid so gute Freundinnen?«

»Das sind wir auch.« Louise klang ein bisschen verletzt. »Aber es gibt Momente, in denen man am besten allein ist, weißt du?«

»Nein«, antwortete Lena. »Weiß ich nicht.« Louise sah sie nur traurig an, und nach einem Moment hatte Lena schon wieder ein schlechtes Gewissen und fuhr fort: »Hat es irgendetwas mit heute Morgen zu tun?«

Louise blickte sie lange schweigend an und schüttelte dann

den Kopf. »Andersherum«, sagte sie. »Heute Morgen hat mit dem hier zu tun.«

»Das verstehe ich nicht.«

Louise deutete auf den Film. »Heute ist ihr Jahrestag. Die Premiere, von der sie gerade gesprochen hat. Es ist heute auf den Tag genau einundneunzig Jahre her.«

»Und das war der Tag, an dem du sie ...?«

»Zieh jetzt keine falschen Schlüsse. Charlotte ist mir für jeden einzelnen Tag dieser einundneunzig Jahre dankbar, glaub mir. Aber sie ist nun einmal eine unverbesserliche Romantikerin. Einer der Gründe, weshalb ich mich damals sofort in sie verliebt habe.«

»Und jetzt?«

»Liebe ich sie immer noch, wenn du das wissen willst.« Louise wirkte unangemessen amüsiert.

»Und Nora?« *Und mich?* Diese Frage wagte sie nicht laut auszusprechen, aber das war auch nicht nötig.

»Kannst du dir nicht vorstellen, dass man in einem so langen Leben, wie wir es führen, mehr als einen Menschen lieben kann?«, sagte sie. »Bis dass der Tod uns scheidet, ich weiß, aber das hat doch heute nicht einmal mehr für Menschen Bedeutung. Die Regel stammt aus einer Zeit, in der die Leute dreißig Jahre alt geworden sind.« Sie hob die Schultern. »Du glaubst doch nicht etwa, dass sie für jemanden Gültigkeit haben kann, der dreißig*tausend* Jahre lebt, oder?«

»Sie wäre heute Morgen fast gestorben«, sagte Lena ernst.

»Charlotte?« Louise schüttelte den Kopf. »Ganz bestimmt nicht.«

»Sie hat gebrannt.«

»Das habe ich auch schon, und Nora ebenfalls«, sagte Louise leichthin. »Und dir wird es auch noch das eine oder andere Mal passieren, freu dich schon mal drauf. Es ist unangenehm, aber mehr auch nicht.«

»Hast du mir nicht erzählt, die Sonne könnte uns töten?«

»Das kann sie auch.« Louise trat einen Schritt zur Seite und geriet dabei in den Strahl des Beamers, der das scharf geschnittene Raubvogelgesicht Dr. Mabuses über das ihre projizierte, was ziemlich unheimlich war. Dann wechselte das Bild, und Charlottes neunzig Jahre jüngeres und doch unverändertes Antlitz verschmolz für einen kurzen Moment mit Louises Zügen. »Aber so schnell geht es nun auch wieder nicht. Aber he, jetzt ist nicht der Moment, um Trübsal zu blasen. Es ist ein so schöner Abend. Lass uns feiern.«

Sie streckte die Hand nach Lena aus, ließ die Bewegung aber unvollendet, als sie sah, wie Lena sich versteifte.

»Ich verstehe. Dir ist nicht nach Feiern.«

»Ich … möchte dich um etwas bitten«, sagte Lena.

»Worum auch immer, es ist schon erfüllt.«

Da war sich Lena nicht ganz sicher. »Hast du … noch was von diesem Russen gehört?«, fragte sie zögernd. »Von Stepan?«

»Nein.« Louise schüttelte den Kopf. »Warum?«

»Wegen vorgestern. Sie waren in unserer Wohnung. Seine Schlägertypen, meine ich. Sie haben meine Mutter bedroht.«

»Das ist vorbei. Ich habe mit ihm geredet. Er wird dich und deine Familie in Ruhe lassen, glaub mir. Er weiß, was ihm sonst blüht.«

»Er ist ein *Strigoi«,* sagte Lena. »So wie ihr.«

»Aber ich bin weit stärker als er«, antwortete Louise mit einer Selbstverständlichkeit, die nur aus unerschütterlicher Überzeugung geboren sein konnte. »Und er weiß das, keine Angst.«

»Trotzdem.« Lena nahm all ihren Mut zusammen. »Gib mir Geld.«

Louise sah überrascht aus, griff dann aber in den Ausschnitt ihres Kleides.

Lena schüttelte hastig den Kopf. »Nicht so«, sagte sie. »Ich brauche … viel Geld. Alles, was du mir geben kannst.«

»Willst du deinen Wagen neu lackieren lassen?«, fragte Louise spöttisch. »So teuer ist das nicht. Und die Rechnung schicke ich sowieso an Stepan. Er kann sie seinem missratenen Sohn ja vom Taschengeld abziehen.«

»Es geht um meine Mutter.«

»Deine Mutter? Aber ich dachte …«

»Dass wir kein besonders gutes Verhältnis haben, ja«, sagte Lena. »Ist auch so. Aber sie ist nun mal meine Mutter, und ich will nicht, dass ihr irgendwas passiert, so einfach ist das.«

Louise betrachtete sie ein paar Sekunden. »Stepan wird ihr nichts tun«, sagte sie dann. »Aber darum geht es auch gar nicht, hab ich recht? Du willst, dass sie aus der Stadt verschwindet. Unseretwegen. Hast du Angst, sie könnte eines Tages hier auftauchen und uns sehen?«

Das war nahe genug an der Wahrheit, um Lena verlegen den Blick senken zu lassen. Wenn man es genau nahm, *war* es die Wahrheit.

»Glaubst du wirklich, ich verstehe das nicht?«, sagte Louise unerwartet sanft.

Als sie auch darauf keine Antwort bekam, drehte sie sich auf dem Absatz um und verschwand mit schnellen Schritten.

Lena blieb völlig verstört zurück. So viele Lügen, so viele Geheimnisse! Sie fragte sich, wie vieles von dem, was Louise ihr bisher erzählt hatte, überhaupt wahr war … Ihr Blick folgte wieder für eine Weile den unscharfen, wackelnden Bildern an der Wand vor ihr. Charlotte war nicht mehr zu sehen, aber für Lena war sie trotzdem da, und natürlich wusste sie, dass die Erklärung nicht so einfach war, wie Louise ihr weiszumachen versucht hatte. Was sie in Charlottes Augen gelesen hatte, das war nicht nur ein Anfall von Melancholie gewesen, sondern mehr; ein Schmerz, der sich so tief in ihre Seele gegraben hatte, dass ihr selbst die Narbe noch unerträgliche Pein bereitete.

Louise kam nach kaum zwei Minuten mit einem braunen

Umschlag in der Hand zurück. »Das ist alles, was in der Kasse war«, sagte sie, fast als entschuldigte sie sich. »Knapp fünfzehntausend. Du kannst noch mehr haben, aber dann musst du bis morgen warten.«

»Fünfzehntausend?« Lena ächzte. »Aber das ist …«

»Erst einmal genug, um aus der Stadt zu verschwinden und irgendwo anders neu anzufangen«, unterbrach Louise sie. Sie wedelte mit dem Umschlag, aber Lena war immer noch viel zu perplex, um danach zu greifen.

»Später kannst du ihr ja mehr schicken«, fuhr Louise fort. »Vielleicht eröffnet sie ja irgendwo ein eigenes Nagelstudio … was sie aber wirklich in einer anderen Stadt tun sollte. Nicht dass euer Freund, dieser nette Bewährungshelfer, noch auf dumme Gedanken kommt und sie fragt, woher sie das Startkapital hat.«

»Gibt es irgendetwas, was du nicht über mich weißt?«, fragte Lena misstrauisch.

»Viel zu viel«, antwortete Louise. »Aber ich hoffe, dass sich das bald ändert.«

Lena sagte nichts dazu, sondern griff nun doch nach dem Umschlag.

»Soll Nora dich begleiten?«, fragte Louise.

»Ich gehe lieber allein. Und es … könnte eine Weile dauern.«

»Wie du meinst.« Louise seufzte. »Aber pass auf, dass du vor Sonnenaufgang wieder hier bist. Oder im Hotel.«

»Wenn nicht, übernachte ich im Keller«, sagte Lena. »Da kenne ich mich ja aus.«

21

Pünktlich um Mitternacht, als der Club seine Tore geöffnet hatte, hatte es zu regnen begonnen, ein feines Nieseln, nicht stark, aber anhaltend und hartnäckig genug, um den Parkplatz in einen einzigen großen Morast zu verwandeln, der im Mondlicht wie ein riesiger, flacher See aussah, aus dem die kreuz und quer abgestellten Wagen wie bizarre lackierte Klippen herausragten. Es war kalt. Die meisten Gäste, die noch immer geduldig in einer langen Schlange unter ihren aufgespannten Regenschirmen warteten, hatten die Kragen hochgeschlagen und versuchten sich warm zu bibbern. Lena beobachtete amüsiert, wie ein junges Pärchen in Zwanzigerjahre-Klamotten geduckt durch die Regenschleier zu seinem Wagen zurückrannte, wobei Wasser und Matsch aufspritzten und ihre – vermutlich geliehenen – Kleider endgültig ruinierten, sah dann aber auch missmutig zum Himmel auf und fragte sich, wie sie jetzt eigentlich zu ihrem Wagen kommen sollte, ohne dasselbe Schicksal zu erleiden. Ihr zerkratzter Ferrari stand auf der Rückseite des großen Gebäudes, genau wie Louises Jaguar, und bis sie dort war, wäre sie garantiert bis auf die Haut durchnässt.

Neben ihr erscholl ein dumpfer, klackender Laut, und jemand, dessen Stimme ihr bekannt vorkam, fragte: »Darf ich der gnädigen Frau meinen Schirm anbieten, um sie durch den Regen zu geleiten?« Lena drehte sich erschrocken auf dem Absatz herum, und Tom fuhr mit einem schon fast unverschämt breiten Grinsen fort: »Und vielleicht auch noch meinen Arm?«

»Tom?«, murmelte Lena verstört. »Was … machst du denn hier?«

»Im Moment versuche ich dir meine Gesellschaft aufzunötigen, indem ich dir meinen Schirm anbiete«, antwortete er fröhlich. »Nicht dass es nicht nur ein Vorwand wäre, aber du solltest es trotzdem annehmen. Wäre doch schade um dein schönes Kleid und die tolle Frisur.«

Lena war viel zu perplex, um irgendetwas anderes zu tun, als ganz automatisch unter den Schirm zu treten, den der junge Polizist wohl tatsächlich nur für sie aufgespannt hatte. Seine zerschrammte Lederjacke und sein Gesicht glänzten vor Nässe, und sein Haar hing ihm in klebrigen dunklen Strähnen in die Stirn; was ihn auf eigentümliche Weise aber fast noch attraktiver machte.

»Wartest du auf ein Taxi, oder soll ich dich irgendwohin mitnehmen?«, fragte Tom, nachdem sie ihn einige weitere Augenblicke lang verständnislos angestarrt hatte. *Was tat er hier? Das konnte doch unmöglich ein Zufall sein!*

»Ich … mein Wagen steht auf der Rückseite«, antwortete sie unbeholfen und verfluchte sich im gleichen Moment auch schon, als sie sein überraschtes Stirnrunzeln registrierte.

»Dein Wagen?«

»Also nicht wirklich *mein* Wagen«, sagte sie hastig. »Er ist nur geliehen.«

»Geliehen.« Tom trat einen halben Schritt zurück und maß sie mit einem anerkennenden Blick von Kopf bis Fuß, als würde er das teure Designer-Kleid, das sie trug, erst jetzt bemerken. »Scheint sich ja wirklich zu lohnen, wenn man hier arbeitet«, sagte er. »Erst ein paar Tage, und schon einen Dienstwagen. Mein Chef ist nicht annähernd so großzügig.«

»Arbeiten?«, sagte Lena.

»He, ich bin Bulle«, feixte Tom. »Ich weiß alles.«

Anscheinend nicht, aber das sollte ihr nur recht sein. »Bringst du mich jetzt zum Wagen?«

»Aber mit dem größten Vergnügen, Mylady.« Tom verbeugte sich übertrieben tief und hielt ihr dann galant den angewinkelten Arm hin, damit sie sich einhaken konnte. Lächelnd nahm sie die Einladung an, und sie gingen los.

Es war ein … sonderbares Gefühl. Lena war noch immer hoffnungslos überrascht, Tom zu sehen – ausgerechnet hier, und gerade jetzt! –, und da war auch eine leise, misstrauische Stimme hinter ihren Gedanken, die ihr klarzumachen versuchte, dass hier irgendetwas nicht ganz koscher war und sie sehenden Auges in eine Falle tappte, aber sie achtete nicht darauf. Tom war hier, und das war in diesem Moment alles, worauf es ankam.

Ganz plötzlich wurde ihr klar, wie sehr sie ihn in den letzten Tagen vermisst hatte. Und das war natürlich noch viel sonderbarer. Sie kannte diesen Jungen ja kaum, und darüber hinaus war er Polizist und somit so etwas wie ihr natürlicher Feind.

Und dennoch jubilierte ihr Herz bei dem bloßen Gefühl seiner Nähe.

Was hatte Louise gerade über Charlotte gesagt: eine unverbesserliche Romantikerin?

Was bitte schön war *sie* denn dann?

»Warum bist du hier?«, sagte sie, nachdem sie eine Weile nebeneinander hergegangen waren. »Und erzähl mir nicht, das wäre nur ein unglaublicher Zufall!«

»Wer weiß?«, erwiderte Tom. »Wenn es so etwas wie Zufall nicht geben würde, warum hätte man dann dieses Wort erfinden sollen?«

»Ja, du bist wirklich ein Bulle«, seufzte Lena. »Nie eine konkrete Antwort geben, aber selbst tausend Fragen stellen. Also jetzt raus mit der Sprache, und denk dran: Alles, was du von jetzt an sagst, kann und wird vor Gericht gegen dich ausgelegt werden.«

»Und das, was ich nicht sage, auch«, stimmte ihr Tom zu. »Ganz besonders das, was ich nicht sage.«

»Möchtest du einen Anwalt?«, fragte Lena, lachte leise und wollte noch mehr sagen … aber plötzlich war da etwas; ein vages Gefühl, das sie störte, ohne dass sie wusste, warum.

»Vielleicht kriege ich ja mildernde Umstände, wenn ich ein Geständnis ablege?«

»Vielleicht.« Das Gefühl war immer noch da, und es wurde stärker. Etwas war hier, was nicht hierher gehörte.

Als sie die Ecke fast erreicht hatten, blieb Tom stehen und machte seinen Arm frei. »Aus zwei Gründen«, sagte er, während er den Reißverschluss seiner Jacke aufzog und ein in buntes Papier eingeschlagenes Päckchen hervorzog. Es hatte sogar eine Schleife, auch wenn sie durch die Art, wie er es vor dem Regen geschützt hatte, hoffnungslos zerdrückt war. Etwas starrte sie an. Etwas *Böses.*

»Was ist das?«, fragte sie.

»Deine Klamotten«, antwortete Tom. »Ich hab sie aus dem Kanal gefischt. Wäre doch wirklich schade drum. Ich hätte sie auch gewaschen, aber meine Maschine ist kaputt.« Jetzt war sein Lächeln das eines verlegenen Sextaners, der nicht so genau wusste, wie er seiner Lehrerin eine Liebeserklärung machen sollte. »Willst du sie trotzdem wiederhaben … sozusagen als Erinnerung an unser erstes Date?«

»Das, bei dem ich dir in die Eier getreten habe?«, sagte Lena treuherzig.

»Hm«, machte Tom. Etwas in seinem Blick irritierte sie mit jeder Sekunde mehr. Sie sah ihm an, wie sehr er ihr etwas sagen wollte, wozu er einfach nicht den Mut aufbrachte. Vielleicht sollte sie ihm die Mühe ja abnehmen.

Nur dass sie es nicht konnte. Das Gefühl des Angestarrtwerdens war immer noch da, und es wurde immer noch stärker und bedrohlicher. Da war etwas Feindseliges und unvorstellbar Starkes, das jede ihrer Bewegungen aufmerksam beobachtete, jedem ihrer Worte misstrauisch lauschte, vielleicht sogar jedem ihrer Gedanken.

Sie nahm ihm das Päckchen ab und klemmte es sich unter den Arm. »Und woher hast du gewusst, wo du mich findest?«

»Das war leicht. Wir beobachten diesen Laden schon eine ganze Weile. Und als die Russen dann deine Wohnung auseinandergenommen haben …«

»Die Russen?«, entfuhr es Lena. »Aber was hat Louise denn …« Sie verbesserte sich, obwohl sie es damit natürlich nur schlimmer machte. »Was hat der Club denn mit irgendwelchen Russen zu tun?«

»Vielleicht nichts«, antwortete Tom, auch wenn sein Blick etwas anderes sagte. »Aber es könnte sein, dass deine neuen Freunde aus dem Ural es darauf abgesehen haben.«

»Auf einen harmlosen Nachtclub?«

»Der Laden ist eine Goldgrube. Und bevor du jetzt auf falsche Gedanken kommst – soweit wir wissen, läuft hier alles ganz legal ab. Aber gerade das macht ihn für gewisse Leute ja so interessant.«

Das Gefühl der Bedrohung war mittlerweile so intensiv geworden, dass es Lena schier den Atem abschnürte.

»Du meinst …«

»Ich meine gar nichts«, unterbrach sie Tom. »Ich will nur nicht, dass dir was passiert, das ist alles. Ich dürfte dir das nicht erzählen. Ich dürfte eigentlich nicht mal hier sein, aber ich …« Er rang nach Worten. »Ach, verdammt. Lena, ich will einfach nicht, dass du da in was reingezogen wirst.«

Lena glaubte das Scharren eisenharter Krallen auf Stein zu hören und den heißen Atem einer namenlosen Albtraumkreatur im Nacken zu spüren, bewegte sich unruhig auf der Stelle und sah schließlich nach oben … und da war es.

Sie konnte nicht sagen, was es war, nicht einmal jetzt, wo sie es mit eigenen Augen sah. Es war ein fast unsichtbarer Schemen, nur an den silbrigen Regenschauern zu erkennen, die von seinem Umriss abperlten; ein geducktes, gefährliches … *Ding,* das wie ein sprungbereites Raubtier über ihr auf der senkrechten Wand hockte, wie eine riesige unsichtbare Spinne, die der Schwerkraft trotzte. Unsichtbare, mörderische Augen, in denen absolut nichts Menschliches war, starrten sie hasserfüllt an.

Nur dass diese Drohung nicht ihr galt.

»Ganz ehrlich, Lena, ich weiß nicht, was passieren wird, aber ich hab einfach kein gutes Gefühl bei der Sache.« Tom plapperte munter weiter. Begriff er denn nicht, in welch schrecklicher Gefahr er sich befand? Dieses Ding war gekommen, um *ihn* zu töten!

»Ich meine: Ich bin froh, dass du nicht mehr klaust, sondern einen Job gefunden hast, aber das hier … ist nichts für dich.«

»Weil es nicht deinen Moralvorstellungen entspricht?«, fragte sie spröde.

Tom blinzelte. »Wie?«

Das Ding über ihr bewegte sich unruhig. Seine unsichtbaren Klauen waren weiter zum Zuschlagen bereit, aber noch zögerte es, den tödlichen Hieb auszuführen.

»Ist kein Job nach deinem spießigen Geschmack, wie?«, fuhr sie fort. »Aber da kann ich dir leider nicht weiterhelfen. Ist gut verdientes Geld.«

Unendlich langsam zog sich der unsichtbare Killer zurück, aber die Drohung blieb, ebenso wie das Wissen, dass das, was sie innerhalb der nächsten Minute sagte, vielleicht über Toms Leben oder Tod entschied.

»Eigentlich …«, begann Tom lächelnd. »Also, im Grunde wollte ich dich nur fragen, ob wir uns vielleicht irgendwann mal wiedersehen können. Ich meine … also nicht so offiziell, sondern …«

»Mehr privat?«, half ihm Lena aus, als er endgültig den Faden verlor. »Vielleicht in einem Eiscafé, auf einen Shake?«

»Also eigentlich dachte ich an einen etwas privateren Rahmen«, sagte Tom, der jetzt eindeutig verlegen war. Wäre die Situation nur ein klein bisschen anders gewesen, dann hätte seine plötzliche Unbeholfenheit Lena ebenso gerührt wie amüsiert. »Also, ich hab in drei Tagen Geburtstag. Und da dachte ich …«

»Dass du mich einlädst und Mami und Papi vorstellst?« Sie lachte bewusst verletzend. »Dem einen oder anderen kleinen Beamten mag das ja romantisch vorkommen, aber mir ist das einen Tick zu spießig.«

Tom sah sie verständnislos an. Die Krallen scharrten weiter über nassen Stein, aber nun zogen sie sich zurück. Ganz langsam.

»Und außerdem hätte mein Freund was dagegen«, sagte Lena.

»Dein … *Freund?*«

Lena strich mit der linken Hand über das teure Kleid, das sie trug. »Glaubst du, ich könnte mir solche Klamotten leisten? Eine kleine Taschendiebin, die noch dazu so blöd ist, ausgerechnet den Chef der Russenmafia zu beklauen? Bestimmt nicht.«

»Du hast keinen Freund«, sagte Tom fest. »Ich hab mich erkundigt. Ich weiß alles über dich.«

»Vielleicht bis vor ein paar Tagen«, antwortete Lena kühl. »Aber du hast recht, ich jobbe hier. Und meine neue Chefin ist sehr großzügig, und sie kennt jede Menge reicher Typen.« Sie hielt ihm das Päckchen hin. »Das hier brauche ich wirklich nicht mehr. Nimm es ruhig wieder mit. Vielleicht lernst du ja ein nettes Mädchen kennen, das besser zu diesen Klamotten passt. Und zu dir.«

Tom stierte sie einfach nur an, viel zu schockiert, um einen Ton herauszubekommen, und in seinen Augen erschien etwas, was ihr schier das Herz brach.

Lena wartete eine weitere endlose Sekunde, und als er auch dann noch keinen Finger rührte, um nach dem Päckchen zu greifen, warf sie es ihm vor die Füße, fuhr auf dem Absatz herum und lief mit schnellen Schritten davon.

Ihr Gesicht war nass, als sie in den Ferrari einstieg, aber sie redete sich ein, dass es nur der Regen war.

22

Selbst bei Nacht wirkte der Ferrari in diesem Teil der Stadt wie ein Fremdkörper; ein Eindringling aus einer fremden, andersartigen Welt. Ein intensives Gefühl der Feindseligkeit begleitete Lena und wurde auch immer stärker. Dieser Wagen sollte nicht hier sein. *Sie* sollte nicht hier sein. Und wenn sie es recht bedachte, dann sollte vielleicht diese ganze verdammte *Stadt* nicht hier sein.

Lena war sich durchaus bewusst, dass sie sich gefährlich nahe am Rand der Hysterie entlangbewegte, aber sie gestand sich das auch zu. So ziemlich jeder wäre nach dem, was sie erlebt hatte, hysterisch geworden. Sie war sich sogar darüber im Klaren, wie dumm sie sich verhielt. Sie sollte nicht hier sein, sondern im Club, um mit Louise zu sprechen, über Tom, über die Russen und über das … *Ding,* das sie an der Mauer über sich gesehen hatte, über Charlotte und Nora und tausend andere Dinge, von denen jedes einzelne wichtiger war als das alberne *Geld,* das neben ihr auf dem Beifahrersitz lag.

Aber vielleicht wäre das auch das Falscheste, was sie tun konnte. Aus logischer Sicht mochte es richtig erscheinen, aber sie hatte die Welt der Vernunft längst verlassen, und vielleicht war es an der Zeit, sich an das neue Leben zu gewöhnen und die veränderten Spielregeln zu akzeptieren. Vielleicht konnte sie diese ja sogar selbst bestimmen.

Sie tippte auf die Bremse, um einem dunklen Schemen auszuweichen, der selbstmörderisch nahe vor dem Ferrari über die Straße huschte – wahrscheinlich eine Katze –, und gab danach Gas, als müsste sie den Sekundenbruchteil wieder aufholen, den sie eingebüßt hatte. Das Heck des Ferraris brach aus und verfehlte eines der parkenden Autos nur um Haaresbreite, bevor sie den Wagen wieder unter Kontrolle bekam. Viel zu schnell jagte sie der nächsten Kreuzung entgegen, wo sie auf quietschenden Reifen in die Straße einbog, an deren Ende ihre Wohnung lag. Die letzten Meter ließ sie den Ferrari im Leerlauf ausrollen und hütete sich, das Gaspedal zu berühren.

Es nutzte nichts. Selbst im Leerlauf war das dumpfe Blubbern des Motors noch laut genug, um in der engen Straßenschlucht wie ein Gewittergrollen widerzuhallen und vermutlich jeden zu wecken, der sich am vergangenen Abend nicht entweder ins Koma gesoffen hatte oder den sprichwörtlichen Schlaf der Gerechten schlief; womit in einer Gegend wie dieser ohnehin kaum zu rechnen war.

Da sie nicht vorhatte, lange zu bleiben, parkte sie den Ferrari direkt vor der Haustür. Mehrere Stufen auf einmal nehmend, fegte sie die Treppe hinauf. Vor der Tür hielt sie an und legte das Ohr gegen das dünne Holz, um zu lauschen. Der Fernseher lief wie üblich, aber da waren auch noch andere Laute, die sie nicht sofort einordnen konnte. Seit ihre Sinne so überaus empfindlich geworden waren, hatte sich ihr ein ganzes Universum von neuen Eindrücken geöffnet, die ihr zum Großteil unbekannt waren. Sie versuchte trotzdem, sie zu identifizieren, schaffte es aber nicht und drückte die Klinke nach unten.

Die Tür war abgeschlossen, vielleicht zum ersten Mal, seit sie in diesem Haus wohnte. Ein flüchtiges Lächeln huschte über ihre Lippen. Immerhin hatte ihre Mutter begriffen, dass die Burschen, die ihr Zimmer verwüstet hatten, gefährlich waren – auch wenn sich Stepans Männer von einem lächerlichen Schloss wie diesem gewiss nicht aufhalten ließen.

Auch Lena musste sich nicht großartig anstrengen, um die Tür mitsamt dem Schließblech nach innen zu drücken. Größere Mühe bereitete es ihr, dabei möglichst wenig Lärm zu verursachen. So gut es ging, drückte sie die Tür hinter sich zu und blieb einen Moment lang stehen, um sich zu orientieren. Der winzige Flur war dunkel, aber aus dem angrenzenden Wohnzimmer drang das Flackern des Fernsehers. Etwas rauschte. Wasser. Das Fenster musste offen stehen, denn sie spürte einen leichten Luftzug. Lena lauschte auf die Atemzüge ihrer Mutter, aber sie mussten wohl in den mannigfaltigen anderen Geräuschen untergehen. Irgendetwas stimmte hier nicht.

Behutsam legte sie den Umschlag mit dem Geld auf das schmale Garderobenschränkchen, trat auf Zehenspitzen in das winzige Wohnzimmer und sah sich um. Das Licht war ausgeschaltet, aber das hektische Flackern des Fernsehers lieferte ausreichende Helligkeit, um sie das übliche Chaos erkennen zu lassen: die Schmink- und Manikürenutensilien ihrer Mutter, leere Bierflaschen und achtlos herumliegende Kleidungsstücke, Unmengen von aufgeschlagenen Zeitschriften und Monate alte Post, die nie geöffnet worden war. Ein aufgeklappter Karton, in dem noch eine halbe Pizza lag, und zahlloses andere … Zeug. Der Anblick war ihr über die Jahre so vertraut geworden, dass sie sich gar nicht mehr daran gestört hatte. Wie hatte sie all die Zeit nur so leben können?

Sie ging um den Tisch herum und schlug die Decke auf der Couch zurück, als müsste sie sich davon überzeugen, dass ihre Mutter sich nicht darunter versteckt hatte. Dann durchsuchte sie nacheinander Schlafzimmer, Küche und sogar das Trümmerfeld, das einmal ihr Zimmer gewesen war. Als Letztes betrat sie das Bad, aus dem noch immer das Wassergeräusch drang. Was sich der Volksmund über Vampire und fließendes Wasser erzählte, musste wohl stimmen, dachte sie. Schon das Geräusch war ihr unangenehm.

Vielleicht hatte sie auch geahnt, was sie erwartete, oder ihre zu nie geahnter Schärfe erwachten Sinne hatten es ihr verraten, ohne dass diese Erkenntnis bisher in aller Deutlichkeit in ihr Bewusstsein gedrungen wäre.

Ihre Mutter lag rücklings in der Wanne, die sie mit ihren über hundertdreißig Kilo nahezu ganz ausfüllte. Die Dusche lief, aber der Stopfen war nicht eingesteckt, so dass das Wasser über ihr Gesicht und den altmodisch gemusterten Kittel strömte, um dann gluckernd im Ausguss zu verschwinden. Unter dem Kittel trug sie nichts, wie der nasse Stoff deutlich verriet, der sich erbarmungslos an jedem Speckwulst und jeder Falte festgesaugt hatte. Die weit aufgerissenen Augen starrten leer die Decke an, und die Halsschlagader war von der Halsbeuge bis zum Ohr hinauf aufgerissen. Die Wundränder waren weiß und so glatt wie von einem Skalpell geschnitten, und das strömende Wasser erzeugte eine Illusion von Bewegung, die Lena an ein vertikales Fischmaul denken ließ, das nach Luft schnappte. Sie stand vollkommen reglos da, sah auf den Leichnam ihrer Mutter hinab und wartete darauf, irgendetwas zu empfinden. Aber in ihr war nur Leere. Da war kein Entsetzen, kein ohnmächtiger Zorn, nicht einmal wirkliches Erschrecken. Ihre Mutter war tot – schlimmer noch, sie war *ermordet* worden –, aber sie empfand … *nichts*.

Hatte Louise ihr auch das genommen, fragte sie sich, die Fähigkeit zu trauern, oder einem anderen Menschen gegenüber überhaupt etwas außer Verachtung zu empfinden und allenfalls, ihn als Beute zu sehen?

Sie dachte an ihre Begegnung mit Tom, beantwortete sich die Frage mit einem ganz klaren *Nein* und streckte die Hand aus, um die Dusche abzustellen. Das Wasser, das ihr über den Arm lief, war ihr tatsächlich unangenehm, und als sie die Hand zurückzog, machte sie eine weitere erstaunliche Beobachtung: Das Wasser perlte wie Fett von einer mit Teflon beschichteten

Pfanne von ihrer Haut ab und tropfte auf den reglosen Körper ihrer Mutter, wobei kein bisschen Feuchtigkeit auf Lenas Haut zurückblieb. Sie veränderte sich immer noch, und irgendwie spürte sie, dass dieser Wandel noch lange nicht abgeschlossen war.

Sie hörte nichts, sie sah auch nichts Verdächtiges, aber sie *spürte* die Bewegung hinter sich, fuhr mit einer unvorstellbar schnellen Drehung herum und nahm zugleich eine geduckte Abwehrhaltung ein, die rechte Hand erhoben und zu einer tödlichen Klaue gekrümmt. Ein zischender Laut kam über ihre Lippen, wie das Geräusch einer angreifenden Schlange.

So schnell sie auch war, kam ihr die eigene Bewegung doch geradezu lächerlich langsam vor gegen die Schnelligkeit, mit der Nora ihr Handgelenk schnappte, mit der anderen Hand nach ihrer Kehle griff und sie dann mit solcher Gewalt gegen die Wand stieß, dass sie hören konnte, wie ein paar Fliesen mit einem knackenden Geräusch zersprangen.

»Keinen Laut!«, zischte Nora. »Kann ich dich loslassen?«

Lena rang sie sich ein angedeutetes Nicken ab, worauf Nora sie mit skeptischem Blick losließ.

»Sei still!«, flüsterte sie. »Sie sind noch hier!«

Lena richtete sich vorsichtig auf und starrte sie fragend an.

Nora deutete in die Badewanne hinab. »Deine Mutter?«

Lena nickte stumm.

»Das tut mir leid«, sagte Nora in einem Ton, der gleichzeitig ehrlich wie beiläufig klang. »Aber zum Trauern ist jetzt leider keine Zeit.«

»Die Kerle, die das getan haben … sind noch hier?«, murmelte Lena. Dann verdüsterten sich ihre Züge. »Gut, dann werden sie …«

Nora brachte sie mit einer ärgerlichen Geste zum Schweigen. »… uns auch noch umbringen, wenn du noch ein bisschen lauter wirst!«, fauchte sie. »Muss ich dir wirklich erklären, wer das getan hat? Schau doch hin!«

Lena hütete sich, das zu tun, aber es war auch nicht nötig. Sowenig sie der Anblick berührt zu haben schien, sowenig würde sie ihn jemals wieder vergessen. Die Wunde war entsetzlich tief gewesen, aber sie war weiß und sauber, und das Wasser, das in den Abfluss gelaufen war, klar. Im Körper ihrer Mutter war kein einziger Tropfen Blut mehr.

»Ein Vampir?«, murmelte sie.

»In diesem Moment würde ich das Wort *Strigoi* vorziehen«, schnaubte Nora. »Und es könnte mehr als einer sein.«

»Wir sind auch zu zweit«, sagte Lena.

»Nein, sind wir nicht.« Erst jetzt fiel ihr auf, dass Nora zum ersten Mal, seit sie sie kannte, nicht wie ein bunter Papagei gekleidet war. Sie trug schwarze Jeans, einen schwarzen Rollkragenpullover und eine ebenfalls schwarze Lederjacke, dazu gleichfarbige Stiefel und Handschuhe. Es sah nicht nur wie ein Kampfanzug aus, begriff Lena, es *war* einer.

»Nimm's mir nicht übel, Kleines, aber gegen einen Kerl wie Anton oder gar Stepan hast du keine Chance.«

»Du glaubst, er ist selbst hier?«

»Nein, ich hoffe es«, antwortete Nora.

»Wieso?«

»Weil es andernfalls hieße, dass es noch mehr von denen gibt.« Nora deutete mit dem Kopf auf den leblosen Körper von Lenas Mutter. »Ich wäre nicht erstaunt, wenn dieser Irre sich inzwischen eine ganze Armee aufgebaut hat! Verdammt, ich habe Louise gewarnt, diesem Kerl zu trauen, aber sie hört ja nicht auf mich. Vielleicht wird sie ja schlau, wenn wir ihr hiervon erzählen.« Sie seufzte tief, drehte sich um und fügte leise hinzu: »Falls wir es überleben.«

»Was machst du überhaupt hier?«, fragte Lena.

Nora streckte behutsam den Kopf aus der Tür und lauschte

einen Moment mit angehaltenem Atem, bevor sie antwortete. »Meinen Job, Dummchen. Ich passe auf deinen hübschen Hintern auf. Zum zweiten Mal, übrigens.«

»Ich meine, wie du hierher kommst.«

»Louise hat mich gebeten, auf dich aufzupassen.« Nora klang jetzt ein bisschen unwillig. »Wie sich zeigt, nicht ganz zu Unrecht. Was bist du eigentlich? Weltrekordhalterin in der Disziplin ›Wie bringe ich mich in möglichst große Schwierigkeiten‹?«

Bevor Lena eine weitere Frage stellen konnte, machte Nora eine hastige Geste, still zu sein, und huschte dann widersinnigerweise alles andere als lautlos durch die Tür. Lena horchte und konnte weder genau sagen, was sie da hörte, noch aus welcher Richtung es kam. Es klang jedenfalls nicht gut.

Leise folgte sie Nora, die sich überraschenderweise nicht zur Wohnungstür gewandt hatte, sondern wieder ins Wohnzimmer gehuscht war. Sie hatte sich am offenen Fenster so weit nach vorn gebeugt, als hätte sie allen Ernstes vor, an der senkrechten Wand sieben Stockwerke nach unten zu klettern. Dann richtete sie sich aber wieder auf, maß Lena mit einem nachdenklichen Blick und hob bedauernd die Schultern.

»Was?«, fragte Lena.

»Nichts«, antwortete Nora. »Wir hätten es dir eher zeigen sollen. Aber mit diesem Mist hier konnte ja auch keiner rechnen.«

»Mir *was* zeigen?«

Nora antwortete nicht, sondern gestikulierte ihr nur wieder, leiser zu sein. Lena musste an das unsichtbare böse *Etwas* denken, das über ihr an der Wand gehockt hatte, und ein eisiger Schauer lief ihr über den Rücken.

»Auf dem Parkplatz«, sagte sie. »Das warst du.«

»Ich passe auf dich auf.« Nora wollte sich an ihr vorbeidrängen, aber Lena hielt sie fest.

»Tom«, sagte sie. »Was hast du mit ihm vor?«

»Dein kleiner Polizistenfreund? Nichts.« Nora hob die Schultern, weil ihr offenbar klar wurde, dass sie Lena nichts vormachen konnte. »He, ich mag ihn nicht, klar?«

»Du bist eifersüchtig auf ihn.«

»Ja«, gestand Nora unumwunden. »Und? Keine Angst, ich werde deinem kleinen Schnuckelchen kein Haar krümmen. Ich kann warten.«

»Worauf?«

»Bis du das Interesse an ihm verlierst. Oder er zu alt wird.« Nora riss sich los. »Und jetzt schlage ich vor, dass wir diese kleine Diskussion auf später verschieben, einverstanden?«

Sie verdrehte demonstrativ die Augen und wollte losstürmen, blieb dann aber abrupt wieder stehen.

»Was ist los?«, fragte Lena alarmiert.

Nora deutete in die Diele hinaus. »Das Geld. Hast du es genommen?«

Lenas Blick folgte ihrer Geste. Der Umschlag, den sie auf die Kommode gelegt hatte, war verschwunden. »Nein.«

»Ich auch nicht«, sagte Nora.

»Jemand war hier?«, fragte Lena zweifelnd. *Aber das hätte sie doch gehört!*

Nora deutete nur ein Achselzucken an, lauschte mit schräg gehaltenem Kopf und halb geschlossenen Augen und ging dann weiter. Lena beschlich ein sonderbares Gefühl der Endgültigkeit, als sie ihr aus der Wohnung folgte. Die Trauer, die sie beim Anblick ihrer toten Mutter vermisst hatte, überkam sie nun mit doppelter Macht, als sie begriff, dass sie nie wieder hierher zurückkommen würde. Es war nicht nur eine Wohnung, aus der sie heraustrat, sondern ihr gesamtes bisheriges Leben.

Sie verscheuchte die unangenehmen Gedanken, so gut sie konnte, und beeilte sich, zu Nora aufzuschließen, die auf dem Treppenabsatz aber schon wieder stehen geblieben war.

Bei Lenas Ankunft war der Treppenabsatz noch unversehrt gewesen. Jetzt war ein Teil der Wandverkleidung abgerissen, so dass Mehmets Piratenversteck dahinter zum Vorschein gekommen war, und sein Besitzer lag mit verrenkten Gliedmaßen, aufgerissenen Augen und zerfetzter Kehle auf den Stufen daneben.

Lena erinnerte sich nicht, wie sie zu ihm hinuntergekommen war. Sie kniete neben ihm, lud sich seinen leblosen Körper auf Schoß und Arme und versuchte mit verzweifelter Kraft, nicht zu schreien. Tränen füllten ihre Augen, ohne dass es ihnen gelang, sie zu verlassen, und plötzlich war der Schmerz da, ein grausames Reißen und Wühlen, das aus den tiefsten Tiefen ihrer Seele emporstieg und unendliche Pein und rasender Zorn zugleich war. Sie schrie, schüttelte den leblosen Körper mit verzweifelter Kraft und schlug abwechselnd mit der Faust auf seine schmale Brust ein und fuhr ihm mit der Hand durchs Gesicht, schüttelte ihn und schrie immer wieder seinen Namen, als könnte das irgendwie das Leben in seinen Körper zurückzwingen, das ihm auf so grausame Weise gestohlen worden war.

Er war noch warm. Sein Herz hatte wohl erst vor Kurzem zu schlagen aufgehört, und vielleicht konnte sie ja dasselbe tun wie Louise gestern. Sie hatte doch bewiesen, dass sie nicht nur Leben nehmen, sondern auch geben konnte. Verzweifelt presste Lena den Mund auf Mehmets Lippen, flößte ihm ihre Atemluft in die Lunge und konzentrierte sich mit jeder Faser ihres Seins darauf, ihm etwas von ihrer Lebenskraft zu geben.

»Lena.« Eine Hand legte sich auf ihre Schulter, und Nora sagte noch einmal: »Lena. Es hat keinen Sinn. Er ist tot.«

»Aber er hat niemandem etwas getan!«, schluchzte Lena. »Er … er hat mit nichts von alledem etwas zu tun! Er … er war doch noch ein Kind!«

»Ich weiß«, sagte Nora mitfühlend. »Aber das ändert nichts. Niemand kann ihn wieder lebendig machen. Auch du nicht. Komm.«

Sie versuchte sie in die Höhe zu ziehen, aber Lena schüttelte ihre Hand ab und presste den toten Jungen nur noch fester an sich.

»Ich verstehe dich, Lena«, sagte Nora sanft. »Wir schnappen uns die Kerle, die das getan haben, das verspreche ich dir, aber jetzt müssen wir von hier verschwinden. Wir müssen Louise warnen. Oder willst du, dass sie Charlotte und sie auch noch umbringen?«

Lena konnte nicht sagen, welches dieser Argumente den Schleier aus Schmerz und dumpfer Wut durchbrach, aber schließlich ließ sie Mehmets leblosen Körper wieder auf den Boden sinken, schloss mit einer zärtlichen Bewegung seine Augen und stand auf. Hinter ihr wurde eine Tür aufgerissen, und ein gellender Schrei erklang.

»Mist!« Nora packte sie am Arm und zerrte sie hinter sich her. Die Frauenstimme hinter ihr wurde immer lauter und hysterischer – wahrscheinlich war es Mehmets Mutter, dachte Lena entsetzt, die durch ihre Schreie aus dem Schlaf gerissen worden war und sie mit ihrem toten Sohn auf den Armen gesehen hatte.

Sie jagten in die nächste Etage hinunter und dann noch eine weiter. Mehr Türen wurden aufgerissen, und aufgeregte Stimmen begannen durcheinanderzurufen, und als sie das nächste Stockwerk erreichten, war einer der Bewohner so mutig, ihnen den Weg zu versperren. Nora stieß ihn mit solcher Wucht zurück, dass er mitsamt der zersplitternden Tür in seiner Wohnung verschwand. Sie rasten die Treppe ins dritte Geschoss hinunter.

Erst in diesem Moment hörte Lena die Schritte von zwei Personen unter sich. Schnelle, sehr schwere Schritte. Und sie roch die Angst. Der Geruch war ebenso unverkennbar wie der von Blut und fast genauso verlockend, nur düsterer, *unreiner.*

Sie beschleunigte ganz ohne ihr Zutun. Schneller, als es einem normalen Menschen möglich gewesen wäre, fegte sie die Stufen hinab, fast ohne sie zu berühren, und Nora folgte ihr wie ein Schatten. Lena konnte fühlen, wie der Jagdinstinkt ihrer Schwester erwachte, und auch die Gier in ihr selbst wurde größer.

Aber noch unendlich viel größer war ihr Zorn. Dort unten waren die Mörder ihrer Mutter – die Mörder *Mehmets!* –, und sie würde sie nicht so einfach entkommen lassen!

Als die beiden Flüchtenden das Erdgeschoss erreichten und sich dem Ausgang näherten, schwang sich Lena kurzerhand über das Geländer und sprang die nächsten anderthalb Etagen in die Tiefe. Nora folgte ihr auf dieselbe Art. Erstaunlicherweise kam sie trotzdem vor Lena auf, als wäre es ihr irgendwie möglich, schneller zu springen, und anders als Lena stürzte sie auch nicht beim Aufschlag, sondern setzte ihren Lauf fort, als wäre nichts geschehen. Sie holte die beiden Männer noch vor der Tür ein und schleuderte sie mit einer einzigen zornigen Bewegung zurück. Einer von ihnen prallte mit solcher Wucht gegen die Wand, dass sein Hinterkopf eine blutige Spur auf dem abblätternden Putz hinterließ, der andere stürzte mit einem abgehackten Schrei rücklings auf die Treppe.

Lena rappelte sich auf, war mit einem Sprung bei ihm und erkannte ihn wieder. Es war einer der Burschen, die sie gestern bei Stepan im Parkhaus gesehen hatte, ein schwarzhaariger, brutaler Kerl, einen halben Meter größer als sie und mindestens doppelt so schwer. Dennoch bereitete es ihr keine Mühe, ihn hochzureißen und gegen dieselbe Wand zu schmettern, an der schon sein Kumpan zusammengebrochen war.

Der Kerl knickte zwar in den Knien ein, fing sich aber sofort wieder und griff unter seine Jacke, um einen verchromten Trommelrevolver zu ziehen.

Kaum hatte er die Waffe auf sie gerichtet, riss sie sie ihm aus den Fingern und boxte ihm mit der anderen Hand so fest in den Leib, dass er mit einem erstickten Keuchen vor ihr zusammensackte. In seinen Augen stand nichts als nackte Panik geschrieben, aber sie sah nur seine pochende Halsschlagader und spürte das pulsierende Leben darin. Das Blut, das sie haben wollte. Das sie *brauchte*.

Neben ihr erscholl ein reißender Laut. Aus den Augenwinkeln sah sie, wie sich Nora über den anderen Russen beugte, ließ sich davon aber nicht ablenken. Wieder spürte sie die Gier, die wie mit Raubtierkrallen in ihren Eingeweiden wühlte. Sie war hungrig. So unvorstellbar *hungrig*.

Der Russe begann sich schwächlich zu wehren. Lena schlug seine Hände zur Seite, warf ihn mit einem Ruck auf den Rücken und rammte ihm das Knie in den Bauch. Er schnappte japsend nach Luft, und Lena zwang seinen Kopf zur Seite, beugte sich über ihn und riss den Mund auf, um ihm die Zähne in den Hals zu schlagen und sein Blut zu trinken …

Sie konnte es nicht. Der Hunger und die Schmerzen waren so unerträglich geworden, dass sie davon überzeugt war, sterben zu müssen, wenn sie diese entsetzliche Gier nicht befriedigte, sein Blut nicht trank. Sie musste es tun! Jetzt!

Aber sie konnte es einfach nicht.

Sekundenlang blieb sie einfach so über ihn gebeugt hocken, am ganzen Leib zitternd und wimmernd vor Qual, dann kippte sie zur Seite und krümmte sich schluchzend auf dem Boden.

»Verdammt, schnapp dir den Kerl!«, fauchte Nora. »Du brauchst ihn!«

Lena krümmte sich nur noch weiter. Noras Worte stachelten die Gier in ihren Eingeweiden zu noch größerer Agonie an, aber sie konnte es einfach nicht!

»Ach, verflucht!« Noras Gesicht tauchte in den durcheinanderwirbelnden roten und schwarzen Schlieren über ihr auf. Sie sah sehr wütend aus. Ihre Lippen und ihr Kinn waren blutverschmiert. »Jetzt schnapp dir den Kerl endlich! Willst du draufgehen?«

Lena krümmte sich noch weiter, musste gegen einen plötzlichen, aber ungemein heftigen Schub von Übelkeit ankämpfen. Nora beugte sich über den Russen. Mit einem einzigen Hieb ihrer Fingernägel, die plötzlich so lang und scharf wie Raubvogelklauen waren, zerfetzte sie ihm die Kehle und sah mitleidlos zu, wie er die Hände gegen den Hals schlug und gurgelnd am eigenen Blut erstickte. Erst dann wandte sie sich wieder zu Lena um und zerrte sie brutal in die Höhe.

»Wenn ich dich nicht so verdammt gern hätte, dann würde ich dich jetzt einfach hier liegen lassen und aus sicherer Entfernung zusehen, wie du *das hier* deinem kleinen Polizistenfreund erklärst!«, fauchte sie. »Gib mir die Wagenschlüssel! Ich nehme doch an, du hast nichts dagegen, wenn ich fahre?«

Lena grub mit zitternden Fingern den Schlüssel mit dem auffälligen gelb-schwarzen Anhänger aus der Tasche. Nora riss ihn ihr aus der Hand, drehte sie herum und versetzte ihr einen Stoß, der sie auf die Tür zustolpern ließ. »Los jetzt!«, befahl sie. »Solange wir es noch können.«

Aber vielleicht war es auch schon zu spät.

Sie hatten die Tür noch nicht einmal halb erreicht, als sie von außen aufgestoßen wurde und eine weitere Gestalt eintrat.

»Hallo, Mädels«, sagte Anton. »Ich dachte mir, dass ich euch hier treffe.«

Nora sprang ihn mit weit ausgebreiteten Armen und einem Fauchen wie eine angreifende Katze an, und Anton machte einen fast gemächlichen Schritt zur Seite und schlug ihr mit dem Handrücken so fest ins Gesicht, dass sie gegen die Wand geschleudert wurde. Nora sank neben dem Russen, den sie gerade ausgesaugt hatte, benommen zu Boden. Anton schlenderte jetzt mit einem breiten Grinsen auf Lena zu. Sie wollte die Fäuste heben, um sich zu verteidigen, aber ihre Arme waren mit einem Mal schwer wie Blei. Sie hatte kaum noch die Kraft, sich auf den Beinen zu halten.

»Schön, dass wir uns wiedersehen«, sagte Anton. »Gestern war ja alles ein bisschen hektisch, aber jetzt finden wir bestimmt Zeit, um uns ein bisschen besser kennenzulernen.«

Damit meinte er zweifellos, sie umzubringen. Er hatte ihre Mutter getötet, er hatte Mehmet umgebracht, und jetzt war sie an der Reihe. Verzweifelt hob sie die Fäuste und schlug ungeschickt in seine Richtung. Anton wich ihr lachend aus und schubste sie einfach um.

Lena landete unsanft auf dem Hinterteil und sah Sterne. Anton lachte noch einmal und holte nun sichtlich dazu aus, ihr mit aller Kraft ins Gesicht zu treten.

Ein ungeheures Krachen erscholl. Hinter Anton loderte gelbes Feuer, und aus seiner Brust explodierte ein roter Geysir aus Blut und zerfetztem Fleisch und Knochensplittern. Das großkalibrige Geschoss durchschlug ihn mühelos, heulte dicht über Lena hinweg und rammte ein halbmetergroßes Loch in die Wand hinter ihr.

Eine geschlagene Sekunde lang stand der Russe reglos da, dann machte er einen torkelnden Schritt und sah an sich hinab. In seiner Brust gähnte ein faustgroßes Loch, durch das man *hindurchsehen* konnte. Ein sonderbarer Laut kam über seine Lippen, gefolgt von einem Schwall Blut von einem so tiefen Rot, dass es fast schwarz wirkte. Langsam fiel er auf die Knie und kippte dann stocksteif zur Seite.

»Was für ein Idiot«, sagte Nora verächtlich. Sie stand auf, ließ die verchromte Magnum fallen, die Lena dem Russen zuvor aus der Hand geschlagen hatte, und verzog angewidert das Gesicht. »Ich hasse Schusswaffen. Die sind so unsportlich.«

»Ist er … tot?«, fragte Lena und zeigte auf Anton. Was für eine Frage! Der Kerl hatte ein Loch in der Brust, durch das sie bequem einen Arm schieben konnte! Selbst für einen Vampir musste das eindeutig zu viel sein.

Nora schüttelte den Kopf. »Nicht für lang, fürchte ich«, sagte sie. »Beeil dich. Wenn Stepan hier auftaucht, sind wir erledigt!«

Lena stemmte sich in die Höhe. Nora stützte sie und führte sie zum Ausgang.

Der Ferrari stand noch dort, wo sie ihn abgestellt hatte, aber etwas hatte sich trotzdem verändert. Er war zu hell. Der lange Kratzer auf der Seite schimmerte wie ein eingefangener gezackter Blitz, und die weiße Metallic-Lackierung schien von innen heraus zu leuchten, was die getönten Scheiben noch dunkler aussehen ließ.

Es dauerte ein bisschen, bis Lena begriff, warum das so war: Der Ferrari war nicht mehr das einzige unpassende Fahrzeug in dieser Gegend. Zwei weitere Luxuskarossen hatten ihre voll aufgeblendeten Scheinwerfer auf ihn gerichtet, ein schwarzer 7er-BMW und ein zweites, noch größeres Fahrzeug, das sie gegen das grelle Licht nicht identifizieren konnte. Jemand schrie etwas, was sie nicht verstand, sich aber eindeutig russisch anhörte, und ein zorniges Hupen erscholl. Irgendetwas knallte, vielleicht ein Schuss, aber auch da war sie sich nicht sicher. Nora versetzte ihr einen Stoß, der sie auf den Ferrari zustolpern ließ, war wie der Blitz an ihr vorbei und riss die Tür auf.

Sie schubste Lena auf den Beifahrersitz, huschte wie ein Schatten um den Wagen herum und schien sich hinter dem Steuer mehr zu materialisieren, als dass sie sich setzte. Der Motor erwachte brüllend zum Leben, noch bevor Lena die Tür ganz geschlossen hatte.

»Halt dich fest!«, befahl Nora. Es knallte ein zweites Mal, diesmal ganz eindeutig ein Schuss, denn im gleichen Sekundenbruchteil zerplatzte die Heckscheibe des Ferraris und fiel in einem Scherbenregen nach innen.

Lena hätte nicht sagen können, was sie mehr erschreckte: das kreisrunde, münzgroße Loch, das in der Windschutzscheibe erschien, oder der Anblick Antons, der in diesem Moment die Haustür aufriss und herausstolperte. Die Waffe, mit der Nora ihn niedergeschossen hatte, schimmerte nun in seiner Hand. Sein Hemd und sein maßgeschneidertes Jackett hingen in Fetzen, aber dahinter war keine Wunde mehr zu erkennen, sondern etwas Brodelndes, Schwarzes, wie der Krater eines kochenden Schlammgeysirs, und selbst über die Entfernung hinweg konnte sie die absolute Mordlust erkennen, die in seinen Augen loderte.

Nora trat das Gaspedal des Ferraris bis zum Boden durch, und der Wagen schoss los. Etwas krachte. Lena wurde mit solcher Wucht gegen das Armaturenbrett geschleudert, dass die Welt vor ihren Augen für einen Moment schon wieder in blendendem Schmerz versank. Sie hörte das Klirren von zerberstendem Glas und das Krachen von Metall, aber sie spürte auch die enorme Kraft, mit der der Wagen beschleunigte.

Unsicher richtete sie sich auf, tastete mit der linken Hand blind nach dem Anschnallgurt und versuchte das Blut wegzublinzeln, das ihr in die Augen lief.

»Braves Mädchen«, sagte Nora spöttisch. »Immer hübsch anschnallen. Nicht dass wir am Ende noch einen Strafzettel bekommen.«

Lena schenkte ihr einen giftigen Blick, ließ den Verschluss des Sicherheitsgurtes einrasten und drehte sich dann herum, um einen Blick durch die zerbrochene Heckscheibe zu werfen. Einer der beiden Wagen hinter ihnen hatte nur noch einen Scheinwerfer und setzte sich gerade in Bewegung, um die Verfolgung aufzunehmen, und auch der andere stieß hektisch zurück, um zu wenden. Ein, zwei orangefarbene Funken flackerten auf und erloschen wieder, doch wenn es Schüsse waren, dann trafen sie nicht, und das Geräusch ging im Brüllen des Ferrari-Motors unter.

Nora trat auf einmal mit aller Gewalt auf die Bremse und kurbelte wie wild am Lenkrad, um den Wagen im rechten

Winkel um die Kurve zu steuern. Und wäre die Straße nicht auf beiden Seiten hoffnungslos zugeparkt gewesen, hätte sie es vielleicht sogar geschafft. So rutschte der Ferrari auf blockierenden Rädern über das ausgefahrene Kopfsteinpflaster, brach aus und prallte dann mit der kompletten Fahrerseite gegen ein geparktes Fahrzeug auf der anderen Straßenseite. Noch mehr Glas zerbrach, der Spiegel auf der Fahrerseite verabschiedete sich auf Nimmerwiedersehen, und dann ging der Motor aus.

»Mist«, sagte Nora. »Das mit dem Spiegel tut mir leid. Ich kauf dir einen neuen.«

Hastig hielt Lena nach ihren Verfolgern Ausschau. Zumindest im Moment war noch nichts von ihnen zu sehen, aber sie vernahm das Kreischen von Reifen und das zornige Aufbrüllen eines Motors, der sich nicht wesentlich schwächer als der des Ferraris anhörte, und ein einzelner greller Lichtfinger tastete über das Straßenpflaster.

»Nora«, sagte sie nervös.

Nora nickte mit verbissenem Gesicht, griff nach dem Zündschlüssel, und wie durch ein Wunder sprang der Motor sofort an. Lena wurde diesmal fast noch heftiger in den Sitz gepresst.

Der Ferrari schoss wie der sprichwörtliche von der Sehne geschnellte Pfeil los, aber Lena sah auch, dass ihre Verfolger bereits hinter ihnen um die Kurve geschlittert kamen. Die Fahrer schienen dieselben Schwierigkeiten zu haben wie Nora zuvor, schafften die Biegung im Gegensatz zu ihr aber irgendwie, und ihr ohnehin erbärmlicher Vorsprung war zusammengeschmolzen.

Nora gab Gas, und die beiden Wagen fielen sichtbar zurück, wenigstens so lange, bis sie die nächste Kreuzung erreichten und wieder abbiegen mussten.

»Kannst du sie nicht einfach abhängen?«, fragte Lena. »Immerhin ist das hier ein Ferrari, oder?«

»Und zwar einer der schnellsten überhaupt«, sagte Nora.

»Gib mir eine schöne gerade Rennstrecke, und ich lass die Jungs alt aussehen. Aber so …«

» … werden sie uns kriegen.«

»Quatsch!«, fauchte Nora. »Der russische Eseltreiber, der schneller fährt als ich, muss erst noch geboren werden!«

Im Spiegel auf Lenas Seite erschienenen drei grell aufgeblendete Scheinwerfer, und Lena hielt es für klüger, nichts mehr zu sagen; zumal Nora in diesem Moment schon wieder brutal Gas gab und ihr Vorsprung wieder um ein kleines Stück wuchs.

Vor ihnen tauchte eine Ampel auf. Der Ferrari raste über die Kreuzung, ohne dass Lena sehen konnte, welche Farbe die Ampel zeigte, aber hinter ihnen erschollen das Kreischen von Reifen und ein wütendes Hupkonzert. Als Lena in den Spiegel sah, waren ihre Verfolger zwar um ein weiteres kleines Stück zurückgefallen, aber immer noch da.

Und als wäre das alles noch nicht genug, mischte sich in das allgemeine Chaos jetzt auch noch das Heulen einer näher kommenden Polizeisirene. Vielleicht das von mehr als einer.

»Nora?«, sagte Lena nervös.

»Keine Sorge«, antwortete Nora. *»Die* sind unser kleinstes Problem, glaub mir.«

Lena *machte* sich Sorgen, aber das ihrer Fahrerin in diesem Moment zu sagen wäre wahrscheinlich nicht besonders klug gewesen. Stocksteif und sich möglichst unauffällig irgendwo festklammernd, saß sie neben Nora und sah abwechselnd sie und die beiden ungleichen Scheinwerferpaare im Rückspiegel an, die sich hartnäckig weigerten, kleiner zu werden.

»Gleich kommt der Tunnel«, sagte Nora. »Spätestens da hängen wir sie ab.«

»Oder stehen im Stau.«

»Nicht um diese Uhrzeit.« Nora schaltete in einen niedrigeren Gang und ließ den Ferrari an einem betagten Volvo-Kombi vorbeischießen. Der Fahrer des Fahrzeugs verlor prompt die

Kontrolle und schlingerte wie wild hin und her, konnte seine Familienkutsche dann aber im letzten Moment doch noch abfangen.

»Schade eigentlich«, seufzte Nora. »So ein netter kleiner Unfall hinter uns wäre genau das gewesen, was wir jetzt gebraucht hätten.«

Hinter dem Volvo tauchten die anderthalb Scheinwerferpaare ihrer Verfolger auf und kamen schon wieder näher. Nora stieß einen ganz und gar nicht damenhaften Fluch aus und gab so brutal Gas, dass die Hinterräder des Ferraris erst kurz durchdrehten, bevor der Sportwagen einen gewaltigen Satz nach vorn machte. Diesmal wurden die grellen Scheinwerferkegel ihrer Verfolger im Spiegel spürbar kleiner.

»Na also«, sagte Nora fröhlich. »Freude am Fahren gegen italienische Macho-Power. Was glaubst du, wer gewinnt?«

Der Verkehrsinfarkt, ganz eindeutig. Der Tunnel, von dem Nora gesprochen hatte, lag vor ihnen, aber – drei Uhr nachts hin oder her – der von Lena prophezeite Stau auch; eine Dreierreihe boshaft funkelnder Bremslichter, die so schnell näher zu kommen schienen wie die Sterne in einem Science-Fiction-Film, in dem das Raumschiff gerade die Lichtmauer durchbrach.

»Du … siehst das da vorn schon?«, fragte Lena nervös.

»Was denn?«

»Kann diese Kiste zufällig auch noch fliegen?«, murmelte Lena. Sie schloss die Hände so fest um den Sitz, dass das steinharte Leder ächzte.

»Leider nicht«, sagte Nora leichthin. »Ist aber auch nicht nötig. Keine Angst, ist gleich vorbei.«

Nora gab noch mehr Gas, klammerte beide Hände so fest um das Lenkrad, als hätte sie allen Ernstes vor, den Wagen ins Ende der Schlange vor ihnen zu rammen, und riss den Wagen dann in einer jähen Bewegung nach links. Die Lücke in der kniehohen Leitplanke, die die sechs Fahrspuren voneinander trennte, bemerkte Lena erst, als sie nahezu ungebremst in den Gegenverkehr rasten.

»Und das ist jetzt eine bessere Idee?«, presste sie irgendwie hervor.

»Nein«, antwortete Nora fröhlich. Sie musste schreien, um das Hupkonzert zu übertönen, das überall rings um sie herum losbrach. »Aber vielleicht diskutieren wir das später. Jetzt würde ich mich gern auf das Fahren konzentrieren.«

Der Ferrari schoss mit weit über hundert Stundenkilometern entgegen der Fahrtrichtung in den Tunnel hinein. Der Verkehr war auf dieser Seite nicht besonders dicht, aber das Allerletzte, womit die Fahrer rechneten, war ein weißer Kamikaze-Ferrari ohne Licht, der ihnen mit hundert Sachen entgegenkam. Grelle Scheinwerferstrahlen stachen ihnen in die Augen und ließen Noras Gesicht neben ihr noch bleicher aufleuchten. Hupen schrillten, und schreckensbleiche Gesichter und panisch aufgerissene Augen huschten an ihnen vorüber. Nora lachte. Es klang ein bisschen irre. Sie gab noch mehr Gas, riss das Lenkrad nach rechts und gleich darauf nach links und wich einem riesigen Truck aus, dessen Lichthupe ein wahres Gewitter entfesselte. Funken sprühten, als das Heck des Ferraris die hintere Stoßstange touchierte. Der Wagen drehte sich wie ein Kreisel um die eigene Achse, kam wie durch ein Wunder wieder in die Spur und jagte mit aufheulendem Motor weiter. Ein hastiger Blick nach hinten zeigte Lena, dass auch der Lkw ins Schlingern geraten war. Er zeigte ihr aber auch, dass noch ein Geisterfahrer unterwegs war.

Neben dem Lkw erschien ein silberfarbener 7er-BMW, der so schnell aufholte, dass man dabei zusehen konnte.

Nora fluchte, gab weiter Gas und jagte den Ferrari in halsbrecherischen Schlangenlinien zwischen den entgegenkommenden Wagen hindurch. Das wütende Hupen wurde noch lauter, und einer der Fahrer verriss erschrocken das Lenkrad und prallte nur ein kleines Stück hinter ihnen gegen die Tunnelwand. Der Wagen überschlug sich, löste sich in seine Einzelteile auf und rammte dabei noch zwei weitere Fahrzeuge, von denen einer ebenfalls gegen die Tunnelwand knallte, während sich der zweite lediglich querstellte. Zu Lenas Entsetzen wich der BMW den entgegenkommenden Wagen und Trümmerteilen mit schon magisch anmutendem Geschick aus.

»Anton«, sagte Nora wütend. »Der Kerl ist gut. Aber ich bin besser, keine Sorge.«

Das andere Ende des Tunnels kam in Sicht, und der Verkehr nahm zwar nicht ab, wurde aber weniger gefährlich, weil die anderen Fahrer offenbar die Gefahr erkannt hatten und eine Gasse bildeten, um die Selbstmordkandidaten vorbeizulassen. Nora stieß einen triumphierenden Schrei aus und trat das Gaspedal bis zum Boden durch, worauf der Ferrari einen regelrechten Satz machte. Der BMW begann zurückzufallen, wenn auch nicht annähernd so rasch, wie Lena gehofft hatte.

»Hartnäckig ist der Kerl, das muss man ihm lassen«, schnaubte Nora. »Aber das nutzt ihm nichts.«

Lena beobachtete nervös, wie die Tachonadel die Zweihundertermarke überschritt.

Nora erspähte wieder eine Lücke in der Leitplanke und jagte den Wagen hindurch, zielte aber diesmal nicht so genau wie beim ersten Mal; der Ferrari brach zwar nicht gänzlich aus, machte aber einen spürbaren Satz. Funken sprühten, und etwas wie ein gewaltiger Faustschlag traf den Unterboden. Plötzlich stank es durchdringend nach verschmortem Gummi, und auf dem Armaturenbrett ging ein gelbes Warnlicht an.

»Keine Angst«, sagte Nora und kam damit Lenas Frage zuvor. »Das hat nichts zu bedeuten. Und in einer Minute sind wir sowieso hier weg.«

Wie als Reaktion auf diese Behauptung begann der Motor zu stottern.

Nora fluchte, schaltete krachend in einen niedrigeren Gang, und der Wagen beschleunigte wieder. Aber der Motor klang jetzt … anders. Nicht besonders gut.

Nicht einmal dieses Wahnsinnsmanöver hatte den BMW abgeschüttelt. Schlingernd, aber ohne mit der Leitplanke zu kollidieren, wechselte er hinter ihnen die Spur und beschleunigte ebenfalls; nicht ganz so schnell wie der Ferrari, aber noch immer erschreckend schnell. Der Motor des Ferraris klang jetzt eher wie eine durchgeknallte Nähmaschine, und zu dem gelben Licht gesellte sich ein blinkendes zweites.

»Sie kriegen uns«, stellte Lena nüchtern fest.

Diesmal widersprach Nora nicht mehr. Sie schaltete erneut und beschleunigte abermals bis an die Grenzen dessen, was Motor und Getriebe hergaben. Der BMW fiel jetzt so schnell zurück wie ein Stein, der in die Tiefe stürzte. Aber der Motor klang wirklich krank, und der Gestank nach heißem Metall und schmorendem Gummi war nun so durchdringend, dass sie kaum noch atmen konnten. Der Motor würde nicht mehr allzu lange durchhalten.

Dennoch schöpfte Lena noch einmal neue Hoffnung, als sie sah, wie schnell der BMW jetzt zurückfiel, wo eine vollkommen gerade, leere Straße vor ihnen lag, auf der der Ferrari seine überlegene Kraft endlich in vollem Umfang entfalten konnte.

Unglückseligerweise war der Straßenabschnitt weniger als einen Kilometer lang, bevor er in einen dreispurigen Kreisverkehr mündete, der den Verkehr in alle Himmelsrichtungen verteilte.

»Vertraust du mir?«, schrie Nora über das Kreischen des gepeinigten Motors hinweg.

»Natürlich nicht!«, brüllte Lena zurück.

»Gut!« Nora lachte, rammte den Wagen nahezu ungebremst in einem absolut selbstmörderisch erscheinenden Manöver in den Kreisverkehr und fügte mit einiger Verspätung hinzu: »Dann halt dich fest!«

Das tat Lena ohnehin schon, und zwar mit aller Kraft, die sie aufbringen konnte. Jetzt hielt sie zusätzlich die Luft an und wartete darauf, dass sich der Wagen überschlug und sie zu Mus zerquetscht oder in kleine Stücke gerissen wurden. Stattdessen brachte Nora das Kunststück fertig, den Ferrari auf kreischenden Reifen durch den Kreisverkehr zu prügeln. Ein paarmal berührten sie leicht den Bordstein. Eine verchromte Radkappe flog davon, kappte wie eine fliegende Guillotine einen mannsgroßen Busch und verschwand dahinter. Auf dem letzten Drittel zog der Ferrari Funken hinter sich her, weil ein halb abgerissenes Metallteil eine rauchende Spur in den Straßenbelag fräste. Dann hatten sie den Kreisverkehr einmal komplett umrundet, und der Wagen schoss heulend und Funken sprühend und schlingernd wieder heraus. Obwohl Motor und Getriebe eindeutig im Sterben lagen, brachte Nora irgendwie das Zauberkunststück fertig, noch einmal zu beschleunigen. Lenas Blick hing wie gebannt an der Tachonadel, die die Hundertermarke schon wieder erreicht hatte und weiterzurasen schien, und sie begriff im allerletzten Moment, was Nora da wirklich tat.

Aber selbst wenn es etwas gegeben hätte, was sie hätte tun können, wäre es viel zu spät gewesen. Die Scheinwerfer des BMW sprangen mit einem gewaltigen Satz auf sie zu, und der Fahrer versuchte nicht einmal auszuweichen. Und wozu auch?

Den gewaltigen Knall, mit dem die beiden Wagen frontal ineinanderkrachten und sich buchstäblich in ihre Einzelteile auflösten, bekam sie schon nicht mehr mit.

23

Sie war tot, ganz eindeutig. Sie musste tot sein, denn obgleich der gewaltige Aufprall ihr sofort das Bewusstsein geraubt hatte, erinnerte sie sich im Nachhinein an jedes noch so winzige Detail, als hätte es da noch ein zweites, weit stärkeres Bewusstsein gegeben, einen stummen und gnadenlosen Beobachter, der eifersüchtig darauf achtete, ihr nichts zu ersparen: Sie war durch die Windschutzscheibe geschleudert worden, und was ihr das Glas und die plötzlich zu Messerklingen gewordenen Sicherheitsgurte nicht angetan hatten, das hatten die Trümmer des BMW getan, ein Wust von scharfkantigem Metall und Glas und auseinanderspritzendem Fleisch, durch den sie von der Faust eines zornigen Gottes hindurchgeprügelt wurde, ihr Fleisch zerrissen und von den zerbrechenden Knochen geschält, ihr Körper zu einem einzigen, kreischenden Schmerz reduziert, ein unendlich kleiner Punkt, wie eine Singularität aus reiner Qual, die dennoch das gesamte Universum ausfüllte. Wenn in ihrem Körper noch ein Knochen gewesen war, der nicht zerbrochen war, dann war er wohl zerschmettert worden, als sie zahllose Meter hinter dem explodierenden BMW auf der Straße aufschlug und weiterschlitterte, und ein Teil von ihr hatte auch gebrannt, entzündet von irgendetwas, was aus dem zerberstenden Wrack herausgespritzt war.

Was danach gekommen war, war beinahe noch schlimmer gewesen. Dunkelheit hatte sie umgeben und ein Hauch von

Kälte. Sie hatte das Gefühl gehabt, sich zu bewegen, körperlos durch ein Universum aus alles verschlingender Einsamkeit zu gleiten, und da waren noch andere Eindrücke gewesen, so bizarr und fremdartig, dass sie keine Worte dafür hatte. Und Hunger, ein so unvorstellbarer, quälender Hunger, der niemals aufhören würde. Sie war tot, und alles, was die Menschen jemals über die Hölle erzählt hatten, stimmte nicht, denn sie war in Wahrheit unendlich schlimmer.

Aber wenn sie tot war, woher kamen dann die Stimmen, und was wollten sie von ihr?

Zu dem Tsunami aus Schmerz, der immer wieder über sie hinwegpeitschte, gesellte sich ein nicht minder unangenehmes Gefühl. Etwas berührte ihre Zähne und zwang sie auseinander, und pure Säure ergoss sich in ihren Rachen.

»Halt still. Es wird gleich besser.«

Sie kannte diese Stimme, ohne ihr ein Gesicht zuordnen zu können. Aber alles in ihr warnte sie, ihr zu trauen. Sie hatte jedoch nicht die winzigste Chance gegen die übermenschliche Kraft, die ihre Kiefer auseinanderzwang, und den noch um vieles stärkeren Willen, der ihr zu schlucken befahl.

»Wehr dich nicht. Das macht es nur schlimmer.«

Eine andere Stimme, sanfter und sehr viel besorgter als die andere. Aus der Säure in ihrem Rachen wurde Hitze, dann Wärme und gleich darauf ein Strom wohltuender Betäubung, der sich rasch in ihrem Körper ausbreitete und nicht nur den Schmerz betäubte, sondern sie auch mit einer Art … verbotener Kraft erfüllte. Grelle Blitze zerrissen die Schwärze, die ihr Universum ausfüllte, und sie musste plötzlich wieder an den schrecklichen Anblick denken, den Charlottes Auge geboten hatte, als sie im Restaurant gewesen waren. War es möglich, dass …?

»Ich würde dir gern mehr Zeit lassen, Lena, aber das geht leider nicht.«

Derselbe göttergleiche Wille, der sie gezwungen hatte, die Säure zu trinken, befahl ihr nun, die Augen zu öffnen, und sie hatte keine andere Wahl, als zu gehorchen.

Louise beugte sich über sie. Sie sah besorgt aus, aber etwas stimmte mit ihrem Gesicht nicht.

»Hier. Trink.«

Sie wollte nicht trinken, erinnerte sie sich doch zu gut an den schrecklichen Schmerz, den die ersten Schlucke gebracht hatten. Aber Louise ließ ihr auch diesmal keine Wahl. Sie setzte ein Glas mit dampfender Flüssigkeit an ihre Lippen und zwang sie, es zu leeren. Es war Blut, eiskalt und dennoch voller pulsierendem Leben. Louises Gesicht waberte, drohte auseinanderzufließen, stabilisierte sich dann aber, als Lenas Sehvermögen zurückkam.

»Bin ich … tot?«, brachte sie mühsam hervor. *Aber war sie das nicht schon seit drei Tagen?*

»Nein«, antwortete Louise lachend. »So leicht stirbt es sich nicht, habe ich dir das nicht schon gesagt?« In das amüsierte Funkeln in ihren Augen mischte sich Ernst. »Aber ich sehe, dass ich dich von Anfang an richtig eingeschätzt habe.«

»Womit?«

»Dass du zu denen gehörst, die es am liebsten auf die harte Tour lernen«, antwortete eine andere Stimme. Erst danach trat Nora in ihr Blickfeld. Ihr Gesicht und ihre Hände waren unversehrt, und sie trug noch immer ihr schwarzes Emma-Peel-Outfit, das aber in Fetzen hing.

»Wie meinst du das?«

Nora schürzte die Lippen. »Ich hab dir gesagt, du sollst dir den Russen schnappen«, sagte sie. »Erinnerst du dich nicht?«

Nicht genau. Sie erinnerte sich an vieles, aber eine Menge davon war so grauenhaft, dass es nur ein Albtraum gewesen sein konnte. Zögernd nickte sie.

»Wenn du dir den Kerl geschnappt und sein Blut getrunken

hättest«, fuhr Nora fort, »dann wäre dir eine Menge erspart geblieben. Und mir übrigens auch.«

Lena sah sie nur traurig an. Also war es doch kein Albtraum gewesen; und zugleich war er es doch. Sie hatte diese beiden Männer getötet, vielleicht nicht mit eigenen Händen, aber sie hatte sie umgebracht, ganz einfach dadurch, dass sie *da gewesen* war.

»Nora hat recht«, sagte Louise sanft. »Er hätte euch beinahe erwischt, weil Nora auf dich aufpassen musste.«

»Ich bringe niemanden um«, sagte Lena entschieden.

»Der Kerl war im gleichen Augenblick tot, in dem er das Haus betreten hat«, sagte Nora verächtlich. »Hattest du Mitleid mit ihm?«

Nein, das hatte sie nicht. Schon in dem einen unendlich kurzen Moment, in dem sie in seine Augen geblickt hatte, hatte sie erkannt, was für ein verdorbener und abgrundtief schlechter Mensch er war. Der Gedanke an seinen Tod machte ihr nicht zu schaffen. Er hatte den Tod verdient, sowohl nach den Gesetzen der Menschen als auch nach denen des Anstands, aber machte sie das automatisch zu seiner Scharfrichterin? Kaum.

»Ich töte keinen Menschen«, sagte sie.

»Nicht einmal, wenn sie dich töten wollen?«, fragte Louise.

»Und das würden die allermeisten versuchen, wenn sie wüssten, was du bist«, fügte Nora hinzu.

Natürlich würde sie sich wehren, wenn es sein musste. Aber wollte Louise ihr wirklich weismachen, das wäre kein Unterschied?

»Ich trinke kein Menschenblut«, beharrte Lena.

Nora machte ein verächtliches Geräusch und stieß mit dem Zeigefinger das Glas um, das sie gerade geleert hatte. Es rollte vom Tisch und zerbrach. »Und was, glaubst du, war das da?«

»Nicht so.« Lena war immer noch hungrig. Die wenigen

Schlucke, die Louise ihr eingeflößt hatte, schienen die verzehrende Gier eher noch angestachelt zu haben.

Louise seufzte tief, warf Nora einen mahnenden Blick zu und verschwand kurz. Als sie zurückkam, hielt sie ein frisches Glas in der einen und einen prall gefüllten Beutel mit einer Blutkonserve in der anderen Hand. Es war kein besonders verlockender Anblick.

»Trink das«, sagte sie grob. »Und trink alles. Du wirst jedes bisschen Kraft brauchen, um hier herauszukommen.«

»Wir lange willst du ihr noch dabei helfen, sich selbst zu belügen?«, sagte Nora abfällig. »Mach es ihr endlich klar! Wenn nicht jetzt, wann dann?«

»Halt den Mund, Nora!«, sagte Louise scharf. »Jetzt ist wirklich nicht der richtige Moment dafür.«

»Wofür?«, fragte Lena.

Louise setzte zu einer beruhigenden Geste an, doch wieder war Nora schneller. »Was glaubst du, woher das da kommt?«, fragte sie höhnisch. »Schreiber-Pharmaceutics, wie?«

Lena nickte. »Stimmt das etwa nicht?«

»Doch«, antwortete Nora. »Und was glaubst du, woher die es haben? Denkst du, die brauen es im Reagenzglas zusammen?« Sie schüttelte heftig den Kopf. »Es ist Menschenblut, Lenalein. Dasselbe Blut, das du nicht trinken willst.«

»Nur dass dafür niemand sterben musste!«

»Bist du dir da sicher? Woher willst du wissen, wie …«

»Nora, das reicht«, unterbrach Louise sie. »Wir besprechen das später. Jetzt geh hinaus und hilf Charlotte!«

»Aber …«

»Sofort!«

Nora funkelte sie herausfordernd an, dann fuhr sie auf dem Absatz herum und stürmte hinaus. Lena sah ihr hinterher, und erst als Nora die Tür hinter sich ins Schloss geworfen hatte, wurde ihr klar, dass sie keine Ahnung hatte, wo dieses *Hinaus* war.

»Wo sind wir?«, fragte sie.

Louise sah sie an, als hätte sie eine außergewöhnlich dumme Frage gestellt. »Im Club.«

»Aber das ist auf der anderen Seite der Stadt!«, sagte Lena ungläubig. »Und der Wagen ist kaputt.«

»Das ist jetzt aber wirklich schmeichelhaft ausgedrückt«, sagte Louise schmunzelnd. »Ich glaube nicht, dass irgendjemand ohne ein Mikroskop die Marke noch feststellen kann. Eigentlich eine Schande. Ich mag diese italienischen Sportflitzer … Aber um deine Frage zu beantworten: Nora hat dich hierher getragen.«

»Die ganze Strecke?«.

»Warum, glaubst du wohl, ist sie so wütend? Aber auch darüber sollten wir später sprechen. Trink das aus. In dem Schrank da drüben sind saubere Kleider. Such dir was Praktisches aus.«

»Und du?«, fragte Lena, als Louise sich umwenden wollte.

»Ich helfe Charlotte und Nora. Wir verschwinden von hier, und zwar so schnell wie möglich.«

»Warum?«

»Du hast den Zusammenstoß überlebt. Genau wie Nora. Wie kommst du auf die Idee, dass Anton es nicht auch hat?«

Lena erschrak. Sie hatte den Russen völlig vergessen. »Anton?«

»Wenn wir Glück haben, dann ist er noch damit beschäftigt, seine Wunden zu lecken«, sagte Louise grimmig. »Aber früher oder später taucht er hier auf. Und ich wäre dann lieber nicht mehr hier … und du auch nicht, glaub mir.«

»Du glaubst, Stepan steckt hinter alledem?«

»Wer denn sonst?« Louise zuckte mit den Schultern. »Ich versuche seit einer Stunde, ihn zu erreichen, ohne Erfolg.«

Lena sah ihr an, dass sie besorgter war, als sie zugeben wollte. Trotzdem fuhr Louise fort: »Stepan ist so wenig an einem Krieg gelegen wie mir. Schon weil er eine Menge zu verlieren hat. Bestimmt kann ich mich mit ihm einigen, wenn ich die Gelegenheit finde, mit ihm zu reden. Aber jetzt müssen wir erst einmal mit Anton fertigwerden. Der Kerl ist so durchgeknallt wie eine tollwütige Kanalratte.«

»Und er ist wirklich sein Sohn?«, fragte Lena.

»Wenn du damit die Frucht seiner Lenden meinst, nein. So pflanzen wir uns nicht fort.«

»Aber du hast gesagt, dass nur Frauen die Macht haben, einen Menschen zu verwandeln«, sagte Lena.

Louise starrte sie noch kurz mit steinerner Miene an, dann wandte sie sich endgültig um und verschwand.

Lena war jetzt hoffnungslos verwirrt. Nichts war hier so, wie es bisher den Anschein gehabt hatte …

Der Hunger wühlte nach wie vor in ihrem Leib. Also nahm sie das Glas und den Plastikbeutel und leerte ihn bis auf den letzten Tropfen. Sie kam sich dabei … schmutzig vor und auf eine schreckliche Weise schuldig. Als hätte sie einem hungrigen Kind sein Essen gestohlen.

Da sie sich noch sehr gut daran erinnerte, was für einen grässlichen Anblick Noras blutiger Mund geboten hatte, achtete sie peinlich genau darauf, nicht einen einzigen Tropfen zu verschütten. Anschließend riss sie ein Stück aus ihrer hoffnungslos zerfetzten Kleidung und tupfte sich damit sorgsam über die Lippen. Zum ersten Mal bedauerte sie es, sich nicht mehr selbst im Spiegel betrachten zu können; und zugleich war sie unendlich erleichtert, als sie sah, wie unversehrt ihre Haut war: glatt und ohne einen Kratzer. Nicht einmal Schmutz und Ruß hatten Halt daran gefunden, obwohl ihre Kleider aussahen, als hätte sie versucht, in einem Hochofen zu übernachten.

Sie glitt von der Liege, auf der sie erwacht war, riss sich auch noch den Rest der verbrannten Fetzen vom Leib und trat an den Schrank. Die Türen quietschten beim Öffnen leise, und der Schrank quoll über von schreiend bunten Klamotten, die geradezu eine Beleidigung für jedes normale Farbempfinden waren.

Ganz ohne Zweifel Noras Schrank.

Lena seufzte, suchte etwas, in dem sie nicht aussehen würde, wie einem abschreckenden Video über die späten Achtziger entsprungen, und ließ sich schließlich in die Hocke sinken. Als sie die Hand nach einer scheckigen Jeans mit winzigen Glöckchen an den Säumen ausstrecken wollte, sah sie das Päckchen.

Es war in buntes Geschenkpapier eingeschlagen und noch zerdrückter als zuvor. Wo es im Wasser gelegen hatte, war das Papier aufgeweicht und verdreckt, und die Schleife war verschwunden. Aber es war das Päckchen, das Tom ihr gebracht hatte. Nora musste es gefunden und hierher gebracht haben. Sie hatte nicht die geringste Ahnung, warum, war ihr aber mehr als dankbar dafür.

Noras Unterwäsche war mindestens so schrill wie das Übrige. Lena bediente sich trotzdem, riss dann das Päckchen auf und empfand ein albernes, aber dennoch warmes Gefühl der Freude, als sie ihre Jeans und den Kapuzenpullover und sogar die geliebten Sneakers entdeckte, verzog dann aber das Gesicht, als ihr der Geruch in die Nase stieg. Sie hatten im Wasser gelegen, und Toms Waschmaschine war offensichtlich wirklich kaputt.

Sie zog die Sachen trotzdem an, strich aus einem uralten Reflex heraus das Geschenkpapier glatt und knüllte es schließlich kopfschüttelnd zu einem Ball zusammen, den sie davonkickte. Dann folgte sie Louise.

Lena brauchte einen Moment, um sich zu orientieren, weil sie sich in einem Teil des ehemaligen Schwimmbads befand, der ihr unbekannt war. Ihre scharfen Augen lieferten ihr trotz der Dunkelheit ein hinlängliches Bild, aber ohne ihre genauso scharfen Ohren hätte sie sich wahrscheinlich schon auf den ersten Metern verirrt. Sie musste ein ganzes Labyrinth kurzer Korridore und leer stehender Räume durchqueren, ehe Louises Stimme deutlich genug wurde, um sie zu leiten.

Der Club war hell erleuchtet, aber verlassen. Die Musik war verstummt, und bis auf Louise und die beiden anderen war keine Menschenseele zu sehen, obwohl irgendetwas in der Luft lag, das das Gegenteil zu behaupten schien. Sie konnte spüren, dass Menschen hier gewesen waren, viele Menschen, und das vor nicht sehr langer Zeit. Beute. Reiche Beute.

Erschrocken schüttelte sie den Gedanken ab. Louise und Charlotte standen hinter der Bar und sprachen mit leiser Stimme und sehr ernster Miene miteinander. Anscheinend war es Louise immer noch nicht gelungen, Stepan zu erreichen. Als sie Lenas Kleidung sah, runzelte sie vielsagend die Stirn.

»Ich wäre dann so weit«, sagte Lena. »Wenn du mir vorher noch ein paar Fragen beantwortest.«

Louise wechselte noch ein paar halblaute Worte mit Charlotte – in einer Sprache, die Lena noch nie gehört hatte –, schickte sie dann mit einer befehlenden Geste weg und drehte sich ganz zu Lena um. »Noch ein paar Minuten«, sagte sie, ihren letzten Satz einfach ignorierend. »Wir müssen noch ein paar … Dinge erledigen. Dann verschwinden wir.«

»Wohin?«

»Ins Hotel.« Louise seufzte tief, und dann, nach einem fast melancholischen Blick in die Runde, noch einmal sehr viel tiefer. »Schade. Das alles hier wird mir fehlen.«

Es dauerte einen Moment, bis Lena begriff, was diese Worte bedeuteten. »Du meinst, wir kommen nicht mehr hierher zurück?«, vergewisserte sie sich. »Gar nicht?«

Louise maß sie mit einem langen Blick. »Jetzt, wo dein kleiner Polizistenfreund weiß, wo er uns findet?« Sie schüttelte den Kopf. »Das wäre nun wirklich keine gute Idee.«

»Aber …«

Louise schnitt ihr mit einer Handbewegung das Wort ab.

»Das ist nicht deine Schuld. Wirklich nicht. Wir sind schon viel zu lange hier. Ich dachte, es würde ewig so weitergehen, aber natürlich tut es das nie. Man muss auch wissen, wann es genug ist, oder?«

Lena hatte keine Ahnung, wovon sie sprach.

»Und wohin gehen wir?«

»Wir haben noch eine Stunde, ehe die Sonne aufgeht«, sagte Louise. »Kein Problem, es bis dahin zum Hotel zu schaffen. Danach überlegen wir in aller Ruhe, wie es weitergeht.«

»Ins Hotel?« Lena war sich nicht ganz sicher, ob sie lachen oder über so viel Naivität den Kopf schütteln sollte. »Und du glaubst nicht, dass Stepan uns da zuallererst suchen wird?«

»Wenn er wüsste, dass wir dort sind. Ich weiß, wie sich das für dich anhören muss, aber glaub mir einfach: Er weiß es nicht. Niemand weiß es.«

»Ja, weil ihr ja so unauffällig und durchschnittlich seid und euch so normal benehmt«, sagte Lena sarkastisch.

»Ganz genau das!« Louise wirkte auf einmal zornig. »Glaubst du, wir hätten all diese Jahrhunderte überlebt und unser Geheimnis bewahrt, wenn wir nicht gut darin wären, unsere Spuren zu verwischen?«

Mit einem Handstreich erklärte sie das Thema für beendet, ging hinter der Bar in die Hocke und tauchte mit einem halben Dutzend tiefgekühlten Blutkonserven im Arm wieder auf. Lena bemerkte erst jetzt die große Kühlbox, die am anderen Ende der Bar stand.

»Habt ihr genug davon?«, fragte Lena.

»Ja«, antwortete Louise, während sie die Beutel in die Plastikbox legte. Dann ging sie noch einmal zum Kühlschrank zurück, um den Rest zu holen. »Und du solltest dir wirklich langsam angewöhnen, *wir* zu sagen, Liebes.«

Lena schwieg dazu und rührte auch keinen Finger, um Louise zu helfen, die immer mehr Beutel heranschaffte. Wie es aussah, gehörten Louise und die beiden anderen wohl zu den besten Kunden ihrer eigenen Firma.

»Louise?« Charlottes Stimme klang so leise und sanft wie immer, und doch war zugleich etwas darin, was sie beide aufhorchen und zu ihr eilen ließ.

Sie stand hinter dem erhöhten Pult des DJs und hatte einen Stapel CDs zusammengesucht, die sie offenbar mitzunehmen gedachte. Ihre Aufmerksamkeit galt jedoch einer Reihe kleiner Schwarz-Weiß-Monitore, die die gesamte Umgebung des ehemaligen Schwimmbades zeigten. Jetzt, eine Stunde vor Sonnenaufgang, sollte sie verlassen sein, doch direkt vor dem Haupteingang war ein silberfarbener Ford vorgefahren, auf dessen Dach ein Blaulicht flackerte.

»Besuch?«, murmelte Louise. »Um die Zeit und ohne sich anzumelden?«

»In der Tat, das ist unhöflich.« Auch Nora hatte sich zu ihnen gesellt, aber anders als Louise oder Charlotte sah sie nicht überrascht aus oder gar besorgt, sondern auf eine boshafte Weise eher erfreut. »Macht hier weiter. Ich kümmere mich um unsere Freunde und Helfer.«

Die Tür des Polizeiwagens ging auf, und Lena legte Nora rasch die Hand auf den Unterarm. »Nicht!«

»Allmählich wird dein kleiner Freund lästig«, sagte Nora, nickte aber dann widerwillig. »Also gut. Wimmle ihn ab – aber beeil dich. Fünf Minuten. Danach kümmere ich mich um ihn.«

Lena sah Hilfe suchend zu Louise, aber die schüttelte nur den Kopf und sagte ebenfalls: »Fünf Minuten. Beeil dich.«

Auf dem Monitor war zu sehen, wie Tom sich langsam dem Eingang näherte. Es war nicht zu erkennen, ob er allein gekommen war oder ein Kollege im Wagen wartete.

Lena lief so schnell wie möglich zum Eingang. Trotzdem wummerte Tom bereits zum dritten Mal mit der Faust gegen die Tür, als sie sie erreichte.

Im allerersten Moment wusste sie nicht, wie sie die Tür aufbekommen sollte. Es gab keinen Griff auf der Innenseite. Dann erscholl ein leises Klicken, und die Tür sprang einen Fingerbreit auf. Also gab es auch hier drinnen eine Kamera, und vermutlich hörten Louise und die anderen auch jedes Wort, das hier gesprochen wurde.

Die Tür schwang wie von Geisterhand bewegt weiter auf, und Tom, der gerade die Hand gehoben hatte, um noch einmal dagegenzuhämmern, erstarrte mitten in der Bewegung und sah sie zunächst perplex an.

Und dann unendlich erleichtert.

»Lena?«, murmelte er.

»Als ich das letzte Mal nachgesehen habe, stand es jedenfalls so in meinem Ausweis«, antwortete sie lahm.

Tom schien die Worte nicht zu hören. Sein Blick tastete immer wieder an ihrer Gestalt hinab und wieder hinauf, und der Anteil von Unglauben und Fassungslosigkeit darin nahm eher noch zu.

»Ist … alles in Ordnung mit dir?«, fragte er stockend. »Ich meine: Fühlst du dich wohl?«

»Geht so«, antwortete Lena in bewusst abweisendem Ton. »Was willst du?«

»Nichts«, murmelte Tom. »Ich wollte nur … ich meine, ich …«

»Ist dir das Wort Stalker ein Begriff?«, fragte Lena kühl. »Sollte es eigentlich, wo du doch Polizist bist.«

»Ich war nur …«, begann Tom, verlor schon wieder den Faden und starrte sie so hilflos an, dass er ihr beinahe leidtat. Dann gab er sich einen Ruck und sprach mit festerer Stimme weiter: »Wo ist dein Wagen?«

»Mein Wagen?«

»Bitte, Lena – mir ist nicht nach Spielchen, und ich bin nicht blind. Der weiße Ferrari, in den du eingestiegen bist.«

»Der war nur geliehen«, sagte Lena. »Und ich …«

»Wo ist er?«, unterbrach sie Tom.

»Jemand ist damit weggefahren. Ein Kollege.«

»Wann?«

»Keine Ahnung«, log Lena. »Vielleicht vor einer Stunde oder so. Warum? Hat er falsch geparkt oder eine rote Ampel überfahren?«

»Es gab einen Unfall«, antwortete Tom. »Einen ziemlich üblen Unfall. Jemand ist mit einem weißen Ferrari Amok gefahren …« Er hob die Schultern und gab sich Mühe, sie direkt anzusehen. »Es gibt mindestens drei Tote, wenn nicht mehr. Die Unfallstelle wird noch abgesucht. Ein paar Zeugen behaupten, dass eine junge Frau mit dunklem Haar am Steuer gesessen hat.«

»Und da hast du gedacht, ich wäre es gewesen?« Es gelang Lena nicht ganz, ihre Stimme so abfällig und verletzend klingen zu lassen, wie sie es wollte.

»Ich habe mir Sorgen um dich gemacht«, gab Tom unumwunden zu. »So viele weiße Ferraris gibt es in der Stadt nicht.«

»Mindestens zwei«, erwiderte Lena. »Meiner war es jedenfalls nicht … oder sehe ich aus, als hätte ich gerade einen Frontalzusammenstoß mit zweihundert Sachen hinter mir?«

Tom antwortete nicht darauf, aber Lena hätte sich am liebsten geohrfeigt. Tom hatte nichts von einem Frontalzusammenstoß gesagt. Aber jedes weitere Wort hätte es nur schlimmer gemacht.

»Auf jeden Fall siehst du gut aus«, sagte Tom nach ein paar Sekunden. »Freut mich, dass du die Sachen doch noch gebrauchen konntest.«

»Es sind ja auch meine. Und ich hab jetzt Feierabend.«

»Sie stehen dir sowieso besser als die Schickimicki-Klamotten von vorhin«, sagte Tom.

Es fiel ihr schwer, auf dieses Kompliment nicht mit einem

Lächeln zu antworten, sie beließ es aber bei einem kühlen Danke und sah ihn dann übertrieben ungeduldig an. »Wie gesagt, ich habe jetzt Feierabend, und ich bin müde und würde gern nach Hause gehen.«

»Dein Wagen«, sagte Tom. »Zeigst du ihn mir?«

Etwas bewegte sich hinter ihm. Ein Schatten, der nicht wirklich da war.

»Es ist nicht mein Wagen«, antwortete Lena. Sie musste sich beherrschen, um die Dunkelheit hinter ihm nicht zu auffällig anzustarren. Waren die fünf Minuten, von denen Nora gesprochen hatte, schon um? Aber sie war doch gerade dabei, ihn wegzuschicken!

»Ist so eine Art Firmenwagen, den jeder benutzt, der schnell irgendwo hinmuss. Ich weiß nicht, wer ihn gerade hat.«

Es war keine Einbildung. Da *war* etwas hinter ihm, aber der Parkplatz war zu dunkel, als dass selbst ihre scharfen Augen mehr als Schemen erfassen konnten.

»Und wer weiß, wer damit unterwegs ist?«, fragte Tom.

»Die Chefin«, antwortete sie. »Aber die ist nicht mehr da. Wenn du morgen wiederkommst, zeigt sie dir bestimmt das Fahrtenbuch … falls es hier so was gibt. Keine Ahnung.«

Toms Blick ließ endlich ihr Gesicht los und versuchte die Dunkelheit hinter der Tür zu durchdringen. »Und wer ist noch da?«, fragte er.

»Niemand«, antwortete Lena grob. »Nur noch ich. Und ich würde jetzt wirklich gern nach Hause gehen. Ich bin todmüde.«

»Ich kann dich fahren. Wenn der Wagen nicht da ist …«

»In *der* Karre?« Lena machte ein abfälliges Geräusch. »Danke. Ich nehme mir ein Taxi.«

»Wie du willst.« Toms Stimmung kühlte nun spürbar ab. »Aber richte deiner Chefin aus, dass sie mich anrufen soll. Dringend.«

Er hielt ihr eine Visitenkarte hin. Lena überlegte kurz, sie zu ignorieren, nahm sie aber dann doch entgegen und steckte sie ein. Tom druckste noch einen Moment herum und ging dann ohne ein weiteres Wort zu seinem Wagen zurück.

Lena machte einen Schritt in den Schatten des Eingangs hinein, blieb aber dann wieder stehen. Sie hatte sich den Schemen nicht eingebildet, und seit Nora den Russen umgebracht hatte, traute sie ihr noch weniger. Lena würde warten, bis Tom sicher im Wagen saß und abgefahren war.

Als er die Hand nach der Tür ausstreckte, klingelte sein Handy. Tom zog es aus der Jackentasche, nahm das Gespräch an und war zugleich schon halb im Wagen. Dann erstarrte er mitten in der Bewegung und sog die Luft zwischen den Zähnen so scharf ein, als hätte er erst jetzt gemerkt, dass der Türgriff glühend heiß war.

»Bist du dir sicher?«, fragte er erschrocken. Zugleich richtete er sich wieder auf und fuhr zu Lena herum. In seinen Augen stand nichts als blankes Entsetzen geschrieben. »Und es gibt keinen Zweifel?« Was war das in seinem Blick – Mitleid oder Misstrauen?

Lena sollte es nie erfahren, denn von diesem Moment an schien alles gleichzeitig zu passieren: Irgendwo hinter Tom stach ein orangeroter Funke durch die Dunkelheit, und auch die Schatten waren wieder da, ein zitterndes, rasend schnelles Huschen an der Grenze des Wahrnehmbaren. Etwas polterte hinter ihr, und eine körperlose eisige Hand schien sie am Grunde ihrer Seele zu berühren. Ein peitschender Knall durchbrach die Stille, doch noch bevor er ganz an ihr Ohr dringen konnte, fühlte sich Lena mit unwiderstehlicher Kraft gepackt und zurückgerissen. Die Tür fiel mit einen dumpfen Schlag vor ihr ins Schloss, und das Letzte, was sie sah, war Tom, der sein Handy fallen ließ, beide Hände vor das Gesicht schlug und langsam in die Knie sank, während in Strömen hellrotes Blut zwischen seinen Fingern hervorquoll.

24

Lena hatte zwar nicht das Bewusstsein verloren, aber der Schock hatte nahezu dieselbe Wirkung gehabt. Tom war tot. Jemand hatte ihm in den Kopf geschossen, und sie hatte nichts getan, um ihn zu retten. Sie hatte den Schatten gesehen und die Gefahr gespürt, das *Böse,* das sich wie eine unsichtbare Schlinge lautlos um ihn zusammengezogen hatte. Sie hätte ihn wenigstens warnen können, hatte aber nichts unternommen, und damit war es genau wie bei ihrer Mutter und Mehmet: Ebenso gut hätte sie ihn eigenhändig umbringen können.

Jemand rief ihren Namen, aber die Stimme vermochte den Schleier aus dumpfem Schmerz und Verzweiflung nicht zu durchdringen, der sich zwischen sie und die Welt gesenkt hatte. Er war tot, und er wäre es nicht, wenn sie nicht hier wäre, so einfach war das und so grausam.

Wieder rief jemand ihren Namen und ergriff ihre Schulter. Lena schüttelte die Hand ab, und nur einen Augenblick später traf sie ein Schlag ins Gesicht. Bunte Sterne explodierten vor ihren Augen, und eine Woge rasender Wut stieg in ihr empor und erlosch, von einem anderen, stärkeren Willen als ihrem eigenen besiegt. Derselbe Wille erstickte auch den Kummer um Tom und zwang sie, die Tränen wegzublinzeln und in Louises Gesicht hinaufzusehen.

»Alles wieder in Ordnung?«, fragte Louise.

»Tom«, murmelte Lena. »Er ist … tot.«

»Ist er nicht, Kleines«, sagte Nora hinter ihr. Sie stand am Pult des DJs und blickte konzentriert auf das halbe Dutzend Bildschirme, dessen blaues Flackerlicht ihr Gesicht in einen unheimlichen Schein tauchte. »Aber wir sind es bald, wenn wir noch lange hier herumstehen und den Seelendoktor spielen.« Die letzten Worte galten vermutlich Louise, und als sie von den Monitoren zurücktrat, wandte sie sich auch direkt an sie. »Ein halbes Dutzend. Wahrscheinlich mehr.«

»Ist Anton bei ihnen?«, fragte Louise.

»Auf dem Bildschirm ist er jedenfalls nicht zu sehen.«

»Anton?«, murmelte Lena verwirrt. »Du meinst, das sind … die Russen?«

»Toms Freunde scheinen es nicht zu sein«, erwiderte Nora. »Es sei denn, es gehört zu einer neuen Taktik der Polizei, zuerst einmal den eigenen Leuten in den Kopf zu schießen.«

»Aber warum sollten sie das tun?«, sagte Lena.

»Ich werde Stepan fragen«, antwortete Louise an Noras Stelle. »Kurz bevor ich ihm den Kopf abreiße.«

Charlotte gesellte sich zu ihnen, mit zwei bunten Kühlboxen beladen und dazu zwei Umhängetaschen, die aussahen, als wären sie mit Ziegelsteinen ausgestopft. Louise nahm ihr die Taschen ab, während Nora sich die zweite Kühlbox schnappte. Lena hätte erwartet, ebenfalls ihren Teil des Gepäcks zu bekommen, aber Louise bedeutete ihr nur, zwischen Charlotte und sie zu treten, und dann setzten sie sich in Bewegung; nicht zum Vordereingang hin, sondern in die entgegengesetzte Richtung. Lena dachte an Tom, der jetzt dort draußen lag und vielleicht verblutete, und der Gedanke tat weh, aber auf eine seltsam distanzierte Art; fast als dächte sie über Figuren aus einem Roman oder einem Film nach, die ihr zwar ans Herz gewachsen waren, aber eben doch keine richtigen Menschen waren. Hatte Louise ihr das angetan?, dachte sie zornig. Hatte sie ihr nach allem nun auch noch ihren Schmerz geraubt?

Charlotte eilte die schmale Treppe zum VIP-Bereich hinauf und blieb auf der vorletzten Stufe plötzlich stehen. Da waren Geräusche; das Klappen einer Tür, vielleicht Schritte, und die absichtlich flach gehaltenen Atemzüge von zwei Männern, wenn nicht drei.

»Wenn sie nicht solche Idioten wären, dann könnten sie einem schon fast leidtun«, flüsterte Nora hinter ihr. »Schenkst du mir einen, Louise? Oder zwei?«

Louise machte eine unwillige Geste, still zu sein, und setzte die beiden Taschen ab. Irgendetwas schien sie zu stören.

Auch Charlotte setzte ihre Last ab und sah mit einem Mal angespannt aus. Ein kleines Stück vor ihr erschien ein flackerndes Oval auf dem gefliesten Boden, der Strahl einer Taschenlampe. Lena war verwundert. Sie hätte die Reaktion dieser Gangster verstanden, wären es eben nicht mehr als ganz normale Zuhälter und Schläger gewiesen. Aber Anton war einer von ihnen, und sein Vater auch, und beide wussten doch genau, wie wenig ihre Männer hier ausrichten konnten. Wieso schickten sie ihre Leute in den sicheren Tod? Der Lichtschein wanderte weiter, verfehlte Charlotte erst um eine Handbreit und kehrte dann zitternd zurück, um an ihren Beinen und ihrem Körper emporzuwandern und dann auf ihrem Gesicht hängen zu bleiben. Sie blinzelte nicht einmal, obwohl das grelle Licht ihr direkt in die Augen stach.

»Ihr habt eine Minute, um von hier zu verschwinden, Freunde«, sagte sie. »Wer dann noch hier ist, ist tot.« Ohne innezuhalten, wiederholte sie die Worte noch einmal auf Russisch.

Der Lichtstrahl zitterte, ließ ihr Gesicht für einen Moment los und schwenkte dann mit einem Ruck zurück. Nur eine Sekunde später erscholl ein sonderbar dumpfer Knall, vermutlich das Geräusch eines Schalldämpfers. Außerdem musste es sich um eine ziemlich großkalibrige Waffe handeln, dachte Lena benommen. Auf Charlottes Brust erschien zwar nur ein kaum münzgroßer Fleck, aber zwischen ihren Schulterblättern stob ein regelrechter Geysir aus Blut und zerrissenem Fleisch hervor. Sie wankte.

»Das war jetzt ein ganz dummer Fehler«, sagte Nora.

»Ruhig!«, fauchte Louise. »Irgendwas stimmt hier nicht.«

Spätestens nachdem sie drei weitere Schüsse auf Charlotte abgegeben hatten, waren die Russen wohl zu dem gleichen Schluss gekommen. Sie hörten auf zu feuern, und der gelbe Lichtkreis, der ihr Gesicht festhielt, zitterte stärker.

»Ich kenne mich in diesen diplomatischen Feinheiten nicht aus«, sagte Charlotte und ging die letzte Stufe zum VIP-Bereich hinauf, »aber das deute ich jetzt einfach mal als Nein.«

Es fiel kein weiterer Schuss mehr, aber zu dem ersten Lichtstrahl gesellte sich nun ein zweiter, der ebenso zitternd über den gefliesten Boden huschte und sich ihr näherte. Er war dünner als der erste, konzentrierter, und hatte einen ganz leichten Stich ins Bläuliche, und irgendetwas daran … *alarmierte* Lena, ohne dass sie sagen konnte, was.

»Charlotte!«, schrie Louise. *»Pass auf!«*

Charlotte blieb stehen. Der Lichtstrahl strich an ihren Beinen hinauf und glitt über ihren Leib und ihre Brust, und da, wo er ihre unverhüllte Haut berührte, ging sie in Flammen auf, als wäre ein Schweißbrenner über ihr Fleisch gestrichen. Charlotte kreischte auf, verstummte aber wieder, als der Lichtstrahl diagonal über ihr Gesicht strich und es in eine zischende Feuerwolke verwandelte.

Louise fluchte, fuhr herum und versetzte Lena einen Stoß, der sie zu Boden stolpern ließ, und ein weiterer geisterhaft blauer Lichtstrahl tastete genau dort entlang, wo sie sich gerade noch befunden hatte.

Ein weiterer tödlicher Lichtstrahl züngelte nach Louise, verfehlte sie und schwenkte blitzschnell zu Nora herum. Er streifte sie nur, aber schon die flüchtige Berührung reichte, eine Spur aus zischenden weißen Flammen über ihre Waden zu jagen und sie mit einem spitzen Schrei zusammenbrechen zu lassen.

»Versteck dich!«, befahl Louise, während sie aufsprang und sich zugleich in einen Schemen mit faserig verlaufenden Konturen verwandelte, der sich hundertmal schneller als ein Schatten bewegte. Auch Nora sprang wieder hoch, obwohl ihre Hosenbeine noch glühten. Sie schlug die Funken mit der bloßen Hand aus und war dann mit einem einzigen Satz bei Charlotte auf dem Rand des Beckens. Lena begriff erst jetzt, dass Charlotte sich immer noch brennend am Boden wälzte. Der Lichtstrahl hielt sie erbarmungslos fest, sengte das Fleisch von ihrem Schädelknochen und ließ ihr Blut in einer zischenden rosafarbenen Wolke verdampfen, und genau in diesem Moment näherte sich ihr ein zweites Oval aus tödlichem Licht.

Einen Sekundenbruchteil bevor es sie erreichte, griff Nora in den sengenden blauen Strahl hinein und zerrte sie weg. Ihre Hand fing sofort Feuer. Lena konnte sehen, wie ihr Fleisch verdampfte und der weiße Knochen darunter zum Vorschein kam, nur um sich sofort schwarz zu färben und zu Asche zu zerfallen. Milliarden winziger gelber Funken stoben auf und strebten der Decke entgegen. Nora kreischte wie in nie gekannter Qual, zerrte Charlotte aber trotzdem über den Beckenrand. Immer noch lichterloh brennend, stürzte Charlotte auf den Boden des ehemaligen Schwimmbeckens. Nora wich dem zweiten Todesstrahl mit einem ansatzlosen Salto rückwärts aus, mit dem sie zugleich zu Charlotte hinuntersprang, um sich über sie zu werfen und die Flammen zu ersticken. Eine Hand krallte sich in Lenas Schulter und riss sie so grob zurück, dass es wehtat.

»Versteck dich!«, zischte Louise ihr ins Ohr. »Verkriech dich irgendwo, und halt den Kopf unten, klar? Ich finde dich schon, wenn alles vorbei ist!«

Sie verschwand sofort wieder, und auf der anderen Seite des Schwimmbeckens erscholl erneut dieses sonderbar weiche *Plopp.*

Auf den schallgedämpften Schuss folgten weitere. Die Russen schossen anscheinend ungezielt in der Gegend herum. Funken sprühten, wo die Geschosse auf hundert Jahre alte Fliesen prallten und sie zertrümmerten, und für einen Moment war das zur Tanzfläche umfunktionierte Schwimmbecken nicht nur von heulenden Querschlägern erfüllt, sondern auch von einem Hagel gefährlicher scharfkantiger Keramiksplitter. Lena kroch hastig rückwärts davon.

Irgendwo polterten Schritte. Das Schießen hatte aufgehört, aber nun hörte sie gedämpfte Schritte und Stimmen, die aufgeregt durcheinanderflüsterten. Die Stimmen wurden deutlicher, und Lena erkannte nun auch, dass sie russisch sprachen.

Sie musste hier weg. Weder von Louise noch den beiden anderen war etwas zu sehen oder zu hören. Sie wusste, wozu Louise, Charlotte und Nora fähig waren, aber ihre Gegner hatten Waffen, die sie durchaus töten konnten, und Charlotte und Nora waren verletzt; Charlotte vielleicht sogar tödlich. Wenn sie hierblieb, dann erging es ihr genauso.

Lena nahm all ihren Mut zusammen und wartete, bis sich die Stimmen und Schritte wieder entfernten. Ein einzelner, weit entfernter Schuss fiel, und sie beschloss, die Gelegenheit zu nutzen, um sich ein besseres Versteck zu suchen – auch wenn sie keine Ahnung hatte, wie es aussehen sollte. Mit angehaltenem Atem robbte sie ein kurzes Stück weiter und erstarrte dann zur Salzsäule, weil ein fingerdicker blauer Lichtstrahl kaum eine Handbreit neben ihr über den gefliesten Boden strich. Wieder ploppte ein schallgedämpfter Schuss, diesmal aber nicht vom Zerbersten einer Fliese beantwortet, sondern von einem seltsamen weichen Laut, als hätte die Kugel Fleisch getroffen.

Sie schüttelte diesen Gedanken ab, kroch weiter und schlug ganz instinktiv die Richtung ein, aus der sie gekommen war. Jenseits des eigentlichen Clubs gab es ein ganzes Labyrinth von

Räumen, in denen sie sich vielleicht verstecken konnte, bis alles vorbei war.

Und dann?, flüsterte es hinter ihrer Stirn. Was, wenn die Russen Louise, Charlotte und Nora töteten und sie als Einzige übrig blieb? Die Unsterblichkeit, die Louise ihr versprochen hatte, würde vielleicht nur ein paar Tage dauern …

Jemand schrie, und wieder fielen Schüsse. Einer der großen Scheinwerfer unter der Decke explodierte in einem Funkenschauer, und für den Bruchteil einer Sekunde sah Lena etwas gleichermaßen Bizarres wie Grauenhaftes: Was sie am Abend nur als Umriss, den der strömende Regen ausließ, an der Wand über sich erahnt hatte, das stand nun geduckt über ihr am Beckenrand, ein spinnengliedriges graues Ding, nackt und sehnig und mit furchtbaren Krallenhänden und einem flachen grauen Albtraumgesicht, das nur aus riesigen Augen und einem Maul voller nadelspitzer, krumm und schief gewachsener Zähne bestand.

Der Funkenschauer erlosch, und die Albtraumkreatur verschmolz wieder mit der Dunkelheit, aber die Gnade, es nur als schreckliches Trugbild abzutun, wurde Lena nicht gewährt. Jetzt spürte sie ihre Anwesenheit und ihre Bewegungen, ein abgehacktes, eckiges Huschen, Bewegungen, die tatsächlich mehr an die einer Spinne oder einer riesigen Gottesanbeterin erinnerten. Wieder fiel ein Schuss, und Lena huschte geduckt weiter, völlig blind und sich nur auf die Erinnerungen ihrer Schritte verlassend, die denselben Weg zurückfanden, den sie vorhin gekommen war. Hinter ihr geisterten fadendünne Linien aus blauem Tod durch die Schwärze, und sie hörte ein Zischen wie von nassem Papier, das schlagartig Feuer fing, und wieder Schreie und Schüsse, in die sich ein schreckliches nasses Reißen mischte. Dann ertastete sie zitternd eine Türklinke und drückte sie herunter.

Und Lena trat nun endgültig in einen Albtraum hinein. Der

Korridor hinter der Tür war nicht leer, aber es war auch kein Mensch, dem sie gegenüberstand. Von irgendwoher kam Licht, nicht mehr als ein blasser Hauch, für ihre empfindlichen Augen aber mehr als genug, um das Ungeheuer zu erkennen, dem sie geradewegs in die Arme gelaufen war. Zu den Todesstrahlen aus der siebten Galaxie gesellten sich jetzt auch noch die Aliens. Das Ding vor ihr war so groß und breitschultrig, dass es unmöglich ein Mensch sein konnte. Es hatte zwei Arme, zwei Beine und trug absurderweise einen grauen Sommeranzug, aber wo sein Gesicht sein sollte, starrte sie ein Albtraum aus Metall und blitzenden Linsen und scharfkantigen Klingen an, die gnadenlose Larve eines Killer-Roboters, der gekommen war, um die Welt endgültig in den Wahnsinn zu stürzen.

Vielleicht rettete ihr einzig der Umstand das Leben, dass sie einen Sekundenbruchteil schneller reagierte als ihr gespenstisches Gegenüber. Das *Ding* stieß ein sonderbar metallisches Knurren aus und riss seine Strahlenwaffe in die Höhe, worauf Lena sich nach hinten fallen ließ, und aus einem Reflex heraus nach seinem Knie trat. Sie traf so unglaublich hart, dass sie sein Metallskelett knacken hörte, und doch wankte der Koloss nur leicht.

Immerhin reichte die Erschütterung, um den tödlichen blauen Blitz aus seiner Waffe sein Ziel verfehlen und eine Handbreit an ihrer Schulter vorbeizischen zu lassen. Sie stürzte und rollte über die Schulter ab. Der Roboter versetzte ihr einen Tritt in den Leib, der nun ihre Knochen hörbar knacken ließ. Die Waffe richtete sich auf ihr Gesicht, um es zu verbrennen.

Stattdessen erstrahlte plötzlich *sein* Gesicht in grellem gelbem Licht.

Anders als Charlotte oder Nora schien er gegen seine eigene Waffe zumindest zum Teil immun zu sein, denn weder seine Kleidung noch sein Metallgesicht fingen Feuer, aber er schrie gellend auf, ließ die Waffe fallen und schlug beide Hände vors

Gesicht. Brüllend torkelte er rückwärts gegen die Wand. Das Licht ließ sein Stahlgesicht los und wurde von einem schlanken, spinnengliedrigen Schemen abgelöst, der mit blitzenden Klauen und schnappenden Zähnen über ihn herfiel und ihn in Stücke zu reißen begann.

Es dauerte vielleicht zwei Sekunden, und als es vorüber war, schlug auch die Tür zu der Nische aus purem Wahnsinn wieder zu, in die sie für einen Moment geblickt hatte. Aus der apokalyptischen Gottesanbeterin wurde wieder Nora, die über der reglosen Gestalt kniete und die Zähne in ihren Hals geschlagen hatte, um ihr Blut zu trinken. Das Gesicht des Roboters war abgerissen und lag direkt neben Lena, und es war ebenso wenig ein Gesicht, wie der Roboter ein Roboter war. Es handelte sich um ein ebenso kompliziert wie futuristisch anmutendes Nachtsichtgerät, das es dem Russen ermöglicht hatte, auch in der Dunkelheit zu sehen.

Benommen rappelte Lena sich auf und stieß das unheimliche Ding mit der Hand weg. Albernerweise machte es ihr jetzt, wo sie wusste, was es wirklich war, beinahe noch mehr Angst als zuvor.

»Alles in Ordnung?«, fragte Nora.

Lena nickte zwar, vermied es aber, in ihr blutbesudeltes Gesicht zu blicken. »Ja.«

»Dann bleib hier und versuch wenigstens, dich nicht erwischen zu lassen«, fuhr Nora fort. »Da draußen sind immer noch ein paar von den Kerlen.«

Sie machte einen einzelnen, irgendwie … *staksenden* Schritt und blieb dann noch einmal stehen, um in die Hocke zu gehen und die Waffe des Russen aufzuheben.

»Interessantes Spielzeug«, sagte sie. »Aber trotzdem dämlich. Louise hat recht. Dieser Anton ist ein Idiot.«

Sie hielt Lena die Waffe mit dem Griff voran hin und machte eine auffordernde Geste, als sie zögerte, sie zu nehmen.

»Nimm schon. Aber pass auf, dass du dir nicht selbst ein Loch in den Bauch brennst. Tut ziemlich weh.«

Lena gehorchte endlich und schloss die Hand um den klobigen Griff der Waffe, die so wenig irgendein Science-Fiction-Ding war wie der Russe ein Ungeheuer vom Mars. Am Lauf der großen Pistole war lediglich mit schwarzem Klebeband eine Taschenlampe befestigt worden. Das Glas hatte einen seltsamen bläulichen Glanz, und der Schalter war so umgebaut worden, dass der Schütze ihn mit dem Daumen drücken konnte, ohne den Zeigefinger vom Abzug der Waffe zu nehmen.

Sorgsam darauf bedacht, die Lampe weder in ihre noch in Noras Richtung zu halten, drückte Lena den Knopf, und ein geisterhaft bleicher Lichtstrahl fiel auf die gegenüberliegende Wand und zerfaserte zu einem blauen Oval.

»UV-Licht?«, fragte sie überrascht.

»Mit der entsprechenden Birne und einem Lötkolben gar kein Problem«, antwortete Nora. »Unser Anton scheint ein begabter Hobbybastler zu sein.«

Direkt auf der anderen Seite der Tür ertönte ein gellender Schrei, und Nora fuhr mit einer blitzartigen Bewegung herum.

»Bleib hier!«, zischte sie und war im nächsten Sekundenbruchteil einfach verschwunden.

Lena ließ die unheimliche Waffe angewidert fallen und richtete sich dann ganz auf. Noras Warnung war nur zu berechtigt: Sie konnte hören, dass der Kampf dort draußen noch nicht vorbei war, und die unheimlichen Waffen der Russen vermochten sie schwer zu verletzen, wenn nicht zu töten.

Aber es erschien ihr noch viel unerträglicher, allein mit dem toten Russen hier drinnen zu bleiben.

Mit angehaltenem Atem schlich sie hinter Nora her. Es war nahezu vollkommen dunkel. Nur die Monitore hinter dem Pult des DJs stanzten eine verschwommene Halbkugel aus blassem Licht in die künstliche Nacht, wodurch die Dunkelheit im Rest des riesigen Raums aber nur noch undurchdringlicher zu werden schien. Ihr Verstand versuchte ihr klarzumachen, dass sie sich in ebenso große wie unnötige Gefahr begab. Mit ihren Nachtsichtgeräten waren es plötzlich die Russen, die ihr überlegen waren. Solange sie sich nicht durch ein unvorsichtiges Geräusch verrieten, brauchten sie nur abzuwarten, bis sie so dumm war, sich selbst in eine Position zu begeben, in der sie sie in aller Ruhe abschießen konnten.

Sie schlich trotzdem weiter, und wäre der Schatten, der plötzlich wie aus dem Nichts neben ihr auftauchte, tatsächlich einer von Antons Männern gewesen, dann wäre es wohl um sie geschehen gewesen.

Es war Louise. Ihr Kleid hing in Fetzen, und unter all dem Blut auf ihrem Gesicht war etwas Insektenhaftes, was Lena zutiefst erschreckte. Mit einer hastigen Geste bedeutete Louise ihr, still zu sein und sich in die Hocke sinken zu lassen, tat zugleich dasselbe und zeigte dann nach links. Etwas bewegte sich dort, aber Lena erkannte nicht einmal einen Schatten, sondern nur eine Bewegung.

Louises Sinne mussten wohl noch um einiges schärfer sein als ihre, denn sie huschte lautlos auf den Schatten zu. Mit einem einzigen Ruck riss Louise dem Mann die Nachtsichtmaske herunter und brach ihm kurzerhand die Hand, in der er die Lampe hielt. Der Russe brüllte vor Schmerz auf und sackte in Louises Armen zusammen, doch statt ihm die Zähne in den Hals zu schlagen, wirbelte sie ihn herum, rammte ihm die Stirn ins Gesicht und stieß ihn mit beiden Händen zurück in Charlottes Arme, die hinter ihm aufgetaucht war.

Wieso konnte sie das alles überhaupt sehen?

Lena blinzelte in die Runde und registrierte erst jetzt, dass es nicht mehr dunkel war. Jemand hatte offenbar beschlossen, die Chancen wieder etwas ausgeglichener zu gestalten. Falls sie es jemals gewesen waren, Hightech-Waffen hin oder her.

Louise war plötzlich verschwunden, vielleicht schon wieder auf der Suche nach weiterer Beute, und Charlotte schleuderte den Russen mit knochenbrechender Wucht zu Boden und trat ihm dann mit aller Gewalt zwischen die Beine.

Falls er das überlebte, so verlor er immerhin auf der Stelle das Bewusstsein, denn er versuchte nicht einmal mehr, sich zu wehren, als Charlotte sich auf ihn warf und ihre Zähne in seinen Hals schlug. Und auf einmal war auch Nora da und fiel auf seiner anderen Seite auf die Knie. Auch sie entriss ihm den kostbaren Lebenssaft.

Es war das Entsetzlichste, was Lena jemals gesehen hatte.

Wenigstens so lange, bis Nora sich aufrichtete, Charlottes Gesicht zu sich heranzog und sie lange und leidenschaftlich küsste.

Ein dünner hellblauer Lichtstrahl griff auf einmal nach ihnen, zog eine lodernde Spur über Charlottes Rücken und streifte auch noch Noras Gesicht, erlosch dann aber wieder, noch während die beiden schreiend zusammenbrachen.

Statt seinen Vorteil zu nutzen und seine heimtückische Waffe noch einmal einzusetzen, sprang der Angreifer mit einem kraftvollen Satz vom Beckenrand herab, landete genau zwischen den beiden Frauen und schmetterte Charlotte das Knie ins Gesicht, was sie vollends nach hinten stürzen ließ. Nora versuchte, ungeachtet der Tatsache, dass ihre Haare in Flammen standen, seine Beine zu umklammern, und Anton schmetterte ihr den Lauf seiner Waffe mit solcher Gewalt ins Gesicht, dass sie benommen auf die Seite fiel. Dann schleuderte er die Pistole achtlos weg, beugte sich zu Charlotte hinab und riss sie mit beiden Händen in die Höhe.

Sein Mund klappte weit auf, so unmöglich weit wie das Maul einer angreifenden Schlange, die eine Beute verschlingen wollte, die größer als sie selbst war. Dolchspitze Zähne schoben sich wie die Krallen einer Katze zentimeterweit aus seinem Kiefer und schnappten nach Charlottes Kehle.

Lena sprang ihn mit einem verzweifelten Satz an, doch obwohl sie all ihre neu gewonnene übermenschliche Kraft einsetzte, gelang es ihr nicht, ihn von den Beinen zu reißen. Er ließ sein wehrloses Opfer nicht einmal los, aber wenigstens verfehlten seine schnappenden Kiefer ihr Ziel. Praktisch gleichzeitig stieß er den Ellbogen mit solcher Gewalt in Lenas Magen, dass sie gegen die drei Meter entfernte Wand des Schwimmbeckens geschleudert wurde.

Irgendetwas in ihrem Körper war zerbrochen. Sie konnte nicht atmen, und alle Kraft wich ihr aus den Beinen. Hilflos sackte sie an der Wand zusammen und brauchte all ihre Willenskraft, um nicht das Bewusstsein zu verlieren. Da war etwas tief in ihr drinnen, das erwachen wollte, eine uralte, unvorstellbar starke Gewalt, die Besitz von ihr ergreifen und ihr die Kraft geben wollte, sich auf den Vampir zu stürzen und ihn einfach in Stücke zu reißen. Und vielleicht hätte sie es sogar gekonnt … aber diese Kraft war zugleich auch die Gier, Teil des rasenden Hungers, der sie so quälte, und da war etwas wie eine allerletzte finale Grenze, jenseits deren es keine Umkehr und kein Zurück mehr gab.

Und da war plötzlich wieder die Erinnerung an dieses insektenhafte graue … *Ding*, das sie gesehen hatte, ein grässlicher Hybrid aus Spinne und Gottesanbeterin und noch viel Entsetzlicherem, das absolut nichts Menschliches mehr gehabt hatte. Sie konnte es nicht. Den lodernden Vulkan aus Zorn am Ausbrechen zu hindern kostete sie beinahe genauso viel Kraft, wie bei Bewusstsein zu bleiben, aber irgendwie gelang es ihr. Zitternd hockte sie da und beobachtete den gespenstischen Kampf, den sich Anton und die beiden Frauen lieferten.

Ihre Bewegungen waren so schnell, dass sie zu einem Tanz der Schatten zu werden schienen, eine Szene aus einem Ninja-Film, die mit zehnfacher Geschwindigkeit ablief. Irgendwie war es Charlotte gelungen, sich loszureißen, und auch Nora war wieder auf den Beinen – aber Lena sah auch, dass sie nicht einmal gemeinsam eine Chance gegen den Russen hatten. Antons Bewegungen waren im Vergleich zu denen Charlottes und Noras so schnell wie die ihren gegen die eines normalen Menschen, und während er ihre Hiebe und Tritte kaum zu spüren schien, taumelten die beiden Frauen unter seinen Attacken. Noch ein paar Augenblicke, und es war vorbei. Anton würde Charlotte töten, er würde Nora töten, und dann würde er sie umbringen, falls er ihr nicht etwas noch weit Schlimmeres antat.

Sie versuchte sich hochzustemmen, sank mit einem Wimmern wieder zurück und stieß mit dem Fuß gegen etwas Schweres, Glitzerndes, das mit einem Scheppern ein Stück weit davonrutschte. Sie griff danach und erkannte es als die umgebaute Pistole, die Anton gerade so achtlos fallen lassen hatte.

Zielen und abdrücken war praktisch eines. Der Rückstoß der schweren Waffe hätte ihr bestimmt das Handgelenk gebrochen, wäre sie noch ein normaler Mensch gewesen, aber auch so reichte er, um den Schuss zu verreißen, so dass die Kugel weit neben dem Russen Funken aus der Wand schlug und als Querschläger davonheulte.

Dafür traf der tödliche Lichtstrahl umso genauer, brannte ein rauchendes Loch dort in sein Gesicht, wo gerade noch sein Auge gewesen war, und ließ die Hälfte seines Schädels in Flammen aufgehen. Anton kreischte und schlug beide Hände vors Gesicht, erreichte damit aber kaum mehr, als dass nun auch noch die linke Hand zu schmelzen begann.

Aber er fiel nicht. Er wich auch nicht zurück, sondern schleuderte Nora nur mit einem unmenschlichen Brüllen zur Seite und – *stürmte auf Lena zu!*

Das war unmöglich!, dachte Lena entsetzt. Er mochte unsterblich sein, aber das *konnte* er nicht aushalten! Der Lichtstrahl brannte das Fleisch so mühelos von seinen Knochen wie die Flamme eines Schweißbrenners Butter von einer Scheibe

Brot, aber er rannte einfach weiter, direkt in den verzehrenden Strahl hinein. Noch bevor Lena auf die Idee kam, das tödliche Licht auch auf sein anderes Auge zu lenken und ihn zu blenden, war er auch schon heran und prellte ihr die Waffe mit einem Tritt aus den Fingern, der ihre Handgelenksknochen wie Glas zerbersten ließ. Der Schmerz war schlimm, aber seltsam irrelevant, vielleicht weil sie wusste, dass der nächste Hieb sie töten würde.

Der Hieb kam nicht. Ein schlanker grauer Schemen tauchte plötzlich hinter ihm auf, riss ihn so mühelos in die Höhe, als wöge er nichts, und warf ihn wie ein Spielzeug gegen die Wand. Noch bevor er vollends zu Boden gesackt war, waren Charlotte und Nora über ihm und drangen mit Zähnen und tödlichen Raubvogelklauen auf ihn ein. Nur eine Sekunde später gesellte sich auch Louise zu ihnen, und aus dem bizarren Kampf wurde endgültig ein Chaos aus tobenden Schatten und reiner, zerstörerischer Bewegung.

Lena wälzte sich mühsam herum und versuchte die neuerliche Qual zu ignorieren, mit der ihr gesplittertes Handgelenk wieder zusammenwuchs.

Verzweifelt suchte sie nach der Waffe, die Anton ihr aus der Hand getreten hatte. Bisher hatte sie Louise und die beiden anderen für vollkommen unbesiegbar gehalten, und bis zu einem gewissen Punkt entsprach das auch sicher den Tatsachen – aber Anton war genau wie sie, und damit waren es wieder drei ganz normale, schlanke junge Frauen gegen einen Zweimeterkoloss, der vermutlich stärker war als sie alle zusammen. Sie hatten keine Chance.

Sie fand die Waffe, kroch hin und zielte diesmal mit beiden Händen, wagte es aber nicht, auf den Knopf zu drücken. Sie würde Louise oder eine der anderen treffen und damit alles noch schlimmer machen. Endlich fand sie ein Ziel und drückte ab, worauf der Lichtstrahl ganz leicht Louises nackten Oberarm streifte, um dann eine sengende Spur diagonal über Antons Rücken zu brennen.

Der Russe brüllte vor Schmerz und Wut auf, warf sich mit einer blitzschnellen Bewegung aus der Bahn des verzehrenden Lichtstrahls und stürmte davon. Lena ließ den Strahl der UV-Lampe hinter ihm herwandern und setzte tatsächlich noch sein linkes Bein in Brand, bevor er die Treppe hinaufgerast und endgültig verschwunden war.

»Gut gemacht«, sagte Louise. »Danke.« Ihr Atem ging schwer, als sie zu Lena kam und ihr behutsam die Waffe aus der Hand nahm. »Das war wirklich im letzten Moment.«

»Ich dachte, du wolltest ihm den Kopf abreißen«, sagte Lena benommen.

»Seinem Vater«, erwiderte Louise ungerührt, während sie die Lampe behutsam vom Lauf der Pistole löste und dann die Batterien herausnahm. »Der Kerl ist wirklich ein harter Brocken, aber das nächste Mal bin ich vorbereitet.« Sie steckte die Lampe ein und wandte sich mit einem Blick über die Schulter an die beiden anderen. »Sammelt die Dinger ein. Nicht dass jemand sie findet und am Ende auf komische Ideen kommt.«

»Die werden wiederkommen«, sagte Lena mit einer Kopfbewegung in die Richtung, in die Anton verschwunden war.

Louise streckte die Hand aus, um ihr auf die Beine zu helfen. »Aber nicht innerhalb der nächsten zehn Minuten«, sagte sie. »Und danach sind wir hier weg. Viel Zeit bleibt uns sowieso nicht mehr, bis die Sonne aufgeht. Keine halbe Stunde.«

»Schaffen wir es noch zum Hotel?«, fragte Lena.

»Das ist überhaupt kein Problem«, rief Nora vom gegenüberliegenden Beckenrand her. »Mach dir keine Sorgen, das schaffen wir locker. Ich fahre.«

25

Die Sonne stand bereits eine halbe Handbreit hoch am Himmel und überschüttete die Stadt mit flüssigem goldenem Tod, als sie endlich das Hotel erreichten.

Louise parkte den Wagen in der Tiefgarage unmittelbar vor dem Lift und schüttelte herrisch den Kopf, als Lena sich zur Treppe wenden wollte. Die Treppe verschwand einfach aus ihrem Bewusstsein. Louises Augen sahen aus wie Kugeln aus poliertem Stahl, als sie sie barsch zu sich heranwinkte.

Die Aufzugtür glitt auseinander, und die Kabine mit den verspiegelten Wänden war nicht nur nicht leer, es war ausgerechnet der junge Page, der mit einem energischen Schritt heraustrat und dann mitten in der Bewegung erstarrte. Noras jugendlicher Romeo.

»Aber was … um Gottes willen, was ist denn passiert?«, entfuhr es ihm. »Hatten Sie einen Unfall?«

Im allerersten Moment verstand Lena nicht, wovon er sprach, aber dann begriff sie. All ihre Blessuren waren zwar verschwunden, und ihre Haut hatte sogar das Blut absorbiert, mit dem sie sich im Kampf so überreich besudelt hatten, aber ihre Kleider hatten weniger Glück gehabt. Vor allem das, was Nora am Leib trug, verdiente diese Bezeichnung kaum noch und gewährte dem jungen Burschen einen Blick auf Dinge, von denen er nicht zu träumen gewagt hätte.

Als hätte er ihre Gedanken gelesen, bekam der arme Junge

einen puterroten Kopf. »Ich äh … entschuldigen Sie«, stammelte er. »Das geht mich nichts an.«

»Stimmt«, sagte Louise.

»So etwas Ähnliches wie einen Unfall«, sagte Charlotte. »Aber niemandem ist etwas passiert, keine Angst.«

»Das ist gut«, sagte der Page. Vor lauter Verlegenheit trat er von einem Fuß auf den anderen, machte aber auch keine Anstalten, den Lift freizugeben.

»Ja, finden wir auch«, sagte Louise kühl. »Und wenn du uns jetzt bitte vorbeilassen würdest, dann könnten wir uns vielleicht sogar umziehen.«

»Sicher.« Der Page sprang zur Seite und starrte Nora aus großen Augen an. Er wartete, bis die Tür zuzugleiten begann, dann war er mit einem Sprung wieder bei ihnen.

»Warten Sie!«

Nora runzelte die Stirn. Charlotte sah ein bisschen überrascht aus, und in Louise Gesicht regte sich kein Muskel, aber in ihren Augen erschien plötzlich etwas, was Lena den Atem stocken ließ. Etwas bewegte sich, *unter* ihrem Gesicht. Etwas Graues, durch und durch Unmenschliches.

»Bitte entschuldigen Sie«, sagte der Page hastig. »Aber ich glaube, so ist es besser.«

Nervös grub er einen Schlüssel aus der Tasche seiner albernen Pagenuniform, schob ihn in das Schlüsselloch unter der Ziffertafel und drückte dann hintereinander auf drei Tasten. Der Aufzug setzte sich summend in Bewegung.

»Jetzt fahren wir ohne Halt bis zum Penthouse durch«, sagte er.

Charlotte wirkte ehrlich beeindruckt. Der lodernde Tod in Louises Augen zog sich etwas zurück – und Nora tat etwas ganz und gar Unerwartetes: Sie klimperte überrascht mit den Augenwimpern, stellte sich auf die Zehenspitzen und hauchte ihm einen Kuss auf die Wange.

»Vielen Dank«, sagte sie.

Nein, jetzt war sein Kopf nicht mehr nur rot. Lena war sich sicher, dass er in der nächsten Sekunde explodieren würde.

Weder das noch irgendetwas anderes Dramatisches geschah, bis der Fahrstuhl sein Ziel erreichte. Der Page konnte seinen Blick nun gar nicht mehr von Nora wenden. Als die Kabine anhielt, huschte er als Erster hinaus und bedeutete ihnen mit einer Geste zurückzubleiben, bis er sich davon überzeugt hatte, dass der kurze Weg zu ihrer Suite frei war. Erst dann wedelte er aufgeregt mit der Hand und eilte im Laufschritt voraus, um die Zimmertür zu öffnen.

»Niedlich, dein kleiner Sir Lancelot«, flüsterte Charlotte. Nora reagierte nicht darauf, aber Louise sah sie kurz ärgerlich an.

Der Page machte sich auch sofort daran, in jedem einzelnen Zimmer der Suite die Vorhänge zu schließen. Jetzt wirkte Louise ein bisschen alarmiert.

»Du wirst ihn in Ruhe lassen«, zischte Nora leise, als sie sah, auf welch sonderbare Weise Louise den jungen Burschen betrachtete. »Rühr ihn nicht an!«

»Es gibt nichts Gefährlicheres als verliebte Jungs«, erwiderte Louise in nachdenklichem Ton. »Sie schnüffeln überall herum und finden manchmal mehr raus, als gut für sie ist.«

»Du rührst ihn nicht an«, sagte Nora diesmal drohend.

Die Rückkehr des Pagen beendete das Gespräch, bevor es endgültig zu einem Streit ausarten konnte. Äußerlich hatte der junge Mann sich nun fast perfekt unter Kontrolle, ganz wie er es für seinen Job gelernt hatte, aber nicht nur Lena spürte, dass er unter dieser Maske vor Aufregung fast starb.

»Brauchen Sie sonst noch etwas?«, sprudelte er los. »Vielleicht einen Arzt oder …?«

»Es ist alles in Ordnung«, fiel ihm Louise ins Wort. Sie lächelte sogar, aber ihre Stimme war wie Eis. »Wir brauchen nur ein bisschen Ruhe.«

»Ich verstehe«, antwortete er verlegen. »Bitte entschuldigen Sie. Ich wollte nur …«

»Es ist wirklich nicht so schlimm, wie es aussieht.« Diesmal war es Nora, die ihn unterbrach. »Eigentlich ist die Geschichte sogar ganz lustig. Ich erzähle sie dir vielleicht später. Aber jetzt brauchen wir erst einmal eine kleine Verschnaufpause.«

»Natürlich«, antwortete er hastig.

Nora schob ihn mit sanfter Gewalt aus dem Zimmer, drückte die Tür ins Schloss und drehte sich langsam zu Louise um. Deren Lächeln erlosch wie abgeschaltet.

»Du rührst ihn nicht an!«, sagte Nora noch einmal.

Louise sagte vorsichtshalber gar nichts, sondern sah ihr nur mit einem Ausdruck leiser Überraschung nach, wie sie im Nebenzimmer verschwand.

»Tja, wo die Liebe hinfällt«, sagte Charlotte.

»Es gibt Länder, da wird man für so etwas verhaftet«, knurrte Louise. »Der Kerl ist doch noch ein Baby!«

»Ist das nicht jeder, gegen dich?«, sagte Charlotte spöttisch. Sie schlenderte zum Bücherregal, wo ihre Fingerspitzen der Bewegung folgten, mit der ihr Blick über die goldgeprägten Buchrücken tastete. Hatte sie etwa vor, sich in aller Seelenruhe an den Kamin zu setzen und ein Buch zu lesen? *Jetzt?*

Stattdessen schüttelte sie nur den Kopf und seufzte tief. »Sie werden mir fehlen.«

»Ich kaufe dir neue«, sagte Louise unwillig.

Charlotte bedachte sie mit einem traurigen Blick, nahm ein eher unauffälliges Bändchen vom Regal und presste es mit beiden Händen an die Brust, als wäre es der wertvollste Schatz der Welt. Einen kurzen Moment stand sie mit geschlossenen Augen reglos so da, dann fuhr sie auf dem Absatz herum und floh aus dem Zimmer.

»Was hat sie damit gemeint, sie werden mir fehlen?«, fragte Lena.

»Wir können sie nicht alle mitnehmen«, antwortete Louise. »Wir pflegen nämlich mit kleinem Gepäck zu reisen.«

»Das heißt, wir verschwinden tatsächlich von hier?«

»Sobald es dunkel ist«, sagte Louise. »Zuerst einmal aus der Stadt und dann vielleicht auch aus dem Land, wenigstens für eine Weile. Das vorhin war ein bisschen heftig.«

»Der Club?«

Louise nickte, trat ans Fenster und zog die Vorhänge einen halben Fingerbreit auf, um aus zusammengekniffenen Augen zum Himmel hinaufzusehen. Dünne hellgraue Rauchfäden stiegen von ihren Augenwimpern auf. »Es sieht nach Regen aus«, sagte sie. »Wenn wir Glück haben, können wir schon eher weg.« Sie seufzte leise und kehrte dann zu Lenas Frage zurück. »Deine Freunde von der Polizei werden die Leichen von Stepans Idiotenbrigade finden, und früher oder später werden sie hier auftauchen und eine Menge dummer Fragen stellen. Möchtest du sie beantworten?«

»Mein *Freund von der Polizei«,* antwortete Lena bitter, »ist tot.«

»Nein«, erwiderte Louise. Sie schloss die Gardine wieder und drehte sich zu Lena um. Ihr linkes Auge brodelte kurz und floss dann wieder zu unversehrter ewiger Schönheit zusammen. »Als wir in den Wagen gestiegen sind, war er jedenfalls noch am Leben. Ich spüre so etwas. Und du könntest es auch, wenn du es nur endlich zulassen würdest.«

Das sagte sie nicht *einfach nur so,* das war Lena klar, sondern weil sie eine ganz bestimmte Reaktion erwartete, aber sie war viel zu verwirrt, um mehr als einen flüchtigen Gedanken daran zu verschwenden. Tom lebte? War das der Grund, aus dem es ihr bisher nicht gelang, wirklich um ihn zu trauern – weil Louise recht hatte und sie es tief in sich spürte?

»Warum habt ihr sie nicht verschwinden lassen?«

»Die Russen?« Louise schnaubte. »Ein halbes Dutzend?«

»Erzähl mir nicht, dass ihr das nicht gekonnt hättet!«

»Und wenn!«, erwiderte Louise gereizt. »Dieser Idiot Stepan hat einen Krieg angefangen, und die Polizei ist nicht so blöd, wie er sich das einbildet. Hier dürfte es in den nächsten Tagen ziemlich ungemütlich für ihn werden, und ich möchte nicht dabei sein, wenn sich dein kleiner Polizistenfreund Stepan und seine Organisation vorknöpft. Selbst wenn sie nicht auf uns kommen.« Sie schüttelte den Kopf. »Sobald es dämmert, verschwinden wir.« Sie zögerte, und Lena glaubte zu spüren, wie schwer ihr die nächsten Worte fielen. »Wenn du willst, nur wir.«

»Nur wir?«, wiederholte Lena verwirrt. »Wie meinst du das?«

Louise wich ihrem Blick aus, als sie antwortete. »Nur du und ich, Lena. Du hast es immer noch nicht verstanden, wie?«

»Was?«, fragte Lena misstrauisch.

»Dass ich dich liebe, Lena«, antwortete Louise ernst. Sie streckte die Hand aus und ließ den Arm wieder sinken, als Lena sich instinktiv versteifte. Trauer erschien in ihrem Blick, aber ihre Augen und ihre Stimme wurden auch weich. »Und zwar nur du und ich. Ich weiß, du glaubst, dass Geschöpfe wie wir nicht zur Liebe fähig sind, aber das stimmt nicht.« Lächelnd wies sie auf die Tür hinter ihr. »Sieh dir nur Nora und ihren kleinen Pagen an.«

»Was hast du damit gemeint, *nur wir?«,* beharrte Lena.

»Genau das, was ich gesagt habe. Nur du und ich. Ein Wort von dir genügt, und ich würde alles aufgeben. Die Partys, den Luxus, die Jagd, Nora, Charlotte … Wir könnten die nächsten hundert Jahre ungestört auf einem Landsitz verbringen. Oder auch tausend. Nur du und ich!«

»Und Charlotte?«, fragte Lena. »Und Nora?«

»Charlotte ist alt genug, um auf sich selbst aufzupassen.« Louise lächelte wieder. »Vielleicht schmuggele ich sie in die Staatsbibliothek, und sie verbringt die nächsten fünfhundert Jahre damit, jedes einzelne Buch auswendig zu lernen.« Über Nora sagte sie nichts.

»Und was würden wir beide dort tun? Die nächsten hundert Jahre … oder auch tausend?«

»Du könntest damit anfangen, etwas dankbarer zu sein«, antwortete Louise.

»Dafür reichen keine tausend Jahre«, sagte Lena.

Kurz blitzte Wut in Louises Augen auf und erlosch sofort wieder. Lena lief ein eisiger Schauer über den Rücken. Vielleicht sagte Louise ja sogar die Wahrheit – aber Lena hatte sie gesehen, wie sie *wirklich* war.

»Ich … will nicht so werden«, murmelte sie.

»So wie wir?« Louises Lächeln war jetzt das einer Mutter, die ihrem Kind erklärte, warum die Welt manchmal so grausam war. »Aber das bist du doch schon längst.«

»Nicht so!« Lena schrie fast. »Ihr … ihr habt diese Leute umgebracht! Ihr habt sie wie … wie Tiere abgeschlachtet!«

»Wir haben uns verteidigt, Lena«, sagte Louise sanft. »Ich dachte, das wäre dir aufgefallen.«

Aber das hatte sie nicht gemeint. Natürlich hatten die Russen sie angegriffen und waren mit dem erklärten Ziel gekommen, sie zu töten, und sie hatten um ihr Leben kämpfen müssen … Aber Louise und die beiden anderen hatten weit mehr getan, als sich zu verteidigen. Sie sah plötzlich wieder das grauenerregende Bild vor sich, wie Nora und Charlotte sich küssten, die Gesichter noch mit dem Blut ihres letzten Opfers besudelt. Sie hatten das Töten *genossen.*

»Das sind wir nicht, Lena«, sagte Louise, als sie sah, dass sie keine Antwort bekommen würde. »Glaub mir, ich hatte mir geschworen, dir solche Szenen zu ersparen, und ich hätte alles getan, damit es nicht so weit kommt. Aber ich habe diesen Krieg nicht angefangen, und ich wollte ihn auch nicht. Was hätten wir denn tun sollen? Uns abschlachten lassen?«

Vielleicht hätte es ja schon gereicht, wenn sie nicht so grausam gewesen wären, dachte Lena. Es war nicht der Umstand, dass sie getötet hatten. Jedes Tier wehrte sich, wenn es um sein Leben kämpfen musste, und warum sollte ihnen nicht dasselbe Recht zustehen? Es war die *Art,* wie sie getötet hatten. Sie hatte Louises wahre Gestalt in den Schatten gesehen, ein … *Ding,* das nur existierte, um zu zerstören.

War es das, wozu sie nach einem Jahrhundert an Louises Seite werden würde?

»Was bist du?«, fragte sie.

Louise sah ihr fest in die Augen. »Kein Mensch«, antwortete sie ruhig. »Aber vielleicht auch nicht das, wofür du mich hältst.«

»Das ist keine Antwort auf meine Frage.«

»Es ist trotzdem die einzige, die ich dir geben kann«, sagte Louise ernst. »Ich weiß, dass du mich für ein Ungeheuer hältst, aber das bin ich nicht, und du musst es auch nicht werden, wenn es das ist, was dir Angst macht. Wir sind zwar Raubtiere, aber wir müssen nicht töten, um zu überleben. Früher war das vielleicht einmal so, aber das ist lange her.«

Aber sie *wollten* es, und das war ungleich schlimmer. Louise sagte nicht die Wahrheit. Sie war gar kein Raubtier, denn Raubtiere hatten keine andere Wahl.

»Ich … brauche noch Zeit«, sagte sie stockend.

»Das ist so ungefähr das Einzige, was ich dir nicht geben kann, Liebes«, antwortete Louise sanft. »Wenn die Sonne untergeht, müssen wir hier weg sein.«

»Frag mich dann noch einmal«, sagte Lena grob.

»Und dann?«, wollte Louise wissen. »Was willst du tun, wenn du nicht mit uns kommst? In die nächste Apotheke gehen und nach einer Blutkonserve fragen? Oder deinen kleinen Polizistenfreund um Hilfe bitten?« Lena spürte, wie der Zorn mit der unaufhaltsamen Gewalt eines brodelnden Vulkans unter Louises trügerisch sanften Zügen wieder erwachte.

»Ich weiß es nicht«, sagte sie.

»Drei Tage«, fuhr Louise verächtlich fort. »Ich gebe dir drei

Tage, und du schleichst nachts durch die Straßen und suchst nach Beute. Du wirst genau zu dem, wovor du dich so fürchtest. Willst du das?«

»Ich habe dich nicht darum gebeten, mir das anzutun.«

»Aber es ist nun einmal passiert, ob es dir gefällt oder nicht«, antwortete Louise kalt. »Du hast Angst, so zu werden wie Nora oder ich? Das wirst du, wenn du allein bleibst. Ich kann dir zeigen, wie du es vermeidest. Kann dein kleiner Polizistenfreund das auch?«

Als Lena etwas darauf erwidern wollte, schnitt sie ihr mit einer Handbewegung das Wort ab, ging schnell zum Kühlschrank und kam mit einem rot gefüllten Plastikbeutel zurück, den sie so wuchtig vor ihr auf den Tisch knallte, dass er beinahe aufgeplatzt wäre. »Kann er dir das hier geben?«

Lena schwieg. Ihr Herz schlug immer schneller, und nicht zum ersten Mal spürte sie, wie da etwas in ihr erwachen wollte, eine schwarze Wut, die ihr zuflüsterte, ihre Krallen in Louises Fleisch und ihre Zähne in deren Hals zu schlagen.

»Ich kann es«, fuhr Louise fort. »So oft und so viel du willst, und keine Angst, ohne dass du dir deine hübschen Fingerchen schmutzig machen musst. Kann dein kleiner Blondschopf das auch?«

»Was hast du gegen Tom?« Es gelang Lena, die Wut niederzukämpfen, aber sie bildete sich nicht ein, dass Louise es nicht merkte. Deren Augen blickten so mühelos bis auf den Grund ihrer Seele, als wäre sie aus Glas.

»Gegen Tom?« Louise lachte. »Nichts. Im Gegenteil, Kleines. Er ist nett. Ich mag ihn … Warum sonst hätte ich ihn wohl am Leben gelassen? Und warum sonst, glaubst du wohl, will ich nicht, dass du bei ihm bleibst?«

»Was soll das heißen?«

Louise deutete auf die Blutkonserve. »Wie lange hältst du es ohne das da aus? Was glaubst du, wie lange es dauert, bis du morgens neben ihm wach wirst und feststellst, dass der süße Geschmack auf deiner Zunge der nach seinem Blut ist? Einen Tag? Zwei?«

»Niemals!«, sagte Lena empört.

»Du weißt nicht, was Hunger ist«, antwortete Louise. »Du denkst, du wüsstest es, aber glaub mir, du hast keine Ahnung.«

»Dann wird es vielleicht Zeit, dass ich es herausfinde.«

Louise machte sich nicht die Mühe, darauf zu antworten, sondern maß sie mit einem Blick, in dem nur noch wenig Zuneigung lag, ehe sie sich umdrehte und zur Tür ging.

»Warum fängst du nicht gleich damit an?«, sagte sie noch. »Niemand zwingt dich, etwas davon zu trinken.«

Sie schloss die Tür hinter sich, und Lena starrte ihr hilflos nach. Louise hatte mit jedem verdammten Wort recht, dachte sie frustriert, und das war das Allerschlimmste. Zornig begann sie im Zimmer auf und ab zu gehen, starrte den Plastikbeutel mit der Blutkonserve an und fragte sich, warum sie ihn nicht einfach aus dem Fenster warf oder auf dem Boden zertrat.

Stattdessen wandte sie sich mit einem Ruck ab, als könnte sie der Verlockung dieses verdammten Dings entkommen, indem sie es nicht mehr *ansah,* und hätte dann beinahe gelacht, als ihr klar wurde, warum Louise den Plastikbeutel liegen lassen hatte. Gab es denn einen subtileren Weg, ihr zu zeigen, was sie war? Louise hatte sie zu genau dem gemacht, was sie am allermeisten verachtet hatte: einem Junkie. Sie hing an der Nadel, so einfach war das. Dieser Gedanke machte sie noch zorniger. Sie hatte Angst vor dem Entzug – schlimmer noch: Schon die Angst vor der Angst war mehr, als sie ertrug. Vielleicht half ja eine Zigarette.

Sie wusste sehr genau, dass das nicht helfen würde, ging aber trotzdem zum Tisch und klappte den Deckel des silbernen Etuis auf, aus dem sich Charlotte manchmal bediente. Es war leer. Aus purer Gewohnheit griff sie in die Jackentaschen, erinnerte sich daran, dass die Jacke im Wasser gelegen hatte und gar nichts darin sein konnte, und zog die Hand wieder zurück. Dann stand sie einfach nur da und starrte die zerknitterte Visitenkarte an, die sie zwischen Daumen und Mittelfinger hielt. Manchmal beschritt das Unterbewusstsein schon sonderbare Wege. Sie drehte die Karte hin und her und wollte sie schon wieder einstecken, ging stattdessen aber zum Telefon.

Auf der Karte standen gleich mehrere Nummern; zuallererst sein Büroanschluss, darunter eine Handynummer und auf der Rückseite (handschriftlich) seine Privatnummer. Lena zögerte kurz, dann wählte sie Toms offiziellen Anschluss bei der Polizei, hielt den Apparat ans Ohr und schwor sich aufzulegen, wenn Tom nach dem fünften Klingeln nicht dranging.

Das Freizeichen erklang zum vierten Mal, und gerade als sie den Daumen hob, um die Verbindung zu unterbrechen, wurde abgenommen, und eine raue Männerstimme meldete sich: »Lummer, LKA.«

Lenas Daumen berührte die Taste, ohne sie zu drücken. Sie sollte es tun. Sie erinnerte sich an das fröhlich aussehende Dickerchen mit der Halbglatze, und sie hatte keine Angst vor dem, was er sie vielleicht fragte, aber sehr wohl vor dem, was sie vielleicht erfahren würde. Wieso war er an den Apparat gegangen, wo sie doch Toms Durchwahl gewählt hatte?

»Lummer, LKA«, wiederholte der Beamte ungeduldig. »Wer ist da?«

Was, wenn er ihr genau das sagte, wovor sie die allergrößte Angst hatte? Was, wenn Louise gelogen hatte und Tom nicht an sein Telefon gegangen war, weil er es nicht mehr konnte, weil er nämlich *tot* war?

Lenas Hand zitterte plötzlich so heftig, dass sie Mühe hatte, den Hörer zu halten.

»Wenn Sie mir nicht sagen, wer Sie sind oder was Sie wollen, dann hänge ich jetzt ein«, sagte Lummer.

»Ich … entschuldigen Sie«, sagte Lena hastig. »Ich war nur so überrascht, das ist alles. Kann ich Tom sprechen?«

»Wer ist denn da?«, fragte Lummer. Er klang jetzt eindeutig mehr als nur ein bisschen misstrauisch.

»Ich bin eine Freundin von Tom«, antwortete sie stockend. »Kann ich ihn sprechen, oder ist er nicht da? Ich kann später noch einmal anrufen.«

Sie konnte regelrecht hören, wie es hinter seiner Stirn zu arbeiten begann. »Fräulein Bach?«, sagte er schließlich. »Lena? Sind Sie das?«

»Tom«, sagte sie. »Was ist mit Tom? Geht es ihm gut?«

»Lena, Gott sei Dank, dass Sie anrufen. Wir müssen dringend mit Ihnen sprechen! Wo sind Sie?«

»Tom«, beharrte sie. »Sagen Sie mir, was mit ihm ist, oder ich hänge auf der Stelle ein.«

»Nein, tun Sie das nicht. Tom geht es gut. Aber er macht sich große Sorgen um Sie. Wo sind Sie?«

»Er wurde angeschossen«, sagte Lena. Das war dumm, denn wenn Tom seinem Kollegen bisher noch nicht verraten hatte, dass sie vor dem Club gewesen war, als die vermeintliche Schießerei ausbrach, dann wusste er es spätestens jetzt.

Er klang allerdings nicht sonderlich überrascht, als er antwortete. »Er hat großes Glück gehabt. Es war nur ein Streifschuss. Ein paar Tage Kopfschmerzen sind alles, was er zurückbehalten wird. Aber er ist halb verrückt vor Sorge um Sie! Sagen Sie mir, wo Sie sind, und ich lasse Sie abholen!«

Lena tat das, was sie gleich hätte tun sollen, und hängte ein. Mit zitternden Fingern drehte sie die Karte um, zögerte noch einmal und wählte dann die mit krakeliger Handschrift notierte Nummer. Diesmal ertönte das Freizeichen acht- oder neunmal, bevor sie ein leises, elektronisches Knacken hörte. *»Hi«*, meldete sich jemand.

»Tom, ich bin's, Lena. Bitte …«

»Ich bin im Moment nicht da«, fuhr die aufgekratzt klingende Stimme fort. *»Aber ihr wisst ja, wie das funktioniert. Sprecht einfach nach dem Pfeifton.«*

Lena ließ das Telefon sinken und starrte den Apparat an, als hätte er sie persönlich angegriffen. Tränen ohnmächtiger Wut schossen ihr in die Augen.

»Aber lasst euch nicht zu viel Zeit, sonst schaltet mein elektronischer Helfer ab, und eure Chance ist futsch«, plapperte Toms aufgezeichnete Stimme fröhlich weiter. Dann erscholl ein dünnes, unangenehm hohes Pfeifen, und Lena nahm das Gerät hastig wieder ans Ohr.

»Tom, ich bin's, Lena«, begann sie unsicher. »Ich bin ... ich bin ja so froh, dass du noch lebst, und ...« Ganz plötzlich wurde ihr klar, dass sie nicht wusste, was sie sagen sollte. Sie schluckte krampfhaft. »Ich ... ich muss mit jemandem reden, aber ich hab sonst niemanden, und du ...«

Ihre Stimme versagte endgültig, und nun liefen ihr die Tränen ungehindert übers Gesicht. Was sollte sie ihm denn sagen? *Also, es gibt da eine Kleinigkeit, die du noch nicht weißt. Nichts Besonderes, wirklich nicht. Ich bin ein Vampir, weißt du, und meine Freundinnen auch, aber sonst ist alles in Ordnung.* Ja, das wäre eine hervorragende Idee.

Und ganz plötzlich begriff sie, wie allein sie war.

Lena ließ das Telefon sinken, drückte die Taste, die die Verbindung unterbrach, und begann danach hemmungslos zu schluchzen. Sie merkte nicht einmal, wie sie mit der Hand das Telefon zerquetschte.

26

War eine Stunde vergangen, oder waren es fünf gewesen, oder nur zehn Minuten …? Sie konnte es nicht sagen. Welche Bedeutung hatte Zeit noch, wo gerade ihr gesamtes Leben in Stücke brach? Sie trieb durch einen Ozean aus Kummer, der einfach keinen anderen Gedanken zuließ. Nicht einmal die Erkenntnis, dass es Selbstmitleid war, vielleicht die zerstörerischste Art des Kummers, vermochte sie aus diesem Sumpf zu ziehen. Sie *wollte* leiden, und selbst das bisschen Logik, zu dem sie noch fähig war, spendete ihr keinen Trost, denn es sagte ihr nur, dass Louise mit jedem Wort recht hatte. Ihr Leben, wie sie es bisher gekannt hatte, war vorbei. Sie konnte mit Louise gehen und alles darauf setzten, dass sie die Wahrheit sagte und sie nicht zum Ungeheuer wurde, oder sie konnte hierbleiben und sterben. Falls Louise oder Nora sie nicht vorher umbrachten. Niemand würde ihr helfen können, auch Tom nicht.

Und da war der Blutbeutel auf dem Tisch.

Lena spürte die Verlockung, die von ihm ausging, ein lautloses Wispern am Grunde ihrer Seele, so dünn, dass sie es weder greifen noch bekämpfen konnte, aber auch quälend, wie ein Widerhaken, der sich tiefer und tiefer in ihr Fleisch grub, ganz egal, was sie auch tat. Sie war hungrig, so unvorstellbar *hungrig*. Und es war ein Hunger, von dem sie wusste, dass er nie wieder aufhören würde. Sie war in der Hölle, und es gab keinen Weg, der wieder hinausführte.

Ohne sich daran zu erinnern, wie sie dorthin gekommen war, saß sie in dem bequemen Sessel am Kamin, in dem Charlotte normalerweise ihre Bücher las. Es war sehr still und die Sonne war ein sichtbares Stück weitergewandert. Louise hatte die Vorhänge nicht ganz geschlossen, und ein haardünner Faden aus gelbem Licht fiel vor Lena auf den Teppich, sprang im rechten Winkel nach oben und zog eine leuchtende Linie über den Plastikbeutel und von dort aus wieder auf den teuren Teppichboden hinab; wie ein gut abgerichteter Bluthund, der Witterung aufgenommen hatte. Vielleicht noch eine halbe Stunde, und er hatte sie erreicht. Vielleicht sollte sie einfach hier sitzen bleiben und abwarten, ob das Schicksal beschloss, sie zu verschonen, oder die Sonne sie in Stücke schnitt.

Eine knappe halbe Stunde später tastete das Skalpell aus Licht nach ihrem linken Bein. Sie wartete, bis der Lichtstrahl nur dicht bei ihrem Fuß war, dann stand sie urplötzlich auf und legte rasch einen respektvollen Abstand zwischen sich und den vermeintlich harmlosen Streifen Helligkeit.

»Ich bin froh, dass du es nicht getan hast.« Lena fuhr erschrocken herum, starrte Charlotte an und fragte sich, ob sie wohl schon lange dastand und sie beobachtete. Charlotte fuhr mit einem unmöglich einzuschätzenden Lächeln fort: »Obwohl ich mir beinahe sicher war, du würdest es tun.«

»Was?«, sagte Lena, um Zeit zu gewinnen.

Charlotte deutete mit dem Kopf auf den zitternden Faden aus Licht. »Glaubst du wirklich, du wärst die Erste, die mit diesem Gedanken spielt?«

»Welchem Gedanken?«, fragte Lena. »Tut mir leid, ich weiß nicht, was du meinst.«

Charlotte ließ sich vor dem Lichtstrahl in die Hocke sinken und hielt die Hand hinein. Es zischte. Der goldfarbene Sonnenstrahl schnitt wie ein Skalpell in ihr Fleisch, verbrannte es und fraß sich fast bis auf den Knochen durch, bevor Charlotte endlich aufstand, den Arm zurückzog und die Hand zur Faust ballte. Ihr Handrücken brodelte, und ein Schauer winziger goldfarbener Funken löste sich von ihrem verkohlten Fleisch und strebte dem schmalen Spalt in den Gardinen zu. Die meisten erloschen auf halbem Weg, aber einigen wenigen gelang es, ins Freie zu gelangen, und Lena sah, wie sie plötzlich zehnfach heller aufleuchteten und nach oben stiegen.

»Wenn Louise recht hat und wir wirklich Kinder der Sonne sind, dann ist ein Teil von mir jetzt heimgekehrt«, sagte Charlotte. »Eigentlich ein schöner Gedanke, findest du nicht?« Sie hob den Arm. Ihre Hand war vollkommen unversehrt.

»Beeindruckend«, sagte Lena. »Mit der Nummer könntest du reich werden, weißt du das?«

»Vielleicht«, antwortete Charlotte, »aber ganz bestimmt nicht sterben. Nicht alles, was Louise dir erzählt hat, ist gelogen. Damit würdest du dir nur wehtun. Um uns zu töten, braucht es schon ein stärkeres Kaliber.«

»So wie gestern Morgen auf dem Balkon?«, sagte Lena böse.

Die Worte taten ihr schon leid, bevor sie sie ganz ausgesprochen hatte, aber Charlotte fuhr ungerührt fort: »Jede von uns hat schon einmal daran gedacht. Nora. Ich. Wahrscheinlich sogar Louise. Vielleicht ist das normal. Man hat Angst vor dem, was kommt, weil man nicht weiß, was es ist. Menschen haben Angst vor dem Unbekannten, das ist ganz normal. Und sie haben Angst, das zu verlieren, was sie kennen ... selbst wenn es gar nicht so wertvoll zu sein scheint.«

»Hat Louise dich geschickt, um mit mir zu reden?«

»Sie hat mich geschickt, aber nicht deshalb«, sagte Charlotte. »Du solltest nichts Übereiltes tun, Lena. Ich weiß, dass du Angst hast, aber glaub mir, das ist nicht nötig. Du wirst Wunder erleben, die du dir jetzt noch nicht vorstellen kannst.«

»Ja, das hat Louise mir auch gesagt«, antwortete Lena scharf. »Aber ich habe sie gesehen. Und Nora und dich auch.«

Charlotte legte fragend den Kopf auf die Seite.

»Ich weiß, was ihr wirklich seid!«

»Du hast etwas gesehen«, sagte Charlotte sanft. »Etwas, was dir große Angst gemacht hat. Aber die Dinge sind nicht immer so, wie sie zu sein scheinen.«

»Ach ja?« Lena versuchte möglichst herablassend zu klingen. »Aus welcher Folge von *Akte X* stammt diese Weisheit?«

»Lass dir ein wenig Zeit«, sagte Charlotte ungerührt. »Niemand kann dich dazu zwingen, etwas gegen deinen Willen zu tun oder zu etwas zu werden, was du nicht werden willst.«

Lena maß Charlotte mit einem nachdenklichen Blick. »Wenn du mir damit irgendetwas Bestimmtes sagen willst, dann verstehe ich es nicht.«

»Sehr viel gibt es da auch nicht zu verstehen. Denk einfach nur an das, was ich dir gesagt habe.« Charlotte deutete auf den Plastikbeutel. »Und dass das da nichts als Nahrung ist.«

»Wie meinst du das?«, fragte Lena verwirrt. *Nichts als Nahrung? Was denn sonst?*

»Ganz genau so, wie ich es sage«, antwortete Charlotte geheimnisvoll. Sie begann im Zimmer auf und ab zu gehen und schien etwas Bestimmtes zu suchen, hob dann aber nur seufzend die Schultern und trat an ihr geliebtes Bücherregal. Zärtlich strich sie mit den Fingerspitzen über die ordentlich aufgereihten Buchrücken, als nähme sie Abschied.

»Warum nimmst du sie nicht einfach mit?«, fragte Lena. »So viele sind es doch nicht.«

Charlotte schüttelte den Kopf. »Sie würden uns nur behindern«, sagte sie. »Du musst aufhören, dein Herz an Dinge zu hängen, Lena. Sie sind nicht wichtig. Außerdem hinterlassen sie Spuren.«

»Und eine auffallend hübsche junge Frau, die die Antiquariate abklappert und Bücher kauft, die doppelt so alt sind wie sie selbst, tut das nicht?«

»Du lernst schnell«, sagte Charlotte anerkennend und wechselte dann abrupt das Thema. »Louise will uns sehen. Willst du dich noch umziehen, ehe wir runtergehen?«

»Wozu?«, fragte Lena. Charlotte hob nur die Schultern und wandte sich zur Tür, und Lena folgte ihr, aus einem absurden Grund heraus irgendwie enttäuscht, dass es ihr nicht gelungen war, Charlotte weiter zu provozieren.

Louise saß mit angezogenen Knien auf dem Bett und telefonierte mit dem Handy, winkte ihnen aber aufgeräumt zu, näher zu kommen. Dann klappte sie das Gerät zufrieden zu. »Der Wagen ist gleich hier«, sagte sie. »Sie stellen ihn direkt vor der Tür ab.«

»Welcher Wagen?«, erkundigte sich Lena.

»Ich habe einen Wagen gemietet. Oder wolltest du zu Fuß gehen?«

»Es ist noch nicht einmal Mittag.«

»Und spätestens in einer halben Stunde fängt es an zu schütten wie aus Eimern«, erwiderte Louise. »Glaub mir. Ich könnte bei jedem Wetterdienst Karriere machen.«

»Und dann?«, fragte Lena.

»Würde ich reich und berühmt. Aber das eine bin ich schon, und an dem anderen liegt mir nun wirklich nichts.«

»Der Wagen«, sagte Lena mühsam beherrscht. Wieso hatte Louise es plötzlich so eilig? »Wohin fahren wir?«

»Das könnte ich dir sagen, aber dann müsste ich dich anschließend töten.«

»Ja, das ist komisch. Es geht mich wohl nichts an, oder?«

»Sind wir ein bisschen aggressiv?«, sagte Louise. »Also, ich habe Flüge für uns gebucht, übermorgen Abend, ab Paris. Ein Nachtflug nach Mexico City. Wolltest du nicht immer schon einmal in die Karibik?«

»Weil es dort so schön sonnig ist?«, fragte Lena.

»Wir landen kurz nach Sonnenuntergang, und vor Ort ist

alles vorbereitet, mach dir keine Sorgen«, erwiderte Louise. »Ich habe ein bisschen Erfahrung im Planen von Reisen.«

»Und vorher? Wieso fliegen wir nicht heute? So weit ist es nicht bis Paris.«

Louise schüttelte den Kopf. »Wir haben erst noch etwas zu erledigen.« Sie bedachte Lenas Kleidung mit einem strafenden Blick. »Willst du so fahren?«

»Warum nicht?« Lena schob trotzig die Unterlippe vor. »Wenn jemand nach uns sucht, dann halten sie wahrscheinlich Ausschau nach vier Luxustussis, nicht nach drei Luxustussis und einem Straßenköter.«

Louise wirkte ein bisschen verärgert, aber fing sich sofort wieder. »Ich mag Straßenköter«, sagte sie. »Es ist so niedlich, wenn sie rumkläffen und sich wie richtig große, gefährliche Hunde aufführen …«

Lena setzte zu einer Antwort an, aber Charlotte trat zwischen Louise und sie. »Wo ist Nora?«, fragte sie rasch.

»Keine Ahnung«, antwortete Louise. »Oder doch. Sie ist runtergegangen, in die Sauna. Du könntest sie holen.«

»In die Sauna?«, sagte Charlotte zweifelnd.

Louise schnalzte abfällig mit der Zunge. »Sie hat sich mit ihrem kleinen Romeo verabredet, glaub ich. Wahrscheinlich will sie ihm zum Abschied seine feuchten Träume erfüllen.« Sie sah auf die Armbanduhr. »Aber eine Stunde sollte eigentlich ausreichen. Nicht dass der arme Junge noch einen Herzschlag bekommt. Wäre doch schade um den hübschen Kerl.«

Die Verachtung, die aus diesen Worten sprach, machte Lena wütend, doch bevor sie etwas sagen konnte, legte ihr Charlotte die Hand auf die Schulter. »Ich hole sie«, sagte sie. »Begleitest du mich, Lena?«

»Und trödelt nicht zu lange herum«, fügte Louise hinzu. »Der Mietwagen wird nach Stunden berechnet, und er ist nicht billig.«

Warum sagte sie das, dachte Lena zornig. Warum war sie mit einem Male so … *böse?*

»Wir beeilen uns«, versprach Charlotte und zog Lena mit sich aus dem Zimmer. Erst als sie fast bei der Treppe waren, konnte Lena, sich losreißen. Sie wollte Charlotte zornig anfunkeln, schluckte aber hinunter, was ihr auf der Zunge lag. »Warum tut sie das?«, fragte sie nur.

»Louise?« Charlotte machte ein nachdenkliches Gesicht. »Glaubst du, es fällt ihr leicht, das alles hier aufzugeben?« Sie begannen die Treppe hinunterzugehen. »Ich weiß, was sie immer sagt, aber wir sind jetzt schon seit ein paar Jahren hier, und sie hat ihr Herzblut in den Club gesteckt.« Sie lächelte knapp, als wäre ihr das Wortspiel erst in dem Moment bewusst geworden, in dem sie es aussprach. »Das ist eben ihre Art, damit klarzukommen.«

»Andere zu verletzen?«

»Niemand ist perfekt«, sagte Charlotte leichthin.

Zwei andere Hotelgäste kamen ihnen entgegen. Lena verstummte augenblicklich. Ihr entgingen keineswegs die irritierten Blicke, mit denen die beiden Charlotte und sie musterten. Lena tröstete sich damit, dass es vermutlich nur ihre unpassende Kleidung war, die sie in dieser Umgebung tatsächlich zu dem Straßenköter machte, als den sie sich gerade selbst bezeichnet hatte.

Etwas Sonderbares geschah: Als wäre sie mit ihrer alten Kleidung auch wieder in ihr altes Leben geschlüpft, ertappte sie sich bei der Frage, wie sie an das Armband kommen konnte, das am Handgelenk der Frau glitzerte. Und an die Brieftasche ihres Begleiters. Der Gedanke brachte ein flüchtiges Lächeln auf ihre Lippen, und Charlotte blickte sie fragend an, aber Lena reagierte nicht darauf. Was Charlotte wohl sagen würde, wenn sie wüsste, was Louise ihr vorhin vorgeschlagen hatte? Vielleicht würde sie es ihr verraten. Später, wenn dieser ganze Wahnsinn hier vorbei war.

Schweigend gingen sie ins Erdgeschoss hinab, durchquerten die Lobby und nahmen auch diesmal den Umweg durch die Tiefgarage in Kauf, statt den Lift zu benutzen. Als sie dann am Rand des großen Schwimmbeckens entlanggingen (zu ihrer Erleichterung war niemand da), fragte Charlotte: »Wen hast du vorhin angerufen? Deinen kleinen Polizistenfreund?«

Lena erschrak. »Woher …?«

»Ich nehme doch nicht an, dass du dich plötzlich zu einer Technikhasserin entwickelt hast, die zum Spaß Telefone zertrampelt?« Charlotte machte eine beruhigende Geste. »Keine Angst. Ich habe Louise nichts gesagt. Geht es ihm gut?«

»Ich …weiß nicht genau.« Lena konnte spüren, wie ihr das Blut ins Gesicht schoss.

»Du hast nicht mit ihm gesprochen?«

»Nicht direkt«, gestand Lena. »Nur mit seinem Kollegen. Er sagt, es wäre nur ein Streifschuss gewesen.«

Charlotte blieb stehen. Jetzt wirkte sie plötzlich beunruhigt. »Du hast seine Dienstnummer angerufen? Beim LKA?«

»Warum nicht? Ich wollte doch nur …« Dann begriff sie, was Charlotte meinte. »Oh.«

»Ja, oh«, sagte Charlotte. »Die wissen jetzt, wo wir sind.«

»Aber die Telefonzentrale hier unterdrückt doch die Nummern, oder?« Lena kam sich selbst albern dabei vor.

»Sicher. Aber was glaubst du, wie lange das *Landeskriminalamt* braucht, um die Nummer rauszukriegen?«

»Du meinst, sie könnten hierher kommen.«

»Nein, sie *könnten* nicht«, antwortete Charlotte ernst. »Sie *werden*. Wenigstens dein heimlicher Verehrer, dieser kleine Tom. Dem liegt nämlich was an dir.« Sie deutete auf den schmalen Gang auf der anderen Seite des Pools. »Wir sollten also Nora holen und schnell von hier verschwinden, bevor dein Freund auftaucht.«

»Tom würde mir nichts tun«, antwortete Lena spontan.

»Und seine Kollegen auch nicht?« Charlotte eilte weiter, öffnete die Verbindungstür zum Sauna-Bereich und hielt dann inne. Sie sah alarmiert aus.

»Was ist los?«, fragte Lena.

Charlotte machte eine unwillige Geste, still zu sein. »Ich … weiß nicht«, flüsterte sie zögernd. »Irgendwas …« Sie nahm die Hand vom Türgriff und sah sich aufmerksam um.

Lena tat es ihr gleich und lauschte mit der ganzen Schärfe ihrer neuen Sinne. Aber sie waren allein. Und trotzdem … Irgendetwas stimmte nicht. Jemand war hier, der nicht hierher gehörte; vielleicht auch *etwas*.

Lena gemahnte sich zur Ordnung. Das alles hier war auch so schon schlimm genug, ohne dass sie das Ihre dazu beitrug, sich selbst verrückt zu machen. »Was ist hier los?«, fragte sie noch einmal.

Vielleicht hatte Charlotte es ja schon vorher gespürt, aber nun roch Lena es ebenfalls: das Blut, das schwer und verlockend in der Luft lag, und das Nachbeben der Gewalt, die hier vor kurzem stattgefunden hatte.

Charlotte nahm eine geduckte Haltung ein. Sie verwandelt sich zwar nicht in ein graues Insekten-Ding, aber alles an ihr strahlte auf einmal *Gefahr!* aus.

Die Tür zur Sauna war nur angelehnt. Der Blutgeruch kam eindeutig von dort, aber da waren auch noch andere Dinge: das süße Aroma von Schmerz und Todesangst und noch unzählige andere Empfindungen, von denen keine einzige angenehm war.

Charlotte bedeutete ihr zurückzubleiben, stieß die Tür mit einer abrupten Bewegung auf und glitt hindurch, verharrte aber auf der anderen Seite so plötzlich, dass Lena um ein Haar gegen sie geprallt wäre. Sie musste sich anstrengen, um sich an Charlotte vorbeizuquetschen, und bereitete sich innerlich auf das Schlimmste vor.

Alles, was sie sah, war jedoch Nora, die mit angezogenen Knien auf einer der Bänke saß und ins Leere starrte. Dampf erfüllte die Luft in dichten, feuchten Schwaden, die sofort ihre Kleider aufzuweichten und alle Oberflächen schlüpfrig machten. Lena konnte nicht sagen, ob die Nässe auf Noras Gesicht aus Tränen oder Wasserdampf bestand.

Im ersten Moment sah es so aus, als wäre sie allein. Der Raum war leer bis auf zwei einfache hölzerne Bänke und eine verchromte Blüte aus kleinfingerdicken Metallstäben, in denen glühende Kieselsteine automatisch mit Wasser besprüht wurden, um einen beständigen Nachschub an brühheißem Dampf zu liefern. Charlotte machte einen halben Schritt zur Seite, und da sah sie die zweite schmale Gestalt, die reglos neben Nora auf der Bank lag, Arme und Beine wie ein Fötus angezogen. Er war ebenso nackt wie Nora, und seine Haut war genauso bleich wie ihre. Die leeren Augen waren weit geöffnet, und in seiner Halsschlagader waren zwei kreisrunde kleine Löcher zu sehen. Die Wundränder waren weiß, und Lena hatte das Gefühl, durch sie hindurch bis auf den Grund seiner Seele zu blicken.

»O mein Gott, Nora«, murmelte Charlotte. »Was hast du bloß getan?« Sie streckte die Hand nach ihr aus, aber Nora zuckte mit einem erschrockenen Laut zurück und begann am ganzen Leib zu zittern.

Charlotte setzte sich neben sie und zog sie an sich heran. Nora leistete kurz Widerstand, warf sich dann aber gegen Charlottes Brust und schluchzte hemmungslos.

»Ich … ich wollte das … nicht«, wimmerte sie. »Bitte, glaub mir, ich … hab das nicht … gewollt.«

»Ich weiß, Liebes«, sagte Charlotte sanft. »Ist schon gut.«

»Aber ich … ich hab das nicht … nicht gewollt«, stammelte Nora. »Es ist einfach passiert.«

»Ich weiß, Liebes«, flüsterte Charlotte. Sie zitterte ganz leicht, als teilte sie Noras Schmerz auch körperlich. Zugleich warf sie

Lena einen beschwörenden Blick zu. Lena bückte sich rasch nach den Einzelteilen der Pagenuniform, die auf dem Boden der Sauna verteilt waren, um den toten Jungen notdürftig damit zu bedecken. Fast angstvoll suchte sie nach Spuren des Schmerzes in seinen erstarrten Zügen, aber da war nichts. Anscheinend war es schnell gegangen. Vielleicht hatte er nicht einmal richtig mitbekommen, was mit ihm geschah.

»Warum hast du das getan?«, fragte sie.

Charlotte funkelte sie wütend an, aber Nora reagierte völlig anders, als erwartet. Sie hörte zu schluchzen auf und sah sie aus tränenverschleierten Augen an, sagte aber kein Wort.

»Weil das nun einmal unsere Art ist«, antwortete Charlotte an Noras Stelle.

»Aber du hast gesagt …«

Charlotte wandte sich so demonstrativ wieder an Nora, dass Lena nicht weitersprach. »Es tut mir leid, Liebes, aber wir müssen weg«, sagte sie. »Wir sind hier leider nicht mehr sicher.«

»Wie wahr, meine Liebe«, sagte eine Stimme hinter Lena.

Lena bewegte sich so schnell wie nie zuvor, aber das unsichtbare Messer schnitt trotzdem wie eine glühende Lohe in ihre Brust. Etwas zischte. Eine Stichflamme schlug aus ihrer Brust und schleuderte sie mit solcher Gewalt durch den Raum, dass sie gegen die Wand auf der anderen Seite prallte. Charlotte schrie, und das Zischen wiederholte sich, gefolgt von einem dumpfen Poltern.

Es war wohl etwas zu optimistisch gewesen zu geglauben, Stepans gesamte Armee ausgeschaltet zu haben. Mindestens zwei seiner Schläger lebten noch. Sie hatten zu beiden Seiten der Tür Aufstellung genommen und zielten mit zwei doppelläufigen Schrotflinten auf Charlotte, Nora und sie. Jedenfalls sah es auf den ersten Blick so aus. Wenn man genauer hinsah, dann entpuppte sich der zweite Lauf als Stablampe, die an der Waffe befestigt war.

Eine dritte, etwas kleinere Gestalt tauchte zwischen den beiden auf. Anders als sie war er nicht bewaffnet, aber das hatte Anton auch gar nicht nötig.

»Hallo, Mädels«, feixte er. »Überrascht, mich zu sehen?«

Nora starrte ihn bloß an, aber Charlotte brauchte keine halbe Sekunde, um ihren Schrecken zu überwinden. Mit einem wütenden Fauchen sprang sie auf und warf sich auf einen der beiden Schläger. In dem hell erleuchteten Raum war der blaue Lichtstrahl kaum sichtbar, was seine verheerende Wirkung aber nicht beeinträchtigte. Als eine zischende Stichflamme über ihre Oberschenkel raste, geriet Charlotte aus dem Gleichgewicht, und Anton trat ihr so hart in den Leib, dass sie unmittelbar vor ihm auf die Knie fiel, sich krümmte und sich dann würgend übergab.

»Wie unappetitlich«, sagte Anton angewidert. »Und so entwürdigend.«

Lena stemmte sich unsicher in die Höhe. Die Wunde in ihrer Brust war längst wieder verschwunden, und erstaunlicherweise verspürte sie jetzt nicht den Hauch von Angst, obwohl ihre Lage aussichtslos erschien. Sie hatte gesehen, wozu Anton fähig war. Nicht einmal Charlotte, Nora und sie zusammen waren dem *Strigoi* gewachsen.

»Lass sie in Ruhe!«, sagte Nora auf einmal. »Die beiden haben nichts damit zu tun.« Lena sah überrascht in ihre Richtung. *Nichts damit zu tun? Womit?*

»Dazu ist es leider zu spät«, antwortete Anton. »Vor ein paar Tagen wäre es noch gegangen, aber jetzt …« Er deutete auf Lena. »Bedank dich bei deiner kleinen Freundin da … oder Louise. Sie hätte ihr sagen sollen, wie es läuft.«

Lena verstand nicht, wovon er sprach, und wenigstens ihrem Gesichtsausdruck nach zu urteilen, erging es Charlotte genauso. Sie sah ein paarmal von ihr zu Nora und Anton und wieder zurück und sah jedes Mal hilfloser aus.

»Du musst das nicht tun«, sagte Nora. Ihre Stimme klang sonderbar gefasst, fast schon unangemessen ruhig, fand Lena.

Aber ging es ihr denn nicht genauso? Ihr war klar, dass sie jetzt sterben würde, und dennoch spürte sie nichts als eine kribbelnde Erregung, etwas fast schon Sexuelles, als sie an den bevorstehenden Kampf dachte, den lodernden Ausbruch explosiver Gewalt, der kommen würde, und das Töten …

»Leider doch«, seufzte Anton. »Auch wenn es mir anders lieber gewesen wäre, selbst wenn du mir das nicht glaubst.« Er gab seinen beiden Gorillas einen Wink. »Legt sie um.«

Lena stieß sich von der Wand ab und sprang, und auch Charlotte drehte sich schnell herum, aber sie waren wenig mehr als lebende Tontauben. Lena schaffte nicht einmal die halbe Strecke, bevor eine Schrotladung in ihren Oberschenkel sie zu Boden schleuderte, und Charlotte kippte lautlos nach hinten, nachdem ein fast unsichtbarer Lichtstrahl ihr Gesicht und ihren Hals in Brand gesetzt hatte.

Als der Russe mit einiger Verspätung auf die Idee kam, seine viel tödlichere Waffe einzusetzen, warf sich Lena zur Seite. Sie entging dem Lichtstrahl um Haaresbreite, verlor auf dem schlüpfrigen Boden aber das Gleichgewicht und fiel. Nora erwachte endlich aus ihrer Erstarrung und stieß sich von der Wand hinter ihr ab. Anton lachte und trat mit geballten Fäusten einen Schritt zurück, um sie in Empfang zu nehmen. Seine spitzen Eckzähne blitzten, und in seinen Augen loderte dieselbe wütende Vorfreude, die auch Lena immer noch tief in sich fühlte. Es war egal, ob sie diesen Kampf überlebte oder nicht. Was zählte, war der Kampf selbst.

Aber Nora griff ihn gar nicht direkt an. Mit einem gewaltigen Satz hechtete sie an Lena vorbei und stieß den Drahtkorb mit den glühenden Saunasteinen um, kam mit einer Rolle wieder auf die Beine und hielt plötzlich zwei der faustgroßen Kiesel in der Hand. Ihre Haut verbrannte zischend, und es stank durchdringend nach verschmorendem Fleisch. Als wäre sie wirklich nicht mehr als ein Schatten, jagte sie auf die beiden Russen zu, riss die Arme in die Höhe und erreichte die beiden Gorillas im gleichen Moment, in dem Anton seine Überraschung überwand und sie mit einem brutalen Tritt in den Leib empfing.

Nora wurde zurückgeschleudert und sank mit einem hilflosen Japsen auf die Knie, doch für seine beiden Gorillas war es trotzdem zu spät. Der eine heulte vor Entsetzen und Qual auf, als Nora ihm den glühenden Stein ins Gesicht drückte. Der andere warf zwar im letzten Moment den Kopf zurück und entging dem glühenden Kiesel, aber der entglitt Noras Fingern, schrammte an seinem Kinn hinab und landete direkt unter dem breiten Kragen seines Hemds. Lena konnte den Weg verfolgen, den er an seiner Brust hinab beschrieb, denn die glänzende Kunstseide des Hemdes färbte sich auf der Stelle schwarz und begann zu schwelen, und seinem hysterischem Kreischen und den hektischen Verrenkungen nach zu urteilen, erging es seiner Haut nicht anders. Brüllend ließ er die Waffe fallen und brach zusammen.

Charlotte stürzte sich auf ihn und zerfetzte ihm mit einem einzigen Krallenhieb die Kehle. Gleich darauf schleuderte Anton sie mit einem Fußtritt zu Boden und riss die Arme in die Höhe. Seine Hände waren zu Klauen geworden, dürr und sehnig und mit schuppiger grauer Haut bedeckt und mit fürchterlichen Krallen, gebogen wie Messer und härter als Stahl, und irgendetwas geschah mit seinem Gesicht, als hätte der rasende Zorn die Maske vermeintlicher Menschlichkeit davor aufgeweicht.

Nora warf sich gegen seine Beine und brachte ihn ins Stolpern. Mehr brauchte Lena nicht. Sie musste über das, was sie tat, nicht groß nachdenken. Es war das Raubtier in ihr, das die Kontrolle übernahm. Anton stemmte sich bereits wieder hoch, knurrend wie ein gereizter Bluthund und die Zähne fletschend, und Lena war mit einem einzigen Schritt hinter ihm, schlang ihm die Arme um den Hals und versuchte, seinen Kopf in den Nacken zu reißen und ihm gleichzeitig mit den Fingernägeln die Augen auszukratzen. Ihr Verstand versuchte ihr klarzumachen, dass ihn das nicht aufhalten würde, sondern nur noch wütender werden ließe, aber ihr Verstand hatte nichts mehr zu melden. Haut und viel weicheres Gewebe zerriss unter ihren Nägeln, und warmes Blut lief über ihre Finger, dessen bloßer Geruch sie fast in den Wahnsinn trieb.

Anton fauchte vor Schmerz und Wut und stand mit einem Ruck vollends aufs. Zugleich griff er mit beiden Händen hinter sich und grapschte ungeschickt nach dem zappelnden Anhängsel auf seinem Rücken, bekam aber nur eine Haarsträhne zu fassen, die er ihr prompt ausriss. Lena schrie vor Schmerz auf – und grub ihre Zähne tief in seinen Hals. Anton brüllte, und die faulig schmeckende Wärme, die in Lenas Mund floss, war wie ein elektrischer Schock, der jede einzelne Zelle ihres Körpers in Brand setzte.

Es war unbeschreiblich widerwärtig; so als hätte sie in etwas Totes gebissen, das schon vor tausend Jahren zu verwesen begonnen hatte. Alles in ihr schrie danach, sein Blut hinunterzuschlucken, das Leben in sich aufzusaugen, das sie trotz allem tief unter dieser brodelnden Masse aus Hass und sämiger Bosheit spürte, und zugleich schrie das, was von ihrer Menschlichkeit noch geblieben war, in schierem Entsetzen auf.

Aber sie *brauchte* dieses Blut, die Kraft, die es ihr geben würde und die alles war, was noch zwischen ihr und dem sicheren Tod stand.

Eine unvorstellbar starke Hand krallte sich in ihre Schulter, riss sie von ihrem Opfer weg und schmetterte sie gegen die Wand. Eisenharte Finger schlossen sich um ihre Kehle und schnürten ihr den Atem ab, dann traf sie ein Fausthieb mit solcher Gewalt in den Leib, dass sie sich mit einem gequälten Wimmern übergab. Erbrochenes, Schleim und Blut, so schwarz und zähflüssig wie Teer, spritzte auf den Boden, und plötzlich konnte sie wieder atmen. Erst jetzt erkannte sie, dass nicht Anton oder einer seiner Männer sie niedergeschlagen hatten, sondern Charlotte.

»Nein!«, sagte sie. »Tu das nicht! Nie, unter keinen Umständen! Hast du verstanden?«

Lena antwortete nicht, nicht einmal mit einem Nicken. Sie starrte Charlotte nur an und versuchte zu begreifen, was sie getan hatte. Wo gerade noch mörderische Wut und verzehrender Zorn gewesen waren, da gähnte plötzlich ein rasender Strudel aus Schwärze, der sich immer schneller drehte und sie in eine Tiefe hinabzuzerren versuchte, aus der sie nie wieder entkommen würde. Wieder war es Charlotte, die sie rettete, indem sie sie hochriss und so derb schüttelte, dass ihre Zähne aufeinanderschlugen, und als das nichts zu nutzen schien, ohrfeigte sie sie.

Der Schmerz war lächerlich gegen das, was sie gerade erlebt hatte, und doch riss er sie in die Wirklichkeit zurück. Der schwarze Strudel erlosch, und an seiner Stelle war plötzlich nichts mehr als eine wohltuende Müdigkeit. Charlotte sah sie noch einmal sehr aufmerksam an, dann wandte sie sich mit einem Ruck wieder zu Anton um.

Der Russe hatte sich hochgestemmt und stand leicht schwankend da. Sein Gesicht war vor Wut verzerrt, aber er wirkte zugleich auch benommen. Er hatte die linke Hand gegen den Hals gepresst, und zwischen seinen Fingern quoll noch immer zähflüssiges schwarzes Blut hervor. Die Wunde hätte sich längst schließen müssen, dachte Lena verwirrt.

»Miststück«, murmelte er. »Verdammtes … Dreckstück.«

Sein Blick flackerte. Der Blutstrom, der zwischen seinen Fingern hervorquoll, schien noch intensiver zu werden.

Aber vielleicht sah Lena auch nur das, was sie sehen wollte.

»Verschwinde, Anton«, sagte Charlotte kalt. »Verschwinde einfach, und niemand muss etwas von dem hier erfahren.«

Anton starrte sie hasserfüllt an. Er antwortete irgendetwas auf Russisch, und ein einzelner Blutstropfen erschien in seinem Mundwinkel und lief wie eine schwarze Träne an seinem Kinn hinab.

»Verschwinde einfach«, sagte Charlotte noch einmal.

Anton brabbelte erneut irgendetwas in seiner Muttersprache, machte einen taumelnden Schritt und nahm für einen Moment die Hand herunter. Sein Blick wurde glasig, während er das eigene Blut anstarrte, das seine Finger wie ein ölig glänzender schwarzer Handschuh bedeckte. Erst in diesem Augenblick sah Lena die zweite, sehr viel tiefere Wunde dicht unterhalb des Adamsapfels und das schwarze Blut, das Noras Lippen und Kinn besudelte. Lena hatte es nicht mitbekommen, doch während Charlotte sich um sie gekümmert hatte, musste Nora ihn auf genau dieselbe Art wie sie attackiert haben, nur sehr viel effektiver.

Charlotte ging zu ihr und streckte die Hand aus, um ihr aufzuhelfen. Nora wirkte mindestens so mitgenommen wie der Russe, wenn auch vermutlich aus ganz anderen Gründen. Schon bei der Erinnerung an den grauenhaften Geschmack auf ihren Lippen wurde Lena wieder übel.

Anton stand wankend da und starrte auf die beiden reglos daliegenden Schläger hinunter, die er mitgebracht hatte. Auch der zweite Mann gab keinen Laut mehr von sich. Seine Kehle war wie von den Klauen eines riesigen Raubvogels zerfetzt worden. Lena versuchte sich vergeblich zu erinnern, wer ihn getötet hatte und wann. Alles erschien ihr mit jeder Sekunde unwirklicher. Sie war so müde. Und so hungrig.

»Dafür bezahlt ihr«, murmelte Anton. Seine Worte wurden von einem schrecklichen nassen Röcheln begleitet. »Das ist … noch nicht vorbei.«

»Für dich schon, wenn du nicht gehst«, sagte Charlotte.

Anton presste die Hand gegen den Hals. Der Blutstrom versiegte allmählich, und die Ränder der schrecklichen Wunde schienen zu brodeln. Was immer Nora ihm angetan hatte, würde ihn nicht umbringen, aber es machte ihm zu schaffen. Vermutlich aus der Überzeugung heraus, dass es in einem Moment wie diesem angemessen war, versetzte er dem Toten noch einen wütenden Tritt, stützte sich kurz am Türrahmen und torkelte dann los.

»Du lässt ihn gehen?«, fragte Lena verwundert.

Charlotte zuckte nur mit den Achseln. »Was soll ich deiner Meinung nach tun?«, sagte sie. »Einen Krieg mit Stepan anfangen?«

»Hat sein Vater das nicht schon getan?«

»Wir töten einander nicht«, erwiderte Charlotte unwillig.

»Weiß Anton das auch?«, sagte Lena.

Charlotte würdigte sie keiner Antwort und wandte sich zu Nora um. Ein unerwartet weicher Ausdruck erschien auf ihrem Gesicht. Sie setzte dazu an, etwas zu sagen, fand ganz offensichtlich nicht die richtigen Worte und streckte schließlich in einer tröstenden Geste die Hand aus.

Nora ignorierte sie, bückte sich nach einem Handtuch und begann es sich mit sonderbar roboterhaft wirkenden Bewegungen um die Hüften zu wickeln. Aber sie führte das Ganze nicht zu Ende, sondern ließ das Handtuch plötzlich wieder fallen, um sich nach dem toten Pagen zu bücken.

»Es … tut mir so leid, Liebes«, flüsterte Charlotte.

Noras Augen füllten sich mit Tränen. »Ich wollte das nicht«, flüsterte sie. »Ich … Ich habe ihn doch … geliebt.«

»Ich weiß, Kleines«, flüsterte Charlotte. »Aber du kannst nichts dafür. Es ist nun einmal unsere Art.«

»Unsere Art«, wiederholte Nora. Es klang bitter, mehr wie ein Schrei als etwas Gesagtes. Und schließlich flossen ihr stumm die Tränen herab. Zitternd kniete sie neben dem toten Jungen nieder und legte ihm die Hand auf die Stirn. »Unsere Art«, sagte sie noch einmal. »Ja.«

Und damit fuhr sie in die Höhe und stürzte mit einem gellenden Schrei hinter dem Russen her. Charlotte versuchte ihr den Weg zu vertreten, aber Nora stieß sie einfach zur Seite, war mit einem Satz auf dem Korridor und warf sich auf Anton.

Anton stolperte, prallte gegen die Wand und drehte sich tollpatschig herum, um ungeschickt nach ihr zu schlagen. Nora rammte ihm das Knie zwischen die Beine, und ihre Fingernägel fuhren wie Messer durch sein Gesicht und fügten ihm neue heftig blutende Schnittwunden zu, die sich allerdings beinahe ebenso schnell wieder schlossen, wie sie entstanden.

Anton knurrte wie ein gereiztes Tier, bekam sie zu fassen und schleuderte sie mit solcher Gewalt gegen die Tür auf der anderen Seite, dass Lena glaubte, Noras Knochen knacken zu hören. Die Tür in Noras Rücken sprang auf und gab den Blick auf einen kleinen Raum frei, dessen Decke und Wände fast zur Gänze aus blauen Leuchtstoffröhren zu bestehen schienen, die im Moment allerdings nicht brannten.

»Nora, nicht!«, schrie Charlotte.

Aber es war zu spät. Charlotte versuchte noch, sie zurückzuhalten, aber Nora fegte sie einfach aus dem Weg, warf sich auf den Russen und krallte die Hände in sein Hemd. Anton empfing sie mit einem wuchtigen Faustschlag in den Leib, der ihr die Luft aus der Lunge trieb und ihre Rippen nun tatsächlich knacken ließ, aber sie krallte sich mit nur noch größerer Wut in seine Jacke und riss ihn herum. Anton versuchte nach ihr zu schlagen, verfehlte sie aber, worauf Nora sein Handgelenk packte und eine groteske Pirouette vollführte, um seine eigene Kraft gegen ihn zu verwenden, so dass Anton plötzlich ins Stolpern geriet und an ihr vorbeitorkelte. Nora half nach, indem sie sich noch einmal um ihre Achse drehte, den Russen am ausgestreckten Arm wie einen lebenden Kreisel herumwirbelte und genau im richtigen Moment losließ, um ihn durch die Tür in das Solarium zu schleudern, wo er an der Wand in einem Hagel aus zersplitterndem Holz und schierer Wut zusammenbrach. Nora stürmte hinter ihm her und warf die Tür hinter sich ins Schloss. Charlotte war nur einen Sekundenbruchteil hinter ihr und drückte die Klinke mit beiden Händen und solcher Gewalt nach unten, dass das Metall bedrohlich knirschte. Die Tür rührte sich nicht. Nora musste sie von innen verriegelt haben.

»*Verdammt noch mal, hilf mir!*«, schrie Charlotte. »*Schnell!*«

Lena überwand endlich ihre Überraschung und war mit einem Satz neben ihr. Zu zweit zerrten sie mit all ihren übermenschlichen Kräften an der Türklinke, und das war selbst für die massive Metallkonstruktion zu viel. Die Klinke brach ab, und Charlotte und sie stolperten rückwärts.

»Aber was … was tut sie denn?«, stammelte Lena. »Er … er wird sie umbringen!«

»Kaum«, antwortete Charlotte. Aber sie sagte es in einem Ton, der Lenas Angst nur steigerte. Charlotte starrte die geschlossene Tür mit versteinerter Miene an, und schließlich wurde es Lena zu viel. Sie stürmte an ihr vorbei und versuchte die Tür aufzureißen. Aber sie bestand aus Metall, eine massive Feuerschutztür, die selbst ihren Kräften mühelos standhielt, und da sie nach außen aufging, war es auch unmöglich, sie einzutreten; zumindest in den wenigen Augenblicken, die ihnen noch blieben, bis Anton Nora umbringen würde. Ebenso verzweifelt wie sinnlos hämmerte Lena mit beiden Fäusten gegen die Tür. Schreie drangen aus dem Solarium, ein dumpfes Poltern und Krachen – die Geräusche eines Kampfes. Anton würde sie umbringen, dachte Lena verzweifelt, und es gab nichts, was sie dagegen tun konnte!

»O nein«, flüsterte Charlotte. »Tu das nicht. *Nora, tu es nicht!*«

Die letzten Worte hatte sie geschrien. Und – ob es nun Zufall war oder nicht – der Lärm auf der anderen Seite schien tatsächlich für einen Moment innezuhalten. Dann erscholl ein gellender Schrei, so unglaublich schrill und laut, dass er unmöglich aus einer menschlichen Kehle stammen konnte.

»Nein!«, keuchte Charlotte. Dann schrie sie wieder: *»Nora! Nein!«*

Erneut drang jener durch und durch unmenschliche Schrei durch das dicke Metall der Tür, ein Laut voller unvorstellbarem Zorn, aber auch genauso gewaltiger Angst. Ein Zischen erklang, und etwas wie ein eisiger Hauch streifte Lenas Seele; Furcht und Leid in ihrer reinsten Form, wie die Essenz von etwas, was das aktive Gegenteil von Leben war.

Charlotte riss sie von der Tür weg, unter der plötzlich ein *bösartiges* gelbes Licht hervordrang. Wieder gellten Schreie, aber jetzt hörte Lena nur noch Schmerz und maßloses Entsetzen darin. Verzweifelt versuchte sie sich loszureißen, aber Charlotte hielt sie nicht nur mit unerbittlicher Kraft fest, sondern zerrte sie auch immer weiter von der Tür weg. Das Licht wurde heller, *schneidender,* und drang jetzt nicht nur unter der Tür hervor, sondern sickerte auch durch den Rahmen, und Lena konnte seine zerstörerische Gewalt beinahe schmecken. Hitze streifte ihr Gesicht, und da war plötzlich ein schrilles Klingeln, das aus allen Richtungen zugleich zu kommen schien. Das Zischen wurde lauter, und plötzlich begann der Lack auf der Tür Blasen zu schlagen und sich schwarz zu färben. Irgendwo hinter ihr wurde das Schrillen und Klingeln noch lauter. Die Luft schmeckte wie nach etwas Lebendigem, das sich wand und starb. Lena riss sich los, war mit einem Satz wieder bei der Tür. Charlotte wollte sie zurückhalten, aber Lena stieß sie mit dem Ellbogen gegen die Wand auf der anderen Seite.

Es wurde heiß. Die Luft stank jetzt nach brennendem Lack und Holz und verschmorendem Fleisch, und die Holzverkleidung der Wände begann mit einer Folge peitschender Schläge zu zerspringen. Flammen leckten unter der Tür hervor und verzehrten nicht nur das orangefarbene Licht, sondern auch die Luft, und die Hitze wurde nun auch für Lena unerträglich. Schwarzer Qualm quoll zwischen der verschmorenden Wandverkleidung hervor, und mit einem Mal schienen überall Schreie und das Hämmern näher kommender Schritte zu sein. Dann traf irgendetwas mit der Gewalt einer Explosion die Tür, beulte sie aus und ließ Lena zurücktaumeln.

Ein zweiter, ungleich härterer Schlag traf die Tür, riss sie halb aus den Angeln und presste eine glühende Woge aus Flammen und schierer Hitze darunter hervor, so dass sie hustend zurückstolperte; dann wurde das Türblatt mit unvorstellbarer Gewalt aus den Angeln gerissen und samt Rahmen auf den Gang herausgeschleudert.

Es war ein Blick direkt in den tiefsten Schlund der Hölle.

Das ehemalige Solarium war von lodernder roter und grellgelber Glut erfüllt. Flammen und Rauch bildeten einen brodelnden Teppich unter der Decke, und die Hitze trieb Charlotte und Lena weiter zurück und nahm ihnen endgültig den Atem. Die meisten UV-Lampen waren in der unerträglichen Hitze geplatzt, aber die Vernichtung hatte längst eine unaufhaltsame Eigendynamik gewonnen und entwickelte sich schneller und immer schneller. Etwas Dunkles, Schreiendes wand sich inmitten der tobenden Flammenhölle auf dem Boden und schlug und trat mit verkohlenden Gliedmaßen um sich, und ein zweiter, monströser Umriss torkelte brennend auf die Tür zu, schwarz verkohlt und in einen Mantel aus Flammen gehüllt, die sich zischend weiter in das fraßen, was noch vom Fleisch übrig war. Orangefarbene Funken sprühten aus seinem Gesicht, seinen Händen und unter seiner brennenden Kleidung hervor wie lodernde Käfer, die aus einem schwelenden Baum zu entkommen versuchten, und er gab … Laute von sich, ein kreischendes Schmerzgeheul, an dem nichts Menschliches mehr war. Brennend und in purer Agonie mit den Armen um sich schlagend, taumelte er auf die Tür zu, prallte ungeschickt gegen den Rahmen und war dann mit einem stampfenden Schritt halb auf dem Flur.

Eine lodernde Hand mit längst weggebrannten Fingerstümpfen griff nach Lena, und ein einziger Blick in die verkohlte Ruine seines Gesichtes reichte, um sie endgültig erstarren zu lassen.

Charlotte schleuderte sie zur Seite, sprang dem lodernden *Strigoi* entgegen und rammte ihm die Schulter gegen die Brust. Anton fuhrwerkte mit dem Arm in ihre Richtung. Charlotte tauchte blitzschnell darunter weg, aber die schiere Hitze allein reichte, ihr Haar und einen Teil ihres Kleides in Brand zu setzen. Völlig unbeeindruckt steppte sie einen Schritt zurück, wehrte einen weiteren Hieb des brennenden *Strigoi* ab und vollführte eine blitzartige Drehung, in der sie das Bein hochriss und ihm den Fußballen vor die Brust drosch; ein perfekter Karate-Tritt wie der, mit dem sie den Zuhälter in Iwans Bordell erledigt hatte, diesmal ohne das tödliche Stilett ihrer High Heels, dafür aber mit umso größerer Gewalt. Ihr Fuß glühte orangerot auf, als er ins Licht einer der wenigen Leuchtstoffröhren geriet, die das Inferno wie durch ein Wunder überstanden hatten, aber Anton taumelte wie von einem Hammerschlag getroffen zurück, kämpfte mit wild schlagenden Armen um sein Gleichgewicht und stürzte schließlich nach hinten. »Weg hier!«, keuchte Charlotte. »Schnell!«

Mit beiden Händen schlug sie die Flammen aus, die noch immer an ihrem Kleid fraßen, und stolperte schnell weiter.

Lena erhaschte noch einen flüchtigen Blick auf den lodernden Hochofen hinter der Tür, und was sie in diesem Augenblick sah, sollte sie nie wieder vergessen: Wo Nora gelegen hatte, gewahrte sie nur noch einen formlosen Schatten, der im blendenden Licht des Höllenfeuers zu zucken schien. Anton versuchte noch einmal, auf die Beine zu kommen, aber seine Kraft reichte nicht mehr. Er kam halb in die Höhe, stürzte nach vorn, und das Letzte, was Lena von ihm sah, war ein Spinnennetz aus sonnenhellem goldenem Licht, das plötzlich aus seinem Körper brach und ihn von innen heraus zu verzehren begann, dann zerrte Charlotte sie weiter zur Tür am Ende des Korridors.

Kurz bevor sie sie erreichten, erfolgte eine gewaltige Explosion aus Lärm, Flammen und blendend weißem Licht, die das gesamte Gebäude in seinen Grundfesten zu erschüttern schien und sie beide von den Beinen riss. Aus der Tür wurde der lodernde Schlund eines Vulkans, der Flammen und Rauch und Millionen golden schimmernder Funken spie, und noch bevor Lena auf dem Boden aufschlug, erwachte die Sprinkleranlage unter der Decke zum Leben und überschüttete sie mit einem Sprühregen aus eisigem Wasser. Zischender Dampf erfüllte die Luft, wo sich Wasser und Flammen gegenseitig verzehrten, und dem Feuer folgte ein Schwall goldener Funken, Tausende, Millionen schimmernder Sonnenkinder, die einem Ausgang entgegenstrebten, den es nicht gab, und deshalb unter der Decke verglühten oder von der Sturmflut aus der Sprinkleranlage ertränkt wurden.

Lena blieb einen Moment benommen liegen. Das Dröhnen der Explosion hallte schrill in ihren Ohren wider, eisiges Wasser strömte über ihr Gesicht und löschte die Glut, die noch immer an Charlottes Haaren und Kleidern fraß, und tief in ihrer Seele hallte ein gellender Todesschrei, von dem sie nicht sagen konnte, ob er von Nora oder dem *Strigoi* stammte oder von beiden; ein Schrei so voller unvorstellbarem Entsetzen und Angst, dass es auch in ihr jegliches Leben zu ersticken drohte.

Dann herrschte Stille. Nur das Schrillen des Feueralarms klingelte noch in ihren Ohren, und das eisige Zischen, mit dem die Sprinkleranlage weiter ihr Löschwasser versprühte.

»Er … hat sie … umgebracht«, flüsterte Lena. »Er hat sie einfach … umgebracht.«

»Nein, Kleines«, sagte Charlotte, die sich unsicher auf die Ellbogen hochstemmte. »Das hat er nicht.«

Sie stand auf, fuhr sich mit beiden Händen durch das Gesicht, um das Wasser wegzuwischen, und half Lena dann auf die Beine. Die andere Hand streckte sie nach der Tür aus.

Aber die Tür wurde von außen aufgerissen, bevor sie die Klinke erreichte, und wenn Lena geglaubt hatte, es könnte nicht mehr schlimmer kommen, dann sah sie sich getäuscht. Auch in der großen Schwimmhalle draußen schrillte der Feueralarm. Mindestens ein halbes Dutzend Menschen stürzte scheinbar kopflos durcheinander, und vier weitere standen unmittelbar vor der Tür. Zwei von ihnen trugen schusssichere Westen mit dem auffälligen Aufdruck POLIZEI, schwarze Sturmhauben, Schutzbrillen und Helme, die beiden anderen Zivil, aber ihr Anblick erschreckte sie beinahe noch mehr. Mit einem von beiden hatte sie vor kurzer Zeit noch telefoniert, wenn auch unfreiwillig, der andere – leichenblass und mit einem weißen Verband von der Dimension eines absurden Turbans um Stirn und Schläfen – war Tom selbst, und er starrte sie mindestens genauso erschrocken und fassungslos an wie sie ihn.

»Lena?«, murmelte er. »Was …?«

»Was ist hier los?«, unterbrach ihn Lummer. »Was zum Teufel noch mal …?«

Charlotte stieß mit einer blitzartigen Bewegung beide Arme nach vorn und rammte den beiden uniformierten Polizisten die Handballen so fest gegen ihre Panzerwesten, dass sie meterweit zurückgeschleudert wurden und zu Boden gingen; wenigstens einer von ihnen. Der andere hatte das Pech, mit einem gewaltigen Platschen rücklings in den Pool zu fallen.

Eines musste man Toms Kollegen lassen, dachte Lena benommen: Er mochte aussehen wie ein gemütliches Weihnachtsmann-Double, aber er hatte die Reflexe eines Zwanzigjährigen. Er steppte zur Seite und schoss einen Fausthieb nach Charlottes Kinn ab, der jeden anderen an ihrer Stelle augenblicklich ins Reich der Träume geschickt hätte.

Unglückseligerweise (für ihn) war Charlotte nicht jeder andere. Mit einer fast beiläufig wirkenden Bewegung duckte sie sich unter dem Hieb weg, packte sein Handgelenk und verdrehte es mit einem so harten Ruck, dass Lummer aufschrie und einen grotesken halben Salto rückwärts vollführte, um dann schwer auf dem gefliesten Boden aufzuschlagen.

»Aber …«, stammelte Tom, und Charlotte schlug ihm den Handrücken ins Gesicht, woraufhin er halb besinnungslos in die Knie brach.

»Weg!«, befahl Charlotte, wartete Lenas Reaktion aber gar nicht erst ab, sondern zerrte sie einfach mit sich. Rings um sie herum brach endgültig Panik aus. Der eine der beiden Uniformierten versuchte sich hochzustemmen und tastete benommen nach seiner MPi, die neben ihm auf dem Boden lag. Charlotte versetzte ihm im Vorbeirennen einen Tritt, der seine Schutzbrille zerbersten ließ und ihm endgültig das Bewusstsein raubte.

Sie rasten zum Ausgang, waren Sekunden später im Parkhaus und jagten dann die Treppe zur Lobby hinauf.

Auch hier oben schrillte der Feueralarm, und die Panik war eher noch größer. Menschen hasteten durcheinander und schrien sinnlos herum, und vor den großen Glastüren hatte sich bereits ein Auflauf gebildet; mindestens ein Dutzend wild lärmender und gestikulierender Männer und Frauen, die von einer kaum weniger großen Anzahl SEK-Beamter am Verlassen des Hotels gehindert wurden. Noch mehr Polizisten mit drohend gezückten MPis und grimmigen Blicken blockierten die Treppe in beide Richtungen, und Lena sah gerade noch einen weiteren Trupp SEKler auf den Stufen nach oben verschwinden.

Hatten Tom und sein Kollege die gesamte Polizei der Stadt mitgebracht?

»Zum Aufzug«, sagte Charlotte. »Schnell!«

Rasch, aber ohne zu rennen, steuerten sie die gegenüberliegende Wand an. Zwei der vier Liftkabinen waren da und warteten mit einladend offen stehenden Türen auf sie, und Lena schickte ein Stoßgebet zum Himmel, dass nicht irgendein übereifriger Hotelangestellter auf die Idee gekommen war, die Aufzüge abzuschalten, wie es im Fall eines Feueralarms geraten wurde. Sie hoffte zudem, dass ihre angesengten Kleider in dem allgemeinen Chaos hier nicht bemerkt wurden.

Ihre Wünsche gingen beide in Erfüllung – niemand nahm Notiz von Charlotte und ihr, und die Lifttür schloss sich gehorsam, als Charlotte den Knopf für die obere Etage drückte –, aber damit hörte ihre Glückssträhne auch schon wieder auf. Dicht hintereinander stürmten Lummer, Tom und ein ebenso nasser wie übel gelaunter SEK-Beamter aus dem Parkhaus herauf. »Die Frauen da!«, brüllte Lummer. »Aufhalten! Sofort!«

Unverzüglich setzte sich nahezu ein halbes Dutzend SEK-Beamter in Bewegung, und die Lifttür schien sich im gleichen Maße langsamer zu bewegen, in dem die SEKler näher kamen. Lena wusste, dass sie es trotzdem schaffen würden, und Toms Kollege war wohl zu demselben Schluss gekommen, denn er zerrte eine kurzläufige Waffe unter der Jacke hervor und legte auf sie an. Als Letztes sah Lena, wie Tom den Arm des Mannes nach oben schlug, dann schloss sich die Lifttür endgültig, und die Kabine setzte sich in Bewegung. Falls sich ein Schuss löste, dann ging das Geräusch im allgemeinen Lärm und Getöse in der Lobby unter.

»Das ging schnell«, sagte Charlotte.

»Der Lift?«

»Dass sie hier auftauchen. Dein kleiner Romeo scheint ja mächtig scharf auf dich zu sein.«

»Ja«, grollte Lena. »Und die restliche Polizei des gesamten Landes auch, wie es aussieht.«

Charlotte wirkte eher nachdenklich als bestürzt, sagte aber nichts dazu, sondern blickte die Etagenanzeige über der Tür so angestrengt an, als glaubte sie, den Aufzug schneller machen zu können, wenn sie sich nur entschlossen genug darum bemühte. Lena wusste, dass es nichts nutzen würde.

»Die Polizei ist über die Treppe unterwegs«, sagte sie.

Charlotte starrte weiter die Anzeigetafel an.

»Sie sind garantiert schneller als dieser Aufzug«, sagte Lena.

Diesmal schenkte ihr Charlotte immerhin einen missmutigen Blick, schwieg aber beharrlich weiter.

»Die Jungs sind gut in Form«, fuhr Lena fort. »Und sie werden auf uns warten.«

»Wenn sie wüssten, wer in diesem Lift ist.«

»Sie haben Funk.«

Charlotte seufzte. »Weißt du, Liebes«, sagte sie, »es sind genau Momente wie diese, in denen ich wieder weiß, warum man es die *gute alte Zeit* nennt.« Und damit schlug sie mit solcher Gewalt auf die Schalttafel neben der Tür, dass sie sich in ein Gewirr aus Plastiksplittern und giftigem Rauch verwandelte und der Lift mit einem Ruck anhielt. Die Anzeige über der Tür begann zwischen zwei Etagen hin- und herzuspringen.

»Ja, das ist clever«, sagte Lena. »So kommen sie jedenfalls nicht so schnell hier rein.«

Statt zu antworten, bedachte Charlotte sie noch einmal mit einem ärgerlichen Blick, als gäbe sie ganz allein ihr die Schuld an ihrer misslichen Lage, legte dann den Kopf in den Nacken und betrachtete kritisch die Deckenverkleidung. Lena war schon auf dieselbe Idee gekommen, aber sie sparte es sich, Charlottes Blick zu folgen, denn ihre Erinnerung an diese Liftkabine sagte ihr, dass es die Deckenklappe, die man als Auftakt zu zahllosen Actionszenen aus ebenso vielen Hollywoodfilmen kannte, hier ebenso wenig gab wie in irgendeinem anderen Aufzug, in dem sie jemals gewesen war.

Charlotte brauchte eine solche Klappe aber auch nicht. Sie bastelte sich ihren eigenen Ausgang. Nahezu ansatzlos sprang sie in die Höhe, rammte die Finger durch das vermeintliche Edelholz, das sich als nur wenige Millimeter dicke Kunststoffplatte entpuppte, und riss sie herunter. Die Klappe, die Lena bisher vermisst hatte, kam dahinter zum Vorschein. Irgendwie gelang es Charlotte, sich mit einer Hand an der scheinbar so glatten Decke festzuklammern. Mit der anderen hämmerte sie mit solcher Gewalt gegen die Klappe, dass sie aus ihren massiven Angeln gerissen und davongeschleudert wurde. Lena konnte hören, wie sie irgendwo in der Dunkelheit dort oben gegen die Drahtseile und danach gegen die Wand prallte.

Charlotte verschwand so elegant und lautlos wie ein Schatten durch die rechteckige Öffnung, fuhr herum und streckte den Arm aus, um Lena in die Höhe zu helfen.

Nahezu vollkommene Dunkelheit umgab sie. Die Luft roch nach Staub und Öl, und irgendetwas floh raschelnd auf winzigen krallenbewehrten Pfoten vor den beiden Eindringlingen in sein schattiges Reich.

Lena sah sich mit klopfendem Herzen um. Ihre Augen gewöhnten sich rasch genug an das kaum vorhandene Licht, um sie erkennen zu lassen, dass es da noch etwas *nicht* gab, was man in jedem zweiten Hollywoodfilm sah: eine Leiter. Graue Wände voller Schmutz und Schimmel führten über ihnen noch gute drei Stockwerke weit in die Höhe, aber da waren weder eine Leiter noch irgendwelche Trittstufen.

»Könnt ihr – können *wir* …«, verbesserte sie sich, »zufällig auch noch fliegen?«

Charlotte bedachte sie nur mit einem flüchtigen Blick und sah dann weiter nach oben. Lena beäugte misstrauisch das ölverschmierte Paar daumendicker Drahtseile, an dem die Liftkabine hing. Sie bezweifelte, dass sie trotz ihrer neu erworbenen Kräfte daran hochklettern konnte.

»Nein«, antwortete Charlotte mit einiger Verspätung. »Aber du kannst dich festhalten, oder?« Sie bedeutete Lena, hinter sie zu treten und die Arme um ihren Hals zu legen. Kaum hatte Lena das getan, trat Charlotte an die Wand heran und huschte scheinbar mühelos an dem glatten Beton nach oben. Lena war so überrascht, dass sie sich schon vor lauter Schrecken noch heftiger festklammerte und Charlotte sicherlich die Luft abgeschnürt hätte … hätte sie Luft zum Leben benötigt. Aber noch während sie versuchte, mit der Mischung aus Schrecken und Unglauben fertigzuwerden, musste sie auch an etwas anderes, sehr viel Unheimlicheres denken: den Umriss einer unsichtbaren geduckten Kreatur mit dürren Spinnengliedern, der von silbernem Regen an der Wand nachgezeichnet wurde.

Die Vorstellung war so schlimm, dass sie Charlotte um ein Haar losgelassen hätte, und vielleicht hätte sie es sogar getan, hätten sie ihr Ziel nicht in diesem Moment auch schon erreicht. So geschickt und sicher wie ein riesiges vierbeiniges Insekt klammerte sich Charlotte an die zerschrammte Innenseite der Aufzugtür, hielt sich dann nur noch mit einer Hand fest und benutzte die andere, um die Türhälften mit schierer Gewalt auseinanderzuzwingen. Dezente Musik und die unverwechselbare Atmosphäre eines wirklich teuren Hotels umgaben sie, als sie aus dem Liftschacht herauskletterten. Es waren nirgends Polizisten zu sehen.

Charlotte deutete nach links zur Treppe hin, und Lena antwortete mit einem wortlosen Nicken.

Sie waren nicht im obersten Stockwerk ausgestiegen, sondern eine Etage darunter. Der Feueralarm schrillte auch hier, und Lena hätte erwartet, den Flur voller aufgeregter Gäste zu finden, die am Rand der Hysterie dahinschlitterten, aber es war beinahe unnatürlich ruhig. Selbst der Feueralarm klang gedämpft und wie etwas, was nicht hierher gehörte.

Charlotte schlich (überflüssigerweise) geduckt zur Treppe, lauschte dort einen Moment und bedeutete ihr dann gestenreich, zurückzubleiben. Dann war sie im Bruchteil eines Augenblicks einfach so verschwunden.

Lena ließ immerhin eine gute Sekunde verstreichen, bevor sie ihr langsam folgte. Auf den letzten Stufen wurden ihre Schritte noch langsamer, weil sie sich vor dem fürchtete, was sie am oberen Ende der Treppe vorfinden würde.

Zu Recht, wie es im ersten Moment aussah. Eine reglose Gestalt mit Panzerweste und Helm lag so dicht hinter der Treppe, dass sie um ein Haar über sie gestolpert wäre, und eine zweite nur wenige Schritte daneben. Zuerst erschrak sie, doch noch bevor sie sich nach dem Mann bücken konnte, spürte sie die Verlockung des Lebens in ihm. Er war nur bewusstlos, nicht tot.

Obwohl sie Charlotte nur wenige Sekunden Vorsprung gelassen hatte, hatte diese inzwischen die Tür zur Suite erreicht und auch die drei Polizisten ausgeschaltet, die davorgestanden hatten. Einer brach gerade mit einem lautlosen Seufzen zusammen und ließ seine Waffe fallen. Charlotte fing sie auf, bevor sie auf dem Boden aufschlagen konnte.

»Schnell!«, sagte sie. »Sie sind gleich da!«

Sie drehte den Türknauf so kräftig herum, dass die robuste Mechanik krachend zerbrach und die Tür aufsprang. Zugleich ließ sie sich in die Hocke sinken, um eine weitere MPi aus der schlaffen Hand eines der drei Polizisten zu nehmen. Auch diese drei Männer lebten noch, wenngleich zumindest einer verletzt war und stark blutete. Vielleicht hatte sie Charlotte ja doch falsch eingeschätzt, dachte Lena.

Noch bevor Charlotte wieder aufstehen konnte, wurde die Tür von innen aufgerissen, und Louise erschien kampfbereit im Rahmen. Mit einem einzigem Blick schien sie die Lage zu erfassen, zog Charlotte zu sich herein und befahl Lena mit einem herrischen Blick zu sich. Etwas polterte hinter ihr, und sie hörte das Summen, mit dem die Liftkabine näher kam, dann warf Louise die Tür ins Schloss und fuhr sie an: »Was ist passiert?«

»Anton«, antwortete Charlotte an ihrer Stelle. »Er war unten, in der Sauna.«

»Die halbe Straße ist voller Polizei!«, fauchte Louise. Etwas Dunkles und sehr Gefährliches erschien in ihren Augen. »Verdammt, was soll das heißen: Anton ist hier? Wo?«

»Er ist tot«, antwortete Charlotte ruhig. »Und Nora auch.«

Louise starrte sie an. »Ich weiß«, murmelte sie schließlich. »Aber was …?«

»Warten wir, bis Lenas Freund mit der gesamten Kavallerie hier ist, damit ich es nicht zweimal erzählen muss, oder verschwinden wir lieber?«, unterbrach sie Charlotte. Sie deutete auf die Tür, die sich geweigert hatte, in dem zerbrochenen Schloss einzurasten, und wieder ein Stück weit aufgesprungen war. »Sie sind gleich da.«

Louise zwang sich zu einem abgehackten Nicken und fuhr auf dem Absatz herum. »Komm mit!«, sagte sie zu Lena.

»Verschwindet von hier!«, rief ihnen Charlotte zu. »Ich halte sie auf!«

Lena fragte sich noch, wie Charlotte dieses Kunststück bewerkstelligen wollte, aber Louise stieß sie schnell ins Nebenzimmer und warf die Tür hinter sich zu. Auf der anderen Seite ertönte ein Poltern und dann so etwas wie ein ungläubiges Grunzen, aber Louise stieß Lena auch jetzt so derb weiter, dass sie gegen das Bett stolperte. Louise riss ungestüm den Safe auf, der sich hinter einer Schranktür verbarg, und entnahm ihm eine in schwarzes Leder gebundene Mappe. Mit der anderen Hand warf sie Lena saubere (und nicht ganz so angesengte) Kleidung zu: Jeans und einen schwarzen Kapuzenpullover, der ihr vage bekannt vorkam. Und irgendwie – obwohl es eigentlich ganz und gar unmöglich war – hatte Louise sich ebenfalls schon umgezogen, noch bevor Lena auch nur in die Jeans schlüpfen konnte.

Ein Schrei drang durch die geschlossene Tür, gefolgt von eindeutigen Kampfgeräuschen. Louise huschte hin, öffnete die Tür einen Spalt und spähte hindurch, machte aber keine Anstalten, Charlotte zu Hilfe zu eilen, sondern schüttelte fast erschrocken den Kopf, als Lena sich zu ihr gesellen wollte.

»Raus hier!«, befahl sie. »Schnell!«

Raus hier, dachte Lena verwirrt. *Aber wie denn?* Zu ihrem maßlosen Entsetzen riss Louise die Gardine herunter, öffnete die Tür und stieß sie auf den Balkon hinaus. Helles Tageslicht biss in ihre Augen, und etwas wie eine unsichtbare weißglühende Hand schien über ihr Gesicht zu streifen. Lena konnte spüren, wie ihre Haut Blasen schlug und sich schwarz färbte, riss instinktiv die Hände vor das Gesicht und roch verbranntes Fleisch. Flammen und orangefarbene Funken sprühten aus ihren Fingern. Louise versetzte ihr einen Stoß, der sie aus dem verzehrenden Sonnenlicht heraus gegen die Balkonwand schleuderte. Der Schmerz und die Flammen erloschen, aber die Angst blieb. Hier draußen würden sie sterben, und selbst wenn die Sonne sie nicht umbrachte, mussten die Polizisten sie erwischen.

Dann begriff sie, was Louise vorhatte, und zweifelte endgültig an deren Verstand. Louise schwang sich über die seitliche Balkonbrüstung und klammerte sich an der Wand fest, wie Charlotte es zuvor im Aufzugschacht getan hatte. Sie schlang den Arm um Lenas Taille, hob sie über die Brüstung und tat dann etwas, was völlig unmöglich war: Sie stemmte sich in die Höhe, bis sie aufrecht im rechten Winkel auf der Fassade stand. Wie selbstverständlich lief sie, Lena wie eine Puppe an sich gedrückt, an der Fassade hinab, steuerte den Balkon schräg unter sich an und sprang hinein. Lenas Gleichgewichtssinn lief für einen Moment Amok, und ihre Eingeweide rebellierten um die Wette, als die Schwerkraft zum zweiten Mal binnen weniger Augenblicke um neunzig Grad zu kippen schien. Louise ließ sie los, schubste sie schon wieder unsanft gegen die Wand, um sie vor den sengenden Sonnenstrahlen zu bewahren, die den Großteil des Balkons in eine funkelnde Todeszone verwandelten, und war mit einem schnellen Schritt bei der Balkontür, um das Schloss mit dem Handballen einzuschlagen, ohne dass das Glas zerbrach.

Über ihnen fiel ein peitschender Schuss, gefolgt vom Geräusch zerberstenden Glases. Als Lena erschrocken den Kopf in den Nacken warf, sah sie Charlotte rückwärts aus dem Scherbenregen taumeln, in dem die Balkontür explodierte. Blut lief in Strömen über ihr Gesicht und ihre Schultern, und was von ihrem Kleid noch übrig war, hing endgültig in Fetzen. Noch bevor sie gegen die Brüstung prallte, ertönte ein ganzes Stakkato weiterer Schüsse, und zwei, drei, vier entsetzlich große blutfarbige Flecken erblühten auf ihrem Rücken. Charlotte wurde von dem gleich vierfachen Einschlag herumgerissen und prallte mit furchtbarer Wucht gegen die steinerne Balustrade. Eine der beiden erbeuteten MPis, die sie in den Händen hielt, flog davon und verschwand in der Tiefe, die andere stieß einen lang anhaltenden Feuerstoß aus, der die Fensterfront der Suite auf ganzer Breite zertrümmerte. Funken stoben, und Querschläger jagten heulend davon. Lena glaubte inmitten des infernalischen Lärms Schreie zu hören, vielleicht den dumpfen Aufprall eines fallenden Körpers, und nun drangen auch von der Straße erschrockene Rufe herauf, Hupen und das Kreischen von Reifen, und weitere Schüsse peitschten, selbst als die MPi Charlottes zerschossenen Fingern entglitt und zu Boden fiel. Sie selbst versuchte sich mit all ihrer übermenschlichen Kraft an der Balkonbrüstung festzuklammern, und vielleicht hätte sie es sogar geschafft, hätten sie nicht in diesem Moment zwei weitere Schüsse in Brust und Schulter getroffen und wie ein Faustschlag nach hinten gerissen. Ohne einen Laut und eingehüllt in einen rasend schnell größer werdenden Kokon aus orangefarbenen Funken, stürzte sie in die Tiefe.

Louise packte Lena am Arm und zerrte sie ins Zimmer. Dann drückte sie die Tür hinter ihr zu und schloss die Vorhänge mit einem Ruck. Sicheres Halbdunkel hüllte sie ein.

Das Zimmer war sehr viel kleiner als die Suite oben, und seine Bewohner hatten es in sichtlicher Hast verlassen. Die Tür stand offen. Gedämpfte Schreie und der unverkennbare Lärm einer ausbrechenden Panik wehten ihnen entgegen, als sie auf den Hotelflur hinaustraten. Louise steuerte mit den ersten beiden Schritten die Aufzüge an, schlug dann einen blitzschnellen Haken und raste stattdessen auf die Treppe zu.

Es ging gut, bis sie die zweite Etage erreicht hatten und dem vorletzten Treppenabsatz entgegenstürmten. Dort kamen ihnen drei Gestalten entgegen, und Lena war endgültig davon überzeugt, dass das Schicksal keineswegs willkürlich oder auch nur gleichgültig war, sondern ganz im Gegenteil einen ausgeprägten Sinn für schwarzen Humor besaß, denn die drei waren bewaffnet, keiner von ihnen wirkte auch nur bisschen überrascht, Louise und sie zu sehen, und *selbstverständlich* war einer von ihnen Tom.

Louise kam wie eine Furie über sie. Tödliche Krallen blitzten auf, zerfetzten die Panzerweste des ersten Polizisten samt der Brust darunter und fuhren wie Messerklingen durch die Kehle des zweiten. Noch während er sterbend zusammenbrach, krümmte sich sein Zeigefinger um den Abzug der MPi, und ein abgehackter Feuerstoß jagte Kugeln in Wände und Decke und überschüttete sie mit Staub und Putz und einem Hagel gefährlicher Schrapnellsplitter. Louise war mit einer blitzartigen Bewegung bei Tom, schlug ihm die Waffe aus der Hand und zielte mit einer mörderischen Krallenhand nach seinem Gesicht.

Lena konnte sich nicht erinnern, Louise sich jemals schneller bewegen gesehen zu haben.

Trotzdem war Lena noch schneller.

Als Louise zuschlug, war sie … *irgendwie* neben ihr, schmetterte ihren Arm zur Seite und stieß sie wuchtig zurück. Neben ihr brach Tom mit einem erstickten Keuchen zusammen und rollte ein halbes Dutzend Stufen die Treppe hinunter, wo er benommen liegen blieb. Louise fauchte zornig, packte Lena mit beiden Händen an den Schultern und rammte sie so fest gegen die Wand, dass ihr die Luft wegblieb.

»Darüber reden wir noch, Kleines«, zischte sie.

Lena versuchte sich loszureißen, aber gegen Louises stählernen Griff hatte sie keine Chance. »Lass ihn in Ruhe!«, brachte sie lediglich heraus. »Wenn du ihm etwas tust, dann …«

»Was?«, unterbrach sie Louise. Ihre Stimme bebte vor Wut. »Bringst du mich um?« Sie lachte böse. »Ich bekomme fast Lust, es auszuprobieren, weißt du? Aber nicht jetzt – los!«

Sie zerrte sie weiter und ließ sich die Gelegenheit natürlich nicht entgehen, Tom im Vorbeihasten einen Tritt vor die Schläfe zu versetzen, von dem er wahrscheinlich von Glück sagen konnte, wenn er ihm nicht den Schädel brach. Auf der vorletzten Stufe blieb sie abrupt wieder stehen. Polternde Schritte näherten sich, und Lena konnte den Zorn und die grimmige Entschlossenheit der Männer dort unten spüren.

Louise legte den Kopf schräg und lauschte. Ein sonderbarer Ausdruck erschien auf ihrem wunderschönen Gesicht, der Lena erschreckte: keine Besorgnis oder Furcht, sondern eher das Gegenteil, eine wilde, düstere Vorfreude auf die Gewalt und das Töten, die unweigerlich kommen mussten.

»Bitte nicht«, sagte Lena.

»Hast du Angst, ich könnte deinen kleinen zerbrechlichen Freunden wehtun?«, sagte Louise abfällig. »Wenn du dich jetzt nicht entscheidest, zu wem du gehörst, wann dann?«

»Wenn du hier ein Blutbad anrichtest, dann siehst du mich nie wieder«, sagte Lena entschlossen.

Ihre Worte machten Louise nur noch wütender, das sah sie ihr an, aber dann beherrschte sie ihren Zorn nicht nur, sondern zwang sogar einen fast schon verständnisvollen Ausdruck auf ihr Gesicht. »Wenn sie uns erwischen, dann nehmen sie dich mir weg«, sagte sie.

»Ich wusste gar nicht, dass ich dir gehöre«, antwortete Lena spröde.

»Und dich würden sie wahrscheinlich umbringen«, fuhr Louise ungerührt fort. Die Schritte kamen näher. Ihnen blieben nur noch Sekunden, bis die Polizisten da waren.

»Dann solltest du dir lieber etwas einfallen lassen«, sagte Lena ruhig. »Noch ein Toter, und ich gehe das Risiko ein.«

Louise seufzte tief. »Vertraust du mir?«

»Natürlich nicht.«

»Dann ist es ja gut«, sagte Louise – und war wie durch Zauberei plötzlich hinter ihr. Sie schlang ihr den Arm um den Hals, zwang ihren Kopf in den Nacken und hielt plötzlich ein aufgeklapptes Rasiermesser in der Hand. Als die ersten maskierten SEK-Beamten die Treppe heraufgestürzt kamen, drückte sie ihr die Klinge gegen den Hals und sagte sehr ruhig: »Noch einen Schritt, und ich schneide ihr die Kehle durch!«

Die Männer stürmten erst noch weiter in die Höhe, hielten dann aber an und richteten ihre Waffen auf Louise und sie.

»Verschwindet!«, sagte Louise drohend. »Ich meine es ernst. Noch einen Schritt näher, und die Kleine ist tot!«

Niemand rührte sich. Die Polizisten wirkten ratlos, wichen aber auch keinen Millimeter zurück, worauf Louise ihrer Drohung ein bisschen mehr Nachdruck verlieh, indem sie Lenas Kopf noch weiter nach hinten riss und ihr einen dünnen, aber heftig blutenden Schnitt an der Kehle zufügte. Lena verfluchte sie in Gedanken für diese Leichtsinnigkeit, denn spätestens wenn die Wunde zu bluten aufhörte und wie durch Zauberei verschwand, musste den SEKlern auffallen, dass hier irgendetwas nicht stimmte.

Aber die Wunde schloss sich nicht. Sie hörte auch nicht auf zu bluten. Und sie tat weh.

»Keine Sorge, Liebes«, flüsterte Louises dicht an ihrem Ohr. »Ich habe dir doch gesagt, dass du mir vertrauen kannst.« An die Mauer aus gepanzerten Polizisten und Gewehren gewandt, sagte sie laut: »Die Waffen weg! Und zurück, oder die Kleine ist tot!«

Nicht ein einziger Mann legte tatsächlich seine Waffe weg, aber die meisten MPis und Pistolen wurden gesenkt, und schließlich begannen die Männer nach beiden Seiten auseinanderzuweichen, um sie passieren zu lassen.

Louise rührte sich nicht. »Keine Chance, Freunde«, sagte sie. »Zurück! Runter mit euch, alle!«

Lena konnte regelrecht sehen, wie es bei den Männern hinter der Stirn arbeitete. Sie beging keine Sekunde lang den Fehler, die Männer zu unterschätzen. Die Sturmhauben und Schutzbrillen löschten nicht nur ihre Gesichter aus und nahmen ihnen jegliche Individualität, sondern ließen sie dadurch auch harmloser erscheinen, als sie waren; tumbe Sturmtruppen, die nur schießen und sterben konnten, mehr nicht. Aber das Gegenteil war der Fall: Jeder einzelne dieser Männer war ein hoch spezialisierter Einzelkämpfer, der es mit nahezu jedem Gegner aufnehmen konnte und *alles* war, nur nicht dumm.

Schritt für Schritt wichen die Beamten vor ihnen zurück, bis die Lobby unter ihnen lag, ein einziges Chaos aus durcheinanderhastenden Menschen und zuckenden Lichtern und Uniformen und Waffen. Sehr vielen Uniformen, wie Lena besorgt feststellte. Es mussten mindestens zwanzig SEK-Beamte sein, die sich in der großen Lobby verteilt und hinter Mobiliar und Säulen Deckung gesucht hatten, sofern sie nicht mit mehr oder weniger Erfolg versuchten, die hysterischen Hotelgäste im Zaum zu halten, die sich vor den immer noch verschlossenen Glastüren drängten.

Lena bemerkte auch noch etwas, was ihre Nervosität weiter steigerte: Nicht alle Polizisten waren mit MPis oder Handfeuerwaffen ausgerüstet. Mindestens zwei von ihnen zielten mit gefährlich aussehenden Scharfschützengewehren auf sie.

Vorsichtig, ohne Louise die Arbeit abzunehmen und sich selbst die Kehle aufzuschlitzen, drehte sie den Kopf und gewahrte zwei winzige rote Lichtpunkte unmittelbar über Louises Nasenwurzel, so dicht nebeneinander, dass sie immer wieder zu einem einzelnen zu verschmelzen schienen.

»Was mache ich, wenn sie schießen?«, flüsterte sie.

Ein wahrscheinlich nur für sie sichtbares Lächeln huschte über Louises Lippen. »Zusehen und lernen«, gab sie genauso leise zurück. Zu dem epilepsiefördernden Zucken eines Dutzends Blaulichter draußen vor der Lobby gesellte sich jetzt auch noch das Heulen einer Feuerwehrsirene, die rasend schnell näher kam.

»Zur Seite!«, befahl Louise. »Ich lasse sie gehen, sobald ich draußen bin, aber ich lege sie um, wenn hier irgendeiner meint, den Helden spielen zu müssen!«

Es funktionierte tatsächlich. Am Fuß der breiten Treppe angekommen, wichen die SEKler rasch weiter vor ihnen zurück, um sie passieren zu lassen, und Lena fragte sich immer verwirrter, was Louise überhaupt vorhatte. Selbst wenn diese vermeintliche Geiselnahme tatsächlich eine winzige Aussicht auf Erfolg gehabt hätte (was sie nicht hatte), wartete draußen nichts anderes als der sichere Tod auf sie.

Langsam und sich im Gehen immer wieder um ihre eigene Achse drehend, näherten sie sich dem Ausgang. Auf eine befehlende Geste von Louises freier Hand hin gaben die Beamten die riesige Drehtür frei, aber Louise schüttelte nur den Kopf. »Für wie blöd haltet ihr mich?«, fauchte sie. »Räumt die Straße leer! Aber eine von euren Karren bleibt hier!«

»Das glaube ich eher nicht«, sagte eine Stimme hinter ihnen.

Louise fuhr so abrupt herum, dass sie Lena einen zweiten und noch tieferen Schnitt zufügte, und Lena konnte ein enttäuschtes Aufstöhnen nun nicht mehr ganz unterdrücken.

Hatte sie wirklich geglaubt, damit durchzukommen?

»Ihr werdet nirgendwo hingehen, Freunde«, fuhr Lummer fort. Er war sehr blass, bis auf die Haut durchnässt und so wütend, dass sie ihm ansehen konnte, wie viel Überwindung es ihn kostete, sich nicht einfach auf sie zu stürzen. »Die beiden gehen nirgendwohin«, sagte er an die Männer in seiner Umgebung gewandt. »Netter Trick, aber sie gehören zusammen. Die beiden sind ein Herz und eine Seele, hab ich recht?«

»Ganz so würde ich es nicht nennen«, antwortete Louise ungerührt. »Wir kennen uns, das stimmt. Aber das hindert mich nicht daran, ihr den Hals durchzuschneiden.«

»Sie bluffen«, sagte Lummer.

Lena konnte Louises Schulterzucken spüren. »Willst du's drauf ankommen lassen?«

»Warum nicht?«, schnaubte er, aber seine Stimme verriet eine Spur von Zweifel.

»Dass wir zusammengehören, bedeutet nicht automatisch, dass wir auch gute Freundinnen sind«, sagte Louise, nahm das Messer von Lenas Hals und zog ihr die Klinge quer über die rechte Wange.

Es tat so weh, dass Lena vor Schmerz gellend aufschrie und sich mit aller Gewalt in Louises Griff aufbäumte. Alles, was sie erreichte, war, sich selbst noch übler zu verletzen, bevor Louise das Messer erneut an ihre Kehle setzte.

»Sind Sie … verrückt?«, ächzte Lummer.

»Ein bisschen«, antwortete Louise. »Aber vor allem bin ich ziemlich freiheitsliebend. Lasst mich gehen, oder ich mache ein fünfzigteiliges Puzzle aus dem hübschen Gesicht der Kleinen hier, bevor ich ihr die Kehle durchschneide.«

Lena musste immer größere Willenskraft aufwenden, um nicht vor Schmerz das Bewusstsein zu verlieren. Das Schlimme war, dass sie spürte, wie bitterernst Louise es meinte. Es war kein Bluff. Das … *Ding* hinter ihr wollte »leben«, und es würde dieses Ziel um jeden Preis verfolgen.

»Ich … glaube Ihnen nicht«, sagte Lummer zögernd.

Er kam einen weiteren Schritt näher, und Louise zog das Rasiermesser so tief durch Lenas Schulter, dass sie spüren konnte, wie die Stahlklinge über den Knochen schrammte. Sie hing plötzlich kraftlos in Louises eisernem Griff, und das Blut lief ihr in Strömen über die verheerte Wange und die Schulter. Lummer war stehen geblieben. In seinem Gesicht arbeitete es.

»Also gut«, sagte er schließlich. »Lasst sie durch.«

Lena hatte nicht mehr die Kraft, den Kopf zu drehen, aber sie hörte, wie die Männer hinter ihnen zur Seite wichen. Das Heulen der Feuerwehrsirene schien jetzt rasend schnell lauter zu werden, aber vielleicht war es auch nur der pure Klang der Angst, der in ihren Ohren schrillte.

»Sie werden irgendwas versuchen, sobald wir draußen sind«, flüsterte Louise. »Tu einfach gar nichts. Ich kümmere mich schon um dich.«

Was sollte sie denn ihrer Meinung nach tun?, dachte Lena hysterisch. Nicht so auffällig sterben?

Und das würde sie. Ganz so weit schien es mit der Unsterblichkeit nicht her zu sein, die Louise ihr versprochen hatte. Sie spürte, wie das Leben ebenso rasch wie unaufhaltsam aus ihr herauslief. Und da war keine übernatürliche Macht, die es zurückhielt oder sie auf magische Weise beschützte. Nur Angst und das Gefühl einer unendlich großen Leere, die näher kam. Sie fühlte sich schwach und so unendlich müde.

Etwas Riesiges, Rotes brach in einem Chaos aus fliegenden Scherben und Trümmern und Lärm durch die Glasfront hinter ihnen, pflügte auf blockierenden Rädern durch die Halle und schob eine Bugwelle aus zersplitterndem Mobiliar und panisch flüchtenden Menschen vor sich her. Ein Schuss löste sich, schlug Funken aus dem roten Monster und heulte als Querschläger davon. Die Sekunden danach verschmolzen zu einem einzigen Chaos, in dem die Dinge nicht mehr in der richtigen Reihenfolge und schon gar nicht mehr logisch abzulaufen schienen. Mindestens einer der SEK-Männer reagierte zu spät und verschwand mit einem Schrei unter dem Wagen. Louise zerrte Lena ins Führerhaus hinauf, dessen Tür von innen aufgestoßen wurde. Noch mehr Glas und Mobiliar zerbarsten, als der Wagen mit aufheulendem Motor zurücksetzte und sich mit einem schrillen Kreischen in der Metallkonstruktion des Fensterrahmens verfing.

Als Charlotte das Gaspedal bis zum Boden durchtrat, gab es einen harten Ruck, und das schwere Fahrzeug sprang rückwärts auf die Straße hinaus.

Louise schleuderte Lena in den Fußraum der Fahrerkabine, riss die Tür hinter sich zu und tauschte mit einer einzigen Bewegung den Platz mit Charlotte, die wimmernd auf dem Sitz über ihr zusammenbrach. Ihr Kleid und ihr Haar waren verschwunden, und ihre Haut hatte sich nahezu vollkommen schwarz gefärbt, war zugleich aber auch von unzähligen glühenden Rissen und Linien bedeckt, wie ein Lavakissen, dessen feuriges Herz noch lange nicht erloschen war.

Wieder fielen Schüsse, eine ganze Salve diesmal, die diagonal über die Windschutzscheibe steppte und sie in ein Gewirr aus Millionen ineinanderlaufender Sprünge verwandelte, wie durch ein Wunder aber nicht durchschlug. Louise fluchte, hämmerte den Vorwärtsgang hinein und gab so brutal Gas, dass der Motor auszugehen drohte.

Stattdessen vollführte er aber einen plötzlichen Satz, verwandelte zwei Einsatzfahrzeuge der Polizei in Schrott, indem er sie einfach aus dem Weg schleuderte, und stob mit qualmenden Reifen auf die Straße hinaus.

»Reiß dich zusammen!«, fauchte Louise. »Hilf ihr!«

Lena hätte eher jemanden gebraucht, der *ihr* half, aber Louises Worte waren auch jetzt so zwingend, dass sie gar nicht anders konnte, als sich zu Charlotte auf die breite Bank hinaufzuziehen und sie in die Arme zu schließen.

Im nächsten Moment schrie sie vor Schmerz auf, weil grelles Sonnenlicht wie der Strahl eines Flammenwerfers über ihren Rücken strich und sie zu verzehren begann. Louise fluchte ungehemmt in einer Sprache, die sie nicht verstand, kurbelte mit einer Hand an dem riesigen Lenkrad und stieß Charlotte und sie mit der anderen in den Fußraum zurück. Barmherzige Schatten hüllten sie ein, und das Gefühl, von innen heraus zu verbrennen, sank auf ein halbwegs erträgliches Maß herab. Wie Charlotte die ungleich größere Qual aushalten mochte, wagte sie sich nicht vorzustellen.

»Bleibt unten!«, befahl Louise. »Gleich ist es vorbei!«

Lena war sich nicht ganz sicher, wie diese Worte gemeint waren, als sie zu ihr hochsah. Flammen schlugen aus Louises Gesicht und Händen, als der Wagen schwerfällig herumschwenkte und durch einen Streifen sengenden Sonnenlichts schoss. Der Wagen prallte gegen irgendetwas, was mit einem gewaltigen Scheppern davonflog, und kam schlingernd wieder auf Kurs. Louise gab fluchend so erbarmungslos Gas, als verwechselte sie den schwerfälligen Löschzug mit einem italienischen Sportwagen. Prompt begann der Motor zu stottern.

Louise fuhrwerkte einen Moment wie wild mit Gangschaltung, Lenkrad und Pedalen herum und erkämpfte sich irgendwie die Kontrolle über den Wagen zurück. Tödliche Speere aus verheerendem Sonnenlicht zerbarsten in der gesprungenen Scheibe zu unzähligen dünnen Nadeln, die die Fahrerkabine in ein Labyrinth aus loderndem Tod verwandelten.

»Hilf mir!«, befahl Louise. »Komm hoch! An die Tür!«

Wieder gehorchte Lena, ohne nachzudenken. Sie rappelte

sich hoch, drehte das Gesicht aus der Sonne und roch den Gestank ihres schmorenden Haares. Zuckendes blaues Licht sprang ihr aus den Rückspiegeln entgegen, und durch das tobende Crescendo ringsherum drang jetzt auch wieder das Heulen von Polizeisirenen. »Sie kriegen uns«, sagte sie nervös.

»Ja«, antwortete Louise grimmig. »Aber nicht heute. Kümmere dich um Charlotte. Wenn ich es dir sage, springt ihr.«

Springen? Wohin denn?, dachte Lena entsetzt. Louise riss den Wagen in eine halsbrecherische Kurve, schnippte einen blausilbernen Streifenwagen von der Straße, dessen Fahrer tollkühn genug gewesen war, zum Überholen anzusetzen, und wechselte auf die linke Fahrspur in den Gegenverkehr, um dem direkten Sonnenlicht auf der anderen Seite auszuweichen. Es gelang ihr nicht ganz. Ihr linker Arm und die Schulter blieben im Sonnenlicht und begannen augenblicklich wieder zu schwelen. Schwarzer Rauch und orangefarbene Funken stiegen auf, und ein gedämpfter Schmerzlaut entrang sich Louises Lippen, aber sie hielt das Lenkrad nur mit umso verbissenerer Kraft umklammert und gab noch mehr Gas, ohne auf den Gegenverkehr zu achten. Wie durch ein Wunder war es bisher noch nicht zu einem Zusammenstoß gekommen.

»Wir springen raus, sobald wir im Tunnel sind«, sagte Louise. Sie deutete mit dem Kopf auf Charlotte, die sich immer noch im Fußraum krümmte. »Du musst ihr helfen.«

Lena verstand. Im Tunnel waren sie vor den tödlichen Sonnenstrahlen sicher … aber was versprach sich Louise davon? Keiner ihrer Verfolger versuchte jetzt, sie zu überholen, aber die Straße hinter ihnen wimmelte mittlerweile von Polizeiwagen, und wie sie Tom und seinen schmerbäuchigen Kollegen kannte, brüllten sie jetzt schon in ihre Funkgeräte, um die andere Seite dichtzumachen. Dieser Tunnel war nichts als eine Falle, aus der sie nie wieder herauskamen. Louise gab jedoch unverdrossen weiter Gas, riss den gewaltigen Löschzug im letzten

Moment zur Seite und wechselte abermals die Spur. Goldfarbener Tod erfüllte die Fahrerkabine, dann so vollkommene Dunkelheit, dass Lena eine Sekunde lang gar nichts mehr sah.

Als sich ihre Augen an die veränderten Lichtverhältnisse gewöhnt hatten, kippte die Welt auf die Seite. Die Tür, nach der sie greifen wollte, war von einem Sekundenbruchteil auf den anderen einfach verschwunden, Glas, Funken und Trümmer regneten auf sie herab, dann stellte sich der Wagen endgültig quer, kippte auf die Seite und hätte sich wahrscheinlich überschlagen, wäre der zweispurige Tunnel groß genug dafür gewesen. So verkantete er sich nur, brach mit einem ungeheuren Getöse in zwei Teile und rutschte in einem Wust aus Funken und Flammen und sich unablässig weiter auflösenden Trümmern tiefer in den Tunnel hinein.

Von alledem bekam Lena schon nichts mehr mit.

27

Etwas Süßes füllte ihren Mund, als sie erwachte, und es hätte der barschen Stimme nicht bedurft, die sie zu schlucken aufforderte. Was ihre Kehle hinunterlief, war pures Leben; wenn auch mit einem unangenehmen Beigeschmack, den sie nicht einordnen konnte, auch wenn sie das Gefühl hatte, ihn irgendwoher zu kennen. Es spielte auch keine Rolle. Aller Schmerz und jegliche Angst vergingen, je mehr von dem köstlichen Göttertrunk sie bekam, und sie konnte spüren, wie eine Woge nie gekannter Kraft sie durchströmte.

»Das ist jetzt genug.«

Tief in sich spürte sie, dass es nicht nur schädlich, sondern auch gefährlich sein konnte, wenn sie weitertrank, aber auch dieser Gedanke war nur theoretischer Natur. Mehr. Sie brauchte mehr.

»Du musst jetzt aufhören, hast du verstanden?«

Das hatte sie, und sie wusste auch, dass die Stimme recht hatte, aber sie konnte nicht aufhören. Nicht jetzt.

Eine erstaunlich große Kraft versuchte ihre Kiefer auseinanderzuzwingen, aber Hunger und Verzweiflung verliehen ihr schier übermenschliche Energie. Sie brauchte *mehr!* Statt loszulassen, grub sie ihre Zähne noch tiefer in das warme Fleisch und schluckte immer schneller und gieriger. *Mehr!*

Ein Schlag traf sie im Gesicht und raubte ihr fast das gerade erst zurückgewonnene Bewusstsein, und als die Hand das nächste Mal versuchte, ihre Kiefer auseinanderzuzwingen, hatte sie ihr nichts mehr entgegenzusetzen. Der berauschende Strom versiegte, und aus dem Hochgefühl in ihr wurde eine mindestens ebenso große Enttäuschung.

»Mach die Augen auf. Wir haben keine Zeit für Spielchen.«

Lena gehorchte, blinzelte in einen Orkan aus zerstörerischem gelbem Licht, presste die Lider erschrocken wieder zusammen und begriff erst dann, dass der grausame Schmerz, auf den sie wartete, nicht kommen würde. Vorsichtig hob sie die Lider ein zweites Mal und sah erneut in ein Meer aus goldfarbenem Licht, das ihr aber erstaunlicherweise nichts tat. Vielleicht war sie ja schon tot. Oder dieser verdammte Russe hatte sie doch ins Koma geprügelt, und jetzt wachte sie auf, und es waren gerade vierzig Jahre oder so vergangen. Das war nicht nur albern, es gab auch etwas, was nicht dazu passte: Louise, die sich über sie beugte und sie finster genug ansah, um auch noch das letzte bisschen hysterische Heiterkeit zu ersticken.

Lena setzte sich mit einem Ruck auf, sank aber stöhnend wieder zurück, weil ihr prompt schwindelig wurde.

»Was ich dir noch sagen wollte.« Louise zeigte nicht einmal die Andeutung eines Lächelns. »Beweg dich nicht zu hastig, sonst wird dir schwindelig.«

Lena zählte in Gedanken langsam bis drei und versuchte es dann vorsichtig ein zweites Mal. Diesmal war es Louise, die sie grob zurückstieß.

»Bleib liegen«, fauchte sie. »Es dauert einen Augenblick, bis du dich ganz erholt hast. Ich habe keine Lust, auch noch deine Kotze wegzuwischen!«

Lena starrte Louise verdattert an, und ihr fiel auf, dass sie so müde und krank aussah wie nie zuvor. Schwarze Halbmonde lagen unter ihren Augen, und sie wirkte noch blasser als sonst. Ihre Lippen zitterten sacht und hatten ebenfalls jede Farbe verloren. Sie erinnerten an eine weiße Narbe, die ihr Gesicht teilte. Dann fiel Lena noch etwas auf. Louise hatte die Rechte auf das linke Handgelenk gepresst. Blut quoll zwischen ihren Fingern hervor und lief an ihrem Arm herab.

»War … ich das?«, fragte Lena erschrocken.

Louise nickte erst, schüttelte dann sofort den Kopf und nahm behutsam die Hand weg, um auf ihr blutiges Gelenk hinabzusehen. Die beiden stricknadeldicken Einstiche in ihrer Pulsader brodelten. Die Wunden begannen sich zu schließen, taten es aber viel langsamer, als Lena es erwartet hätte.

Louise zog eine Grimasse und antwortete endlich auf ihre Frage. »Ja, aber mach dir nichts draus. Das Aufhören ist das Schwerste. Man braucht Jahre, um es zu lernen. Manche lernen es nie. Nora hat es bis zum Schluss nicht gekonnt.«

»Nora.« Trauer überkam sie. »Das mit Nora tut mir leid. Ich …«

»Schon gut«, unterbrach Louise sie unwillig. »Darüber reden wir später. Kommst du erst mal allein klar?«

»Nein.«

Louise stand auf und verzog missmutig das Gesicht. Die beiden Bisswunden waren deutlich kleiner geworden, und sie bluteten auch nicht mehr so schlimm.

»Dann ist es ja gut«, sagte sie. »Ich muss kurz weg. Wenn du dich besser fühlst, dann geh nach nebenan und sieh nach Charlotte. Es geht ihr nicht besonders. Aber bleib im Zimmer, egal, was passiert. Und wenn du das Telefon anrührst, bring ich dich um.«

Das war ernst gemeint, das spürte Lena. Louise bedachte sie noch mit einem eisigen Blick, drehte sich dann um und warf die Tür hinter sich zu. Lena sah ihr noch einen Moment verwirrt nach und schwang dann vorsichtig die Beine von der schmalen Couch.

Wieder fiel ihr das goldfarbene Licht auf, das doch eigentlich tödlich sein sollte, ihren Augen aber im Gegenteil eher schmeichelte und sie an etwas erinnerte, was sie vor langer Zeit verloren zu haben glaubte.

Sie sah zum Fenster. Die Vorhänge waren geschlossen und so dick, dass nicht einmal der Blitz einer explodierenden Wasserstoffbombe eine Chance gehabt hätte, sie zu durchdringen. Das Licht kam von einem halben Dutzend seltsam geformter Glühbirnen, die auf einem kitschigen Kronleuchterimitat unter der Decke brannten. Tageslichtbirnen, vermutete sie, ohne den schädlichen Anteil an UV-Strahlen.

Lena nahm ihr neues Domizil weiter in Augenschein. Noch vor einer Woche hätte sie es für ein halbwegs luxuriöses Hotelzimmer gehalten. Es maß vielleicht vier auf sechs Schritte, und es gab ein Bett, einen Kleiderschrank, die schmale Couch, auf der sie erwacht war, und sogar einen Fernseher, der deutlich größer als eine Briefmarke war.

Es kam ihr schäbig vor. Anscheinend gehörte Luxus zu den Dingen, an die man sich am schnellsten gewöhnte.

Sie erinnerte sich an Louises Worte, stand vorsichtig auf und wartete einen Moment, bis der neuerliche Schwindelanfall vorüber war. Offensichtlich hatte Louises Warnung nicht nur aus leeren Worten bestanden.

Seltsamerweise fühlte sie sich zugleich so frisch und voller pulsierender Kraft wie noch nie zuvor in ihrem Leben. Sie konnte sich nur vorsichtig bewegen, um das Schwindelgefühl nicht sofort wieder anzufachen, hatte aber dennoch das Gefühl, die Welt aus den Angeln heben zu können.

Das Zimmer war zwar alles andere als eine Suite, aber es gab eine Verbindungstür zum Nachbarraum, der sich als spiegelverkehrte Kopie des Zimmers erwies. Sie hatte erwartet, Charlotte schlafend oder gar bewusstlos vorzufinden, aber sie saß auf der Bettkante, rauchte eine Zigarette und starrte auf den Fernseher, über dessen Mattscheibe ein Schwarz-Weiß-Film aus den

Fünfzigerjahren flimmerte. Falls sie Lenas Eintreten überhaupt bemerkte, reagierte sie zumindest nicht darauf. Unter der Decke brannten die gleichen spiralförmigen Glühbirnen an einem identischen Kronleuchterimitat.

»Ist … alles in Ordnung?«, fragte sie unbeholfen.

Im allerersten Moment reagierte Charlotte auch jetzt nicht, und Lena setzte schon dazu an, eine intelligentere Frage zu stellen, aber dann riss Charlotte den Blick doch vom Fernseher los und drehte mit einer sonderbar mühsam wirkenden Bewegung den Kopf, um zu ihr hochzusehen. Ihr Gesicht war wieder so makellos schön, wie Lena es in Erinnerung hatte, aber sie sah noch erschöpfter aus als Louise.

»Diesmal war es knapp«, sagte Charlotte. »Sie hätten uns beinahe erwischt.«

Lena lauschte auf einen Unterton des Vorwurfs in diesen Worten, aber sie war sich nicht sicher. Da … war etwas in Charlottes Stimme, aber sie konnte nicht sagen, was es bedeutete. Sie fühlte sich hilflos.

»War das meine Schuld?«, fragte sie.

Charlotte nahm einen tiefen Zug, atmete den Rauch aber nicht wieder aus, was ein durch und durch unheimlicher Anblick war. Und sie zögerte eindeutig zu lange, bevor sie ihre Frage mit einem Kopfschütteln beantwortete.

»Louise scheint es aber zu glauben«, sagte Lena.

Charlotte zog noch einmal an ihrer Zigarette, ohne den Rauch wieder auszuatmen. »Nein«, sagte sie. »Louise versucht sich einzureden, dass es deine Schuld ist. Sie möchte gern dir die Schuld geben.«

»Warum?«

»Weil es einfacher zu ertragen ist, wenn man jemandem die Schuld geben kann«, antwortete Charlotte. »Aber mach dir keine Sorgen. Sie weiß, was wirklich passiert ist und dass dich nicht wirklich die Schuld trifft. Du hast es vielleicht …« Sie schien nach Worten zu suchen. »… ein bisschen beschleunigt, aber früher oder später musste es wohl so kommen.«

»Was?«, fragte Lena.

»Anton«, antwortete Charlotte. Sie sah wieder zum Fernseher hin, und Lena fiel erst jetzt auf, dass er mit abgeschaltetem Ton lief. Dafür begannen sich Charlottes Lippen zu bewegen, und es dauerte keine Sekunde, bis Lena begriff, dass sie es vollkommen synchron zu den Lippenbewegungen der Schauspieler taten. Wie oft musste man wohl einen Film sehen, um die Dialoge mitsprechen zu können?

»Was meinst du damit: *Anton?*«

»Louise hat dir doch erzählt, dass seit zweihundert Jahren kein männlicher Vampir mehr erschaffen wurde, oder?«

»Jedenfalls hat sie das behauptet«, antwortete Lena.

»Und es stimmt auch«, sagte Charlotte, ohne den Blick vom Bildschirm zu wenden. »Mit einer Ausnahme.«

»Anton?«, fragte Lena.

»Anton.« Charlotte zog wieder an ihrer Zigarette. »Er war damals einer von Stepans Schlägern. Ein absoluter Idiot mit dem Intelligenzquotienten einer Bratkartoffel – ganz wie du ihn erlebt hast. Das war vor zehn Jahren, als wir in die Stadt hier gekommen sind. Es gab ein paar … Probleme mit Stepan und seiner Russen-Gang. Aber Louise und er haben ziemlich schnell begriffen, dass wir alle nur verlieren können, wenn sie sich gegenseitig an die Kehlen gehen.«

»Aber Anton *ist* sie an die Kehle gegangen«, vermutete Lena.

»Louise?« Charlotte lachte leise, aber ohne echten Humor. »Nein. Man kann Louise eine Menge nachsagen, aber schlechter Geschmack gehört nicht dazu. Und das letzte Mal, dass sie sich für einen Mann interessiert hat, hat sie ihn wahrscheinlich aus einer Höhle gezerrt oder von einem Baum herunter.«

»Was ist dann passiert?«, fragte Lena.

»Nora hat sich in ihn verliebt«, antwortete Charlotte. »Frag mich nicht, was sie an diesem Idioten gefunden hat, aber sie war ganz vernarrt in ihn. Und zu seinem fünfundzwanzigsten Geburtstag hat sie ihm dann ein ganz besonderes Geschenk gemacht.«

»Weiß Louise …«, begann Lena, schluckte trocken und setzte dann neu an. »Wusste Louise davon?«

»Louise weiß alles«, sagte Charlotte leise. »Sie hat so getan, als hätte sie es nicht gemerkt, und Nora und ich haben so getan, als wüssten wir nicht, dass sie es weiß. Aber irgendwann musste es wohl so kommen.«

Lena setzte sich neben sie. Charlotte maß sie mit einem seltsamen Blick und rückte dann demonstrativ ein Stück von ihr weg.

»Habt ihr euch deshalb gestritten?«, fragte Lena. »Wegen Nora und Anton?«

»Nora war außer Kontrolle«, antwortete Charlotte. »Schon seit einer ganzen Weile. Vielleicht von Anfang an.« Sie trat ihre Zigarette auf dem Boden aus und zündete sich sofort eine neue an, bevor sie fortfuhr. »Louise hätte sie niemals zu einer von uns machen dürfen.«

»Und du redest zu viel, Liebes.«

Louise stand unter der Tür, und ein einziger Blick in ihr Gesicht machte Lena klar, dass sie jedes Wort gehört hatte. Ihre Augen loderten vor Zorn. »Nichts von alledem wäre passiert, wenn sich unser Nesthäkchen nicht in diesen süßen kleinen Polizisten verguckt hätte.«

»Das ist nicht wahr, und das weißt du«, sagte Charlotte.

»Ach nein?« Louise fuchtelte aufgeregt mit einem Handy herum, das sie in der Linken hielt. »Die Bullen sind aufgetaucht, weil sie unbedingt mit ihrem Herzallerliebsten telefonieren musste! Wahrscheinlich haben sie keine fünf Sekunden gebraucht, um die Nummer zurückzuverfolgen und sich auf den Weg zu uns zu machen!«

»Zwanzig Mann hoch, oder dreißig?«

»Was weiß ich, was in deren Köpfen vorgeht!«, fauchte Louise.

»Und Anton haben sie gleich mitgebracht«, sagte Charlotte spöttisch. »Als Verstärkung sozusagen.«

Louise überging den Einwurf. Der Zorn auf ihrem Gesicht nahm noch weiter zu, als sie sich direkt an Lena wandte. »Nora ist tot, und das nur deinetwegen, ich hoffe, das ist dir klar!«

»Louise, das ist Unsinn«, sagte Charlotte.

»Unsinn?« Louise schrie fast. »Nora ist tot, und das nur weil sie …«

»Weil sie sich nicht mehr unter Kontrolle hatte, und das schon seit Jahren«, fiel ihr Charlotte ins Wort. »Und das weißt du verdammt genau! Früher oder später musste so etwas passieren! Wir können von Glück sagen, dass es so ausgegangen ist. Wir hätten jetzt alle tot sein können!«

»Waren wir das denn nicht?«, fragte Lena.

In ihr rührten sich Erinnerungen, die sie nicht haben wollte. Sie war bewusstlos gewesen, aber nicht so tief, dass da nicht Bilder waren, und Dinge, die sie zutiefst erschreckten. Sie verscheuchte sie hastig.

Louise fuhr wie eine angreifende Schlange mit dem dazu passenden Zischen herum. Ihre Augen schienen in schwarzem Feuer zu glühen.

»Noch nicht ganz«, fauchte sie. »Aber du …« Sie brach ab, presste die Kiefer so fest zusammen, dass Lena ihre Zähne knirschen hörte, und entspannte sich dann ebenso plötzlich wieder. »Es tut mir leid«, sagte sie zu Charlotte. »Du … hast recht.«

»Natürlich habe ich das. Und davon abgesehen war es schon lange an der Zeit, dass wir von hier verschwinden.« Sie hob in einer fast trotzig aussehenden Bewegung die Schultern. »Wir dürfen nicht zu lange an einem Ort bleiben. Deine Worte, Louise.«

Louise schwieg. Der Zorn war aus ihrem Gesicht gewichen,

aber das schwarze Feuer loderte weiter in ihren Augen. Schließlich nickte sie. »Du hast recht«, sagte sie noch einmal. »Es tut mir leid.«

Unbehagliches Schweigen breitete sich in dem kleinen verräucherten Zimmer aus, und schließlich räusperte sich Lena. »Und was ... tun wir jetzt?«

»Dasselbe wie heute Morgen«, antwortete Louise. Ihr Blick ließ den Charlottes nicht los, und Lena hatte das Gefühl, Zeugin eines ebenso stummen wie erbittert geführten Duells zu werden. Sie konnte unmöglich sagen, wer es gewann oder ob es überhaupt eine Siegerin gab. »Wir fliegen übermorgen.«

»Und so lange bleiben wir hier?« Lena konnte sich nicht vorstellen, dass das funktionierte. Dieses Hotel hatte rein gar nichts mit der Art von Etablissements zu tun, in denen Louise und die anderen normalerweise zu logieren pflegten, aber sie kannte Tom mittlerweile gut genug, um zu wissen, dass er Himmel und Hölle in Bewegung setzen würde, um sie zu finden.

Der Gedanke ... verwirrte sie. Es war totaler Unsinn. Sie kannte Tom kein bisschen. Zusammengenommen hatten sie noch keine Viertelstunde miteinander geredet, und wenn überhaupt, so gehörte er eindeutig ins gegnerische Lager; und das nicht erst, seit sie zu etwas geworden war, von dem sie nicht wusste, ob man es wirklich noch einen Menschen nennen konnte. Und dennoch war da zugleich etwas ungemein Vertrautes; eine sonderbare Wärme, die sie erfüllte, wenn sie nur seinen Namen dachte; als wäre er tatsächlich ein Stück von ihr, dessen Fehlen ihr körperliches Unbehagen bereitete.

»Ich muss noch ein paar Vorbereitungen treffen«, fuhr Louise fort, wohl um das Thema zu wechseln. »Ruht euch noch ein bisschen aus. In zwei Stunden geht die Sonne unter, und dann verschwinden wir von hier. Für immer.«

28

Lena hätte erwartet, dass es eine große Bank war, irgendeiner der Marmor- oder Chrom-und-Glas-Paläste, von denen es in dieser Stadt nur so wimmelte, aber das Gegenteil war der Fall: Die Filiale lag in einer Gegend mit eher bescheidenen Häusern, in der der schwarze Hummer genauso auffiel, wie es der Jaguar der Russen vor ihrem Haus getan hatte, und sie war so klein, dass sie nicht einmal einen eigenen Geldautomaten besaß, jedenfalls nicht außen. Der diskrete Schriftzug auf der Drahtglastür sagte ihr nichts, die obszönen Graffiti auf der Wand daneben dafür umso mehr.

Charlotte sah zum ungefähr fünfzehnten Mal innerhalb deutlich weniger Minuten auf die Uhr und setzte dazu an, etwas zu sagen, aber Louise kam ihr zuvor.

»Er kommt schon, keine Sorge«, sagte sie.

»Wieso bist du dir da so sicher?«, wollte Lena wissen.

Wenn man es genau nahm, dann wusste sie nicht einmal wirklich, auf wen sie eigentlich warteten. Die zwei Stunden, von denen Louise gesprochen hatte, hatten zwar schier kein Ende nehmen wollen, aber Charlotte hatte sich tatsächlich wieder hingelegt und fast die ganze Zeit geschlafen, und in den wenigen Minuten, in denen sich Louise im Zimmer aufgehalten hatte, hatte sie sich als ungewöhnlich schweigsam erwiesen.

»Weil er weiß, dass ich ihn sonst umbringe.« Louise weidete

sich einen Moment lang ganz unverhohlen an ihrem erschrockenen Gesicht und lachte dann. »Das war ein Scherz.«

Lena war sich ganz und gar nicht sicher, ob das stimmte, aber sie zwang sich trotzdem zu einem nervösen Lächeln, wandte sich dann ab und sah durch die getönten Scheiben nach draußen. Vielleicht war es doch besser gewesen, als Louise nicht mit ihr gesprochen hatte.

Es war zwar dunkel geworden, aber noch früher Abend. Auf der Straße hätten trotz des leichten Nieselregens, der mit Einbruch der Dämmerung begonnen hatte und den Asphalt in einen zerkratzten schwarzen Spiegel verwandelte, Menschen sein müssen. Aber es war niemand zu sehen, und das letzte Auto war vor gut fünf Minuten vorbeigekommen. Es war, als hielte die Stadt ringsum den Atem an.

Lena verscheuchte den albernen Gedanken. Ihre Lage war weiß Gott schon unangenehm genug, auch ohne dass sie ihrer Fantasie erlaubte, hinter jedem Schatten ein Gespenst und jedem Zufall eine Verschwörung zu sehen.

»Da kommt er«, sagte Louise.

Lena sah in den Rückspiegel und erblickte ein Scheinwerferpaar, das langsam durch den Regen herankroch und vielleicht zwanzig Meter entfernt in eine Parklücke einschwenkte. Sie sparte sich die Frage, woher Louise wissen wollte, wer in diesem Wagen saß. Sie wusste es, so einfach war das.

Sie warteten, bis der Wagen angehalten hatte und der Fahrer näher kam, und stiegen genau im richtigen Moment aus, um vor der Tür mit ihm zusammenzutreffen. Lena war ein wenig überrascht. Sie wusste nicht genau, was sie erwartet hatte – wahrscheinlich nichts –, aber der Anblick dieser schäbigen Bankfiliale in einer kaum weniger schäbigen Straße hatte Assoziationen an ein verhärmtes altes Männchen mit verkniffenem Mund und schütterem Haar aus der für Klischees zuständigen Schublade in ihrem Gehirn zutage gefördert. Das Gegenteil war jedoch der Fall. Der Mann war kaum älter als Tom, hatte wache Augen und ein sympathisches Gesicht und trug einen eleganten Trenchcoat, und der Ausdruck der Freude in seinen Augen, als er Louise erblickte, war echt.

»Da bin ich«, stieß er leicht atemlos hervor. Sein Gesicht glänzte vor Nässe, obwohl er den Kopf gesenkt hielt, um dem Regen auszuweichen. »Es tut mir leid, wenn Sie warten mussten, aber der Verkehr ist mörderisch.«

»Es ist immer dasselbe, ich weiß«, sagte Louise. »Kaum fällt der erste Regentropfen, bricht alles zusammen. Wir sind auch gerade erst angekommen.«

»Dann muss ich kein schlechtes Gewissen haben?«, fragte er, während er einen Schlüssel aus der Manteltasche zog und ihn mit klammen Fingern ins Schloss nestelte.

»Wenn hier jemand ein schlechtes Gewissen haben muss, dann ich«, antwortete Louise. »Ich störe Sie wirklich ungern an ihrem wohlverdienten Feierabend, aber es ist sehr wichtig.«

»Das ist überhaupt kein Problem«, sagte er. Die Tür sprang mit einem Klicken auf, und dahinter erwachte automatisch eine altmodische Neonröhre zum Leben. »Dazu sind wir schließlich da. Wenn Sie bitte einen Moment warten, bis ich die Alarmanlage ausgeschaltet habe.«

»Wer ist das?«, fragte Lena, während der Banker hinter der Tür verschwand und lautstark herumzuhantieren begann.

»Keller?« Louise tat so, als müsste sie einen Moment angestrengt über diese Frage nachdenken. »Der Filialleiter hier. Ein Niemand, aber nützlich.«

»Bist du dir sicher, dass er uns nicht verrät?«, fragte Lena.

Louise lächelte nur, aber sie tat es auf eine Art, die Lena sofort bedauern ließ, die Frage überhaupt gestellt zu haben.

Keller kam zurück, hielt ihnen die Tür auf und machte eine übertrieben einladende Geste. Als sie an ihm vorbeigingen, wirkte er jedoch ein bisschen irritiert. Vielleicht war ihm ja aufgefallen, dass sowohl ihre Kleider als auch ihre Gesichter und Haare vollkommen trocken waren.

Das Innere der Bank erwies sich als genauso schäbig wie ihr Äußeres: ein zerschrammter Tresen vor einem uralten Schreibtisch, auf dem ein antiquierter Röhrenmonitor fast die Hälfte des vorhandenen Platzes einnahm. Keller führte sie durch ein kleines, spartanisch eingerichtetes Büro, in dem es so durchdringend nach kaltem Zigarettenrauch stank, dass Lena fast die Luft wegblieb, kramte einen weiteren Schlüssel aus der Manteltasche und öffnete einen Stahlschrank, hinter dessen Tür sich Hunderte großer Schlüssel mit kompliziert aussehenden doppelten Bärten reihten. Praktisch ohne hinzusehen, nahm er einen davon vom Haken, schloss die Schranktür pedantisch wieder und bedeutete ihnen dann mit einer überflüssigen Geste, ihm zu folgen.

Über eine schmale, nur schwach erhellte Treppe ging es hinunter ins Souterrain, und dort wartete eine wirkliche Überraschung auf Lena. Der Tresorraum war riesig – größer als alles zusammengenommen, was sie oben gesehen hatte – und war nicht nur hinter einer fünfzehn Zentimeter dicken Stahltür verborgen, sondern auch aufs Modernste eingerichtet, inklusive eines Handabdruck-Scanners, mit dem Keller die Tür öffnete, und dezenten Videokameras, die so unter der Decke angebracht waren, dass es nicht den winzigsten toten Winkel gab.

Nicht dass sie außer dem Filialleiter selbst irgendetwas aufnehmen würden, dachte Lena. Aber ihre Anwesenheit beunruhigte sie trotzdem.

»Sie sind ausgeschaltet«, sagte Keller lächelnd.

Lena blinzelte »Was?«

»Die Kameras.« Keller deutete zur Decke hoch, und Lena begriff erst jetzt, dass er ihr das Unbehagen sehr deutlich angesehen haben musste. »Sie schalten sich automatisch aus, sobald ich den Tresorraum mit einem Kunden betrete. Diskretion wird bei uns großgeschrieben.«

»Aber das wissen wir doch«, sagte Louise. Sie lächelte, aber in ihrer Stimme war auch eine Spur Ungeduld zu hören.

»Selbstverständlich«, antwortete Keller hastig. »Bitte, entschuldigen Sie.« Er wedelte mit dem Schlüssel, den er aus dem Stahlschrank genommen hatte, und in Louises Hand erschien wie aus dem Nichts sein eineiiger Zwilling. Nebeneinander gingen sie zu einem der Schließfächer (Lena war kein bisschen überrascht, dass es sich um eine der größten von buchstäblich Hunderten grauen Stahltüren handelte) und versenkten die Schlüssel synchron in den beiden Schlüssellöchern. Neben der Tür verlangten zwei blau leuchtende Sensortasten auch noch nach den dazugehörigen Fingerabdrücken. Allmählich wurde Lena klar, warum Louise ausgerechnet diese Bankfiliale ausgesucht hatte.

Die Tür sprang mit einem metallischen Klicken auf, und Keller trat rasch zurück. »Ich warte dann draußen. Lassen Sie sich ruhig Zeit.«

»Nichts anderes hatte ich vor«, antwortete Louise spröde. »Vielen Dank.«

Keller wirkte nun vollends hilflos, fuhr auf dem Absatz herum und floh regelrecht aus dem Raum. Louise zog die Schließfachtür auf und nahm eine graue Stahlkassette heraus, die so aussah, als müsste sie mindestens zwei Zentner wiegen. Trotzdem trug sie sie mit einer Hand mühelos zum Tisch.

Lena stockte fast der Atem, als sie sie öffnete. Sie war buchstäblich randvoll mit Geldbündeln unterschiedlicher Währungen, teuren Uhren, Ringen und Ketten und anderen Schmuckstücken, von denen eines kostbarer aussah als das andere, gleich ganzen Stapeln von Kreditkarten, die mit dünnen Gummibändern zusammengehalten wurden, und transparenten Plastikhüllen, die offensichtlich irgendwelche Wertpapiere enthielten.

Louise schaufelte alles scheinbar achtlos in die beiden großen Reisetaschen, die sie mitgebracht hatte, und nahm schließlich noch ein gutes Dutzend Pässe verschiedener Nationalitäten heraus, die auf dem Boden der Stahlkassette lagen.

»Für dich ist keiner dabei«, sagte sie, als sie Lenas erstaunten Blick bemerkte. »Aber wenn wir in Paris ankommen, liegt dein neuer Pass schon bereit. Irgendwelche Wünsche, wie du heißen willst?«

Lena ignorierte die Frage. »Dein Hartz-IV-Antrag würde abgelehnt werden, vermute ich«, sagte sie trocken.

»Ich habe noch einen kleinen Notgroschen auf dem einen oder anderen Konto«, antwortete Louise gelassen, »aber in manchen Situationen ist Bargeld immer noch das Beste. Es hinterlässt nämlich keine Spuren.« Sie trug die Kassette zum Schließfach zurück, verriegelte es sorgfältig und schloss dann die Faust um den überdimensionalen Schlüssel. »Das war's. Wir sollten los. Wir haben eine ziemlich lange Fahrt vor uns.«

Charlotte hängte sich eine der beiden Reisetaschen über die Schulter. Louise machte keine Anstalten, nach der anderen zu greifen, so dass Lena es an ihrer Stelle tat. Wortlos verließen sie den Tresorraum, warteten, bis Keller die Tür wieder abgesperrt hatte, und folgten ihm dann nach oben.

»Geht schon mal zum Wagen«, sagte Louise. »Ich habe noch eine Kleinigkeit mit Herrn Keller zu besprechen.«

»Und was?«, fragte Lena erschrocken.

»Geschäfte, Liebes«, antwortete Louise. »Nur langweiliges Zeug, das dich bestimmt nicht interessiert.« Sie wedelte ungeduldig mit der Hand. »Es dauert nicht lange. Du kannst schon mal das Navi programmieren. Charlotte sagt dir die Adresse.«

»Aber du wirst nicht …«, begann Lena, aber Charlotte packte sie einfach am Arm und zog sie so grob mit sich, dass sie hinter ihr herstolperte. Erst als sie die Bank verlassen hatten und auf halbem Weg zum Wagen waren, gelang es ihr, sich loszureißen, und sie blieb stehen.

»Sie wird ihn umbringen!«, sagte sie aufgebracht. »Charlotte, sie wird ihn töten! Wir müssen das verhindern!«

»Warum sprichst du nicht noch ein bisschen lauter?«, sagte Charlotte. »Es könnte immerhin sein, dass irgendjemand in dieser Straße dich noch nicht richtig verstanden hat.«

»Aber wir können doch nicht …«

Charlotte packte sie nun noch derber am Arm, zerrte sie hinter sich her und stieß sie so unsanft auf den Beifahrersitz des Hummer, dass Lena die Tasche von der Schulter rutschte und sich ein Teil des Inhalts auf den Boden ergoss. Der ganze Wagen wackelte, als Charlotte hinter ihr einstieg und die Tür wütend zuknallte.

»Du hast es immer noch nicht begriffen, wie?«, fauchte sie.

»Was?«, erwiderte Lena zornig. »Dass ihr Menschen umbringt, wie es euch gerade passt?«

»Dass wir Raubtiere sind, Kleines«, sagte Charlotte verächtlich. *»Wir*, nicht *ihr*. Du gehörst zu uns, ob es dir nun gefällt oder nicht. Es gibt kein Zurück mehr, warum siehst du das nicht endlich ein?«

»Vielleicht weil mich niemand gefragt hat?«

»Ich weiß.« Charlotte seufzte. Sie wirkte immer noch wütend, zugleich aber auch traurig. »Das war Noras Entscheidung. Sie hatte kein Recht dazu. Aber sie hat es nun einmal getan, und du wirst damit leben müssen.«

»Und wenn ich das nicht kann?«

»Ich fürchte, diese Wahl hast du nicht«, antwortete Charlotte. Ihre Stimme wurde weich. »Glaub mir, ich weiß, wie du dich fühlst. Jedem von uns ist es am Anfang so gegangen. Man gewöhnt sich daran.«

»Ein Mörder zu sein?«

Charlotte sah jetzt eher verletzt als wütend aus. Sie antwortete auch nicht gleich, sondern sah sie einen Moment lang durchdringend an und deutete dann auf die andere Straßenseite, wo Kellers Wagen stand. »Siehst du den Luxusschlitten dort?«

Lena nickte.

»Hast du eine Ahnung, was so was kostet?«

»Nein. Und was hat das damit zu tun, dass …?«

»Allein der Unterhalt kostet wahrscheinlich mehr, als ein kleiner Filialleiter wie Keller verdient«, fuhr Charlotte unbeeindruckt fort. »Der Kerl trägt Maßanzüge, wohnt in einer Villa mit Pool am Stadtrand und ist Dauerkunde in einem Edelpuff, der sogar Anton zu teuer wäre. Und was glaubst du, womit er das alles finanziert?«

»Das weiß ich nicht, und es interessiert mich auch nicht.«

»Er steckt bis hierher in krummen Geschäften.« Charlotte fuhr sich mit dem Zeigefinger unter der Nase entlang. »Anlage- und Immobiliengeschäfte, bei denen nur einer verdient, und das ist er. Lass dich nicht von seinem eleganten Auftreten und seinem Babyface täuschen, Lena. Der Kerl ist ein skrupelloser Betrüger, und seine bevorzugten Opfer sind einfache Leute, denen er weismacht, ihnen die große Chance ihres Lebens zu bieten. Leuten wie deiner Mutter, Lena. Er gaukelt ihnen vor, sie reich zu machen, und am Ende sind sie ruiniert und haben auch noch das wenige verloren, das sie ohnehin nur hatten. Der Kerl ist ein Schwein, Lena. Ich weiß von mindestens drei Leuten, die Selbstmord begangen haben, nachdem er mit ihnen fertig war. Er muss dir nicht leidtun, glaub mir.«

Selbst, wenn das stimmte, dachte Lena – gab ihnen das das Recht, sich zu seinem Richter aufzuschwingen? Sie schwieg.

Es dauerte nur wenige Minuten, bis Louise auftauchte. Sie kam allein aus der Bank, schloss die Tür sorgfältig hinter sich ab und ließ sich nach zwei Schritten in die Hocke sinken, um etwas in den Gully zu werfen. Ohne von den immer noch strömenden Regenschleiern berührt zu werden, überquerte sie die

Straße, stieg ein und steckte den Schlüssel ins Zündschloss. Eine steile Falte erschien zwischen ihren Augen, als sie das Durcheinander aus Geldbündeln und Schmuckstücken zu Lenas Füßen sah. Statt den Motor zu starten, drehte sie sich halb auf ihrem Sitz herum und sah Charlotte und sie abwechselnd an.

»Ist hier etwas passiert, von dem ich wissen sollte?«, erkundigte sie sich. »Ihr habt euch doch nicht etwa gestritten, Mädels?«

»Wo ist Keller?«, fragte Lena.

Louise sah sie mit einem Ausdruck der Überraschung an, der nicht gespielt war. Dann hob sie die Schultern und fuhr sich mit der Fingerspitze über den Mundwinkel, in dem ein einzelner roter Blutstropfen glänzte. Sie leckte die Fingerspitze ab.

»Ich habe nur aufgeräumt«, sagte sie leichthin. »Wir verschwinden von hier, und es gehört nicht zu meinen Angewohnheiten, Spuren zu hinterlassen.«

»Oder Zeugen?«

»Keller war ein Idiot«, sagte Louise. »Aber trotzdem ein leckeres Kerlchen.« Sie startete den Motor, sah übertrieben aufmerksam in den Rückspiegel und fuhr los. »Jetzt noch ein kleiner Abstecher zu Schreiber-Pharmaceutics, und es kann losgehen.« Sie blinzelte Lena zu. »Wir brauchen Reiseproviant.«

Lena sagte auch dazu nichts. Sie musste noch einmal an Charlottes Worte von gerade denken, und eine Mischung aus Hilflosigkeit und reinem Entsetzen machte sich in ihr breit. *Wir sind Raubtiere, und du gehörst zu uns, ob es dir nun gefällt oder nicht.*

Aber so wollte sie nicht leben. So *konnte* sie nicht leben.

Sie kam zu einem Entschluss, und sie musste nicht einmal lange warten, bis sie die Gelegenheit bekam, ihn in die Tat umzusetzen.

Louise chauffierte den Wagen zwar zügig in Richtung Stadtmitte, achtete aber streng darauf, weder die Höchstgeschwindigkeit zu überschreiten noch gegen irgendeine andere Verkehrsregel zu verstoßen. Der Verkehr nahm zu, und auch auf den Bürgersteigen waren jetzt wieder Menschen zu sehen, die unter einem Meer von Regenschirmen dahinhasteten, das bei Tageslicht wahrscheinlich schreiend bunt gewesen wäre.

»Wir fahren jetzt also zu dieser Schreiber-Blutbank?«, sagte Lena.

»Erst machen wir noch einen kleinen Umweg«, antwortete Louise. »Es gibt da noch etwas, was ich Charlotte versprochen habe. Eine … Familienangelegenheit. Es dauert nicht lange.« Sie drehte sich kurz zu Charlotte um, dann lachte sie unecht. »Wenn sie es dir erzählen will, wird sie es tun. Wenn nicht, dann steht es mir nicht zu, darüber zu reden. Jeder hat ein Recht auf sein Privatleben, nicht wahr? Erzähl mir von deinem kleinen Polizistenfreund. Bist du nur in ihn verknallt, oder läuft da mehr? Etwas, worauf ich eifersüchtig sein müsste?«

»Jeder hat ein Recht auf sein Privatleben, nicht wahr?«, gab Lena zurück.

Jetzt zog Louise einen übertriebenen Schmollmund, stellte aber immerhin keine entsprechende Frage mehr, sondern konzentrierte sich ganz darauf, so vorschriftsmäßig zu fahren, dass es schon fast wieder auffiel. Offensichtlich wollte sie auf gar keinen Fall in eine Polizeikontrolle geraten. Lena war es nur recht.

Sie wartete, bis Louise den Wagen beim ersten Schimmer von Gelb an einer besonders belebten Kreuzung zum Stillstand gebracht hatte, riss die Tür auf und war in der Menschenmenge verschwunden, noch bevor Louise richtig begriff, was sie tat.

29

Da war etwas, was Lena vergessen hatte, so absurd es ihr im Nachhinein auch selbst vorkam: ihren Hunger.

Zuerst war sie durch die Straßen geeilt und hatte nichts anderes versucht, als irgendwo in der Menschenmenge unterzutauchen. Eine gute halbe Stunde lang war sie ziellos herumgeirrt, bevor sie sich auch nur halbwegs sicher war, ihre beiden Verfolgerinnen abgeschüttelt zu haben, und sie hatte eine weitere Viertelstunde investiert, indem sie einen Taxistand aus wechselnden Verstecken heraus aufmerksam beobachtete, bevor sie es wagte, in einen der Wagen zu steigen und dem Fahrer die Adresse zu nennen.

Dann war der Hunger gekommen.

Während der ersten Minuten hatte sie sich immer wieder herumgedreht und die Straße hinter sich abgesucht, irgendwie davon überzeugt, im nächsten Moment die Scheinwerfer des Hummer hinter sich auftauchen zu sehen, der mit seinen unzähligen PS zu ihnen aufholte und das Taxi samt seinen Insassen einfach niederwalzte, weil Louise der Spielchen überdrüssig geworden war.

Weder der Hummer noch Louise oder Charlotte tauchten auf, aber der Hunger blieb. Es war nicht die rasende Gier, die sie schon mehrmals erlebt hatte und die ihr fast den Verstand raubte, sondern nur ein dumpfes Nagen und Fordern in ihren Eingeweiden, weit davon entfernt, qualvoll zu sein, aber es war beharrlich, und es würde auch nicht aufhören. Nicht, solange ein lebender Mensch und sein warmes Blut in ihrer Nähe waren.

Wie zum Beispiel der Taxifahrer.

Lena vermied es, ihn anzusehen, aber sie spürte umgekehrt, wie er sie anstarrte, amüsierte sich eine Weile an allen möglichen Wahnvorstellungen, die einem Teil von ihr umso plausibler vorkamen, je paranoider sie waren, und zwang sich dann wieder, einigermaßen logisch zu denken. Der Fahrer stand weder auf Louises Lohnliste, noch war er ein Polizeispitzel oder nebenberuflicher Sittenstrolch. Sie war ein gut aussehendes junges Mädchen, das offensichtlich in aller Hast in sein Taxi gesprungen war, sich ununterbrochen umsah, am ganzen Leib zitterte und bleich wie die Wand war, und er machte sich so seine Gedanken, das war alles. Kein Grund, sich zu sorgen.

Der Hunger war noch lange nicht so schlimm, dass sie die Beherrschung verlieren konnte, aber er war da, und er machte ihr Angst, weil er nicht verschwinden, sondern auch morgen noch da sein würde, und übermorgen und am Tag danach, und er würde schlimmer werden, und vielleicht würde es dann einen Taxifahrer geben, der weniger Glück hatte.

»Ist alles in Ordnung mit dir, Mädchen?«

Lena fuhr erschrocken zusammen, sah einen Moment lang verständnislos ins Gesicht des grauhaarigen Taxifahrers und begriff erst dann, dass sie ihn schon seit einer ganzen Weile angestarrt hatte, ohne es selbst zu merken. Sie hatte die Hände im Schoß zu Fäusten geballt.

»Nichts«, entgegnete sie. »Es ist alles in Ordnung. Warum?«

»Weil ich schon blind sein müsste, um dir das zu glauben«, antwortete er. »Ist jemand hinter dir her?«

»Es ist alles in Ordnung«, beharrte sie.

Er wirkte enttäuscht, hob aber nur die Schultern und konzentrierte sich wieder auf den spärlichen Verkehr. »Geht mich ja auch nichts an … Und da wären wir auch schon.«

Lena sah verwirrt aus dem Fenster. Sie hatte nicht auf ihre Umgebung geachtet, aber dafür war sie jetzt umso überraschter, als der Wagen vor einem heruntergekommenen Plattenbau anhielt, der mindestens so schlimm aussah wie das Haus, in dem sie mit ihrer Mutter gelebt hatte. Obwohl es noch nicht einmal zehn war, brannte hinter weniger als der Hälfte aller Fenster Licht, und ein Großteil der Wagen, die am Straßenrand standen, waren der Abwrackprämie wohl nur entgangen, weil ihre Besitzer nicht einmal für den Kauf eines abgespeckten Dacia kreditwürdig gewesen waren.

»Sind Sie sich sicher, dass das die richtige Adresse ist?«, fragte sie verdutzt.

»Das ist die, die du mir gegeben hast. Keine sehr hübsche Gegend. Ich hab mich auch ein bisschen gewundert.« Er wartete einen Moment vergebens auf eine Antwort. »Willst du lieber woanders hinfahren?«

Lena sah noch einmal auf die Visitenkarte, die Tom ihr gegeben hatte, verglich die handschriftliche Adresse auf der Rückseite mit dem verblichenen Straßenschild und der Hausnummer und schüttelte dann den Kopf. »Schon gut«, sagte sie. »Das scheint wohl richtig zu sein. Ich war nur … überrascht.«

Der Taxifahrer nickte nur, schaltete das Taxameter aus und deutete mit dem Kopf auf die rot leuchtenden Zahlen im Innenspiegel. »Macht dann zwanzig Euro.«

Es war sogar etwas mehr, aber er hatte großzügig abgerundet. Trotzdem waren es genau zwanzig Euro mehr, als sie besaß. Irgendwie war das lächerlich, dachte sie. Noch vor weniger als einer Stunde hatte sie ungefähr eine Million über der rechten Schulter getragen. Wahrscheinlich mehr.

»Können Sie hier warten?«, fragte sie. »Ich gehe rasch nach oben und hole Geld.«

Der Taxifahrer verdrehte die Augen. Er sah enttäuscht aus, aber auch so, als hätte ihn die Antwort nicht wirklich überrascht. »Kindchen«, seufzte er. »Für wie dumm hältst du mich? Wenn du ein Problem hast, können wir darüber reden, aber verarsch mich nicht.«

Lena dachte eine halbe Sekunde lang darüber nach, was genau er mit *darüber reden* meinte, und dann schämte sie sich plötzlich dafür, ihm Absichten unterstellt zu haben, die er mit großer Wahrscheinlichkeit nicht hatte und die – wenn überhaupt – nicht einmal annähernd so heimtückisch gewesen sein konnten wie ihre, wäre sie auch nur ein bisschen hungriger gewesen.

»Das haben Sie jetzt falsch verstanden«, sagte sie hastig. »Ich will Sie nicht verarschen. Ich hab kein Geld dabei, aber mein Freund bezahlt Sie. Er wartet auf mich. Sie können mitkommen, wenn Sie wollen.«

Sein Blick wurde eher noch misstrauischer, blieb aber zugleich immer noch freundlich. Wenn er noch zögerte auszusteigen, dann allerhöchstens weil er sich vielleicht fragte, ob es in einem Haus wie diesem überhaupt jemanden gab, der in seinem Leben schon einmal einen Zwanziger gesehen hatte. Schließlich zuckte er nur mit den Schultern und machte die Tür auf. Lena stieg auf der anderen Seite aus.

Es regnete immer noch, auch wenn aus dem feinen Nieseln inzwischen eine Art nasser Nebel geworden war, der buchstäblich alles durchdrang (ohne ihre Haut oder ihr Haar auch nur zu berühren), und sie liefen nebeneinander zum Haus. Lena hätte ihm mit Leichtigkeit davonlaufen können, aber da war ein absurdes Gerechtigkeitsgefühl in ihr, das es ihr einfach unmöglich machte … wenigstens für den Moment. Das konnte sie immer noch tun, sollte Tom nicht aufmachen.

Der Eingang war in einem besseren Zustand, als sie erwartet hatte. Das Licht ging automatisch an, als sie sich näherten, und die meisten Klingelknöpfe waren sogar beschriftet. Lena atmete innerlich auf, als sie Toms Namen auf einem der (zumeist handgeschriebenen) Schildchen entdeckte, rang noch einmal mit der Stimme ihrer Vernunft, die mittlerweile zu einem dünnen, aber eindeutig hysterischen Flüstern geworden war, und brachte sie endgültig zum Verstummen, indem sie entschlossen auf den Klingelknopf drückte.

Nichts geschah. Lena zählte in Gedanken langsam bis zehn, drückte den Knopf noch einmal und länger und versuchte die immer misstrauischer werdenden Blicke zu ignorieren, mit denen der Taxifahrer sie maß. Diesmal zählte sie in Gedanken langsam bis zwanzig, bevor sie die Hand zum dritten Mal nach dem Klingelknopf ausstreckte und ihn jetzt gedrückt hielt.

»Warum hörst du nicht mit dem Theater auf, Mädchen?«, fragte der Taxifahrer. Er klang verärgert. »Ich hab meine Zeit nämlich nicht gestohlen. Wenn du kein Geld hast, dann gib mir deinen Ausweis oder so was, und wir finden eine …«

Etwas knackte, dann drang eine gleichermaßen verschlafen wie unwillig klingende Stimme aus dem Lautsprecher: »Ja, verdammt! Ich bin doch nicht taub! Wer ist da?«

»Tom?«, sagte Lena.

Stille. Lange genug, um schon wieder ein misstrauisches Stirnrunzeln auf der Stirn des Taxifahrers erscheinen zu lassen, dann meldete sich Tom zurück. »Ja?«

Lena nahm all ihren Mut zusammen. »Ich bin's, Lena«, sagte sie. »Machst du mir auf?«

Dieses Mal dauerte das Schweigen noch länger. Dann erklang ein Summen, und die Tür sprang einen halben Zentimeter weit auf. »Dritter Stock«, drang Toms Stimme aus dem Lautsprecher. »Komm hoch.«

Auch das Licht im Treppenhaus ging automatisch an, als sie eintraten, und Lena registrierte erneut, dass auch das Innere des Plattenbaus sauberer und in einem besseren Zustand war, als sein Äußeres erwarten ließ. Dennoch … *passte* es irgendwie nicht zu Tom. Sie war irritiert.

»Du bist noch nicht oft hier gewesen, wie?«, fragte der Taxifahrer.

Statt zu antworten, steuerte sie die Treppe an und lief, immer zwei Stufen auf einmal nehmend, hinauf, bevor er auf die Idee kommen konnte, mit dem Lift zu fahren, hielt aber auf dem ersten Absatz wieder an, um ihn aufholen zu lassen. Er sagte nichts dazu, bedankte sich aber mit einem schrägen Blick und schnaufte hörbar. An seinem Hals pochte eine Ader, deren Anblick etwas Hypnotisierendes hatte. Sie wandte sich mit einem Ruck um und ging dann – langsamer – weiter.

Sie betraten einen langen Flur mit schmuddeligen Wänden, von dem zahlreiche Türen abzweigten. Lena kam es so vor, als wären es Hunderte. Die Wohnungen dahinter konnten kaum größer als Schuhkartons sein. Und sie hatte nicht die leiseste Ahnung, in welcher davon Tom wohnte.

Wenigstens diese Entscheidung wurde ihr abgenommen. Gleich die erste Tür neben der Treppe ging auf, und ein völlig fassungsloser Tom trat einen halben Schritt heraus, starrte sie aus aufgerissenen Augen an und wollte schon etwas sagen, aber Lena kam ihm zuvor.

»Gott sei Dank bist du da«, sagte sie. »Ich hatte schon Angst, dass du nicht zu Hause bist.« Tom starrte sie einfach nur weiter verdutzt an, hob dann wie in Zeitlupe den Arm, legte die Hand auf das großformatige Pflaster, das er jetzt anstelle des Verbands trug, und setzte schließlich dazu an, etwas zu sagen, aber Lena fuhr rasch fort: »Mir ist da was Dummes passiert. Hab meinen Geldbeutel zu Hause vergessen. Bist du so lieb und zahlst den Taxifahrer? Du kriegst es wieder.«

Tom sah jetzt ein bisschen so aus, als würde ihn im nächsten Moment der Schlag treffen, aber Lena drängelte sich einfach an ihm vorbei in die Wohnung und plapperte fröhlich weiter.

»Und gib ihm ein anständiges Trinkgeld, ja? Er war wirklich nett zu mir. Heutzutage trifft man ja kaum noch echte Gentlemen.«

Tom drehte sich schwerfällig zu ihr herum und wollte etwas sagen, aber diesmal unterbrach ihn der Taxifahrer: »Macht einundzwanzig dreißig.«

Beinahe tat Tom ihr sogar leid. Er starrte sie an, dann den Taxifahrer und dann wieder sie, griff dann unbeholfen in die Hosentasche, um eine Handvoll zerknautschter Geldscheine hervorzukramen, und zählte dreißig Euro ab. Er drückte sie dem Taxifahrer in die Hand und schloss die Tür, bevor der Mann auch nur einen Laut herausbekam.

Lena hatte inzwischen die Diele durchquert und das Wohnzimmer erreicht, in dem sie sich neugierig umsah. Es war tatsächlich so winzig, wie sie erwartet hatte, beinahe noch kleiner als das Wohnzimmer ihrer Mutter – aber damit hörten die Ähnlichkeiten auch schon auf. Die Einrichtung war so spärlich, dass Lena unwillkürlich das Wort spartanisch in den Sinn kam, zeugte aber dennoch von gutem Geschmack, und alles war sehr sauber und schon fast pedantisch aufgeräumt. Der einzige Missklang in diesem nahezu perfekten Arrangement waren die Kleider, die er am Mittag im Hotel getragen hatte; sie lagen jetzt unordentlich und verdreckt auf dem Boden.

Und es roch schlecht.

Im ersten Moment dachte sie, es wäre die Wohnung selbst, doch als Tom ihr folgte, wurde ihr klar, dass der schlechte Geruch von ihm ausging. Er war nicht gesund. Sie konnte nicht sagen, was es war – nicht die Kopfwunde, die wirklich nur ein besserer Kratzer zu sein schien –, aber irgendwie konnte sie wittern, dass mit ihm etwas nicht in Ordnung war.

»Lena?«, murmelte er. Er starrte sie immer noch wie vor den Kopf geschlagen an, und wahrscheinlich fühlte er sich auch so. Seine Stimme klang flach. »Du weißt, dass ich dich eigentlich verhaften müsste.«

»Ja, ich freue mich auch, dich zu sehen«, gab Lena stirnrunzelnd zurück. »Außerdem kannst du mich jetzt nicht verhaften. Du bist nicht im Dienst, wenn ich das richtig sehe. Und vielleicht bildest du dir ja auch nur ein, mich zu sehen. So was kommt nämlich vor, wenn man sich den Kopf anstößt.«

Die Worte klangen selbst in ihren Ohren ausgesprochen dumm, aber Tom schien sie gar nicht zu hören – auch wenn er einen Schritt in ihre Richtung machte und die Hand hob, beinahe als müsste er sie anfassen, um sich davon zu überzeugen, dass sie auch tatsächlich da war. Er führte die Bewegung nicht zu Ende.

»Lena?«, murmelte er noch einmal.

»Ich hab mich in der Zwischenzeit nicht umtaufen lassen«, antwortete sie gereizt. Das lief nicht gut. Dieses Gespräch entwickelte sich völlig anders, als sie es erwartet hatte … Aber was *hatte* sie eigentlich erwartet? Dass er ihr um den Hals fiel und sie voller Wiedersehensfreude an sich drückte? Kaum.

Vermutlich konnte sie von Glück sagen, dass er sie nicht auf der Stelle erschossen hatte.

Toms Verwirrung schien für einen Moment ins Unermessliche zu wachsen, aber dann konnte sie ihm ansehen, wie er sich mit aller Gewalt zusammenriss; auch ganz körperlich. Er trat wieder einen halben Schritt zurück, straffte die Schultern und räusperte sich ein paarmal unecht.

»Was willst du hier?«, fragte er. »Warum bist du gekommen?«

»Weil ich Hilfe brauche«, antwortete sie.

Das war die ehrlichste Antwort, die sie ihm im Augenblick zumuten konnte, aber seine Reaktion enttäuschte sie.

»Und da kommst du ausgerechnet hierher?«, fragte er.

»Ich wusste nicht, wohin.«

Tom seufzte. »Dir ist doch klar, dass ich dich nicht wieder gehen lassen kann, oder? Nicht nach dem, was passiert ist.«

Lena sagte vorsichtshalber gar nichts dazu. Nach dem, was

heute Vormittag passiert war, hätte ihm eigentlich klar sein müssen, wie lächerlich schon der bloße Gedanke war, sie aufhalten zu wollen … aber was sollte er tun?

Vielleicht war es ein Fehler gewesen, hierher zu kommen.

»Gut«, sagte er schließlich, als sie ihn nur weiter traurig anblickte und er ihr Schweigen – natürlich – falsch deutete. »Ich versuche dir zu helfen, auch wenn ich das Gefühl habe, gerade den größten Fehler meines Lebens zu machen. Aber dazu musst du mir alles sagen.«

»Du würdest mir nicht glauben.«

Tom lachte. »Du hast ja keine Ahnung, was für verrückte Geschichten ich schon gehört habe.«

»So eine noch nicht.«

»Kommt auf einen Versuch an.« Tom hob die Schultern, und sie konnte spüren, wie er nun endgültig die Fassung zurückerlangte, wo er sich wieder auf gewohntem Terrain bewegte. Ganz gleich, was vorher passiert sein mochte, jetzt war er wieder Polizist und sie eine Verdächtige, die er verhörte. Selbst seine Stimme veränderte sich. »Warum erzählst du mir nicht einfach alles, und zwar von Anfang an?« Er machte eine fragende Geste. »Möchtest du etwas trinken?«

Sie war tatsächlich durstig, aber nicht auf irgendetwas, was er vermutlich dahatte. Sie schüttelte den Kopf. »Ich … habe einen Fehler gemacht«, begann sie.

»Ja, das scheint mir auch so. Und so fangen auch die meisten Geschichten an, die ich zu hören bekomme.«

»Ich … ich weiß einfach nicht mehr, was ich tun soll«, sagte Lena. »Ich glaube auch nicht, dass du mir helfen kannst, aber ich musste einfach mit jemandem sprechen, verstehst du das?«

Er nickte.

»Ich fürchte, ich habe mich mit den falschen Leuten eingelassen«, fuhr Lena fort. »Und jetzt gibt es kein Zurück mehr.«

»Es gibt immer ein Zurück«, antwortete er.

Lena schüttelte diesmal noch heftiger den Kopf. Sie wusste, dass er ihr nicht glauben würde – und dass es nur einen einzigen Weg gab, ihn zu überzeugen. Aber wenn sie das tat, dann gab es auch für ihn kein Zurück mehr. Sie zögerte ein allerletztes Mal.

»Wo ist dein Bad?«, fragte sie dann.

Tom machte eine Kopfbewegung hinter sich, ohne dass sein Blick sie losließ. »Die Tür links.«

»Dann komm mit.«

Jetzt war Tom ein bisschen irritiert, deutete aber nur ein neuerliches Schulterzucken an und folgte ihr mit einem Schritt Abstand. Erneut spürte sie etwas … nichts Gutes, als sie dicht an ihm vorüberging, aber sie war sich jetzt nicht mehr sicher, ob es wirklich eine Krankheit war oder der Schmerz, den ihm seine Wunde bereitete. Da war etwas in ihm, was sie gleichzeitig erschreckte und anzog.

Sie verscheuchte den Gedanken, betrat das Bad und tastete blind nach dem Lichtschalter. Es dauerte eine Sekunde, bis die Neonröhre unter der Decke flackernd zum Leben erwachte.

»Ich weiß nicht, was du dir jetzt vorstellst«, sagte Tom in leicht unbehaglichem Ton, »aber ich kann nicht …«

»Nicht das, was du glaubst.« Sie hatte entdeckt, wonach sie suchte, trat an das schmale Waschbecken und wedelte auffordernd mit der Hand.

»Komm her.«

»Lena, du solltest jetzt wirklich …«, begann Tom, während er zu ihr ging, brach dann aber mitten im Satz ab.

Er sprach auch nach einer Sekunde nicht weiter. Auch nicht nach fünf. Oder nach zehn. Er stand einfach nur da und starrte in den Spiegel, und Lena, die dasselbe tat, konnte sehen, wie auch noch das letzte bisschen Farbe aus seinem Gesicht wich, bis er schließlich fast genauso blass war wie sie.

Jedenfalls vermutete Lena das, denn in dem kleinen Spiegel über dem Waschbecken war nur Toms Spiegelbild zu sehen.

»Das ist …«, murmelte er, brach abermals mitten im Satz ab und drehte sich ganz zu ihr, um die Hand zu heben und ihre Schulter zu berühren. Lena verfolgte die Bewegung im Spiegel und sah, wie sich seine Hand auf etwas presste, das nicht da zu sein schien. »… ein verdammt guter Trick.«

»Es ist kein Trick«, sagte Lena. »Ich wollte, es wäre so.«

Tom starrte sie aus großen Augen an, sah dann wieder in den Spiegel und hob nun auch noch die andere Hand, um sie anzufassen. In seinen Augen erschien etwas, was schlimmer war als Angst. Sie konnte regelrecht sehen, wie seine Welt in Stücke brach. Oder es getan hätte, hätte er es zugelassen.

»Wie machst du das?«

Lena ließ noch einmal etliche Sekunden verstreichen, dann ergriff sie seine Hände, drückte sie langsam, aber mit einer Kraft herunter, der er nichts entgegenzusetzen hatte, und schüttelte den Kopf. »Es ist kein Trick«, sagte sie.

»Unsinn!«, entgegnete Tom. Er starrte seine Hände an, die sie so mühelos weggeschoben hatte wie die Finger eines Säuglings, dann wieder in den leeren Spiegel vor sich und schließlich wieder sie.

»Natürlich ist es ein Trick. Verrätst du mir, wie er funktioniert?«

Statt zu antworten, sah Lena sich erneut aufmerksam um, fand diesmal nicht, wonach sie suchte, und verließ das Bad. Die Tür auf der anderen Seite des Flurs stand offen, so dass sie ihn nicht fragen musste, wo die Küche war. Für ihre scharfen Augen wäre es nicht nötig gewesen, aber sie schaltete das Licht für Tom ein und wartete, bis er ihr gefolgt war, ehe sie an die Küchenzeile trat und ein Messer aus dem verchromten Messerblock nahm. Tom runzelte die Stirn, sah zugleich aber auch ein bisschen angespannt aus.

»Es ist kein Trick«, sagte sie noch einmal. »Genauso wenig wie das hier.«

Tom sog scharf die Luft zwischen den Zähnen ein und versuchte sie zurückzuhalten, erstarrte aber dann mitten in der Bewegung, als sie die Messerklinge so tief über ihren Handrücken zog, dass ihr der Schmerz die Tränen in die Augen trieb. Das Blut schoss über ihr Handgelenk und ihre Finger und verschwand, bevor es zu Boden tropfen konnte, von ihrer Haut absorbiert wie von einem Schwamm. Wortlos ballte sie die Hand zur Faust und drehte sie so, dass er dabei zusehen konnte, wie die Wunde zu einem dünnen roten Strich wurde und dann vollständig verschwand.

Tom glotzte sie an. Er versuchte etwas zu sagen, aber seine Lippen bewegten sich nur stumm. Etwas schien in ihm zu zerbrechen.

»Aber das …«, stammelte er, und im gleichen Moment wurde die Wohnungstür hinter ihm mit einen gewaltigen Knall aus dem Schloss gesprengt, und Lummer stürmte mit einer Pistole in der Hand herein, gefolgt von einem halben Dutzend gepanzerter Polizisten.

»Das Messer weg!«, brüllte er. *»Das Messer weg und auf den Boden! Sofort!«*

Alles schien gleichzeitig zu passieren. Lenas übermenschlich schnelle Reflexe hätten es ihr zwar ermöglicht zu reagieren, aber sie war zugleich auch wie gelähmt. Vielleicht weil irgendetwas in ihr es so wollte. Es wäre so einfach, wenn es jetzt endete. Vielleicht noch ein kurzer, reißender Schmerz – und wenn sie Glück hatte, nicht einmal mehr das –, und der Albtraum war vorbei.

Lummer schrie noch einmal und jetzt ganz eindeutig hysterisch: *»Das Messer weg!«,* und drückte praktisch gleichzeitig schon ab.

Lena hätte der Kugel vielleicht sogar dann noch ausweichen können, als sie den Lauf der Waffe bereits verlassen hatte, aber sie stand einfach weiter wie gelähmt da, und es war Tom, der sich in einer schier selbstmörderischen Bewegung zwischen sie und Lummers Schuss warf, ohne auch nur einen Sekundenbruchteil nachzudenken. Die Kugel verfehlte ihn buchstäblich um Haaresbreite, schrammte an Lenas Schulter entlang und zertrümmerte ihr Schlüsselbein, bevor sie in die Küchenzeile hinter ihr hämmerte und eine wahre Explosion aus Porzellan- und Glassplittern verursachte, die ihr ein weiteres halbes Dutzend schmerzhafter Schnitte in Nacken und Gesicht bescherten, noch während Tom sie zu Boden riss, um sie unter sich zu begraben und mit seinem Körper zu beschützen. Schmerz loderte wie eine rote Flamme in ihrer Schulter und wurde von einer Woge aus rasendem Zorn davongespült, der in ihr explodierte. So mühelos, als wäre er gar nicht da, schleuderte sie Tom zur Seite, kam mit einer geschmeidigen Bewegung auf Hände und Knie hoch und hätte fast gelacht, als Lummer ihr den Pistolenknauf in den Nacken hämmerte. Der Schlag tat genauso weh, wie sie es sich vorgestellt hätte, aber zugleich war der Schmerz auch sonderbar irreal, und statt sie zu lähmen, fachte der Hieb ihren Zorn nur zu purer Raserei an. Aufzuspringen und ihn zu töten wäre ein Leichtes für sie gewesen, und dasselbe galt für das halbe Dutzend Männer in seiner Begleitung; sie wusste nicht nur, dass sie sie überwältigen und von hier verschwinden konnte, ehe auch nur einer von ihnen wirklich begriff, was geschah, sie *wollte* es. Alles in ihr schrie nach ihrem Blut und dem Leben, das es bedeutete; das sie *brauchte* wie nichts anderes auf der Welt.

Aber wenn sie das tat, dann würde sie Tom ebenfalls töten müssen, und so verzichtete sie darauf, ihm und seinen Begleitern nicht nur die schlimmste, sondern zugleich auch letzte Überraschung ihres Lebens zu bereiten. Sie ließ es widerstandslos zu, dass Lummer ihr die Arme auf den Rücken drehte und ihr Handschellen anlegte.

30

Der Raum war sehr klein, selbst für eine Gefängniszelle, besaß kein Fenster, und das Mobiliar – wenn man es so nennen wollte – bestand aus einer gemauerten Liege und einem winzigen Tisch, dessen Beine mit dem Boden verschraubt waren. Hätte sie noch normale Augen gehabt, dann hätte das trübe Licht der Energiesparlampe, die hinter einer Scheibe aus unzerbrechlichem Drahtglas in der Decke eingelassen war, kaum ausgereicht, um sich bei ihrem ruhelosen Hin und Her (zwei Schritte in jede Richtung) nicht die Schienbeine und Hüfte anzuschlagen, und es stank so durchdringend nach kaltem Schweiß, Erbrochenem und Urin, dass ihr übel wurde, wenn sie den Fehler beging, zu tief einzuatmen.

Lena vermutete, dass dieses Loch normalerweise als Ausnüchterungszelle diente, auch wenn sie sich ein wenig wunderte, dass es so etwas in einem Gebäude des LKA überhaupt gab. Sie war seit einer guten Stunde hier unten, und das einzige Anzeichen von Leben war ein misstrauisches Augenpaar gewesen, das eine ganze Weile durch das schmale Guckloch in der Tür zu ihr hereingestarrt hatte. Inzwischen musste es fast Mitternacht sein, und Lena hatte beschlossen, noch eine weitere Stunde zu warten, bis sie daranging, etwas an ihrer misslichen Situation zu ändern.

Sie hatte längst begriffen, was für einen gewaltigen Fehler sie begangen hatte, sich kampflos gefangen nehmen zu lassen. Sie hätte selbst nicht sagen können, warum sie das getan hatte. Es war ihr einfach richtig vorgekommen. Aber das änderte sich mit jedem Moment mehr, der verstrich und in dem sie darauf wartete, dass *irgendetwas* passierte.

Und mit dem ihr Hunger größer wurde.

Zum wiederholten Mal erhob sie sich von der unbequemen gefliesten Bank und ging zur Tür, um sie zu inspizieren. Sie war aus Metall und so stabil, wie man es von einer Zellentür erwarten konnte. Lena hatte gesehen, wozu Louise und die anderen mit bloßen Händen imstande waren, aber sie bezweifelte, dass sie es mit dieser Tür aufnehmen konnte. Und selbst wenn? Sollte sie sich ihren Weg mit purer Gewalt durch eine Hundertschaft Polizisten metzeln und eine Spur von Toten hinterlassen? Kaum. So weit war sie noch lange nicht, und sie hoffte von ganzem Herzen, dass sie es auch niemals sein würde.

Sie schlug aus purem Frust mit der flachen Hand gegen die Tür und ging zu ihrer gemauerten Sitzbank zurück. Auf einmal vernahm ihr feines Gehör Schritte durch das dicke Metall hindurch. Etwas kam näher. Etwas Lebendiges und Warmes. Ihr Magen knurrte leise.

Die Tür wurde geöffnet, und eine junge Polizistin trat ein. Sie hatte langes, zu einem strengen Pferdeschwanz zusammengebundenes Haar und ein freundliches Gesicht, und obwohl sie ihr mit professioneller Distanz gegenübertrat, spürte Lena nicht die Spur von Feindseligkeit in ihr.

»Mitkommen«, sagte sie knapp. Als Lena sich von der gemauerten Bank erhob, wich die Polizistin auch prompt zwei Schritte zurück und legte die rechte Hand auf den Pistolenhalfter am Gürtel. Aber hinter dieser martialischen Geste verbarg sich nichts als Gewohnheit. Nur ein Reflex, der nichts darüber aussagte, was sie wirklich empfand.

Lena trat wortlos an ihr vorbei aus der Zelle, wartete gehorsam, bis sie die Tür hinter ihr zugemacht und die leere Zelle pedantisch wieder abgeschlossen hatte, und setzte sich dann in Bewegung.

Der Gang war kaum besser beleuchtet und genauso einfach und funktional wie die Zelle. Es gab insgesamt sechs dunkelgrün lackierte Türen mit kleinen rechteckigen Gucklöchern in Augenhöhe. Hinter mindestens einer davon spürte sie ein weiteres schlagendes Herz. Aber das Leben, das es durch die Adern pumpte, war nicht gut. Sie spürte etwas Verdorbenes und wusste, dass sie es nur dann nehmen würde, wenn ihr nichts anderes mehr übrig blieb.

»Wohin bringst du mich?«, fragte sie.

Ihre Begleiterin nahm keinen Anstoß an dem vertraulichen Du, was Lena aber nicht überraschte.

»Dieser LKA-Mann will mit dir sprechen … Lummer.«

Dieser LKA-Mann. Aus Lenas Zweifel wurde beinahe Gewissheit. Das hier war eine ganz normaler Polizeiwache, kein LKA-Gebäude. Aber warum hatte man sie hierher gebracht?

»Und Tom?«, fragte sie.

»Kommissar Serner?« Die Polizistin hob nur die Schultern. Sie hielt sogar ihrem Blick stand und spielte die Ahnungslose, aber Lena spürte, dass da irgendetwas war, worüber sie nicht sprechen wollte oder konnte.

Eine schmale Treppe hinauf und durch eine weitere schwere Metalltür, gelangten sie in einen schäbigen Korridor, der in einen kleinen Raum führte, in dem es nur einen leeren Tisch und zwei Stühle gab. Auch hier gab es kein Fenster, und in einer Wand war das obligate Einwegsfenster eingelassen – das typische Verhörzimmer, wie sie es aus unzähligen Kriminalfilmen kannte.

»Warte hier«, sagte ihre Begleiterin. »Kommissar Lummer kommt gleich.« Sie wandte sich zur Tür, drehte dann noch einmal den Kopf und fragte: »Ein Glas Wasser? Oder Kaffee?«

Lena schüttelte den Kopf und tat dann etwas, von dem sie

schon wusste, dass es sehr dumm war, noch bevor sie es tat, aber sie konnte es auch nicht verhindern. Sie lächelte der Beamtin zu, und zwar auf dieselbe Art, auf die sie das Kind im Schwimmbecken angegrinst hatte: Ihre spitzen Eckzähne blitzten auf, und sie konnte selbst spüren, wie etwas in ihren Augen aufloderte; ein Versprechen auf Tod und Schlimmeres.

Die Polizistin prallte erschrocken zurück, schien etwas sagen zu wollen und schlug dann stattdessen nur die Tür mit einem Knall hinter sich zu.

Lena war mindestens genauso erschrocken wie sie.

Sie wusste nicht, warum sie das getan hatte – aber da war ein boshafter Teil in ihr, der den Ausdruck von schierer Todesangst genoss, den sie in den Augen der jungen Polizistin gelesen hatte. *Was um alles in der Welt* geschah *mit ihr?*

Kaum hatte sie sich auf einen der Stühle gesetzt, da ging die Tür auf, und Lummer – noch immer in schusssicherer Weste – kam herein. Er trug einen roten Aktendeckel unter dem linken Arm und ein winziges digitales Aufnahmegerät in der rechten Hand. Ein blaues LED darauf begann zu blinken, als er es auf den Tisch legte. Ohne sie anzusehen, zog er den freien Stuhl zurück, setzte sich und breitete seinen Aktendeckel vor sich aus. Erst dann hob er theatralisch den Kopf und sah sie mit ausdruckslosem Gesicht an.

»Fräulein Bach«, begann er.

»Lena«, verbesserte ihn Lena. Fräulein Bach … das war jemand anderes. Jemand, der sie einmal gewesen war und nie wieder sein würde.

»Lena«, sagte Lummer. »Gut. Mein Name ist Lummer … aber das wissen Sie ja, nicht wahr?«

»Wo ist Tom?«, fragte Lena. »Ich rede nur mit Tom.«

Lummer ignorierte sie. »Wir haben ein Problem, Lena«, sagte er. »Um genau zu sein, habe ich ein Problem. Aber vielleicht können Sie mir ja dabei helfen, es zu lösen.«

Lena schwieg, aber Lummer schien auch mit nichts anderem gerechnet zu haben. Er blätterte in seiner Akte, die mit eng beschriebenen Seiten und körnigen Schwarz-Weiß-Fotos gefüllt war, aber Lena hatte nicht den Eindruck, dass er wirklich darin las.

»Sie müssen natürlich nichts sagen«, fuhr er nach einer Weile fort. Es ist Ihr gutes Recht, die Aussage zu verweigern … aber das wissen Sie ja besser als ich, stimmt's?«

Natürlich sagte sie auch dazu nichts.

»Möchten Sie einen Anwalt?«, fragte Lummer.

»Brauche ich denn einen?«

Jetzt sah er doch hoch, und wenn der Ausdruck der Überraschung auf seinem Gesicht gespielt war, dann perfekt. »Ich glaube schon«, sagte er schließlich. »Auch wenn es am Ergebnis nicht viel ändern wird, ehrlich gesagt.«

Lena blickte fragend.

»Lebenslang ist lebenslang«, fuhr Lummer fort. »Die Frage ist nur, ob mit oder ohne anschließender Sicherheitsverwahrung.«

»Lebenslang«, wiederholte Lena. »Wofür?«

»Mord?«, schlug Lummer vor.

»Und wen soll ich ermordet haben?« In Gedanken fragte sie sich, warum sie diese entwürdigende Farce eigentlich mitmachte. Vielleicht war es ja richtig gewesen, sich widerstandslos festnehmen zu lassen, schon um weiteres unnötiges Blutvergießen zu vermeiden und Tom zu schützen – aber warum stand sie nicht einfach auf, schlug zuerst ihm den Schädel und dann die Tür ein und verschwand? Sie wusste, dass niemand sie aufhalten konnte. Nicht, solange es dunkel war.

»Die Liste ist zu lang, als dass ich sie auswendig aufsagen könnte«, antwortete Lummer. »Fangen wir mit Ihrem Bewährungshelfer an.«

»Holden?«, sagte sie. »Er ist tot?«

»Jemand hat ihm die Kehle durchgeschnitten, und zwar im

Keller des Hauses, in dem sich Ihre Wohnung befindet. Eine ziemliche Schweinerei.«

»Und Sie glauben, dass ich das war?«

»Sie wurden ganz in der Nähe gesehen«, gab Lummer unbeeindruckt zurück. »Zusammen mit einer weiteren jungen Frau. Ich nehme an, es war eine von den dreien, mit denen Sie im Hotel waren. Warum fangen wir nicht damit an, dass Sie mir sagen, wer die anderen sind?«

»Ich kenne nur ihre Vornamen«, sagte Lena.

Lummers linke Augenbraue rutschte nach oben. Sie sah ihm an, dass er ihr nicht glaubte. Dennoch machte er nur eine auffordernde Kopfbewegung zum Aufnahmegerät auf dem Tisch. »Nur zu. Das ist immerhin ein Anfang.«

»Ich will Tom sehen. Ich rede nur mit ihm.«

Lummer seufzte. »Sie mögen ihn, nicht wahr?«, sagte er, seufzte noch einmal leise und antwortete sich dann selbst mit einem Kopfnicken. »Wenn das wirklich so ist, dann sollten Sie sich vielleicht selbst mal fragen, ob Sie ihm wirklich noch mehr Schwierigkeiten machen wollen.«

»Schwierigkeiten?«

Lummer schnaubte. »Was glauben Sie, warum wir hier sind und nicht in meinem Büro?«, fauchte er. »Verdammt, Lena, der Junge ist nicht nur mein Kollege, sondern mein Freund! Ich versuche ihm zu helfen, soweit das überhaupt noch geht! Solange wir hier sind und die ganz große Maschinerie noch nicht zu laufen angefangen hat, kann ich vielleicht noch das eine oder andere geradebiegen, aber dazu brauche ich Ihre Hilfe. Der Junge hat seine Karriere für Sie riskiert, ist Ihnen das eigentlich klar? Möchten Sie, dass er gefeuert wird und möglicherweise Ihretwegen ins Gefängnis kommt?«

»Blödsinn«, antwortete Lena. »Er hat nichts getan.«

»Eben!«, schnappte Lummer. »Er hat nichts getan. Gar nichts. Aber das hätte er müssen. Er hätte Sie verhaften müssen, und genau das hat er nicht getan! Er hat Sie mindestens zweimal laufen lassen, er hat mir und allen unseren Kollegen Informationen vorenthalten, und wir haben Sie in seiner Wohnung aufgegriffen. Ein kleinlicher Staatsanwalt könnte das als Beihilfe auslegen.«

»Er hat es versucht«, sagte Lena.

»Was? Ihnen zu helfen?«

»Mich zu verhaften. Aber ich war schneller.«

»Quatsch!«

»Ich kann sehr schnell sein, wenn es sein muss.«

Lummer biss wütend die Zähne aufeinander, aber in seinem Gesicht erschien auch eine Spur von Unsicherheit, als er den Blick über ihre Schulter tasten ließ. Von der Wunde war schon nichts mehr zu sehen gewesen, als er ihr die Handschellen angelegt und sie derb auf die Beine gezerrt hatte, aber ihr Pullover war nicht geheilt. Das Loch, das die Kugel gerissen hatte, war beinahe faustgroß und hatte verkohlte Ränder, und Lena fragte sich, ob ihm wohl auch das eingetrocknete Blut auf dem schwarzen Wollstoff aufgefallen war. Vermutlich.

»Der Junge hat sein Leben für Sie riskiert, Lena!«, fuhr Lummer nach einer Weile fort. »Nur falls Sie's nicht mitbekommen haben sollten. Sie haben eine seltsame Art, es ihm zu danken, finde ich. Was glauben Sie, würde er wohl davon halten, wenn er Sie jetzt so sehen könnte? Und hören?«

Statt zu antworten, drehte Lena betont langsam den Kopf und sah zu dem Einwegfenster in der Wand hin. Tom stand dahinter und beobachtete sie nicht nur, sondern hörte auch jedes Wort, das spürte sie.

»Was glauben Sie, wie egal mir das ist?« Sie wandte sich wieder an Lummer. »Ich hab keine Ahnung, was er getan hat oder auch nicht. Ist auch nicht mein Problem. Und ich weiß auch nicht, was Sie von mir wollen.«

»Fangen wir mit drei toten Polizisten an«, antwortete Lummer. Seine Stimme klang jetzt deutlich kälter. »Vielleicht werden es auch noch mehr. Ein halbes Dutzend unserer Kollegen liegt im Krankenhaus, und es ist noch nicht sicher, ob sie alle durchkommen. Dazu kommt dann noch die Mannschaft des Feuerwehrwagens, ein Hotelangestellter und mindestens zwei Hotelgäste.«

Plötzlich schlug er mit der flachen Hand so fest auf den Tisch, dass die Blätter des Aktenordners raschelten.

»Verdammt, Mädchen! Du und deine Freundinnen, ihr habt eine Blutspur durch die ganze Stadt gezogen, die breiter ist als eine Autobahn! Was glaubst du, was jetzt passiert? Dass wir dich gehen lassen und dir noch ein nettes Entschuldigungsschreiben mitgeben, das vom Bürgermeister persönlich unterzeichnet ist? Ganz bestimmt nicht!«

»Ich habe niemanden umgebracht«, sagte Lena. »Oder haben Sie oder sonst jemand es gesehen?«

»Und du glaubst, das spielt nach dem Massaker, das du mit deinen Freundinnen angerichtet hast, eine Rolle?« Lummer schrie fast. »Ganz bestimmt nicht! Was hattet ihr eigentlich vor? Einen Krieg vom Zaun brechen? Wenn, dann ist euch das gelungen!«

Der plötzliche Wutausbruch hätte sie weder überraschen noch verunsichern dürfen, denn natürlich gehörte das nur zu seiner Taktik … aber er tat es, wenn auch aus einem völlig anderen Grund, als er ahnen konnte. Sie spürte seinen Zorn, aber statt sich davon einschüchtern zu lassen, nahm etwas in ihr seine Wut als Herausforderung, sich auf ihn zu stürzen und ihm zu *zeigen,* was er von ihr wissen wollte. Sie presste die Lippen zusammen und schloss die Finger mit aller Kraft um die Tischkante. Das Holz knirschte hörbar, und Lena lockerte ihren Griff hastig wieder.

»Ich glaube, ich möchte jetzt doch einen Anwalt«, sagte sie. »Der steht mir doch zu, oder?«

»Theoretisch«, antwortete Lummer. »Und im Fernsehen und in Kriminalromanen.«

»Und in Wirklichkeit nicht?«

»Wir haben drei tote Kollegen, Mädchen!«, fauchte Lummer. »Dazu ein halbes Dutzend toter Zivilisten, ein renovierungsbedürftiges Luxushotel und eine Spur aus demolierten Autos, die durch die ganze Stadt reicht, und als wäre das alles noch nicht genug, scheint hier so etwas wie ein ausgewachsener Bandenkrieg zu toben. Kein Hahn kräht nach einer kleinen Möchtegern-Punkerin wie dir, glaub mir.«

»Meine Freundinnen und ich haben mit alledem nichts zu tun«, sagte Lena schleppend. Es kostete sie immer mehr Überwindung, sitzen zu bleiben und sich nicht auf ihn zu stürzen.

»Natürlich nicht«, spottete Lummer. »Ich nehme an, das war alles nur eine Verkettung von ganz schrecklichen Missverständnissen, nicht wahr?« Er beugte sich so weit vor, dass Lena das Blut in seinen Adern nun tatsächlich riechen konnte. Der Geruch machte sie fast wahnsinnig.

»Dann sag mir, wo wir deine Freundinnen finden können, um mit ihnen zu reden. Ich bin mir sicher, dass sich dann alles aufklärt.«

»Wo ist der andere?«, fragte Lena.

»Welcher andere?«

»Ich dachte, das Spiel heißt ›guter Bulle, böser Bulle‹«, antwortete Lena. Sie machte eine Kopfbewegung zur Tür. »Wann kommt denn der Böse, der mir Angst machen soll?«

»Du hältst das alles hier für ein Spiel, wie?«, sagte Lummer. »Aber das ist es nicht, Kindchen.«

»Ich verstehe«, sagte Lena. »Ich sollte anfangen zu kooperieren. Wenn ich Ihnen alles erzähle, was ich weiß, dann lassen Sie mich gehen?«

»Die Frage ist eher, ob du mit Mitte dreißig wieder aus dem Gefängnis kommst oder als alte Frau«, antwortete Lummer.

»Mit Mitte dreißig *bin* ich eine alte Frau«, sagte Lena. »Und ich gehe ganz bestimmt nicht ins Gefängnis. Ich habe nichts getan.«

»Das mag sogar stimmen«, erwiderte Lummer. »Aber die Gefängnisse sind voll von Leuten, die nichts getan haben.« Er blätterte in der Akte und tat so, als suchte er nach etwas. »Du kennst dich ja da aus, wie ich hier sehe. Zwei Jahre wegen Autodiebstahls.« Er schüttelte den Kopf. »Aber das war Jugendgefängnis. Gegen das, was dich in einem Hochsicherheitstrakt erwartet, war das das reinste Erholungsheim, glaub mir.«

»Ich habe nichts getan«, beharrte Lena. »Verdammt, was wollen Sie eigentlich von mir? Meine Mutter ist umgebracht worden! Ein guter Freund von mir ist ermordet worden, und ich wurde entführt und beinahe selbst umgebracht, das haben Sie selbst gesehen – und ungefähr hundert Zeugen auch!«

Lummer schwieg eine geraume Weile, und schließlich ließ er sich wieder zurücksinken und seufzte mit geschlossenen Augen. »Sie wollen anscheinend einfach nicht begreifen, Lena«, fuhr er mit veränderter Stimme fort. »Ich bin nicht Ihr Feind. Tut mir leid, wenn ich gerade ein bisschen laut geworden bin, aber glauben Sie mir, das ist nichts gegen das, was andere mit Ihnen machen werden. Helfen Sie mir, dann kann ich Ihnen auch helfen.«

»Ich wüsste nicht, wobei«, antwortete Lena.

»Warum fangen wir nicht damit an?« Lummer griff in die Jackentasche und zog etwas Kleines und Dunkles heraus, das Lena erst auf den zweiten Blick erkannte – aber dann riss sie umso erstaunter die Augen auf.

Es war das winzige Notizbuch, das sie in Iwans Brieftasche gefunden hatte. Und sie hatte sich eindeutig nicht gut genug in der Gewalt, um so zu tun, als wüsste sie nicht, was es war.

»Sie hätten sich eine Menge Ärger ersparen können, wenn Sie uns das gleich gegeben hätten«, sagte Lummer. »Und sich selbst und Ihren Freundinnen auch. Aber das muss ich Ihnen wohl nicht extra sagen, nicht wahr?«

»Ich weiß überhaupt nicht, was das ist.«

»Weil du es noch nie zuvor gesehen hast, nehme ich an.«

Lena glaubte nicht, dass sein ständiger Wechsel zwischen *du* und *Sie* Zufall war oder auch nur Unachtsamkeit. Auch seine Betonung und selbst seine Körpersprache änderten sich. Vermutlich war er ein ziemlich guter Polizist. Oder zumindest ein erfolgreicher. Sie schüttelte den Kopf.

»Wie kommen dann deine Fingerabdrücke darauf?«, fragte Lummer.

»Die haben Sie gar nicht.«

»Nein, ich nicht«, antwortete er. »Aber unser Computer hat sie. Und hier drauf sind sie auch.« Er wartete vergeblich auf eine Antwort, ließ die winzigen Seiten wie ein Daumenkino durch die Finger surren und setzte ein nachdenkliches Gesicht auf. »Ich mache es dir leicht. Ich rate ein bisschen herum, und du musst nur nicken, wenn ich recht habe. So wie ich die Sache sehe, hast du unserem Freund Iwan die Brieftasche geklaut, ohne zu wissen, wer der Kerl wirklich ist. So weit, so gut. Das interessiert nun wirklich niemanden. Aber dann hast du das hier gefunden, stimmt's?«

»Ich weiß nicht einmal, was das ist!«

»Und das glaube ich dir sogar«, antwortete er. »Aber irgendjemand hat es zumindest geahnt und ist auf die grandiose Idee gekommen, dass dieses kleine Büchlein doch etwas wert sein könnte. Wer war das Genie? Dein Bewährungshelfer? Oder deine drei neuen Freundinnen?«

Lena schwieg verbissen weiter.

»Ihr habt euch mit den Falschen angelegt, Mädchen«, fuhr Lummer fort. »Diese Kerle erpresst man nicht, es sei denn, man ist lebensmüde. Deine Mutter ist schon tot, Holden auch, und diesen armen Türkenjungen haben sie auch erledigt. Und in dem, was ihr von der Hotelsauna übrig gelassen habt, haben wir zwei von Gusows Schlägern gefunden. Nicht dass es schade um sie wäre.«

»Gusow? Wer soll das sein?«

»Stepan Gusow«, erklärte Lummer. »Der Chef der Zuhälterbande, mit der ihr euch angelegt habt. Er ist wirklich gefährlich.«

»Amüsieren Sie sich deshalb damit, unschuldige Mädchen zu jagen und ihre eigenen Kollegen zu bespitzeln, statt ihm das Handwerk zu legen?«

Diesen Ton kannte Lummer offensichtlich gut genug, um nicht darauf zu reagieren. Er deutete auf das Notizbuch. »Der Text ist verschlüsselt, aber unsere Spezialisten sind schon dabei, den Code zu knacken, und ich kann dir jetzt schon sagen, dass da genug drinsteht, um die Hälfte von Gusows Halsabschneidern aus dem Verkehr zu ziehen und wahrscheinlich zwei Drittel seiner Läden dichtzumachen. Das Zeug ist das reinste Dynamit. Ihr habt doch nicht wirklich geglaubt, ihr könntet Stepan damit erpressen, oder? Du hättest es uns gleich geben sollen.«

»Ich weiß nicht, was Sie meinen«, beharrte Lena, und zumindest in diesem Moment war das sogar die Wahrheit.

»Jemand hat uns dieses Buch geschickt«, sagte er. »Um genau zu sein, hat er es *Tom* geschickt, an seine Privatadresse. Anonym, aber mit deinen Fingerabdrücken. Hättest du es uns gleich gegeben, dann wäre uns allen eine Menge Ärger erspart geblieben.«

»Ich habe nicht die geringste Ahnung …«, begann Lena.

Lummer unterbrach sie. »Wovon ich rede, ich weiß. Wie lange wollen wir noch so weitermachen?«

»Kommt drauf an, wie viel Zeit Sie haben«, sagte Lena.

»Nicht mehr viel.« Lummer sah auf die Uhr. »Um genau zu sein, so gut wie keine mehr. Ich kann vielleicht noch eine halbe

Stunde herausschinden, bis ich dich bei den wirklich unangenehmen Jungs abliefern muss, und danach gibt es nichts mehr, was ich für dich tun kann.«

»Und was wäre das?«

»Das kommt darauf an, was du mir erzählst.«

»Und dann helfen Sie mir?«

»Dir?« Lummer lachte. »Mädchen, du bist mir völlig schnurz. Ich habe nichts gegen dich, versteh mich nicht falsch, aber ich weiß auch, wie wenig Sinn es hat, dir helfen zu wollen.«

»Ach ja?«, sagte Lena. »Weil wir uns so gut kennen?«

»Weil du schon oft genug hier warst«, antwortete er. »Ich habe schon hundertmal mit dir gesprochen und mir hundert verschiedene Geschichten angehört. Wahrscheinlich sind sie alle sogar irgendwie wahr, und sie sind alle gleich traurig. Und sie enden alle gleich. Ich kann dir anbieten, dir zu helfen, und es auch tun. Eine Menge gutwilliger Trottel werden viel Zeit und Energie investieren, um dich wieder auf den rechten Weg zu bringen, und eine Menge Geld und Arbeitskraft, und am Schluss landest du doch wieder im Knast, oder auf dem Strich.« Er verzog die Lippen, aber es war kein Lächeln. »Wenn du dir nicht vorher den goldenen Schuss verpasst oder den Falschen beklaust. Genau so wird es enden, Schätzchen. Glaub mir, ich weiß das. Ich habe es oft genug erlebt.«

»Wird man so, wenn man lange genug Polizist ist?«, fragte Lena. »Zum Zyniker?«

»Wenn man Glück hat.« Lummer schüttelte den Kopf. »Es geht mir nicht um dich, Lena. Ich will Tom helfen. Ich weiß nicht, was in den Jungen gefahren ist, aber er hat Kopf und Kragen für dich riskiert, und ich werde nicht tatenlos zusehen, wie sein ganzes Leben den Bach runtergeht, nur weil seine Hormone verrücktspielen!« Er sah noch einmal auf die Armbanduhr. »In genau fünfundvierzig Minuten warten unsere Vorgesetzten auf uns, und zwar die von ganz oben, und ich werde ihnen etwas erzählen müssen. Gib mir etwas, was ich ihnen sagen kann, um Toms Kopf aus der Schlinge zu ziehen, und ich verspreche dir, dass ich alles für dich tue, was in meiner Macht steht. Ich mache dir nichts vor: Du wirst einfahren müssen, und es wird bestimmt nicht angenehm … aber es liegt an dir, ob es ein paar Jahre werden oder lebenslänglich.«

»Ich will jetzt mit Tom reden«, beharrte Lena. »Holen Sie ihn, oder lassen Sie mich wegbringen. Ist mir egal.«

Lummer machte keinen Hehl aus seiner Enttäuschung. Er steckte das Büchlein wieder weg, seufzte erneut und sah dann zum Fenster hin. Lena tat dasselbe. Tatsächlich meinte sie eine vage Bewegung dahinter wahrzunehmen, aber sie konnte nicht sagen, ob das an ihrem verbesserten Sehvermögen lag oder sie es nur sah, weil sie es sehen wollte. Nur einen Moment später jedoch ging die Tür auf, und Tom kam herein.

»Ist schon gut«, sagte er, als Lummer auffahren wollte. »Sie hat recht. Lass mich einen Moment mit ihr reden. Allein.«

»Keine Chance«, blaffte Lummer. »Du hast schon genug Blödsinn angerichtet. Ich habe keine Lust, meine Karriere im Klo runterzuspülen.«

Er machte ein grimmiges Gesicht, aber sein Blick irrte auch wieder kurz zum Einwegfenster, und Lena verstand: Sie waren immer noch nicht allein.

»Dann bring sie zum Erkennungsdienst«, sagte Lummer ein bisschen resignierend. »Das volle Programm. Wir wollen doch sicher sein, dass wir auch hübsche aktuelle Fotos bekommen. Am besten, du machst das selbst.«

Er stand mit einem so heftigen Ruck auf, dass sein Stuhl klapperte, kam um den Tisch herum und zog ein Paar auffällig verchromter Handschellen hinter dem Rücken hervor, das er ihr unwillig anlegte. Lena ließ es widerstandslos geschehen, aber ihr entging auch nicht, dass Tom einen Moment lang sehr angespannt aussah. Vielleicht erinnerte er sich ja daran, wie mühelos sie seine Hände heruntergedrückt hatte, als er sie festzuhalten versucht hatte.

»Ist das wirklich nötig?«, fragte er.

»Und ob!«, schnaubte Lummer. »Sei froh, dass ich es nur bei Handschellen belasse! Nach dem kleinen Stunt im Hotel müssten wir sie eigentlich komplett fixieren.«

Er überzeugte sich noch einmal davon, dass die Handschellen auch sicher angelegt waren, und bemühte sich um ein noch grimmigeres Gesicht, von dem Lena jetzt beinahe sicher war, dass es einzig einem heimlichen Beobachter galt. »Und mach keinen Blödsinn, verstanden?«

Lena war sich nicht im Klaren darüber, wem diese Worte galten. Sie reagierte trotzdem mit einem angedeuteten Nicken darauf, spannte aber insgeheim auch die Muskeln an, um ihre Fesseln zu testen. Sie saßen so stramm, dass es schon beinahe wehtat, und sie glaubte nicht, dass ihre Kraft ausreichte, um sie zu zerreißen.

»Deinen Schlüssel!«, sagte Lummer, als Tom neben sie trat und sie am Arm ergreifen wollte, um sie hinauszuführen. Er hatte sie die ganze Zeit über kein einziges Mal direkt angesehen, und er wich ihrem Blick auch jetzt weiter aus.

»Was soll das?«, fragte er unwirsch.

»Ich will nur sichergehen, dass nichts Dummes passiert«, antwortete Lummer. Er streckte fordernd die Hand aus. »Du hast ihre Akte doch gelesen, oder? Die Kleine hat geschickte Finger.«

»Quatsch!«, murmelte Tom, griff aber dann doch gehorsam in die Hosentasche und zog einen winzigen Schlüssel heraus, den er seinem Kollegen reichte. Lummer schloss demonstrativ die Faust darum und machte dann eine auffordernde Kopfbewegung zur Tür.

»Lass dir nicht zu viel Zeit«, sagte er. »Wir müssen in zwanzig Minuten weg. Spätestens.«

In zwanzig Minuten, dachte Lena, würde sie gewiss nicht

mehr hier sein. Sie würde verschwinden. Die Handschellen stellten ein Problem dar, aber sie war sich sicher, dass sie es lösen konnte. Schlimmstenfalls musste sie Lummer eben davon überzeugen, dass es zuträglicher für seine Gesundheit war, sie aufzuschließen … aber zuerst musste sie noch einmal mit Tom reden.

Obwohl sie nicht genau wusste, worüber.

Sie verließen das Verhörzimmer und gingen schweigend den Flur entlang. Als sie an einer nur angelehnten Tür vorbeikamen, sah sie, dass ihre Vermutung richtig gewesen war: Dahinter lag eine kleine Polizeiwache, die vermutlich schon mehr Jahre auf dem Buckel hatte als Tom, sie und alle anderen in diesem Gebäude zusammen. Ein Telefon klingelte, murmelnde Stimmen drangen an ihr Ohr, und auf einer vermutlich bewusst unbequemen Bank am anderen Ende des Raums saß ein langhaariger Junge in einer zerschlissenen Lederjacke und bemühte sich mit wenig Erfolg, die Angst zu überspielen, die sie in ihm spürte. Aus einem unerfindlichen Grund roch es intensiv nach Krankenhaus, und aus einem bloßen Reflex heraus zählte Lena die uniformierten Gestalten, die sie sah: Es waren vier, und die junge Polizeibeamtin, die sie aus der Zelle heraufgebracht hatte, war nicht bei ihnen. Also mindestens fünf. Lena war plötzlich nicht mehr ganz so optimistisch, es tatsächlich mit dieser Übermacht aufnehmen zu können.

Sie betraten einen kleinen, muffig riechenden Raum, der vor uralten Aktenschränken und Regalen schier überquoll. An einer der Wände war ein bis zur Decke reichendes Holzlineal angebracht, dessen Beschriftung fast zur Unleserlichkeit verblasst war, und in einer Ecke stand eine kleine Digitalkamera auf einem dreibeinigen Stativ. Tom schloss die Tür hinter sich, und Lena machte rasch die drei Schritte bis zur Wand, drehte sich herum und hob die aneinandergeketteten Hände vor die Brust. »Wenn ich jetzt ein Schild mit einer ellenlangen Nummer in die Höhe halten soll, musst du mich schon losbinden«, sagte sie. »Sieht sonst auf dem Foto ziemlich blöd aus.«

Tom antwortete nicht. Er sah so hilflos aus, dass er ihr einfach nur noch leidtat.

»Du solltest auf deinen Kollegen hören und ein paar Fotos von mir machen«, sagte sie. »Nicht dass du noch mehr Ärger bekommst.«

»Warum tust du das?«, fragte Tom. Er klang nicht zornig oder vorwurfsvoll, sondern einfach nur traurig.

»Was?«

»Das alles«, antwortete er. »Du bist doch keine Verbrecherin! Was hast du mit diesen … diesen Russen zu tun, und diesen drei Frauen? Wer sind sie?«

»Was wird das jetzt?«, fragte Lena. »Die Fortsetzung des Verhörs? Deshalb wollte ich nicht mit dir sprechen.«

»Das solltest du aber lieber tun«, erwiderte Tom. »Ist dir eigentlich klar, in was deine angeblichen Freundinnen dich da reingezogen haben?«

»Sie sind nicht meine Freundinnen«, sagte Lena.

»Ich weiß«, sagte Tom. »Sie sind niemandes Freundinnen. Du hättest dich nie mit ihnen einlassen dürfen.«

»Jetzt hörst du dich an wie meine Mutter«, sagte Lena – was weder der Wahrheit entsprach noch im Geringsten komisch war. Tom schüttelte auch nur ärgerlich den Kopf.

»Wenn das stimmt, dann hättest du auf sie hören sollen«, sagte er. »Wir beobachten diesen Club schon seit Jahren. Bisher konnten wir ihnen nichts nachweisen, aber es gab schon lange den Verdacht, dass sie irgendwas mit Gusows Organisation zu tun haben.«

»Das haben sie nicht«, sagte Lena überzeugt. »Im Gegenteil. Aber deshalb bin ich nicht …«

»Du weißt also doch etwas«, fiel ihr Tom ins Wort. »Verdammt, wie tief steckst du da eigentlich drin?«

»Tiefer, als ich es dir erklären könnte«, antwortete Lena. »Und auf eine völlig andere Weise.« Sie schüttelte den Kopf, als Tom sie unterbrechen wollte. »Aber das ist im Moment auch egal. Ich bin nur gekommen, um … dich um etwas zu bitten.«

»Gekommen?«, sagte Tom spöttisch.

»Zu dir«, antwortete Lena. »Ich konnte ja nicht ahnen, dass dein Kollege dir so sehr misstraut, dass er deine Wohnung observieren lässt … und du auch nicht, nehme ich an?«

Tom ignorierte die Frage. »Ich will dir helfen, Lena«, sagte er und klang jetzt beinahe schon ein bisschen verzweifelt. »Aber das kann ich nur, wenn du ehrlich zu mir bist. Sag mir, wo wir deine drei Freundinnen finden.«

»Das kann ich nicht«, antwortete Lena.

»Aber du weißt, was das bedeutet?«, fragte Tom. »Irgendjemand wird für das bezahlen müssen, was heute passiert ist. Willst du wirklich den Kopf für etwas hinhalten, womit du wahrscheinlich am allerwenigsten zu tun hast?«

»Du verstehst mich nicht«, sagte Lena. »Ich kann es dir nicht sagen, weil ich es nicht weiß.«

»Sie haben dich sitzen lassen.« Tom lachte bitter. »Sie setzen sich ab, und du darfst die Suppe allein auslöffeln – und du glaubst immer noch, du wärst ihnen etwas schuldig?«

»Du verstehst es einfach nicht«, sagte Lena traurig. »Sie … sind keine Menschen.« *So wenig wie ich.*

»Jetzt wird es allmählich lächerlich«, sagte Tom. »Worauf willst du hinaus? Dass man dich für unzurechnungsfähig erklärt und in die Klapse einweist? Überleg dir das lieber genau, Lena. Ich kenne den Unterschied, glaub mir. Geh lieber ins Gefängnis, das ist nicht annähernd so schlimm.«

»Du hast es doch gesehen.« Lena konnte ihn sogar verstehen. Wäre sie an seiner Stelle gewesen – und ohne das zu wissen, was sie nun einmal wusste –, hätte sie vermutlich genauso reagiert. Sie drehte ihm die gefesselten Händen zu, dass er ihr

Handgelenk sehen konnte, wo eigentlich eine frische, bis auf den Knochen reichende Wunde sein sollte und sich doch nur glatte und vollkommen unversehrte Haut spannte.

»Ich … weiß nicht, was ich gesehen habe«, antwortete er ausweichend. Er sah sie nicht an, und ihre unversehrte Hand schon gar nicht. Und auch das hätte sie an seiner Stelle vermutlich ganz genauso gemacht. Aus ihrem leisen Ärger über seine vermeintliche Sturheit wurde nichts anderes als tiefes Mitgefühl, als ihr klarwurde, um wie viel schwerer es für ihn sein musste, etwas zu akzeptieren, was sie selbst noch nicht wirklich begriffen hatte, obwohl sie es am eigenen Leib erlebte. Schließlich war er Polizist, ganz und gar verwurzelt in der Welt der Logik, einer Welt, die vielen vielleicht erschreckend und gewalttätig und bizarr vorkommen mochte, dennoch aber klaren Gesetzen gehorchte, und deren Rätsel – egal, wie vertrackt sie auch sein mochten – am Ende doch nur mit Logik und strengem Nachdenken zu lösen waren. Wie sollte sie ihm etwas erklären, was nicht nur nicht in sein, sondern in überhaupt kein Weltbild passte?

Trotzdem machte sie eine Kopfbewegung zur Kamera in der Ecke. »Warum tust du nicht, was dein Kollege von dir verlangt hat, und machst ein hübsches Foto von mir?«

»Hör auf mit dem Unsinn«, knurrte er. »Lummer wollte lediglich …«

»Tu es einfach«, unterbrach sie ihn.

Tom sah sie noch einen Moment lang durchdringend an, aber dann nahm er die Kamera vom Stativ und machte rasch hintereinander drei Aufnahmen. »Zufrieden?«

»Sieh sie dir an«, verlangte Lena.

Diesmal starrte er sie noch länger an, hob schließlich trotzig die Schultern und blickte auf das kleine Display: lange. Wirklich sehr lange.

»Er ist nicht kaputt«, sagte Lena, nachdem sie beinahe eine

Minute lang abgewartet hatte, eine Minute, in der er schweigend auf das Display gestarrt hatte und immer blasser geworden war, »auch wenn du dir das jetzt noch so gern einreden würdest. Mach eine Probeaufnahme von dir, wenn du es nicht glaubst.«

Sie fragte sich, was sie tun sollte, wenn er die Kamera herumdrehte und ihr ein Bild zeigte, auf dem sie deutlich zu erkennen war. Vielleicht würde sie dann den Unterschied zwischen Jugendknast und forensischer Psychiatrie am eigenen Leib erfahren und herausfinden, was schlimmer war. Fast wünschte sie es sich.

Stattdessen legte er die Kamera aus der Hand und starrte sie aus Augen an, in denen etwas Neues und Erschreckendes erschien. »Was … bedeutet … das?«, brachte er nur noch flüsternd heraus.

»Das kann ich dir nicht erklären«, antwortete sie. »Und du solltest nicht fragen. Versuch nicht, die anderen zu finden. Oder mich. Es wäre dein Tod.«

»Dich?« Tom machte ein hilfloses Gesicht, aber in seinen Augen flackerte immer noch ein Ausdruck von nur noch mühsam unterdrückter Hysterie. »Ich weiß ja nicht, ob du es wirklich begriffen hast – aber du bist hier.« Er deutete auf die Handschellen. »Und gefesselt.«

»Aber ich werde nicht bleiben«, antwortete sie ruhig. »Ich will nicht, dass dir etwas passiert, das ist der einzige Grund, aus dem ich gekommen bin. Ich …« *Liebe dich?* Die Worte lagen ihr auf der Zunge, aber sie sprach sie nicht aus, und wie auch? Das war albern. Sie kannte ihn ja kaum. Und wenn es jemals eine Chance gegeben hatte, mehr aus diesem *Kaum* zu machen, dann hatte sie sie in genau dem Moment verspielt, in dem sie diesen verdammten Club betreten hatte.

»Ich will nicht, dass dir was passiert«, sagte sie stattdessen nur noch einmal.

Tom sah sie auf eine Art an, als hätte er genau gehört, was in der winzigen Pause hinter ihrer Stirn vorging. Dann, ganz plötzlich, lächelte er, und aus dem Entsetzen in seinem Blick wurde etwas, was ihr Herz wie eine warme, weiche Hand berührte. »Das will ich auch nicht«, sagte er. »Aber ich will auch nicht, dass dir etwas passiert, Lena. Sag mir die Wahrheit. Erzähl mir alles, was passiert ist, ganz egal, wie verrückt es sich anhört. Ich helfe dir, aber das kann ich nur, wenn ich auch wirklich alles weiß.«

Lena resignierte. Auf eine seltsam distanzierte Art war sie enttäuscht, obwohl ihr Verstand ihr zu erklären versuchte, dass sie nicht das mindeste Recht dazu hatte. Sie konnte kaum erwarten, dass er binnen weniger Augenblicke alles vergaß, woran er ein Leben lang geglaubt hatte.

»Mehr kann ich nicht tun«, sagte sie bedauernd. »Versuch nicht, mich zu finden. Bitte.«

Tom blinzelte. »Wie?«

Es geschah fast ohne ihr Zutun. Ihre Muskeln spannten sich nur ganz kurz an und ohne auch nur einen Bruchteil ihrer ganzen gewaltigen Kraft zu entfesseln, und die Handschellen zerbrachen mit einem sonderbar weichen Laut, der eher wie das Platzen von Popcorn klang, nicht nach reißendem Metall. Toms Augen wurden groß.

Trotzdem reagierte er mit unglaublicher Schnelligkeit. Noch bevor die beiden zerrissenen Kettenglieder auf den Boden fielen, griff er unter die Jacke und versuchte seine Waffe zu ziehen. Seine Reflexe waren beinahe so schnell wie die Lenas.

Aber eben nur beinahe. Sie war so schnell bei ihm, dass sie einfach zu verschwinden und sich im gleichen Sekundenbruchteil wieder vor ihm zu materialisieren schien. Ihre Hand zuckte hoch, schloss sich um seine Finger und presste sie mit solcher Kraft um den Pistolengriff zusammen, dass er vor Schmerz aufstöhnte und es ihm unmöglich wurde, die Waffe zu ziehen. Gleichzeitig drückte sie ihn mit der Schulter gegen die Tür und blockierte mit dem Knie seine Beine; alles in einer einzigen, vor seinen Augen ineinanderfließenden Bewegung, die sie zu einem bloßen Schatten werden ließ, der ihn im Bruchteil eines Augenblicks bewegungsunfähig machte. Ganz instinktiv versuchte er mit der freien Hand nach ihr zu schlagen. Lena hätte dem Hieb mühelos ausweichen können, aber sie nahm ihn hin, ohne mit der Wimper zu zucken, und drückte ihn nur noch fester gegen das harte Metall der Tür.

Tom holte zu einem zweiten Schlag aus, und sie biss die Zähne zusammen, doch dann ließ er den Arm wieder sinken, ohne die Bewegung zu Ende geführt zu haben. In seinem Blick war auch keine Feindseligkeit, nicht einmal Schrecken – nur eine grenzenlose Verwirrung.

»Es tut mir leid«, flüsterte sie. »Bitte verzeih mir. Und versuch nicht, mich zu finden.«

Und damit ließ sie seine Hand los, zwang seinen Kopf mit sanfter Gewalt zu sich herab und küsste ihn, nur kurz, aber so intensiv und (vielleicht zum ersten Mal in ihrem ganzen Leben) aus einem Gefühl reiner, bedingungsloser Zuneigung heraus. Ihr Atem ging schwer, als sich ihre Lippen endlich voneinander lösten, und den Ausdruck auf Toms Gesicht und in seinen Augen konnte sie unmöglich in Worte fassen.

Aber er brach ihr das Herz.

»Verzeih mir, Liebster«, flüsterte sie. Noch vor einem Tag hätte sie über diese Worte gelacht, klangen sie doch so sehr nach etwas aus den kitschigen Romanen, die ihre Mutter so gern gelesen hatte. Aber plötzlich verstand sie, warum Menschen Geschichten wie diese lasen und warum sie Worte wie diese sagten. Sie wollte ihn nicht verlieren. Sie wollte nicht gehen. Sie wollte hier und für alle Zeiten bei ihm bleiben, ganz egal, was es sie kostete, und wäre es nur um sie gegangen, vielleicht hätte sie es getan. Oder es zumindest versucht.

Aber es ging nicht nur um sie.

Also trat sie einen halben Schritt zurück, schob ihn mit beiden Händen sacht noch ein weiteres Stück von sich fort und griff dann in seine Jackentasche, um sein Handy herauszunehmen. Ohne sich anzustrengen, zerquetschte sie das kleine Gerät in der Hand, sah sich suchend im Raum um und entdeckte das Telefon auf dem kleinen Tischchen gleich neben der Tür. Sie zerstörte es ebenfalls und drehte sich dann sofort wieder herum, falls Tom seine Überraschung doch schneller überwinden sollte, als sie annahm, und etwa zu fliehen versuchte.

Aber er stand einfach nur da und starrte sie an. Er hatte die Waffe gezogen, aber nicht, um damit auf sie zu schießen oder sie auch nur zu bedrohen, vermutlich sogar, ohne es selbst zu merken. Da war noch so viel, was sie ihm sagen wollte. So viel, was sie ihm erklären wollte, und so unendlich viel mehr, wofür sie ihn um Verzeihung bitten wollte, doch ganz egal, was immer sie auch gesagt hätte, es hätte den Moment nur schlimmer gemacht, und so wich sie seinem Blick aus, eilte an ihm vorüber und verließ nicht nur den Raum, sondern brach auch die Klinke auf beiden Seiten ab, bevor sie die Tür hinter sich ins Schloss zog. Natürlich würde ihn das nicht lange aufhalten, bestenfalls ein paar Minuten. Aber mehr brauchte sie auch nicht.

Die erste Kugel traf sie in die Schulter, noch bevor sie sich ganz herumgedreht hatte. Der Schuss war schlecht gezielt und riss nur ein hässliches Loch in ihre Muskeln. Die Waffe musste mit einem Schalldämpfer versehen sein, denn sie hörte nichts außer einem gedämpften *Plopp,* dafür aber fuhr das Geschoss mit umso gewaltigerem Getöse in die Wand hinter ihr, gegen die sie im nächsten Augenblick von der puren Wucht des Aufpralls geschleudert wurde.

Vielleicht rettete es ihr das Leben, denn noch während sie in die Knie brach und mit zusammengebissenen Zähnen einen Schmerzensschrei zu unterdrücken versuchte, fielen zwei weitere schallgedämpfte Schüsse; der eine stanzte ein doppelt faustgroßes Loch genau dort in die Wand, wo sich ihr Kopf befunden hätte, wäre sie nicht gestürzt, der zweite prallte funkensprühend von der Metalltür neben ihr ab und löste eine zweite Explosion aus Staub und Steinsplittern aus, als er in die Decke fuhr.

Was dann geschah, war beinahe noch erschreckender, obwohl sie es schon einmal während des Überfalls im Club erlebt hatte, wenn auch nicht annähernd so intensiv: Sie schien zu einem Gefangenen in ihrem eigenen Körper zu werden, nicht viel mehr als ein (widerwillig) geduldeter Gast, der zur Rolle eines bloßen Zuschauers reduziert war. Ein weiterer Schuss fiel, doch noch bevor das sonderbar gedämpfte Geräusch an ihr Ohr drang, fuhr sie herum und verwandelte sich in einen huschenden Schatten, der die Entfernung zu dem heimtückischen Schützen mit einem einzigen lautlosen Satz überwand. Sie schlug ihm mit der linken Hand die Waffe aus der Hand und zerriss ihm mit der anderen die Kehle und das Gesicht. Das Ungeheuer in ihr schrie vor unstillbarer Gier auf, als es den Geruch des warmen, *lebendigen* Blutes wahrnahm.

Erst als er mit einem röchelnden Laut zu Boden ging und beide Hände in dem vergeblichen Versuch vor die Kehle schlug, das Leben zurückzuhalten, das in einem sprudelnden roten Strom aus ihm herausschoss, fragte sich der logisch denkende Rest in ihr, seit wann Polizisten eigentlich *Schalldämpfer* benutzten. Er trug auch keine Uniform, sondern einen modischen Sommeranzug, ein weißes Hemd und maßgeschneiderte Schuhe, und man sah ihm seine osteuropäische Herkunft so deutlich an, dass er sich ebenso gut auch gleich einen roten Stern auf die Stirn hätte tätowieren lassen können.

Es war einer von Stepans Männern.

Sie hatten sie gefunden.

Ohne es bewusst zu registrieren, fing sie den Sterbenden auf, ließ ihn behutsam zu Boden sinken und bückte sich dann nach seiner Waffe, führte die Bewegung aber nicht zu Ende, sondern stieß sie stattdessen angewidert mit dem Fuß davon. Hinter ihr hämmerte Tom heftig gegen die Metalltür, und jetzt hörte sie auch andere Geräusche: aufgeregte Stimmen, emsiges Hantieren und Poltern und ein gedämpftes Stöhnen. Die Luft war mit einem Mal mit süßlichem Blutgeruch geschwängert. Ihr Magen knurrte.

Der Killer war aus der Verbindungstür zur eigentlichen Wache gekommen. Lena machte einen geduckten Schritt in diese Richtung, hielt dann aber noch einmal an und lauschte. Gedämpfte, aber aufgeregte Stimmen redeten wild durcheinander, und Gewaltbereitschaft lag wie etwas Greifbares in der Luft. Sie konnte Angst riechen, und das Raubtier in ihr wurde mit jeder Sekunde stärker. Ihr Jagdinstinkt war nicht nur erwacht, sondern wurde mit jedem Atemzug machtvoller. Da war noch ein winziger Teil in ihr, den der Anblick des Toten mit kaltem Entsetzen erfüllte, aber er wurde immer schwächer, und ihre Furcht explodierte regelrecht, als sie begriff, dass sie bald nicht einmal mehr die Rolle des Beobachters spielen, sondern einfach *verschwinden* würde. Vollkommen absorbiert von dem Monster, das in ihr heranwuchs.

Statt weiterzugehen, huschte sie in die entgegengesetzte Richtung, wo es eine weitere grün lackierte Tür gab. Sie war nur angelehnt, und der intensive Geruch nach Blut und Fäkalien schlug ihr entgegen, noch bevor sie sie behutsam aufzog.

Die junge Polizistin lag dahinter auf dem Boden, einen überraschten Ausdruck auf dem Gesicht und ein schon fast absurd kleines rotes Loch in der Stirn. Das in ihrem Hinterkopf musste deutlich größer sein, denn er lag in einer dampfenden, unendlich süß riechenden Blutlache, die immer noch größer wurde, und eine Sekunde lang kostete es sie all ihre Kraft, sich nicht auf diesen verlockenden Trank zu stürzen und sich daran zu laben. Sie brauchte ihn. Sie war so unendlich *hungrig*, und sie brauchte die Kraft, die ihr dieses Blut geben würde, um für den bevorstehenden Kampf bereit zu sein. Der Gedanke, ihm auszuweichen, kam ihr nicht. Sie ließ sich in die Hocke sinken und beugte sich weiter vor, um das Blut zu trinken, und hinter ihr sagte Charlottes Stimme laut und deutlich: »Tu das nicht! Nie, unter keinen Umständen! Hast du verstanden?«

Lena fuhr mit einer blitzartigen Bewegung herum.

Sie war allein. Hinter ihr war nur der leere Gang. Keine Charlotte.

Lena war verwirrt. Sie war allein, ganz zweifellos, aber sie hatte die Stimme doch gehört, und sie hatte Charlottes Nähe *gespürt!*

Alarmiert drehte sie sich einmal um sich selbst und sah sich dabei aufmerksam um. Der Raum war schmal, aber lang gestreckt. Beide Wände wurden von einförmigen grünen Metallspinden flankiert, und am anderen Ende gab es einen offenen Durchgang zu den Duschkabinen, daneben eine weitere, nur angelehnte Metalltür, hinter der das Dunkel der Nacht lockte. So also waren sie hereingekommen.

Einen Moment lang wusste Lena nicht, was sie mehr erschrecken sollte: der Gedanke, dass irgendjemand die Kerle hereingelassen haben musste, oder der, dass sie an der Tür vorbeigekommen waren, hinter der Tom und sie miteinander gesprochen hatten.

Aber im Grunde spielte es auch keine Rolle. Die Tür war offen, und dahinter lockte die Sicherheit der Nacht, und das war alles, was zählte.

Mit einem übertrieben großen Schritt trat sie über die tote Polizistin hinweg, huschte hin und zog die Tür lautlos weiter auf. Kühle Luft strömte ihr entgegen, die betörende Dunkelheit der Nacht, die sie wie eine beschützende warme Decke einhüllte und ihr zusätzliche Kraft und Sicherheit verlieh, und die Verlockung der Freiheit.

Sie lauschte. Jemand war dort draußen, außerhalb ihres Sichtfeldes, aber nur wenige Schritte entfernt. Sie konnte seine Atemzüge hören und seinen Schweiß riechen – ein Posten, den sie zurückgelassen hatten, falls irgendjemandem doch die Flucht gelingen sollte. Er war angespannt und sehr aufmerksam, aber das war trotzdem lächerlich. Lena wusste, dass sie sich an ihn anschleichen und ihn töten konnte, ohne dass er auch nur ahnen würde, dass sie da war. Und dann –

– würde Tom sterben.

Plötzlich wurde ihr klar, dass sie ebenso gut zurückgehen und ihn selbst töten konnte, wenn sie jetzt floh. Stepans Killer würden ihn nicht am Leben lassen, ebenso wenig wie irgendjemand anderen in dieser Wache. Der Gedanke kam ihr … monströs vor, aber der Leichnam der Polizistin hinter ihr bewies, wie wenig den Kerlen ein Menschenleben wert war. Sie würden gewiss keine Zeugen zurücklassen.

Statt zu tun, was ihr Verstand ihr riet, gab sie dem Drängen jener düsteren Stimme in sich nach, machte kehrt und schlich lautlos wieder zurück. Als sie an dem toten Russen vorbeikam, hob sie die Waffe nun doch auf und schob sie sich unter den Hosenbund, bevor sie ihren Weg fortsetzte – obwohl sie sie nicht brauchen würde. Da war nichts, was ihr widerstehen konnte.

Lautlos huschte sie weiter, spähte durch den Türspalt und hätte beinahe erleichtert aufgeatmet, ihre schlimmsten Befürchtungen doch nicht bestätigt zu sehen. Die Wache bot einen Anblick des Schreckens, aber es gab keine Toten. Der junge Bursche mit der Lederjacke lag am Boden und krümmte sich wimmernd. Er hatte beide Hände vor das Gesicht geschlagen, und Blut quoll zwischen seinen Fingern hervor, aber er lebte. Drei weitere von Stepans Männern standen mit dem Rücken zu ihr da und hielten die restliche Besatzung der Wache mit Pistolen und Pumpguns mit abgesägten Läufen in Schach, und irgendwo außerhalb ihres Blickfeldes sprach jemand aufgeregt etwas auf Russisch; vermutlich in ein Handy, denn er unterbrach seinen Redeschwall immer wieder, wie um zu lauschen.

Lena überlegte einen Moment angestrengt. Der vierte Mann konnte zu einem Problem werden, weil sie weder wusste, wo genau er sich befand, noch ob er bewaffnet war und womit. Aber spielte das eine Rolle?

Lena beantwortete ihre eigene Frage mit einem lautlosen Kopfschütteln und einem geringschätzigen Verziehen der Lippen. Keiner der drei Burschen, die sie sehen konnte, hatte so etwas wie eine Lampe an seiner Waffe befestigt. Wenn die Kerle wirklich dumm genug waren, mit einer normalen Waffe auf sie zu schießen, würden sie dieselbe tödliche Überraschung erleben wie ihr Kumpan.

Eine sonderbare Ungeduld ergriff sie. Das Raubtier in ihr scharrte mit den Krallen und schrie danach, sich in den Kampf zu stürzen, das Blut ihrer Beute zu schmecken und ihr Fleisch zu zerreißen.

Mit sehr viel mehr Mühe, als sie sich selbst eingestehen wollte, brachte sie das drängende Flüstern zum Verstummen, zog die Tür lautlos weiter auf und registrierte fast unbewusst, wie einer der Gangster den Kopf zu drehen begann. Anscheinend war ihre Bewegung doch nicht ganz so lautlos gewesen, wie sie es gehofft hatte.

Nicht dass es ihm etwas nutzte. Lena war bei ihm, noch bevor er die Bewegung ganz zu Ende geführt hatte. Mit einer zornigen Bewegung entrang sie ihm das kurzläufige Schrotgewehr, rammte ihm den Kolben mit Wucht in den Leib und stürzte sich dann auf den nächsten Russen. Dem erging es nicht viel besser als dem ersten: Lena schlug ihm die Waffe aus der Hand, stieß ihn mit der anderen Hand zu Boden und raste unverzüglich weiter, um sich auf den dritten Angreifer zu stürzen. Fast beiläufig registrierte sie, wie rings um sie herum das blanke Chaos losbrach, als die Polizisten, die die Russen bisher mit ihren Waffen in Schach gehalten hatten, die Gelegenheit zu ergreifen versuchten, endlich so etwas wie Widerstand zu leisten; zwei von ihnen versuchten ihre Waffen zu ziehen und erreichten damit nichts anderes, als wertvolle Zeit zu vergeuden, die beiden anderen stürzten sich mit bloßen Händen auf den letzten verbliebenen Gangster. Seine Pumpgun entlud sich mit einem dumpfen Knall in die Decke und überschüttete den Raum mit einem Hagel aus Putz und explodierenden Holzsplittern. Lena stürzte sich mit ausgestreckten Händen auf ihren Gegner, um ihm die Krallen in die Kehle zu schlagen und sie zu zerreißen.

Der Bursche empfing sie mit einem Schlag mit dem Handrücken, der sie benommen gegen die Theke taumeln ließ.

Sie begriff nicht, wie ihr geschah, als der Bursche auch schon heran war, ihr die Faust in den Leib schlug und das Knie hochriss, während sie zusammenbrach. Halb bewusstlos und trotz allem vielmehr überrascht als erschrocken, prallte sie ein zweites Mal gegen die Theke. Lena fiel zu Boden und wurde sofort wieder von grausam starken Händen gepackt und in die Höhe gerissen. Eine wutverzerrte Grimasse tauchte in den Nebeln aus Blut und Benommenheit vor ihren Augen auf, dann traf sie ein Faustschlag in Gesicht, der ihr den Kiefer zertrümmert hätte, wäre sie noch ein normaler Mensch gewesen.

Der Angreifer drückte ihren Kopf zur Seite. Nadelspitze Zähne blitzten auf, gruben sich mit einem lähmenden Schmerz in ihre Halsschlagader – und zogen sich wieder zurück, noch bevor das erste Blut fließen konnte.

»Nein«, sagte Stepan. »So leicht mache ich es dir nicht!«

Und damit schleuderte er sie quer durch den Raum mit solcher Wucht gegen die Wand, dass sie die dünne Gipskarton- und Holzkonstruktion einfach durchbrach und in einem Hagel aus Trümmerstücken auf irgendetwas aufschlug, das unter ihrem Gewicht in Stücke ging.

Die Welt hinter ihren geschlossenen Lidern hatte sich in ein irrsinniges Karussell verwandelt, dass immer schneller rotierte, und in ihrer rechten Halsseite wütete ein entsetzlicher Schmerz, der bis in die entferntesten Nervenenden ihres Körpers raste. Zugleich fühlte sie sich wie gelähmt, unfähig, auch nur einen Muskel zu rühren, ja, auch nur die Augen zu öffnen. Schreie gellten in ihren Ohren, ein dumpfes Poltern und Krachen, gefolgt von einem entsetzlichen nassen Reißen, von dem sie nur zu gut wusste, was es bedeutete. Stepan war ihr nicht gefolgt, sondern brach den Widerstand der verzweifelten Polizisten auf seine ganz eigene Art, und dieser Gedanke war vielleicht der schrecklichste von allem, denn auf einer tieferen, unendlich müden Ebene ihres Bewusstseins begriff sie, dass alles, was jetzt dort draußen geschah, ganz allein ihre Schuld war.

Und vielleicht war es allein dieser Gedanke, der ihr schließlich doch die Kraft gab, die Augen zu öffnen und sich mühsam auf die Ellbogen hochzustemmen. Wenn sie jetzt auf das lautlose verlockende Flüstern in ihren Gedanken hörte, das ihr klarzumachen versuchte, wie sinnlos jeder Widerstand sein musste, wie leicht es wäre, aufzugeben und auf die große Dunkelheit zu warten, dann waren nicht nur all diese Menschen dort draußen völlig umsonst gestorben, dann würde der *Strigoi* auch nach Tom suchen und ihn töten.

Trotz regte sich in ihr, und plötzlich hatte sie Zugriff auf ein Reservoir neuer, bisher ungekannter Kraft, möglicherweise nicht annähernd genug, um es mit dem uralten Vampir aufzunehmen, aber doch ausreichend, die Lähmung zurückzudrängen und den tobenden Schmerz in ihrem Hals wenigstens zu ignorieren.

Sie begriff erst jetzt, dass sie wieder in dem kleinen Verhörzimmer war, auch wenn es sich auf dramatische Weise verändert hatte. Der Tisch und einer der Stühle waren zerbrochen, und die Tür hinter ihr stand offen. Eine Gestalt befand sich darunter. Lummer. Er hielt eine Waffe in den Händen und stand breitbeinig da, aber auch er sah einfach nur entsetzt aus … wenn auch auf eine Art, die irgendwie … seltsam war. Er rührte sich nicht.

Auch nicht, als nach einigen weiteren Sekunden ein neuerliches Krachen erscholl, mit dem Stepan mit wütenden Schlägen die Öffnung in der Wand verbreiterte, durch die sie gebrochen war, um zu ihr hereinzukommen.

»Verdammtes Miststück«, zischte er, während sich seine Hand mit unerbittlicher Kraft in ihr Haar krallte und sie auf die Beine zerrte. »Verdammtes, elendes Miststück!«

Lena sah den Hieb diesmal kommen und riss schützend die Hände vors Gesicht, aber Stepan war so unendlich viel stärker als sie. Der Schlag schleuderte sie quer durch den Raum und gegen die Wand direkt neben der Tür, wo sie wieder benommen zusammenbrach.

»Stepan!«, keuchte Lummer. »Bist du wahnsinnig geworden? Hör auf!«

Etwas stimmte nicht. Etwas war hier ganz und gar nicht so, wie es sein sollte, aber Lena war viel zu erschrocken, zu verängstigt und der Bewusstlosigkeit viel zu nahe, um den Gedanken weiterzuverfolgen. Schritte polterten. Etwas Großes, Dunkles beugte sich über sie, zerrte sie erneut auf die Beine und schlug ihr so hart in den Leib, dass sie spüren konnte, wie mehrere Rippen brachen. Blut füllte ihren Mund, ihr eigenes, bitter schmeckendes Blut, und das Raubtier in ihr, das bisher nur aus bloßer Wildheit und dem bedingungslosen Wunsch zu töten bestanden hatte, heulte nun in schierer Todesangst auf, als es begriff, dass es einem Feind gegenüberstand, dem es nichts entgegenzusetzen hatte.

Stepan schlug sie noch einmal und womöglich noch härter und legte dann eine seiner Pranken auf ihr Gesicht, um ihren Hinterkopf mit furchtbarer Gewalt gegen die Wand zu schmettern. Lena hörte ein trockenes Knacken und fragte sich, ob es ihr Schädel war oder die Wand hinter ihr. Alles wurde rot. Seltsamerweise spürte sie plötzlich gar keine Schmerzen mehr.

Ungeschickt versuchte sie nach Stepan zu beißen, aber der *Strigoi* lachte nur, zog die Hand schnell zurück und schlug ihr dann so fest ins Gesicht, dass ihre Unterlippe wie von einem Skalpell geteilt aufplatzte.

»Hör auf!«, brüllte Lummer. *»Bist du verrückt geworden?«*

Stepan lachte und schlug ihr noch einmal und noch härter mit dem Handrücken ins Gesicht, und Lummer brüllte so laut, als hätte der Hieb ihn getroffen, war mit einem Schritt bei ihnen und wollte Stepan von ihr wegstoßen.

Es blieb bei dem Versuch, denn der *Strigoi* rührte sich nicht einen Zentimeter von der Stelle.

Immerhin ließ er von Lena ab und drehte sich zu Lummer um. »Halt dich da raus!«, zischte er. »Das hier geht dich nichts an!«

Lummer dachte offensichtlich nicht daran, sich rauszuhalten. Er trat rasch einen Schritt zurück und hob seine Waffe. »Das reicht!«, sagte er. »Zurück, und die Hände hoch!«

»Und wenn nicht?«, sagte Stepan lächelnd.

»Du … du bist ja … ja vollkommen … vollkommen wahnsinnig!«

»Ja, das sagt man mir nach«, entgegnete Stepan. »Aber ich höre es nicht besonders gern.« Er zeigte auf den großkalibrigen Revolver in Lummers Hand. »Wieso zielst du mit einer Waffe auf mich, Towarischtsch?«

»Geh zurück!«, keuchte Lummer. »Geh zwei Schritte zurück, und nimm die Hände hoch, oder ich schwöre dir, dass ich dich erschieße!«

»Was soll das, mein Freund?«, sagte Stepan. »Wir hatten eine Vereinbarung, nicht wahr?«

»Aber doch nicht so!«, stammelte Lummer. Seine Stimme war kurz davor umzukippen. »Du … du bist ja völlig … wahnsinnig geworden!«

»Wenn du das wirklich glaubst, dann solltest du mich erschießen, mein Freund«, sagte Stepan lächelnd. »Weißt du denn nicht, dass man eine Waffe nur dann auf einen Mann richten sollte, wenn man auch bereit ist, sie zu benutzen?«

Lummer stammelte irgendeine Antwort, die wahrscheinlich gar nichts bedeutete, und Stepan schüttelte bedauernd den Kopf, hob den Arm und umschloss Lummers Waffenhand mit seiner gewaltigen Pranke.

»Warte, Gospodin«, sagte er, »ich helfe dir.«

Mit dem Daumen drückte er Lummers Zeigefinger samt Abzug nach hinten, und die Waffe entlud sich mit einem gewaltigen Krachen und einem orangeroten Blitz, der Stepans Brust nahe genug kam, um sein weißes Hemd zu versengen. Stepan wankte, als die Kugel seinen Körper glatt durchschlug und auch noch ein faustgroßes Loch in die Wand auf der anderen Seite des Zimmers stanzte.

»Autsch!«, sagte er. »Das hat jetzt aber richtig wehgetan.«

Lummers Augen quollen ein Stück weit aus den Höhlen. Die Kinnlade klappte ihm herunter, aber er brachte noch nicht einmal mehr ein Keuchen zustande.

»Du kannst es gern noch mal versuchen«, sagte Stepan und tippte sich gegen die Stirn. »Vielleicht solltest du diesmal hierhin zielen, nur um sicherzugehen. Aber ich muss dich warnen. Das würde noch weit mehr wehtun, und dann könnte ich etwas heftig reagieren. Ich bin kein sehr beherrschter Mann, Towarischtsch.«

»Aber …«, stammelte Lummer. »Aber …«

Stepan stieß ihn so heftig gegen die Wand, dass er zu Boden fiel und die Waffe klappernd davonschlitterte, verlor schlagartig jedes Interesse an ihm und bückte sich wieder zu Lena, um sie hochzureißen. Lena spannte sich, weil sie damit rechnete, wieder geschlagen zu werden, doch diesmal beließ er es dabei, sie unsanft gegen die Wand zu stoßen.

»Wo sind die anderen?«, fragte er. »Sag mir, wo die anderen sind, und ich mache es schnell.«

»Ich weiß nicht, wovon Sie …«, begann Lena, und Stepan griff nach ihrer Hand, umschloss sie mit seiner riesigen Pranke und brach ihr mit einer einzigen Bewegung sämtliche Finger. Lena wimmerte vor Schmerz und musste schon wieder gegen die Ohnmacht ankämpfen.

»Du wirst es mir verraten, Schätzchen«, versprach er. »Weißt du, das Schöne an Leuten wie uns ist, dass ich dieses Spielchen so lange fortsetzen kann, wie ich will. Wochen. Monate, wenn es sein muss.«

Lena schwieg. Er hatte ihre Hand längst wieder losgelassen, aber nun spürte sie, wie sich die zertrümmerten Knochen wieder zusammenfügten.

»Wie du willst«, sagte Stepan kalt. Er riss sie herum, drehte ihr den Arm so hart auf den Rücken, dass sie nun doch aufstöhnte, und wandte sich noch einmal an Lummer. »Eigentlich sollte ich dich töten, mein Freund«, sagte er, »immerhin hast du auf mich geschossen. Aber weißt du, was? Ich lasse dich lieber am Leben und schaue dabei zu, wie du *das hier* deinen Kollegen zu erklären versuchst.«

Lummer rief ihm mit lauterer – aber genauso unverständlicher – Stimme noch etwas nach, und Lena hörte, wie er über den Boden zu kriechen begann. Vielleicht war er ja tatsächlich dumm genug, noch einmal auf Stepan zu schießen und ihn damit richtig wütend zu machen.

Ihre Hoffnung erfüllte sich nicht. Stepan stieß sie durch das Loch in der Wand zurück in den Wachraum, der sich in ein Schlachthaus verwandelt hatte. Der Gestank nach Tod und Blut war so übermächtig, dass er ihr schier den Atem nahm und aus dem Hunger, der in ihren Eingeweiden wühlte, rasende Verzweiflung machte. Aber ein Teil von ihr registrierte auch mit schierem Entsetzen, wie allumfassend das Gemetzel war, das der *Strigoi* angerichtet hatte: Nur zwei seiner Leute und nicht ein einziger Polizist waren noch am Leben, und diese beiden standen mit kreideweißem Gesicht da und sahen aus, als wären sie gerade dem Leibhaftigen begegnet. In gewissem Sinn waren sie das auch, dachte Lena. Sie war sich plötzlich sehr sicher, dass all diese Iwans bis vor einer Minute keine Ahnung gehabt hatten, für wen sie wirklich arbeiteten.

Sie war sich auch ebenso sicher, dass sie diesen Tag nicht überleben würden.

Auch der junge Kerl mit der Lederjacke war noch am Leben, wenn auch nur noch kurz. Stepan brach ihm mit einem Fußtritt das Genick, als sie die Wache verließen und in die Nacht hinaustraten. Seine beiden Schläger schlossen sich ihnen an, und Stepan bedeutete einem von ihnen mit einem Wink, die Tür zu schließen. Er hatte offenbar beschlossen, die Leichen der drei anderen einfach zurückzulassen – was Lena schlichtweg nicht verstand. Wieso ließ er nicht gleich eine Visitenkarte zurück oder seinen Pass und ein unterschriebenes Geständnis?

»Holt den Wagen!«, knurrte Stepan. »Fjodor soll sich beeilen, und …« – und dann wurde alles anders.

Lena presste geblendet die Lider zusammen, weil die Dunkelheit vor ihr vom grellen Licht zweier voll aufgeblendeter Scheinwerfer zerrissen wurde, das sich leuchtender Säure gleich in ihre Augen fraß. Zugleich brüllte vor ihnen ein schwerer Motor auf, und sie hörte das Kreischen von Reifen, die auf dem nassen Asphalt durchdrehten. Etwas Riesiges und Schwarzes und Chromglänzendes sprang wie ein Ungeheuer aus dem tiefsten Schlund der Hölle direkt auf sie zu.

Stepan fuhr ebenso erschrocken zusammen wie sie, und seine Aufmerksamkeit ließ für eine Winzigkeit nach. Lena nutzte die Gelegenheit, sich mit einem verzweifelten Ruck loszureißen und zur Seite zu springen. Etwas streifte sie mit der Wucht eines Vorschlaghammers und schleuderte sie zu Boden.

Der *Strigoi* hatte weniger Glück. Der verchromte Stoßfänger des Hummer erfasste ihn frontal und zerschmetterte ihm wohl jeden einzelnen Knochen im Leib, als der tonnenschwere Wagen zusammen mit ihm ungebremst gegen die Wand krachte. Einer der Scheinwerfer zerbrach. Eine Wolke aus staubfeinem Blut stob in alle Richtungen hoch und legte sich wie dunkelroter, klebriger Nebel über alles im Umkreis mehrerer Meter. Etwas Helles prallte von innen gegen die Windschutzscheibe des Hummer und ließ sie auf ganzer Länge reißen.

Lena wälzte sich unsicher auf den Bauch und brauchte nahezu ihre ganze Kraft, um sich auf alle viere hochzustemmen. Neben ihr heulte der Motor des Hummer noch lauter auf, als Louise erbarmungslos weiter Gas gab, und was von Stepan noch übrig war, das kippte mit ausgebreiteten Armen und leeren Augen vornüber auf die Motorhaube.

Der Hummer stieß einen halben Meter zurück, und Stepans lebloser Körper rutschte langsam von der Motorhaube, wobei er eine schmierige Spur aus schwarzem Blut hinterließ. Louise wartete, bis seine Schultern hinter der Motorhaube verschwunden waren, dann prügelte sie krachend den Gang hinein und rammte den Hummer noch einmal gegen die Wand. Auch der zweite Scheinwerfer zerbrach, und Dampf zischte unter der Motorhaube hervor. Der Motor ging mit einem letzten, protestierenden Rülpsen aus, und Louise stieß die Tür auf und glitt mit einer fast obszön eleganten Bewegung aus dem Wagen. Eine sichelförmige Schnittwunde prangte über ihrem linken Auge, wo sie gegen die Windschutzscheibe geprallt war, verschwand aber, noch während Lena hinsah.

»Komm«, sagte Louise. »Schnell! Sie sind in spätestens drei Minuten hier!« Ohne Lenas Reaktion abzuwarten, zog sie sie in die Höhe und dann hinter sich her um das Heck des Wagens herum.

Charlotte stand auf der anderen Seite und richtete sich gerade in diesem Moment über dem reglosen Körper eines der beiden Gangster auf. Ihr Mund und ihre Hände glänzten rot. Der zweite Russe lag nur wenige Schritte entfernt auf dem Rücken und starrte aus weit aufgerissenen, leeren Augen in den Himmel.

»Stepans Wagen steht auf der Rückseite«, sagte sie, während sie sich mit dem Handrücken über den Mund fuhr. »Den können wir nehmen.«

Louise nickte knapp, ließ Lenas Arm los und öffnete die Heckklappe des Hummer. Dahinter kam eine erstaunlich kleine Ladefläche zum Vorschein, die fast zur Gänze von zwei großen Aluminiumkoffern und den beiden Reisetaschen ausgefüllt wurde, die sie in der Bank dabeigehabt hatten. Sie hob die beiden Metallkisten heraus und bedeutete Charlotte mit einer Kopfbewegung, die Taschen zu nehmen. Dann wandte sie sich wieder zu Lena um.

»Lebt da drinnen noch jemand?«, fragte sie mit einer Kopfbewegung zur Wache.

Lena spürte sogar selbst, dass sie eine Winzigkeit zu lange zögerte, bevor sie den Kopf schüttelte. Und die Bewegung war auch viel zu heftig.

»Ich verstehe«, sagte Louise, während sie die beiden Koffer absetzte. Noch sehr weit weg, aber näher kommend, erklang ein an- und abschwellendes Heulen. Eine Polizeisirene. Vielleicht mehr als eine. »Dein kleiner Freund. Das muss aufhören.«

»Nein!«, sagte Lena erschrocken. »Du darfst ihm nichts tun!«

»Der Junge wird allmählich zum Problem«, erwiderte Louise kühl. »Für einen Menschen ist er verdammt clever. Und ziemlich hartnäckig.«

»Tu ihm nichts!«, sagte Lena beharrlich. »Das lasse ich nicht zu!«

»Ach nein?«, sagte Louise. »Und was willst du dagegen unternehmen?«

»Er ist keine Gefahr!«, stieß Lena verzweifelt hervor. »Du hast es selbst gesagt: Er ist nur ein Mensch!«

»Er wird nie aufgeben. Glaubst du, es ist das erste Mal, dass ich so etwas erlebe? Ich kenne das. Er wird nie aufgeben. Er wird es zu seiner Lebensaufgabe machen, dich zu finden.«

»Dann warten wir eben, bis sein Leben vorbei ist!«, antwortete Lena verzweifelt. »Du hast es selbst gesagt: Zeit spielt für uns keine Rolle! Ich … ich verspreche dir, dass ich ihn nie wiedersehe! Ich komme mit dir. Ich tue alles, was du willst, wirklich *alles* – aber du darfst ihm nichts tun! Wenn du ihm etwas antust, dann siehst du mich nie wieder!«

Louise sah sie durchdringend an. Lange.

»Du meinst das ernst, habe ich recht?«, fragte sie schließlich.

Lena nickte.

»Du liebst diesen kleinen Pisser wirklich«, sagte Louise verächtlich.

Lena antwortete nicht darauf. Aber sie hielt Louises Blick stand, ganz gleich, wie schwer es ihr auch fiel.

Das Wimmern der Polizeisirene war näher gekommen, und Lena war sich jetzt sicher, dass es mehr als nur eine war.

»Louise«, sagte Charlotte drängend.

»Du meinst es ernst«, sagte Louise. Sie klang traurig. »Du meinst das wirklich ernst. Also gut. Ich weiß zwar, dass ich gerade einen Fehler begehe, den ich noch bitter bereuen werde. Aber der Handel gilt: Ich lasse ihn am Leben, und du siehst ihn nie wieder. Wenn er mir noch einmal unter die Augen kommt, dann töte ich ihn, selbst wenn es bloß Zufall ist.«

Lena sagte auch jetzt nichts dazu, aber das schien Louise als Antwort zu genügen. Sie griff nach den beiden Koffern und ging mit schnellen Schritten los.

31

War ihr der Hummer als Fluchtfahrzeug schon auffällig genug vorgekommen, so erschien ihr der Wagen, mit dem Stepan vorgefahren war, schon beinahe absurd: ein weißer Bentley, der sich ungefähr so unauffällig wie ein weißer Wal in einer Schule Heringe durch den nächtlichen Verkehr bewegte. Nicht einmal eine Minute nachdem Charlotte das riesige Gefährt in den fließenden Verkehr hineingesteuert hatte, waren ihnen zwei Polizeiwagen mit heulenden Sirenen entgegengekommen und nur wenige Augenblicke später ein kompletter Mannschaftswagen. Aber das Wunder war geschehen: Niemand hatte sie aufgehalten, und nicht einmal eine halbe Stunde später hatten sie die Stadt in östlicher Richtung verlassen.

Charlotte jagte den schweren Wagen in geradezu halsbrecherischem Tempo durch die Nacht, und sie erreichten ihr Ziel gerade noch im letzten Grau der Dämmerung. Die letzten guten zwei Stunden war es über immer schmaler werdende und immer schlechtere Straßen gegangen, und nicht nur die beständig kleiner und schäbiger werdenden Ortschaften und fremden Straßenschilder machten irgendwann klar, dass sie das Land verlassen hatten und immer weiter nach Osten fuhren.

Lena hatte den Großteil der Nacht schlafend auf der Rückbank verbracht. Sie war in einen unruhigen, von Albträumen, wirren Bildern und Angst in ihrer reinsten Essenz heimgesuchten Schlaf gefallen, aus dem sie nur ein paarmal hochgeschreckt war, wenn Charlotte den Wagen durch eine Kurve jagte oder ruckartig abbremste. Sie war desorientiert, hatte rasende Kopfschmerzen und fühlte sich so schwach, als wären ihre Glieder mit Blei gefüllt. Dennoch kämpfte sie sich in die Höhe und blinzelte so lange, bis ihre verklebten Augenlider nicht mehr, wie von unsichtbaren Zentnerlasten gezogen, herabsinken wollten.

Im Osten war bereits ein dünner weißer Strich aus feindseliger Helligkeit am Horizont erschienen. Irgendwo vor ihnen erhob sich etwas Großes und Dunkles wie eine Mauer aus Schwärze, hinter der die Nacht dem heraufziehenden Tag einfach trotzte – Lena konnte nicht sagen, ob es ein Waldstück oder etwas so Bizarres wie eine mittelalterliche Stadtmauer war –, und aus den Lautsprechern drang leise melancholische russische Musik. Es war kalt. Auf Lenas nackten Unterarmen bildete sich sofort eine Gänsehaut, und die getönten Scheiben ringsum waren leicht beschlagen, als hätte Louise die Klimaanlage bis zum Anschlag aufgedreht.

»Oh, unsere Schlafmütze ist endlich wach.« Louise drehte sich halb auf dem Beifahrersitz herum. Das teure Leder knarrte. »Gerade wollte ich anfangen, mir wirklich Sorgen um dich zu machen.«

Lena sah sie nur verständnislos an. Aber nach dem, was hinter ihnen lag, kam ihr Louises aufgesetzte Fröhlichkeit irgendwie unangemessen vor, fast schon wie eine Provokation. Statt jedoch irgendetwas in dieser Art zu sagen, fragte sie nur: »Wo sind wir?«

»Gleich da«, sagte Louise. »Bedank dich bei Charlotte. Sie ist ziemlich tief geflogen.« Sie kicherte. »Unser Freund Stepan wird Gift und Galle spucken, wenn er all die Strafzettel bekommt. Ich habe drei Radarfallen gezählt – und du?«

Charlotte antwortete nur mit einem Achselzucken.

»Immerhin kann er behaupten, er wäre nicht gefahren, und kommt damit wahrscheinlich sogar durch«, sinnierte Louise, »wenn er die Radarfotos als Beweis vorlegt.«

»Und spätestens dann weiß er, wo wir sind«, fügte Lena hinzu.

Louise wirkte ein bisschen überrascht, dann fast beeindruckt. »Unser Nesthäkchen lernt schnell.«

»Bis dahin sind wir längst nicht mehr hier«, sagte Charlotte. »Wir bleiben nicht lange.«

Sie hatten die Wand aus Dunkelheit erreicht, die sich tatsächlich als ein Wald entpuppte, durch den die Straße wie eine unsauber verschorfte Messernarbe schnitt. Charlotte nahm den Fuß vom Gas, aber sie fuhren noch einen guten Kilometer in zügigem Tempo dahin, bis sie eine Abzweigung erreichten. Sie war so schmal, dass Charlotte um ein Haar daran vorbeigefahren wäre, und der Weg wurde noch einmal schlechter. Der Bentley schrammte jetzt an beiden Seiten an Gebüsch und vorstehenden Ästen entlang.

Der Weg führte ein gutes Stück in den Wald hinein und endete schließlich vor einem großen schmiedeeisernen Tor, das in einer drei Meter hohen Ziegelsteinmauer eingelassen war. Charlotte hielt an und betätigte die Lichthupe, woraufhin sich in einem kleinen Gebäude auf der anderen Seite des Tores eine Tür öffnete und ein dunkel gekleideter Mann heraustrat. Er hob die Hand und winkte ihnen zu, und Charlotte erwiderte die Geste mit einem weiteren Aufblenden der Scheinwerfer. Ganz sicher sein konnte Lena sich nicht, dass es ein Mann war, denn die Gestalt trug einen knöchellangen schwarzen Umhang mit Kapuze, die sie weit in die Stirn gezogen hatte. Wo um alles in der Welt hatte Charlotte sie hingebracht? In Draculas Spukschloss in den Karpaten?

Sie wartete halbwegs darauf, dass die Gestalt eine altmodische Sturmlaterne unter dem Mantel hervorzog (warum nicht gleich eine Fackel?), doch stattdessen ließ sie eine starke Taschenlampe aufflammen, deren Anblick zwar unangenehme Erinnerungen in Lena weckte, sie aber zugleich auch erleichtert aufatmen ließ. Vielleicht eine Spur zu laut, denn Louise drehte sich schon wieder zu ihr um und runzelte ein bisschen besorgt die Stirn. Aber sie sagte nichts, während der Pförtner einen der großen Torflügel aufzog und Charlotte den Wagen vorsichtig hindurchbugsierte.

Hinter dem Tor erstreckte sich ein weitläufiger Park, in dessen Mitte sich ein sehr großes, pittoresk anmutendes Gebäude erhob; möglicherweise auch mehrere, das war im schwachen Licht der heraufziehenden Dämmerung nicht genau zu sagen. Vielleicht war es irgendwann einmal ein Schloss gewesen. Nur hinter einem einzigen Fenster brannte Licht, was den Anblick noch unheimlicher machte.

Charlotte fuhr zügig weiter, bog aber dann in einen schmaleren Seitenweg ein und lenkte den Wagen auf die Rückseite des weitläufigen Gebäudekomplexes. Aus der Nähe betrachtet, entpuppte er sich tatsächlich als eine Art verrückter Mischung aus Märchenschloss und Herrenhaus – drei sehr große Gebäude, die auf eine verwirrende Weise ineinandergeschachtelt und zudem mit unzähligen Türmchen und Erkern übersät waren. Alles hier war sichtlich alt, aber auch sehr gepflegt.

Ihr Ziel war ein lang gestreckter Anbau, der auf den ersten Blick wie ein zweihundert Jahre alter Pferdestall aussah. Hinter den großen Toren, die wie von Geisterhand bewegt aufschwangen, verbarg sich jedoch eine umso modernere Mischung aus Garage und Werkstatt, die Platz für mindestens ein halbes Dutzend Autos bot, abgesehen von einem betagten Kombi jedoch vollständig leer war. Der Kombi sah aus, als würde er seit mindestens zwanzig Jahren hier stehen und vor sich hin rosten. Es war auch keine Menschenseele zu sehen.

»Was ist das hier?«, fragte Lena. »Das Spukschloss im Spessart?« Sie bemühte sich um einen Scherz, aber ihre Stimme verriet deutlich mehr von ihrem Unbehagen, als ihr lieb war.

»In den Karpaten, wenn schon«, antwortete Louise, schüttelte dann den Kopf und öffnete die Tür. Sie reckte sich ausgiebig, und obwohl die Garage von schon unangenehm hellem Neonlicht erfüllt war, hatte Lena Mühe, ihre Umrisse zu erkennen. Vielleicht stimmte ja auch mit ihren Augen etwas nicht. »Das Einzige, was hier spukt, ist der eine oder andere entlaufene Insasse, wenn sie die Türen wieder mal nicht richtig abgeschlossen haben – soweit sie noch laufen können, heißt das«, fuhr Louise fort, nachdem Lena ebenfalls ausgestiegen war. Charlotte krabbelte auf der anderen Seite aus dem Wagen und ging steifbeinig zum Kofferraum, dessen Deckel, von einer lautlosen Mechanik bewegt, nach oben schwang.

»Insassen?«, sagte Lena.

Louise antwortete nur mit einem kurzen Verziehen der Lippen und ging dann zu Charlotte, um ihr zu helfen. Irgendwie war es ihnen gelungen, die beiden riesigen Aluminiumkästen in den Kofferraum des Bentleys zu wuchten, aber sie wieder herauszubekommen erwies sich als deutlich schwieriger. Lena sah ihnen eine Weile wortlos bei ihren Bemühungen zu, ging dann zurück und holte die beiden Reisetaschen mit Louises Beute aus der Bank vom Rücksitz.

»Also, was ist das hier?«, fragte sie anschließend.

»Das, was dein kleiner Polizistenfreund ein sicheres Haus nennen würde«, antwortete Louise, machte ein betroffenes Gesicht und fügte dann in verlegenem Ton hinzu: »Entschuldige. Wir wollten ja nicht mehr über ihn reden, nicht wahr?«

Lena schwieg. Charlotte blickte ein wenig verwirrt von ihr zu Louise und dann wieder zurück, zuckte mit den Achseln und deutete mit dem Kopf auf den Metallkoffer in ihrer Hand. »Das Ding wird allmählich schwer«, sagte sie. »Und ich bin hundemüde, wenn ich ehrlich sein soll. Es war eine lange Fahrt.«

»Gleich kannst du dich ausruhen, Liebes«, antwortete Louise. »Stell den Koffer ab. Ich lasse unser Gepäck nach oben bringen.«

Charlotte reagierte nur mit einem abfälligen Schnauben, und Louise ging ohne ein weiteres Wort los.

Gleich neben dem alten Kombi gab es eine schmale Tür, hinter der sich zu Lenas Überraschung eine geräumige Liftkabine verbarg. Die Wände waren nicht verspiegelt, sondern mit dunklem Holz getäfelt, und auf der Schalttafel gab es nur zwei Knöpfe, obwohl sich Lena sicher war, dass das Gebäude deutlich mehr Stockwerke hatte.

Sie geduldete sich, bis der Lift nach oben gefahren war und sie in einen großes, mit antiken Möbeln behaglich eingerichtetes Wohnzimmer entließ. Es gab einen offenen Kamin, und das Licht, das bei ihrem Eintreten automatisch anging, war so mild, dass es ihren Augen schmeichelte. Das Glas in den Fenstern hatte einen leicht bläulichen Ton – sie musste nicht fragen, was das bedeutete –, und durch eine Anzahl offen stehender Türen konnte sie in die benachbarten, nicht minder feudal eingerichteten Zimmer sehen.

»Nett«, sagte sie. »Habe ich dir schon gesagt, dass ihr wirklich zu leben wisst?«

»So direkt eigentlich noch nicht«, antwortete Louise. »Danke für das Kompliment – aber gewöhn dich nicht zu sehr daran. Wir bleiben nur einen Tag.«

Sie stellte ihren Koffer ab, sah sich einen Augenblick lang suchend um und trat dann an eine wuchtige Truhe, unter deren mit kunstvollen Schnitzereien verziertem Deckel eine modern ausgestattete Bar zum Vorschein kam. Sie nahm drei kleine Gläser heraus und kam zurück, und Charlotte ging neben einer der Metallkisten in die Hocke und öffnete sie. Eisiger Dunst quoll aus ihrem Inneren, und Lena war nicht überrascht, zahlreiche mit einer dunkelroten Flüssigkeit gefüllte Plastikbeutel auf einem Bett aus Trockeneis zu erblicken.

»Reiseproviant?«, sagte sie.

»Stepans Fahrer war nicht besonders ergiebig«, sagte Louise, während sie einen der Beutel herausnahm, den Verschluss öffnete und die drei Gläser mit der Leben spendenden Flüssigkeit füllte. Lenas Magen knurrte hörbar. Sie musste sich beherrschen, um das Glas von Louise entgegenzunehmen, statt es ihr einfach aus den Händen zu reißen.

»Wir hätten die beiden anderen ja als kleine Snacks für zwischendurch mitgenommen, aber Charlotte war vielleicht ein bisschen übereifrig … Und wenn ich ehrlich sein soll, bin ich auch fast erleichtert. Allmählich kann ich nichts Russisches mehr sehen oder gar schmecken. Es war schon schlimm genug, dass ich die ganze Strecke dieses grässliche Balalaika-Gesülze hören musste.«

Sie leerte ihr Glas auf einen Zug und fuhr sich mit der Zungenspitze über die Lippen.

»Kannst du dir das vorstellen? Der Kerl hat genug Geld, um die meisten afrikanischen Staaten kaufen zu können, und in seinem Wagen war nur eine einzige CD!«

»Warum hast du nicht einfach das Radio eingeschaltet?«, fragte Lena.

»Dass ich darauf nicht selbst gekommen bin.« Louise verzog die Lippen, schenkte sich nach und tat dasselbe mit Lenas Glas, als sie es ihr hinhielt. Die wenigen Schlucke schienen ihren Hunger erst richtig angestachelt zu haben, statt ihn zu stillen.

Louise wartete, bis sie ausgetrunken hatten, dann sammelte sie die Gläser ein, trug sie ins Bad und begann sie pedantisch auszuspülen. Sorgsam verstaute sie sie wieder in der als Truhe getarnten Bar, klappte den Deckel zu und verschloss dann auch die Aluminiumkiste. Lena fiel erst jetzt auf, dass sie mit einem Zahlenschloss gesichert war.

»Es gibt nichts Neugierigeres als Putzfrauen«, sagte Louise, als sie sich wieder aufrichtete.

»Und ich dachte, Zimmermädchen.«

»Ja, die auch«, erwiderte Louise. »Stehen wahrscheinlich nebeneinander auf dem Siegertreppchen. Jedenfalls würden sie sich ziemlich wundern, wenn sie unsere Sachen durchwühlen und Koffer voller Blutkonserven finden, meinst du nicht auch?«

Statt auf diese überflüssige Frage eine genauso überflüssige Antwort zu geben, trat Lena an eines der großen Fenster und hielt vorsichtig die Hand in den schmalen Streifen aus goldenem Morgenlicht, das durch das getönte Glas fiel. Nichts geschah.

»Keine Sorge«, sagte Louise in leicht spöttischem Ton. »Das Glas ist UV-beständig. Hat mich damals ein mittleres Vermögen gekostet, es extra importieren zu lassen. Vor zwanzig Jahren war es in diesem ganzen Land nicht zu bekommen.«

»Zwanzig Jahre?«

»Vielleicht sind es auch schon fünfundzwanzig«, antwortete Louise. »Gewöhn dich daran, langfristig zu planen.«

Lena trat vollends an die Scheibe heran, um hinauszublicken. Sie mussten sich in einem der Türme befinden, denn ihr Blick reichte ungehindert über den gesamten Park, die Mauer, die tatsächlich das gesamte Gelände zu umschließen schien, und auch noch den Wald dahinter. Kleine Baumgruppen, die viel zu malerisch arrangiert waren, um natürlich entstanden zu sein, lockerten die ausgedehnte Rasenfläche ebenso auf wie sorgsam angelegte Blumenrabatten und ein kleiner, diskret eingezäunter See.

»Was ist das hier?«, fragte sie. »So eine Art … Sanatorium?« Sie dachte an das, was Louise gerade unten in der Garage gesagt hatte.

»Ein Altersheim«, sagte Charlotte.

»Eine Residenz«, verbesserte sie Louise.

»Und das ist ein Unterschied?«

»Nur im Preis«, sagte Charlotte. »Das dafür aber gewaltig.«

»Und *wie* gewaltig«, seufzte Louise, sah sich noch einmal mit leidender Miene um und wechselte dann das Thema. »Und jetzt würde ich vorschlagen, dass wir uns ein paar Stunden Ruhe gönnen. Es war eine anstrengende Nacht, und die nächste wird vermutlich genauso anstrengend – wenn auch hoffentlich etwas weniger aufregend.«

»Warum hast du ihn nicht getötet?«, fragte Lena.

»Wen?«, erwiderte Louise.

Als ob sie das nicht wüsste. »Stepan«, antwortete Lena ärgerlich. »Er wird ganz bestimmt nach uns suchen.«

»Sobald er alle seine Knochen wiedergefunden und in der richtigen Reihenfolge zusammengesetzt hat, ja«, sagte Louise. »Aber bis dahin sind wir schon auf einem anderen Kontinent. Die Karibik wird dir gefallen. Irgendwann wird sie einfach langweilig, aber für ein paar Jahrzehnte hält man es ganz gut dort aus.«

»Warum hast du ihn nicht getötet?«, beharrte Lena. Das hätte Louise gekonnt. *Strigoi* hin oder her, Stepan war angeschlagen und absolut hilflos gewesen.

»Weil wir einander nicht töten«, antwortete Louise. »Ganz einfach.«

»Stepan war da anderer Meinung«, sagte Lena. »Er hätte mich umgebracht, wenn ihr nicht gekommen wärt.«

»Dann solltest du dich freuen, dass es so war«, erwiderte Louise eine Spur schärfer, aber immer noch lächelnd, »und keine überflüssigen Fragen stellen oder dir den Kopf über Dinge zerbrechen, von denen du nichts verstehst.«

Sie verstand vor allem nicht, warum Louise so gereizt reagierte, aber sie war auch nicht in der Stimmung, so einfach aufzugeben. »Was du gestern über Tom gesagt hast, das gilt auch für Stepan«, sagte sie. »Er wird nie aufhören, uns zu suchen.«

»Und jetzt soll ich dir schwören, dass ich ihn niemals wiedersehen werde?«, fragte Louise spöttisch. »Kein Problem.«

»Ich meine es ernst«, sagte Lena.

Jetzt reagierte Louise in so scharfem Ton, dass Lena instinktiv einen halben Schritt vor ihr zurückprallte. »Halt dich einfach raus, ja? Und hör auf, über Dinge zu reden, von denen du absolut keine Ahnung hast!« Louises Augen funkelten. »Und jetzt entschuldige mich bitte. Ich muss noch ein paar Dinge mit der Heimleitung besprechen.«

Sie stürmte in den Lift und schlug mit der Faust auf die Schalttafel. Ihr Blick sprühte vor Zorn, und er ließ Lena nicht los, bis sich die Aufzugtür schloss.

»Du solltest ihr wirklich nicht solche Fragen stellen«, sagte Charlotte hinter ihr.

»Ach nein, sollte ich nicht?«, fauchte Lena, während sie zu ihr herumfuhr. Ihr war sehr wohl klar, wie ungerecht es war, ihren Zorn nun an Charlotte auszulassen, aber in diesem Moment tat es einfach gut. »Soll ich weiter brav die Klappe halten und das Nesthäkchen spielen, das verhätschelt und vor der großen bösen Welt in Schutz genommen werden muss?«

»Warum nicht?«, sagte Charlotte. »Immerhin bist du es ja.«

»Meinetwegen«, schnappte Lena. »Aber behandelt mich nicht, als wäre ich völlig blöd. Also – was ist das zwischen Stepan und Louise?«

»Wie kommst du darauf, dass da irgendetwas sein könnte?«, fragte Charlotte. Dann schüttelte sie kurz den Kopf und sagte: »Du hast recht. Da … ist etwas zwischen Stepan und ihr. Oder war es wenigstens einmal. Es ist lange her, aber die beiden …«

»Waren einmal ein Paar«, sagte Lena. Louise – und Stepan? Das kam ihr gleichermaßen grotesk wie sonderbar stimmig vor; wie das letzte Puzzleteilchen in einem Bild, das sich bisher beharrlich geweigert hatte, den Sinn zu ergeben, den sie die ganze Zeit dahinter spürte. »Aber ich dachte, sie hasst Männer.«

»Vielleicht ist Stepan ja der Grund dafür«, erwiderte Charlotte. »Er war Louises letzter Geliebter … aber nicht nur das.«

Es dauerte nur einen Moment, bis Lena verstand. »Sie hat ihn … zu dem gemacht, was er ist«, sagte sie.

»Und danach hat sie sich geschworen, nie wieder einen Mann zu einem von uns zu machen. Frag mich nicht, was passiert ist. Es war lange vor meiner Zeit, und sie spricht nie darüber.« Ein Schatten huschte über Charlottes Gesicht und verschwand wieder, bevor Lena seine Bedeutung ergründen konnte. »Vielleicht gibt sie sich die Schuld an dem, was aus ihm geworden ist. Sie kann ihn nicht töten, so einfach ist das. Und selbst wenn sie es könnte, dann dürfte sie es nicht.«

»Warum?«

»Weil es gegen die Regeln verstößt«, antwortete Charlotte ernst.

»Regeln, die ihr selbst aufgestellt habt, vermute ich?«

»Und das mit gutem Grund.« Charlotte nickte. »Es ist der einzige Weg, am Leben zu bleiben. Wir töten einander nicht, und wir führen schon gar keinen Krieg gegeneinander.«

»Ach nein?«, höhnte Lena. »Was war das gestern Abend?«

»Genau das, was keinesfalls hätte passieren dürfen«, sagte Charlotte. »Schon vergessen, was im Hotel geschehen ist oder im Club? Was glaubst du wohl, wie lange es dauern würde, bis die Menschen anfangen, an unsere Existenz zu glauben, wenn wir wirklich Krieg gegeneinander führen? Der einzige Grund, weshalb wir all die Jahrhunderte überlebt haben, ist der, dass niemand von unserer Existenz weiß. Und das muss so bleiben, ganz egal, was geschieht. Wenn die Menschen wissen, dass es uns gibt, dann sind wir alle tot.«

Wahrscheinlich hatte sie damit sogar recht, dachte Lena – aber das änderte nichts an ihrem Groll. Wieso hatte Louise ihr von alledem nie etwas erzählt?

»Du …«, begann sie zornig.

Charlotte unterbrach sie schon nach dem ersten Wort abermals, aber jetzt in fast sanftem Ton. »Lass deinen Zorn ruhig an mir aus, wenn es dich erleichtert.«

»Das wollte ich nicht«, sagte Lena.

»Doch, das wolltest du, und es ist in Ordnung. Manchmal braucht man jemanden, dem man die Schuld geben kann. Das macht es leichter, es zu ertragen.«

»Quatsch«, sagte Lena.

»Kein Quatsch.« Charlotte schüttelte heftig den Kopf. »Ich beobachte die Menschen seit hundert Jahren. Das ist eine lange Zeit. Lange genug, um sie kennenzulernen.«

»Das klingt nicht so, als würdest du sie auch mögen.«

»Wer weiß?« Charlotte hob abermals die Schultern, aber dann zwang sie sich zu einem Lächeln. »Aber bevor wir jetzt endgültig ins Philosophieren geraten, hören wir lieber auf Louises Rat und versuchen ein bisschen zu schlafen. Wir haben eine anstrengende Reise vor uns, und ich muss vorher noch … etwas erledigen.«

Das winzige Zögern in ihren Worten entging Lena keineswegs. Und es war auch nicht das erste Mal, dass sie das sichere Gefühl hatte, dass da noch mehr war, was Charlotte ihr sagen wollte.

»Hör auf Louise, und leg dich hin«, sagte Charlotte. »Hier gibt es nichts für dich zu tun, glaub mir.« Sie lächelte flüchtig. »Und auch nichts zu fürchten.«

»Ich bin nicht müde«, sagte Lena.

»Doch«, antwortete Charlotte. Irgendetwas in ihrem Blick änderte sich. »Bist du.«

Und natürlich war sie es. Ganz plötzlich und so sehr, dass sie es gerade noch schaffte, zur Couch zu taumeln, bevor ihr die Augen zufielen.

32

Draußen musste es ungefähr Mittag sein, und das Erste, was ihr auffiel, war ein unangenehmer Geruch, der sie umgab und in jede Pore ihres Körpers eindrang.

Und dann das Gefühl, angestarrt zu werden.

»Du kannst die Augen jetzt aufmachen«, sagte Louise. »Ich weiß, dass du wach bist.«

Lena gehorchte. »Woher?«, fragte sie.

Louise, die mit übereinandergeschlagenen Beinen in einem Sessel saß und sie wie jemand betrachtete, der es sich vor dem Fernseher gemütlich machen wollte, zog an ihrer Zigarette und deutete ein Schulterzucken an. »Veränderte Körpertemperatur, weniger flacher Atem, eine schnellere Herzfrequenz und keine unbewussten Muskelzuckungen mehr«, sagte sie und blies eine süßliche Qualmwolke in ihre Richtung, die eindeutig nicht nur aus Zigarettenrauch bestand. »Das wäre jedenfalls die wissenschaftliche Erklärung.«

»Und die andere?« Lena setzte sich auf und bemühte sich, nicht zu gähnen. Sie lauschte in sich hinein und stellte fest, dass sie weder Albträume gehabt hatte noch von weiteren Angstattacken heimgesucht worden war. Sie hatte richtig fest geschlafen. Möglicherweise weil Charlotte nachgeholfen hatte.

Louise lächelte, als hätte sie etwas gesagt, worüber sie sich insgeheim freute. »Ich habe es einfach gewusst«, sagte sie. »So wie du gewusst hast, dass ich dich beobachte.«

Lena machte sich gar nicht erst die Mühe zu widersprechen. »Und warum?«

»Warum ich dich beobachte?« Louise nahm einen tiefen Zug an ihrem Joint. »Weil mir dein Anblick Freude bereitet.«

»Hm«, machte Lena. Sie schwang umständlich die Beine von der Couch, verbarg das Gesicht in den Händen und gähnte ausgiebig. Schließlich sah sie Louise wieder direkt in die Augen.

»Du bist wirklich süß, wenn du schläfst«, sagte Louise. »Aber das habe ich dir schon einmal gesagt, glaube ich.«

»Gib dir keine Mühe«, murmelte Lena. »Schmeicheleien haben bei mir noch nie funktioniert.«

»Erstens war es keine Schmeichelei.« Louise schnippte ihre Zigarette zielsicher in den Kamin, ohne hinzusehen. »Und zweitens stimmt es nicht. Jeder ist für Schmeicheleien empfänglich. Vor allem wenn er weiß, dass sie der Wahrheit entsprechen.«

»Wo ist Charlotte?«, fragte Lena unvermittelt.

»Sie hat etwas zu erledigen«, antwortete Louise.

»Der Grund, aus dem wie hier sind?«

Louise nickte zwar, machte aber keine Anstalten, die eigentliche Frage zu beantworten. »Es trifft sich ganz gut, dass wir allein sind«, sagte sie. »Ich wollte ohnehin mit dir reden.«

»Weil du Geheimnisse vor Charlotte hast?« Diesmal klang ihre Stimme noch schärfer, aber Louise reagierte auch jetzt nicht darauf, und Lena wurde klar, dass sie sich die Mühe genauso gut sparen konnte. »Und worüber willst du reden?«, fragte sie schließlich.

»Über gestern«, antwortete Louise. »Ich habe da ein paar Dinge gesagt, die ich besser nicht gesagt hätte.«

Nein, so einfach würde sie es ihr nicht machen. »Und was, zum Beispiel?«

Mit der Geduld einer Mutter, die mit ihrem störrischen Kind sprach, überging Louise auch das. »Ich wollte mich nicht über dich lustig machen, Lena«, sagte sie. »Was ich über Tom gesagt habe, tut mir wirklich leid. Ich hoffe, du nimmst meine Entschuldigung an. Es war nicht so gemeint.«

»Doch«, antwortete Lena. »War es.«

»Nicht so, wie es für dich geklungen haben muss«, sagte Louise. »Du liebst diesen Jungen, und ich hatte kein Recht, mich darüber lustig zu machen.«

»Liebe!« So, wie Lena das Wort hervorstieß, klang es fast wie ein Fluch. »Was verstehst du schon davon?«

Jetzt wirkte Louise doch ein bisschen verletzt. »Wahrscheinlich mehr als du«, sagte sie. »Ich habe es oft genug erlebt, um zu wissen, was sie anrichten kann. Sie ist vielleicht das Schönste, was uns passieren kann, aber auch das Schlimmste. Und für deinen kleinen Freund wäre es das Schlimmste.« Sie verbesserte sich. »Für Tom.«

»Weil er das bekommen würde, was eigentlich dir zusteht?«, fragte Lena böse.

»Weil er es nicht überleben würde«, antwortete Louise ernst. »Denk an Nora und ihren kleinen Pagen. Möchtest du eines Morgens aufwachen und seine Leiche neben dir finden?«

»Das ist ja wohl etwas anderes!«, protestierte Lena.

»Wieso?«, fragte Louise. Sie zündete sich eine weitere Haschisch-Zigarette an und hielt Lena das silberne Etui hin, die aber den Kopf schüttelte. »Sie hat diesen Jungen nämlich auch geliebt. Ihm etwas anzutun war das Letzte, was sie wollte. Aber sie hat es trotzdem getan.«

»Ich bin nicht Nora«, sagte Lena.

»Aber du bist, was du bist, und das ist nun einmal unsere Art«, erwiderte Louise traurig. »Du musst allmählich anfangen, das zu begreifen.«

»Ich muss gar nichts!«, fauchte Lena. »Ich habe dich nicht gebeten, mich in … *so etwas* zu verwandeln!«

»Mit *so etwas* meinst du dich selbst.« Lena war sich nicht ganz sicher, ob Louise nun doch verärgert klang oder nur auf eine andere Art traurig. »Es tut mir so unendlich leid, glaub mir. Das alles … ist nicht so gelaufen, wie es sollte.«

»Weil ich meinen freien Willen behalten habe?«

»Ich habe ihn dir gelassen, Kleines«, korrigierte Louise sie. »Und es war nicht so geplant, glaube mir. Du hast bisher nur all die negativen Seiten deines neuen Lebens kennengelernt.«

»Gibt es denn auch positive?«

»Du hast alles gesehen, was du nicht mehr haben kannst«, fuhr Louise unbeirrt fort. »Das Leben verschenkt nichts, Lena. An niemanden. Nicht einmal an uns. Du bekommst nichts, ohne dass dir dafür nicht auch etwas genommen wird. Du wirst nie wieder einfach so im Sonnenschein spazieren gehen können. Du wirst dich nie wieder einfach so in einen Jungen – oder auch in ein Mädchen – verlieben können. Und da sind auch noch ein paar andere Dinge, die du nicht mehr tun kannst … aber du bekommst auch so unendlich viel dafür zurück.«

»Zum Beispiel?«

»Gib diesem Leben eine Chance. Du hast es von seiner schlimmsten Seite kennengelernt, aber so ist es nicht immer.«

»Nur jede zweite Woche?«

»Heute Nacht sind wir hier weg«, sagte Louise unerschütterlich. »Und dann wird alles anders. Ich verlange nicht einmal, dass du mir glaubst. Gib mir einfach eine Chance.«

»So wie du Stepan?«

Das kurze Schweigen, das auf diese Worte hin einkehrte, war beredt genug. Louise hatte nicht geahnt, dass Lena um ihr finsteres Geheimnis wusste. Vielleicht hatte sie auch nicht gewusst, dass Charlotte davon wusste. Aber sie fing sich sofort wieder. »Er war nicht immer so«, sagte sie. »Wahrscheinlich glaubst du mir nicht, aber als ich ihn kennengelernt habe, da war er ein bisschen so wie dein kleiner Freund.«

»Du hast recht«, sagte Lena. »Ich glaube dir nicht.«

»Und doch ist es die Wahrheit«, sagte Louise. »Und ich glaube auch nicht, dass es Zufall ist. So wenig wie es Zufall ist, dass ich mich in dich verliebt habe.«

»Was hat denn das eine mit dem anderen zu tun?«

»Alles«, erwiderte Louise. »Wir sind uns sehr ähnlich, Kleines. Ähnlicher, als du ahnst.«

»Ja, klar doch«, sagte Lena abfällig.

»Vor sehr langer Zeit, da war ich genau wie du. Es ist uns nicht vergönnt, in den Spiegel zu sehen oder ein Bild von uns zu machen, und deshalb weiß ich nicht, wie ich aussehe ...«

»Alt«, fauchte Lena aus keinem anderen Grund als dem, ihr wehzutun.

»... aber damals wären wir uns sogar äußerlich ähnlich gewesen. Ich habe so ausgesehen wie du, ich war genauso aufsässig wie du, und ich habe genauso gelebt wie du.«

»Ich verstehe«, sagte Lena bissig. »Ich nehme an, du hast auch russischen Zuhältern am Geldautomaten aufgelauert, nur eben am Hof des Zaren.«

»Die gab es damals noch nicht«, erwiderte Louise, »aber die eine oder andere Geldbörse ist unter meinem Rock verschwunden, das stimmt.«

Lena setzte dazu an, sie zu fragen, was sich noch alles unter ihren Rock verirrt hatte, aber dann begriff sie selbst, wie albern das gewesen wäre. Louises Taktik, sie einfach vor eine Gummiwand laufen zu lassen, funktionierte nicht nur ausgezeichnet – wenn sie es recht bedachte, dann hatte Lena sie bei verschiedenen Gelegenheiten selbst schon erfolgreich angewandt. Gut, dachte sie widerwillig, zumindest in diesem Punkt waren sie sich ähnlich, wenn auch sonst in nichts. Auf gar keinen Fall. Niemals. Unter keinen Umständen.

»Und dasselbe gilt für Stepan«, fuhr Louise fort. »Ich habe ihn tatsächlich am Hof des Zaren kennengelernt. Ein schneidiger junger Offizier, voller Elan und Lebensfreude, und genauso unsterblich in mich verknallt wie dein kleiner Tom in dich. Und ich in ihn.«

»Und dann hast du ihn eines Tages wirklich unsterblich gemacht.«

Louise nickte, und jetzt sah sie wirklich traurig aus.

»Was ist passiert?«, fragte Lena, nachdem sie eine Zeit lang schweigend dagesessen hatten.

»Was immer passiert«, antwortete Louise. »Er hat sich verändert. Er ist der Verlockung der Macht erlegen.«

»Macht?«, wiederholte Lena zweifelnd. Sie verstand nicht genau, wovon Louise sprach. Wenn sie die Wahrheit sagte und Stepan vor langer Zeit tatsächlich so gewesen sein sollte wie Tom (lächerlich!), wie hätte er dann ihrer Verlockung erliegen sollen? Tom war ein bisschen auch wie sie, und sie selbst hatte niemals das Bedürfnis verspürt, *Macht* über andere auszuüben. Es mochte ja angenehm sein, nur mit dem Finger schnippen oder die Augenbraue heben zu müssen, damit alle Welt hüpfte und sprang, aber sie stellte es sich auch lästig vor, und die Verantwortung, die damit einherging, anderen zu befehlen, was sie zu tun oder zu lassen hatten, musste gewaltig sein. Ihr genügte es vollkommen, wenn andere keine Macht über sie hatten. Sie hatte ein Jahr lang am eigenen Leib gespürt, was es hieß, hilflos und ausgeliefert zu sein.

»Macht?«, fragte sie noch einmal.

»Macht«, bestätigte Louise. »Es ist die stärkste aller Drogen, glaub mir. Reichtum, Sex, Drogen …« Sie machte eine wegwerfende Geste, die einen Funkenschauer aus ihrer Zigarette explodieren ließ. »Das alles ist nichts gegen den Kick, den dir das Gefühl verleiht, Macht über andere zu haben. Es ist ein Dauerrausch, und er macht süchtig nach mehr. Alle.«

»Außer dich«, sagte Lena spöttisch.

»Ich bin so wenig dagegen gefeit wie alle anderen«, erwiderte Louise. »Aber ich habe gelernt, damit umzugehen.«

»Ach ja? Und wie?«

»Was glaubst du, warum ich so lebe, wie ich lebe? Denkst du wirklich, es macht mir Spaß, ein unendliches Leben auf der Flucht zu verbringen? Denkst du, ich sehne mich nicht nach einem Platz, an den ich gehöre? Einer Heimat? Freunden?« Louise schüttelte heftig den Kopf. »Das gehört auch zu den Dingen, die wir nicht mehr haben können, Liebes. Warum, glaubst du wohl, haben sich die wenigen von uns, die es noch gibt, nicht irgendwo niedergelassen und sind Könige oder Präsidenten geworden oder leiten ein Industrieimperium oder meinetwegen auch ein Drogenkartell?«

»So wie Stepan es tut?«

»Stepan ist ein Idiot«, sagte Louise. »Er wird sterben. Ich kann ihn nicht töten, aber früher oder später wird jemand kommen, der es kann, und der wird es tun. Unsere einzige Chance zu überleben ist eine Existenz als Ruhelose. Wenn du ein bisschen Glück hast, dann wird sich dein Leben in Jahrtausenden messen, Liebes, aber eine Heimat, das gehört leider auf die Liste der Dinge, die du nie wieder haben wirst.«

»Allmählich wird diese Liste ziemlich lang«, grollte Lena.

»Das stimmt.« Louise lächelte. »Aber die Liste der Dinge, die du dafür zurückbekommst, ist um so vieles länger … und es stehen Dinge darauf, die du dir jetzt noch nicht vorstellen kannst. Irgendwann wirst du sehen, was für ein wundervolles Geschenk ich dir gemacht habe, glaub mir.«

Lena spürte, dass der Augenblick der Wahrheit vorbei war und das Gespräch nun wieder in die Richtung ging, in die Louise es von Anfang an hatte lenken wollen; und die Lena nicht gefiel. Sie stand auf, sah einen Moment lang unschlüssig überallhin, nur nicht in Louises Richtung, und trat schließlich ans Fenster.

Ihre Vermutung war richtig gewesen. Es war Mittag. Die Sonne stand nahezu senkrecht über dem Park und verwandelte ihn in eine kitschige Spielzeuglandschaft, die von einem Märchenwald umgeben war. Die große Rasenfläche war jetzt nicht mehr leer. Eine ganze Anzahl Personen saß auf Bänken, plauschte miteinander, fütterte die Fische in dem kleinen Zierteich oder stand einfach nur da und genoss den Sonnenschein. Da war etwas, was sie verband, aber Lena konnte nicht genau sagen, was. Dann erinnerte sie sich an ihr Gespräch vom Morgen, und im selben Moment fiel ihr auch auf, wie viele der Männer und Frauen dort unten in Rollstühlen saßen oder sich schwer auf Krücken oder andere Gehhilfen stützten.

»Ein Altersheim«, sagte sie.

»Eine Altersresidenz«, verbesserte sie Louise. Sie lachte. »Glaub mir, der Unterschied besteht nicht nur in den Kosten, ganz egal, was Charlotte behauptet.« Lena konnte hören, wie sie aufstand und mit langsamen Schritten näher kam. »Wir haben auch eine Dachterrasse, von der du einen besseren Ausblick hast – sobald die Sonne untergegangen ist, heißt das.«

Lena sah weiter aus dem Fenster. Ihr verbessertes Sehvermögen half ihr zu erkennen, dass die meisten der Menschen dort unten – alle, wenn sie die überraschend große Anzahl von Pflegern und anderem Betreuungspersonal außer Acht ließ – sehr alt waren, aber ausnahmslos gepflegt, und nur die allerwenigsten sahen wirklich gebrechlich aus. Trotzdem.

»Das ist schrecklich«, sagte sie.

Louise trat hinter sie. Lena konnte das Rascheln ihrer Kleidung hören und das fast elektrische Knistern ihres Haars.

»Ganz sicher kann ich natürlich nicht sein«, sagte Louise, »aber ich glaube, es ist das beste Pflegeheim diesseits des Ozeans. Niemand vermutet es in einem Land wie diesem. Und das ist genau der Grund, aus dem ich es hier eröffnet habe.«

»Du?«

»Es gehört mir.« Louises Haar knisterte noch lauter, als sie nickte, und ihre Nähe wurde … *präsenter.* Auf eine durchaus angenehme Art. Lena versuchte vergeblich, den prickelnden Schauer zu ignorieren, der ihr über den Rücken lief. »Und es ist sogar ein gutes Geschäft. Du machst dir ja keine Vorstellung davon, wie viel die Reichen und Schönen dieser Welt dafür bezahlen, ihr schlechtes Gewissen zu beruhigen.«

»Vielleicht wollen sie nur nicht sehen, was irgendwann auch auf sie zukommt«, sagte Lena.

»Nicht irgendwann«, erwiderte Louise. »Es ist wenig mehr als morgen. Du blinzelst ein paarmal, und schon bist du alt. Na ja – *du* nicht. Glaubst du an Gott?«

Der plötzliche Themenwechsel überraschte Lena so sehr, dass sie den Kopf drehte. Louise stand ganz dicht hinter ihr. Sie berührten sich noch nicht, aber zwischen ihnen war kaum noch ein Zentimeter Abstand, und er schien mit unsichtbarer knisternder Elektrizität gefüllt zu sein. Lena wandte den Kopf sofort ab und konzentrierte sich wieder auf den Park.

»Wenn ich es je getan hätte«, sagte Louise, »dann hätte ich in dem Moment damit aufgehört, in dem ich den ersten alten Menschen gesehen hätte. Wenn es ihn wirklich gibt, warum lässt er dann zu, dass seine Kinder nur ein so erbärmlich kurzes Leben leben und dann so elendiglich enden müssen, wo es doch in seiner Macht steht, so etwas wie *uns* zu erschaffen?«

»Vielleicht sind wir ja die Kinder des anderen«, hörte sich Lena zu ihrer eigenen Überraschung antworten.

»An den glaube ich schon gar nicht«, sagte Louise. »Und keiner der unzähligen Pfaffen und Schwarzröcke, mit denen ich gesprochen habe, konnte mir wirklich erklären, wie das Konzept eines allmächtigen Gottes zu der Idee eines genauso mächtigen Widersachers passt, mit dem er sich um unsere Seelen prügelt.«

Das konnte Lena auch nicht. Es interessierte sie auch nicht. Sie fragte sich, ob Louise einfach nur plapperte oder das Gespräch in eine bestimmte Richtung zu lenken versuchte. Und wenn ja, warum.

»Aber du hast recht«, sagte Louise, indem sie abermals das Thema wechselte. »Gute Pflege und hervorragende ärztliche Behandlung hin oder her, es ist schrecklich … und gehört übrigens auch auf die Liste der Dinge, die dir erspart bleiben, ganz nebenbei bemerkt.«

Als Lena auch darauf nicht reagierte, legte sie ihr sanft die Hände auf die Schultern, und ihr Haar kitzelte an ihrer Wange. Ein noch heftigeres Prickeln lief nun über ihren Rücken und erlosch diesmal nicht, sondern breitete sich in ihrem ganzen Körper aus, um dort Dinge zu tun, von denen sie sich vergeblich einredete, dass sie sie nicht wollte. Sie wusste auch sehr gut, was Louise tat und warum sie es tat, aber sie war unfähig, sich dagegen zu wehren.

»Louise …«, murmelte sie schwach.

»Schschsch«, flüsterte Louise an ihrem Ohr. Ihr Atem war warm und kribbelte an ihrem Hals. Er roch nach Zigarettenrauch, aber auch leicht süßlich und nach noch etwas, was sie nicht genau beschreiben konnte, was sie aber fast in den Wahnsinn trieb. »Sag nichts, Liebes. Ich weiß, wie du dich fühlst, glaub mir. Aber es wird alles gut.«

Ihre Lippen berührten ihren Hals, wanderten so sanft wie die Berührung eines Schmetterlingsflügels in ihren Nacken, und ihre Fingerspitzen wanderten an ihrem Rückgrat hinab und setzten jeden einzelnen Nerv in ihrem Körper in Brand. Lena stöhnte ganz leise. Sie versuchte ihren rasenden Herzschlag zu beruhigen, aber es gelang ihr nicht.

»Vertrau mir einfach«, flüsterte Louise. Ihre Hände legten sich wieder auf Lenas Schultern und drehten sie mit sanfter Gewalt herum, und ihre Gesichter waren sich jetzt so nahe, dass ihre Augen das gesamte Universum auszufüllen schienen. Da war etwas in ihnen, etwas unendlich tief am Boden dieser beiden schwarzen Abgründe, was sie zugleich erschreckte wie in seinen Bann schlug. Ihr Herz raste noch schneller, und in ihrem Schoß begann ein Feuer zu lodern, das mit verzehrender Schnelligkeit von ihrem gesamten Körper Besitz ergriff.

»Du … du hast versprochen, mich zu nichts zu zwingen«, flüsterte sie, nachdem sich ihre Lippen nach einer schieren Ewigkeit wieder voneinander lösten.

»Und ich halte dieses Versprechen«, antwortete Louise. »Das bin nicht ich, Liebes. Das bist du.«

Sie las in Louises Augen, dass das die Wahrheit war, und absurderweise war es genau diese Erkenntnis, die ihr die Kraft gab, Louises Hand von sich wegzudrücken. Nicht nur ihr Körper verzehrte sich vor Verlangen nach Louise. Sie war so … wunderschön.

Louise machte keinen Hehl aus ihrer Enttäuschung. Ganz kurz blitzte sogar Zorn in ihren Augen auf, aber das schwarze Feuer erlosch auch fast genauso schnell wieder, wie es gekommen war, und sie trat nicht nur ihrerseits ein weiteres Stück zurück, sondern lächelte sogar.

»Du hast Angst vor dir selbst«, sagte sie. »Das verstehe ich. Ich muss dir wohl noch ein wenig Zeit lassen.«

»So ungefähr eine Million Jahre?«, schnaubte Lena. »Oder zwei?« Aber sie sagte es mit einer Stimme, die ihre Worte Lügen strafte und Louises Worte zu in Stein gemeißelter Wahrheit machten.

»Ganz so lange wird es nicht dauern«, erwiderte Louise lächelnd. »Hör einfach auf dein Herz.«

Es war nicht ihr Herz, sondern ein ganz anderer Körperteil, der im Moment Lenas gesamtes Denken und Fühlen beherrschte. Sie versuchte sich an diesen Gedanken zu klammern wie eine Ertrinkende an den berühmten Strohhalm. Es war nur körperlich. Ihre Hormone spielten verrückt, und sie war scharf auf Louise und brauchte einfach das, was jeder gesunden jungen Frau zustand …

… aber da war auch noch mehr. Da war etwas ganz tief in

Louise, etwas noch unter dem Insekten-Ding, das sich hinter der Maske von Louises göttinnengleicher Schönheit verbarg, das nach ihr rief. Etwas Uraltes und Fremdartiges und trotzdem Verwandtes, nach dem sie sich so unendlich sehnte.

»Vertagen wir das auf später, okay?«, sagte Louise, als hätte sie ihre Gedanken gelesen. »Hier ist ohnehin nicht das richtige Umfeld.«

»Wofür?«, fragte Lena. Schon dieses eine Wort herauszubringen kostete sie fast ihre ganze Kraft.

»Ich finde, das erste Mal sollte immer etwas Besonderes sein«, antwortete Louise zwar lächelnd, aber auch mit großem Ernst. »Ein weißer Traumstrand in der Karibik. Palmen. Eine sternenklare Nacht und leise Musik. Ein gutes Glas Champagner …« Sie kicherte. »Ich weiß, wie kitschig das klingt, aber ich bin nun mal eine unverbesserliche Romantikerin.«

Da war noch etwas, was diese Vorstellung störte, dachte Lena. Etwas, was schon die ganze Zeit über da gewesen war, sich aber beharrlich weigerte, sich zu erkennen zu geben.

»Wo ist Charlotte?«, fragte sie.

Eigentlich hatte sie es nur gefragt, um überhaupt etwas zu sagen, aber Louise sah sie auf eine Art an, als hätte sie ihr ohne Vorwarnung ins Gesicht geschlagen.

»Sie … hat etwas zu erledigen«, sagte sie schließlich in fast abweisendem Ton.

»Etwas, was mich nichts angeht?«

»Etwas Persönliches«, sagte Louise. »Es geht dich tatsächlich nichts an, und mich auch nicht.« Dann hob sie die Schultern. »Ach verdammt, warum eigentlich nicht? Du willst wissen, warum wir hier sind? Auch auf die Gefahr hin, dass es dir nicht gefällt?«

Lena nickte, und Louise drehte sich herum und machte eine Kopfbewegung zum Lift. »Dann komm mit.«

33

Das Glas war so dick, dass selbst Lenas feines Gehör keinen Laut von der anderen Seite her wahrnahm, aber sie hatte Szenen wie diese oft genug erlebt (wenn auch eigentlich nur im Film), um das beständige Hintergrundsummen und Piepsen und Klicken der Überwachungsmonitore und -computer dennoch zu hören, die das Bett an zwei Seiten flankierten. An diesem Anblick war etwas, was ihr den Atem abschnürte. Vielleicht war es der Umstand, dass sie in ein Sterbezimmer blickte. Der Raum war groß und wirkte durch den Umstand, dass es bis auf das Bett, einen einzelnen Stuhl und die Phalanx der elektronischen Wächter leer war, noch größer. Die Fenster waren geschlossen, und durch die Vorhänge drang nur wenig Licht. Jemand hatte die Wände in freundlichen Farben gestrichen und Bilder aufgehängt, die Stillleben oder Landschaften zeigten, und obwohl das dicke Glas jeden Laut verschluckte, spürte sie irgendwo die leise klassische Musik, die aus versteckt angebrachten Lautsprechern drang.

Nichts von alledem änderte etwas daran, dass es ein Sterbezimmer war, auch wenn das Sterben dort drinnen Wochen dauern würde, wenn nicht gar Monate oder Jahre. Die schmale Gestalt in dem viel zu großen Bett würde diesen Raum nie wieder verlassen. Vielleicht für ein Bad oder irgendeine medizinische Behandlung, von der sich Lena fragte, wozu sie überhaupt gut sein sollte. Aber nicht, um zu leben.

»Wie lange hat Charlotte ihre Tochter nicht mehr gesehen?«, fragte sie. Die geflüsterten Worte schienen in dem winzigen Vorraum mehrfach widerzuhallen, wie etwas, was nicht in diesen Warteraum des Todes gehörte.

Louise antwortete beinahe noch leiser. »Zehn Jahre. Vielleicht auch mehr. Aber sie hat sie auch damals schon nicht erkannt.« Ein seltsam melancholisches Lächeln, wie Lena es niemals von ihr erwartet hätte, huschte über ihre Lippen. »Es ist eine schreckliche Krankheit – aber zugleich auch eine von wenigen, die es gut mit denen meint, die sie heimsucht.«

»Alzheimer?«, sagte Lena.

»Das Alter«, antwortete Louise. »Sie ist weit über neunzig.« Sie seufzte. »Und ja, auch dement. Sie wusste nie, wer Charlotte ist, jetzt weiß sie auch nicht mehr, wer sie selbst ist. Ein paar Dinge hat die Natur für ihre Stiefkinder wohl doch gut geregelt.«

Wenn sie glaubte, dass diese Worte Lena irgendwie trösteten, dann täuschte sie sich. Wahrscheinlich waren sie ehrlich gemeint, aber Lena kamen sie wie böser Hohn vor.

»Warum mutest du ihr das zu?«, fragte sie.

»Weil es Charlottes Wunsch war. Es kann zwanzig Jahre oder mehr dauern, bis wir wieder in dieses Land zurückkommen … vielleicht tun wir's auch nie. Aber ganz egal, wie lange es dauert, sie wird sie nicht wiedersehen. Wie hätte ich ihr diesen Wunsch abschlagen können?«

»Ich finde, das hättest du gemusst, wenn du wirklich ihre Freundin bist. Das ist … unmenschlich.«

»Mag sein. Aber wir sind auch keine Menschen.«

Erstaunlicherweise schockierten Lena diese Worte viel weniger als das, was sie zuvor gesagt hatte.

»Wir sollten wieder gehen«, fuhr Louise fort. »Du wolltest wissen, warum wir hier sind, und nun weißt du es. Jetzt bleiben nur noch ein paar Stunden bis Sonnenuntergang, und ich habe noch eine Menge zu erledigen.«

»Zum Beispiel?«

Sie konnte Louise die Verärgerung ansehen, dass sie diese Frage überhaupt stellte, trotzdem antwortete sie. »Ein paar Telefonate führen, ein paar Dinge regeln … Charlotte hat keine einzige Minute geschlafen, und die Fahrt hierher war wirklich anstrengend. Ich muss eine andere Transportmöglichkeit für uns finden.«

»Nach Paris?« Lena versuchte die Entfernung bis dorthin abzuschätzen, gab es aber sofort wieder auf. In Geografie war sie nie sonderlich gut gewesen. »Ein Düsenjet?«

»Es ist besser, wenn wir unsere Pläne ändern«, sagte Louise. »Ich traue Stepan nicht – und deinem kleinen Polizistenfreund und seinen Kollegen schon gar nicht.« Lena blickte sie fragend an, und Louise fuhr mit einer fast ärgerlichen Geste fort: »Sie haben uns ein bisschen zu schnell gefunden, für meinen Geschmack. Ich möchte nicht in Paris ankommen und dort einem Empfangskomitee in die Arme laufen.«

»Ich kann fahren«, bot sich Lena an.

»Weil du ja vor lauter Energie gerade richtig aus den Nähten platzt«, sagte Louise spöttisch und schüttelte den Kopf.

»Aber irgendwie müssen wir doch …«

»Zerbrich dir mal nicht dein hübsches Köpfchen. Ich finde schon eine Lösung.« Louise lachte. »Den Club zu führen und dem Finanzamt durch die Maschen zu schlüpfen war schwieriger.«

Lena musste ihren Ärger hinunterschlucken. »Ich kann fahren«, beharrte sie. »Und ich wäre dir dankbar, wenn du endlich aufhören würdest, mich wie ein Kind zu behandeln.«

»Tu ich«, antwortete Louise gelassen, »sobald du aufhörst, dich wie eins zu benehmen.« Sie schnitt ihr mit einer herrischen Geste das Wort ab, als sie widersprechen wollte. »Bist du hungrig?«

»Was hat denn das jetzt …«, begann Lena aufgebracht, gewahrte etwas in Louises Blick, das sie am Weiterreden hinderte, und nickte. Sie *war* hungrig, sehr sogar, und das seit Tagen. Die wenigen Schlucke, die Louise ihr am Morgen zugestanden hatte, hatten nicht viel genutzt.

»Du würdest keine zwei Stunden durchhalten, glaub mir.«

»Dann gib mir etwas!«, verlangte Lena. »Wir haben doch genug Blutkonserven, oder nicht?«

»Oder nicht«, sagte Louise. »Erstens ist es unsere eiserne Reserve, und ich habe nicht die geringste Ahnung, wann wir sie wieder auffüllen können. Wir sind auf der Flucht, Schätzchen, vergiss das nicht. Und es wäre auch nicht dasselbe.«

»Wieso?«

»Du hörst mir nie richtig zu, Kleines«, sagte Louise tadelnd. »Ich habe es dir doch erklärt. Blutkonserven halten uns am Leben, genau wie das Blut von Tieren, aber sie geben uns keine Kraft.« Sie legte den Kopf schräg und zögerte einen winzigen, aber beredten Augenblick. »Ich weiß, ich habe dir gesagt, dass ich dich zu nichts drängen werde und dass du dir so viel Zeit lassen kannst, wie du willst … aber vielleicht wäre jetzt der passende Moment.«

»Der passende Moment wofür?«, fragte Lena alarmiert.

»Auf die Jagd zu gehen«, antwortete Louise. »Irgendwann wirst du es sowieso tun. Und ich bin nicht so überzeugt davon, wie ich es gern wäre, dass wir wirklich schon in Sicherheit sind. Falls wir kämpfen müssen, wirst du jedes bisschen Kraft brauchen, das du bekommen kannst.«

»Ich kann mich meiner Haut wehren!«, giftete Lena.

»Schon vergessen, was Stepan mit dir gemacht hat?«

»Du glaubst, Stepan könnte herkommen?«

»Nein. Mit – wie sagt man noch? – mit an Sicherheit grenzender Wahrscheinlichkeit nicht. Aber ich bin nicht so alt geworden, weil ich mich auf so etwas verlassen habe.«

»Und wo soll ich deiner Meinung nach … *auf die Jagd gehen?«,* sagte Lena. »Wir sind doch hier irgendwo im Osten, oder? Bulgarien, Rumänien, Polen … was weiß ich. Fällt es hier nicht so auf, wenn ein Vampir durch die Nacht schleicht und den Leuten das Blut aussaugt?«

Louise sah nicht verärgert aus, nicht einmal verstimmt. »Warum fängst du nicht hier an?«, fragte sie lächelnd. »Die meisten Patienten hier haben ohnehin nicht mehr lange zu leben.«

Lena starrte sie an. Da war kein Zynismus in Louises Stimme oder Hochmut. Sie meinte, was sie sagte, und sie empfand … nichts dabei.

»Ja, dann fange ich am besten gleich hier an«, sagte sie mit einer Geste zur Trennscheibe. »Wahrscheinlich tue ich Charlotte sogar einen Gefallen!«

Bevor Louise sie daran hindern konnte, stürmte sie ins Nebenzimmer. Charlotte sah nicht auf, als sie die Tür hinter sich zuwarf. Der Knall hallte wie ein Pistolenschuss durch den Raum, der ihr plötzlich viel kleiner und beengter vorkam als durch die Glasscheibe betrachtet. Es war kühl, fast schon kalt, und statt des beruhigenden Summens der Elektronik, das sie erwartet hatte, hörte sie ein enervierendes unterschwelliges Pulsieren, das ihrem Herzschlag genau entgegengesetzt zu sein schien und ihr das Atmen schwer machte.

Sie bedauerte augenblicklich, hier hereingekommen zu sein. Charlotte saß mit dem Rücken zu ihr da und hielt die Hand ihrer Tochter, und obwohl sie ihr Gesicht nicht sehen konnte, spürte sie den entsetzlichen Schmerz, der Charlotte ergriffen hatte. Sie hatte kein Recht, hier zu sein. Vorsichtig wollte sie die Tür wieder öffnen, aber Charlotte sagte leise: »Bleib!«

Lena ließ den Türknauf wieder los.

»Hat Louise es dir gesagt?«, fragte Charlotte.

Lena trat ein paar Schritte näher, und obwohl sie gewusst hatte, was sie sehen würde, traf sie der Anblick wie ein Schlag.

Das Gesicht, in das sie blickte, war das einer uralten Frau, zahnlos und eingefallen und kaum mehr als ein Totenschädel, über dem sich morsche Haut spannte, eingerahmt von schlohweißem Haar. Es war das Gesicht einer Neunzigjährigen, das ihr wie das einer Hundertfünfzigjährigen vorkam und doch dasselbe war wie das der jungen Frau, die neben ihr saß. Wenn sie jemals daran gezweifelt hätte, dass diese uralte Frau tatsächlich Charlottes Tochter war, dann hätte ein einziger Blick in dieses Gesicht jeden Zweifel auf der Stelle zunichtegemacht. Selbst jetzt war sie auf ihre eigene Art immer noch wunderschön.

»Es tut mir … so unendlich leid«, flüsterte sie.

»Die Menschen haben da ein Sprichwort«, sagte Charlotte. Lena sah nun, dass ihre Augen feucht glänzten, ihr aber keine Träne übers Gesicht lief. »Eltern sollten nicht sehen, wie ihre Kinder vor ihnen sterben. Aber noch viel weniger sollten sie sehen, wie ihre Kinder vor ihren Augen *altern* und sterben.«

Lena schwieg betreten. Charlotte hielt weiter die Hand ihrer Tochter, die fünfmal so alt aussah wie sie selbst, und weinte trockene Tränen.

»Ich … wollte dich nicht stören«, sagte Lena unbehaglich. »Bitte entschuldige. Ich gehe lieber wieder.«

»Nein, bleib«, sagte Charlotte wieder. »Ich bin froh, dass du hier bist.«

Gehorsam hielt Lena inne, trat aber dann um das Bett herum, so weit es der eckige Halbkreis aus medizinischen Gerätschaften und Computern zuließ, als wäre irgendetwas in ihr darauf bedacht, einen möglichst großen Abstand zwischen Charlotte und sich zu bringen.

Die alte Frau im Bett regte sich, als hätte sie Lenas Eindringen gespürt. Einer der Computer neben Lena piepste auf einmal aufgeregt, stellte seinen Protest aber gleich wieder ein, als die Bewegungen der Greisin aufhörten.

»Sie stirbt«, sagte Charlotte. »Louise hatte recht. Ich hätte auf sie hören sollen.«

Lena sagte auch dazu nichts, und wozu auch? Charlotte brauchte niemanden, der mit ihr sprach. Sie brauchte jemanden, der zuhörte.

»Sie hat mich gewarnt, hierher zu kommen. Sie hat mich auf Knien angefleht, es nicht zu tun, aber ich wollte ja nicht auf sie hören.«

»Um dir das hier zu ersparen«, sagte Lena nun doch.

»Vielleicht wollte sie nicht, dass wir wirklich sehen, worum sie uns betrogen hat.« Charlottes Finger schlossen sich so fest um die Hand ihrer sterbenden Tochter, dass sie der alten Frau damit vermutlich wehgetan hätte, wäre sie wach gewesen. Diesmal begannen gleich zwei Monitore zu randalieren und hörten erst damit auf, als Charlotte ihren Griff lockerte.

»Betrogen?«

»Es gehört dazu, weißt du?«

Nein, Lena wusste nicht, und sie verstand auch nicht, was Charlotte meinte. Oder gar von ihr wollte.

»Das Altwerden. Aber es sollte andersherum sein«, sagte Charlotte. Nun begann doch eine einzelne schwere Träne über ihr Gesicht zu laufen. »Sie sollte hier sitzen und meine Hand halten und nicht umgekehrt. Es ist einfach nicht richtig.«

Worte schienen Lena nicht genug zu sein, um Charlotte zu trösten, und so ging sie wieder um das Bett herum, blieb hinter Charlotte stehen und legte ihr sanft die Hand auf die Schulter. Charlotte versteifte sich, und Lena rechnete fest damit, dass sie ihren Arm abschütteln würde. Stattdessen jedoch hob sie gleich darauf die freie Hand und berührte sacht ihre Finger, und absurderweise war es nun Charlotte, deren Berührung Lena Trost zu spenden schien.

»Wann hast du das letzte Mal mit ihr gesprochen?«, fragte Lena.

»Gesprochen?« Charlotte schüttelte den Kopf. »Nie.«

»Nie? Aber Louise hat doch gesagt …«

»Ich habe sie ein paarmal gesehen, aber sie mich nicht. Ich war sehr vorsichtig.«

»Du hast ihr nie gesagt, wer du bist?«

»Natürlich nicht.« Charlotte lachte bitter. »Was hätte ich denn tun sollen? Zu ihr gehen und sagen: Hallo, ich bin deine Mutter? Ich sehe zwar weit jünger aus als du, und das wird auch für alle Zeiten so bleiben, aber ich bin trotzdem deine Mutter, also wundere dich nicht?« Sie schüttelte heftig den Kopf. »Aber ich habe auf sie aufgepasst. Ich wusste immer, wo sie ist und wie es ihr geht, und ich habe immer dafür gesorgt, dass es ihr gut geht. Eine anständige Pflegefamilie, die besten Schulen und später eine hervorragende Ausbildung … wie sich eine Mutter eben um ihr einziges Kind kümmert. Nur meine Liebe konnte ich ihr nie schenken, und das war vielleicht alles, was sie wirklich von mir gewollt hätte.«

Liebe …

Das Wort löste etwas … Seltsames in Lena aus, eine Mischung aus Erstaunen und schlechtem Gewissen und einem so überwältigenden Mitleid, dass sie Charlotte am liebsten in die Arme geschlossen und an sich gedrückt hätte. Von den drei Frauen war Charlotte für sie immer die rätselhafteste gewesen. Auf ihre stille Art wirkte sie aristokratisch sanft, aber sie hatte auch mit eigenen Augen gesehen, welch gnadenlose Killerin sie sein konnte. Vielleicht gerade deshalb hatte sie ihr die wenigste Menschlichkeit von allen zugebilligt. Und schließlich war es gerade erst einmal ein paar Minuten her, dass Louise es selbst gesagt hatte: *Wir sind keine Menschen.* Plötzlich erfüllte sie ein Gefühl tiefer Scham.

»Wusstest du, dass ich ihren ersten Mann getötet habe?«, fragte Charlotte, gerade als die Stille zwischen ihnen unangenehm zu werden begann. »Nein, woher auch? Aber ich habe es getan. Er war ein Schwein. Er hat sie betrogen und ausgenutzt und geschlagen. Als er sie das erste Mal ins Krankenhaus geprügelt hat, habe ich ihn gewarnt, und es ging eine Weile gut. Nach dem zweiten Mal habe ich ihn umgebracht.«

»Dann hatte er es wahrscheinlich verdient«, sagte Lena.

»Niemand hat es verdient, getötet zu werden«, antwortete Charlotte leise. »Nicht so.«

Lena dachte an Stepan und vor allem seinen vermeintlichen Sohn Anton und enthielt sich vorsichtshalber jedes Kommentars.

»Ich habe alles für sie getan, was ich konnte«, fuhr Charlotte fort. »Nur nicht das, was ich gemusst hätte.«

»Warum hast du sie nicht …?«, begann Lena, schwieg einen Moment und setzte dann neu an. »Hast du dir niemals überlegt, sie zu … zu einer von uns zu machen?«

»Um sie genauso zu verdammen, wie ich es bin?«, erwiderte Charlotte bitter. »Außerdem war es nicht in ihr. Sie war nur Beute.«

Und das – und vor allem die Art, auf die sie die letzten Worte aussprach – war mehr, als Lena ertragen konnte. Fluchtartig verließ sie das Zimmer und stürmte durch den winzigen Vorraum in den Gang. Sie war aufgewühlt, hin- und hergerissen zwischen Zorn und einer sonderbar ziellosen Art der Verzweiflung. Etwas geschah mit ihr hier und jetzt, nur wusste sie nicht, was.

»Tut mir leid, dass du das sehen musstest.«

Lena hätte fast vor Schrecken aufgeschrien, weil Louise wie aus dem Nichts vor ihr auftauchte. Sie hielt eine brennende Zigarette in der einen und das aufgeklappte Handy in der anderen Hand. »Aber du wolltest es ja.«

»Warum hast du ihr das angetan?«, fragte Lena. »Macht es dir Spaß, sie leiden zu sehen?«

»Sie würde noch sehr viel mehr leiden, wenn ich ihr die Chance verwehrt hätte, Abschied zu nehmen«, antwortete Louise. »Sie wird es überwinden, glaub mir. In ein paar Tagen liegen wir am Strand, und dann sieht die Welt schon anders aus.« Sie wedelte mit ihrem Telefon. »Ich hab uns einen Heli besorgt. Er landet morgen eine halbe Stunde vor Sonnenaufgang und bringt uns zum nächsten Flughafen.«

»Eine Stunde *vor* Sonnenaufgang?«, vergewisserte sich Lena.

Louise hob beiläufig die Schultern. »Es ging nicht anders«, antwortete sie. »Ich warte lieber in einem abgedunkelten Flugzeughangar auf einen Flieger, der mich dort abholt, als in der Schlange auf einem überfüllten osteuropäischen Flughafen. Mach dir keine Sorgen. In weniger als vierundzwanzig Stunden sitzen wir im Jet.«

»Und damit ist dann alles wieder gut, wie?«, schnappte Lena.

Louise sah sie leicht irritiert an, klappte ihr Handy zu und nahm einen tiefen Zug aus der Zigarette.

Der Zigarettenrauch stieg senkrecht in die Höhe, passierte das auffällige RAUCHEN VERBOTEN-Schild, unter dem sich Louise mit ihrem Joint postiert hatte, und wurde dann vom Luftzug der Klimaanlage erfasst und weggesaugt. Lena fragte sich, ob sie es aus reiner Gedankenlosigkeit tat oder um diesen unangenehmen Geruch zu verdecken, der ihr schon am Morgen aufgefallen war und den es auch hier unten gab, allen überreichlich verwendeten Desinfektionsmitteln und Duftsprays zum Trotz.

Sie wusste inzwischen, was er bedeutete und warum er so unangenehm war. Es roch nicht etwa nach Krankenhaus und Putzmitteln, sondern nach alten Leuten. Der Geruch widerte sie an, sosehr sie sich dafür schämte.

»Möchtest du eine kleine Führung?«, fragte Louise und trat ihre Zigarette auf dem Boden aus, ohne sich um den Brandfleck zu scheren, den sie dem sorgsam gebohnerten Parkett zufügte. »Nur um zu sehen, was dir erspart bleibt?«

Lena verzichtete. Mit einem zornigen Ruck warf sie den Kopf in den Nacken und eilte zum Lift.

34

In einer Stunde würde die Sonne untergehen, aber Lena bezweifelte, dass sie noch so lange durchhielt.

Ihr Hunger war zur Qual geworden. Sie konnte an nichts anderes mehr denken als an die rasende Gier in ihrem Inneren, die wie mit glühenden Krallen in ihren Eingeweiden wühlte. Sie hatte nicht gewusst, dass Hunger so *wehtun* konnte. Er marterte nicht nur ihren Körper, sondern beherrschte ihr gesamtes Denken.

Seit einer guten Stunde stand sie jetzt hier am Fenster und blickte auf den Park hinab, aber sie sah nicht die gepflegte Grünanlage, sondern nur die Gestalten, die sich dort unten bewegten. Beute. Sie sah keine Pfleger oder Krankenschwestern oder Patienten, sondern nur Nahrung, schlagende Herzen und pulsierendes Blut, das sie *brauchte*. Alles in ihr schrie danach, nach draußen zu rennen und sich auf die erstbeste Beute zu stürzen. Vielleicht war es nur noch der gleißende Schutzschirm der Sonne, der einem dieser ahnungslosen Menschen dort draußen das Leben rettete.

Zum ungefähr zwanzigsten Mal trat sie vom Fenster zurück und an die beiden großen Aluminiumkoffer, die Louise neben dem Kamin abgestellt hatte. Mit aller Kraft zerrte sie an dem komplizierten Vorhängeschloss, ohne ihm auch nur ein verächtliches Knirschen entlocken zu können.

Sie stand wieder auf, versetzte dem Koffer einen frustrierten

Tritt und ging dann in die angrenzende Küche, um etwas zu suchen, was sie als Hebel benutzen konnte. Alles, was sie fand, war ein Messer mit einer langen Klinge, die wahrscheinlich abbrechen würde. Aber wenn das geschah, konnte sie immer noch mit dem Aufzug in die Werkstatt hinunterfahren und mit einem Brecheisen oder etwas Ähnlichem zurückkommen. Louise würde nicht begeistert sein, aber das war ihr herzlich egal.

Die Lifttür summte, und Lena hielt inne, bevor sie die Küche mit dem Messer in der Hand wieder verließ. Sollte sich Louise doch denken, was sie wollte!

Es war nicht Louise, die zurückgekommen war, sondern Charlotte, die mit leerem Blick an ihr vorbeiging und in einem der angrenzenden Zimmer verschwand. Sie schien sie gar nicht zur Kenntnis zu nehmen. Lena warf einen enttäuschten Blick auf den verschlossenen Koffer, dann folgte sie ihr.

Charlotte war nicht im Nebenzimmer. Auf der anderen Seite stand eine Tür offen, und dahinter führte eine schmale Metalltreppe zu einer Metalltür hinauf, hinter der helles Tageslicht drohte, aber kein direkter Sonnenschein; vermutlich die Dachterrasse, von der Louise erzählt hatte. Lena musste all ihren Mut zusammennehmen, um hinauszutreten.

Die Dachterrasse war unerwartet groß und von einem brusthohen Geländer aus verschnörkeltem weißem Schmiedeeisen umgeben. Sie lag im letzten Licht des erlöschenden Tages da, aber es gab nur noch einen kleinen dreieckigen Bereich am anderen Ende, der von tödlichen Sonnenstrahlen beschienen wurde. Charlotte war ein gutes Stück davor stehen geblieben und blickte die golden schimmernde Todeszone aus weit aufgerissenen Augen an. Sie blinzelte nicht.

Da war noch ein winziger Rest von vernünftigem Denken in Lenas Kopf, der ihr klarzumachen versuchte, dass sie kein Recht dazu hatte – nicht in diesem Moment –, aber sie konnte einfach nicht anders. »Der Koffer«, stammelte sie. »Charlotte, bitte, Louise hat den Schlüssel mitgenommen, und ich … halte es nicht mehr aus.«

Sie war überzeugt davon, keine Antwort zu bekommen, so starr und entrückt, wie Charlotte dastand und ins Leere starrte. Aber dann drehte sie sich doch zu ihr um, und zumindest ein Hauch von Leben kehrte in ihre Augen zurück.

»Mama«, sagte sie.

»Charlotte, bitte!«, flehte Lena. »Ich … ich brauche etwas! Ich sterbe vor Hunger!« In ihr loderte und fraß ein Feuer, das sie von innen heraus zu verzehren begann.

»Mama«, sagte Charlotte noch einmal. »Sie ist noch einmal wach geworden, und sie hat die Augen aufgemacht und mich angelächelt, und dann hat sie mich Mama genannt. Sie hat mich erkannt. Als wäre gar keine Zeit vergangen.«

Endlich begriff Lena, und der Gedanke war so schrecklich, dass er kurzfristig selbst den quälenden Hunger überwand. »Sie ist … tot?«, murmelte sie. »Deine Tochter ist gestorben?«

»Sie hat mich erkannt«, antwortete Charlotte, und obwohl nun Tränen über ihr Gesicht liefen, konnte sich Lena nicht erinnern, sie jemals so glücklich gesehen zu haben. »Es war richtig, dass ich noch einmal hergekommen bin. Nach allem, was ich ihr angetan habe, war das das Mindeste, was ich ihr schuldig war. Jetzt kann es endlich aufhören.«

Lena wankte leicht. »Das … tut mir aufrichtig leid, Charlotte«, brachte sie mühsam heraus. »Aber ich … ich bin so … so hungrig. Der Koffer.«

Charlotte drehte sich vollends zu ihr herum, sah sie nachdenklich an und nahm ihr dann das Messer aus der Hand. Ohne mit der Wimper zu zucken, zog sie die Messerklinge langsam über ihr Handgelenk, so dass das Blut nur so hervorsprudelte, und hielt Lena den Arm hin.

»Trink«, sagte sie.

Lena stürzte sich auf sie, presste die Lippen auf ihr Handgelenk und trank die kostbare rote Flüssigkeit mit gierigen Schlucken. Sie spürte, wie die Wunde sich zu schließen begann, zog sie mit den Fingerspitzen auseinander und trank immer weiter und weiter. Schon der erste Schluck besänftigte den entsetzlichen Hunger in ihren Eingeweiden. Der zweite ließ ihn endgültig verschwinden, und mit jedem weiteren strömte mehr Kraft in ihren ausgehungerten Körper. Charlotte versuchte sie wegzuschieben, aber Lena schlug ihre Hand einfach zur Seite und trank und schluckte und schlang nur umso gieriger weiter. Schließlich schlug Charlotte ihr den Handrücken so fest ins Gesicht, dass sie gegen den Türrahmen stolperte und sich gerade noch festhalten konnte, um nicht rücklings die Treppe hinunterzufallen.

Rasende Wut loderte in ihr hoch, erlosch aber wieder, als sie Charlotte sah, und ihr schlechtes Gewissen sprang sie wie ein Raubtier an.

Charlotte schwankte. Ihr Gesicht war nicht mehr weiß, sondern grau. Sie hatte den verletzten Arm gegen die Brust gepresst und mit der anderen Hand umklammert. Zwischen ihren Fingern quoll noch immer Blut hervor.

»O mein Gott«, flüsterte Lena. »Das … das tut mir leid! Das wollte ich nicht! Bitte, das musst du mir glauben!«

Charlotte schüttelte nur den Kopf. Sie wich ein paar Schritte zurück und damit weiter auf das tödliche Dreieck aus goldfarbenem Sonnenlicht zu. »Das Aufhören ist das Schwerste«, sagte sie sanft. »Du musst es wirklich lernen. Ich weiß, wie schwer es ist, aber es ist der einzige Weg.«

»Ich habe zu viel genommen«, sagte Lena erschrocken. »Mein Gott, ich … ich hätte dich umbringen können!«

»Nur, wenn ich es zugelassen hätte«, antwortete Charlotte, und wie um ihre Worte Lügen zu strafen, wankte sie so stark, dass sie zu stürzen drohte. Lena wollte hinzuspringen, aber wieder wehrte Charlotte mit einem Kopfschütteln ab. »Es ist alles gut«, sagte sie und stolperte einen Schritt nach hinten. »Ich … wollte es so. Das verschafft dir Zeit.«

»Zeit?«, wiederholte Lena verständnislos. »Wozu?«

Charlotte wollte antworten, legte aber stattdessen nur den Kopf auf die Seite und lauschte. »Sie ist auf dem Weg«, sagte sie. »Keine Zeit mehr für Fragen. Hör mir zu, Lena. Noch ist es nicht zu spät. Noch hast du kein Leben genommen.«

Lena verstand nichts mehr. »Du meinst, ich … ich kann noch … zurück?«, stammelte sie. Wieder ein Mensch werden? Aus diesem Albtraum erwachen? Sollte das möglich sein?

Charlotte schüttelte den Kopf und sah auf unbestimmte Weise traurig aus. »Nein«, sagte sie. »Das ist leider nicht möglich. Aber du musst nicht so werden wie ich oder Louise. Es war Nora, verstehst du?«

Lena schüttelte den Kopf. Vielleicht verstand sie tief im Innersten, was Charlotte meinte, aber sie gestattete dem Gedanken nicht, endgültig Gestalt anzunehmen.

Charlotte streckte ihr den Arm entgegen. Der Schnitt war nahezu verschwunden. »Das hier ist das wahre Geheimnis«, sagte sie. »Louise hat es dir nie verraten, so wenig wie Nora oder mir, aber ich habe es herausgefunden. Frag mich nicht, wie, dazu ist keine Zeit mehr. Du darfst es ihr nicht sagen. Sie darf nie erfahren, dass du es weißt. Sie würde dich töten.«

»Dass ich *was* weiß?«

»Wir müssen nicht morden, um am Leben zu bleiben«, sagte Charlotte. Wieder wirkte sie angespannt, und nun glaubte auch Lena, etwas zu hören. Etwas kam näher. Etwas Böses.

»Wir können uns aneinander nähren«, fuhr Charlotte fort. Sie sprach jetzt schnell, fast schon gehetzt. »Das Blut von Tieren oder einer Blutkonserve hält uns am Leben, mehr aber auch nicht. Das hier …« Sie wedelte mit dem Arm. »… gibt uns das, was wir wirklich brauchen. Wir müssen keine Menschen töten. Aber wenn du es einmal getan hast, dann gibt es kein Zurück mehr.«

Lena war sich nicht sicher, ob sie das wirklich verstand. Es konnte nicht sein. Bei allem Schlechten und Niederträchtigen, das sie Louise zubilligte, konnte ihre Lüge doch nicht so monströs gewesen sein, oder?

»Gestern Abend, auf der Polizeiwache«, murmelte sie. »Warst du das?«

Charlotte beantwortete ihre Frage nicht, aber sie sah sie eine halbe Sekunde lang verständnislos an, so dass das auch nicht nötig war. Außerdem hatte sie ja gesehen, wie Charlotte auf der anderen Seite des Gebäudes aus dem Wagen gestiegen war.

»Du musst nicht so werden wie wir«, sagte Charlotte noch einmal. Ein Stockwerk unter ihnen öffnete sich summend die Lifttür, und schnelle Schritte näherten sich. Lena konnte Louises nahende Präsenz fühlen.

»Ich glaube, wir waren nie so gemacht«, fuhr Charlotte fort. »Die Natur kennt nämlich keine Grausamkeit. Lass nicht zu, dass sie dich zu etwas macht, was nicht sein darf. Lass nicht zu, dass sie dir dasselbe antut wie mir.«

»Lena? Charlotte? Seid ihr dort oben?« Louise polterte die Metalltreppe herauf. »Was zum Teufel macht ihr da?«

Charlotte sah Lena noch eine schier endlose Sekunde lang aus Augen an, in denen eine große Trauer, aber auch ein sonderbarer Ausdruck der Erleichterung zu lesen war, Augen, deren Besitzerin etwas abgeschlossen hatte. Und im selben Moment, in dem Louise hinter Lena erschien, fuhr Charlotte herum, verwandelte sich in einen rasenden Schatten und packte Lena, um sie mit aller Gewalt gegen Louise zu schleudern.

Nicht einmal deren gewaltige Kraft reichte, um den Sturz aufzuhalten. Aneinandergeklammert und zu einem wirren Knäuel aus Gliedmaßen verstrickt, kugelten sie kopfüber die steile Metalltreppe hinab, und Lena konnte hören, wie irgendetwas in Louises Körper zerbrach, als sie mit grässlicher Wucht auf ihr landete. Ein dünner Schmerzensschrei entrang sich

Louises Lippen, und beide blieben zunächst benommen liegen. Dann überwand Louise ihren Schrecken, schleuderte Lena von sich herunter und machte einen Satz zur Treppe.

Lena sah jetzt, was sie gerade nur gehört hatte. Louises gebrochenes Bein gab unter ihrem Gewicht nach, und sie fiel der Länge nach auf die eisernen Stufen.

Sie stemmte sich wieder hoch und starrte ihr Bein an, als wollte sie den gebrochenen Knochen mit purer Willenskraft wieder zusammenfügen. Und vielleicht tat sie das auch.

Es spielte keine Rolle mehr. Charlotte hatte alle Zeit, die sie brauchte. Sie erschien unter der offenen Tür am oberen Ende der Treppe und streckte die Hand nach der Klinke aus. Ihr Körper war gegen den hellgrauen Hintergrund der Dämmerung ein flacher schwarzer Schatten. Das Gesicht war nicht zu erkennen, und dennoch spürte Lena, dass sie es war, die Charlotte ansah, nicht Louise, und sie spürte auch die Trauer in ihrem Blick, die auf eine unmöglich in Worte zu fassende Weise noch größer geworden war, aber auch … versöhnlich.

»Charlotte!«, schrie Louise. »Tu das nicht! Ich verbiete es!«

Charlotte zog die Tür hinter sich zu. Ein rostiges Scharren erklang, dann prallte Louise mit solcher Wucht gegen die Tür, dass die gesamte Treppe zitterte und sie abermals hinuntergeschleudert wurde. Unverzüglich federte sie wieder hoch, raste auf allen vieren die Treppe hinauf und hämmerte mit den Fäusten gegen die Tür. Dann beging sie den Fehler, mit beiden Händen daran zu ziehen. Das rostige Metall gab mit einem trockenen Knacken nach. Einen kurzen Moment lang kämpfte sie mit rudernden Armen um ihr Gleichgewicht, dann schleuderte sie den abgebrochenen Türgriff gegen die Wand und warf sich mit aller Gewalt gegen die Tür. *»Charlotte!«*, brüllte sie. *»Nein! Ich verbiete es!«*

Mit womöglich noch größerer Kraft rammte sie nun die Schulter gegen die Tür und begann dann mit beiden Fäusten gegen das zerschrammte Metall zu schlagen. Mit ihren verzweifelten Fausthieben schlug sie knöcheltiefe Dellen und Schrammen in die Tür, und sie verletzte sich, bis das Blut spritzte, aber sie hielt ihrer rasenden Wut dennoch stand.

»Verdammt noch mal, hilf mir!«, schrie sie. »Lena! Siehst du denn nicht, was sie tut?« Sie schlug weiter gegen die Tür, und ihr Blut lief nun in Strömen an dem rostigen Metall herab. Etwas Licht fiel in grauen Bahnen durch die entstandenen Ritzen und Risse, und dazwischen war jetzt ein unheimliches goldfarbenes Zucken zu erkennen.

Hastig stolperte Lena die Stufen hinauf.

»Hilf mir!«, keuchte Louise. »Verdammt noch mal, hilf mir! *Sie bringt sich um!*«

Nein, dachte Lena. *Sie hat sich befreit.* Trotzdem nahm sie all ihre Kraft zusammen und rammte die Schulter gegen die Tür, die dabei hörbar knirschte. Nach einigen Versuchen gab eine der massiven Angeln mit einem peitschenden Knall nach. Der Bolzen sprang heraus und grub sich wie ein bizarres Armbrustgeschoss in die Wand unmittelbar neben Lenas Schulter.

Louise sprengte die Tür mit einem Schlag vollends aus den Angeln und stürzte hinaus. Lena folgte ihr dichtauf, aber sie kamen beide zu spät.

Charlotte stand auf der anderen Seite der Terrasse, fast genau im Zentrum des tödlichen goldenen Dreiecks. Sie brannte. Was noch von ihr übrig war, das stand absurd weit nach hinten gebeugt da, eine verschrumpelte schwarze Salzsäule, wie Lots Weib am Ufer des Toten Meeres, nachdem es sich allen Warnungen zum Trotz herumgedreht hatte, um in das Antlitz des Zornes Gottes zu schauen. Sie hatte beide Handflächen hoch erhoben der Sonne zugewandt, aber es war nichts Abwehrendes an dieser Geste, eher das Gegenteil: als würde sie den Tod, der sie umfing, willkommen heißen.

Louise schrie so gellend auf, als wäre sie es, die das lodernde Sonnenlicht bei lebendigem Leib verzehrte. Sie raste los und packte Charlottes brennende Gestalt bei den Schultern, um sie aus der Säule aus tötender Helligkeit herauszuzerren, aber Charlotte schleuderte sie nur mit einem so gewaltigen Hieb zu Boden, dass sie meterweit davonrollte. Louises Hände und Unterarme brannten, und sie zog eine Spur aus Funken und brennenden Stoff- und Fleischfetzen hinter sich her.

Charlotte begann zu schreien. Ihr Körper barst, während er sich in der höllischen Hitze der Flammen krümmte, und ein Spinnennetz aus dünnen, zuckenden gelben Linien erschien darauf, aus dem Tausende und Abertausende orangefarbener und goldener Funken quollen, Millionen schließlich, die sich in einer immer schneller und schneller rotierenden Spirale um sie herum und zugleich der Sonne entgegendrehten.

Dann explodierte sie.

Es geschah vollkommen lautlos, und es war in weniger als einer Sekunde vorbei, und es war zugleich das Schrecklichste wie auch das Schönste, was Lena jemals gesehen hatte. Alles Schwarze an Charlotte wurde zu Licht. Wo sie gerade noch gestanden hatte, loderte für den Bruchteil einer Sekunde das weiße Herz einer neugeborenen, jungfräulichen Sonne, tausendmal heller als alles Gesehene und dennoch so sanft, dass Lenas Augen keinen Schaden nahmen. Es erklang ein Laut, der ein entsetzlicher Schrei sein mochte, ebenso gut aber auch das Jubilieren einer gefangenen Seele, die nach ewiger Verdammnis endlich erlöst wurde.

Dann war Stille.

Das lautlose Feuerwerk erlosch, die Flammen waren fort, und nur noch ein wenig grauer Staub hing für einen Moment in der Luft, um dann lautlos zu Boden zu rieseln.

35

Louise goss das Glas zum dritten Mal randvoll und kippte auch diesen fünffachen Cognac in einem einzigen Zug hinunter, ohne dass das Zittern ihrer Hände damit schwächer wurde. Sie hielt eine brennende Zigarette in der Hand, eine zweite, die sie längst vergessen hatte, qualmte in einem gläsernen Aschenbecher vor sich hin. Ihr Gesicht war so aschfahl und grau wie das Charlottes zuvor, als sie sich zu ihr herumdrehte und den Hinterkopf mit halb geschlossenen Augen gegen den Kaminsims lehnte.

»Warum hat sie das getan?«, flüsterte sie. »Verdammt noch mal, warum hat sie das *getan?* Warum ist sie nicht zu mir gekommen? Ich hätte ihr doch geholfen, ganz egal, welches Problem sie auch hat!«

»Vielleicht war das ja genau der Grund, aus dem sie nicht zu dir gekommen ist.«

Louises Augen blitzten wie zwei rasiermesserscharf geschliffene Steine. »Was soll das heißen?«

Lena antwortete nicht gleich, bedauerte dafür aber umso mehr, die Worte überhaupt gesagt zu haben. Sie sollte gar nicht mit Louise reden. Trotzig presste sie die Lippen aufeinander und fragte sich, warum sie sich nicht einfach auf sie stürzte und dieser Farce ein Ende bereitete.

Natürlich wusste sie, dass das Selbstmord gewesen wäre. Louise war ungleich stärker als sie und vermutlich in keiner sehr duldsamen Stimmung. Und wenn Lena es genau nahm, dann galt ihr Zorn nicht einmal wirklich Louise, sondern … *allem eben.* Sie hatte das völlig irrationale Gefühl, dass das, was Charlotte zugestoßen war, ihre Schuld war.

Vielleicht war es Charlottes Blut, dessen Stimme in ihr flüsterte. Da war noch ein Teil von Charlotte in ihr; möglicherweise etwas wie ein … Erbe. Und dieser Teil schrie nach Rache.

»Also?«, fauchte Louise.

Das Telefon auf dem Tisch schrillte. Das hatte es die ganze Zeit über immer wieder getan, bisher hatte Louise es beharrlich ignoriert. Jetzt riss sie den altmodischen Hörer von der Gabel und zischte ein einzelnes Wort in die Sprechmuschel. Einen Moment lang – in dem sich ihr Gesichtsausdruck noch mehr verdüsterte – lauschte sie, dann fauchte sie in einer rau und östlich klingenden Sprache in den Hörer, um ihn anschließend auf die Gabel zurückzuknallen. Louise funkelte sie an, als hätte sie in ihr gerade die alleinig Schuldige an allem Unglück der Welt ausgemacht.

»Idioten!«, fauchte sie. »Verdammtes hinterwäldlerisches, abergläubisches, blödes, dämliches Pack!«

»Wer?«, fragte Lena.

»Diese dämlichen Trottel da unten! Ein bisschen Licht und Feuerzauber, und schon geraten sie in Panik!«

»Sie werden die Flammen gesehen haben und die Explosion«, sagte Lena. »Wahrscheinlich machen sie sich Sorgen. Ein Feuer in einem Altenheim ist nicht besonders lustig.«

»Du hast meine Frage nicht beantwortet«, sagte Louise eisig. »Was hast du damit gemeint: Vielleicht ist das genau der Grund, aus dem sie nicht zu mir gekommen ist?«

Was immer Lena jetzt sagen konnte, würde alles nur schlimmer machen. Vielleicht war das einzig wirklich Vernünftige, was sie in diesem Moment sagen konnte, das, was sie von Anfang an hätte sagen sollen, nämlich gar nichts.

»Also?«

Sie wollte nicht antworten, aber in Louises Blick war plötzlich etwas, was sie dazu zwang. »Ihre Tochter ist gestorben.«

»Und?«, fauchte Louise. »Sie wusste, dass das passiert. Wir sind aus keinem anderen Grund hierher gekommen! Verdammt, ich habe diesen überflüssigen, gefährlichen Umweg aus keinem anderen Grund gemacht! Sie wollte Abschied nehmen, und ich dumme Kuh war sentimental genug, um ihr diesen albernen Wunsch zu erfüllen.«

»Sie war ihre Tochter!«, erwiderte Lena entsetzt. »Ihr einziges Kind!«

Louise machte ein abfälliges Geräusch. »Sie war lediglich ein Mensch.«

»Sie war ihre Familie. Alles, was sie noch hatte!«

Louises Gesicht verzerrte sich so sehr vor Zorn, dass es kaum noch etwas Menschenähnliches hatte, dann stampfte sie ihre Zigarette so fest in den Aschenbecher, dass rote Funken in alle Richtungen stoben.

»*Wir* sind ihre Familie!«, schrie sie. »Sie hat uns verraten! Sie hatte kein Recht dazu!«

Lena wollte auffahren, aber sie begriff gerade noch rechtzeitig, dass es lediglich Charlottes geerbter Zorn war, den sie spürte. Sie hatte Charlotte ihre Menschlichkeit aberkannt, und dieser Gedanke saß wie ein quälender Stachel in ihrem Fleisch, aber es war gerade die vermeintliche Kälte in Louises Worten, die ihrem Zorn sogleich wieder den Boden unter den Füßen entzog. Louise konnte nicht begreifen, was Charlotte getan hatte, denn es war genau so, wie sie es vorhin selbst gesagt hatte: Sie war kein Mensch. Wenn sie es jemals gewesen war, dann vor so langer Zeit, dass sie sich nicht mehr daran erinnerte.

»Sie hat uns nicht verraten«, sagte Lena, so sanft sie konnte. »Das hatte nichts mit uns zu tun. Ich glaube, sie hatte keine andere Wahl.«

Louise setzte zu einer Entgegnung an, fuhr dann aber nur auf dem Absatz herum und ging mit abgehackten kleinen Schritten im Zimmer auf und ab; Bewegungen, die Lena auf unheimliche Weise an das Staksen eines menschengroßen Insekts erinnerten. Mit einer schlangenhaft schnellen Bewegung klaubte Louise auf einmal ein Buch vom Tisch, das Lena als einen der antiquarischen Schinken erkannte, wie Charlotte sie so gern gelesen hatte.

»Dieser verdammte ... Mist!«, keuchte Louise. »Ich hätte niemals zulassen dürfen, dass sie sich den Kopf mit diesem Müll vollstopft!« Wütend riss sie einzelne Seiten aus dem Buch und verstreute sie überall im Zimmer. »Dieser verdammte romantische Scheiß hat sie umgebracht!«

»Sie hat den Tod ihrer Tochter nicht verkraftet«, sagte Lena. »Das hätte ich auch nicht. Nicht so.« Warum um alles in der Welt versuchte sie eigentlich, Louise zu *trösten?*

»Ach ja?«, fauchte Louise. Ihre Augen schienen zu lodern, und selbst ihre Stimme hatte nun etwas Insektenhaftes. »Weil du ja unsere Spezialistin auf diesem Gebiet bist, wo du ja schon so viele Kinder bekommen hast, nicht wahr?«

»Keine Mutter würde so etwas ertragen.«

»Und du? Erträgst du es noch?«

»Was?«, fragte Lena alarmiert.

»Alles!«, schnappte Louise. Sie wedelte wie ein großer, aufgebrachter Vogel zornig mit den Armen. »Das ewige Leben, das ich dir geschenkt habe! Den Reichtum! Die immerwährende Gesundheit! Den Luxus! Deine Zukunft!«

»Louise, du ...«

Lena konnte regelrecht sehen, wie Louises Stimmung umschlug und sich ihr ganzer Zorn nun auf sie fokussierte.

»Und du? Hältst du es aus?«

Zu ihrer eigenen Überraschung hielt Lena dem lodernden Zorn in Louises Augen stand. »Du meinst, ob ich lieber verbrenne, als bei dir zu bleiben?«, fragte sie kalt. »Ich denke noch darüber nach.«

Louise ohrfeigte sie, blitzschnell und so hart, dass ihr Kopf in den Nacken flog und Blut aus ihrer Nase schoss.

Und das war eindeutig zu viel.

Lenas Wut explodierte. Sie ließ sich mitsamt dem Stuhl nach hinten fallen, vollführte eine blitzartige Rolle und schlug Louise dann die Faust mit aller Gewalt in den Leib. Sie konnte nicht sagen, ob der zischende Laut, der über Louises Lippen kam, das Geräusch war, mit dem die Luft aus ihrer Lunge entwich, oder nur ein abfälliges Lachen.

Der Schlag, mit dem Louise auf ihren Angriff reagierte, warf Lena gegen die Wand neben dem Kamin, schmetterte ihren Hinterkopf gegen die Mauer und ließ ein Gewitter aus weißen und roten Lichtblitzen über ihre Netzhäute rasen. Hilflos sackte sie an der Wand hinab, registrierte aus den Augenwinkeln verschwommen eine Bewegung und riss unwillkürlich die Arme vors Gesicht, was ihr aber herzlich wenig gegen den brutalen Tritt half, mit dem Louise sie endgültig zu Boden schleuderte.

»Jetzt! Habe! Ich! Aber! Genug!«, keuchte Louise, und mit jedem Wort trat sie ihr mit solcher Wucht in die Seite, dass ihre Rippen knackten und brachen. Noch vor einer Woche hätte Lena nicht einmal den ersten Tritt überlebt. »Du! Verdammtes! Undankbares! Balg!«

Lena krümmte sich und war der Bewusstlosigkeit näher als allem anderen. In ihr tobte und schrie noch immer das Ungeheuer, in das Louise sie verwandelt hatte, aber die Tritte waren zu grausam, der brodelnde Zorn der anderen Bestie über ihr zu gewaltig, als dass sie es wagte, sich zu wehren. Sie versuchte irgendwie, die grässlichen Schmerzen zu ertragen, und wünschte sich wimmernd, sie könnte sterben.

»Alles habe ich für dich getan!«, kreischte Louise. »Alles! Ich habe Nora verloren und Charlotte, unsere ganze Existenz, und was bekomme ich dafür zurück? Nichts!«

Schwächlich hob Lena die Hand, um sich zu verteidigen, aber Louise schien es nicht zur Kenntnis zu nehmen.

»Jetzt reicht es!«, brüllte sie. »Ich war lange genug geduldig mit dir! Du wirst mir jetzt geben, was mir zusteht!«

Und schon im nächsten Moment warf Louise sie noch einmal gegen die Wand und krallte dann die linke Hand mit erbarmungsloser Kraft in ihr Haar, um ihren Kopf auf die Seite zu zwingen. Mit der anderen zerriss sie ihr mit einem einzigen wütenden Ruck Jacke, Bluse und BH, wobei ihre Fingernägel lange blutige Schrammen hinterließen, die aber schon wieder zu verschwinden begannen, noch bevor sie die Bewegung ganz zu Ende geführt hatte. »Du hast mir alles weggenommen, jetzt wirst du dafür bezahlen!«

Sie grapschte nach Lenas linker Brust, knetete sie und quetschte ihre Brustwarzen so fest zusammen, dass es wehtat, dann ließ sie davon ab und tastete gierig weiter ihren Leib hinab. Als wäre er aus dünnem Seidenpapier, zerriss sie ihren Gürtel, zerrte ihre Jeans herunter und tastete hart und gierig über ihren Slip, bevor sie sich mit unwiderstehlicher Kraft zwischen ihre Beine drängte. Lena wimmerte und versuchte sich mit verzweifelter Kraft loszureißen, aber Louise presste sie mit nur noch größerer Gewalt gegen die Wand. Ihre Lippen fuhren über ihre Schulter und den Hals hinauf, und Lena wartete auf den reißenden Schmerz, mit dem sich Louises Zähne in ihr Fleisch gruben, um nach ihrem Blut zu suchen. Aber er kam nicht. Sie fühlte Louises Atem, der heiß und gierig über ihr Gesicht strich, gefolgt von ihrer Zungenspitze, die ihre Haut liebkoste; und das war vielleicht das Obszönste von allem. Schließlich gab sie jeden Widerstand auf und schloss ergeben die Augen.

Nur eine Sekunde später ließ Louise von ihr ab, griff aber

blitzschnell wieder zu, als Lena an der Wand zusammenzusacken begann – aber jetzt tat sie es beinahe sanft.

»Es … es tut mir leid«, stammelte sie. »Bitte, das … das wollte ich nicht!«

Lena musste all ihre Kräfte mobilisieren, um gegen die Wand gelehnt stehen zu bleiben. Sie zitterte am ganzen Leib und hatte nichts als Angst.

»Bitte, Lena!«, stammelte Louise. »Ich … ich weiß nicht, was in mich gefahren ist! Ich wollte das nicht, glaub mir!« Sie hob die Hände zu einer hilflosen Geste und wich einen Schritt zurück. »Das … das war doch nur wegen … wegen Charlotte! Sie ist tot, und ich habe sie geliebt, und …« Ihre Stimme versagte. Tränen liefen ihr übers Gesicht, und nun begann auch sie am ganzen Leib zu zittern. »Bitte, Lena, verzeih mir!«

Irgendwie gelang es Lena, die Tränen wegzublinzeln (sie hatte nicht einmal gemerkt, dass sie weinte) und sich aus eigener Kraft aufzurichten. Louise streckte schon wieder die Hand aus, um sie zu stützen, ließ den Arm dann aber erschrocken wieder sinken, als sie ihrem Blick begegnete.

»Bitte«, flehte sie.

Lena zog hastig ihre zerrissenen Jeans hoch, die ihr um die Knie hingen. Mit der linken Hand raffte sie die Bluse vor der Brust zusammen, stolperte ins Nebenzimmer und riss den erstbesten Schrank auf. Er war leer, so wie die anderen es auch sein würden. Sie waren mit kleinem Gepäck angereist, zwei Koffern voller Blutkonserven, ein paar Millionen in bar und Wertpapieren in einer Reisetasche.

Louise folgte ihr, blieb unter der Tür stehen und sah nun endgültig wie das personifizierte schlechte Gewissen aus. »Ich … bitte … es tut mir leid«, stammelte sie. »Ich wollte das nicht, bitte glaub mir!«

Sie brach ab, als Lena sie, die offene Schranktür noch in der Hand, vorwurfsvoll ansah. Erst sah Louise einfach nur noch hilfloser aus, dann schüttelte sie den Kopf und rettete sich in ein nervöses Lächeln.

»Ich besorge dir etwas zum Anziehen«, sagte sie. »Warte hier.« Und damit verschwand sie fluchtartig aus dem Zimmer.

Lena wartete, bis sie das Geräusch der Aufzugtür hörte, eilte ihr dann nach und zerbrach sich dabei den Kopf über eine Möglichkeit, wie sie den Lift blockieren und Louise somit daran hindern konnte, wieder heraufzufahren. Das kleine Licht neben der Tür blieb dunkel, als sie den Rufknopf drückte. Wahrscheinlich hatte Louise ihrerseits die Tür unten blockiert, um sie hier oben zu halten.

Lena gab einem verächtlichen Laut von sich, rannte zum anderen Ende des Zimmers und stieß dann enttäuscht die Luft zwischen den Zähnen aus, als sie die Tür zum Treppenhaus erreichte. Sie bestand wie die zur Dachterrasse oben aus Metall, ging ebenfalls nach innen auf, sah beinahe noch massiver aus und hatte keine Klinke, sondern nur ein Sicherheitsschloss. Den dazu passenden Schlüssel trug wahrscheinlich Louise bei sich.

So viel zu ihren Beteuerungen, dass es ihr leidtat. Sie hatte sie hier oben eingesperrt, so einfach war das.

Und so dumm.

Lena investierte einige kostbare Minuten darin, sämtliche Schränke und Schubladen der Turmwohnung wider besseres Wissen nach irgendetwas zu durchsuchen, was wenigstens Ähnlichkeit mit einem Kleidungsstück hatte, ersetzte ihren zerrissenen Gürtel schließlich durch die Kordel des Duschvorhangs und kehrte dann noch einmal zu Louises Schrank zurück, um sich über die Reisetasche herzumachen. Da sie nicht genau wusste, in welchem Land sie waren, stopfte sie sich eine Handvoll Euroscheine in die rechte und ein paar Hundert US-Dollar in die linke Hosentasche. Sie wollte schon gehen, machte aber noch einmal kehrt, um vielleicht noch ein paar Uhren und Schmuckstücke mitzunehmen, damit sie im Notfall etwas zum Tauschen hatte.

Dann erstarrte sie mitten in der Bewegung.

Der komplette Boden der Reisetasche war mit Ringen, Armbändern, Ketten und Uhren bedeckt, von denen die billigste wahrscheinlich dem Gegenwert eines Kleinwagens entsprach. Ihre Hand verharrte über einer der schmalen Uhren, und ihre Finger begannen zu zittern. Sie kannte sie. Lena war alles, nur keine Spezialistin für teuren Schmuck, aber diese elegante Damen-Rolex hätte sie unter tausend anderen wiedererkannt. Als sie sie das letzte Mal gesehen hatte, da hatte sie sich in einem kleinen Einmachglas hinter einem losen Paneel befunden.

Sie konnte nicht sagen, ob es Schrecken war, den sie empfand, Entsetzen oder Trauer oder etwas gänzlich anderes, für das sie kein Wort hatte. Aber plötzlich ergab alles einen Sinn. Sie hatte Charlottes Worte falsch verstanden. Vielleicht war es tatsächlich Nora gewesen, die den Jungen (und sogar ihre Mutter) getötet hatte, um sie so wütend zu machen, dass sie endgültig den letzten Schritt tat und zu der gleichen Art von Ungeheuer wurde wie Louise und sie. Aber wenn, dann hatte Louise davon gewusst. Wahrscheinlich hatte sie ihr sogar den Auftrag dazu gegeben.

Lena hätte nicht sagen können, wie lange sie wie erstarrt vor dem offenen Schrank gehockt hatte, die Hand nach der schmalen Uhr ausgestreckt, ohne dass sie den Mut aufgebracht hatte, die Bewegung zu Ende zu führen. Sekunden, die sich zu Ewigkeiten dehnten, vielleicht auch Stunden, die zu Sekunden zusammenschmolzen. Noch vor einem Augenblick hatte sie nichts anderes gewollt, als zu flüchten, von hier zu verschwinden und diesen Albtraum irgendwie hinter sich zu lassen, und wenn es sie das Leben kostete. Jetzt spielte nichts mehr davon eine Rolle. Louise hatte sie belogen, und zwar von Anfang an. Sie hatte mit ihr gespielt, sie benutzt und manipuliert, und all ihre Versicherungen, niemals etwas von ihr zu verlangen, was ihrem freien Willen widerspreche, waren nichts als Lüge gewesen. Sie hatte ihr alles genommen, ihre Heimat, ihre Mutter, Mehmet, Tom, ihr Leben. Und diese erbärmliche Existenz, die sie ihr dafür gegeben hatte, sollte ein Ersatz dafür sein?

Sie würde sie töten. Sie wusste nicht, wie, und ihr war völlig klar, dass sie diesen Vorsatz vermutlich mit dem Leben bezahlen würde, aber das war gleich. Wenn sie die Welt von dieser Kreatur befreite, dann war es ihr eigenes Leben allemal wert.

Ihr Verstand meldete sich zu Wort und erklärte ihr, wie lächerlich gering ihre Aussichten waren, es in einer direkten Konfrontation mit der uralten Vampirin aufzunehmen, die um so vieles stärker war als sie. Ihr Zorn verlangte nach Blut, nicht um sich daran zu laben, sondern nur um es zu vergießen, Louise für das bezahlen zu lassen, was sie ihr, ihrer Mutter, Mehmet und Tom angetan hatte, aber das würde ihr nicht gelingen, wenn sie sich einfach blindlings auf sie stürzte. Sie musste am Leben bleiben und zu Kräften kommen (sie wusste noch nicht, wie, aber es musste einfach einen Weg geben, ohne das Blut Unschuldiger zu vergießen) und ihr eine Falle stellen.

Wieder meldete sich der logische Teil ihres Denkens, und jetzt klang er eindeutig spöttisch. Das war genauso albern wie alles andere. Das Einzige, was sie jetzt erreichen konnte, war, am Leben und in Freiheit zu bleiben. Und vielleicht nicht einmal das, wenn sie weiter hier herumhockte und sich in wüsten Rachefantasien erging.

Obwohl ihr klar war, damit einen weiteren – und vielleicht sogar den bisher größten – Fehler zu begehen, nahm sie die Uhr heraus, ging ins Kaminzimmer zurück und legte sie so auf den Tisch, das Louise sie sofort sehen musste, wenn sie aus dem Lift kam. Auch das war dumm, aber sie konnte nicht anders.

Kaum eine Minute später war sie oben auf der Dachterrasse und näherte sich mit klopfendem Herzen der Stelle, an der Charlotte gestorben war. Die Sonne war jetzt endgültig untergegangen, aber es war noch nicht vollends dunkel. Graues

Zwielicht lag über dem Dach und dem angrenzenden Park, und ein sonderbares Gefühl beschlich sie, als sie über den grauen Staub schritt, der als Einziges von Charlotte übrig geblieben war und vermutlich ohnehin nur in ihrer Einbildung existierte, und wieder überkam sie eine flüchtige, aber tiefe Trauer.

Sie schüttelte den Gedanken ab. Für solcherlei Gefühle war jetzt keine Zeit. Rasch stieg sie über das schmiedeeiserne Gitter, ließ sich in die Hocke sinken und beugte sich vor – die linke Hand fest um einen der Eisenstäbe geschlossen –, um an der Flanke des Turmes hinabzublicken. Er kam ihr so hoch vor wie ein Berg und trotz der zahlreichen Fenster, Erker und Vorsprünge glatt wie ein Spiegel. Eine Sekunde lang erwog sie den verrückten Gedanken, sich einfach fallen zu lassen und darauf zu vertrauen, dass ihr fantastischer Körper auch einen Sturz aus gut dreißig Metern Höhe schadlos überstehen würde, sah aber dann selbst ein, wie närrisch das war. Außerdem gab es einen anderen und vermutlich weit weniger schmerzhaften Weg. Schließlich hatte sie selbst gesehen, wie mühelos Louise und die anderen an senkrechten Wänden herumgeklettert waren. Sie hatten ihr nie verraten, wie dieses Kunststück funktionierte, aber da war plötzlich das beinahe sichere Wissen in ihr, dass es ihr ebenfalls gelingen würde.

Unendlich langsam beugte Lena sich mit rasendem Herzen weiter vor, löste schließlich die linke Hand von der Eisenstange und tastete über den rauen Stein.

Ihre Finger fanden Halt.

36

Natürlich funktionierte es nicht. Auf dem letzten Stück verlor Lena doch den Halt, stürzte gute zehn Meter in die Tiefe und kugelte sich beim Aufprall die linke Schulter aus, was entsetzlich wehtat – wenn auch nicht annähernd so weh, wie es tat, sie sich selbst wieder einzurenken.

Immerhin gelang es ihr, nicht zu schreien, aber sie saß mindestens eine Minute lang da und sammelte neue Kraft. Das Tor und der dahinterliegende Wald schienen ihr plötzlich nicht mehr wenige Hundert Meter entfernt zu sein, sondern mindestens ebenso viele *Kilo*meter. Und sie war nicht einmal überzeugt davon, tatsächlich in Sicherheit zu sein, selbst wenn sie den Wald mit seinen beschützenden Schatten erreichte. Louise hatte ihr niemals verraten, wie es ihr gelang, sie und ihresgleichen aufzuspüren; und schon gar nicht, über welche Entfernung. Was, wenn sie es *überall* konnte?

Wenn sie noch lange hier herumsaß und finstere Gedanken wälzte, dachte sie, dann konnte sie Louise diese Frage allerdings auch gleich selbst stellen. Wenn es nicht schon geschehen war, dann befand sich Louise spätestens jetzt auf dem Weg nach oben, um ihr einen Kittel oder ein schickes Omakleid aus dem vorletzten Jahrhundert zu bringen, und sie würde ganz bestimmt nicht zögern, einfach hier herunterzuspringen oder die Wand herabzuspurten. Es war eine ziemlich dumme Idee gewesen, die Uhr zurückzulassen.

Mühsam stemmte sie sich in die Höhe, drehte sich einmal um sich selbst und machte sich dann geduckt auf den Weg zum Tor, als sie weder etwas Verdächtiges hörte noch sah. Vielleicht ließ Louise sie ja gehen, jetzt, wo sie begriffen hatte, dass sie sie niemals mit ihrem Einverständnis haben würde.

Ja, und vielleicht war die Erde ja eine Scheibe, und den Weihnachtsmann gab es wirklich.

Sie legte das letzte Stück rennend zurück und überlegte kurz, den Wächter in seinem kleinen Torhäuschen auszuschalten, verwarf diesen Gedanken aber sofort wieder. Ob er Louise nun warnte oder sie ihn vorfand, würde kaum etwas an den Rückschlüssen ändern, die sie daraus zog.

Lena schwenkte nach links, sprang nahezu mühelos über die drei Meter hohe Mauer und landete lautlos auf der anderen Seite, allerdings gezielt in einem dornigen Busch, der ihrer Bluse endgültig den Rest gab. Fluchend riss sie sich los und stürmte in den Wald hinein. Dort orientierte sie sich erst einmal. Die schmale Straße lag ein Stück rechts von ihr, und sie folgte ihr mit den Instinkten eines Menschen, der niemals etwas anderes kennengelernt hatte, als Straßen folgen zu müssen.

Es war unnatürlich still, wenn sie von den Geräuschen absah, die sie selbst verursachte, so still, als wäre alles Lebendige geflohen, weil es das Fremde und Gefährliche spürte, zu dem Lena geworden war.

Aber vielleicht war das auch nur Blödsinn. Schließlich war sie ja auch noch nie in einem Wald gewesen; wenigstens nicht in so einem und bei Nacht.

Sie blieb wieder stehen, um zu lauschen. Jetzt *hörte* sie etwas.

Es näherte sich ein Wagen, was sowohl angesichts der fortgeschrittenen Stunde als auch der abgeschiedenen Lage des Altenheims ungewöhnlich war. Hatte irgendein übereifriger Angestellter vielleicht die Feuerwehr gerufen? Lena konnte sich nicht vorstellen, dass Louise das zulassen würde.

Sie lauschte wieder. Das Motorengeräusch kam noch etwas näher, und schließlich bog der Wagen tatsächlich auf den Waldweg zur Residenz ein.

Ihr allererster Impuls war, sich wieder zurückzuziehen und einfach abzuwarten, bis er vorbeigefahren war, aber ihr wurde sofort klar, wie dumm das wäre. Ganz egal, wer da gerade kam, sie brauchte ein Auto. Gewiss würde derjenige es ihr leihen, wenn sie nur nett genug danach fragte.

Der Gedanke kam ihr abenteuerlich vor, aber sie machte sich trotzdem unverzüglich daran, ihn in die Tat umzusetzen. Ein abgeblendetes Scheinwerferpaar näherte sich aus vielleicht dreißig Metern Entfernung, als sie den schmalen Waldweg erreichte und sich in den Schatten eines überhängenden Busches duckte. Das Motorengeräusch klang jetzt leiser und zugleich merklich angestrengter; wahrscheinlich hatte der Fahrer in einen höheren Gang geschaltet, um möglichst wenig verräterischen Lärm zu machen. Die Feuerwehr war es jedenfalls nicht, die da kam.

Lena wartete, bis der Wagen auf etwa fünf Meter herangekommen war, dann richtete sie sich auf und trat mit einem weit ausgreifenden Schritt auf den Weg hinaus.

Der Fahrer war offensichtlich so schockiert, dass er die obligate Schrecksekunde kräftig überzog, um dann umso fester auf die Bremse zu treten, so dass der Wagen in den vorderen Federn einknickte und auf blockierenden Rädern auf sie zuschoss. Lena wartete bis zum allerletzten Moment, ehe sie sich eingestand, dass er es nicht schaffen würde, sprang aber auch dann nicht zurück, sondern spreizte nur leicht die Beine, um einen festen Stand zu haben, und empfing den Wagen mit einem wuchtigen Stoß mit der flachen Hand, der ihn so abrupt zum Stehen brachte, als wäre er gegen einen massiven Felsen geprallt. Ihre Handballen hinterließen in der Motorhaube zentimetertiefe Dellen.

Sie gönnte sich den kleinen Spaß, ein fröhliches Grinsen aufzusetzen, und schlenderte gemächlich um den Wagen herum.

»Fahrerwechsel«, sagte sie aufgekratzt, während sie die Hand nach der Fahrertür ausstreckte. »Es tut mir leid, aber ich muss Sie bitten, den Platz mit mir zu …«

Der Rest ihres albernen Spruches blieb ihr im Hals stecken, als sie die Tür aufriss und ins Gesicht des Fahrers blickte. Es war …

»Tom?«, krächzte sie.

»Lena?«, sagte Tom verdattert.

Sie starrten sich völlig fassungslos an, dann sprudelten sie beide zugleich los: »Was machst du denn …?«

Tom brach mit einem verwirrten Kopfschütteln ab und wollte nach dem Verschluss des Sicherheitsgurts greifen, um aus dem Wagen zu steigen, aber Lena hielt ihn mit einem raschen Kopfschütteln davon ab und begann gleichzeitig aufgeregt mit den Händen zu fuchteln.

»Dafür ist jetzt keine Zeit«, sagte sie. »Ich erkläre dir alles unterwegs, aber jetzt müssen wir weg!«

Sie wollte schon um den Wagen herumeilen, um auf der Beifahrerseite einzusteigen, registrierte aber erst jetzt, dass Tom nicht allein gekommen war, und verharrte. Sie erkannte den Beifahrer sofort.

»Es ist alles in Ordnung«, sagte Tom. »Er hat mir alles erzählt.«

Lena bezweifelte das. Sie starrte Lummer an, und hinter ihrer Stirn begannen sich die Gedanken zu überschlagen. Ihre Hände öffneten und schlossen sich wie tödliche Raubvogelklauen, ohne dass sie es mitbekam, und plötzlich war die Wut wieder da, ein Zorn, der mit jeder Sekunde stärker wurde und von dem sie nicht sagen konnte, wie lange sie ihn noch beherrschen würde.

»Es ist alles in Ordnung, Lena«, sagte Tom noch einmal. Er

schien zu spüren, was in ihr los war. Wahrscheinlich sah man es ihr schlichtweg an. »Lummer hat mir alles erzählt, wirklich!«

»Und wieso ist er dann hier?«, fragte sie mit zitternder Stimme. *Und noch am Leben?*

»Weil alles … ein bisschen anders ist, als es auf den ersten Blick den Anschein hat«, antwortete Tom ernst.

»Du weißt, dass dein Freund uns an den Russen verkauft hat?«, fragte Lena.

»Nicht so, wie Sie glauben«, sagte Lummer. Seine Stimme bebte, und Lena konnte seine Nervosität regelrecht riechen. »Was passiert ist, das tut mir leid, bitte glauben Sie mir das. Ich habe Gusow unterschätzt. Aber ich habe nie auf seiner Seite gestanden.«

»Nein, Sie haben uns nur an ihn verkauft«, sagte Lena böse. »Was hat er Ihnen dafür bezahlt? Und wie viele Ihrer Kollegen hat es das Leben gekostet? Fünf?«

Tom wollte auffahren, aber Lummer brachte ihn mit einer raschen Geste zum Schweigen. »Sechs«, sagte er leise. »Es tut mir unendlich leid. Ich habe einen schrecklichen Fehler gemacht, und ich werde die Verantwortung dafür übernehmen. Sobald das hier vorbei ist.«

»Wenn *was* vorbei ist?«, fragte Lena misstrauisch.

Lummer machte eine Kopfbewegung nach vorn. »Ihre Freundinnen«, sagte er, »sind sie hier?«

»Sie sind nicht meine Freundinnen«, antwortete Lena automatisch. »Und es ist nur noch eine.« *Die wahrscheinlich auf dem Weg hierher ist, um euch Dummköpfen das Herz herauszureißen,* fügte sie in Gedanken hinzu. *Und mir gleich mit.*

Lummer und Tom tauschten einen stummen Blick. »Dann haben wir eine Chance«, sagte Tom. Er wedelte mit der Hand. »Steig ein.«

Lena blickte ihn verständnislos an. »Wie?«

»Wir können sie nicht entkommen lassen«, sagte Lummer.

»Ich habe gesehen, wozu Gusow imstande ist, und ich nehme an, die anderen sind genauso.«

»Louise?« Lena tat so, als müsste sie nachdenken, und schüttelte dann heftig den Kopf. »Sie ist schlimmer.«

»Ein Grund mehr, sie nicht entkommen zu lassen«, sagte Lummer.

Lena lachte, auch wenn es nicht besonders amüsiert klang. »Sie haben ja keine Ahnung, wovon Sie da reden«, sagte sie.

»Wir können dieses … *Ding* nicht entkommen lassen«, sagte Lummer. »Ich verlange nicht, dass Sie uns helfen, aber wir werden weiterfahren.« Er zögerte einen Moment, maß Tom mit einem seltsamen Blick und verbesserte sich dann: »Ich. Bring deine Freundin in Sicherheit, Junge.«

»Jetzt den Helden zu spielen macht es auch nicht mehr besser«, sagte Tom. »Du wirst dabei draufgehen.«

»Möglich«, antwortete Lummer achselzuckend. »Aber dann habe ich es wohl nicht besser verdient.«

Lena spürte, dass er diese Worte bitterernst meinte, so theatralisch sie sich auch anhörten. Trotzdem schüttelte auch sie nur den Kopf. »Tom hat recht«, sagte sie. »Sie haben keine Ahnung, mit wem Sie sich da einlassen.«

»Aber Sie haben es«, gab Lummer grimmig zurück. »Und ich habe noch das hier.« Er klappte das Handschuhfach auf und nahm eine Waffe heraus. Lena riss die Augen auf, als sie die kaum zigarrendicke Taschenlampe erblickte, die mit schwarzem Klebeband am Lauf befestigt war.

»Die haben wir im Club gefunden«, sagte Lummer. »Ich nehme an, Sie können mir erklären, wie man sie benutzt, oder? Ich habe eine ungefähre Vorstellung, aber ein kleiner Crashkurs wäre nicht schlecht.«

Lena beugte sich in den Wagen, nahm ihm die Waffe aus der Hand und richtete sich wieder auf. Der bläuliche Lichtpunkt, den sie auf den Matsch zu ihren Füßen warf, als sie die Lampe einschaltete, sah geradezu lächerlich klein aus, bereitete ihr aber körperliches Unbehagen. Trotzdem streckte sie den Arm aus, hob die Lampe und ließ den Strahl zischend über ihren Unterarm streichen. Flammen und übel riechender, klebriger Rauch stiegen auf, und Tom sog entsetzt die Luft ein.

Lena schaltete die Lampe aus, biss die Zähne zusammen, um einen Schmerzlaut zu unterdrücken, und wartete, bis die Spur aus verbrannter Haut und brodelndem Fleisch vollkommen verschwunden war, was nur wenige Sekunden dauerte.

»Das ist es, womit Sie es zu tun bekommen«, sagte sie, während sie Lummer die Waffe zurückgab. »Und Sie glauben, Sie hätten eine Chance?«

Lummer war klug genug, die Frage nicht zu beantworten. Er schob die Waffe unter seine Jacke und klappte das Handschuhfach zu.

»Hübsch«, sagte Tom scheinbar zusammenhanglos.

Lena blickte ihn verständnislos an, sah dann an sich herab und stellte fest, dass ihre Jacke und die zerrissene Bluse darunter wieder aufgegangen waren, als sie sich in den Wagen (und über Tom) gebeugt hatte. So hastig, dass sie sich den Hinterkopf anstieß, prallte sie zurück.

»He!«, protestierte sie, indem sie die Jacke mit der Hand zusammenraffte.

»Was denn?«, sagte Tom feixend. »Wäre es dir lieber, wenn ich ein angewidertes Gesicht machen würde?«

»Könnt ihr beiden Turteltäubchen vielleicht später darüber reden?«, fragte Lummer. Dann wandte er sich wieder ernst an Lena. »Ich erledige das allein. Ich habe es angerichtet, und ich bade es auch allein aus. Tom und Sie verschwinden.«

»Und Sie würden mich gehen lassen?«, fragte Lena. »Obwohl ich auch so ein … *Ding* bin?«

»He«, sagte Tom, »habe ich dazu vielleicht auch etwas zu sagen?«

»Nein«, antworteten Lummer und sie wie aus einem Mund, und ohne ihn eines Blickes zu würdigen.

»Ich weiß nicht, was Sie sind, Lena«, fuhr Lummer fort. »Mir ist nicht bekannt, dass Sie etwas getan hätten. Von Ihren drei Freundinnen – oder der, die noch übrig ist – weiß ich das wohl. Wir können ihr vielleicht nichts beweisen, aber ich werde sie nicht davonkommen lassen. Dennoch wäre es mir lieber, wenn ich es allein tue. Ich will nicht, dass Tom etwas zustößt.« Dass er sie bei diesem Wunsch ausließ, entging Lena keineswegs.

»Keine Chance!«, schnaubte Tom. Er machte eine Kopfbewegung zu Lummers Jacke und der Waffe, die er darunter trug. »Hast du noch so ein Ding?«

Lummer antwortete ihm nicht und sah Lena weiter durchdringend an. Schließlich schüttelte sie den Kopf. »Keine Chance«, sagte sie ebenfalls.

Es ging ihr ganz und gar nicht darum, Lummer in seinem aussichtslosen Kampf gegen einen Feind beizustehen, von dessen wahrer Stärke er sich keine Vorstellung machte. Lummer war ihr eigentlich egal, seinetwegen würde sie keinen Finger rühren. Aber vielleicht waren Lummer und Tom ja umgekehrt *ihre* einzige Chance. Louise würde sie nicht einfach gehen lassen. Sie würde niemals aufhören, nach ihr zu suchen, und sie zweifellos irgendwann finden. Eigentlich wunderte sich Lena sogar, dass sie nicht schon hier war.

Sie überlegte noch kurz und machte dann eine Kopfbewegung hinter sich. »Wartet fünf Minuten«, sagte sie, »und dann kommt nach. Aber schaltet die Lichter aus.«

Sie drehte sich um und konzentrierte sich darauf, unsichtbar zu werden. Vorsichtshalber – sollte das mit dem Verwandeln nicht klappen – beschleunigte sie aber auch noch ihre Schritte und verschwand in der Nacht.

37

Selbstverständlich warteten Tom und sein Kollege keine fünf Minuten. Schon nach zwei Minuten hielt der Wagen mit ausgeschalteten Scheinwerfern vor dem schmiedeeisernen Tor an, aber da hatte Lena den Torwächter bereits ausgeschaltet. Vermutlich würde er erst wieder am Morgen zu sich kommen. Lena stieg in den Wagen, und sie fuhren weiter.

Aufgewühlt wie sie war, kam ihr die Entfernung jetzt viel größer vor. Der Schatten der Altersresidenz war endgültig zur Silhouette eines verfluchten Märchenschlosses geworden, in dem finstere Zauberer, Drachen und eine böse Hexe hausten. Ihr Verstand versuchte ihr immer vehementer klarzumachen, dass sie sehenden Auges in eine Falle tappte. Louise musste längst gemerkt haben, dass sie nicht mehr da war, und Lena konnte sich einfach nicht vorstellen, dass sie den Wagen und seine Insassen nicht längst bemerkt hatte. Der Wagen rollte über den kiesbestreuten Weg, wobei Tom immer wieder auf die Grasnarbe geriet. Vielleicht war er nervöser, als er zugeben wollte.

»Wie habt ihr mich überhaupt gefunden?«, fragte sie schließlich, um das erstickende Schweigen nicht noch übermächtiger werden zu lassen.

Tom schwieg weiter. Lummer hingegen klappte das Handschuhfach auf und zog ein kaum zigarettenschachtelgroßes Gerät mit einem leuchtenden LCD-Monitor heraus. »GPS«, sagte er. »Die Segnungen der modernen Technik.«

Er reichte Lena das Gerät, und als sie auf dem Bildschirm sah, gewahrte sie einen winzigen rot pulsierenden Punkt. Und ein gleichfarbiges Fadenkreuz, das nahezu damit verschmolzen war.

»Ihr hättet nicht ausgerechnet Gusows Wagen klauen sollen«, sagte er. »Habt ihr wirklich geglaubt, eine solche Kiste hätte kein Ortungssystem?«

»Oh«, sagte Lena. Die Wahrheit war, dass ihr dieser Gedanke nie gekommen wäre – und Louise und Charlotte offensichtlich auch nicht. Aber da war noch etwas an dieser Erkenntnis, das sie alarmierte, doch der Gedanke entschlüpfte ihr, bevor sie wirklich danach greifen konnte. Wahrscheinlich spielte es auch keine Rolle. Schweigend gab sie Lummer das Gerät zurück, der es achtlos ins Handschuhfach warf.

Sie hatten jetzt gut die Hälfte der Entfernung hinter sich. Lena beugte sich zwischen den Sitzen hindurch, um den Weg nach Gefahren abzusuchen, als Tom unvermittelt sagte: »Deine Freundin.« Er verbesserte sich mit einem hastigen Kopfschütteln und versuchte ihren Blick im Innenspiegel einzufangen. Sie konnte sehen, wie er zusammenzuckte, als es ihm nicht gelang, ihr Spiegelbild darin zu erblicken.

»Louise«, sagte Lena.

»Louise.« Tom zögerte. »Sie hat dich zu …« Sie konnte ihm ansehen, dass er nach den passenden Worten suchte. »… zu dem gemacht, was du bist, oder nicht?«

»Mhm«, machte Lena.

»Und sie kann es auch wieder rückgängig machen?«

Lena sagte nichts dazu, und ein Schatten huschte über Toms Gesicht, nistete sich in seinen Augen ein und blieb dort. Seine Lippen wurden zu einem schmalen, blutleeren Strich.

»Wir müssen nicht so sein wie sie«, sagte sie. »Ich muss nicht töten, um zu leben.«

Tom schwieg, aber Lummer drehte sich umständlich auf seinem Sitz herum, um sie mit einem Ausdruck leiser Überraschung anzusehen. Lena setzte dazu an, ihre Worte noch einmal zu bekräftigen, brachte aber dann keinen Laut hervor. Vielleicht war es die Wahrheit, vielleicht aber auch nicht. Wer sagte ihr, dass Charlotte sie nicht belogen oder ihr etwas vorgegaukelt hatte, was sie verzweifelt glauben wollte? Noch fühlte sie sich stark, nahezu unbesiegbar und von der gewaltigen Kraft erfüllt, die Charlottes Blut ihr gegeben hatte, und noch bedeuteten die beiden Männer auf den Sitzen vor ihr keine Beute für sie. Aber es würde nicht ewig so bleiben. Was, wenn diese Kraft aufgezehrt war und der Hunger zurückkam?

Nein, daran wollte sie nicht denken. Nicht jetzt. Wenn es tatsächlich so kam, dann gab es immer noch einen letzten Ausweg. Charlotte hatte ihn ihr gezeigt.

Tom verdrehte sich den Hals, um ihr einen fragenden Blick zuzuwerfen, und deutete auf die erstbeste beleuchtete Tür. Ohne die Fernbedienung und einen Helfer im Inneren würde sich das Garagentor für sie nicht öffnen. Tom kurbelte am Lenkrad, gab noch einmal Gas und drehte dann den Zündschlüssel herum, um den Wagen das letzte Stück im Leerlauf rollen zu lassen. Das mochte umsichtig sein, aber Lena fragte sich dennoch, ob sie ihm verraten sollte, dass Louise wahrscheinlich schon seine und Lummers Herzschläge hören konnte.

Sie entschied sich dagegen, stieg aus, noch bevor der Wagen ganz zum Stillstand gekommen war, und huschte zur Tür. Sie war verschlossen, genau wie sie es erwartet hatte. Lena lauschte, hörte nichts auf der anderen Seite und drückte die Klinke dann noch einmal mit etwas mehr Kraft hinunter. Der altersschwache Mechanismus des Schlosses gab nach und brach in Stücke.

Lautlos öffnete sie die Tür und betrat die Diele dahinter. Geräusche schlugen ihr entgegen, und der Alte-Leute-Geruch schien sie regelrecht anzuspringen und löste eine leise Übelkeit bei ihr aus. Irgendwo dudelte russisch angehauchte Musik, und etwas quietschte, gleichmäßig und an den Nerven zerrend.

Sie öffnete eine weitere Tür, spähte durch den Spalt und schlüpfte dann hindurch. Irgendwo vor ihr musste der Aufzug sein, aber sie wusste nicht mehr, ob rechts oder links. Mit einem unguten Gefühl ging sie nach links und nahm sich vor, in Zukunft doch mehr auf ihre Gefühle zu hören, als sie sich unversehens einer weißhaarigen Frau gegenübersah, die ihr, auf einen altmodischen Gehstock gestützt, entgegengeschlurft kam. Lena konnte im ersten Moment nicht sagen, wer von ihnen erschrockener wirkte.

Zumindest im zweiten Anlauf war es die alte Frau, denn Lena reagierte auf eine Art, für die sie sich zwar sofort schämte, gegen die sie aber auch nicht ankam: Sie bleckte die Zähne, so dass ihr bedauernswertes Gegenüber ihr schreckliches Raubtiergebiss sehen konnte, hob die zu Krallen verkrümmten Hände und stieß ein wütendes Katzenfauchen aus.

Es war fast schon komisch, dass die alte Frau das Kreuzzeichen vor Brust und Stirn schlug, bevor sie in Ohnmacht fiel. Lena sprang zu ihr, fing sie auf und trat den kippenden Gehstock hinter sich, damit Tom und Lummer, die inzwischen zu ihr aufgeschlossen hatten, ihn sich schnappen konnten. Ein verräterisches Klappern blieb aus, aber ein schmerzerfülltes Keuchen und ein geflüsterter Fluch waren zu hören. Offenbar hatte sich einer der beiden nicht besonders geschickt angestellt. Immerhin machten sie keinen Lärm.

Behutsam ließ Lena die alte Frau zu Boden sinken und überzeugte sich davon, dass ihr Herz noch schlug. Als sie sich wieder umdrehte und Toms Blick begegnete, schüttelte der nur den Kopf, während Lummer sie finster anstarrte. Er hatte den Stock der alten Frau neben sich gegen die Wand gelehnt und lutschte am linken Daumen.

»So geht man nicht mit alten Leuten um«, nuschelte er.

»Aber es ist effektiv«, meinte Tom, »das muss man sagen.«

»Wohin jetzt?«, fragte Lummer.

Lena machte eine Kopfbewegung in die Richtung, aus der sie gerade erst gekommen waren, ging wortlos an ihm vorbei und bog diesmal richtig ab. Jetzt erkannte sie die Umgebung wieder. Der Lift war zwar nur ein paar Schritte entfernt – aber dazwischen befand sich eine offen stehende Tür, hinter der anscheinend einer der Gemeinschaftsräume des Altenheims lag. Und offensichtlich gehörte es nicht zu den Angewohnheiten des Personals, ihre Schutzbefohlenen mit den Hühnern ins Bett zu schicken. Lena hörte gedämpfte Stimmen, leises Lachen und das Klappern und Klirren von Geschirr und Gläsern, und sie sah das blaue Flackern eines Fernsehers.

Sie bückte sich, weil sie wie ein Schatten an der Tür vorbeihuschen wollte, besann sich dann eines Besseren und richtete sich auf, um mit ruhigen Schritten daran vorbeizugehen. Tom und Lummer folgten ihrem Beispiel, und sie erreichten unbehelligt den Lift. Lummer stieß erleichtert die Luft aus und machte eine auffordernde Geste, aber Lena zögerte, auf den Rufknopf zu drücken. Dass sie es so leicht hierher geschafft hatten, beunruhigte sie.

»Was ist?«, flüsterte Tom.

»Nichts«, antwortete sie und presste den Daumen entschlossen auf die kleine Taste.

Der Aufzug war leer, aber es kostete sie trotzdem Überwindung, die kleine Kabine zu betreten und sich umzudrehen, um Platz für Lummer und Tom zu machen. Aus einem Grund, der sich ihr nicht ganz erschloss, hatte Lummer den Gehstock der alten Frau mitgenommen. In der anderen Hand hielt er die Pistole, und sein Finger lag sinnigerweise auf dem Abzug und nicht am Schalter der Taschenlampe. Lena verzichtete auf eine entsprechende Bemerkung. Irgendetwas sagte ihr, dass ihm auch diese vermeintliche Superwaffe nichts nutzen würde.

Wortlos drückte sie auf die oberste Taste und zeigte dann auf den Gehstock, den er so inbrünstig umklammerte, als hielte er ihn für den Heiligen Gral. »Was soll das?«

»Der Knauf ist aus Silber«, antwortete Lummer, während die Lifttür mit einem leisen Poltern hinter ihm zuglitt.

Statt zu antworten, streckte Lena den Arm aus und schloss die Finger um den schweren Griff. Er bestand tatsächlich aus massivem Silber, aber das Zischen von verbranntem Fleisch, auf das Lummer möglicherweise gewartet hatte, kam nicht.

»Sie sollten nicht alles glauben, was in schlechten Gruselgeschichten steht«, sagte sie.

Lummer wirkte ein bisschen betroffen und setzte schon zu einer Antwort an, aber Lena schob ihn einfach zur Seite, nahm breitbeinig vor der Tür Aufstellung und hob die geballten Fäuste vor die Brust. Sie kam sich ziemlich albern dabei vor.

Der Lift hielt an, und die Tür glitt summend zur Seite. Auch jetzt stand Louise nicht dahinter, um sich mit Zähnen und Klauen auf sie zu stürzen. Sie saß in einem Sessel vor dem Kamin, wandte ihnen den Rücken zu und hielt eine brennende Zigarette in der einen und das, was von Charlottes Buch übrig geblieben war, in der anderen Hand.

»Das ging aber schnell«, sagte sie, ohne den Blick von den aufgeschlagenen Seiten zu heben. »Ich wusste, dass du zurückkommst, aber ehrlich gesagt habe ich nicht so schnell damit gerechnet.« Sie nahm einen Zug an ihrer Zigarette. »Und du hast Besuch mitgebracht. Wie reizend.«

Lummer schob Lena einfach zur Seite, ließ den nutzlosen Gehstock fallen und griff die Pistole dafür mit beiden Händen, um auf Louise zu zielen. Einer der Daumen lag auf dem Schalter der Taschenlampe.

»Keine Bewegung!«, sagte er. »Ein einziges Stirnrunzeln, und ich …«

»Und was?«, sagte Louise, indem sie das Buch zuklappte und

sich langsam zu ihnen herumdrehte. Tom wich zwei Schritte zur Seite und zog einen großkalibrigen Revolver unter der Jacke hervor, um genau wie Lummer beidhändig und mit leicht gespreizten Beinen auf Louise anzulegen.

Louise seufzte und nahm einen weiteren tiefen Zug süßlich riechenden Rauch, ehe sie antwortete: »Sie haben mich erwischt, Herr Kommissar. Ich fürchte, ich verstoße gerade aufs Heftigste gegen das Betäubungsmittelgesetz.«

»Sie sollen sich nicht rühren!«, drohte Lummer. »Eine einzige falsche Bewegung, und ich drücke ab! Gib mir einen Vorwand!«

Louise seufzte noch tiefer, nahm einen weiteren Zug an ihrem Joint und drückte ihn dann sorgsam im Aschenbecher aus. »Lenalein, ich muss dich tadeln«, sagte sie. »Du solltest wirklich mehr Acht auf die Auswahl deiner Freunde geben. Dein Begleiter hat wirklich keine Manieren.«

Sie legte das Buch aus der Hand, und Lummer fauchte zum dritten Mal: »Keine falsche Bewegung, habe ich gesagt, verdammt noch mal!«

»Dabei hatte ich gar nicht vor, eine falsche Bewegung zu machen«, sagte Louise tadelnd, »sondern eher eine richtige!«

Die letzten Worte hatte sie nicht mehr vom Sessel aus gesagt. Vielmehr erklangen sie hinter Lena und somit genau zwischen Lummer und Tom, wo sie blitzartig aufgetaucht war. Sie war so schnell gewesen, dass selbst Lena sie nur als zuckenden Schatten gesehen hatte. Sie versetzte Lena einen Tritt in den Rücken, der sie halb über den Tisch fallen ließ, hieb Lummer und Tom mit einer beidhändigen, ballettartigen Bewegung die Waffen aus der Hand und schlug dann wuchtig ihre Köpfe zusammen. Sie tat es nur mit einem Bruchteil ihrer wirklichen Kraft, aber auch das reichte schon aus, um sie beide halb bewusstlos zu Boden sinken zu lassen.

»Das war jetzt auch ein wenig unhöflich, ich weiß«, sagte sie lächelnd. »Aber ich habe noch nie zu denen gehört, die lieber die andere Wange hinhalten, statt Gleiches mit Gleichem zu vergelten.«

Sie trat Lummer in den Leib, der sich sofort mit gebrochenen Rippen krümmte.

»Das war ausgesprochen unhöflich von Ihnen, Herr Hauptkommissar«, fuhr sie fort. »Sie kommen in mein Haus, nehmen meine Gastfreundschaft in Anspruch, und zum Dank werden Sie auch noch grob. Und dann bringen Sie auch noch dieses hässliche Ding hierher.« Kopfschüttelnd bückte sie sich nach der Waffe, die Lummer fallen lassen hatte, betrachtete sie mit einem Ausdruck, von dem Lena sich nicht sicher war, ob er ihr spöttisch oder angewidert vorkam, und fügte dann hinzu: »Was soll ich jetzt nur mit Ihnen anfangen, Herr Hauptkommissar?«

Die einzige Antwort, die sie bekam, war ein abermaliges Stöhnen – nachdem sie ihm ein zweites Mal in die Seite getreten hatte.

Als sie sich zu Tom umdrehte und ausholte, um ihn ebenfalls zu treten, schüttelte Lena ihre Erstarrung endlich ab und warf sich auf sie. Louise schleuderte sie, ohne sich umzudrehen, mit einer solchen Wucht zurück gegen den Tisch, dass dieser in Stücke brach. Im gleichen Sekundenbruchteil war Lena aber schon wieder auf den Beinen und stürzte sich abermals auf Louise. Diesmal empfing sie einen Schlag in den Unterleib, dass ihr buchstäblich Hören und Sehen vergingen.

»Übertreib es nicht, Kleines«, sagte Louise kalt. »Sogar meine Geduld kennt nämlich Grenzen.«

Lena wollte sich hochstemmen, aber Louise setzte ihr den Fuß gegen die Brust und schleuderte sie auf den Rücken.

»Lass das, verdammt!«

Hinter ihr kämpfte sich Tom benommen auf alle viere, gab ein seltsam ersticktes Keuchen von sich und umklammerte

Louises Beine mit den Armen, um sie zu Boden zu reißen. Er brachte sie nicht einmal ins Wanken. Louise machte sich mit einer ärgerlichen Bewegung los und versetzte ihm einen Tritt gegen die Schläfe, der ihm sofort das Bewusstsein raubte. Lena hoffte inständig, dass es nur das Bewusstsein war.

»Bitte, Louise«, wimmerte sie, »lass ihn! Er kann nichts dafür!«

»Natürlich kann er das!«, erwiderte Louise zornig. »Schon weil es ihn gibt. Aber daran kann man ja was ändern.«

»Bitte nicht!«, flehte Lena. »Es ist nicht seine Schuld! Er wusste es doch nicht! Ich habe ihn nicht gerufen, bitte glaub mir!«

»Aber er ist hier, oder?«, sagte Louise. »Schon vergessen, was ich über ihn gesagt habe? Der Junge ist besessen von dir! Er wird niemals aufhören, nach dir zu suchen, solange er am Leben ist.« Sie zuckte die Achseln. »Aber auch das kann man schließlich ändern, oder?«

»Nein, bitte!«, schluchzte Lena. »Er wird mich nicht länger suchen, das verspreche ich!«

»Davon bin ich sogar überzeugt«, antwortete Louise mit einem bösen Lächeln, und Lenas Verzweiflung verwandelte sich in etwas unsagbar Schlimmeres.

»Du verstehst mich nicht!«, schrie sie. »Ich schicke ihn weg! Ich sage ihm, dass er mir nichts bedeutet und dass ich ihn nie wieder sehen will!«

»Das würdest du tun?«, fragte Louise mit übertrieben gespieltem Erstaunen.

»Weil es die Wahrheit ist!«, versicherte Lena.

Sie stand auf, trat einen Schritt auf Louise zu und prallte hastig wieder zurück, als Louise den Kopf drehte und Tom mit einem nachdenklichen Blick maß.

»Aber ich meine es ernst!«, sagte sie. »Ich rede mit ihm! Ich werde ihm sagen, dass er mir egal ist und verschwinden soll! Es ist nicht nötig, dass du ihn tötest!«

»Und das wird er dir zweifellos glauben.«

»Weil es die Wahrheit ist!«, beteuerte Lena. »Bitte, Louise, ich … ich weiß, dass du mir nicht glaubst, aber es ist die Wahrheit! Er bedeutet mir nichts! Ich will nicht, dass du ihn umbringst, aber das ist auch schon alles. *Er bedeutet mir nichts!*«

»Seit wann?«, fragte Louise.

»Seit … seit ich begriffen habe, wen ich wirklich liebe«, antwortete Lena stockend.

»Und wer sollte das sein?«

»Du«, sagte Lena.

Behutsam trat sie einen Schritt auf Louise zu. Louises Augen wurden schmal.

»Du«, wiederholte Lena. Nervös fuhr sie sich mit der Zungenspitze über die Lippen und stellte fest, wie ausgetrocknet und spröde sie mit einem Mal waren. »Ich sage die Wahrheit. Ich habe es begriffen, als Charlotte gestorben ist. Ich war nur zu durcheinander. Aber jetzt haben wir doch nur noch uns!«

Sie schloss Louise in die Arme und küsste sie, scheu und fast ängstlich zuerst, dann immer stürmischer und fordernder.

»Du bist doch jetzt alles, was ich noch habe! Es gibt doch jetzt nur noch uns, Louise! Bitte! Ich liebe dich! Ich liebe dich! Dich, und wirklich nur dich! Niemanden sonst!«

Louise ließ ihre stürmischen Küsse und Liebesbezeugungen eine Weile passiv über sich ergehen, doch dann erwiderte sie die Umarmung und die Küsse. Sie nahm ihr Gesicht in beide Hände, und ihre Lippen wurden weich und anschmiegsam und süß. Ihr Atem, der nun in Lenas Lunge strömte, schmeckte berauschender als alles, was sie jemals zuvor gekostet hatte.

Dann ließ Louise ihr Gesicht los, legte ihr die Hände auf die Schultern, schob sie mit sanfter Gewalt auf Armeslänge von sich und sah ihr fest in die Augen. »Du bist süß, Lena«, sagte sie. »Du bist eine wirklich schlechte Lügnerin, aber du bist süß.« Lena wollte etwas sagen, aber Louise schüttelte nur den Kopf und legte ihr den ausgestreckten Zeigefinger über die Lippen. »Nicht«, sagte sie. »Du musst nichts sagen. Ich weiß doch schon alles.«

Seltsam – hätte Lena nicht gewusst, wie völlig absurd das war, dann hätte sie geschworen, Tränen in ihren Augen schimmern zu sehen.

»Keine Angst. Ich werde ihm nichts tun. Ich weiß, dass es ein Fehler ist, aber ich verspreche dir, ihn leben zu lassen.«

»Das … würdest du wirklich tun?«, sagte Lena mit klopfendem Herzen.

»Ach, du Dummkopf«, sagte Louise lächelnd. »Weißt du denn immer noch nicht, dass ich alles für dich tun würde?« Sie sah auf den bewusstlosen Tom hinab. »Aber er könnte zu einem Problem werden.«

Also doch, dachte Lena bitter. Es war nur ein weiteres grausames Spiel gewesen, um sie zu quälen.

»Ich könnte seine Erinnerungen auslöschen«, fuhr Louise fort.

Lena starrte sie aus aufgerissenen Augen an. »So etwas … kannst du?«

»Er würde sich nicht einmal daran erinnern, dass es dich überhaupt gibt«, sagte Louise. Sie ging an Lena vorbei, ließ sich in den Sessel fallen und zündete sich eine neue Zigarette an. »Das Problem dabei ist nur, dass du es gar nicht willst.«

»Aber ich …«

»Schon gut.« Louise unterbrach sie mit einem sanften Kopfschütteln und lächelte sonderbar traurig. »Du bist eine ganz schlechte Lügnerin, Kleines – aber genau das ist einer der Gründe, aus denen ich dich so liebe. Mein ganzes Leben hat bisher aus kaum mehr als einer Aneinanderreihung von Lügen bestanden. Da tut es einfach gut, ein bisschen Ehrlichkeit kennenzulernen.«

Für die Dauer von zwei, drei schweren Herzschlägen stand sie einfach nur da und wartete darauf, dass Louise weitersprach. Als ihr klar wurde, dass das nicht geschehen würde, wandte sie sich um und ging zu Tom, um sich neben ihm auf die Knie sinken zu lassen.

Sein Gesicht bot einen erschreckenden Anblick. Das Blut lief ihm in Strömen aus einer fingerlangen Platzwunde an der Schläfe, und das kräftige Rot ließ seine Haut noch blasser aussehen, als sie ohnehin war. Lena tastete nach seinem Puls und stellte fest, wie schnell und kräftig sein Herz schlug. Es war ein sehr starkes, sehr junges Herz voller Leben, so wie auch Tom stark und jung und voller Leben war; und da war noch etwas, tief in ihm, selbst vor ihren übermenschlich scharfen Sinnen nahezu verborgen; etwas, das sie rief und lockte ...

Erschrocken sah sie zu Louise hoch und begegnete ihrem Blick, der voller Trauer war, aber auch so sanft und mitfühlend wie nie zuvor. Was, wenn sie recht hatte und alles, was sie gesagt hatte, der Wahrheit entsprach? Bei allem Hass, den sie Nora gegenüber mittlerweile empfand, wusste sie trotzdem, dass ihre Gefühle dem jungen Hotelpagen gegenüber echt gewesen waren. Sie hatte den Jungen aufrichtig geliebt – zumindest soweit ein Wesen wie sie überhaupt in der Lage war, ein solches Gefühl zu empfinden –, aber das hatte Nora nicht daran gehindert, ihn zu töten und sein Blut zu trinken. Vielleicht war es genau so, wie Louise es gesagt hatte: Es war eben ihre Art.

Ein leises Scharren erklang. Lena sah nach links und erblickte Lummer, der sich stöhnend mit zusammengebissenen Zähnen auf einen Arm hochzustemmen versuchte. Sein Gesicht war zu einer Grimasse verzerrt, aber das Trübe in seinem Blick war nicht nur Schmerz.

Sie beugte sich wieder über Tom, streichelte seine Stirn und tastete seinen Schädel dabei unauffällig nach Brüchen ab. Sie hatte keinerlei Erfahrungen in so etwas, aber sie fühlte zumindest nichts Auffälliges. Aber da war wieder dieses warme, pulsierende … *Etwas* tief in ihm, ein Quell unendlicher Verlockung, kaum zu spüren und dennoch schier unwiderstehlich. Zwei, drei Sekunden lang genoss sie dieses Gefühl einfach, dann prallte sie fast entsetzt davor zurück, als sie spürte, wie sich auch in ihr etwas regte. Vielleicht die Gier. Vielleicht dasselbe, was Nora dazu gezwungen hatte, den Jungen im Hotel zu töten. Unbewusst glitt sie ein Stück weit von Tom weg.

»Du liebst ihn wirklich, stimmt's?«, sagte Louise sanft.

»Nein!«, antwortete sie heftig. »Er ist nur ein Mensch! Was soll ich mit ihm? Zusehen, wie er neben mir alt wird und stirbt?«

»Und wenn das alles wäre, was du wirklich willst?«, fragte Louise und schüttelte den Kopf, als Lena antworten wollte. Sie zog wieder an ihrer Zigarette, und ihr Gesicht verschwand hinter einer Wolke aus süßlich riechendem Rauch. Lena sah trotzdem, dass ihre Augen feucht schimmerten, und die Hand, mit der Louise die Zigarette hielt, zitterte ganz leicht. »Du würdest dein eigenes Leben riskieren, um seines zu retten, habe ich recht? Obwohl es um so vieles wertvoller ist.«

Lena wollte nicht darauf antworten, aber sie tat es trotzdem. »Warum? Nur weil es länger dauert?«

»Nein.« Louise sah Lena und Tom abwechselnd auf eine sonderbare Art an, dann seufzte sie tief und hob den linken Arm, um auf die Uhr zu sehen. »Noch gute sechs Stunden«, sagte sie.

»Und was passiert dann?«

»Dann kommt der Hubschrauber, der uns zum Flughafen bringt«, antwortete Louise. »So lange gebe ich dir Zeit, dich zu entscheiden.«

Sie sagte nicht, wozu, und Lena fragte auch nicht.

38

Es war die längste Nacht ihres Lebens gewesen. Die Minuten hatten kein Ende genommen, und die Stunden hatten sich zu etwas aneinandergereiht, wofür das Wort *Ewigkeiten* nicht mehr ausreichte. Tom war nahezu die ganze Zeit über bewusstlos gewesen, und Lena war nicht eine Sekunde von seiner Seite gewichen. Zwei-, dreimal hatte er stöhnend die Augen geöffnet und sie angeblinzelt, aber sie war sich sicher, dass er sie nicht erkannt hatte, und seine Sinne hatten ihn auch jedes Mal beinahe sofort wieder verlassen. Vielleicht war er doch schwerer verletzt, als sie geglaubt hatte. Mit ein wenig Glück hatte er nur eine Gehirnerschütterung … aber vielleicht starb er ja auch. Lena ahnte, dass Louise ihr diese Frage vermutlich beantworten konnte, aber sie hatte es nicht gewagt, sie ihr auch zu stellen.

Überhaupt hatten sie in den zurückliegenden Stunden kaum ein Wort miteinander gewechselt. Lummer hatte ein paarmal versucht, ein Gespräch mit Louise zu beginnen (das nahezu ausschließlich aus wüsten Beschimpfungen bestand), und war dann ebenfalls in dumpfes Brüten versunken, nachdem sie ihm ernsthaft angedroht hatte, ihn zu knebeln, wenn er nicht sofort die Klappe hielt – oder ihm auch die Zunge abzubeißen, je nachdem was ihm lieber war.

Jetzt aber neigte sich diese endlose Nacht dem Ende zu. Vor den UV-gehärteten Scheiben war bereits das erste Grau der Dämmerung heraufgezogen, und Louise stand schon seit nahezu einer halben Stunde am Fenster und sah in den Park hinab, als könnte sie den Helikopter mit purer Willenskraft herbeizwingen.

Lena hatte vor nichts mehr Angst als vor genau diesem Augenblick.

Sobald die Maschine landete, würde sie sich entscheiden müssen, ob sie mit ihr ging oder bei Tom blieb. Auch wenn sie sich tief im Innersten längst entschieden hatte, empfand sie zugleich so etwas wie vorweggenommene Panik, wenn sie an den Moment dachte, in dem sie aus diesem Entschluss Realität machen musste. Louise hatte völlig recht gehabt: Sie war mehr als bereit, ihr eigenes Leben in die Waagschale zu werfen, um seines zu retten – aber da war zugleich auch ein kleiner, hässlicher Zweifel in ihr, eine Stimme, die sie ebenso leise wie hartnäckig fragte, ob sie diese Wahl überhaupt noch hatte. Tom war immer noch nicht wach geworden. Sein Puls ging gleichmäßig, war aber schwach, und dann und wann kam ein halblautes Seufzen über seine Lippen. Was, wenn er starb?

Was, wenn sie ihn tötete?

Erschrocken über ihren eigenen Gedanken, lauschte sie in sich hinein. Das Gefühl unbezwingbarer Stärke, das Charlottes Blut ihr gegeben hatte, war verschwunden und hatte einer perversen Art von mattem Wohlbefinden Platz gemacht, aber sie wusste, dass auch das nicht mehr lange so bleiben würde. Bald, spätestens morgen, würde der Hunger zurückkehren und nicht sehr viel später die Gier.

Und dann?

»Er kommt«, sagte Louise, ohne sich von ihrem Beobachtungsposten am Fenster wegzudrehen. Lena versuchte an ihr vorbei einen Blick in den Himmel zu erhaschen, aber umsonst.

»Kannst du nichts für ihn tun?«, fragte sie. »Ich weiß, dass du das kannst. Du hast mir auch schon Kraft gegeben.«

Louise blies eine graue Rauchwolke gegen die Scheibe und

sah scheinbar interessiert dabei zu, wie sie daran zerbarst, bevor sie schließlich antwortete. »Nur für den Fall, dass es dir noch nicht aufgefallen ist, Liebes: Da gibt es einen Unterschied zwischen dir und ihm. Und der liegt nicht nur zwischen euren Beinen.«

»Aber du kannst es«, beharrte Lena. »Wir können nicht nur Leben *nehmen,* habe ich recht?«

Louise schwieg, aber das war auch Antwort genug.

»Bitte hilf ihm«, sagte Lena.

Wieder schwieg Louise für die Zeit, die eine weitere Qualmwolke brauchte, um an der Fensterscheibe zu zerspellen. »Du verlangst eine Menge von mir, Kleines«, sagte sie. Da war plötzlich ein Geräusch, das ihre Worte zu begleiten schien. Etwas, was nicht hierher gehörte. Lena versuchte es zu identifizieren, gab es dann aber auf.

»Ich weiß«, antwortete sie. »Aber du bekommst auch eine Menge dafür.«

»Dich?«

»Mich«, sagte Lena ruhig.

Das Geräusch war lauter geworden, und nun erkannte Lena es auch: Es war das dumpfe Infraschall-Wummern eines näher kommenden Rotors, das ihr superfeines Gehör wahrnahm, lange bevor ein normaler Mensch das Geräusch gehört hätte. Ihr war klar, dass ihr höchstens noch zwei Minuten blieben. Was für eine erbärmliche Frist, um die Entscheidung über zwei Leben zu fällen!

Louise wandte sich nun doch vom Fenster ab und sah sie an. Ihre Augen waren hart wie Stein.

»Obwohl du es gar nicht willst?«

»Ich habe dir gesagt, dass …«

»… du mich liebst und er dir nichts bedeutet«, unterbrach sie Louise, »ich weiß. Was ich nicht weiß, ist, welche Lüge größer ist.«

»Aber welche Wahl bleibt mir denn?«, sagte Lena verzweifelt. »Ich kann hierbleiben und dabei zusehen, wie er stirbt, oder dich begleiten, und er bleibt am Leben. Trifft es das ungefähr?«

Louise tat so, als müsste sie über diese Worte nachdenken. Das Rotorengeräusch kam näher und musste wohl nun auch für menschliche Ohren hörbar sein, denn Lummer hob mit einem Ruck den Kopf.

»Ja, das trifft es ungefähr«, sagte Louise schließlich. »Abgesehen davon, dass du mich dafür hassen wirst, ganz egal, wie ich mich entscheide, nicht wahr?« Sie lachte bitter. »Aber wenigstens kann ich mir aussuchen, *warum* du mich hasst. Das ist doch schon mal was.«

Lena hätte lügen können, und Louise hätte es ihr vermutlich nicht einmal übel genommen, aber stattdessen sagte sie: »Ich würde es dich niemals spüren lassen, das schwöre ich dir.«

»Nein, wie rührend«, spottete Louise. »Du würdest tatsächlich auf deine große Liebe verzichten und dein Leben an der Seite einer Frau verbringen, die du aus tiefstem Herzen hasst, nur um diesem kleinen Menschlein noch ein paar lächerliche Jahre zu schenken, die vorüber wären, noch bevor du auch nur Zeit gefunden hättest, diesen Entschluss zu bereuen? Wirklich, das nenne ich wahre Liebe!« Die Worte waren der pure beißende Hohn – aber da war auch etwas in ihrer Stimme, was ihnen den Großteil ihrer beabsichtigten Wirkung nahm und Lena verwirrte.

Der Helikopter kam jetzt rasch näher, und Lummer richtete sich noch weiter auf und sah mit angestrengt gerunzelter Stirn zum Fenster hin. Ganz kurz meinte Lena ein Licht wahrzunehmen, das wie ein blasser suchender Finger über den Himmel tastete.

Louise kam mit schnellen Schritten zu ihr, sank neben Tom auf die Knie und streckte die Hand nach seiner Stirn aus. Auf ihrem Gesicht lag ein grimmiger Ausdruck, und ihre Bewegungen wirkten gehetzt; als wollte sie ihren Entschluss möglichst schnell in die Tat umsetzen, bevor sie Zeit fand, ihn zu bedauern. Sie schloss die Augen, konzentrierte sich und wirkte dann plötzlich überrascht.

»Aber das …«, murmelte sie.

»Was?«, fragte Lena alarmiert.

Statt zu antworten, zog Louise die Hand so abrupt zurück, als hätte sie zu spät gemerkt, dass sie sie auf eine glühende Herdplatte gelegt hatte, sah nun ganz eindeutig erschrocken aus und schüttelte den Kopf.

»Nichts«, sagte sie. »Ich war nur …« Sie zwang sich zu einem nervösen Lächeln, das schneller erlosch, als es gekommen war. »Es ist doch nicht so schlimm, wie ich dachte. Er wird es überleben, keine Sorge.«

Lena glaubte ihr kein Wort, und sie reagierte genauso wie die allermeisten, denen man versicherte, dass es keinen Grund zur Sorge gab: Sie *war* besorgt. Louise verschwieg ihr etwas. Etwas sehr Wichtiges.

Aus dem Helikoptergeräusch wurde nun ein Dröhnen, das immer mehr an Lautstärke gewann und schließlich die Fensterscheiben vibrieren ließ. Ein grelles Licht strich über das Glas und erlosch, noch bevor Lena geblendet die Augen schließen konnte. Auf einmal klingelte das Telefon. Louise beachtete es nicht, sondern schloss erneut die Augen, legte Tom die flache Hand auf die Stirn und konzentrierte sich ungefähr eine Sekunde lang, bevor sie sie wieder zurückzog.

»War das … alles?«, murmelte Lena verwirrt.

»Ich kann gern noch ein paar Zaubersprüche aufsagen und dabei auf einem Bein herumhüpfen, wenn dir dabei wohler ist«, antwortete Louise. »Aber besser wird es davon auch nicht.« Ihr flapsiger Ton wirkte genauso falsch wie die gewollte Bosheit zuvor. Da war etwas, was Louise zutiefst erschreckt hatte, das spürte Lena.

»Dann bin ich jetzt wohl dran«, sagte Lummer.

Louise runzelte die Stirn. »Womit?«

»Seien Sie wenigstens ehrlich«, antwortete Lummer schnaubend. »Als ob Sie mich am Leben lassen könnten, nach allem, was ich gesehen habe.«

»Sie meinen, dass man uns nicht töten kann und wir Menschen das Blut aussaugen, um selbst am Leben zu bleiben?«, sagte Louise. Sie klang beinahe ein bisschen überrascht; als wäre sie selbst noch gar nicht auf diese Idee gekommen. Dann nickte sie. »Ja, das könnte in der Tat zu einem Problem werden. Für Sie, meine ich. Bisher sind Ihre Kollegen wahrscheinlich nur hinter Ihnen her, weil Sie sich von Stepan haben kaufen lassen. Wenn Sie diese Geschichte erzählen, dann bekommen Sie es auch noch mit den Jungs mit den weißen Turnschuhen und den Zwangsjacken zu tun.« Sie stand auf. »Tun Sie sich nur keinen Zwang an, Herr Hauptkommissar. Vielleicht komme ich Sie ja in zwanzig Jahren mal in der Klapse besuchen und sehe nach, wie es Ihnen geht.« Sie bleckte die Zähne. »Oder hole mir Ihr Blut.«

Lummer sah nur mit einer Mischung aus Fassungslosigkeit und aufkeimender Hoffnung zu ihr hoch, und Louise weidete sich unverhohlen an diesem Ausdruck, bevor sie wieder zum Fenster ging. Lena hörte, wie der Hubschrauber draußen im Park zur Landung ansetzte. Das Telefon schrillte immer noch, und nun begann auch Louises Handy zu plärren.

Tom bewegte sich. Seine Augen blieben noch geschlossen, aber Lena spürte, wie sich dahinter etwas regte, wie das unsichtbare schlafende Herz tief unter seinen Gedanken schneller und immer kraftvoller zu schlagen begann.

»Tom?«, sagte sie.

Sie bekam keine Antwort, aber Toms Lider flatterten heftiger. Seine Hand tastete blind umher und schloss sich mit fast schmerzhafter Kraft um Lenas Finger, als sie danach griff.

»Tom?«, sagte sie noch einmal. Sie bekam auch jetzt nur ein gehauchtes Stöhnen zur Antwort, aber sie hatte das sichere Gefühl, dass er auf den Klang ihrer Stimme reagierte. Sein Griff wurde noch fester, beinahe als wollte er sich mit aller Kraft an etwas festklammern, was ihn im Leben hielt.

Louise sog plötzlich scharf die Luft zwischen den Zähnen ein, und als Lena aufsah, erkannte sie, wie angespannt sie auf einmal dastand.

»Was ist los?«, fragte sie.

Sie bekam keine Antwort, also löste sie behutsam ihre Hand aus Toms Umklammerung und ging zu ihr.

Im allerersten Moment fiel ihr nichts Ungewöhnliches auf, außer dass jetzt ein schlanker Helikopter mit schwarz getönten Scheiben auf dem Rasen vor dem Haus hockte. Die Rotoren liefen heulend aus und zeichneten mit ihrem künstlichen Sturmwind verwirrend symmetrische Muster in das kurz geschnittene Gras. Im grauen Licht der heraufziehenden Dämmerung sah er aus wie ein gefährlicher fliegender Raubfisch, der nur vermeintlich reglos dort kauerte, in Wahrheit aber sprungbereit auf Beute lauerte.

Dann begriff sie.

»Das ist nicht der Helikopter, auf den du wartest, nicht wahr?«, fragte sie.

Weder antwortete Louise, noch reagierte sie in irgendeiner anderen Weise, aber das war auch nicht nötig, denn im nächsten Moment sah Lena es: Die Seitentür des Hubschraubers ging auf, und zwei, drei, vier, fünf Gestalten sprangen heraus und huschten geduckt auf das Gebäude zu. Sie waren schwarz gekleidet und bewegten sich rasch und lautlos wie Schatten, aber Lenas Augen waren scharf genug, um sie sofort erkennen zu lassen, womit sie es zu tun hatten. Die Männer trugen nicht nur schwarze Overalls und Stiefel und Handschuhe und gleichfarbige schusssichere Westen, sondern auch Helme mit sonderbar vorgestülpten eckigen Augen und Gewehre mit kurzen, aber viel zu breiten Läufen. Nachtsichtgeräte und kurzläufige Pumpguns, an denen zweckentfremdete Taschenlampen befestigt waren.

Stepan selbst stieg als Letzter aus der Maschine, und er bot vielleicht den sonderbarsten Anblick von allen: Er trug einen knöchellangen dunklen Mantel, der irgendwie so aussah, als wäre er ihm um mindestens zwei Nummern zu groß, glänzende schwarze Stiefel und eine hohe Pelzmütze. Anders als seine Männer trat er fast gemächlich aus dem Helikopter, machte nur einen einzelnen Schritt und legte dann den Kopf in den Nacken, um zu ihnen heraufzusehen; als wüsste er ganz genau, hinter welchem der zahlreichen Fenster sie standen.

»Wie zum Teufel hat er uns gefunden?«, murmelte Louise.

Es war eine rein rhetorische Frage, aber sie bekam trotzdem eine Antwort, von Lummer, der aufgestanden und ihnen gefolgt war.

»Was haben Sie denn gedacht? Dass wir die Einzigen sind, die die Daten eines Peilsenders auslesen können?«

»Peilsender?« Louise sah ihn verständnislos an.

»Gusows Wagen hat ein GPS-System«, sagte Lummer. »Die Dinger können nicht nur Daten empfangen, sondern auch senden. Jedenfalls ab einer gewissen Preisklasse ... sagen Sie nicht, Sie hätten das nicht gewusst.«

Louise sagte gar nichts, ihr betroffener Gesichtsausdruck dafür aber umso mehr. Sie hatte es wirklich nicht gewusst – oder schlichtweg vergessen.

»Ich wundere mich eher, dass er so lange gebraucht hat«, fuhr Lummer fort. »Tom und ich hatten fest damit gerechnet, dass er vor uns hier ist.« Er sah stirnrunzelnd zu Stepan hinunter, der immer noch dastand und zu ihnen heraufstarrte, und machte ein erstauntes Gesicht. »Wie sieht der denn aus? Ist der etwa den Donkosaken entsprungen?« Stepans Begleiter hatte er offenbar nicht gesehen.

Der *Strigoi* hörte endlich auf, sie anzustarren, und verschwand mit schnellen Schritten aus ihrem Blickfeld. Im gleichen Moment erwachte Louise aus ihrer Starre. Ohne Lummer eines Blickes zu würdigen, wandte sie sich um und ging zum Telefon, das sie mit einer beiläufigen Bewegung zertrümmerte. Dann hob sie Lummers umgebaute Pistole auf, die daneben lag, und reichte sie Lena. Toms großkalibrigen Revolver schob sie sich unter den Hosenbund.

»Pass auf die beiden auf«, sagte sie grimmig. »Ich versuche ihn aufzuhalten. Wenn ich es nicht schaffe, dann ziel auf seine Augen.« Sie machte eine Kopfbewegung zur Pistole, die Lena immer noch mit beiden Händen am Lauf hielt, ohne so recht zu wissen, was sie damit anfangen sollte.

»Was haben Sie vor?«, fragte Lummer.

Louise verschwand wortlos im Lift.

39

Aus dem lichtgrauen Anthrazit vor den Fenstern war ein mattes Grau geworden, das von innen heraus zu leuchten schien; wie wattiger Nebel, der die Sonne verschlungen hatte. Lena war ein paarmal ans Fenster getreten und hatte in den Park und auf den nahen Wald hinuntergesehen. Graue Schwaden griffen zwischen den Bäumen hervor und erhoben sich hier und da gespenstischen Gorgonenhäuptern gleich über die Mauer, stiegen von der Wiese auf und tanzten lautlos über den künstlichen See, als würde sich unter der trügerischen ruhigen Oberfläche in Wahrheit ein schlafender Vulkan verbergen, der jederzeit ausbrechen konnte. Das erste wirkliche Sonnenlicht würde den Nebel auflösen, und Lena sah es auch schon kommen: ein dünner, aber unerträglich greller Streifen, der lautlos vom Osten her näher kam und sich wie Säure in ihre Augen brannte, dass ihr die Tränen kamen.

»Da stimmt doch was nicht«, murmelte Lummer. Er humpelte seit zehn Minuten unentwegt im Raum auf und ab und hatte selbstverständlich schon sämtliche anderen Zimmer, den Lift und die geschlossene Tür zum Treppenhaus mehrmals aufs Gründlichste inspiziert, und er war schon zweimal oben auf der Dachterrasse gewesen, nur um zum selben Ergebnis zu kommen wie Lena schon am Vorabend: Sie waren eingesperrt. »Sie müsste doch längst zurück sein! Oder wir müssten wenigstens etwas hören!«

Lena warf ihm einen schrägen Blick zu. Lummer schien selbst

für einen Menschen über ein denkwürdig schlechtes Gehör zu verfügen, denn das Gebäude unter ihnen war alles andere als still. Sie selbst hörte eine ganze Menge, und kaum etwas davon gefiel ihr. Aufgeregte Stimmen und Schritte, Schreie und Türenschlagen, und mindestens einmal glaubte sie auch einen Schuss gehört zu haben, alles gedämpft durch die dicken Wände des antiken Gebäudes, aber dennoch unverkennbar die Geräusche einer ausbrechenden Panik, vielleicht eines Kampfes.

Vielleicht wollte er es einfach nicht hören. Wie kam sie auf die Idee, dass es ihm anders ergehen sollte als ihr? Selbst sie hatte sich bis zuletzt erfolgreich geweigert, wirklich zu glauben, was sie sah, und erst recht, was mit ihr geschah.

Lena stellte ihre Grübeleien über die Ungerechtigkeit des Schicksals ein und warf einen abschätzenden Blick auf den Helikopter hinab. Der Pilot hatte die Maschine tollkühn nahe vor dem Gebäude gelandet. Zwischen den Enden der durchhängenden Rotorblätter und dem Haus waren keine zwanzig Meter mehr. Dennoch, und obwohl es draußen immer rascher hell wurde, war der Helikopter kaum deutlicher zu erkennen als zuvor; fast als umgäbe ihn etwas wie ein unsichtbarer Schutzschirm aus Dunkelheit, der einen Teil der Nacht konservierte.

Abgesehen von dieser unsinnigen Vorstellung war er nahe genug, um ihn selbst im hellen Sonnenschein zu erreichen. Ganz zweifellos war das auch der Grund für dieses halsbrecherische Landemanöver gewesen. Sie konnte sich nicht vorstellen, dass Stepan vorhatte, bis zum nächsten Sonnenuntergang hierzubleiben, aber er hatte auch unmöglich vorhersagen können, wie lange seine *Mission* dauerte.

Sie verscheuchte auch diesen unangenehmen Gedanken, maß die näher kommende Mauer aus tödlichem Sonnenlicht mit einem letzten Blick und korrigierte ihre Schätzung, wie lange es dauerte, bis es endgültig hell wurde, noch einmal ein gutes Stück nach unten. Aus dem Gebäude drangen noch immer panische Geräusche, als sie vom Fenster zurücktrat und sich zu Lummer herumdrehte.

Er stand in leicht gebeugter Haltung da, schmallippig und blass und die linke Hand gegen die gebrochenen Rippen gepresst. Seine Augen funkelten dennoch kampflustig, und Lena zollte ihm widerwillig Respekt. Die meisten Männer, die sie kannte, wären unter der Belastung längst zerbrochen. Hätte sie sich ganz sicher sein können, gegen *wen* er die Waffe einsetzen wollte, die sie nach wie vor in der Hand hielt, hätte sie sie ihm vielleicht sogar gegeben.

Lena ging an ihm vorbei und ließ sich neben Tom in die Hocke sinken. Er war wach und saß mit angezogenen Knien an der Wand neben dem Kamin, seine Augen standen weit offen. Aber sie waren auf eine schreckliche Art *leer*. Manchmal sah er sie an, aber sein Blick schien etwas anderes zu sehen. Lena hatte sich mehrmals gefragt, ob Louise ihre Ankündigung vielleicht wahr gemacht und ihm jegliche Erinnerung an sie genommen hatte. Der Gedanke erfüllte sie mit kaltem Entsetzen.

Sie wusste nicht, was schlimmer war: die Vorstellung, dass er die Augen aufschlug und sie eine Fremde für ihn war, oder die, dass er sie erkannte und alles über sie wusste und genau das der Grund für den schwarzen Wahnsinn in seinen Augen blieb.

»Ist alles in Ordnung?«, fragte sie. Sie bekam auch jetzt nur einen leeren Blick zur Antwort, aber zugleich spürte sie wieder, wie sich etwas in ihr regte, etwas Fremdes und tief Verborgenes, das sie kannte und *brauchte*.

Sie rückte ein Stück von ihm weg, spürte kurz ein unendlich enttäuschtes Aufheulen in sich und stand deshalb hastig auf, um die Distanz zwischen Tom und sich zu vergrößern.

Ging es schon los? Jetzt schon?

»Gar nichts ist in Ordnung«, schnauzte Lummer hinter ihr. »Wahrscheinlich hat sie ihm den Schädel eingeschlagen! Der Junge muss zu einem Arzt!«

Lena drehte sich halb zu ihm herum und maß ihn mit einem abschätzenden Blick, dessen wahren Grund er unmöglich erraten konnte. Es war derselbe Grund, aus dem sie nach kurzem Zögern dicht vor ihm stehen blieb, um ihn nervös zu machen. Sie nahm seine Witterung auf, spürte sein Blut und sein schlagendes Herz und seine Wärme, und all das war verlockend und süß und wartete nur auf sie. Aber noch war sie nicht so hungrig, dass sie diesen Drang nicht beherrschen konnte. Was sie dagegen in Tom gespürt hatte, das war … anders.

Lummer machte einen halben Schritt zurück und deutete auf die Pistole. »Sie sollten das Ding lieber mir überlassen, Lena. Ich kann besser damit umgehen, glauben Sie mir, und ich …«

Lena brachte ihn mit einer abrupten Geste zum Verstummen. Etwas geschah, das spürte sie. Eine halbe Sekunde später hörte sie es, und noch einmal eine Sekunde danach hob auch Lummer den Kopf und sah mit aufgerissenen Augen zum Lift. Die Kabine kam summend näher, hielt an, und die Tür glitt auf, um einen Albtraum hereinzulassen.

Es war nicht Louise, wie Lena sich verzweifelt eingeredet hatte, sondern Stepan, und wäre die Situation nur ein bisschen anders gewesen, dann hätte er einen zum Brüllen komischen Anblick geboten. Sein Mantel, den sie jetzt im hellen Licht der Tageslichtlampen erkennen konnte, war nicht dunkelbraun, sondern von einem kräftigen Rot, aber auch über und über mit goldenen Schnüren, Knöpfen und Troddeln besetzt. Weißes Fell lugte an Kragen und Säumen hervor, und beim Anblick der gewaltigen Fellmütze wäre jede englische Palastwache vor Neid erblasst. Er sah wie die schlechte Imitation eines russischen Weihnachtsmanns aus – hätte er nicht einen gekrümmten Kosakensäbel in der Rechten gehalten, von dessen Klinge hellrotes Blut tropfte, und wäre das Gesicht nicht das eines Ungeheuers gewesen, gnadenlos und hart und mit den schwarzen Augen eines menschengroßen Killerinsekts.

Lena starrte ihn nur an – unendlich enttäuscht, das nun doch alles umsonst gewesen sein sollte –, aber Lummer reagierte mit erstaunlicher Kaltblütigkeit: Blitzschnell fuhr er herum, riss einen Schürhaken aus dem geschmiedeten Ständer neben dem Kamin und stürzte sich auf den *Strigoi,* seine improvisierte Waffe wie eine Keule mit beiden Händen schwingend.

Stepan machte sich nicht die Mühe, den Säbel zu heben. Reglos wartete er, bis Lummer zuschlug, fing den eisernen Schürhaken mit der Linken ab und riss ihn Lummer aus den Händen. Er ließ ihn los und versetzte dem Polizisten einen Hieb ins Gesicht, der ihn quer durch den ganzen Raum stolpern ließ.

»Wie nett«, sagte er, als wäre nichts geschehen. »Ein Familientreffen. Aber da fehlt doch noch jemand.« Er sah sich mit übertriebener Gestik um. »Ich muss dringend an meinem Timing arbeiten.«

Und endlich erwachte auch Lena aus ihrer Erstarrung. Sie legte die Pistole auf ihn an, worauf Stepan einfach *verschwand.* Blitzartig tauchte er neben ihr wieder auf, um ihr die Waffe aus der Hand zu schlagen. Sie flog davon und prallte irgendwo gegen die Wand. Stepan riss Lena in die Höhe und warf sie hinterher.

Mit voller Wucht krachte sie gegen die Wand. Vielleicht hätte sie sogar das Bewusstsein verloren, hätte sie nicht in diesem Moment ein gedämpftes Stöhnen gehört und die Stimme als die Toms identifiziert. Das reichte, um den betäubenden Schleier vor ihren Augen und über ihren Gedanken zu zerreißen.

Sie hätte vor Entsetzen fast aufgeschrien, als sie sah, dass Stepan sich jetzt Tom zugewandt hatte. Sein rechter Fuß ruhte auf Toms Brust und senkte sich unbarmherzig, um ihn zu Tode zu quetschen.

Lena war mit einem einzigen Satz quer durch den Raum und warf sich mit ausgebreiteten Armen gegen ihn, und es gelang ihr tatsächlich ihn von den Beinen zu reißen. Sie rollten davon, kamen gleichzeitig wieder in die Höhe, und Lena schnappte in eine geduckte Haltung, die Arme halb ausgebreitet und die Hände zu Klauen geformt, aus denen plötzlich zentimeterlange, rasiermesserscharfe Krallen ragten.

Stepan schlug mit seinem Säbel zu und hätte sie zweifellos enthauptet, hätte er die Waffe nicht im letzten Moment gedreht, so dass die Klinge mit der flachen Seite gegen ihr Gesicht schlug – allerdings mit der Wucht eines Vorschlaghammers. Alles explodierte in einer Lohe aus Weiß und Rot und grellem Schmerz. Lena fiel auf den Rücken, und im gleichen Moment erscholl ein gewaltiges Krachen, und eine Stimme schrie: *»Lass sie in Ruhe!«*

Stepan ließ tatsächlich von ihr ab und fuhr herum. Lena blinzelte die roten Schlieren vor ihren Augen weg und brachte irgendwie die Kraft auf, sich hochzustemmen.

Die Tür war halb aus den Angeln gesprengt, und Louise war in der Öffnung aufgetaucht. Sie bot einen entsetzlichen Anblick. Ihre Kleider waren zerfetzt. Ihre Bluse war fast schwarz und schwer von Blut, und über ihrer linken Brust und dem Magen gähnten zwei faustgroße Löcher mit verbrannten Rändern. Blut lief über ihre nackten Unterarme und tropfte an ihren Krallen entlang zu Boden, besudelte ihr Gesicht und ihre Lippen und lief aus ihren Mundwinkeln, was ihr das Aussehen eines grässlichen langhaarigen Clowns verlieh. Etwas bewegte sich *unter* ihrem Gesicht wie die knöchernen Mandibeln eines Insekts, die durch die Haut brechen wollten. Ihre Augen loderten.

»Lass sie in Ruhe!«, zischte sie noch einmal, kam mit einem tapsigen Schritt näher und breitete die Arme aus. Ihre Hände waren zu grässlichen dreifingrigen Klauen mit Nägeln wie Dolchklingen geworden, und ihre ganze Gestalt schien zu flimmern, als versuchte sie sich in etwas noch Unbeschreiblicheres zu verwandeln.

Stepan ging mit einem glucksenden Lachen auf sein unheimliches Gegenüber zu. »Sieh an, sieh an, die Löwin kämpft um ihr Junges«, kicherte er. »Dein Wunsch sei mir selbstverständlich Befehl, Liebste.«

»Rühr sie an, und ich vernichte dich!«, zischte Louise wie eine Schlange. Die Bewegung unter ihrem Gesicht nahm zu. Da war nicht mehr viel Menschliches an ihr.

»Hallo, Katharina«, sagte Stepan lächelnd. »Ich habe wirklich lange auf dieses Wiedersehen gewartet. Auch wenn ich mir die Umstände etwas … anders gewünscht hätte.«

»Leider habe ich mein altes Ballkleid nicht mehr«, antwortete Louise. »Aber ich weiß es zu schätzen, dass du die Kleider aufgehoben hast, in denen wir uns kennengelernt haben, Rasputin.«

Der *Strigoi* kicherte und bewegte sich weiter. Die beiden scheinbar so ungleichen Gegner begannen sich zu umkreisen. »Wenn ich mich richtig erinnere, dann hatten wir gar nichts an, als wir uns richtig kennengelernt haben. Oder ich dich, um genau zu sein.«

»Was willst du?«, fauchte Louise. »Wenn du mich umbringen willst, dann tu es … wenn du kannst.«

»Jetzt verletzt du mich aber«, sagte Stepan schmollend. »Begrüßt man so seinen alten Geliebten?«

Louise sprang vor und hackte mit einer mörderischen Klauenhand nach seinem Gesicht, aber Stepan wich mit einem Satz nach hinten aus und schlug gleichzeitig mit seinem Schwert nach ihr. Keiner von ihnen traf.

»Deinen Mut hast du nicht verloren, das muss man dir lassen«, sagte er. »Aber du weißt, dass du keine Chance hast. Ich bin stärker als du. Das war ich schon immer.«

Louise attackierte ihn erneut, und dieses Mal erwischte sie ihn an der Schulter und fetzte ein Stück aus seinem Mantel und aus der Schulter darunter heraus. Stepan sprang mit einem Fluch zurück, der seinen Schmerz nur unzureichend zu kaschieren vermochte, und versetzte ihr einen tiefen Stich in die Seite, der ihr ebenfalls ein gequältes Zischen entlockte.

»Dann wird es wohl nichts mit der Wiedersehensfeier, Kerzenschein und gutem Essen und einem ausgiebigen Versöhnungsfick, wie?«, sagte er.

Louise trat nach seinem Gesicht. Der *Strigoi* fing ihren Tritt mit hochgerissenem Unterarm ab, doch schon die bloße Wucht ließ die beiden zurücktaumeln. Sie schienen sich ebenbürtig zu sein, aber Lena spürte, dass das nicht stimmte. Stepan spielte nur mit ihr. Bisher hatte er sich lediglich verteidigt und nicht selbst angegriffen. Es war so, wie er gesagt hatte: Er war stärker als sie. Sehr viel stärker. Lena musste ihr helfen.

»Was willst du?«, fauchte Louise noch einmal. »Wenn du mich willst, dann versuch es! Aber lass Lena da raus!«

Stepan machte ein obszönes Geräusch. »Was hast du mit meinen Leuten gemacht?«, wollte er wissen.

»Wenn du darauf wartest, dass sie dir helfen, dann muss ich dich enttäuschen«, erwiderte Louise. Sie hob die blutigen Klauen. »Sie waren nicht besonders gut.«

»Du hast sie alle fünf erwischt?« Stepan nickte anerkennend. »Das erspart mir eine ganze Menge Arbeit. Das habe ich von dir gelernt, Katharina. Ich lasse keine Zeugen zurück.«

»Anscheinend hast du nicht genug gelernt!« Louise sprang ihn an. Stepan schien damit gerechnet zu haben, denn er drehte sich nur leicht zur Seite und empfing sie mit einem Schwertstreich, der ihr die halbe Flanke aufriss. Louise stürmte unbeeindruckt weiter, und ihre Krallen zogen eine blutige Spur quer durch sein Gesicht. Stepan heulte vor Wut und Schmerz, rammte ihr seinerseits den Ellbogen gegen die Schläfe und versuchte seinen Säbel hochzureißen, aber Louise umklammerte blitzartig sein Handgelenk, bog seinen Arm zurück und grub ihre Zähne so tief in seinen Hals, dass schwarzes Blut spritzte.

Stepan brüllte vor schierer Qual, riss sich los und schleuderte Louise mit solcher Wucht gegen die Wand, dass sie zusammenbrach. »Miststück!«, brüllte er. »Du elendes, verdammtes …« Er wechselte mitten im Satz ins Russische, presste die Hand gegen die heftig blutende Wunde in seinem Hals und stürmte hinter ihr her. Louise versuchte aufzuspringen, aber Stepan versetzte ihr einen Tritt, schrie weiter in seiner Muttersprache auf sie ein und rammte ihr den Säbel tief in die Brust. Brüllend vor Wut und Schmerz, riss er die Waffe wieder heraus und stieß noch einmal zu, und als er es zum dritten Mal tun wollte, sprang Lena auf seinen Rücken, umklammerte ihn mit Armen und Beinen und versuchte ihm die Augen auszukratzen.

Stepan knurrte wie ein wütender Hund, brachte Louise noch einen üblen Schwertstreich quer durchs Gesicht bei und schüttelte Lena mit einer so kraftvollen Bewegung ab, dass sie Purzelbäume schlagend davonkullerte. Noch mehr Möbelstücke gingen zu Bruch, Holz- und Metalltrümmer regneten rings um sie herum zu Boden, und noch bevor ihre Rutschpartie zu Ende war, ragte Stepan riesig und drohend über ihr auf und versetzte ihr einen Tritt, der ihr die Luft aus der Lunge presste.

»Allmählich beginne ich Katharina zu verstehen«, sagte er. »Du bist eine richtige kleine Wildkatze, wie? Eigentlich mag ich es so. Vielleicht behalte ich dich ja noch eine Weile, was meinst du? Wir beide können eine Menge Spaß miteinander haben, glaub mir. Aber zuerst muss ich dir wohl ein bisschen Respekt beibringen!«

Und damit ergriff er den Säbel mit beiden Händen und rammte ihr die Klinge so tief in den Leib, dass sich die Spitze knirschend in die Dielen grub. Der Schmerz war so unbeschreiblich, als bestünde die Klinge aus einem geschmiedeten Sonnenstrahl. Alle Kraft wich aus ihr, und sie konnte nicht mehr atmen. Alles färbte sich rot, dann schwarz-weiß.

»Aber wahrscheinlich ist es doch besser, wenn ich das lasse«, fuhr Stepan fort. Er drehte die Klinge mit einem Ruck herum, bevor er sie herauszog. Lena brüllte vor Schmerzen.

»Wir sind nicht ganz unsterblich, Schätzchen, weißt du?« Der *Strigoi* hob sein Schwert höhnisch grinsend mit beiden Händen hoch über den Kopf. »Enthaupten funktioniert zum Beispiel ganz wunderbar.«

Als er zuschlagen wollte, erscholl ein gellender Schrei, und Tom sprang ihn mit weit ausgebreiteten Armen und solcher Kraft an, dass Stepan zurückstolperte und das Gleichgewicht nur mit einem komischen Gehüpfe auf einem Bein behielt.

Was ihn nicht daran hinderte, Tom von sich wegzustoßen und zugleich einen wuchtigen Schwertstreich nach seinem Kopf zu führen. Wohl mehr aus Glück als sonst etwas stolperte Tom ein winziges Stück zur Seite, so dass Stepan ihm nicht den Schädel spaltete – aber es war fraglich, ob es wirklich *Glück* war, denn die Klinge grub sich knirschend in seine Schulter, zertrümmerte sein Schlüsselbein und fraß und wühlte sich noch tiefer, bevor Stepan sie in einem Geysir aus explodierendem rotem Nebel herausriss. Tom stand eine halbe Sekunde lang wie erstarrt da. Das Blut spritzte fast einen Meter weit aus einer durchtrennten Arterie wie aus einem geplatzten Hochdruckschlauch. Dann kippte er lautlos mit schaumigem hellrotem Blut auf den Lippen zur Seite.

»Na, das nenne ich mal eine gespaltene Persönlichkeit«, kicherte Stepan. Dann knallte etwas, und sein linkes Auge verwandelte sich in einen brodelnden schwarzen Krater. Nur einen Sekundenbruchteil später fuhr eine unsichtbare Flamme quer über sein Gesicht, ließ sein Fleisch verkochen und schwarz werden und löschte auch das andere Auge aus.

Lena war noch immer halb von Sinnen vor Schmerz und Entsetzen, und was der *Strigoi* Tom angetan hatte, drohte sie endgültig in einen schwarzen Abgrund aus zermahlendem Wahnsinn zu reißen. Aber sie registrierte dennoch, dass es Lummer irgendwie gelungen war, die Waffe aufzuheben, die Stepan ihr aus der Hand geschlagen hatte. Und zweierlei musste sie ihm lassen: Er konnte zuhören, und er war ein ausgezeichneter Schütze. Noch während sie auf Händen und Knien wimmernd auf Tom zukroch und dabei immer wieder in dem glitschigen Blut ausrutschte, das immer noch aus seiner gespaltenen Schulter sprudelte, schoss er zum zweiten Mal und verpasste Stepan diesmal eine Kugel genau zwischen die Augen, die einen Teil des Hinterkopfs explodieren ließ. Die Kugel prallte mit einem hellen Klingen gegen die Fensterscheibe hinter ihm und verwandelte sie in ein riesiges Netz aus Millionen haarfeinen Sprüngen, durch die das Sonnenlicht wie winzige verheerende Nadeln stach. Kleine zischende Flammen leckten an Stepans Rücken und Hinterkopf und erloschen wieder, als er sich mit einem wütenden Knurren zur Seite drehte.

Lummer schoss noch einmal, und der *Strigoi* wankte. Aber er fiel nicht, und er hatte jetzt die Hände vors Gesicht geschlagen, was ihn zwar nicht vor Lummers Kugeln schützte, wohl aber vor dem unsichtbaren Licht der UV-Lampe. Seine Hände fingen Feuer und begannen sich aufzulösen, und Lummer schoss noch einmal und stanzte ein daumendickes Loch durch den Schädel des *Strigois,* aber der machte dennoch einen trotzigen Schritt auf Lena zu, und sie begriff, dass sie es nicht schaffen würden. Es gab einfach nichts, was dieses Ungeheuer aufhalten konnte!

Und dann war Louise da. Kreischend und ganz und gar nichts Menschliches mehr an sich habend, sprang sie Stepan an, umklammerte ihn mit beiden Armen und riss ihn einfach mit sich zurück gegen die Fensterscheibe, die mit gewaltigem Getöse zerbrach und sich in einen Wasserfall aus rasiermesserscharfen Splittern verwandelte. Goldenes Sonnenlicht strömte herein und setzte Louise und Stepan mit einem einzigen Schlag in Brand. Lena warf sich zur Seite, als der goldfarbene Tod auch über ihre Haut strich.

Das Klirren wiederholte sich, und als Lena den Kopf drehte, sah sie gerade noch, wie Louise und Stepan aneinandergeklammert gegen die Reste des Fensters prallten und dann kopfüber hindurchstürzten.

»Schnell!«, brüllte Lummer. »Wir müssen ihr helfen!«

Er stürmte los, aber Lena zögerte erst noch. Es gab nichts, womit sie Louise helfen konnten, und da war noch Tom, der vor ihren Augen verblutete. Er war kaum einen Meter entfernt und doch unerreichbar, denn er lag genau im Zentrum des Dreiecks aus goldenem Sonnenlicht, das durch das zerbrochene Fenster hereinströmte; als hätte die Sonne beschlossen, ihn noch in seinen allerletzten Momenten vor ihr zu beschützen.

Lena sprang auf, stürmte hinter Lummer her und fand einen schmalen Winkel, in dem sie sich aus dem Fenster lehnen und nach unten sehen konnte, ohne von der Sonne verbrannt zu werden. In schon fast überirdisch schönen goldenen Glanz gehüllt, tat Lummer neben ihr dasselbe. Er hielt die Waffe in beiden Händen nach unten, schoss aber nicht. Er hatte kein Ziel.

Louise und der *Strigoi* waren zu einem einzigen tobenden schwarzen Knäuel verschmolzen, eingehüllt in Flammen und ein Meer aus orangefarbenen und goldenen Funken, die der Sonne entgegenstrebten, aber sie waren nicht auf den Rasen hinuntergestürzt. Vielmehr befanden sie sich keine fünf Meter unter ihnen und standen aufrecht an der senkrechten Fassade, als hätten sie die Schwerkraft in diesem Teil des Universums kurzerhand außer Kraft gesetzt. Obwohl sie kaum noch mehr als lodernde Schlackeklumpen waren, waren sie zugleich auch unvorstellbar fremdartig und *böse,* riesige vielgliedrige Wesen jenseits alles Vorstellbaren, Kreaturen, wie sie kein lebendes Menschenauge jemals zuvor erblickt hatte, und schlugen und droschen mit der Wut tobsüchtig gewordener Götter aufeinander ein. Wieder und immer wieder versuchte Stepan sich loszureißen, um dem Ozean tödlichen Lichts zu entkommen, in dem die Fassade badete, und wieder und immer wieder riss Louise ihn mit fast genauso großer Kraft zurück. Das gesamte Gebäude schien unter ihrem Toben zu erzittern. Fenster explodierten, und hier und da barst sogar die Fassade unter der Urgewalt ihrer Hiebe. Lena konnte regelrecht spüren, wie selbst ihr dämonischer Körper unter dem unbarmherzigen Wüten der Ungeheuer erzitterte. Die schwarzen Chitinplatten zerbarsten, und ihre Glieder zerbrachen.

Und doch war da etwas, was Louise die Kraft gab, ihn immer noch unerbittlich festzuhalten, ganz egal, was er ihr auch antat. Stepan – das *Ding,* zu dem er geworden war – begann zu schreien, ein heller, unendlich fremdartiger Laut, wie ihn kein Geschöpf dieses Universums hervorbringen sollte, und immer mehr und mehr orangerote und goldene Funken sprühten aus seinem sich auflösenden Körper.

Dann war es vorbei. Genau wie Charlotte am Abend zuvor lösten sich Stepan und Louise einfach in pures Licht auf, lautlos und so unvorstellbar grell, dass Lummer mit einem Schrei zurückprallte und beide Hände vors Gesicht schlug und Lena, die sich weiter zuzusehen zwang, tatsächlich für einen Moment erblindete. Als sich die Nerven in ihren Augen regeneriert hatten, war von den beiden Vampiren nichts mehr zu sehen. Es war, als hätte es sie nie gegeben.

Erschöpft drehte sich Lena um und lehnte sich gegen die Wand neben dem Fenster. Das Hochgefühl des Sieges, auf das sie wartete, wollte sich nicht einstellen. Sie empfand nicht einmal Erleichterung, sondern nur Schmerz und eine abgrundtiefe betäubende Niedergeschlagenheit und das entsetzliche Wissen, versagt zu haben. Sie lebte. Das Ungeheuer – *beide* Ungeheuer – waren vernichtet, doch was hatte sie gewonnen? Tom war tot, und ganz egal, was sie sich vornahm, wusste sie, dass sie irgendwann zu einem ähnlichen Monstrum werden würde, wenn nicht gar zu einem schlimmeren. Da war keine Louise mehr, die sie lehren konnte, wie sie mit ihren neu erworbenen Kräften umzugehen hatte, und keine Charlotte, die sie warnte. Sie würde zu einem Ungeheuer werden, einer Botschafterin des Todes, die eine Spur aus Leid und Sterben hinterließ, wohin sie auch kam, durch alle Länder und Kontinente und durch die Jahrhunderte.

Ihre Entscheidung war schnell getroffen. Sie wandte sich wieder zum Fenster um und spannte die Muskeln. Es würde sicher wehtun, und sie hatte Angst davor, und doch war es die einzige Lösung, wenn Louises Opfer nicht ganz umsonst gewesen sein sollte. Ein kurzer Schmerz, und dann würde sich ihr Körper in Millionen winzige Sonnen auflösen, die endlich nach Hause zurückkehrten.

»Er lebt noch«, sagte Lummer hinter ihr.

Lena drehte sich mühsam um, blinzelte die Tränen fort und sah, dass er sich neben Tom hingekniet und dessen Kopf in den Schoß gebettet hatte. Von irgendwoher hatte er einen Fetzen besorgt, um die schreckliche Wunde in Toms Schulter zu verbinden, doch der Stoff saugte sich fast schneller mit dem furchtbaren nassen Rot voll, als der improvisierte Verband es aufnehmen konnte.

»Er lebt noch!«, keuchte Lummer noch einmal. »Das ist unglaublich!«

Vielleicht war es auch einfach nur grausam, dachte Lena bitter. Sie hätte nicht sagen können, wen das Schicksal damit mehr quälen wollte. Sie rührte sich nicht.

»Wollen Sie sich nicht … nicht von ihm verabschieden?«, fragte Lummer stockend. Seine Stimme zitterte, und sie sah ihm an, dass er mit den Tränen kämpfte.

Wozu sollte das gut sein?, dachte sie. Ihren Schmerz zu mehren oder seinen, sollte er sie im allerletzten Moment doch noch erkennen?

Trotzdem machte sie einen halben Schritt vom Fenster weg und fragte dann: »Können Sie ihn …« Ihre Stimme versagte ihr den Dienst, aber Lummer schien sie trotzdem verstanden zu haben.

So vorsichtig, wie er nur konnte, zog er Tom zur Seite, bis sich dessen Oberkörper nicht mehr im Sonnenlicht befand. Lena ging in respektvollem Abstand um das leuchtende Dreieck herum und kniete neben ihm nieder. Ihr Herz schlug so hart, als wollte es in ihrer Brust zerreißen, und ihre Verzweiflung war mittlerweile die reinste körperliche Qual. Sie hatte gesiegt. Sie lebte, aber wozu, wo sie doch alles, was ihr etwas bedeutete, verloren hatte, wo der einzige Mensch, den sie jemals geliebt hatte, ihr unter den Händen starb?

Im Stillen bekräftigte sie ihren Entschluss. Sie würde das Einzige tun, was überhaupt noch einen Sinn ergab, und Charlotte auf ihrem Weg zur Sonne folgen, aber diese wenigen letzten Augenblicke war sie Tom schuldig.

»Es tut mir unendlich leid«, sagte Lummer. »Er war ein guter Junge. Manchmal ein bisschen ungestüm, aber trotzdem ein guter Junge.« Er lachte leise, aber es klang eher wie ein Schluchzen. »Wissen Sie, dass er heute Geburtstag hat?«

»Ja«, flüsterte Lena. Dann hob sie mit einem Ruck den Kopf und starrte ihn aus aufgerissenen Augen an. »Geburtstag?«

»Gestern, um genau zu sein«, antwortete Lummer, »aber er wollte ihn heute feiern – sobald wir Sie hier herausgeholt hätten. Er war felsenfest davon überzeugt, dass wir es schaffen.«

»Wie alt … ist er geworden?«, fragte sie stockend. Plötzlich glaubte sie noch einmal Louises Gesicht vor sich zu sehen und die Mischung aus Überraschung und ungläubigem Staunen, die sie in deren Augen gelesen, aber nicht verstanden hatte.

»Wie alt?« Lummer blinzelte. »Fünfundzwanzig … glaube ich. Warum?«

Statt seine Frage zu beantworten, sah Lena wieder auf Toms bleiches Gesicht hinab, streckte zögernd den Arm aus und legte die flache Hand auf seine Stirn.

Und da war es: etwas Unsichtbares und Warmes, das tief in ihm war und im Takt ihres eigenen Herzens schlug, etwas ungemein Vertrautes und Verlockendes, dessen Ruf sie sich jetzt nicht mehr entziehen konnte und wollte. Sie hatte es im allerersten Moment in ihm gespürt, aber sie verzieh sich selbst, es so falsch gedeutet zu haben, wie es nur ging. Woher hätte sie wissen sollen, dass er keine Beute war, sondern etwas ungleich Kostbareres?

Lummer wandte diskret den Blick ab, als sie sich über ihn beugte, und zog dann erschrocken die Luft ein, als sie nicht etwa dazu ansetzte, ihn zum Abschied zu küssen, sondern ihm die Zähne tief in die Halsschlagader grub.

Es war genau wie damals, als Louise sie verwandelt hatte, nur tausendmal schlimmer: Ein einzelner, gleißender Blitz durchfuhr sie, setzte jeden einzelnen Nerv in ihrem Körper in Brand und schleuderte sie quer durch den Raum gegen die Wand. Flammen erfüllten sie, und sie schrie, obwohl es vollkommen anders war, als sie erwartet hätte, denn es war kein Schmerz, der jede einzelne Faser ihres Körpers heiß wie geschmolzenen Stahl auflodern ließ, sondern im Gegenteil eine so reine, unverfälschte Lust, dass sie schon an Agonie grenzte.

Irgendwann hörte es auf, und sie kehrte in einem Strudel aus langsam verebbenden Emotionen in die Wirklichkeit zurück und fand sich wimmernd auf der Seite liegend auf dem Boden wieder. Lummer hatte sich auf ein Knie erhoben und war dann mitten in der Bewegung erstarrt, und sie las nichts als völlige Fassungslosigkeit in seinen Augen, während er immer wieder sie und Tom und dann wieder sie und dann wieder ihn anblickte. Er schien etwas sagen zu wollen, brachte aber keinen Ton heraus.

Und Tom … lag nicht mehr im Sterben.

Er war auf die Seite gerollt und über und über mit seinem eigenen Blut besudelt, dessen süßer und unendlich verlockender Duft das Zimmer wie ein berauschendes Parfüm erfüllte, aber seine Augen waren jetzt weit geöffnet, und mit dem Schmerz kehrte auch das Leben in seinen Blick zurück. Die furchtbare Wunde klafft noch immer in seiner Schulter, doch nun begann der pulsierende Blutstrom zu versiegen, und es sah beinahe so aus, als würde sein Fleisch sein eigenes Blut aufsaugen wie ein trockener Schwamm die ersten Tropfen kühlen Morgentaus.

»Alles Gute zum Geburtstag, Schatz«, flüsterte sie.

Tom reagierte tatsächlich auf ihre Stimme. Er blickte sie verständnislos an, und Lummer noch sehr viel verstörter. Lena wollte etwas sagen, doch in diesem Moment hörte sie ein Geräusch, das sie bewog, noch einmal zum Fenster zu treten und in den Park hinabzusehen.

Unten auf dem Rasen erwachte der Motor des Helikopters brüllend zum Leben. Die Rotorblätter drehten sich, langsam und schwerfällig zuerst, dann immer schneller und schneller, bis sie zu einen verschwommenen Kreis aus Schatten über dem haifischförmigen Rumpf wurden und die Maschine abhob. Der Pilot hatte gesehen, was passiert war, und selbstverständlich floh er jetzt in heller Panik.

Lena wartete, bis die Maschine über dem nahen Wald an Höhe gewann und schließlich ganz verschwand, und wollte sich schon abwenden, doch dann glaubte sie etwas zu erkennen, was sie noch einmal innehalten ließ: eine schmale, langhaarige Gestalt in einem roten Kleid, die im Schatten der hohen Mauer dastand und mit einem sanften Lächeln zu ihr hochsah.

Sie blinzelte, und die Gestalt war verschwunden.

Und wahrscheinlich war sie auch niemals wirklich hier gewesen.

Das war unmöglich.

Oder?

